收获

NOVEL HARVEST

长篇小说 2022 夏卷

上海文艺出版社

目录 夏卷 2022

002 **千里江山图** 孙甘露
　　161 一部小说的发生学 毛尖

174 **我的岁月静好** 杨争光

246 **无国界病人** 师永刚

370 **火车驶向落日** 武桐

千里江山图

孙甘露

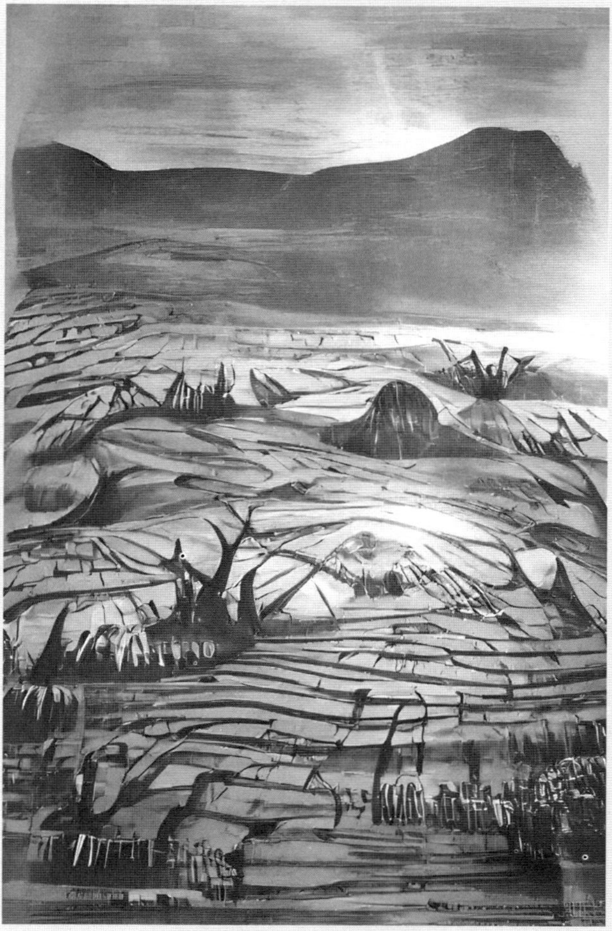

农历新年前后
一九三三年

骰子

腊月十五，离除夕也就十来天。

大约九点三十五分，卫达夫走到浙江大戏院门前，对面就是四马路菜场。

工部局允许车主在浙江路这一段停放车辆，平时这里总是拥挤不堪，除了汽车，还有黄包车、商贩的小推车、运送菜蔬的板车，行人进出菜场只能在车缝里钻。

卫达夫忽然感觉今天有点异样，菜场入口两侧秩序井然，虽然路边照旧停着一排汽车，但那些独轮推车、把纤绳勒在肩膀上拉的板车，这会儿都不见了踪影，就好像有人躲在街角拦住了他们。

他观察了一会儿，注意到黄包车停到路边后，主妇们刚一下车，车夫就急匆匆拉车离开，就好像周围空气中有某种警示，即使跑得满头大汗、气喘吁吁，他们也意识到不能在禁区里多待片刻。卫达夫觉得自己可能是神经过敏。话说回来，巡捕们心血来潮，突然跑到街上起劲地驱赶闲杂人等，在租界里也是常有的事情。他想，这段时间自己可能太紧张了。

戏院门口贴着电影海报，今天开映《海外鹃魂》，主演是金焰和紫罗兰。他觉得多半不好看，一个电影，统共三个主要角色，到最后三个都死了。再说时间也不对，第一场就要到下午三点，他心神恍惚地琢磨着。

上午九点四十分，世界大旅社屋顶花园。

游乐场看起来有些萧条，冬日阳光照在转台上，几匹木马垂头丧气，油彩剥落处看起来特别显眼。跑冰场、弹子房都空荡荡，书场也没有开门，只有露天茶室坐着一两个客人。

易君年走到花园一角，站在护墙边朝外看，马路对面的大楼，底下两层是菜场，主妇和佣人挤在入口处，此刻正是人最多的时候。大楼上面两层的窗子都关着。窗户是上悬式样，从底下才能推开。

"你早上见了什么人？"凌汶在他身后问。按他们事先的约定，易君年今天早上要先到凌汶家，然后一起来菜场。可是他没有来，却让自己书画铺的伙计送来一封信，约她到世界大旅社屋顶花园碰头。凌汶曾经跟易君年来过这个地方，很容易就进门上了电梯。

"南市警察署的一个司机，运用人员。"

"那么急着见，出什么问题了？"

易君年背朝她摇摇头，仍旧俯视着下面的马路，想了想，忽然说："白云观侦缉队半夜集合了一群人，说是要到租界里办事。"

易君年是凌汶的上级，按理说他不该把这些情况告诉凌汶，但她在这个小组里工作的时间最久，人也很能干，一直做内交通，易君年几乎什么都不瞒她。

"要不要通知老方？"凌汶顿时焦急了起来。

"不一定跟我们有关，而且也来不及通知了。"

秦传安没有走菜场入口，大楼朝北那面有个侧门，他从那里进去，乘电梯直接上了三楼。电梯门一开就听见舒伯特，他辨出那是《未完成交响曲》。

他穿过一条昏暗的走廊，地面铺着拼

花瓷砖,淡绿色底子,上面有锯齿形方块,却看不出究竟是什么颜色。走廊两侧的房间有一扇门开着,里面堆着的折叠椅上满是灰尘。

秦传安径直走到通道尽头,推开双扇门,门内是个宽敞的大厅,放着几排折叠椅,大厅前面赫然是一整个管弦乐队。他找了把紧靠立柱的椅子坐下。他以前常来看乐队排练,他喜欢音乐,在自己的诊所里也放了一台唱机。如果乐队在市政厅或者兰心大戏院有音乐会,他通常会提前来看排练,他喜欢听乐队重复排练某些段落,甚至某个乐句。

听一会儿,他就看看手表。看到第七趟,已是九点五十分了。秦传安离开排练厅,没有按原路回去乘电梯,而是从走廊另一边的楼梯上去。开会的地方在三楼和四楼之间的夹层。

同春坊弄堂到底,有一道很高的围墙,墙背后是工部局立格致公学,校门却是开在街区的另一面。每次去上班,田非都会走这条路。

他在格致公学从小学到高中前后上了九年学。这家英式公学只招收男生,今天要放寒假,学校门口不时出来一群年轻人,虽然天冷穿着棉袍,但个个都规规矩矩,在棉衣外面罩上天蓝色阴丹士林布长衫,戴着圆顶软呢鸭舌帽,帽子上绣着黄色校徽。

田非沿着围墙,在学校大门和边门间来回踱步。路上的行人大都背着手,在路口簇拥而过,从后面望去,只看见一大片圆顶毡帽和毛绒棉帽。他们很快淹没在过马路的人群中。

他在图书馆工作,是他发现了书库后面那个房间,一个天长日久、自然形成的密室,外人很少知道两个楼面中间还有这么大一块地方。这是保存书库。那儿最里面的几间,也就是走廊到底那一排的几个隔间,存放的图书要么损坏严重,要么就是因为新版复本太多而被淘汰。那几个隔间连图书管理员自己也不会去,只有田非偶尔跑到那里,从满是灰尘的书架上拯救出几本。

一个多月前,他把一堆因为书架上放不下,不得不摞在角落里的书搬开,才发现那里有一扇门,门锁锈得不成样子,撬锁打开后,他发现了这个满是灰尘、散发一股霉味的好地方。

实际上,田非本该早到几分钟,因为要先去开门。他摸摸口袋,钥匙在那里——当时他没有花心思去找房门钥匙,直接拆掉旧锁,换了一把新的。他又摸一下右边的口袋,骨牌也在里面。

易君年看着凌汶走进下楼的电梯。她的直觉总是很好,他应该更加谨慎一些。老方告诉过他,会议十分机密,来开会的人都经过仔细挑选,他们来自不同的地方,进入行动小组后,必须完全脱离之前的工作。易君年原地站了一会儿,菜场入口周围看不出有什么动静,他又把视线转向另一边。

老卫站在上街沿,手里拿着个烟盒,似乎正准备拆开。只见他停下手上的动作,抬头注视前方,好像忽然看到了什么。

易君年顺着卫达夫的视线找过去,看到了马路中间的凌汶。显然,卫达夫认出了凌汶,看来他的记性的确好——他们两个人确实见过面,有一回事情紧急,易君年不得不让凌汶跑去那家茶馆,通知卫达夫更换接头地点。

卫达夫从浙江大戏院旁边的烟纸店买了香烟，过马路时，他正想拆开点上一支，抬头看见一个女人，好看，他心里暗赞，不对——他又盯着仔细看，确定自己没有看错，他一定在哪里见到过她。可他想不起来到底是在哪里、见她是为了什么事情。

菜场二楼这一片全是面档饭铺，这会儿早市正热闹。崔文泰原想喝碗豆浆、啃块大饼了事，可他跑到这儿一看，忽然起意，满心想喝一碗猪杂汤。四马路菜场卖的猪内脏，整个上海最新鲜、最有名，每天早上用木船从苏州河运来，卸船时筐里都还冒着热气。

他是租车行司机。今天早上他特地接了个单子，送客人到金利源码头。他算算时间，正好能准时赶到菜场。办完事，他再回车行交差，这样就神不知鬼不觉了。在上海做秘密工作，有时很需要一辆汽车，因此组织上特意把他安排进了租车行。办成这件事情，费了不少功夫，他要好好保住这个职位。

不知道为什么，崔文泰一时间特别想喝碗猪杂汤，汤里有几片番茄，他撒了很多胡椒，再来两块烧饼。一碗又香又辣、稍微有些烫的猪杂汤下肚，他顿时觉得心里踏实多了。喝完最后一口汤，嘴里还嚼着烧饼，他看了看怀表，九点五十分还没到，他慢悠悠站起身，朝电梯口望去。

十点差五分。

菜场东面，那里有一条极窄的夹弄。夹弄右边是菜场后墙，左边有一道篱笆，缝隙间不时飘出古怪的香料味。墙后影影绰绰有不少人，个个容貌奇异，穿着白袍，戴着白帽子。林石抬头望向大楼顶上，记下了窗子和防火梯的位置。他又看了看表，连忙穿过马路。

在四楼图书馆供读者自行挑选阅读的书架旁，林石所站的位置略靠近大门。出门向右走几步便是楼梯，楼梯向下转弯处有一扇门，后面有一条走廊，通向开会地点。

接近十点，一辆汽车停到菜场斜对面的街角上，有人凑近车窗，小声朝车内说了几句话，随即快步离开。汽车后座上的那两位，有一句没一句地说着，他们也在等待那一刻的到来。

"世界大旅社怎么样？"其中一位问道。

副驾驶座上警卫模样的人回过头来说："屋顶花园有趣，夜里花样很多。捕房地面上，游队长有兴趣玩，吩咐一声就好。这旅社就跟我们捕房自己开的一样，连茶房都定时向我们汇报。"

后座的中央捕房姚探长不喜欢下属多嘴，但他只是不动声色地接着说道："房间还不错。怎么样，过年给游队长开个房间泡泡澡打打牌？"

游天啸摇摇头，他看一眼对面的大楼："如果有人站在世界大旅社的屋顶花园，菜场门口要是有什么动静，倒是能尽收眼底。"

"游队长太小心了。"姚探长笑起来，"巡捕房在租界抓人，房顶上就算站满了人，他们又能怎样？"

虽然官拜淞沪警备司令部军法处侦缉队队长，但游天啸和租界巡捕房向无往来。巡捕房里的洋人，从总监到督察，以前一直瞧不起在华界横冲直撞的龙华侦缉队，侦缉队的人在租界办事，稍有不慎也会被他们抓进巡捕房关上几天。现在上面关系好了，国民党不再大喊大叫打倒帝国主义，有关对付共产党、交换情报和引渡犯人的合作协议也签了，下面办事的人自然而然就和睦了。游天啸和公共租界警务处几位华人探长都很熟，与姚探长的交情更是不同一般。

"招商局舞弊案，租界杜某人到底有没有插手？"游天啸换了个话题。他说的是去年秋冬之交，闹得尽人皆知的一件大案。

"李国杰，他就是只大洋盘。这事情从头开始就被人做了局。听说他叔爷爷和慈禧太后有一手，李中堂听说之后吓得几天几夜没睡着，终于决定让这个不成材的弟弟吃一包毒药，翘辫子算了。"

姚探长说话向来这样，就像下跳棋，左一句右一句。

"这个摆明的，陈孚木拿到钱就挂印跑了。人家是早有准备。就不知杜大亨是不是始作俑者。"

"据说有插手。"说到杜某人，连大嘴巴的姚探长也有点小心，"租界报纸反应那么快，做局的人手面不一般。听说是因为李国杰让安徽斧头帮暗杀了招商局总办，又换了几个船长，摸到老虎屁股了。杜亲自到庐山找委员长哭诉——"

有人急急穿过马路跑到车旁，游天啸看到来人，连忙推门下车，听了报告，回头对跟着下车的姚探长说："你那位手下，早上没抓到，果然要坏事。"

"怎么回事？"

游天啸有点想骂人，但这事怪不着人家，巡捕房原本就是鱼龙混杂之地，要怪只能怪自己内部情报管理混乱，等他跑到巡捕房政治处跟人家副总监说好，人员任务都分派下去，又传来消息说巡捕房有内奸，恰好就在参加行动的捕房人员中间。可他为什么不赶紧逃命，却要跑到这儿来呢？想来报信？真是连命都不要了。

十点左右，来参加会议的人陆续进入房间。房间正中放了一张长桌，绿绒桌布上有些油渍和香烟烫出的洞。每个人都从口袋里摸出几只骨牌，放在桌上。

易君年站在桌前，把大家随意放在桌上的骨牌码齐，看了看牌说："人还没有到齐——"他抬头把房间里面的人一一端详了一番，除了凌汶、卫达夫、田非，还有其他七个陌生的人，但是没看到老方。老方紧急通知大家开会，为什么自己却没有出现？易君年突然心神不安，觉得今天有可能要出事。

他再一次看看手表，已经十点一刻。卫达夫忽然说："有什么事赶紧说吧，抓紧时间开会，说完就散。"

游天啸又有手下来报信，说是菜场里面已经动手了。一个人如果不要命，那可真是无孔不入。先是跟不知内情的捕房同僚套近乎，混进了设在菜场侧门的封锁线。进不了客梯，就硬往里闯，从菜场供冷库使用的货梯上了三楼。在三楼被堵住，这会儿正大闹排练厅，打伤了一名侦缉队便衣，把一群乐师吓得在楼里到处乱窜，又退回货梯上了四楼。

游天啸点上一支烟，想起来又递了一支给姚探长。他吸了几口，把半截香烟扔在地上："不能等他们开会了，直接抓人吧。"

走廊里远远传来两声闷响，夹层房间里的人都愣住了。易君年敏捷地冲到门旁，听了听，又打开门，楼道里没什么动静，通向楼梯的门仍然关着。他转回身，对着大家摇摇头,又把一根手指竖在嘴上,每个人都安静下来,看着他。

易君年盯着卫达夫看了一眼,回到桌旁。

可又一次,他刚想开口——动静从天花板上传来。现在每个人都确定那是枪声,很多人在尖叫,楼板上方传来四散奔逃的脚步声,然后是窗外——刚刚有人进来时,嫌房间里有一股潮湿发霉的气味,打开了窗。

只听哐啷一声,先从四楼掉下一扇钢窗,然后是一个人,坠落地面时发出一声闷响。田非冲到窗口,伸头向下看。有人撞断了铰链,连人带窗一起从四楼掉了下来。

这人选择从这里跳楼,是为了发出警报?不容多想,易君年压低声音对大家说:"快走,从后门!"

打开后门是另一条走廊,通往楼梯。

"记住!"易君年又提醒大家,"下楼不要急着冲上街,先混进菜场的人群中。"

卫达夫抢先出门。他跑出走廊,撞开防火门,几步冲下楼梯,身后跟着几个一起开会的人。其他人还没来得及奔到楼梯口,从走廊另一头拥入的巡捕就朝这里射了一排子弹,林石刚推开防火门,子弹就打中了他的腿。

通往楼梯间的门被封锁了,易君年带领大家转身跑向前门的走廊,他们先前就是从这里进来的,可是走廊尽头的门大开着,门口站着几个荷枪实弹的巡捕。

易君年回到房间,坐在那副牌九前。桌上多出了一对骰子,他把骰子拿起来,放进口袋,定定神,刚想开口说话,房门被撞开了。

"嚯——人不少啊,躲在这里做什么呢?"

游天啸大步走进房间,径直来到长桌旁,拍了拍手。巡捕冲了进来,每人手里端着一支步枪,把房间里的人团团围住。几名便衣懒洋洋地散在门旁,那是龙华侦缉队的人,游天啸自己带来的。他瞥了他们一眼,似乎对他们的表现不太满意。

易君年冷冷地看着这个神气活现的家伙,然后把视线转到桌面上,忽然微笑着说:"阵仗那么大,我们不过在玩钱。"

"在玩钱?"游天啸走到易君年面前,从口袋里摸出一对骰子,对齐两个六点,并排放到桌上的牌九旁,"跟我们走吧,换个地方玩。"

看到游天啸摸出一对骰子,大家都愣住了。易君年心里一荡,这是约定的接头方式,上级派来传达任务的人会拿出一对骰子,可这个人怎么会知道呢?

"都给我带走!"游天啸命令道。

崔文泰先前跑在卫达夫后面,才下了一层楼梯,转身之间,那个嚷嚷着赶紧开会的人就已经不见了,只能向右转进走廊。他分不清方向,只知道拼命向前跑,在一道门背后看见了电梯,便冲了进去。出来却是底楼冷库,原来那是货梯。他顺手抓了片麻袋披到肩上,扛起一只猪肉。

门外停着巡捕房的黑色警车,一群巡捕盯着出口。崔文泰把脸埋在生猪肉下面,混在人堆里跑出了菜场。

跳楼的人身体蜷曲着,躺在马路中间。巡捕在周围拦了一圈,有人拿着照相机过去拍照,有人蹲在边上察看他有没有断气。马路对面聚集着看热闹的人,巡捕过去驱赶,人群却不肯散去,这座城市里有太多好奇心重、喜欢管闲事的人。崔文泰不敢细看,转身朝路口跑去。

刚转过街角，迎面又来了一辆警车，他连忙避进一条弄堂，背上却被人拍了一掌。崔文泰心里咯噔了一下，没等他扭头，便被拽进了暗处。

"老方!"崔文泰从惊吓中缓过神来。

"其他人呢?"

"都跑散了!"崔文泰气喘吁吁。

老方观察了一下马路上的情形，一些巡捕开始封锁路口："这条弄堂通后面的马路，分开走!"他戴上手中的帽子，闪出弄堂，随着四散的人群侧身往远处退去，转眼就消失不见了。

崔文泰随即朝弄堂深处跑去，他得绕回去取车。跑到弄底时忽然想到，老方不会以为我趁乱顺走了一片猪肉吧?

龙华

腊月十六。一大早天色就阴沉着，浓雾笼罩。

龙华寺左近的淞沪警备司令部大门只开了一半，四扇木制门板上钉着防弹铁皮，门楼上青天白日旗高挂，墙垛射击孔中隐隐可见机关枪管。大门左侧淞沪警备司令部的牌子下站着两名岗哨，手提上了刺刀的步枪；右侧国民革命军三十二军牌子下站着三名同样提着步枪的哨兵。

正对着警备司令部大门的二层洋楼像往常一样安静，穆川进门时冲它暗自端详了一番。院内杂草丛生，砖道湿滑，杂草从砖缝中不断向外钻出来。

他走进军法处办公室，回身带上门时，望了一眼淞沪警备司令部院墙外的报恩塔，习惯性地在心里默念了句阿弥陀佛，脱下大衣，叫来勤务兵，让他拿到门外去拍打一下。

他喝了几口热茶，照例要到司令部院内溜达一圈，如同巡视自己的领地。看守所、法庭、警卫、汽车班、牢房、围墙、铁蒺藜网，他下意识地希望自己能从寒冷死寂的冬日光线中发现点什么。在南京，在苏州，他都喜欢这么做。转完一圈，他回到办公室，再喝了几口勤务兵煮好的红茶。

"请游队长过来。"他若有所思地说了一句。

话音刚落，就听门外传来一个沙哑的声音："穆处长，天啸已到。"

游天啸虽然是穆川的下属，却有另一个秘密身份，他是国民党中央党务调查科派驻上海的负责人。党务调查科是一个神秘机构，公开地址在南京丁家桥，一度设在国民党中央组织部内，但那里的办公室只有不多的几个机关人员，它真正的大本营另设在中央饭店附近，后来人越来越多，党务调查科又搬进了瞻园，了解内情的人都称其为"特工总部"。

这个机构专司政治案件，不仅调查共党，也调查本党异己分子。对于这个组织，穆川虽然不像很多同僚那样对之侧目，可是说实话，他平时对游天啸也颇假以辞色。

游天啸身材不高，脸色发青，眼角经常布着血丝。他手里抓着一个纸包，站到穆川桌前。因为穿着军装，他草草行了个礼，又把手中那本《特务工作之理论与实际》放到穆川的办公桌上。

"穆处长，你要的书给你带来了。"

穆川看了一眼游天啸，吩咐勤务兵先出去。他拿起书，看了看封面，又随手翻了两页，一边把书放进抽屉，一边笑着说："这书我慕名已久，费了你不少功夫吧?"

"印得不多，有专人管着，申领手续花

了一点时间。"

"严谨!"穆川伸手让坐,"也不必事事那么紧张,我看门楼上那些机关枪完全可以撤了。"

游天啸不知其意,两人沉默片刻。

"你多久没去南京了?抽空也该去看看。"

"南京,常在念中——"游天啸盯视着穆川的茶杯,"听他们说穆处长常回南京?"

"哪里——"穆川正伸手端茶杯,停了一下,手指轻轻敲着杯沿,"你听谁说的?"

"他们说处长每星期都要到南京开会。"

穆川笑着靠向椅背:"不过都说南京是做事,上海才是生活。"

"属下要做的事情都在上海。"

穆川笑了起来,游天啸却有点不解,他明明说了一句很认真的话,却被别人当成了笑话。

"游队长昨天辛苦,不过——"穆川点上一支烟,又递了一支给游天啸,"也是大功告成。"

"抓了六个共党分子,其余跑了。图书馆是租界里的外国人办的,他们集会的地点是书库后面一个从来没人去的房间,图书馆管理员中间可能有共党分子,侦缉队要继续查。"

"那个跳楼的怎么回事,听说是巡捕房没把事情办好?"

"巡捕房泄露了消息。"游天啸点上烟,说话速度忽然放慢,"侦缉队也不能在租界随便抓人,我们不得不提前通报巡捕房政治处,让他们协助抓捕。前一天下午,中央捕房姚探长安排了人手,为了保密,这些人晚上不许回家,侦缉队还花钱请他们喝酒,喝完酒就到巡捕房休息待命。有人千方百计想往外打电话,说是要关照家里,看起来夜里会很不太平。姚探长发了脾气,说等忙完了要好好查一查。为了确保抓捕顺利,我跟姚探长商量,把他们全赶进了巡捕房小礼堂,可到了凌晨,人还是跑了。姚探长说他负责把人抓回来,去他家扑了空。谁也没想到,他竟敢冲进菜场。"

"他是共产党?"

"他开了枪,打伤两个人。真是心狠手辣,连巡捕房同事都开枪。最后被逼在储物间里,跳了楼。"

"他想跳楼逃跑?"

"他跳窗的位置,楼下就是他们的开会地点。跳下去应该是为了给楼下的人报信。"

"哦,那是白死了。"

房间里安静了一会儿。

"人抓到就好。"穆处长吐出一口浓烟,"我报告了警备司令部,给游队长请功。"

"处长栽培。"

"不用谢我,司令部那帮人——像游队长这样的人才,自有领奖的地方。"穆川大笑,又压低声调,"游队长在共党内部经营有方,情报质量很高,将来不断为党国立功,不用在意司令部那帮家伙。"

游天啸斟酌着不知该怎么回答。

"听说代号叫'西施'——"穆川挥了挥手,像是要赶掉一只苍蝇,话题一转,"尽快把人从租界引渡回来,尽快审讯。"

"是,处长,手续办好了,今天巡捕房会派人把所有人犯押送白云观。从南市押解回龙华的这段路,情况比较复杂,侦缉队人手不足,穆处长能不能跟司令部宪兵队联络一下?"

"宪兵?军用卡车一动,是不是太兴师动众了?这些人都还没审过。龙华这些年也抓了不少假共党,抓了放,放了抓。市面上的流氓,贩毒的,'仙人跳'的,杀人越货的，教书做翻译的，审不出名堂，到最后都是一放了之。"穆川轻描淡写地说。

"有人不惜送命，冲进抓捕现场给他们报信，光凭这一点就很有把握了。"

"所以，是有情报说共党要在路上劫人？"穆川停了一下，像是忽然领悟了什么，"这六个人都是共党分子？游队长是不是把自己人也一起抓来了？"

"没有，没有我的人。"游天啸说得郑重其事。

陶小姐

凌汶被嘈杂的声音吵醒了，虽然她几乎直到凌晨才睡着。先是一阵刺耳的军号，穿过黎明时分的薄雾，然后就不停传来咣当咣当的声音，过了很久她才意识到，那是开关铁门的撞击声。她在看守所里，在龙华。

昨天上午，一辆黑色囚车把她从老闸捕房送到南市，下午她又上了另一辆囚车，天黑前才被押送到这里，车上全是那天开会时被捕的人。囚车过了枫林桥，车上就有人小声说，看来是去龙华。果然，车子开进了淞沪警备司令部，停在一幢小楼前，又有人小声嘀咕，军法处。押送的军警一听见说话声就开始吼叫。

小楼里，他们靠窗站了很久，窗外暮色四合，每个人都心情沉重。天黑以后，他们才一个个被押进牢房，直到现在她都没有吃过什么东西。

但她并没有饥饿的感觉，就算食物放在面前她也吃不下去。她想得很多，但没什么头绪，接下来会遭遇什么，她心里也没数。不过有一点她很清楚，不管碰到什么，她都绝不能屈服。

"真是个美人坯子。"

阳光照进牢房，有人在说话。凌汶转头，看见一个三十岁左右的女人，坐在对面床上，手里拿着一面小镜子，对着脸照来照去。

"你们醒了？"女人站起身来到凌汶床头，朝她伸着个俏脸，说个不停，"睡了一觉气色好多了。昨天晚上你们进来，脸色都蛮吓人的。我姓陶，叫我陶小姐好了。"

牢房里原本气味难闻，这个女人一靠近，倒带来一阵香味。

"总算有人来了，我在这里好几个月了，厌气得要死。要是进来三个就更好了，可以凑一桌麻将——"她咯咯笑了起来，"女人蹲监房不大有的，你们不会和我一样，也是被冤枉的吧？"

陶小姐又往脸上涂了点脂粉："每天涂涂抹抹，也不知道给谁看——你们一晚上没吃什么，饿了么？我有麦乳精，外面都要托人才能买到呢，我给你们泡一杯吧？"

正说着，牢房门哐啷一声打开了，狱卒讪笑着说："陶小姐，出来吧？"

陶小姐抹抹旗袍，站起身，摇摇扭扭出了门，站在门口说了一句："今天天气倒蛮好，我要好好晒晒太阳。"

牢房里安静下来，只听见门外狱卒对那女人说："陶小姐，她们和你不一样，她们是共产党，你可不要乱搭讪。"

凌汶猛地坐起身，环视四周。牢房里还有一个人，和自己一样，也坐在床沿，床上只有几条木板和一片草席。陶小姐的床靠里，铺着厚厚的床褥，鸳鸯花样的床单上卷着一条缎面被子。

她望着牢里的另一个人，她们俩刚见面就一齐被捕了。她试探着看了看对方，遇到一双温和的眼睛，正勉力朝她微笑。这个年轻的姑娘留着齐耳短发，像个老师，两人一时间都不知道怎么开口。

良久，凌汶问道："你还好么？"

对方点点头。砖地上有些青苔，蚂蚁在阳光下爬行。她抬起头看着凌汶，眼神热切，显得有点激动，好像有无数个问题要问，还没来得及出声——

"在这里，说话要小心。"凌汶说。

"我认识你。我读过你的小说《冬》。你叫凌汶。"

"那么你呢？还有那个穿夹克的年轻人，在囚车上你们一直紧挨着。"

"我叫董慧文，他是陈千元。"她想还是第一次遇到这种状况，本来她们可以在会上互相认识的。

那天上午，她和陈千元约定十点前赶到四马路菜场，他们说好了，先在同春坊弄口碰头。坊里一条直弄堂走到底，便是明惠小学的校门，她在那里教书。那天早上，她不得不先去学校。马上就要放寒假了，她要跟毕业班的学生告别，把校长签名盖章的修业证书发给他们。

"你怕不怕？"见董慧文陷入了沉默，凌汶上前坐到她身旁，伸手替她理了理头发。

问题很直率，董慧文发现自己不知道如何回答。她怕吗？她一点都不怕那些人，可是当她真的进了这个阴森的地方，心里又不免有些发毛。她发现只有当自己心中充满怒火时，才会情绪激昂，全无畏惧。她犹豫了一下，忽然睁大眼睛望着凌汶："那天在四马路跳楼的，是什么人？"

凌汶摇摇头。从昨天到现在，她也一直在想这个跳楼的人，他这样义无反顾地跳出窗外，就是为了通知他们敌人进来了吗？她试图去理解他，就好像她觉得，如果能真正了解这些人在生死抉择前内心的种种想法，她就能更加懂得龙冬，她在写《冬》的时候，是多么幼稚啊。

董慧文想了一会儿，又抬起头对凌汶说："我不怕。我早就想好了。"

窗外高墙的铁丝网上，一只灰鸽停在上面，牢房中沉默下来。凌汶看着面前这个姑娘，心里有些为她担心。凌汶坐过牢，她知道最艰难的时刻还没有到来。抓他们的人，还想挖出他们的秘密。任务——虽然她也不清楚究竟是什么，他们临时被召集起来，一定有什么重要任务。老易知道他们要去做什么吗？

牢门再次打开，狱卒站在门口。

"过堂了。"

凌汶看了看董慧文，站起身——

"你，出来。"狱卒指着董慧文喊道，并在牢房门口给她戴上了手铐。

董慧文被带进审讯室，不是通常提审犯人的地方——那是在处长办公室边上。她被带去的，是昨天下午去过的那幢洋楼，在里面等着她的人，她隐约记得在逮捕现场见到过。那是游天啸。

有人给她松了松手铐，血管里的血液瞬间释放进手指，指尖有点刺痛。

"打开吧。"那人说。

手铐拿掉了。董慧文努力压制着心中的不安，慢慢镇定下来，等待着。

"董小姐，知道为什么请你来这里么？"

紧张的感觉再一次袭来。她盯视着对方，没有回答。她想起从前陈千元对她说过的话，如果你害怕，你可以愤怒，怒火会驱赶恐惧。

"董小姐，你要喝点水么？"那个人对

一侧的书记员努了努嘴,"我是军法处,侦缉队,游天啸。"

董慧文看看放在桌上的水杯,没有出声。

"没想到你这么年轻——"他装模作样地看了看案件卷宗,"像你这样的年轻小姐,应该穿得漂漂亮亮,去看看电影,逛逛马路——"

"可我就是在逛马路。"

"是么?逛到菜场去了?另外那些人也跟你一样,在逛菜场?"

董慧文抬起头,看到她平生所见最可怕的笑,就像贴着咧开嘴的人皮面具,神情冰冷,眼角冒着红光。

"危害民国紧急治罪法,"他停顿片刻,惋惜地说,"这样的罪名,是要枪毙的!"

说到"枪毙"这两个字时,游天啸的声调突然高亢刺耳。审讯室安静下来。他点上一支香烟,朝着董慧文的方向吐了一串烟圈。

"去菜场楼上的图书馆是谁通知的?"

董慧文有点慌乱,她不知如何应付这样的审讯。在她对革命的想象中,从来没有出现过这样的场面。她想象中的敌人,也不像面前这个人,这个自称姓游的家伙,说话听着和气,却让她感觉随时可能露出残暴的面目,但她告诉自己必须咬紧牙关。

"这样吧,董小姐,我们来做个游戏——"

游天啸摁灭烟蒂,像变戏法那样,从卷宗袋里摸出一沓照片,码齐,正面朝下放到桌上。他从里面抽了一张,在手上晃了晃,脑袋向后仰,装腔作势地把照片送到董慧文的眼前:

"是他吗?"

董慧文愣住了,她看到了照片上的自己。

游天啸缩回手,看到照片上是董慧文,扔下照片,又换了一张。

"我不认识这个人。"

董慧文有点迷惑,她猜不出这些滑稽戏般的动作背后,到底有什么阴险的计谋。游天啸耐心十足,一张接着一张举起照片——

"我不认识。"

"不认识。"

窗外有汽车的引擎声,轮胎在砖地上摩擦。好像是陶小姐在说笑,笑得像滩簧戏中那些放肆的女人。笑声从楼内持续到楼外,车门关上,引擎再次转动。

审讯室内的滑稽戏仍在继续,董慧文看到了凌汶。

"这个我认识。"

手缩了回去,他仔细看照片。

"是刚认识。"

游天啸泄了气,又换了一张照片。照片上陈千元抿嘴瞪眼,怒气冲冲。董慧文心里飘过一丝柔情,她把目光转向桌上的杯子,觉得自己不能盯着那张照片看太久。

游天啸慢慢收回照片,看了一眼,把照片放在水杯边上。

"你可以喝点水。"他又举起另一张照片。

滑稽戏终于结束了。董慧文心里有几分忐忑,她的神情有没有暴露了什么?她想喝点水,却又一次看见那张照片。她立刻缩回手,想到不能照敌人说的做,他们让你喝水,你就偏不喝。

"陈千元。"游天啸盯视着水杯旁的照片,说出了照片中人的名字,却没有再往下说。

他翻开卷宗，找到一页，看了看，向后靠到椅背上，手指在那页纸上画着圈："陈千元。记者。"他看了看董慧文："教师。二十三岁——"

游天啸又看了看那张纸："二十六岁。"

他从那沓照片中找到董慧文，也放到水杯边上。现在，两张照片上的人肩并肩站到了一起。

"确实很般配。看看电影，逛逛公园，逛逛百货公司，还有图书馆。"他盯着董慧文，脸色越来越阴沉，"董小姐，龙华不是南京路。进了军法处，想活着出去，你要好好动动脑筋。想死倒是很简单，司令部后面的荒地里不知有多少孤魂野鬼。我可以把你们两个一起枪毙，也可以让一个看着另一个被处死。"

"凭什么？"董慧文在椅子上挺了挺身，抬起头，心中升起一股怒火。她看了看坐在一旁的书记员，高声叫道，"你有什么证据？"

游天啸朝书记员挥了挥手，书记员起身离开了审讯室。

"你以为什么都会记录在纸上的么？是黑是白我说了算。淞沪警备司令部里，有的是屈死鬼。我劝你好好想一想。董小姐，下次再找你，我们就要换一个地方了。"

"那又怎样？"

"你有没有在陈千元身上看到一对骰子？"

"骰子不是你拿出来的吗？"董慧文反问道。

游天啸失去了耐心，猛地站起身，抓起水杯朝地上扔去，水，还有粉碎的玻璃，溅落在董慧文脚边。

"说！浩瀚躲在哪里？"他朝着董慧文咆哮。

董慧文圆睁双眼，从椅子上跳起来，大声说："什么浩瀚？我没听说过！"

游天啸冲了过去，挥拳砸在董慧文的脸上。

董慧文睁开眼睛，窗外一片刺眼的白光，她想，如果陈千元是上级派来的同志，她需要保护的依然是同一个人。

中午，阳光给阴暗的牢房带来一丝暖意，院子里传来狱卒的叫骂。凌汶站在牢门内，看见董慧文被押送回来。高低不平的砖道上，她的脚步有点踉跄。凌汶退后几步，站到床边。

董慧文侧身站在门口，抬头看了看天。狱卒打开门，解开她的手铐，将她推入牢内："这样不是很好嘛，说清楚就不用吃苦头了。"

这话是说给谁听的呢？凌汶看着董慧文，只见她愣愣地靠着牢门，左边眼角下有一块瘀伤，身上没有动过刑的痕迹。她不太相信狱卒的话，但在敌人的监狱里，她不能出错。

凌汶把董慧文扶到床边，让她坐下，掏出自己的手绢，浸了点水，敷在董慧文受伤的脸上。

"你说了什么不该说的事情么？"她问董慧文。

董慧文摇摇头，眼神茫然地望着墙角。有好一阵，牢房里悄无声息。她是受到惊吓了吗？她是不是无意中泄露了什么？一瞬间，凌汶几乎有点怀疑自己的判断。

"他说自己是侦缉队的，姓游。"董慧文望着凌汶，一开口就停不下来，话越说越凌乱，"进了审讯室，我就想好了，如果他们动刑，我就朝墙上撞。"她大声说道，好像是在向外面那些坐在看守室里的军警们示威。凌汶站起身来，走到牢门旁向外仔细观察了一番，回身示意董慧文小声说话。

这个姑娘刚刚不知道承受了怎样的心理折磨。即使对一个经验丰富的同志来说，刑讯也是一个巨大的考验。凌汶想起龙冬告诉过她的一些故事，心中涌起怜惜之情，她自己第一次坐牢时，也十分害怕。

但凌汶仍然强迫自己仔细听、仔细观察。一开始，她没听懂为什么会出现一沓照片，很快她就明白了那个姓游的家伙的意图。这个单纯的姑娘，她不知道她心里想的一切，都已表露在了脸上。她的人生才刚开始，就要面对这样复杂危险的局面。凌汶想象不出董慧文到底是露出了怎样的神情，才让敌人看出了端倪。

但她十分确定，那个特务猜得没错——他把我们的照片一起放在水杯旁。董慧文这样说。

她问董慧文："除了陈千元，那些照片上还有你认识的人么？"

"那就只有你了。"董慧文看着凌汶，顽皮的笑容刚一展露，又消失不见。

"你和陈千元是什么时候认识的？"

"你也猜到了——"

董慧文愣了一会儿，又叹口气，把目光移向牢门外阳光明媚的天空："也不知道他关在哪里。"

凌汶有些感动，她搂着董慧文的肩膀说："我和我丈夫是在五卅运动中认识的，结婚的时候北伐军刚刚从广州誓师出发。可是没多久，国民党就开始屠杀我们的同志。"

"他人呢？"

"敌人包围了联络点，他不得不撤离到广州，几年前他在那里牺牲了。"

她突然转过脸，严肃地问董慧文："你有没有向敌人泄露党的秘密？"

"没有。你相信我吗？"

"我相信你。"

"他们问起浩瀚同志。"

"浩瀚同志？"

在党内，谁都知道使用这个工作化名的领导同志，他常常用这个名字在《向导》周报发表文章。

"他还问有没有看到一对骰子。"董慧文困惑地说。

"骰子？"

凌汶确实听老易说起过骰子，他觉得很有意思。老方说上级派来的那位同志会拿出一对骰子，可没有人拿出骰子，倒是那个特务拿了一对出来。所以他们知道了骰子的事情。老易还跟谁说起过骰子吗？

老易会不会就是上级派来的同志呢？她既不能确定他是，也不能确定他不是。一个做秘密工作的人，可以有好几条线路，在每一条工作线路上使用不同的化名。何况她是老易的下线。

"通知你开会的人，是不是老方？"

凌汶知道自己不该这么问，按照纪律，在两条平行线路上工作的同志不能相互打听，哪怕他们同在一个屋檐下，是一家人。可是另一方面，如果不是敌人突然冲进会场，等开完会，她和董慧文多半就成了一个小组的同志。

无论如何，她没猜错。进入开会地点的十一名同志，大部分互相都不认识，原来并不在同一条工作线路上。

"我们应该设法通知组织，敌人在寻找浩瀚。"

凌汶正跟董慧文小声说着话，陶小姐回来了。她一回来，牢房里就喧闹起来，叽叽喳喳都是她的声音，请她俩吃她带回来的瓜子花生，说她很快就要出去了。她还对凌汶说："原来你是有名的作家，我也很喜欢看小说的呀。徐枕亚你认识吧？他跟我跳过舞的。"

玄武湖

勤务兵送来刚烧开的热水，穆川从柜子里拿出那把桥钮朱泥圆壶，坐到沙发上，往茶壶里放了点岩茶。他用第一泡茶洗了洗杯子，再冲水泡茶。阳光下热气氤氲，他想了想，提起电话打给游天啸。

"游队长来啦，穆处长在里面喝茶，您请进。"勤务兵在门口大声说。

游天啸敲了敲门，没等穆川说话，便推门而入，手里拿着一摞案件卷宗。

"穆处长，审讯记录我给你拿来了。"

穆川挥手让坐，游天啸把卷宗放在茶几上，坐到沙发上时，从裤袋里掉出一对骰子，他连忙俯身拾起。

穆川看了他一眼，挑了一只杯子，洗杯注水来回倒腾。

"穆处长在喝什么好茶？"

穆川做作地打了个哈欠："昨晚被翁副官拉去喝酒，稍微喝多了一点。这会儿想喝两口茶。"

"常来警备司令部那个老是戴着巴拿马草帽的广东人？"

"游队长果然无所不知。"穆川给游天啸倒了一杯茶，"你试试看这武夷山大红袍，我觉得味道不错。"

"好茶。"游天啸喝了一口，虽然他更喜欢喝凉水。

穆川一反常态，竟然认真地看起了卷宗。他翻了一页，忽然说："我知道你们侦缉队花样多。不过有了钱，可以找个女人，成家立业——"

他指指游天啸的裤袋："这种事情，逢场作戏玩玩就算了。"

游天啸欲言又止，最后只说了一句："是，处长。"

室内一时只有纸页翻动时发出的声音。

"还没有开口。"他轻轻地说，好像在自言自语，说罢又给自己点上一支烟。

"也审了两天了吧？"穆川并没有抬头，一边说话一边又翻了一页。

"这些人职业五花八门，干什么的都有，乱七八糟聚在一起，光凭这一点就可以确定。"

"虽然共党案件属于紧急治罪，"穆川边看边说，"但训政时期，军法处也不能像从前那样由着性子来，定谳总还要有证据。"

"这个凌汶，是个作家，又是富商遗孀，简直是有闲阶级。"穆川又往前翻了几页，"一个女教师，一个记者，一个银行职员，一个古董书画铺老板，还有一个当过兵。果然是疑点重重，难怪你把他们一起抓进来。你那个情报线索，究竟是怎么说的？"穆川语气轻松地说道，"这个易君年，你是不是让他吃了点苦头？"

"是个做字画买卖的，看他有点害怕，我们就稍微动了他两下。"

"口供颠三倒四，肯定让你们打得不轻。"穆川笑了起来。

"没有打。给他通了电线。"

"用了那套德国货？"南京方面去年给警备司令部送来一批德制装备，其中有一套电刑机器。

"银行职员林石，哪家银行？"

"仁泰银公司。逮捕时腿上中了子弹，司令部军医给他包扎了一下。半昏迷着，没怎么审他。"

"梁士超，还是行伍出身？"

"他自称从前在十九路军干过，'一·二八'沪战负了重伤，退伍后这几年一直在养伤。"

"哦——"穆川又仔细看了看这一页的口供，"电询过他们军部？"

"官兵都在福建'剿共'前线。司令部说花名册上有这个名字，但他们一直在打仗，士兵都换好几茬了。"

"你认为易君年是他们的组长，为什么？"

游天啸没有告诉穆川，他从易君年身上搜出了一对骰子，但易君年坚持说这对骰子是他自己带来的。游天啸时不时觉得自己的脑子会分裂成两半，每一份记录他都要滴水不漏地做成内容不同的两份，一份给军法处，另一份交到特工总部。

"易君年和那个作家，"穆川向前翻了几页，"凌汶，倒是老相识？"

"周围的邻居说，易君年常去她家。问他们自己，两个人都说是为了买卖字画。凌汶夫家姓龙，家里据说是两广富商，有一年为了生意上的什么事情出门，被绑架撕票了。这些年，她靠着变卖古董字画和做二房东收租过日子。"

"这样的人，也会做共产党？"穆川若有所思地说，"怎么没有陈千元的笔录？"

"他还在审讯室。审了他大半夜——"

"也没说出什么？"

"董慧文，那个女教师，是他的弱点，我想通过这个来突破。"

"哦？是他的达令？"穆川饶有兴致。他点上香烟，望着袅袅上升的烟雾，"你给我看的这些审讯笔录，好像没有照着提审顺序编号？"

"我那儿就这么一个书记员，一天审完了才有空整理归档，可能他弄乱了。"

穆川笑得像一只老狐狸："游队长果然心机过人，你是担心我看出你究竟在找什么吧？"

"穆处长——"

穆川挥了挥手："游队长不用当真，你我都是为党国效力。"

他盯着陈千元档案页上的照片，就好像能从照片上那双怒火燃烧的眼睛里看出些什么来。游天啸也在想着心事，烟灰掉落在处长室精心打蜡的地板上。

"翁副官昨晚请穆处长喝酒，"游天啸一句一顿地说，好像在吃力地寻找词句，"或者是蔡军长有什么话？"

"蔡军长是南昌行营的红人，带兵离开上海这几年，他戎事倥偬。当年驻军上海的时候，蔡军长交了不少朋友。"

游天啸挺了挺身，挪坐到沙发外沿。他摁灭烟蒂，眼神低垂，继续听着。

隔了一会儿，穆川又接着说道："翁副官说了很多，最重要的一句，他说如果这些人是共党，你们照规矩来，秉公办案。如果不是共党，请你们网开一面。"

电话铃响，穆川起身接听："找你的，游队长。"随即把听筒搁在桌上。

"在审陈千元，我跟他们交代了到你这里找我。"游天啸解释道。

他拿起电话听了几句，大声说："又昏过去了？那——先把他送回牢房。"

"他交代了什么没有？"穆川靠在沙发背上，摩挲着沙发扶手。

"没开口。"游天啸站在茶几旁，"处长的意思我明白了。我先回去看看。"

穆川点点头，游天啸正要离开，穆川

又说:"那个陶——"

"陶小姐今天就放了。那天把她送过去,谈了整整一个下午。说是宋先生亲自出面讲的条件,学乖了。"

"这些女人,关一关就服帖了。"穆川掸了掸裤子上的烟灰,忽然轻蔑地问,"她到底有没有怀上?"

"关了这么些天,据我看,没有。"

"没有就好,不然宋太太也不会放她过门。出去前你再关照她一下,让她把嘴闭上。"

陶小姐喜气洋洋出了牢房。她本以为直接就能从看守所后门出去,那天上午汽车就是这样接了她去见宋先生的,可是狱卒却把她送到了游天啸那里。每次看到这个人,陶小姐都会有寒毛凛凛的感觉。

窗外太阳很好,游天啸却坐在阴影里。只听他森然说道:"陶小姐,请坐。出去以后不会再闹了吧?"

"游队长,不会了。"

"那很好——"游天啸盯着她看了半天,突然说,"她们有没有让你带什么东西出去?"

陶小姐没有说话。

游天啸站起身,走到她跟前,弯下腰,面对面几乎贴上了那张俏脸,眯着眼,继续盯视着她。陶小姐觉得那对瞳孔缩成了一根冰针,刺进自己的心窝,全身的血都快要凝固了。游天啸猛地直起身,转到她背后,房间里一点声音也没有,陶小姐几乎能听到自己的心跳。她只觉双腿发软,坐都坐不住,恨不得缩成一团,掉到地上。

游天啸倏地伸手,抓起狱卒放在陶小姐脚边的那只藤编箱子,放到桌上,打开后兜底一翻,全倒在桌上,旗袍衣物口红镜子撒了一桌。他随手翻了两下,折叠整齐的衬裙、丝袜、袜带、短裤顿时乱作一团,那只掉了油漆的桌子,顿时变得像百货公司女装部的柜台。

"你当住大旅馆了——"游天啸厉声说,"回头给你脱光了搜身,要是查出来,你就别想出门了。"

陶小姐忽然咯咯笑了起来,眼神娇媚地瞟了一眼游队长,又伸手摸他灰呢军服上的皮腰带。侦缉队虽然也发军装,却向来没什么着装要求,可游天啸一进司令部,穿着还是严守军容风纪。

陶小姐似乎花了好大力气才欠起身,往桌上指了指,说:"还真有一封信。"

"拿出来。"游天啸背对着她。

"夹在旗袍里衬下面。"

"哪一件?"

"那件宝蓝的,呢绒料子。"

游天啸从那堆衣物里找到那件旗袍,撕开里衬。陶小姐觉得这件旗袍就像穿在自己身上一样,心里一慌。

信找到了。

方兄如晤,老易与妹等情形,料兄悉知。我等既已入院,决与之抗争。内心甚为安宁,最坏情形也不过一死而已。天气严寒,望兄等珍重。并请转告父母大人,幸自摄卫。妹凌等。

游天啸翻来覆去地端详这片纸,又问陶小姐:"让你把信送到哪里?"

"让我出去后,装上信封,寄到徐家汇邮政支局,到局自取,一三七号信箱。"陶小姐犹犹豫豫地说道。

游天啸点点头,没有再说什么。他伸手打开台灯,把信纸翻过面对着灯光,然后放下信，从抽屉里摸出一瓶药水，滴了几滴在纸上，很快显出一行字：

所有同志决心已定。骰子事已暴露，有内奸。另，他们问浩瀚下落。

游天啸一口气喝下半杯凉开水，又一次点上香烟。陶小姐见他神色有变，半天不敢吱声。隔了好久，游天啸才抬起头，神情古怪，好像刚刚注意到边上还有陶小姐这么个人。他抬了抬下巴，让人把她带出看守所后门，放了。

木制百叶窗向下翻着，房间里光线暗淡。游天啸连着抽了两根香烟，忽然从口袋里摸出骰子，捏在拳心虚晃了几下，扔到桌上。他看了看点数，拿起电话，让警备司令部的女接线员把电话转接到南京瞻园。

"请接特工总部叶副主任。"游天啸在电话里郑重其事，但跟其他人一样，当着叶启年的面则直呼叶主任。

半小时后，南京的电话接通了。

"老师，"游天啸站立着，对着电话恭敬地说，"我要当面向您汇报。"

游天啸刚从南京下关车站出来，就在新造的椭圆大厅门外被人拦住。

"游队长，"来人是马秘书，他指着不远处停着的一辆汽车说，"叶主任在那边等您。"

这会儿还不到六点，晨雾笼罩长江南岸。昨天下午按叶启年的安排，游天啸到京沪铁路局督导室取了车票，连夜坐蓝钢快车直奔南京。

他看见叶启年亲自坐在驾驶座上，刚想拉开副驾驶这一侧的车门——

"你去后面坐。"

叶启年是游天啸的老师，当年在训练班，只有叶老师是真正的特务工作内行。这位老师很难亲近，那么多年，在叶老师面前他向来都是远远站着，哪怕单独会面，身体距离也从未接近到五米以内，汽车前后座就算是难得的靠近了。

可是一有什么事情，他还是一个电话挂到叶启年的办公桌上。特工总部虽然是国民党中央组织部的下属单位，但内部实行的更像是某种家法。要是犯了什么错，处置十分严厉，连枪毙都有可能。在特工总部，游天啸的顶头上司不是叶启年，但叶启年从不反对游天啸打电话直接向他汇报，他们从不按表面官序层级来指挥。

"老师，审了好几天，问不出什么。"

"连你这个老手也问不出什么来？"

"巡捕房泄露了消息，不得不提前抓捕。学生处置不当，请求处分。"

"罚你也不能解决问题。"

汽车在下关码头绕了一个弯，在晨雾中向东开去，路上既没有行人，也没有车，汽车放慢了速度，叶启年凝视着车窗外玄武湖畔的明城墙。

游天啸望着昏暗前座上的背影，没有出声。

"你这回想跟我说什么？"车过鸡鸣寺，叶启年忽然开口问道。

"我想把他们先放了。"

汽车在旧城墙边停了一会儿，游天啸注视着破裂墙砖上的青苔，慢慢地说出了他的想法。

说服这位老师并不容易。当年在训练班，叶老师就极其善于识破学生的各种花样。他不信任过于复杂的计划，总是说，把事情想得太复杂，实际行动当中就会碰到太多意外。但"西施"是他的得意之笔，游天啸特意强调先把他们都放了，这样能让"西施"发挥更大的作用。

"现在看来，易君年不太像是他们的中央特派员。"他这样回答老师的问题。

"每个人都有可能。特务工作的本分就是怀疑一切。"叶启年同样空洞地说着些陈词滥调，间或问一些反复问了好几遍的问题。游天啸知道，叶老师正在仔细权衡。

"那个穆川，他也听说了'西施'？"

"是。他常跑南京。"游天啸想了想，又说，"他大概不太想当那个军法处长了，嫌它造孽太多，影响官运。"

"什么话！造孽？党国实在太多这样的干部，简直像个筛子，到处都在泄露秘密。"叶启年十分愤怒。

"那封信你怎么处理的？"

"烧了。"

"把它寄出去。"

游天啸坐在那里发愣，叶启年又说："重新写一封。"

发现这位学生还没有理解自己的意思，叶启年又补充了一句："他们是单线联系，信是写给姓方的，这个人一定要把他抓回来。"

他好像想起了什么："我不抽烟，你可以抽呀。"

游天啸摇摇头。片刻，叶启年说："我同意你的计划。你回去发一份电报到特工总部，等他们交来了，我会给你批复。让他们交保释放，来交铺保的人，你要调查清楚。每一个出去的人都要严密监控，人手加倍。我会从杭州训练班再给你派一些新学员。你们那个侦缉队，成了警备司令部的托儿所，什么人都有。"

"是，老师。"

"再出什么差错，连我也救不了你。"

"是，主任。"游天啸听出了叶启年语气的变化。

汽车又开回火车站，游天啸下了车，准备坐下一班火车回上海。

叶启年换回后座，马秘书开车朝瞻园方向开去。

"你早上来接我时说了什么？"一大早汽车驶过神策门旧城墙时，叶启年心头忽然浮起一片阴翳，心神恍惚了好久。

马秘书汇报说："主任，前两天总部派人到上海密捕浩瀚，被一个家伙搅了局，我们还怀疑了好一阵，是不是总部派去的那些人里有内奸。现在他们说，有人看了从上海发回总部的案件卷宗，发现那个没有去开会的共党分子方云平，应该就是在普恩济世路上开枪的人。方云平靠近借火，我们的人记住了他的脸。"

"让他们抓紧追捕方云平。"叶启年命令马秘书，"'西施'没有了解到这个情况？"

"他可能不知道。"

"通报给他，让他查一查。方云平不去开会，跑到包子铺去救人。他是得到内线情报了？"

"主任，我觉得不像。很可能是现场行动人员自己暴露了。方云平多半是去跟浩瀚接头，在现场发现了情况异常。"

"这也有可能。"

他们俩都知道，这些做久了特务的人，看上去确实会跟一般人有些不一样。

叶启年沉吟道："方云平又要去开会，又要去跟浩瀚接头，这就有些耐人寻味了。"

"主任是说这个会议跟浩瀚有关?"

"各地分站这些天都在传,共党中央可能有大动作,有一个秘密计划。"

身份

半夜里,淞沪警备司令部上空不时有几道亮光,像剪刀一样交错而过。去年日军入侵上海发动淞沪战争后,司令部紧急配备了防空探照灯。看守所岗楼上也装了一个,时不时朝监区牢房的高墙上掠过。强光透过窄窗,牢房内部瞬间照亮,又瞬间变暗。

梁士超在军队里养成了习惯,到了陌生地方,总要四下观察,先从各个方向了解环境。男牢并排分为三弄,第三弄的一侧正对着围墙,此刻十分安静。走廊对面的牢房偶尔传来鼾声,间或有人梦中惊醒,发出几声叫喊。

他看着牢房中的几位同志,心里有些着急犯愁。那天早上,他跟着秦医生一同离开诊所,远远走在后面。秦医生是个文雅沉稳的人,走路不疾不徐。从菜场撤退时,他还担心秦医生是否能脱身,结果反倒是自己没能跑出来,也不知道他现在怎么样了。

一年多前,梁士超在反"围剿"时负了伤,从苏区来上海医治,秦传安就是为他治伤的医生。伤愈后,组织上临时安排他参加地方党组织工作,所以就留在了诊所帮忙。

白天审讯时,他对敌人谎称自己从前在十九路军当兵,跟随翁旅长多年,"一·二八"在闸北阻击日本人时受了重伤,因为在上海的医院救治,没跟部队调防。那个游队长将信将疑,出去转了一圈,夹了支香烟回来,就让狱卒把他押回牢房。这个游队长就那么容易相信他的说法?

两天里敌人轮番审讯,追问谁是召集人,逃跑的那几个人都是谁,为什么聚集在那个地方?可是今天下午,审讯换了花样,那个游队长把对骰子的兴趣转到了牌九上。是敌人掌握了什么新的情况,在故意迷惑他们吗?

大家都说是来打牌的,可是钱呢?虽然老方确实对大家交代过,每个人都多带一点钱,他们也带了,但是把他们身上所有的钱都掏出来,凑在一起也不过一百多块大洋。就这么点钱,为什么要跑到图书馆的密室里打牌?公共租界虽然装模作样抓赌,可谁都知道连巡捕自己也喜欢赌钱。梁士超清楚,他们不会相信这个说法。最让人疑惑的是,组织这次会议、通知大家来开会的老方,竟然没有在约定的时间出现。

林石伤得不轻,他被捕时右腿中弹,两天来大部分时间都处在半昏迷状态,这倒让他暂时比较安全,因为在审讯室里,他随时都会不省人事,敌人把他拖出去,没多久他就又被狱卒架回了牢房。

林石一边回想那天从开会前到特务冲进来抓捕时的各种细节,一边观察着牢房里的其他三个人。

陈千元第一次提审回来,身上到处都是伤。林石猜测,敌人可能见他比较年轻,也许参加地下工作时间不长,未必了解什么重要秘密,索性拿他开刀,打了又打,以为把他拖回牢里,可以吓唬其他人。

虽然回到了牢房,但陈千元的情绪还是难以平静,只要狱卒一走开,他就站到牢门边朝外张望，显然十分担忧。林石想，他应该是在担心那位年轻的女同志，那多半是他女朋友，他们两人一起走进菜场上了楼。从白云观押解到龙华，一路上两人一直紧挨着。

女牢靠近男牢一弄，在另一侧的围墙边，那里的小窗虽然对着男牢，但是与男牢三弄隔着三排房子。

"你这样能看到什么？"梁士超走到牢门边，把陈千元扶回床边坐下。

易君年可能受了电刑，回来时虽然一声不吭，但手腕脚踝上明显有灼伤。第一次审讯中，那个游队长问过林石，易君年有没有把口袋里的骰子扔到桌上，林石说没看见。那个游队长又问，那么后来易君年把骰子放进口袋，你看见了没有？林石回答游队长，他根本就没看见第二对骰子，他在那房间就只看到过一次骰子，就是游队长你自己从口袋里摸出来的那对。

提审回来后，易君年就这么靠墙坐在几片草席上，林石一直在观察这个人。敌人冲进来时，他看见易君年抓起桌上的骰子放进口袋，所以易君年肯定知道骰子的事情。究竟有几个人知道？游队长也知道骰子，林石当时就明白了，组织内部被渗透了。

最初只有老方知道骰子，但他却没有来开会。梁士超说过一句：所有这些情况，只有老方最了解。没有人接他的话。易君年隔了很久才说，老方不可能有问题。易君年很少说话，这不奇怪，经验丰富的同志，进了敌人的监狱通常比较沉默。

老方为什么不来开会？这个问题林石想了很久，但他就像易君年一样，不愿意轻易怀疑任何一个同志。

林石把参加会议的人在脑子里过了一遍。有一个人，易君年跟他打招呼，叫他老卫。特务冲进会场前，这个老卫十分焦躁，催大家赶紧开会。后来撤退时，又是他第一个冲出房间，成功逃脱。他好像有先见之明。

"你说，老方到底为什么不来开会？"梁士超问陈千元。

"他可能得到情报，特务知道了开会地点？"陈千元试图解释。

"那他难道不应该通知大家吗？"梁士超自己倒有个想法，"你们说，老方会不会被捕了？"

牢房里安静了下来。

林石动了动，易君年起身过去看他，又查看了一下他的伤处："你怎么样？感觉好些吗？"

"身上发冷，伤口发炎了。"易君年一直都很关心他的伤情，可林石不想让别人知道他受伤到什么程度。

易君年摸了摸他的额头："你太虚弱了，多睡会儿。"然后脱下棉袍，盖到林石身上，转头对那两个人说："牢房里说话小心，隔墙有耳。"

林石确实觉得奇怪，军法处那么多牢房，关押的人一向庞杂，为什么把他们关在一起，是想要制造环境让他们私下议论吗？

"老方是哪天通知你开会的？"梁士超又问陈千元。

"开会前一天下午。他急匆匆跑过来接头，说完了马上就要离开，说还有其他人要通知。他是一个一个通知的，我和董慧文，我们俩他很清楚，但他也是分开通知。到开会前一天晚上我们俩碰头，才知道第二天要去同一个地方。"

"现在想想,老方为什么要跟我说骰子的事情呢?"梁士超自言自语。

易君年见两个人转过头来看他,便说:"我调到上海第一天就和老方接头,这三年一直都跟他一起工作。就算你们都怀疑他,我也仍旧相信他。他那天没到会场,一定有他的理由。情况十分复杂,我们要相信组织上早晚会查清真相。他来通知我开会,是直接到我那个书画铺,我那里他很熟悉。如果他真有什么问题,我早就被捕了,用不着等到今天。

"不过你们说到骰子,我也觉得有些奇怪。按理说,他自己也要来开会,不需要把这个情况告诉大家,但那天他也对我说了,所以我觉得,他也许那时候就想到第二天会有意外情况,所以提前把与上级来人接头的方式告诉大家,以免他来不及赶到会场。"

他转念一想:"幸亏他没有来,没有按时开会。不然上级派来的同志一表明身份,把秘密任务一宣布,如果像你们说的那样,内部真有敌人的奸细,那就真的要坏大事了。"

"也不知道上级到底要给我们分派什么任务。"

易君年再一次阻止他们继续讨论下去。在牢房里,他们本不应该提及秘密工作。他改变话题,问陈千元是做什么的。

"国际通讯社,给通讯社编译电讯。"

"懂洋文,能做翻译,了不起。"易君年称赞道,"将来你一定可以为党做重要工作。"

"我太年轻了。"

"年轻有什么关系,很多年轻同志早已担任重要领导工作。那么,你呢?"易君年看向林石。

"我在银行做事。"

"我当过兵。"梁士超跟了一句。

"卫达夫是房屋经租处跑街的,我开书画铺。把我们凑到一起,这个任务不寻常。"

林石心想,这个易君年,一面让大家不要讨论秘密工作,一面自己又提起这个话题,他的好奇心很重,这一点让林石也感到好奇。

"我估计上级派来的同志不是没到会场,就是在从会场逃出去的人中间。"陈千元一边想,一边就把心里的想法说了出来。

狱卒走到牢房门前,用警棍敲了敲牢门上的小窗:"不许说话!"

梁士超心里,其实还有另外一个疑问。他自己也受过枪伤,不止一次。军法处把司令部军医叫来给林石换药,他也凑上去看了一下伤口。子弹侧面贯穿小腿,从另一边钻了出去,撕裂了一大片肌肉。虽然创面很大,但处理还算及时,在巡捕房时就找了医生。梁士超觉得,枪伤并不是很严重,摸他身上也不怎么烫手。他为什么要装得伤很重呢?

还有这个书画铺老板,为什么一直阻止他们讨论老方的问题呢?这个老板自己其实也很感兴趣,这话题原本就是他先引起的,但他很快就闭嘴不说,过了一会儿,反而劝大家要小心,不要乱说话。做地下工作实在太伤脑筋了,革命工作的这个部分真不适合自己,梁士超觉得。

"被捕的两位女同志,一位叫凌汶,是有名的女作家。她丈夫在广州牺牲了。另一位女同志我不认识。"易君年转过头,看看陈千元。

"慧文在小学做老师。"

"广州起义后,牺牲了太多同志。"梁

士超忽然问易君年，"你也在广州工作过？"

"你怎么知道的？"

"那个姓游的提审时说，一网抓进来，其中三个都到过广州，这里面肯定有文章。"

"所以林石也在广州工作过？我们居然都没见过。"易君年微微一笑。

窗外探照灯的光束来回掠过，疲倦伴着伤痛阵阵袭来。陈千元努力回想着那天早上出门时，有没有把摊在桌上的翻译手稿藏好。如果能从龙华看守所活着出去，他希望自己能把书稿译完。迷迷糊糊地，他回想着那些尚未校对的文字：

……奇迹在自然界和历史上都是没有的，但是历史上任何一次急剧的转变，包括任何一次革命在内，都会提供如此丰富的内容，都会使斗争形式的配合和斗争双方力量的对比，出现如此料想不到的特殊情况，以致在一般人看来，许多事情都是奇迹……

老方

上午十点左右，申新旅社日班茶房老陆把客人送进二楼房间，白天，这一层的房间都由他管。他把两只皮箱放到架子上，关上窗，打开房间里的热水汀，站在那儿没动。再过两天就是除夕，客人不多，长住的客人也走了不少。要等过了年三十，才会有客人来包了房间打牌。

客人姓陈，陈先生往他口袋里塞了五角钱。不是那种手面豪阔的客人，但也晓得规矩，懂经。如果不是要过年，他多半只拿出一张两角五分。老陆笑嘻嘻地说：

"陈先生，我回头给您送泡茶的热水。走廊两头都有电话，往旅馆外面打，旅馆有接线小姐。"

"好，谢谢。"

"您还有什么吩咐？"

客人摇摇头。一路上楼，老陆搭讪了几句，但是客人沉默寡言，不怎么接话。他看上去十分疲劳，面庞清瘦，应该有几天没刮胡子了，那身镶毛皮领子的厚呢大衣虽然散发着一股长途旅行的气味，但穿在他身上，样子实在是好。

他只是说他从"新京"来，是个做古董生意的商人。自从去年伪满洲国成立，上海的旅馆里也常常见到从那儿来的客人，这些来路不明的东北新贵还都很有钱，不知跑到上海来干什么。如果这位陈先生是个乐于聊天的客人，老陆说不定要跟他聊聊之前日军侵占山海关的事情。

客人忽然像回过神来："哦对，老陆，我想理个发，附近有没有好点的地方？"

老陆对这个一直面无表情的客人有了些好感，旅社下榻的客人通常直呼茶房，没人关心杂役姓甚名谁。

"旅馆里就有，这会儿应该上班了。外面么，您出门向北，顺着门口这条马路下去一直走到三马路，转个弯就能看见一家。"老陆仔细指点道。

"谢谢。"

陈千里下楼在前厅桌子上拿了一份《申报》。他先在头版上看了蒋介石亲赴南昌坐镇指挥"剿共"的消息，又向后翻到广告版，似乎漫不经心地扫了一圈，全是些铺屋租赁、旧车收购、鬻字卖画的小广告。在旅社门前，他把报纸插进大衣口袋，按照茶房老陆的指点，向三马路方向走去。

快过年了，街上飘着股腌鱼腊肉的气味。几家呢绒绸缎铺外面，都打着抵制日货的布幡。他放慢脚步，像街上其他行人那样闲适地走着。

啪——左侧弄堂里一声脆响，一个小男孩蹿了出来，穿得像个圆球，新棉袄上已沾了不少泥灰。他左手攥着几颗鞭炮，右手点着根火媒子，一头撞过来，陈千里闪身扶住小孩。他看了看手表，又见弄堂出口旁边有个烟纸店，柜台上放着一台公用电话。他付了钱，拨打了一个号码，等了好一会儿对方才拿起听筒……

他看到茶房老陆说的那家理发店，就在对面街角，但他没有过去，而是在马路中间的车站跳上了一辆有轨电车。

一个多月前，陈千里离开了伯力的训练学校，他在那儿住了三年。三年下来，连不近人情的教官都有了些离愁别绪，那天把正在冬泳的陈千里从冰水中叫上岸，在教官宿舍里喝了一夜酒。接着就是万里征途，先是坐六百公里火车，一路穿越西伯利亚森林，到了海参崴，没想到在那里耽搁了半个月。

冬天，外港海面上结了一层厚冰，只有少数运送苏联急需物资的货轮可以用破冰船开道，进出港口。他费了好大功夫才找到一艘能搭乘旅客的货轮。

从伯力启程时，他得到的指示是潜入福建和两广地区，对国民党军阀高层做瓦解分化工作，为粉碎敌人对中央苏区的下一次"围剿"预先作好准备。原本他应该到香港下船，但是在青岛，一位预料之外的客人上了船，到他的单间客舱拜访。来人让他临时改变计划，把目的地换成上海。

"中央交通局的'老开'在上海被捕，特务包围了开会地点。一同被捕的还有其他五位同志。加上'老开'，那次会议应该有十二位同志参加，会后这十二位同志就将组成一个临时行动小组，执行机密任务。"

来人告诉陈千里，他们将要执行的任务，与中央最近所作的重大决策有关，那是一项绝密计划，即使在组织内部，也只有极少数同志了解。上级临时把陈千里调过去，指示他帮助"老开"，继续推进那项任务。具体情况等他到上海后，会有人向他传达，向陈千里传达任务内容的同志，很可能仍然是"老开"。

陈千里问："被捕同志有可能营救出狱？"

"参加会议的人并没有全部被捕，根据得到的消息，会议还没有开始，特务就冲进了会场。被捕的人中，除了'老开'，没有人了解任务内容。到目前为止，也没有人知道'老开'究竟是其中的哪一位。'老开'是经验丰富的同志，组织上相信目前有关情报并没有泄露。

"党组织正在运用所有力量营救他们。目前看来，希望很大。等你到达上海，他们很可能已经出狱了，你要设法与'老开'取得联系，他会向你传达中央的绝密计划，以及临时行动小组负责的具体任务。"

陈千里望着舷窗外夜色中的港口："上海小组在秘密会议现场被捕，说明地下党组织很可能被渗透。我需要了解更多情况。"

客人端起茶杯，焐着手心："组织上也有相同判断。最近在上海，不断有地下党组织被敌人破获。特务甚至冲进了党中央绝密机关，有证据证实有人被捕叛变。

"这两年，南京那个特工总部似乎找到了一点窍门，据说他们因为频繁破坏我党的地下组织，越来越受到蒋介石的信任，这两年特务机构得到了很大扩充，眼下斗争形势十分严峻。

"上级从内线得到情报，有一个代号叫'西施'的特务，很可能潜伏在我们内部。情报来源并不了解他从什么时候开始混进了党组织。特工总部得意扬扬，吹嘘他们的'剿共'成果，才使这个消息漏了出来。上级情报部门作了分析，感觉这个'西施'，有时候像一个长期潜伏的特务，有时候却又像是个新近投敌的叛徒。"

陈千里刚刚就想过这个问题：严格地说，如果党的地下组织遭到敌人渗透破坏，那么这部分系统就应该冻结起来，暂时不能启用。

"既然有内奸，为什么不另外组建行动小组，重新布置任务？"

"时间十分紧迫。上海临时行动小组执行的任务，是中央绝密计划的一部分，参加人员是考虑到执行任务可能遇到的情况，由组织上从各个不同行业的人员中紧急挑选的，一时间也很难重新组织这样一支队伍。况且'老开'已经与他们见面。上级派你过去，就是希望你能够对地下组织被渗透的范围，作一个精确判断，争取尽快肃清内奸，同时帮助'老开'完成任务。"

"召集行动小组之前，有多少人知道这件事情？"

"除了'老开'，那个时候只有上海地下党负责同志方云平了解情况。参加小组的人只是收到会议通知。原本上级让老方也加入行动小组，作为小组负责人，配合'老开'完成任务。但是有消息说，他那天没有去开会。"

"所有人都在开会的地方，为什么特务只抓去了六个人？"

"菜场十分混乱，事发突然，部分同志混进人群逃了出来。"

"这些人里面，上级认为有谁可以信任？"

"上级等着你的判断。"

"那个老方似乎存在疑点？"

"如果老方有问题，敌人抓捕的时间会更早，范围会更大。组织上目前还没有这样考虑。"

陈千里认为这样的推断并不十分严密。

按照这位访客的指示，他来到上海。轮船在吴淞口停了一个晚上，上午退潮后领航员登船，租界的外国警察也随同一起上船。巡捕盘问了他，把他登记成做古董生意的商人。下船后他让黄包车夫把自己拉到申新旅社，安顿好之后，立即来接头地点找老方。

陈千里在北四川路桥前下了电车，过桥沿苏州河堤转向西去，绕着邮政大楼回到北四川路，他四下看了看，确定没有尾随的人，然后沿路朝北走去。这一带是他曾经常来的地方，公益坊里的水沫书店、辛垦书店不知道是否还开着，鲁迅、冯雪峰、陈赓也曾在此参加《前哨》杂志的活动。公益坊广东人聚集，西北面的虬虹园，是中山先生数次到过的地方，这会儿门前一组新人和亲朋好友正在准备文明婚礼。

陈千里从人群中穿过，走进了马路对面的弄堂，找到了那家剃头铺。

一位客人脸上蒙着热毛巾，躺在放倒椅背的理发椅上。剃头师傅二十多岁，手里拿着剃刀，正准备给他修面。见又有客人进来，他伸着剃刀指指边上另一张椅子，陈千里坐了下来。店铺里忽然安静下来，三个人谁也没说话。过了一会儿，修面的客人从热毛巾下开口说话:"这位先生不是本地人吧?"

"从青岛坐船刚到上海。"

"快过年了,您是来看亲戚?"

"做生意。"

"年关将近,这大冷天倒还有生意?"

"古董生意,不讲时令。哪儿有好玩意儿,就得往哪儿赶。"

正说着,剃头师傅过去关上了店门。修面客人一把拽下变凉的毛巾,朝陈千里转过脸——

他说他是老方。

剃头师傅拎着烧水壶,站到店门外,门旁有个炉子专门烧热水。他关上了店门,现在店里只有他们两人。

老方躺回椅子,又把变凉的毛巾盖回脸上,露出两只眼睛盯着对面墙上挂着的一面小镜子。这镜子想必是要等剃完头后,才递给客人的。陈千里顺着老方的视线,也看了看镜子。镜子挂得很巧,略微侧了侧,正好对着店门旁那扇窗户,透过窗户,就能看见外面的动静。

"这里——你觉得不放心?"陈千里轻轻地问。

"这里没问题。那是我儿子。"老方指了指门外。

少顷,他又补了一句:"敌人掌握了大部分地点,我住的地方也被他们包围,我逃了出来。这里从来没有做过联络点,被捕的人也不知道这里。"

"他好像有点不太乐意?"陈千里望着房门,门缝忽明忽暗。

"他想参加工作,想做大事。"

店门外,老方的儿子拦住了附近常来理发的熟客:"太忙了,店里两个客人刚坐下,你过会儿来吧。"

"来这里理发的都是附近弄堂里的居民。"老方小声说了一句。

陈千里站起来走到门边朝外观察了一下,回身拿起旁边凳子上叠着的一条白围布,把它套在自己身上,坐了下去:"还是不能大意。那天开会你没去?"

"我本来应该去的,但是迟到了。我赶到菜场附近时,看见巡捕房的警车,后来又遇见从会场逃出来的崔文泰。"

"你是召集人,怎么迟到了?"

老方犹豫了一下:"开会前一天晚上,上级派人通知我,要我第二天早上六点,到兰心戏院斜对面,普恩济世路口一家包子铺,与一位同志接头。包子铺早上开门后,就把门板横在外面,吃早点的人可以拿它当桌子,那位同志到时候会坐在那里。

"我一到那里就感觉情况不对,马路上闲人太多了,一大清早,街上那种打扮的人不应该有那么多。我远远看见包子铺门外的桌子是空的,没有人坐在那里。

"我必须做点什么,向那位同志发出警报。东边马路上有个人靠在梧桐树干上抽烟,就是刚刚说的那种看着形迹可疑的闲人。我靠近他,跟他借火,趁他不备,伸手拍了拍他的衣服,果然衣服底下有手枪,没等他反应过来,我就给了他一拳,拔出那支枪朝天开了几枪。

"普恩济世路向东再有一小段就到头了,前面是小浜湾,弄堂是通的,从里面可以一直走到隔壁圣母院路。我就朝东跑,一边跑一边开枪,然后在小浜湾里把枪扔了。他们没有追上我。我等了很久才绕回去,弄了一顶帽子戴到头上,到那家包子铺附近打听,据说那帮便衣没有抓到什么人。"

"什么人这么重要,让你冒这么大

风险?"

"你知道那位同志是谁?"

"你告诉我。"陈千里注视着老方。

老方转过头来:"那是浩瀚同志。"

陈千里当然知道,虽然这只是一个工作化名。

"上级原先指示,让我与浩瀚同志接头,安排好隐蔽住所,等待通知。前几天中央绝密机关有人叛变,浩瀚同志不得不撤离,情况十分危急。我就问上级,既然那么危险,为什么不赶紧让浩瀚同志转移,反而要让我与他接头?我这里也并不安全呀。上级就说,等明天开完会你就知道了,'老开'会告诉你怎么办。"

"你是什么时候通知大家开会的?"

"前一天下午开始,一个一个分别接头,跑了整整一下午,到晚上才把十个人全部通知到,加上我,加上'老开',一共十二个人。具体人选也让我决定,临时召集,只说是有重要任务。抓了六个,逃出来五个。逃出来那五个我都认识,所以'老开'一定被捕了。"

"地点是你安排的?"

"是的,那是个新地点,我们刚弄到手还没有——"

门外间或有人路过,他们就停下交谈,像两个有些不耐烦的客人,一个掰着手指关节,发出咔咔的声音,另一个不停地把两条腿换着叠来叠去。

老方想了想,郑重其事地说:"我愿意接受组织调查。"他从棉袄里掏出一封信,递给陈千里。

方兄如晤,老易与妹等情形,料兄悉知。我等既已入院,决与之抗争。内心甚为安宁,最坏情形也不过一死而已。天气严寒,望兄等珍重。并请转告父母大人,幸自摄卫。妹凌等。

陈千里翻过信纸,找到一段密写,字很小,而且写在正面那段文字背后,很难被发现。

所有同志决心已定。骰子事已暴露,有内奸。

"这是狱中同志送出来的?"

"是凌汶和董慧文两位同志。"老方指点陈千里看信纸下角几个很不起眼的墨点,"位置和数量,敌人伪造不出来。"

"骰子是什么?"

"接头的方式就是牌九和骰子。每个人都会带上几只骨牌,人到齐了就凑成一副牌九。正式开会时,'老开'会拿出一对骰子。我也不认识'老开',所以就用这个办法。敌人还不知道'老开'的事情,但是他们知道骰子。"

"骰子有谁知道?"

"这件事情我大意了。我不应该把骰子告诉别人。我自己也会去,所以完全没有必要跟大家说。我那时候只是觉得,只要会议一开,大家就都知道了。我仔细回想,有好几个人知道骰子,我不知道老易会不会告诉凌汶。这是个接头暗号,他们从各条线上临时调进这个小组,我告诉他们开会时拿出骰子的人,就是上级派来布置任务的同志。"

"也许他们会在狱中告诉别人?"陈千里几乎让人难以察觉地摇了摇头,"这封信,取信安全吗?"

"我们租下了徐家汇邮局一三七和一三八信箱,一三八正好在一三七下面,隔板有个机关,轻轻一拉,一三七的信就掉下来了。就算有人在旁边监视,也不容易注意到打开一三八信箱的人。"

"还是太冒险了——"陈千里再一次仔细检查那封信。

"我的交通员是崔文泰,实际上是他去取的信,今天早上刚交给我。"

"先说说那些参会的同志吧。"

"我负责地方党组织工作,这些人我都很熟悉,都受过严格考验。凌汶,是个女作家,参加过'左联',认识不少人。她丈夫牺牲了。我觉得她应该安心当个作家,我们党也需要这样的同志,但她说要继续丈夫未竟的事业,甘愿冒风险从事地下工作。

"梁士超,参加过南昌起义,反'围剿'时受了重伤,只能送到上海,秦传安同志就是为他治伤的医生。

"卫达夫,组织上特地派他到房屋经租处工作,很多秘密联络点都是从他手里租下的,如果他出了问题,那地下组织早就暴露了。

"易君年同志,民国十八年七月,组织上把他调来上海。他在广州就一直做情报工作,秘密斗争工作经验丰富,有好多次他抢在敌人行动前报信,是个可靠的同志。

"田非,在菜场楼上那家图书馆工作,开会的地方就是他找的。我仔细想过,他会不会有问题,但我想不出有什么迹象。"

老方似乎激动起来,不停掐着手指关节:"他们都是可靠的同志,虽然职业不同,有些同志缺乏经验,但我没法怀疑他们对党的忠诚。"

"我们不是在怀疑,而是要考察他们。"陈千里纠正老方。

"我同意。他们愿意为党的事业牺牲一切。李汉的哥哥,凌汶的丈夫,都牺牲了。陈千元和董慧文是一对恋人,两个人都充满热情——"老方忽然抬头看了看陈千里,怀疑自己究竟有没有看见他的眼睛闪了一闪。怎么那么巧?

"陈千元是你什么人?"

"是我弟弟。"陈千里脑海里闪过陈千元从前的样子,"我们也快三年没见了。所有这些人,包括陈千元,我更想了解的是他们之前的经历。历史——"他望着镜子中的老方,"人的面貌很难看清楚,那是用他们的历史一层层画出来的——"

"白区工作没法为同志建立档案。"老方觉得组织上派来的这位同志,目光锐利,考虑问题却有点教条繁琐,"这几年,国民党疯狂发展特务组织,地下工作稍有不慎,就会被敌人发现,各系统不断遭受损失,很多同志因为原先的工作条线被破坏,上下级关系失联。他们怀着极大的革命热情找到党,然后被安排到其他条线工作。按照纪律,在新的工作系统里,相互之间不应该提到过去。可是同志之间的忠诚和信任,才是大家开展工作的基础。"

"易君年,他的情报来源可靠吗?"

"老易来上海时,大革命失败两年了,地下组织处境艰难。组织上把他调来,就是为了重建情报网。这些年他一点一滴做工作,为党组织提供了大量有价值的情报。"老方补充道,"有一次,因为来不及通知执行任务的同志,他亲自出手惩处了叛徒,避免了一次重大损失。"

"具体说说。"陈千里第一次让老方感觉到他对话题有点兴趣。

"组织上做了调查,那个叛徒十分危险,老易处置果断,做对了。后来特务大肆报复,老易的情报网,有一位同志也牺牲了。"

"是这样——"陈千里一步步复盘着老方讲述的线索,"营救现在做到哪一步了?"

"组织上通过十九路军的关系,军法处已经让我们提交铺保文件,我正在安排,计划让秦传安担保梁士超,他开了家私人诊所,在上海有很好的社会声望。"

"他也是小组成员,去菜场参加了会议,让他出面合适吗?"

"按理说,确实不能由他出面,但他说小组里其他人都不认识他,梁士超一直在他的诊所里帮忙,由他担保名正言顺。秦医生是从德国医院出来的,多年来一直在租界行医,结识了不少达官贵人,只要不是被敌人当场抓住,或者证据确凿,敌人也不能在租界里随便抓人。"

老方忧虑地说道:"另外几位同志的铺保还没有落实,我正在设法安排,但是这几天特务到处找我,租界铁门上贴着画像,我白天不能到处跑。为了确保组织安全,我切断了大部分工作关系,一直在等你。"

"一面交保释放,一面又在抓你,敌人这是想做什么?"

两个人都陷入了沉默。

有人推门,是老方的儿子,他把头伸进门里说:"有两个陌生人在横弄堂晃来晃去。"说完又退了回去,门关上了。

陈千里警觉地站了起来,再一次走到门边:"这些同志互相之间,以前有横向工作关系吗?"

老方也站起身来,一边朝门外张望了一下,一边下意识地拿起旁边的剃刀,手指提着刀刃,刀柄在小桌上轻轻地敲:"凌汶和卫达夫是易君年的下线,是情报网的内勤。我特地挑了老易,他有谋略,也很勇敢——"老方看了看陈千里:"我觉得他和你,从某些角度看,还真有点像。我们花了很大力气疏通营救,他们应该这几天就会从龙华释放,到时候你跟他接头,你们俩也许合得来——"

"我们得赶紧离开这里。"陈千里打断了老方的话。

门口人影晃动,有人用手肘推开门,手拢在夹棉长袍的衣袖中,一步跨了进来,小方在来人背后喊:"今天来不及做了,客人明天请早——"顺手把来人往门里顶了一步,也跨进屋内,反手合上门。

来人见势不妙,放下拢着的手,撩起棉袍下摆,手就势往里面掏——

陈千里两步跨到来人背后,按住他的手,顺着一摸,对老方说了一声:"枪。"

"识相点,侦缉队大队人马在后面,马上就到,跟我们跑一趟吧——"来人话没说完,陈千里顺势拿过老方手中的剃刀,割向特务的喉咙。

陈千里抱着这个家伙,慢慢把他放倒在地上。

"弄口来了好多人,"小方催促道,"你们先从后门出去。"

老方俯身从特务腰里摸出一支史密斯威森转轮手枪,一面退出弹膛检查子弹,一面郑重地望着陈千里:"你从后门走,先找老易。"他一步跨出门外,又回头对着陈千里说:"带着我儿子!"

老方走到弄堂里,回头看了儿子一眼,抬手朝天开了一枪,便向弄堂深处跑去。陈千里站在门后,从窗口看见他刚跑到横弄口,突然停住,回转身,似乎想要往回跑,这时从弄口方向射来一阵乱枪,一颗子弹打在老方的肩膀上,他趔趄了几步,躲进了横弄堂。

可是后门也被堵住了。小方推开门,

只探了下头便退了回来。后门两边的弄口也有便衣特务。两人上了楼，从一条昏暗的窄梯爬上晒台。小方跑到晒台护墙边伸头看看外面，指着护墙外对陈千里说："你下去，顺那道墙爬，翻过屋顶就是隔壁人家的晒台。"

弄堂里又响了两枪，接着是一阵乱枪声，然后安静下来。不知谁家养的一群鸽子从屋顶蹿上半空，有人急急关上窗户。

陈千里上了护墙顶，回头叫："跟紧我。"

枪声又响，小方朝他摇摇手："我回去找老头。"他转头冲向楼梯口，一眨眼就消失不见了。

陈千里犹豫片刻，又向前挪去。护墙连到隔壁人家的山墙，离房顶半人多高，他搭手上了房顶，轻脚踩到瓦片上，爬了几步翻过坡顶，果然下面是个晒台。

他伏下身，听见隔壁晒台上一阵打斗喧嚣，有人从楼梯滚落，又有人咒骂，紧接着是凌乱的脚步，似乎有很多双皮鞋踩在楼梯木板上，再是一阵打斗，有人突然开始叫骂，是剃头师傅小方，声音断断续续，还有些沉闷，像是从很远的地方传来，像是脸被按在水门汀地面上发出的声音。

他蹲在墙边想了想，觉得敌人也许知道剃头铺里有三个人。如果是那样，他们很快就会搜查弄堂里的每户人家，他不能在这里耽搁太久。陈千里在晒台上站起身，向四周眺望，这片石库门房子连甍接栋。

接连翻越了两处晒台，墙外已是马路，陈千里脱下大衣，翻了一面，露出里面的羊羔绒，穿上后便走楼梯下了晒台，悄悄穿过楼道。没有人。他下了楼，穿过天井，推开一扇门，门后是一家沿街茶庄。店里没有客人，掌柜讶异地望着他旁若无人地出了店门。

剃头铺那条弄堂口围着很多人，几个巡捕举着警棍，吓唬几个靠近张望的年轻人。警棍打到棉袄上，灰絮飘扬起来。陈千里没有马上就离开，他静静地在人群后站了一会儿，听见有人说："年轻的一塌糊涂，脸上都是血。老的那个当场被打死了。"

陈千里在路上不时想起老方刚刚说的话："带着我儿子！"

赛马票

本场电影已过半，下一场的观众还没到，大光明大戏院外只有三两行人，在寒风中匆匆赶路。头顶上方的电影海报被风吹脱了一半，飘在半空中哗哗作响，夕阳照在玛琳·黛德丽有些扭曲变形的脸上，那头著名的金发也已饱经冬日风雨和尘土的摧残，变得黯淡无光。陈千里到票房转了一圈，又从另一扇门走了出来。他继续向东走了一段，左转进了派克路。

他仔细回想，应该没有什么异常。昨天，他在书画铺门口的电线杆上贴了一张绿字条。字条是老方牺牲前给他的，书画铺老板只要打开店门，就会看到字条上写的寻人启事，然后按规定时间到卡尔登大戏院，与来人接头。书画铺开门营业了，夜里二楼也开着灯。陈千里在附近观察了很久，没有站在街角无所事事只顾抽烟的人，也没有手势生疏的鞋匠。

这几天，意大利山卡罗氏歌剧团在卡尔登上演《图兰朵》。戏院门旁，那幅表现主义风格的巨大招贴画上有中意两种文字：在图兰朵的家乡，刽子手永远忙碌。那是开场合唱中的一句歌词，不知制作它的人专门挑出这句是什么用意。

那家书画铺的老板，正是易君年。陈千里在他的书画铺门口仔细观察了他两天，人群中一眼就找到了穿着灰缎夹袍的易君年。

陈千里跟着一小群人前行，慢慢靠近易君年。他侧过身，望着马路对面，那是正在建造的四行储蓄会大楼，冬日夕阳照射在高耸入云的脚手架上："一个卖古旧字画的，也来看意大利歌剧？"

"它说的可是中国故事。您是——"易君年朝招贴画努努嘴，画上有一个尖下巴的中国女人，背景上隐隐约约是一些中式宫殿。

"姓陈。"陈千里回头看着他。

易君年慢悠悠地从大衣口袋里掏出烟盒，借递烟打量了一下来人，当对方随着人流走来时，几乎不易察觉，但当他站到自己面前，却像是一个从电影里走出来的人物。陈千里摆摆手，易君年自己取出一支茄力克香烟点上："陈先生，不是本地人吧？"

"从新京来，受人之托，想找一些好东西。听说最近北平的东西都跑到了上海，不知道易先生有没有路子？"

陈千里这件从海参崴旧货店买来的大衣，羔皮里子狐毛领，一望便知从极寒地方来。从下船那一刻起，他就话里话外透露自己是个古董商人，与在大陆冒险的日本商人有一些神秘联系。

"连政府都打算把北平的文物运到南京去，何况民间。"易君年接着陈千里的话题说道。因为日军在长城一线蠢蠢欲动，据说国民政府正准备从北平故宫文物中挑拣一批，送往南京。几天来报纸上议论纷纷，都在说这件事情。

风从空旷的跑马场方向吹来，把梧桐落叶吹得到处都是。易君年扔掉抽剩的半根香烟，搓了搓手。两个人一前一后，好像只是不约而同，一起向跑马方向走去。

跑马场外围的护栏边，行人稀疏，他们停了下来。马赛大多在春秋两季，届时赛道围栏旁簇拥着赌徒和小报记者，人人都争着打听和传播各种真假消息。平常日子，骑师和马夫也会不时牵着马到赛道上转几圈，让赛马在众人面前亮亮相，假装精神抖擞或者萎靡不振，以此操纵赔率。不过这会儿，薄暮笼罩的跑马场上，只有几个外国小孩在争抢一只皮球。

"陈先生对什么感兴趣？我只懂点字画。"

"那我就找对人了。"

皮球踢上半空，又落到砂石赛道上，惊起几只麻雀。陈千里轻轻地说："我只担心买到假货。"

"买到假货，那是常有的事，在上海，连金先生这样的大藏家也不免上当。"

围栏边突然孤零零出现一匹赛马，马背上盖着条纹毛毯，马夫远远跟在后面，不时吆喝几声。一马一人寂寞地在赛道上绕着圈。

"愿闻其详——"在冬日黄昏的萧瑟寒风中听一个略带喜剧性的故事，陈千里对此似乎很有兴致。

"金先生最爱明四家，做梦都想要一幅'仇英'，字画行里是个人都知道这件事。"

易君年又点了一根香烟，盯着那群正翻过围栏、准备回家的小男孩："于是有一天，'仇英'自己上门来找他了。来人说，手上有一幅'仇英'的小画。金先生喜之不尽，约定日子让他拿来看，还特地约请了沪上一位书画界的行家，于那日一起来鉴赏。

"到了那天,此人果然拿着一幅'仇英'上门,请来的那位行家细细观摩了好一阵,然后说,这幅画是假的——"

易君年停下来,抽一口烟。

"既然是假的,以金先生的身份地位当然不收。金先生也不多话,客套了一番后,礼送出门。那位行家也婉辞夜宴,一同出门离去。

"金先生有点奇怪,多生了个心眼,让下人跟着出去,正看见这位行家在门外街上拦着来人横竖要买。下人回来报告金先生,金先生大怒,这快赶上明抢了。第二天金先生就让人捎了一句话给那位行家,要么卖给金先生,愿意再加价一倍,要么自己拿着那幅'仇英',从此就别想在上海滩混了。"

"那幅画是假的。"陈千里说。

"正是如此。"易君年扔掉烟蒂,"那位行家自己画的。"

陈千里忽然笑了起来:"故事是好故事,可这故事像是从《笑林广记》里偷来的。"

他从大衣内取出一册广益书局版《笑林广记》,递给易君年。易君年接过去翻开,书中夹着半张跑马厅大香槟票。

"这回大香槟赛,开出头奖二十万。"易君年一边说,一边往怀里掏,"赌马的人越来越多了,市面越是萧条,跑马场就越热闹。"他掏出半张马票,上印"提国币一元作慈善捐款"。他把那两个半张合到一起,凑成完整的一张。

易君年不用再假装冷淡,有点激动地去握陈千里的手。他刚经历被捕和审讯,释放后又听说老方牺牲了,时刻都在担心就此与组织失去联系。陈千里却没有握住那只伸向他的手,只是朝对方笑了笑。

"我叫陈千里。"他说。

听到这个名字,易君年愣了一下。

"陈千里同志,"他克制着情绪,但语气仍然有些悲愤,"老方牺牲了。"

天色昏暗,路灯渐次亮了起来,陈千里注视着易君年:"哪来的消息?"

"我们在巡捕房里面有内线情报。他们在老方儿子的剃头铺里找到了老方。老方儿子也被捕,敌人严刑拷打,就想知道老方在那里准备跟谁接头。是你吗?"

"老方在码头附近跟我接头,他离开时没有什么问题。"陈千里并没有什么明确的判断,但他决定有些事情要先观察一段时间再说。

"按理说,你们刚出狱,不应该急着跟你联系。"陈千里说得很直率,"但我必须找到'老开'。"

易君年又点上一支烟,脸上忽明忽暗。陈千里觉得自己看不清对方的表情。

易君年轻轻叹了一口气,知道陈千里的话是对的,虽然他很想立刻就取得对方的信任,他想马上重新开始工作。

"'老开',就是上级派来传达任务的同志?"

"他现在在哪儿?"

"他还没有表明自己的身份,敌人就冲进来了。我们陆续进房间,每个人都往桌上放了骨牌。十二个人如果到齐了,主持会议的人应该拿出一对骰子,证明他是上级派来传达任务的同志。可就在那时,听到了枪声,接着有人跳楼,大家紧急疏散,但两边通道都堵住了,我们只能回到房间,混乱当中我看到那对骰子已经放到了桌上,说明他已经到了。我意识到我们马上就会被捕,他是唯一知道会议秘密的人,不能让敌人发现。情况太紧急了,我没有多想,把骰子悄悄放进了自己的口袋。"

陈千里想了想，又问："你觉得敌人知道'老开'就在这些人中间吗？"

"我估计敌人可能并不知道这个化名，从没有人提起。老方通知大家时也没有说过。"

"审讯过程你能回忆起来吗？"

他们站在这里的时间会不会太久了？陈千里转了个身，背靠着围栏。天差不多完全黑了，远处路灯下偶尔出现一两个行人，大马路上新近安装了霓虹灯，在黑夜里勾勒出一两幢大厦的轮廓。如果有人看到他们在这里说了那么久，会不会觉得奇怪？他在想。

"押解到龙华的第二天，上午很早就开始提审。我比较晚，我要到下午。有人听见女牢也是上午就开始提审。后来我听凌汶同志说，先提审了小董，就是董慧文——"

"在狱中你们有联络通道？"

"那倒没有，女牢隔得太远了。是出狱后，出狱之后我和凌汶见了面。"

他在躲闪什么？陈千里心想，夜色中他隐约感觉对方窘迫地笑了一下，接着又说下去："她是上午出狱，知道那天我们都会被释放，她叫了两辆黄包车，让一辆空车在警备司令部释放犯人的门口等我，她自己坐一辆远远地看着。我们都联系上了，我们六个人，释放时就约好要互相保持联系，谁先找到组织就通知大家。我和凌汶原本就一起工作，她是下线。我们这个小组专门做情报，她是内勤和交通，忠诚可靠，她丈夫前些年牺牲了。我信得过她。

"有时先来提一个，过会儿再提出去一个，偶尔也会两三个人一起提审。先出去的不一定会先回来。审讯并不在同一个地方，每个人回到牢房以后都尽量回忆，好把需要警惕的事情告诉其他同志。我自己被提出去审了两次，军法处侦缉队的队长游天啸，两次提审他都来了，就来一会儿，时间不长，应该是在几个审讯室跑来跑去。游天啸一点也不相信我们事先想好的托词，他很确定我们不是在赌钱。我们这些人互相都不认识，怎么会聚在一起，他反复盯着问，我想他猜到我们有一个特殊任务，推测应该会有一个传达任务的人。第二次提审时，他提到了骰子，他问谁是把骰子拿出来的人。"

"你是说第二次提审时，他知道了骰子的事情？那么——是有人在提审中向敌人泄露了这个秘密？"

易君年认真地想了想："应该不是。游天啸领着人冲进会场时，他自己拿出一对骰子放到桌上，装出一副什么都知道的样子。"

"如果是那样——"陈千里似乎一边努力思考，一边斟词酌句，"你怀疑组织内部被敌人渗透了？"

"我认为——"易君年艰难地说出了他似乎考虑很久的想法，"组织内部很可能有内奸。"

陈千里摇了摇头，好像决定暂时放下这个想法："我要跟'老开'同志取得联系。"

"上级也没有告诉你到底是什么任务？"

陈千里没有回答，却反过来问易君年："你们约定了出狱以后，用什么方式互相联络？"

易君年把大家的联络方式告诉了他。他发现这位同志的记性特别好，每个地址和联络方式他都只说了一遍，而对方没有再问。

两人分手时，陈千里又回转身问易君年："那个卫达夫，是不是专门负责安排安全住所的同志?"

"组织上安排他进房屋经租处工作,一旦需要设置秘密联络点,或者安全住所,他很快就能安排好,哪怕临时通知他也没有问题。他手里也有一些十分可靠的铺保。"

易君年把《笑林广记》卷了卷攥在手里,迟疑了片刻才又说道:"但是菜场会议被敌人破坏以后,加上部分同志被捕入狱,他有些意志消沉。"

"那我就借这个机会观察他一下。"陈千里摘下帽子,挠了挠头发。易君年看了他一眼:"对,要过年了,我也该去理个发。"

陈千里的背影很快消失在暗夜里。易君年压了压帽子,收紧大衣,背着手朝跑马厅路路口走去。穿过马路时,他随手把《笑林广记》扔进了一辆路过的垃圾车,拉车的骡子垂着头毫无知觉。

易君年在马立斯大楼前停下脚步,又点上一支烟。寒风中行人缓步走着,仿佛并不着急回家。他直到抽完那支烟,在鞋底碾灭烟蒂,才顺着暗红色的砖墙转进弄堂。

照片

马立斯新村。弄堂很深,从两侧房子的底楼飘来阵阵油香,不知哪户人家的小孩忽然一阵吵闹,片刻之后就又陷入沉寂。

易君年抬头看一户人家。窗帘拉着,室内开着灯,映照着窗台上的花影。瓶花是安全信号。他转到弄底,推开一扇虚掩着的门。这是后门,里面是厨房,这会儿没人,底楼几家租户烧好饭菜,都进了房间。

他径直上了二楼,敲敲门,凌汶打开房门。

易君年脱下大衣,挂在门旁的柚木衣帽架上。桌上放着刚做好的饭菜,豆芽炒肉片、猪脚黄豆汤,还有炖萝卜。

"楼下人家有没有问你最近去哪儿了?"易君年问她。凌汶是二房东,前些年,龙冬租下了这幢弄堂房子,择吉接了她住进来。他们俩是夫妻,比那些因为工作需要才住在一起假扮夫妻的同志,更容易适应环境。不像在其他系统工作的同志,国民党暴露真面目前,龙冬就已经转入地下为党做情报工作。"四一二"大屠杀前夕,很多同志在国民革命高潮中过于轻敌了,龙冬所在的小组虽然相当隐蔽,但因为没有与党的公开活动完全隔离,在国民党大肆"清共"时仍然遭到破坏。不过敌人没有发现这幢房子。

"我说到亲戚家住了几天。"吃饭时凌汶告诉易君年,"我猜他们可能知道。楼下小宝说,有陌生人到房子里来问过,巡捕房姚探长陪着。那天带巡捕冲进菜场的,不就是这个姚探长吗?"

有人读了凌汶写的那部小说《冬》,会以为她和龙冬很难分得开。谁也不会想到他说走就走,都没见上一面。联络站暴露,特务悄无声息地冲进房间,凌汶正在那里取信,也被抓了进去。幸亏销毁了密信。凌汶不在逮捕名单上,特务并不知道她也是小组成员,关了几个月就把她放了。等她出狱后,龙冬却不见了,与他有关的所有东西,几乎全都消失。

"我怕你有一天突然不见了,就像水进了大海。"

"那你面对大海就能看见我。"

这是小说中那对恋人的一段对话（她把自己和龙冬的名字赋予了他们）。有一天早上，小说中的汶告诉冬，她做了一个可怕的梦。

过了一年多又传来消息，龙冬牺牲了。凌汶找不到组织，而这幢房子当初由他们夫妇出面承租，并没有暴露，根据上海的房屋租赁规则，房屋业主不得无故取消租赁权、收回房子。房租月月往上涨，她发现只要出租一部分房间，她就仍然可以住在这里。等易君年找到她，让她恢复工作后，她倒是提过想把房子退租，但易君年不同意，他说，这房子从没有当联络站使用过，连自己的同志都很少知道。既然组织上不用另外花钱，你何不就住着呢？说不定以后可以派用场。其实她心里也不想离开，因为龙冬。

"巡捕房来说了些什么？"易君年询问道。

"要有什么要紧话，他们会跟我说的，我这儿邻居关系好。"

"那是因为你不涨租金。"

"当然不能涨，我们不能当剥削阶级。"

"你这个二房东，要是跟别的二房东不一样，就会让人怀疑。"

"那也不能涨价。"

易君年点点头，笑骂了一句："小宝这只小流氓，对邻居倒客气。"他说的是楼下的租户吴四宝，从前在跑马厅做过马夫，被跑马厅董事会一个洋大人看中，挑他当司机。小宝抓住这个机会，在跑马厅一带混得风生水起，外面马路上都叫他"马立斯小宝"。

"他们都这样，说是兔子不吃窝边草。"

"我下午见了上级来人。"易君年一边往饭碗里盛汤，一边说。

"这不是有点冒险吗？"他们刚被释放，按照地下工作的一般原则，党组织在与这些人重新接头前，应该有一个静默期。

"也许是因为任务很紧急，所以当初才会临时召集开会。关键是，上级派来传达任务的同志也没有现身。"易君年拿调羹在汤里搅了两下，又放下碗，"老方也牺牲了。"

凌汶感到十分悲伤。除此之外，她也隐隐自责。在看守所她最后拿定主意，写了那封密信。被捕后再次启用秘密信箱，这么做很不妥当。信一交到陶小姐手上，她就开始后悔。她一直在怀疑是不是自己犯了大错，她觉得老方牺牲跟那封信有关。

"做秘密工作，事前要考虑周全，现在就不要多想了。"易君年漫不经心地说着，心思像在别的什么事情上，他经常这样，凌汶见多了不以为怪。他们都是能在脑子里把事情琢磨清楚的人，她就做不到。她要是认真思考一件事情，就总想拿支笔写下来。人和人不一样，同样是动脑筋，老易看起来就像心不在焉，所以她有时候觉得，易君年如果不想回答一个问题，就会显得漫不经心。

因为易君年，她才能重新联系上党组织。像龙冬一样，易君年也掌握了一个秘密情报网。老方常常说，老易把天线安进了敌人的心脏，我们有一个易君年，安全保卫工作就省了一半心。市党部、警察署、巡捕房，老易都能搞到情报。常常是半夜，老易跑到她这里，交给她一支香烟或者一颗蜡丸，告诉她有人面临危险，要求她连夜送出情报。这种时候她总是为自己和小组同志所做的工作而自豪。

"这是什么？"

易君年吃完饭，坐在沙发上抽烟。他拿起茶盘边的小纸片，盯着看了一会儿。凌汶手上拿着抹布，凑过来看。

"随便乱涂的。"

她习惯随手在纸上涂抹，成形的想法会记在小笔记本上，零零碎碎的想法写在小纸条上。一张文稿纸裁成一小沓，放在口袋里。纸条上写着"内奸""骰子"，还乱七八糟地画了一些谁也认不出是什么的图案。

"你这个习惯一定要改掉，"易君年说，"很危险。"

他点燃一根火柴，在烟灰缸里烧掉了字条。

"我觉得肯定有内奸，能不能从敌人内部找到线索？"

易君年深深吸了一口烟，慢慢地说："我会查。如果我的怀疑没错，这个内奸应该十分隐秘，即使在敌人那边也不会有几个人知道。"

"你有怀疑对象吗？"

"不要轻易去怀疑一个同志。"易君年看了看她，严厉地说，"随随便便把同志打成内奸，我们有过惨痛的教训。"

"如果不把他查出来，组织会遭到更大的破坏。"

这句话说中了易君年的心事。从今天接头的情况来看，上级一定也在怀疑。

"你觉得敌人这次为什么会释放我们？"他一边想，一边漫无目的地随口问凌汶。他没有找到老方，但他找过卫达夫。那天逃跑后卫达夫混进菜场人群，正好碰到熟人，连忙上去搭话，以此为掩护，离开了菜场大楼。出去以后卫达夫似乎找过老方。

"你不相信卫达夫说的话？"

"或许吧，或许——"易君年沉吟着说，"你觉得那天在菜场，发生了那么多事情，有人开枪，有人跳楼，有人逃跑，说是赌钱，桌上却没有钱，特务会相信我们的话吗？组织上虽然能找到关系，托人营救，可如果特务们相信手里抓着的真是共产党，他们能放了我们吗？"

"假意释放我们，监视跟踪？"

"你不是怀疑我们内部被敌人渗透了吗？"易君年望着她。

"如果你不相信卫达夫的话——"凌汶忽然想到，"你是不是认为他出卖了老方？"

起风了，夜晚房间里有点冷。易君年坐在客厅沙发上，凌汶到隔壁取了暖水瓶，给他泡了一杯茶。易君年接过茶杯时，凌汶看到他手腕上被灼伤后的疤痕，伸手轻轻摸了一下。她心里有个问题一直都没找到机会问他——

"你跟我提起过，老方说，上级派来的人会拿出一对骰子。"

易君年注视着茶几上的照片，那个小小的相框，原先放在梳妆台上。

"特务好像知道这件事。"凌汶慢慢地说，好像在整理头脑中的想法，"那个游队长审讯小董的时候，专门问过骰子的事情，而且他冲进来时就拿出了一对骰子。他们没有问你吗？"

"你想知道什么？"易君年严肃地看着她。

"特务进来时，我看见你手里拿着骰子，放进了自己的口袋。我一下子有点糊涂了，原来上级派来传达任务的同志就是你。后来进了看守所，我就一直在担心你。"

"这就是最大的问题。他们知道骰子，说明他们了解党组织的秘密安排，但最后却把我们放了。"

易君年陷入了沉思。凌汶知道此刻她不能去打扰他，老易有丰富的情报工作经验，擅长发现蛛丝马迹，从片言只语中捕捉到线头，一步步分析，找到真相。

每当这种时候，她望着他，恍惚中会觉得他有点像龙冬。虽然仔细一想，又觉得他们俩并不是一种人。龙冬豁达，越是情势紧急，他越是松弛洒脱。易君年呢，她记得自己以前对他说过，他只要碰到紧急情况，就会烦躁不安，别人要是说一句话，打个岔，他甚至会发脾气。就是那一回，她头一次在他面前提到龙冬，结果差点不欢而散，要不是当时有事需要交代，他可能会拂袖而去。

傍晚时她拿着照片，坐在沙发上想了很久。那年夏天，龙冬带回一只莱卡小型照相机，他们俩一起跑到虹口公园，他装上胶卷，给她拍了几张照片，龙冬说，胶卷头上有一些这样的照片，是很好的掩护。他还跑去跟一个戴着软呢鸭舌帽的犹太人商量，让他给他们俩拍一张。那个犹太人正站在草地上又弹又唱，拿着一把古怪的三弦，琴身不是圆的，而是做成了三角形。犹太人给他们拍了照，又专门为他们俩重新弹唱了一遍。后来龙冬告诉她，那种琴叫 ba-la-lai-ka，他一个音一个音地教她说这个词，又说那首曲子叫 tum-ba-la-lai-ka，就是弹奏这种琴的意思。那是一首意第绪语犹太民歌，在空旷的公园草地上，听起来特别忧郁动人，她至今都能哼出那声"咚巴啦咚巴啦啦"。

这些事情，都是老易不会去做的。她就是这样，不时拿两个人做比较。有时候越比较越觉得两人很像，有时却越比较越觉得不像。他们俩在工作时，简直太像了。凌汶常常会觉得，如果他们俩在同一条线上工作，一定会配合默契。他们思考问题的方式都跟别人不一样，会跳过一些事情，直接抓到结论。他们走着走着，会突然好像想起什么事情，猛地回头，如果有特务在背后跟踪他们，就会被发现。他们和她在某个地方接头，分手时都会突然离开，就好像一句话没说完，人就像梦一样消失了。他们俩连说话的方式都很像，从交代秘密任务到日常闲话，一点都不需要过渡转折，连突然压低声音都显得特别自然。甚至，有好几次，凌汶发现易君年在安排接头方式、编造掩护借口时，居然能跟好多年前的龙冬想到一起。

"审讯时他们问了我，所以他们用了电刑。他们一用，我倒放心了，说明他们没有别的办法了，黔驴技穷。有人把骰子放在桌上，这说明上级派来的同志就在我们中间。"

易君年又一次看见茶几上的照片，他在想，要是龙冬碰到这样的情况，他会不会也是这样当机立断？"外面情况一乱，我立刻决定把骰子拿过来。这位同志是谁没人知道，我也不知道，这样最好。骰子我拿着，万一敌人了解这个情况，我可以说我就是那个带着骰子的人。

"我相信自己能顶住敌人的审讯。再说，我也确实不知道到底是什么任务。这样，党组织最重要的秘密就安全了。在看守所，我没有把实情告诉他们，因为既不知道'老开'是不是在我们这些被捕的人当中，也不知道我们中间有没有安插的特务。我把各种情况都考虑了一遍，两个人都在狱中，两个人都逃了，或者一个在里面一个在外面。无论如何，我只能选择假装自己就是上级派来的同志。"

"'老开'？"

"上级派来的同志，"易君年犹豫了一下，"——他的代号是'老开'。"

"可是，敌人提审的时候只问过浩瀚。"凌汶脱口而出。

"这样看来敌人知道得不少。"易君年反复斟酌着，"游天啸看上去很狡猾，其实愚蠢自大，自以为抓住了什么线索。我想，敌人到最后把我们放了，最大的可能是他们相信'老开'同志从抓捕现场逃脱了，而潜伏在党组织内部的特务却被抓进去了。"

易君年再次陷入沉思。每个人都有可能，他想。他摇了摇头，对凌汶说："这样想下去，不会有什么进展。老方召集的这些同志，我们大都不了解。一个人的秘密，深埋在他的历史中间，党组织反复遭到破坏，继续战斗的同志，几乎没有从头就在一起工作的。

"白区工作，尤其是秘密的地下工作，为了安全起见，组织部门从不保存个人历史档案。如果有可能，我想应该建议上级，把这次每一个参会同志的过往历史都清查一遍。"

凌汶看到他伸手拿起茶几上的照片，突然觉得心里有些别扭，在这之前，老易从来没有碰过这张合影，每次他都装作没有看见。她有时候会觉得，这就是她和老易的问题所在，他们俩中间永远隔着一个龙冬。

"你以前说过，龙冬同志撤离上海，也是因为党组织遭到严重破坏，很多同志被捕，有不少牺牲了。为什么组织上没有让你一起撤离呢？"

"我们这里并没有被破坏，敌人从来不知道这个地方。我的工作是内交通，接触的人少，和龙冬结婚以后，就主要做内勤。"

"是因为出了叛徒？"

"组织系统被完全破坏了，很难查清。"

夜深了，凌汶望着茶几上龙冬的照片，想着斗争是如此残酷，甚至使不少人变得面目全非。

诊所

同福里三成坊三零一弄，弄口过街楼朝马路那面墙，角上钉着一块牌子，上面大字写着"西医诊所秦传安"，底下不像租界里有些私人诊所，列出儿科妇科内外科这些，让人觉得这位医生什么都能接诊，有点靠不住。这块牌子下面的小字简简单单，只说门诊时间是下午一时至七时，出诊面约。

过街楼上，秦传安正在发愁。这两天他已经开始怀疑诊所被监视了，马路对面弄堂口忽然来了个卖香烟的人，以前从来没见过；出诊时总感觉背后有人盯梢，他不那么确定，那张陌生面孔是不是在附近看见了好几次。

仅仅是因为他出面交了铺保吗？这倒是预先做过打算，编造了过得去的理由。本来铺保就是一个形式，亲戚之间，朋友之间，帮个忙而已。担保梁士超更是名正言顺，他本就在诊所帮忙。

老方并没有想到营救会那么顺利，没几天就有消息了。前几天他打了个电话到诊所，告诉秦传安他的处境很危险，敌人正在到处抓他，然后就完全没有了音讯。

这说明敌人确实知道得不少。秦传安不知道营救工作如何进行下去，只能等着。可是没想到，人真的放出来了。诊所收到了释放通知书，可他仍旧找不到老方。

秦传安是位外科医生，此前在附近的

德国医院做了好几年住院医师，随后自己出来开了诊所，公开的理由是这家德国医院规定住院医生必须单身，实际上当然另有原因。原先老方跟他说好，他只出面担保梁士超，其他人另作安排，可是老方自己却出了问题。

令人诧异的是，警备司令部军法处居然问他，因为同案其余几个人迟迟没有送交铺保文件，不知秦医生愿不愿意为所有同案人员担保？因为马上就要过年了，看守所方面希望能让这些人早些回家。这真是一件奇事，国民党龙华看守所什么时候变得这么有人情味了？担保梁士超他名正言顺，担保其他同志，这不是摆明了告诉敌人，这些人都是一伙的吗？可他救人心切，假意为难了一番，等对方再一次试图说服，他就答应了下来，签了担保书。

没想到事情那么顺利，释放那天秦传安还特别高兴。崔文泰开着车，和他一起把梁士超和受伤的林石接回了诊所，其他几位同志也都顺利出狱。可一回到诊所，他就高兴不起来了。梁士超悄悄告诉他，有内奸。这么秘密的会议，特务怎么知道的？而且知道得那么详细，那个姓游的家伙甚至拿出了一对骰子。

"如果敌人知道得那么多，为什么会释放这些同志呢？"

秦传安问出这句话后，马上就想到了，如果组织内部被敌人渗透，有内奸，释放就可能意味着更大的阴谋。但他不知道该怎么办，老方不见了，跟上级的联系断了。

让他担心的还不止是诊所外面来了一些陌生面孔。

今天早上他到病房，林石说他要打个电话去银行，林石的公开身份是仁泰银公司的职员，从被捕到出狱那么多天，他应该跟工作的银行联系一下。秦传安不以为然，想把梁士超叫来扶林石去门诊间，可林石说他自己能行。

这些天诊所很空闲，要过年了，除了林石没有住院的病人，因为不在门诊时间，那会儿连护士都没上班。秦传安趁机和梁士超说了一会儿话。

梁士超听说林石自己跑去打电话，只冷冷地说了一句："现在他倒能走路了。"

电话打了很久。回到病房后，林石交给秦传安一封信，请他帮忙寄出去。收信人是中汇信托银行吴襄理。这么来回折腾了一阵，林石又有些发烧，躺下后很快就睡着了。

秦传安拿着信去了门诊间。门诊间就在过街楼上，朝着马路和弄堂里的两边都开着窗，十分明亮。他站在朝马路的窗边朝外看了看，那个卖香烟的开始上班了，身上挂着香烟箱子，也不叫卖，靠在街对面一根电线杆上，自己倒抽起了香烟。

他正考虑着如何不引人注目地把信放进马路对面的邮筒，梁士超进来了。

"秦医生，先不忙把信送出去。你最好打开看一看。"

"为什么？"

"为什么——"梁士超犹豫了一会儿，"你记不记得那天我对你说，我怀疑组织内部有奸细。"

"你怀疑林石同志？"秦传安有些担心，诊所外面说不定已被敌人监视，如果诊所内也有特务，那这里就跟看守所没什么区别了。

"我一直都在怀疑他。他装病。在牢里我看过他的伤，并没有那么严重，为什么整天昏迷，睡觉还哼哼唧唧，毫无革命意志。一进诊所倒来精神了，又打电话又写信。"

秦传安是医生，他可不相信这样的怀疑："对枪伤，每个人身体的反应都不一样。"

"特务还很照顾他，专门找了警备司令部的军医来给他看伤换药，提审他的时候也没有动刑，提审了好几次，每次时间都不长。提他出去的狱卒，对他也很客气。"

"就这些？"

"这些还不够吗？斗争形势这么复杂，任何迹象都要警惕。"

但秦传安不同意打开信封，他觉得自己无权这样去怀疑一个同志。梁士超一向信赖秦传安，但被捕以后发生的事，秦医生并不清楚，梁士超思来想去，始终没法驱散心头的疑惑，于是要求召开临时党支部会议。

在这个临时党支部里，除了被捕的同志，还有秦传安、崔文泰和田非，后面那两位原本与秦传安也不在同一条线上工作，互相并不认识，可是那天他和田非一起逃出菜场，正好看见崔文泰上了自己的车。三个人都有点懵，不知道究竟发生了什么，他们要先找一个地方定定神，想一想下一步该怎么办，秦传安便让崔文泰把车开到了诊所，他认为那里应该比较安全，特务可能一时想不到把一位外科医生和共产党联系在一起。

老方失踪后，他们三个保持着联系。狱中的同志被释放的前一天晚上，崔文泰自告奋勇，要开车去把同志们接回来。这些天，他们如同断了线的风筝，只能把诊所当成了联络点，聚在一起彼此激励。田非建议成立一个临时党支部，团结在一起才有战斗力。这是大家都同意的，如果跟组织上失去联系，那么自己组织起来，也可以继续工作。

可这会儿，秦传安却不同意召开支部会议。他认为诊所周围的街上，有太多奇怪的迹象，不正常。

梁士超有些生气，换一个人他早就发火了，但他不能对秦医生那样，秦医生是个缜密的人，况且救过他的命。他按捺住自己的情绪，扭头出了门。

一个小时后，他回来了，不是一个人，身后跟着崔文泰和田非。三个人进了门诊间，先开口的是田非，他严肃地对秦传安说："你必须把信交出来，临时党支部决定打开这封信。"

秦传安看了看窗外，临近中午，太阳照着对面沿街的房子，窗下挂着不少腌鱼咸肉和风鸡。明天就是大年夜，家家户户都在忙年。街上人来人往，手上提着扎成串的年货。

既然是大家的意见，他决定服从。从抽屉里取出信，田非一把拿过去想要撕开，被崔文泰拦住了。门诊间暖炉上烧着一壶水，等水烧开，蒸汽不断从壶嘴往外冒。梁士超把信的封口对准壶嘴，不一会儿，封口上的胶水就化了。他揭开封口，抽出信纸，把信交给了秦传安。

吴襄理作民阁下大鉴：

原约本月十日与阁下会面，因事无法前往。前又于电话中获知保管箱续期事宜当以书信寄达。以下：

径启者，兹为二七九号保管箱延用至三月十一日，其所需各项资费于到期前合并结清。希即查收批准为荷，此请。

秦传安看了信没作声。田非把信拿过去看完，随即轻喊一声："果然。"

"果然?"梁士超连忙问。

"本月十日,不就是菜场开会,我们被敌人抓捕的日子吗?"

"这说明了什么?"梁士超又问。

"秘密会议,上级布置紧急任务,这么重要的事情,他还有闲心约了人见面。他肯定有问题。"敌人冲进图书馆实施抓捕以后,田非虽然脱了身,但是遇事越来越焦躁。

"这说明不了什么问题。"秦传安示意大家不要着急,"林石同志的公开身份本来就是银行职员,那是他的日常工作。"

他故意用了"同志"这个称呼,想要提醒大家注意。

"他现在刚刚被释放,受伤住院,银行的日常工作需要那么紧急地打电话写信吗?你们看,他都被捕了,身上还能带着印鉴?"田非觉得自己很敏锐,他指了指信尾加盖的私人印鉴。

"那现在怎么办呢?"崔文泰说了一句。

这下几个人都没了主意,内部调查必须得到组织上批准,这是纪律。

"上级联系不上,我们自己查清楚。"田非有点激动。

"怎么查?"梁士超看了看秦传安。

"应该先把他控制起来,不能把他一个人放在病房里。"田非话没说完,就带头跑向病房。

三个人进了病房,崔文泰把门关上,梁士超站到靠窗的位置,田非俯身看着林石问道:"保管箱里有什么?"

林石眨着眼睛,好像还没完全醒,有些迷糊。

"那个吴襄理是什么人?"田非压低了嗓音。

林石想了想:"中汇信托银行的吴襄理?"

"你们本来这个月十号要见面,你是打算开完会去见他?"田非连珠炮式地发问,但这些问题之间并没有什么逻辑。

梁士超插进来说:"你觉得敌人为什么会发现我们的秘密会议?"

"你觉得敌人是怎么发现的呢?"林石笑着反问。

"这是临时党支部对你的正式询问,请你严肃点——"崔文泰倚着房门远远地说了一句。

这话说得一点都不严肃,梁士超心想,他朝崔文泰摆了下手:"我们在敌人看守所里就讨论过这个问题,结论是组织内部很可能有敌人的奸细。"

"还不能说有结论。"林石语气平静,"工作疏忽,或者其他渠道泄露,这些可能性都存在。需要在上级领导下,通过组织作严格审查。"

"上级联络不上,就算现在能联络上,我们也不能贸然接头,必须先清除内奸。"

"这两位同志,"林石指了指田非和崔文泰,"他们不应该出现在这里,没有被捕的同志,现在这样跑来跟我们见面,不太合适。"

田非恼了,上前一把掀开林石身上的被子:"你坐起来,好好回答问题。"

"保管箱的主人是一位银行客户,"林石坐起身,靠在床头,"我在银行上班。"

"你不要骗我们了。你在仁泰银公司上班,保管箱在中汇信托银行。不是什么银行客户,保管箱是你自己租用的。"崔文泰在远处笑得有点得意。

"我看,不把那个箱子打开,看看里面究竟是什么,你是不会说实话了。"田非越说声音越大。

崔文泰对另外两位使了下眼色。三个人出了房间，田非回头对林石说："你不许动。"

回到门诊间后，田非问："怎么办？"

众人都没了主意。秦传安刚想开口就被梁士超打断："查都查了，那就一查到底吧。"

"不能动手吧？"田非有点犹豫。

"绝对不行。"秦传安态度坚决。

见大家一时都愣在那里，崔文泰便说："先把他绑起来，万一他真的是特务，说不定会逃跑。"

梁士超想了想："绑起来也好，看看他会不会害怕。"

三个人又冲回病房。

秦传安在楼道里听了一会儿，没什么动静。心想，林石倒没有反抗。他又回到门诊间，找出一张舒伯特的唱片，想听会儿音乐，但是刚打开唱机，又关上了。他望着窗外，心里越来越不安。

他忽然望见街对面黄包车上下来一个女人，织锦缎夹袍，紫色毛呢大衣，提着冠生园点心盒子，打扮得像是过年走亲戚的富家太太。她站在街沿，转头看了看两边，正准备过马路时，又抬头向诊所方向望了一眼，秦传安这才认出是凌汶。难道梁士超也通知了她？他有些奇怪。这可真是乱了套，没法联系上级，同志们就自说自话，把他这里当成联络站了。问题是，这会儿诊所很可能在特务们的监视下。

护士还没上班，他自己下楼开了门。

"秦医生，"凌汶站在门口笑着说，"我来看看林先生——"

"这里没有外人，"凌汶进门后，秦传安告诉她，"门诊时间没到，护士们还没上班。"

凌汶上楼时对秦传安说，老易让她来通知大家，他跟上级联系上了。

"这下好了，"秦传安由衷地高兴，"我正没办法呢。"

"怎么了？"

进了门诊间，秦传安就把刚才发生的事情告诉了凌汶。

"这怎么行，"凌汶当即就说，"我先去看看。"

一进病房，就看见三个人围着房间当中的一把椅子，椅子上坐着林石，手臂和椅背绑在一起。

凌汶劈头就是一句："放开他。"

"不能放，他是内奸。"这几个人当中，只有梁士超认识她，他补充了一下，"——很可能。"

"内部调查要听从上级指示。"

"上级联系不上。"

"联系上了。"

听到这句话，房间里所有的人都看着她，田非抓着林石的手也松开了。

"上级派人跟老易联络，"凌汶有点兴奋地告诉大家，"接头很顺利。"

"上级有没有说让我们恢复工作？"田非急切地问道。

"就你们这样无组织无纪律，随意聚集，随便调查同志，乱来。田非同志，菜场楼上的会议地点是组织上让你设法安排的，难道大家就可以因此怀疑你吗？"凌汶瞪了他一眼。

田非不免有点委屈，心想自己可是按老方的指示安排的会议地点。

林石温和地看了眼田非，转而望着凌汶问道："老易怎么说？"

"老易认为我们应该尽快开会商量一下,在组织上开始内部调查前,每个人都要作好准备,把被捕前后的情况仔细回忆清楚,到时候如实向上级汇报。"

"请老易跟上级说,我想回苏区工作。"梁士超说得很认真。

"他原来就是红军指挥员,来上海治病一时回不去。"秦传安向凌汶解释。

"老方说他向组织上汇报了我的情况,突然又叫我到菜场开会,有临时任务。现在这么一来,我又回不去了。"

"上级安排你参加这次任务,一定有用意。"秦传安又转向大家,"大家仔细想想自己的身份,组织上挑选我们这些人,一定有考虑。再闹下去,诊所的护士都要起疑心了。"

梁士超不作声,他半条命送在了上海,是秦医生救了他。

"对了,你安心休整下,可以在这里住几天。"林石笑着看向梁士超。

梁士超一直看林石不顺眼,在看守所里整天躺着,显然是对敌人有点害怕。就算现在暂停对林石的调查,梁士超还是有些疑虑:"我休整得太久了,现在这样的情况,我怎么能够安心?"

租客

邋遢冬至清爽年,从上星期开始,天天暖阳高照,到了今日,天空更是一碧如洗。虽然西北风刮个不停,但也算是腊月里难得的好天气。卫达夫走了一下午,身上穿着棉袍倒觉得有点热。

每年冬天他都在琢磨着想买一件大衣,这样他就能穿着那套洋装跑街了。这才像样。他引着顾客去看的都是好房子,水门汀洋房,穿个大棉袍,他觉得连说服客人的信心都打了个对折。每年冬天,从他手里成交的房子就比春秋天少很多。有一件大衣,进了房间一脱,西装革履,跟客人说说话,中气足。

下午四点左右,太阳偏西,风倒小了,树梢纹丝不动。静安寺门前的香客少了,都等着年初一上头香,可是周围小摊小贩却多了不少。往年一到岁末,就没人出来赁房子了,这时节卫达夫每每在路上闲逛。今年却有点不一样,到铺子里约他看房子的人一直都没断过。

走到静安寺,卫达夫停下脚步朝大门合掌拜了拜。祈求什么呢?祝同志们都平安吧。他想,如果身后有盯梢的特务,也许会放松警惕吧?不过,如果是自己的同志呢,碰巧路过,日后大约又要批评他封建迷信。他暗自好笑,朝不远处的田谷邨走去。

愚园路地丰路交叉路口,客人正等着他。

"王先生王太太?"卫达夫走近几步,朝两位拱拱手。

王太太嗔怪道:"我们等了半天,老远看到你慢悠悠晃过来。"

卫达夫脸上做了个苦笑:"王太太不要动气,跑了一下午,跑街这碗饭,吃起来也不容易。"

"你自己要吃的,又没人请你吃。"王太太似笑非笑。

王先生摇摇手上的《申报》:"辛苦卫先生,抓紧领我们看房子吧。"

王太太又跟一句:"再等下去天也要黑了。"

卫达夫领着两位客人朝弄内走去。

"广告上讲新式玻璃门面街面房,倒领

我们跑到弄堂里去了，"王太太嘴巴一刻不停，"还说距静安寺一箭之遥，拉弓的人力气有那么大吗？"

三个人转入左侧横弄，进门上到二楼。卫达夫打开房门，一步跨到窗前，推开高窗，转身对客人说："并排弄堂房子，虽然不如有东西厢房那样宽敞，不过前楼这间，本身就宽过一丈，朝南阳光好，两边是隔壁人家的山墙，冬暖夏凉，住住还是很舒服的。"

"面朝弄堂，靠得那么近，房间里有点什么事情，对面人家全看到了。"太太挑剔着，丈夫没作声。

"越是好地段，越是寸土寸金。乡下房子隔得倒是远。"卫达夫有点不耐烦，"上海人家都是装窗帘的，拉起来随便做啥。"

他看了看窗外，弄堂其实算是很空阔了，他自己住的地方那才叫逼仄。他还想说几句，身后脚步声响起，两位客人已径自上了三楼。

他缩回已到嘴边的话，回过身，吓了一跳。房间里忽然站着个陌生人。

房门关上了。

"请问你找谁？"卫达夫有些不安。

"我也来看房子。"

"你是哪位？我们约过吗？"

来人上前一步，卫达夫却向窗口退了两步。

"我姓陈，陈千里。"来人站到窗前明亮处。

"不知经租处哪位给了陈先生这个地址？"

"我就是来找卫先生的。"

"陈先生从哪来？"

"那个地方——"陈千里摊了摊手，像是要让卫达夫放松一些，"很远。"

他在窗前圆桌旁坐下，伸手摸摸桌上的灰尘："家具不错。"

"你要真想租房子，我可以帮你另外找。这间房子已经有人要了。"

"好啊，你说说。"

卫达夫拉出圆凳，在来人对面坐下，点上一支香烟，顺手推开半扇虚掩的窗户，把烟灰点到窗外。

"不知陈先生——是来上海做生意吗？此地有没有亲戚？租房子需要铺保。"

"这好办。"陈千里观察了他一下午。陈千里昨天去了一趟肇嘉浜，在河边的煤场见到了李汉。逃离菜场楼上秘密集会地点时，李汉紧紧跟在卫达夫身后。可是等李汉跑到那条楼道尽头，楼梯却被特务堵上了。易君年和李汉都提到了卫达夫。当时所有人都震惊了，他却似乎早就意识到敌人就在门外。

卫达夫又朝窗外点点烟灰："那就好。陈先生手头宽裕的话，田谷邨这样的新式里弄倒是不错。门厅马赛克铺地，房间蜡地钢窗，水池抽水马桶都是时新的英国货，静安寺近在咫尺，生意人烧香磕头也方便。"

陈千里看上去饶有兴致："有没有公寓楼房？"

"倒也是，陈先生如果没带家眷，住公寓楼比较安静，进出也方便。弄堂里人多眼杂。"

正说着，那对年轻夫妇从楼上下来，推开房门朝里面看了一眼。

卫达夫起身问道："两位看下来怎么样？"

"看不中。再——会！"那女的拉长声音扔下一句话，挽着那男的，摇摇摆摆下楼走了。

卫达夫追到门口却又停住，回到圆桌

旁坐下。

"陈先生如果想找个公寓楼，我们东陆经租处手里有好几个。"他朝窗外挥了挥手，"从这里转到海格路，过去善钟路走到赵主教路就有几幢，四层水门汀房子。不过租金有点辣手。"

"贵处倒是什么房子都能找到。"

"房子都在那里，难找的是客人。有时候客人约来聊了半天，"卫达夫说罢把指间的烟蒂弹出窗外，"最后才发现并不是真想要房子。"

陈千里起身关上窗户："是易先生让我找你的。"

看到陈千里关窗，卫达夫也走到门边，轻轻关上门："哪个易先生？"

"易君年先生，他说你为我预备了一套房子。"

"哪里的房子？"卫达夫犹豫了一下。

"马斯南路。"

卫达夫想了一会儿，说："马斯南路两头都是丁字路口，不知道你说的是哪头？"

卫达夫很少使用这个接头暗号，按照规定，只有上线同志来找他才会使用这个暗号，可是这两年，他的上线就只有老方和易君年，他都快忘了这个暗号了。

房间渐渐暗了下来，有人在收回晾晒的衣物，窗外传来藤拍子打击棉被的声音。

卫达夫冒出一句："要不要把灯开开？"

陈千里微笑了起来："当然，没什么要在暗中说的。"

卫达夫起身，拉了下圆桌上方的灯绳，玻璃罩下的灯泡亮了，光线晕黄，房间里有点冷。

"我见过老易，他没有说起有人要来接头。"他抬起头看着陈千里，"不过，你是上级派来的同志吧？他倒是说起跟上级同志取得了联系。"

"你觉得老易怎么样？"陈千里突然问他。

"什么——怎么样，"卫达夫有点摸不着头脑，"老易参加革命很早，是个老布尔什维克，斗争经验丰富——"

"你觉得他被捕前后有什么不一样吗？"

"我转入地下工作后，老易一直是上线，他是领导，总是他来找我，没有特殊情况，我不能去找他。他特别擅长干这个，遇事冷静——"

"比你冷静？"陈千里笑着问。

"我不能比。"卫达夫摸出烟盒，"我没有看出有什么不一样的地方，他就是看起来有些着急。他原先都是给经租处的跑街金德林发一封信，小金去年就不在这里做了，收发室老傅会把跑街的信都插在自己桌边的墙上，墙上钉着一排布袋子。老易会在信封两头角上画三个连在一起的圆圈，插在那里很显眼。信里只说些不相干的话，但是会有一个时间和一个地址，到了时间我就去那里等他。"

卫达夫接着说："可是这一回，他直接跑到经租处来了，把我吓了一跳，跟你刚刚进来时一样。我连忙把他拉到外面街上，他说他跟上级接上头了，我们要抓紧时间清查内部漏洞，所以，必须开一个会。开会，我问他，这个时候把人召集起来开会，会不会引起特务注意？他就批评我了，说我斗争意志薄弱。

"后来还责怪那天开会时我说的话，我也没说什么呀，外面突然乱起来了，我就说赶紧开会赶紧散会。但是老易就说我动摇了，我怎么就动摇了呢！当然我也不怪他，他刚刚从看守所出来，心情肯定不好，所以我说他有点着急。我婉转地对他说，其实现在最要紧的不是恢复工作,而是要保持隐蔽,过上一阵,等敌人不再注意我们了,再慢慢开始恢复工作。要是换到从前,他自己就会对我说这个话。"

"那天在四马路菜场,巡捕房围住了菜场,你是怎么跑出去的?"

"我应该是第一个冲出房间的,后面跟着一个大个子,我不认识他,不是一条线上的。我进了楼梯间,跑到三楼就知道不好,从二楼到三楼的楼梯上有很多脚步声,我赶紧推开三楼边上那道门,躲进了走廊的厕所里。我想想那地方也躲不了多久,又赶紧出来朝另一个方向跑,没想到大楼背后也有电梯,是送货的。到楼下出了电梯,正好看见常带人来经租处租房的李太太,我就势帮她提着菜篮子一起混进人堆,就跑出来了。"

"回了家,没什么异常情况?"

"我可没敢马上回家,先去了经租处照常上班。其实在经租处我也不敢久坐,拿了单子,说一声出去跑街,就出来了,在马路上逛了一整天。那天真是冷呀,风吹得人牙都疼了。到了晚上,我战战兢兢回到家,在弄堂口站了半天,到半夜才敢进门。那几天,就上班下班,到了第三天,我一个人跑到菜场,没敢进去。卖菜小贩说是那天抓了不少人,都是共产党。"

"你后来有没有找过老方?"

"我找过。按照规定,如果发生重大情况,可以向他发出要求见面的信号。但是他没有回答我,等了一个礼拜都没有回音,我想他可能也被捕了。我不知道可以做什么,也许我应该撤离,但我能够接头请示的上级领导,就是老方和老易,他们俩全都不见了。

"我把家里清理了一遍,防备特务冲进门。有一份前年的苏区报纸,不知什么时候到了我那里,不舍得扔掉。《红色中华》,上面有第三次反'围剿'取得胜利的消息。其他就没什么了。

"前些时候老方让我多准备一点铺保单子,他特别跟我说,让我先不要告诉老易。我想那可能是另一条线上的工作,组织上可能需要临时租一批房子。如果是短时间租用,就可以使用这种假单子。

"我常常经手这些单子,有些店铺的主人不太在意,你说丢失了,他可以再盖一次印。有些人做这种生意,租一个铺面,挂个经租处的牌子,专门给人作保。我自己上班的经租处也可以担保,盖印要找经理,不过总有机会多盖几份空白单子。

"老方一说我就办了,可是这些单子放在家里,就会惹麻烦。万一被特务搜到,我就说不清楚了,也许会给组织造成损失。想了又想,我就把这些单子都烧掉了。我在这里上班,如果没什么事情,马上再找几份也不难。说实话,烧掉挺可惜,这种单子都可以卖钱。一份殷实店铺的铺保文书,可以卖十几块洋钿了。"

"老方让你不要跟人说,你跟我第一次见面就都说了。"陈千里把桌角上的火柴盒推给卫达夫,让他点上那支在手里夹了好久的香烟,"你后来真没告诉过老易?"

"老易说你是上级派来的,你是老易的上级,对我就是上级的上级,我告诉你肯定没有问题了。不过,当然不能说给老易听,规矩我懂的,你不要看我话多,我嘴紧着呢。"

"这几天你有没有见过老易?"

"今天见过。老易刚通知我明天晚上到一个诊所开会。从会场逃出来的,被捕释放的,都要去。老易说,现在看来,大家是要在一起开个会,我们要自己把自己组织起来,不然队伍要乱了。"

"怎么回事?"

"老易说有些同志正在互相怀疑。他骂了一句,说闹得太不像话了,他没仔细说,我也不好打听,他是上级。"

陈千里想了想:"你给我找一个房子吧,房子要大,进出要隐蔽,最好在租界和华界交界的地方。"

"倒是有一个,房东是个宁波人,娶了新太太去广东那边做生意,估计是不回来了。就算回来了他们也肯定不愿意回那里住。我原来打算将来有机会自己顶下来的,所以一直没有带人去看过。"

"找时间去看看。"陈千里忽然笑了起来,"这个你可不要告诉老易,虽说是他让我找你租房子的。"

远方来信

大年三十,上午。陈千里从澄衷中学边上拐入薛家浜路。小商贩沿墙摆了一路地摊,陈千里像个无事闲人,不时停下来望望看看。下海庙大门对面,茂海路口电线杆下一阵锣响,有人牵出一只猴子,在地上翻滚跳圈,不一会儿就围起了一堆人。他混入人群左突右挤,很快从人群另一边转了出来,把身后的尾巴甩脱了。

他进了一家估衣铺,出来时换了一顶灰呢礼帽。早上他特意戴了醒目的棕红色帽子和围巾。"先给他们一个显著的特征,注意力就会集中在它上面。"受训时,教官这样说过。他在提篮桥监狱大门一侧穿过马路,走入一条用碎花岗石铺成的小马路。

马路北侧一排红砖楼房,屋顶上朝阳开着老虎窗,街边浓烟滚滚,裹着头巾的外国老妇拿着一把蒲扇,蹲在煤球炉旁。一个老头推门出来,手里抓着用旧报纸包着的酒瓶,橙色小圆帽上有一大块可疑的污渍。他鬼头鬼脑地出门,很可能是想趁机逃出去,却被老妇一眼看见,顿时叫嚷起来。

陈千里看了看门牌号,正要上台阶,老妇忽然停止咒骂,警惕地看着他。

"我找陈千元。"陈千里告诉她。

"亭子间。"老妇突然冒出一句上海话。

陈千元没想到敲门进来的是自己的哥哥,更没想到哥哥就是老易口中那位上级派来接头的同志。这个他曾经朝夕相处的兄长,瘦削的身形变得健硕,眼角隐隐有了皱纹,一眼看去,仿佛换了一个人。

陈千里望着弟弟问道:"爸爸妈妈都好吗?"

陈千元眼眶湿润:"他们都还好。你离开以后,组织上把他们转移到老家乡下去了。"

"这附近住了不少侨民?"

"这些年,不少外国人来上海以后,聚居在这一带。"

"嗯,这多少是个掩护。"

"不过现在的上海也没有绝对安全的地方了。"

陈千里沉默良久,才长长地舒了口气:"涅克拉索夫,这些年你还读吗?"

陈千元愣了一下,直起身,背诵了一句:"他们说暴风雨即将来临,我不禁露出微笑。"

这是他们俩自己的接头暗号,有一阵他们喜欢用这句诗来证实青春和热情。每次陈千里从俄文补习班回家,深夜敲门,两个人隔着门就对这句暗号。千元住进澄衷中学宿舍后，每个周末回家，他们也都要对一次。每个人说半句，无论谁先说。不，陈千里在心里对自己说，不是两个人的暗号，是三个人的，还有叶桃。

　　他们说暴风雨即将来临，我不禁露出微笑。他当然记得这首诗，他曾用毛笔工工整整把它写在朵云轩的信笺上，送给叶桃。信笺上印着一枝桃花。

　　"你去哪儿了？"是千元在说话。

　　训练学校原是一处旧日贵族的庄园，站在庄园边缘的铁丝网向外眺望，就是一望无际的西伯利亚森林。陈千里在那里住了三年。

　　一到冬天，每天的训练科目完成后，他就靠涅克拉索夫的诗歌度过漫漫长夜。坐在火炉旁，朗读、背诵，或者默想，直到头脑中充满声音，直到叶桃和弟弟的身影从记忆中浮现。

　　陈千里有点恍惚，心中柔软，这种感觉很久没有出现过了。他克制着，慢慢地考虑着别的事情。他望向四周，房间收拾得很干净，不像他记忆中的千元——他记得千元的房间总是乱糟糟的，可现在衣服在衣架上挂得整整齐齐，还有一条红色围巾，是他的吗？

　　"那天你从南京回来，告诉我叶桃姐牺牲了。你说你是回来看看我，跟我说几句话，马上就要离开，他们会来抓你。"

　　因为陈千里知道他们会说是他杀了叶桃，会让巡捕房来抓他，他们知道他和弟弟在上海住在哪里。叶桃在她生命的最后一刻，让他立即去找到党组织，是党组织让他回到上海找一个人，并带一句话给他。那个人对陈千里说，组织上决定，你立刻动身去苏联。后来他知道那个人是谁了，那是少山同志。

他把能找到的所有钱都交给了弟弟，说他要离开一段时间，出远门，有人会来抓他，弟弟最好把家也搬了，到别处租一个房间。

　　"我去了苏联。"他说。

　　"你走后的第二天，巡捕房就来人了。他们说你在南京杀了人，是共党要犯，把你的东西全抄走了。我想把那本诗集要回来，你记得吗？那里面夹着叶桃姐的画像。用铅笔画的速写，画的时候我们三个都在。那个画画的人说他只用一根线就可以把人画出来，还能画得很像，果然很像。画被他们拿走了。跟她有关的东西全都消失了，就好像从来就没有存在过那样一个人。"

　　"当然存在过。"陈千里微笑着说。

　　"可我直到现在也不明白那是怎么回事，她为什么会死？那时你告诉我说，是因为她父亲。你说你总有一天会找他算账。"

　　可这会儿陈千里并不想说这件事，他不想回忆，也许还没有到可以回忆的时候。

　　"老方呢？你见到老方了吗？是他让你来找我的？"

　　"老方牺牲了。"陈千里平静地说，"他儿子也被特务抓去了。"

　　陈千元正想把桌上的书放回书架。书失手掉了下来，打翻了茶杯，陈千里伸手接住书，把它放回到书架上。

　　"接头时老易把这个消息告诉了我。他通过内线了解到这个情况。"陈千里也没有告诉弟弟，他当时就在现场。

　　"党组织内部一定有敌人的奸细。"陈千元说出了自己的推断。

　　"秘密召集的临时行动小组，通常人员比较复杂。"陈千里望着弟弟。

　　"那这个人就在我们中间？"

陈千里刚想说话——

有人用钥匙打开了房门,是董慧文。她没见过这位客人,客人也从未见过她。但是她认出了他是谁,他是千元的哥哥。她能记住见过的面孔,她在照片上无数次见过他。

"这是慧文。"

陈千里朝她微笑。陈千元告诉她,哥哥就是上级派来与易君年接头的同志。他们握了手。她的脸要比叶桃更圆一些,个子也没有那么高。她在一所小学里教书,陈千里想起老方介绍过的情况。

董慧文把绣花布袋放到桌上,从里面拿出纱布、药棉和药膏,给陈千元重新清洗伤口,敷药,然后用纱布包扎,静静地听他们俩说话。

"他们想知道谁和谁认识,那个游天啸,好像知道这些同志都是临时召集起来的。后来他们问我,老易是不是上级派来传达任务的人。我想,坏了,内部肯定出了问题。好在会议还没开始特务就进来了。幸亏有人跳楼报信。你知不知道那位牺牲的同志是谁?"

陈千里摇了摇头。有情报说,那天坠楼的人是个租界华捕。根据各种消息,老方判断那是自己人。被敌人追捕前,老方曾向上级报告过这个情况,询问这个人是谁,是哪个系统的同志,但他并没有得到上级的回音。也许他接受命令长期潜伏,了解他的人极少。也许他在长期潜伏中与上级失去了联系,小组的同志牺牲了,工作线路断了。这样的情况常常会发生。

问题出在内部,陈千元又一次重复,像是自言自语,似乎仍处于这个判断带给他的震撼之中。陈千里望着弟弟,老方把参加会议的人员名单告诉他时,他就有点意外。他对弟弟的记忆中断在那个夏天,还未曾想到他也会长大,更不会想到千元像他一样,不得不在残酷斗争的高压下迅速成熟。直到这会儿两个人面对面,他才意识到自己离开上海那年,差不多就是千元此刻的年龄。千元就像那时候的他一样,看到了危险,面对着危险,却无法真正理解危险。那时他的想法是多么简单。

"——我们向组织上传递过消息,在看守所。"是董慧文在说话,弟弟的女朋友。千元真是跟他一模一样,同样的年龄、同样年龄的女朋友、同样在严寒中变得越发热忱。他静静地听着,忽然觉得有点不对劲。

"——凌大姐说,必须向上级汇报。"

"浩瀚?"

"对呀,那个姓游的突然发脾气,问我知不知道浩瀚在哪里。我当然清楚浩瀚是谁。敌人在追捕浩瀚同志,这个消息必须报告给组织。"

"你是说,你们写给老方的密信中也提到了浩瀚?"

"信是凌大姐写的。时间特别紧,陶小姐马上就要被释放,狱卒就在门外,让她赶紧整理东西,她的东西可真不少。"

"凌大姐决定马上着手写信。我们商量好了,一定要抓住这个机会把消息传递出去。凌大姐懂这些事,我们早就准备好了可以用来密写的米浆水。狱卒在门外催,我就假装帮着陶小姐整理衣物,尽量拖延时间。

"我没机会看信,不过凌大姐说,骰子和人名,她都写在信中。"

信被敌人换掉了。陈千里立刻明白了。

"那是什么时候的事?"

"提审后的第二天。我被提审前,陶小

姐就被狱卒叫出去了，审讯过程中听到窗外有女人的笑声，我觉得那是陶小姐的声音。她坐上了汽车，出去了。那天晚上，她一进牢房就告诉我们她很快就能出去了。

"我觉得凌大姐从这时就开始动脑筋了，她非常果断。从这以后，她就一直跟陶小姐说话，我看她在设法跟陶小姐拉近关系，就帮着她一起。陶小姐虽然不像个正经人，倒是很讲义气，她答应出去之后帮我们递信。只要寄到一个信箱里就好，凌大姐对她说。那样就更容易了，陶小姐是这样说的。"

"军法处为什么要抓她？"

"好像是得罪了什么人。她说是个开银行的，别看只是个银行老板，背后撑腰的吓死人。她一开始不肯说下去，凌大姐就激她，最后她说那个银行老板的哥哥，是南京的一个大官，连财政部都是他们家开的。她说，那个银行老板看上了她，她跟他好了，但是她后来想嫁给他，她只是想做小呀，她说，可他坚决不肯。

"她后来就要挟对方，说她怀孕了，说她要到报纸上揭露这个事情，所以人家就把她抓进了看守所。他们只是想让我清醒清醒，她就是这样说的。很快她就被放出去了。"

董慧文看了看桌边墙上贴的年历："我想起她当时开心地说，星期六放她出去，肯定是算好的，因为那个银行老板通常都是星期天到她那里。所以——就是腊月十九那天。"

腊月十八那天傍晚，上级派人假扮成访客，在青岛船上找到他，让他转道上海接受新任务，来客告诉他，有消息说被捕的同志即将释放。

那封信被敌人换掉了，陈千里想，他们很可能在邮局自取信箱周围布置了人手，想抓捕来取信的同志，却没得手。他们把密信内容改了，说明他们不想让老方知道信上提到了浩瀚。

老方会跟其他同志说骰子的事情，是因为那是接头暗号，只要会议开始，所有参加会议的人都会认识"老开"。但特务为什么会向这些同志追问有关浩瀚同志的消息呢？去四马路菜场与到普恩济世路抓捕浩瀚的是不是同一批特务？他们认出了在普恩济世路开枪向浩瀚示警的人是老方？有关浩瀚同志的情况十分重要，他必须尽快见到"老开"。

那家剃头铺的地址到底有多少人知道？崔文泰知道吗？他是交通员，老方很信任他，他们常常见面，秘密会在不经意间透露。可如果他出了问题，老方也许早就被捕了。

"你们是哪天从看守所出来的？"

"上星期三。"陈千元回答道。

"不对，释放的那天是礼拜二，腊月二十二。"董慧文认真地回忆道，"我和凌大姐早上就出来了，你是下午，后来崔文泰还开车给你送来了伤药，梁士超告诉他，你受了刑，伤很重。"

老方牺牲后，敌人释放了他们。陈千里头脑中有一条时间线，他想着发生的事情，在所有表面现象之下，隐含着敌人的想法。他把这些情况放进那条时间线中，揣摩着对手的意图。

"这几天你们经常联系？"

"我们决定成立临时党支部，没有找到上级前，我们自己先组织起来。"陈千元告诉哥哥。

"这是谁的建议？"

"田非说他早就和崔文泰商量好了，"

陈千元说，"释放那天他们一说，我们都很赞成。"

"临时党支部里都有谁？"

"我、慧文、凌汶凌大姐、老易、田非，"陈千元扳着手指头，"崔文泰、秦医生，还有林石和梁士超。"

"还有两个呢？"

"谁？"

"那天去菜场的还有两个人，他们没有参加临时党支部？"

"一位同志联系不上，另一位同志，老易说他有些动摇，抽空要找他聊聊。"陈千元想起来，"昨天晚上凌大姐通知我们，今天要开临时党支部会议。现在上级把你派来了，你要不要去一次，跟大家说说下一步应该做什么？"

"什么时候？"

"晚上，七点钟。"

陈千里想起卫达夫说的情况："听说同志们有些着急，诊所出了点事情？"

"他们把林石控制起来了。"陈千元转头对董慧文说，"你来说，凌大姐通知慧文开会，顺便把诊所发生的事都告诉了她。老易说，这会是一定要开了。"

"在哪里开会？"

"就在诊所，那里很安全。"董慧文说，"凌大姐说，过街楼上面是门诊间，一整排窗户，视野特别好，马路上有什么动静都能看见。前楼后楼很隐蔽，都有后门，房顶上有天台，撤退线路多。"

"你们去过吗？"

"我陪千元去过，秦医生给他看了伤，开了药方。"

陈千里追问道："凌大姐有没有说，把林石抓起来审问的都有谁？"

"凌大姐说图书馆的田非最冲动。凌大姐那天上午正好去诊所——"

"她去诊所干什么？"

"不知道，她没说，可能想看望受伤的同志吧。她看到秦医生愁眉苦脸，她就是这么说的，愁眉苦脸。听说了那个情况，凌大姐就说，让她来。凌大姐就是那样的人，什么事情都是让她来。她过去制止他们，不能那样做，不能随便怀疑一个同志。姓田的——"

"田非。"陈千里提醒她。

"对，田非。凌大姐说他最冲动，坚决不同意把林石放开——"

"放开？"

"他们把林石绑在椅子上。"

焦虑和怀疑是一回事，涉及银行保管箱又是另一回事。陈千里意识到，在头脑中那条时间线上，敌人跑得比他快。他必须在很短的时间内想出办法。他猜想敌人早已监视了诊所，说不定诊所周围埋伏着大量特务。

他隐约感觉到自己身后也有人盯梢。敌人并没有释放这些同志，他们只是从有形的监狱转移到无形的监狱中。这座无形的监狱比龙华看守所更危险，外面的敌人很难看清，内部的敌人更加难以分辨。

董慧文下楼煮汤圆，陈千里拿起桌上的一沓手稿。

"我在练习翻译。"陈千元说。

手稿第一页上用钢笔写着标题：第一封信　第一次革命的第一阶段。

"《远方来信》？"

这是陈千里最早阅读的俄文作品。俄文补习班。一本纸页发黄的油印期刊。他把它带给了他的老师叶启年。

那时候，他每天都要跑到新闸路，叶启年住在那里。一幢弄堂房子，楼下是杂志社，晚上世界语学习小组的活动也在那里。

那时候，叶老师仍是个学者，信奉无政府主义。那时候，他崇拜叶老师，叶老师是明星般的人物，滔滔不绝，激情洋溢。他的家里永远高朋满座，而他，一直很喜欢陈千里。那时候，叶桃偶尔会下楼来，在一旁安静地听着。

他把《远方来信》带到叶老师那里，兴奋地让他看，没想到却成了他和老师分歧的开端。不要看那些俄文书，毫无用处，未来的世界只有一种语言。这样的分歧逐渐变得越来越多。

后来，甚至连他去楼上叶桃的厢房也成了问题。叶老师先是板着面孔，悄悄地对他说，你们俩都不是当年的小孩子了，你不要老往她那儿跑。后来是责怪叶桃，再到后来就向他宣布，永远不许他再进新闸路这幢房子的门。可是没过几天，叶桃就来看他了。

他和叶老师渐行渐远。那时候他总是分不清，他总以为叶老师的变化是出于某种偏执的情感，是一个父亲在拒绝他接近自己的女儿。

旋转门

这些年，虽然国民政府颁布了普用新历和废除旧历的办法，禁止旧历年庆祝活动，春节不准放假、不准拜年、不准放烟花爆竹，但民众都不加理会，到了旧历新年，该怎么过年还怎么过年。报纸上把今天叫作废历除夕，除了换个叫法，仍旧刊登各种贺岁广告，酒家年夜饭、百货公司新春大酬宾、跑马总会春节慈善赛马。租界地面上更是爆竹声不断，工部局向来禁止在街上燃放爆竹，巡捕们却照例睁一只眼闭一只眼。

不过仁记路十分安静。傍晚，暮色笼罩着壁立两侧的洋行红砖大楼，一辆别克轿车驶入这条狭窄马路，车门上用油漆喷着"云禄车行"的字样。游天啸让司机把车停在华懋饭店的后门——他把那辆挂着司令部军牌的汽车停在枫林桥，步行出了华界，到云禄车行另外租了一辆。

今天早上，游天啸往南京打了电话，叶启年不在总部。他有紧急情况要向叶主任汇报，只好隔了几个小时再打，又说不在。到了下午，他正打算再打电话时，却接到了叶启年的电话。

叶启年竟然到了外滩，住进了华懋饭店。

进了玻璃转门，步入饭店大厅，脚踩着羊毛地毯，游天啸顿时有些自惭形秽。他穿过一条走廊，巨大的古铜色雕花吊灯高悬头顶，灯光照射着墙柱上金色的花纹，他觉得自己好像进了一个迷宫。走廊通向八角形内庭，拱顶玻璃的色彩变幻不定，游天啸目迷五色，他仰着头，发现向左一步，玻璃成了乳白色，向右一步则变成靛蓝，往前几步，同样一片玻璃却又闪耀着橙色光芒。

他转入另一条走廊，却是通向饭店朝向外滩的大门。不知为何一堆人拥挤在这里，一群记者拿着小本子、照相机和闪光灯围在大门旁，更多的人则站在饭店门外。一阵安静，游天啸不知有什么事件即将发生，他挤进人群，靠在一根廊柱边张望了一眼。

人群中站着一个洋人，不停打着喷嚏。这洋人穿一件古怪的褐色厚毛衣，上面繁星点点，他等了一会儿，见没人前来招呼他，嗤笑了一下，朝身边的外国女人说了几句，转身走了。游天啸听不懂外国话，更不知道这洋人是"在世最伟大剧作家"。他见这些记者蜂拥在此，心里颇有些不以为然。

游天啸跑到前台，问了路，前台又往叶启年的房间打了电话。楼道里传来乐队演奏的声音。这首曲子游天啸很熟悉，"肚皮上有一只蟹"——他偶尔也跳跳茶舞。他当然不知道真正的曲名叫 I belong to your heart。

电梯停在了七楼。游天啸进了门，门厅里坐着马秘书，他见过。小厅有个月洞门，通向会客厅。叶启年站在窗前，窗户正对着外滩。

马秘书报告了一声"游队长到了"，说完便退出了房间。

"老师！"游天啸立正。

叶启年仍然看着窗外："外滩还是那样。"

"老师要不要出去走走？"

"是非之地，没什么好多看的。"

游天啸不知其意。

"年三十晚上，上海也这么冷清吗？"

叶启年坐到沙发上，让游天啸也坐下。

"民众响应政府号召，现在热闹的是新历年。"

叶启年笑了起来："你在军法处倒是跟穆川学了不少官腔。怎么样，跟他相处得还不错？"

"穆处长是做官，学生是做事。"游天啸有点悻悻然。

"事要做，官也要做。总部把你们派到各个单位，就是要让你们做官，让你们在各单位各部门都生根发芽。特工总部就像一张大网，你们要把网织得越来越大，越来越密。"

游天啸挺了挺上身："是，老师。"

在长沙发角上，他只坐了半个屁股。叶启年往沙发背上一靠："房间里没有外人，你放松点，也可以抽烟。你怎么过来的？"

"警备司令部的车牌，进入租界要向巡捕房申报。我把车停在枫林桥关卡边上，另外租了车过来。"

"很好。应该租车过来，华懋饭店是一定要坐车来的。"叶启年的语气带着一丝嘲讽，"都民国二十二年了，这里还要他们说了算，所以我这回到上海，一定要住到华懋饭店，住到沙逊的家里，住到帝国主义分子的家里。"

"老师很久没来上海了吧？"

叶启年没说话。

"要不，我给老师订一桌年夜饭？这两年时兴广帮酒楼。"

"不想出门了。来吧，"叶启年挥了挥手，"说说吧，你找我要汇报什么情况？"

"我原本是想去南京面见老师，"游天啸打开公事包，拿出照片，"新来一名共党分子，跟他们接头了。"

照片上的人在电车站牌旁，一只手拿着份折叠着的报纸，另一只手插在大衣口袋里，他的身后，站着巨大的香烟女郎和雪花膏女郎。他是腊月二十一，噢，也就是一月十六日到的上海，坐船。游天啸一边在头脑中整理着概要，一边向叶启年报告。

是他？叶启年心里一惊。他当然认识这个人，就算他刻意使用了一些改变外貌的技巧，叶启年也一下就能认出来。就算他现在不那么年轻了，他也能认出来。就算他能七十二变，叶启年恨恨地想，就算他化成灰，被风吹成烟雾，他也能认出他来。有时午夜醒来，他想起旧事，在某些瞬间发现自己竟然想不起叶桃的样子了，可这个人却总是清晰地出现在他面前。仇恨比什么都长久。陈千里，"西施"在电话里并没有告诉他这个名字。

"坐船来的？从哪里上船？"

"他对旅馆的人说是青岛，做古董生意，背景似乎很神秘。我请巡捕房政治处发电报到香港时，船已离开香港。不过这艘货轮的出发地是海参崴。"

游天啸告诉他，陈千里好像并不知道背后一直有人监视。他们有些人，行动总是鬼头鬼脑，不时看看商店橱窗，在马路上来来回回，或者前门上车后门下车。越是这样，越是容易跟踪。可是这个陈千里，看起来浑然不觉，大大方方。在饭店大厅跟茶房门童问个路，说两句笑话；在马路上到处看看，任何街头闹剧都不肯放过，就像一个闲人，就像一个突然发现自己算错时间，过年时候跑到上海，却发现别人都无心跟他做生意，只能靠闲逛来消磨时间的古董商人。

但他总是突然消失。几个人跟踪半天，牢牢占据着三个要点，一个走在他前头，一个跟在后面，另一个在马路对面。原以为万无一失，可他一下子就不见了。不知道他去了哪里，也不知道他见了谁，直到晚上，他又回到饭店，随意地从前台拿了当日报纸，让茶房给他送热水，就算深夜他也要喝一杯热茶。有一回，侦缉队派去跟踪他的人因为担心又把他跟丢了，心里绷得太紧，自己反而显得鬼鬼祟祟，把街上的巡捕招来了，一顿盘查，等巡捕放了他们，人又不见了。幸亏有"西施"——

游天啸真的点了一根香烟："幸亏我们现在有'西施'。老师让'西施'直接跟我们联络，这样我们就知道他是上级派来的人，已经和那些人见过面了。与那些人接头时，他几乎从不事先约定。他有自说自话闯进别人家里的习惯，或者是工作的地方。"

他一贯如此，叶启年心想，自说自话闯进别人家里，甚至是别人家女儿的闺房里。他再一次仔细看那照片，照片上的人已与当年来他新闸路家中的年轻人相去甚远。平心而论，他喜欢过那个年轻人。那么聪明，什么都一学就会。待人热情而又透着沉静，让他想起自己年轻时的样子。

"如果一个人在二十岁时不参加革命——"他想起情报科昨天送来的一份演讲提要，忽然意识到刚才他把自己心里想的话说了出来。

"老师在说什么？"

"楼下大厅那些记者，你看到了吗？今天早上，那个外国作家乘坐的邮轮停在吴淞口，他们拿小火轮把他请过来，让他到华懋饭店休息半天，做个演讲。再过一会儿他就要回到邮轮上去了，继续环游世界。

"前两天他在香港的大学里演讲，说的话让那边的英国政治警察很紧张。把话传到了上海，又传到了我这里。他在那里煽动学生闹革命，说什么一个人在二十岁不参加革命，到五十岁就会变成老傻瓜。当然他是篡改了这句名言。"

叶启年不管游天啸是不是能够听懂他说的话，自顾自往下说："我年轻时自然也读了些书，据我所知，那句话是个法官说的，他向别人解释说，年轻时自己要是不革命，那是没良心，可到老了还闹着要革命，那就是个傻瓜了。"

游天啸不懂叶启年为什么要跟他说这

些，只好安静地等老师把话说完。他不知道，此刻叶启年的心中百感交集。叶启年觉得眼前照片上这个沉静的人，才是当年那个背叛他的年轻人的真正形象。他完全没有预料到陈千里会变成这样的人。他猜想也许这就是叶桃背弃父亲，站到他那一边的原因。这个逐渐成熟的形象，他当时完全看不到，而叶桃大概一瞬间就发现了。如果叶桃活到今天，很可能与照片上这个人一样，让他隐隐感到不安。

"可是到目前为止，还不清楚他的来意。"游天啸觉得叶老师有点走神，"我们一开始以为他要来重启被迫中断的任务，为了让他更快开始行动，我们让监视小组暂时回家，让他去找人接头见面。但他见了人，什么都没说。没有召集开会，没有布置任务，也不打算撤离这些人。"

叶启年明白，陈千里猜到了自己的计划，也许他们确信内部已被渗透，正在清查内奸，对此他早有准备。

"陈千里去过诊所吗？"

"目前还没有。"

"所以他很清楚，诊所完全被我们控制了。但他知道我们想弄清究竟是什么任务，谁是被派来指挥行动的人，这是他的底牌，在没有弄清楚这些秘密之前，我不会动他们。

"到目前为止，我们仍然保持着先手。他们被关在一个无形的牢房里，我们的人在周围看着他们。只要一声令下，几分钟内就能全部捉拿归案。"

"租界巡捕房也同意配合行动，再也不会发生上次那样的事情。巡捕房急于挽回面子，上一次，通风报信的内奸让他们丢了脸面，所以今天下午在中央捕房，他们的总监答应我，在这个案件中，如果事态紧急，我们可以先行将人犯抓捕归案，不必等候巡捕集结完毕、抵达现场。"游天啸解释道。

尽管早年对陈千里的那一丝欣赏早已荡然无存，叶启年却仍然不无赞许地想，这个学生，想靠着一根危险的钢丝绳带领这些人走出困境，不得不说他确实是胆大妄为。但是他心里到底装着什么样的计划呢？

现在，这根钢丝绳上又有一阵横风吹过，把这些人聚集到诊所中真是神来之笔。游天啸那天在电话里告诉他只有一份诊所铺保单时，叶启年的心里就有了一个模糊的计划，把他们聚集在诊所里，他们自己就会把秘密暴露出来。"西施"只要起到一个杠杆的作用，这里那里撬两下，他们中间就会出现裂缝。

"这个林石很可能就是他们的上级特派员。"游天啸仍在汇报，尽管大部分内容叶启年早已从"西施"本人那里了解到了。

"不知道保管箱里到底放着什么。我跟穆处长商量，能不能直接找银行方面，让他们打开保管箱。穆处长好像对这家银行的底细十分清楚，说它虽然看起来规模不大，实际上背景通天，淞沪警备司令部的公文，他们根本不会当回事。银行开在租界，他们完全可以置之不理。穆处长好像不愿意管这个事情。"

"中汇信托，我也管不了，总部也不敢得罪财政部。南京早就有很多人在背后议论我们搞特务政治了。就算闹到委员长那里，打开保管箱却没抓到共党的证据，委员长也保不了我们。"

叶启年没有告诉游天啸，他在总部通过立夫先生打了招呼，一到上海，马上就与银行方面商量，要求协查。银行说他们不能打开客户的保管箱，而且这也需要两把钥匙才能打开，一把在银行手里，另一把客户自己拿着。叶启年有点失望，银行方面却又悄悄对他说，根据他们了解，那个保管箱里放着金条，并没有中共地下组织的什么秘密文件。如果没有证据证明这些金条的所有者是共产党，有危害国民政府的用途，他们不能同意没收这些金条。而且保管箱里有金条这件事，他们也只能是私下说说，绝不会公开承认他们知道客户放在保管箱中的到底是什么。

"老师，要不然把他们全部抓起来吧？抓住了特派员，我就不信他们还能熬过军法处的审讯。"

叶启年盯着他看了半天，摇摇头："你这样不动脑筋，怎么能赢得了人家？"

就算在当年，他也没有完全赢了陈千里。他老是觉得自己当年的钓鱼计划可能早就被陈千里识破了，即便没有叶桃通风报信，陈千里也会逃脱。虽然他不愿意让自己这么想，如果真是这样，他的女儿叶桃，可就死得太不值了，而他埋在心里那么多年的怨恨，也似乎就此完全落空了。

"你回去，让诊所周围的监视小组格外小心，绝不能露出痕迹。"他对着游天啸叮嘱道，"我们耐心等着，他们会动起来的。只要那个林石不离开诊所，其他人进出诊所一律不要跟踪，这两天可以让他们轻松一点。"

从南昌行营传来情报说，军警在查抄共党地下窝点时，发现了一份《红色中华》，那是共党在瑞金印刷出版的机关报，报纸上有一篇文章提到，今后这份报纸要从中共苏区临时政府机关报改为中共中央机关报。

报纸上还有一篇署名博古的文章，作者谈了自己对苏区革命形势的看法，从语气上看，此人已到达瑞金。特工总部没几个人知道，这个博古正是中共临时中央的负责人秦邦宪的化名。这个消息让叶启年意识到，原先一直在上海的中共临时中央，可能正在撤往瑞金。

别人也许会忽略这些情报之间的联系，但叶启年可以说是国民党内最懂中共的人，他是中共情报专家。他立即联想到最近听到的一些说法，特工总部驻各地分站传来的情报里，时不时会有一些片言只语，提到一幅画，也许并不是一幅画，只是用了那个名字。

有人猜想那是中共的一个秘密行动计划。没人知道这究竟是一个什么计划，有一些资金在转移，有几个临时行动小组匆匆忙忙成立，不少已被掌握线索的中共地下组织秘密机关突然之间关门了，人去楼空。叶启年开始怀疑，那份报纸、那些情报系统内的零星消息、菜场楼上的秘密集会，以及陈千里突然来上海，在这些事情背后，可能有一条神秘的线索，会将它们串在一起。

他头脑中的计划渐渐成形，银行保管箱里的金条就是现成的诱饵，他要再次施展钓鱼技巧，这一次他不仅要钓到特派员，钓到他们的秘密计划，还要钓到那条早就该下锅的漏网之鱼。他一定要抓住陈千里，把这笔欠了多年的旧账清算了。

他关照游天啸，行动必须完全保密，调集精干人手，所有参与行动的人员都集中在南市，不准出门，不准回家，不准对外联系打电话。白云观侦缉队要划出一块地方给专案小组，要严密封锁那个地方。如果有人因为疏忽大意，泄露了消息，总部一定按共党同案犯处理，绝不姑息。

"明白！"游天啸站起身，并拢脚跟朝叶启年行礼，然后拿起茶几上的照片。

"放在那儿吧。"叶启年淡淡地说了一句。

这一次，游天啸记住了大厅走廊的方向，他出了门，云禄车行的别克汽车仍在仁记路上等着他，汽车很快消失在夜幕中。

游天啸在仁记路上车时，叶启年也离开了华懋饭店，他已换了一件灰色棉袍，戴了围巾皮帽手笼，从面向外滩的大门出来，向黄浦江边走去。今夜连黄浦江也很安静，岸边的栈桥空空荡荡，平日江中如鲫鱼般的木船拖船全都不见了，江面上突突不歇的轮机声也全都消失，这会儿船上人家大概都准备吃年夜饭了。

岸边停着几排汽车，黑暗中有人从车窗探出身来，叫了他一声："叶主任。"

叶启年并没有停下脚步，继续向江边走去，那人赶紧下车，小跑几步跟了上来，这个人是崔文泰。

叶启年头也不回地说："你来早了。"

马路旁几个水手喝得半醉，一边踉跄，一边嘴里嘟囔着："不早啦不早啦！"

崔文泰吃不准自己该不该再上前一步，他不知道叶启年喜不喜欢有人并肩而行。他一边躲闪行人，一边耳听吩咐，忽左忽右跟在后面。

"你平时开车也这么左右乱窜？"叶启年停下脚步，转身打量了一下崔文泰，又说了一句，"你这一身不冷吗？"

"不冷不冷，车里坐着不冷。"

"把车开过来。"叶启年吩咐道。

上了崔文泰的道奇汽车，叶启年又说："去董家渡。"

崔文泰回身看了看后座的叶启年。

"有个瘸子，在那边开了家汤面摊，很好吃，这么些年不知道在不在了。"

崔文泰边发动引擎边说："瘸子汤面，我知道那个地方。"

除夕

晚上七点不到，同福里弄口已经被燃放的鞭炮炸得烟雾腾腾。

陈千元和董慧文提着一盒五仁年糕拐进了弄堂。家家户户都在准备年夜饭，诊所里面也放了圆桌。秦传安从马路斜对面的小德兴馆叫了菜，在整桌酒席的菜单上摘掉了几样大菜，但想到同志们刚在看守所吃了苦头，又往回添了油爆虾和糟钵斗。

圆桌放在楼下的客堂间，秦传安把平时进出的前门关上，虚掩着面对弄堂的后门。这会儿，人陆陆续续到齐了。易君年和凌汶坐着黄包车还带来了一坛绍酒。到了七点，外面爆竹声雷鸣一般，弄堂里的人家都开吃了，秦传安看看只剩下崔文泰未到，猜想他多半是正在开车送客脱不开身，不知道什么时候能来，便叫大家上桌。

易君年端着酒杯，有些感慨，压低着声音说："我们有些人，一个月前还不认识，现在却成了难友，你说得对——是战友。跟组织上失去了联系，又忽然接上了头，这段时间，真可以说是惊心动魄。来吧，同志们，大家干一杯，希望组织上尽快完成内部调查，我们可以早日恢复工作。"

除了身上有枪伤的林石，大家都举起了酒杯。

梁士超依然固执地说："我现在只想回苏区，回到队伍里打仗去。真刀真枪，爽爽快快。"

田非问易君年："上级到底跟你怎

说的?"

"耐心等待。"

"有什么好等的,内奸我们早就查到了。"田非瞪着林石。

"大过年的,你少添乱。"易君年也瞪了他一眼。他曾是田非的老上级,后来田非调到另一个系统工作,通常他们就算在路上遇见,也会装作不认识。

凌汶给林石和田非两个人各夹了一块爆鱼,对着田非说:"关于这件事,那天在这儿大家都已经说过了。"

田非看到林石什么话都不说,甚至朝他笑了笑,感觉就像在说你那么幼稚,我不跟你计较,顿时把夹起的爆鱼往碗里一扔:"我看这些人里面,只有林石最像特务。平时也不说话,瞒着同志偷偷打电话,还有什么银行保管箱。革命同志都光明磊落,我看你就不像好人。"

"住嘴!"易君年也有点上火,他把喝干的酒杯往桌上一放,"就凭你们这样疑神疑鬼胡乱猜疑就能查到内奸?我看不出你说的这些情况有什么问题,有人喜欢说话,有人不喜欢。"

"确实。"卫达夫边吃边点头。

"再说,菜场开会的这些人,你全看清楚了?"

"还有一个人,既没有被捕,后来也没有与我们联络。"凌汶插了一句。

"问题也可能出在其他地方,每个人都必须接受组织审查,包括老方——"

"老方失踪那么多天了,"秦传安示意大家安静下来,"他不会出什么事情了吧?"

"老方同志牺牲了。"易君年低声说道。

房间里的空气凝固了。好几个人多年来与老方单线联系,早就习惯了老方给他们带来上级的指示,习惯了他温和坚忍的态度。这些天,虽然他们一直听不到上级的声音,但直到听到老方牺牲的消息,他们似乎才真正从心底产生了一种与组织失去联系的孤独感。

"你从哪里得来的消息?"卫达夫急切地问道。

易君年沉默了一会儿:"组织上有内线。"

"这消息可靠吗?"卫达夫先前刚盛了一碗腌笃鲜,可这会儿他连最喜欢的咸肉也咽不下去了,他不愿意相信老方牺牲的消息,"最近发生的事情真是匪夷所思。还有那位特派员,做事也有点神神秘秘,就像石头里蹦出来一样,突然出现在你面前。"

"这位同志也确实——"易君年想了想,"参加革命以来,从没像最近这样感到形势严峻。秘密会议地点被敌人发现,释放以后不见了老方,接着特派员突然来了,他似乎知道所有的联络方式、接头暗号,一个一个找我们见面,却不说上级有什么指示。我们不能随便怀疑一个同志,但也不能麻痹大意。"

一阵凉风,崔文泰推门进来。他拦住正要起身的秦传安:"我把后门关了。吃年夜饭要关着门。"

他似乎没有察觉到气氛沉重,一坐下就看见桌上那盆糟钵斗,伸手端了过来,一边说"我最喜欢吃猪下水了",一边拿汤勺舀了一大勺到面前的小碗,往嘴里塞了一大口:"真饿了,送了个客人到董家渡,等了半天,又冷又饿,吃了一大碗汤面也顶不住。怎么了——"

他见大家不作声,便问。

"老方牺牲了。"田非眼圈红了。

崔文泰的表情有点僵,调羹叮当一声

掉进碗里，筷子却还抓在手上。他想在脸上挤出一点悲伤的表情。

"出了什么事？"他的嗓音有点干涩。

没有人回答他。

"出了什么事？"他又问了一次，嗓音变得嘶哑。

田非忍了半天，终于还是掉下了眼泪，哽咽着对崔文泰说："你是他的交通员，你和老方最亲近了。"

"是呀——"崔文泰也想哭两声，但他嘴里咕哝着有点哭不出来。

易君年注视着他："你最近见过老方吗？"

崔文泰没有回答，却转头望着田非："到底出了什么事？"

田非摇摇头，看着易君年。

很难说崔文泰心中没有一丝悔恨，尤其在他不得不表演一番之后。老方不仅是个上级领导，更如同一个兄长。他没想到老方会被枪杀。他还以为等事情结束后，自己也许可以劝劝他，让他也从"泥坑"里跳出来。那些天他一直在想对老方说什么可以让他回心转意。说说革命已经没有前途？他猜想可能没什么用。老方对他说过，地下工作就像黑暗中的一道光，为了向那道光亮奔过去，他敢往深渊里跳。

"老方的儿子也被抓了，而且受伤很重。"易君年语气沉重。

林石悄悄给自己倒了点酒，一口就喝干了。

易君年也端起了酒杯，说了一句："为了——老方！"

一桌人都端起酒杯，干了杯中的酒。

"你是从什么时候开始跟着老方的？"田非问崔文泰。

崔文泰吃了一大口放凉的猪下水："北伐军来的那年吧。我加入了工人纠察队，后来就一直跟着老方干。先是搞工运，接着转入地下，给老方做交通员。"

北伐军逼近上海那年，崔文泰背了一身赌债，这个事情老方并不知道。讨债的从家里追到他上班的公共汽车公司，那时他在那里当司机。正在走投无路时，北伐军几乎算是给了他一条生路。突然之间整个上海都开始骚动不安。

二月，公共汽车工会宣布罢工，他想都没想就加入了工人纠察队。身后站着一两百个纠察队员，那些讨债的也没法靠近。

因为不敢回家，他每天都在停车场值班，有一身天大的赌债，他简直天不怕地不怕，洋人大班、巡捕、帮会大亨，谁来都不行，一辆车都不放出停车场。没过多久纠察队里的人就把他看成领头的，他天天带着几个兄弟进进出出，再也不担心追债的上门了。

到了三月份，又兴起了房客减租运动，他又连忙加入房客联合会，这就解决了他面临的另一个大难题。这几下来，他品出了革命的滋味，越发积极地投入到北伐军进入上海前夕的大革命高潮中去了。就是那时候，他被老方注意到了。

"我跟着老方没多久，"田非猛喝了几口酒，脸红耳热，对崔文泰说，"你给我们说说老方吧。"

"老方救过我。民国十六年四月，二十六军包围了汽车公司，要工人纠察队交出武器就地解散。先是朝天开了两枪，跟着就是机关枪，墙上全是枪洞，然后就往里冲。我们打了一阵，顶不住，只有几支盒子炮，几十杆老式步枪。后来他们讲好只缴械不抓人，我们就放下了枪。但他们是骗我们的，等我们放下枪，他们就把我们几个纠察队的头头抓了起来,关在门房边的棚子里,说是要就地枪决。老方领着人,趁着那些当兵的冲到里面搜抄,杀进来把我们救了出去。"

崔文泰说着说着掉下了眼泪。在军警按照名单满城搜捕工人纠察队头目时,老方让崔文泰藏在自己家里。"他给我讲了很多资本家和反动军阀压迫人民的道理,他说黑暗的时候,我们更要团结在一起。从那时候起,我真正走上了革命道路。"

是这样吗?崔文泰在心里偷偷问自己。他从来都不是一个会反省审视自己的人,平生头一回,他惊奇地觉得身体里有两个不同的小人,在彼此不停地讽刺挖苦对方。

"——我转入地下给老方做交通员。他对我说将来有机会,可以把我送去学习,可是现在必须自己训练自己,尽快学会做个老练的地下工作者。他和我一起到马路上,指给我看,利用什么地形观察身后有没有特务盯梢,怎么甩掉尾巴,怎么用手边的东西迅速改变自己的样子。他找来一本巡捕房的教材,教我格斗术。

"我们俩开着车到奉贤十五保四团,靠海有一大片芦苇荡,在那儿学打枪。老方打枪准,几十步外树上的一只麻雀,他抬手一枪就掉下来了。

"民国二十年发大水,到处都传霍乱,我老婆和孩子都染上了,没几天就都死了。那段时间,老方甚至不顾地下工作的纪律,让我住到他家,跟他儿子睡一个房间,那时他儿子在一个理发店学手艺。"

崔文泰越说越起劲,似乎借此能掩饰些什么。

实际上,他早就不想干了。二十六军机关枪扫射的时候,他就吓着了。如果没有老方,他不可能撑了这么些年。他上了军警的名单,参加罢工,是工人纠察队的小头目,他不可能找到工作。老方让他转入地下,组织上通过关系,安排他到租车行当司机。这份差,工钱可不少。这么一来,他又没法说不干了。连铺保都是组织上给他安排的,他能说跑就跑吗?可是地下工作越来越危险,他觉得是老方拿情谊拘着他——他想,这么看来,自己其实也算个有情有义的人。

说来说去,都怪小五子,当然,被窝也是他自己钻的。他能怎么办?老婆都死了。这个女人不得了。如果换一个女人,可能他也会想办法离开老方,过一阵悄悄地离开。可这个女人让他彻底昏了头。

那天他给一个地下党组织秘密机关送信,出来以后,发现背后有人盯梢。不知怎么回事,他一下子就决定了。他一直在回忆那一刻,是因为前一天晚上吗?那天晚上他晕晕乎乎,关灯摸黑,掀开被子端详了小五子好久,她躺在那里像一根糯米条头糕。

也许因为他天生就是个喜欢操控方向盘的人,坐在驾驶座上,一车人都由他说了算,他愿意往哪儿开就往哪儿开,他愿意开多快就开多快。他看着街上的广告牌花花绿绿,想到随时可能遭遇危险,半辈子都没真正过上一天好日子,一不做二不休——他突然关闭引擎,打开车门,站到盯梢的小特务面前,对他说:"我有重要情报,我可以向你们投诚,但必须见你们最大的官。"

他被人从一个地方送到另一个地方,最后见到了叶启年。叶启年对他说:"我们打算马上把你送回去,时间很紧,你到我们这里快两天了,再拖下去你就回不去了。今后,你的代号叫'西施'。"

易君年忽然问他:"老方牺牲前,你见过他吗?"

崔文泰愣了半天,说话突然被人打断,有点回不过神,又好像他对老方的回忆正进入某一个情感洋溢的时刻,不理解别人为什么没有被他的话打动。

"只见过一次。我去秘密信箱取了信,交给他。"

"什么信?"田非迫不及待地问道。

董慧文看了一眼凌汶,欲言又止。

"不知道。"崔文泰低着头,"老方只是让我负责传递信件。"

他出卖过一些情报,出卖过一些同志,每次都能拿到一笔钱。这是叶启年事先答应他的。他并不为那些出卖行为不安,反倒是有点志得意满。如今他又自己开车了,不用事事都听别人指挥,哪怕是老方。直到他出卖了老方,没错,他诚实地对自己说。

崔文泰知道老方的儿子在哪里学手艺,只要到那里跟师父打听一下,就能知道徒弟的店铺开在哪里。你早就知道老方躲在哪里,你从信箱拿到信,把信交给他,就知道他接下来会去哪儿。叶主任把你交给了游队长,游队长让你把老方交给他,但那一次你不忍心,把老方放跑了,没有及时通知游队长。你没想到游队长知道你去取信,知道你跟老方见面,他发了火,说你脚踩两条船,两面三刀,如果不在三小时内交出老方,他会马上把你抓到龙华,按照共党分子处理。

马路上灯火通明,弄堂里家家户户也把所有灯都打开。只有同福里弄口过街楼下面,黑洞洞一段。有两个人躲在黑暗中,人家都在亮堂堂的地方,上供祭祖吃年夜饭,他们却缩在暗地里,寒风不停往衣服里钻。这两个人,一个靠在墙角抽烟,一个从口袋里摸出一把瓜子嗑着,嗑了一地瓜子壳,越发觉得饿了。

暗语

林石躺在床上。刚才在客堂间,他喝了一大口酒,然后对大家说有些不舒服,便回楼上病房休息了。出狱后秦传安替他重新处理了伤口,子弹没有伤及腿骨,休息了一段时间,能够慢慢行走。他并没有完全说谎,虽然腿伤没有旁人以为的那么严重,但这会儿他身上又有点发冷。

他隐约觉得崔文泰有问题,有些直觉很难说清楚。别扭的表情、一两个过分夸张的手势、说话时使用的词句。他有些懊恼,真不应该暴露银行的事情。五根金条。这些经费来之不易,也许是其他战线上的同志用生命换来的。他这样冒失,怎么对得起那些人?万一出了问题,中央交给他的重要任务就难以顺利实施。

最难的并不是在敌人面前咬紧牙关,他早就想好了,他可以为行动计划付出自己的一切。但现在的情况是,他必须对自己的同志和战友也保持沉默,不管他们对自己表现出热情或者怀疑,他都不能将秘密告诉任何人,也不能随便和人商量。

易君年在特务冲进会场时,为了保护他,把骰子放进了自己的口袋,这一切他都看在眼里,却既不能说什么,也不能做什么。他知道易君年同志的用意,但他只能保持沉默,只能暂时让自己的同志顶在前面。

在看守所里，易君年用那样的眼神看着他。他觉得对方几乎要猜到他就是特派员，但他不能有丝毫表露。他哼哼唧唧，装得伤很重，装得意志软弱，装得对眼前的局面毫无思想准备。

他甚至对易君年编造了一些过往经历，先是把自己说成是一个参加过广州起义的老革命（这倒是事实），却又在一些细节上故意说得牛头不对马嘴，让易君年作出错误的判断，认为自己是在说大话。这样一来，易君年就渐渐放松了对他的探察。

有些秘密使命，注定要孤独地完成；而那必要的忠诚，也注定要用怀疑来掩护。

这些天来，他看出易君年和凌汶两位同志关系密切，革命同志常常在工作中产生情谊，这不足为奇。他知道凌汶以为她的丈夫龙冬已经牺牲了。可是据他了解，龙冬很可能还活着。凌汶听说广州起义失败后，国民党军队在广州城内大肆搜捕，只要不是广东口音，当场就有可能被枪杀，他们甚至冲进了苏联领事馆。当时，龙冬正在领事馆内与苏联同志商议撤退工作，被国民党抓去后，与苏联同志一起被杀害了。

但林石知道，至少在广州起义后的一年里，龙冬同志仍在为党工作，在敌人的残酷镇压中，他组建了一个精干的地下工作小组。龙冬才智过人，甚至能从国民党广州市公安局里获得秘密情报。只用了短短几个月时间，他就能说一口流利的广东话，简直就是个天生的地下工作者。而林石自己，终究因为学不会广东话，被调离了广州。

他还不能把这个消息告诉凌汶，他也不能告诉大家他就是"老开"。他坚持着不让自己睡着，之前陈千元悄悄地跟他说，陈千里要来见他。

马路边忽然围了一群人，鞭炮声噼啪响起，间或还有几只高升蹿到半空炸开，震耳欲聋。沿街二楼的人家纷纷打开窗户，点燃竹竿上挂的鞭炮。弄堂里吃完年夜饭的人像得到什么号令一般，大人孩子都开门出来了。

一个人影挤在人群后面，从过街楼下进了弄堂。

陈千里找到诊所后门，轻轻敲了两下。门后，陈千元正等着他。

"我想找一幅宋画。"
"那可不好找。"
"受人之托，找不到也得找。"
"那您说说看是哪一幅？"
"《千里江山图》。"
"你打开窗朝外面看。"
"说的是，这些人就是江山。"

青岛船上的访客告诉陈千里，接头时说出这段暗语，就能取得"老开"的完全信任。这条暗语是少山同志亲自设计的，到目前为止，知道的人不会超过五个。

"你见到少山同志了？"林石兴奋地握着陈千里那有力温暖的双手。

"少山同志在瑞金。他可能不知道你现在的情况。中央交通局的一位同志得知上海行动小组出了问题，赶到青岛，在船上找到我，让我到上海配合你的工作。

"在青岛，那位同志告诉我，上海的情况十分危急，从表现出来的迹象看，地下党组织已被严重渗透。他说，传达任务的会议还没有召开，敌人就提前得到了消息。"

"从租界巡捕房和侦缉队联手抓捕来

看，形势确实是非常严峻。"

"但是，'千里江山图计划'早已启动，这是一项无法撤销的任务，上海临时行动小组是计划中关键的一环，所以组织上临时决定，把我调来上海，要求我迅速肃清内奸，保证计划顺利实施。"

"银行保管箱里有五根金条，是组织上交给上海小组的任务经费。现在保管箱暴露了，必须尽快转移。"林石马上提醒道。

"你也要马上转移，"陈千里说，"敌人现在可能知道了你的身份。一旦我们查清内奸，他们可能会抓人。你是这里唯一了解'千里江山图计划'的人，身负重任，必须马上转移。还有一件事我要告诉你，老方同志牺牲了。"

"听说了。"林石想到刚才易君年的话。

"当时老方正在与我接头，在他儿子的剃头铺里。为了掩护我，他拿起特务的手枪冲了出去。他儿子也被捕了。与易君年同志接头时，他对我说是从内线情报那里得知老方牺牲了。"

"你让我先转移，那其他同志呢？"林石点点头，又问陈千里。

"只要你不在敌人手上，其他同志暂时仍然是安全的，特务不会轻易去动他们，他们更想了解我们背后的计划。"

"那也要预先有一个撤退方案，以防敌人想不出别的办法，实施大逮捕。"

陈千里看了林石一眼，他知道，林石觉得自己说得太轻率了。他仔细审视自己的内心，真的太轻率了吗？他有没有忽视了大家的安全？在完成任务和同志们的生命之间，他有没有对前者过于专注，而对后者明显疏忽了？

他知道，此刻的情势，逼着他不得不去走一条钢丝，竭尽他所有的能力，去保持一种危险的平衡。同志们不得不在敌人的注视下完成任务，每个人都要装得像对身后的特务浑然不觉，同时保持高度敏锐，看准时机，在敌人神经松懈的瞬间，迅速采取行动。同时也要时刻警惕敌人狗急跳墙。

他自己是擅长这些事情的，训练时的行动心理测试，他一向成绩优异。可是楼下的同志们，他们未必能像他那样冷静。他是不是因为自己有能力做到，就以为别人也能做到？

"千元是——"

陈千里轻声说："我弟弟。"

林石望着陈千里，有些看不清坐在他床边的究竟是个怎样的人。冷静，条理清晰，甚至连亲弟弟身处险境也不动声色。他不知道上级派来的是怎样的一位战友。处理这样的危局，必须要有大智慧。只是聪明过人的人，会不会容易不自觉地就把别人当成行动步骤中的一环。在这样的时刻，不仅需要头脑，也需要一颗热忱的心。

可现在没有时间再迟疑，他对陈千里说：

"首先，我要把'千里江山图'的整个计划向你说明。中央早在八七会议就确定了土地革命和武装反抗国民党反动派的总方针，而我们这次的任务，简要地说，就是安全地把中央有关领导从上海撤离，转移到瑞金，转移到更广阔的天地里去。

"从去年起，党中央在上海就越来越艰难，我们在发展，敌人也没闲着。国民党专门用来对付我们的党务调查科，之前又进行了扩充。它的头目虽然也只是个简任官，权势却远远超过那些简任厅长、局长。他们内部自称'特工总部'，除了编制内的特务，还向其他机关派出人员，在那些单位内部夺权，令那些机关为特务所用。根据中央所获的情报，特工总部现在很可能已经拥有数量庞大的特务，明目张胆地大搞特务统治。

"他们逐渐形成了一套有效的反共情报网，利用潜伏特务，地下党内部的投机分子、叛徒，不断对党组织进行渗透，使上海党组织遭到严重的破坏。

"这是一次大转移。除了领导人，其他人员、机关、文件、电台、经费，都要做好相应的安排。有些转入地方，坚持地下斗争，有些也要跟随转移。为了顺利实施，地下党组织在各地召集了多个行动小组，我们这个临时小组负责其中的一部分工作。

"原先，随着赣南闽西苏区土地革命形势的发展，中央曾使用极大的人力物力，打通从上海到南方的四条秘密交通线。这些交通线是苏维埃的红色血脉，大量人员物资通过它们进出苏区，所以，一直以来敌人千方百计地加以渗透破坏。老的交通线长期使用，难免暴露。为了保证撤离成功，同时也为了在今后更加艰苦残酷的斗争环境下，让红色血脉保持畅通无阻，中央决定重建绝密交通线。

"我们负责打通从上海到汕头这一段。从上海到瑞金，三千多公里，少山同志说，好呀，那我们就把这次行动称为'千里江山图计划'。他说，这不仅是千里交通线，更是千里江山，我们撤离上海，就是要把革命的火种撒遍全中国。少山同志说，交通线上的一个站点，比得上苏区一个县，一定要把交通线搞好。

"按理说上海小组已经暴露，不适合执行这项任务。在敌人的密切监视下，很难确保新建交通线的安全。只是中央和上海地下党组织目前十分困难，在短时间内很难重新召集精干人员。"

"上级向你布置任务，有没有提到浩瀚同志？"

"浩瀚同志？"林石不解。

陈千里把老方去普恩济世路与浩瀚同志接头的事情告诉了他。

"怪不得老方没来开会。"

陈千元把哥哥送进林石的病房，回到客堂间时，田非正在与卫达夫争论。卫达夫认为，组织上早就说过地下工作要用公开身份作掩护，要求在公开的社会职业上，每一位同志都务必干得十分出色，既能更好地掩护，也能借此发动群众。所以，林石就算刚从看守所出来，就算身负枪伤，他也有理由因为银行业务而打一个电话。田非不想跟他多讲道理，他只是固执地重复说，他认为林石肯定有问题。

陈千元坐回桌边，告诉大家林石躺下了。秦传安起身往厨房走去："让他休息一会儿，等会儿我过去看看他。"

对面仍然端着酒杯的崔文泰接了一句："现在就去病房，我也过去看看。让他一个人躺着，可不大让人放心。"

易君年正和凌汶悄声说话，转头就拦住他："你这会儿去做什么，让他好好休息。"

崔文泰不知为什么，心里对易君年总有些害怕，尤其当他盯着你看时，眼神一点都看不出深浅。

秦传安到厨房转了一圈，出来时捧着个盘子，盘子上压着个半球形的钢精锅盖。陈千元来了兴致："又是什么好吃的？"

秦传安笑着没说话，把盘子放到桌上，搓搓手，掀开盖子，原来是一客糯米豆沙八宝饭，上面还堆着些枣子蜜饯瓜子仁。

董慧文叫了起来:"啊呀是八宝饭。"话音未落,卫达夫的筷子早已戳了进去,挖出一大块豆沙。

崔文泰对甜食不感兴趣,他忽然想起一件事:"上级的那位特派员,怎么今天也不来?他是不是听说特务知道这个地方,心里有点慌了?"

易君年在边上冷冷地说:"怎么突然想起他来了,你是不是有点担心他来呀?"

"我就是心重,什么事情都担心。"崔文泰的笑声有点干,连忙喝了口酒。

梁士超也不喜欢吃甜的,转头对易君年说:"你在广东过年,有没有吃过炸粿肉萝卜糕?"

凌汶听到了,对着易君年问道:"你在广东待过?我怎么没听你说起。"

易君年笑笑:"调离以后,就不该向人说起从前的工作了。"

"那你怎么还跟他们说。"

"那不是在看守所里打发时间嘛!"

"老易在广东工作好多年了,"梁士超告诉凌汶,"省港大罢工时他就在那里。我们在看守所时说起一些牺牲的同志,有好几个当年都是老易的战友。"

凌汶拿筷子挑了一粒葡萄干,放在嘴里嚼了半天,心事重重的样子。

正说话间,楼梯上传来脚步声,林石在陈千里的搀扶下回到客堂间,大家不约而同地站了起来,气氛忽然有点严肃。董慧文上前搀扶林石,田非喝了酒微微有点上脸,他把身后的椅子让了出来,林石拍了拍他的肩膀,微笑着说,不用动。他一边挨着田非坐下,一边对大家说:"别都站着,我可得赶紧坐下。"易君年见状也笑着招呼大家都坐下。崔文泰连忙去厨房找了干净的杯子,秦传安将酒杯斟满递给陈千里。

"陈千里同志,你跟大家讲几句吧。"林石望着陈千里。

"来,千元,我们兄弟俩一起给同志们拜个年!"陈千里让弟弟起身站到自己身边。

"我早就猜到了。"卫达夫笑着仰脖喝了一杯。大家端起酒杯,起身互相敬酒拜年。

待大家都放下酒杯,林石介绍道:"陈千里同志,上级派他来领导我们这个小组。"

陈千里端详着每一位同志,缓缓说道:"上级原先把我调来,是配合老方同志工作,老易得到消息,老方牺牲了。"

他看了看易君年继续说道:"林石同志是中央特派员,代号'老开',他代表中央向我们上海小组传达任务。按计划,他传达任务后要立刻离开上海,可是他受伤了,暂时无法长途跋涉。在能够安全离开之前,他与我们一起工作。明天上午,由林石、凌汶、崔文泰三位同志去银行。"

凌汶和崔文泰有点疑惑地望了一眼易君年,易君年把脸转向林石。

"银行保管箱里有组织上用于这次行动的一笔经费,五根金条。"林石在一旁补充道,"在进一步行动之前,要先把金条取出来。"

"目前最大的问题是,敌人很可能正在监视我们。"陈千里在这里停顿了一下,"我和林石同志判断,敌人把被捕的同志从看守所放出来,并不是因为他们觉得自己抓错了人,就算真的抓错人了,他们也不会那么轻易就释放。我们认为,敌人把大家放出来,是因为他们知道地下党组织即将有重要行动,他们无法通过审讯了解内情,所以假意释放大家,想让我们麻痹大意,在行动中暴露。我和林石同志都怀疑,就在此刻,在这个房子外面,就有特务在盯着。"

秦传安点点头。

"我们最重要、最需要确保安全的,一个是保管箱里的金条,另一个就是林石同志。但我们又必须取出金条,金条也必须由林石同志亲自去取。所以,为了确保万无一失,刚刚我和林石同志商量,想了一个人和金条分开走的计划。明天上午十点三十分,由崔文泰同志开车,把林石和凌汶同志送到银行。银行大门在街角上,他们下车后,"陈千里转向崔文泰,"你把汽车停在街角对面的马路上等着。林石和凌汶同志出来后,把装金条的皮箱放到车上,人不要上车,由崔文泰同志把金条送到老闸桥接头地点,下一程从船上转移。林石和凌汶同志不要马上离开,到银行对面阜成里弄口的那家咖啡馆坐一会儿,五分钟后撤离。"

陈千里转向易君年:"易君年同志,你要在十点半之前到达那家咖啡馆,准备好交通工具,负责接应他们安全撤退。"

易君年点点头:"好!"

"那其他人呢?"梁士超急切地问。

"其他同志回自己的住所待命。"

说完这些,陈千里心里头一次隐隐有些不安,这个决定到底对不对?明天特务们发现林石和保管箱里的金条都消失了,一定会展开疯狂的搜捕。他这样安排到底有几分把握?

银行

大年初一早上,天津路中汇信托银行开着大门。按照政府推行新历的规定,银行在废历新年第一天照样上班,不过客人就不太可能这时候来了,人们正忙着到处拜年。

上午十点不到,黄包车停在银行门口,陈千里从车上下来。新年第一笔生意,他递给车夫五角小洋,转身从车座上提下一只小皮箱。今天他穿了件灰色暗花缎面皮袍,貂爪仁里子,外面罩一件黑色宁绸马褂,头戴一顶貂皮小帽。

这身行头他是从估衣铺租来的。估衣铺老板不以为怪,近年颇有些人找到他这里,要租一套衣服扮成大富人家。

这位客人要是论气度,不穿这一套也足够。而且他是真识货,这件翻翻那件瞧瞧,都看不上,逼着他拿出两件真正名贵的货色,还挑了两件里面成色比较旧的这一件,这就对了。

貂爪仁可不是普通貂皮,是貂爪上指甲下面那一小截皮子,轻、软、暖,做这一件怕是得赔上几百头貂。不说那些貂,就是把那些小片皮子缝成一件袍子,还看不出针脚痕迹,现在也找不到能揽下这活儿的师傅了。

陈千里站在路边,把皮箱放下,从皮袍里摸出一包香烟。他平时不抽烟,这会儿却抽了两口,然后把半截香烟扔了,转头跨上台阶。

就在陈千里走进银行后不到十分钟,叶启年从华懋饭店出门,他让马秘书先把车开过去,新年第一天,他打算走一走。沿着仁记路往前,十来分钟就可以走到天津路。一路上他都在想着陈千里,不知今天能不能见到他?那是他不共戴天的仇人。他当然不会一枪结果了陈千里,而是要慢慢折磨他，问问他为什么当年要如此背信弃义。他甚至不无嘲讽地想，如果陈千里像崔文泰那样，跑到他面前来一句，我想见你们大老板，难道还真领着他去见立夫先生吗？他希望陈千里继续那样冥顽不灵，好让他有机会痛痛快快地报仇。

太阳很好，有一瞬间他心里忽然生出一点空虚。特工总部、党国、中共秘密计划，这些词语日日夜夜萦绕在他头脑中，但就在片刻之间，它们都失去了意义，连咬牙切齿的仇恨也变得好像十分遥远。如果当年陈千里不是那么一意孤行，被什么《共产主义ABC》、什么《远方来信》弄昏了头，假以时日，说不定他也不会在叶桃的事情上那么不肯让步。如果那样的话，今日大年初一，家人团聚，他们之间也许可以喝上一杯。想到这里他差点掉下眼泪。

天津路是银行街，左近全是银行钱庄，就算是大年初一，汽车黄包车也排满了半条街。马秘书早已把车子停进了阜成里，自己也不在车上。叶启年往前走几步，看见裕记钱庄，便转身进去。特工总部出了裕记一半本金，钱庄老板也是自己人。总部往各行各业都派了人，如今早已形成了一个秘密通信网，党国任何一个角落，发生了任何事情，他们都能先一步知道。

昨天半夜，"西施"打来电话。他一得到情报，就在华懋饭店的床上想好了方案。这会儿裕记就成了临时行动指挥所——阜成里在中汇信托银行斜对面，钱庄后楼的窗口正是最佳观察点。马秘书和游天啸都已经到了。

游天啸这回带来的人都很精干，不到十分钟就完成了行动布置，他对叶启年解释：

"慢一点不要紧，要是从你这儿泄露了消息，我只能把你交给内部调查室执行家法了。"

"绝对不会，老师。"

钱庄里全都是侦缉队的下属，这些人不知道这次行动真正的指挥单位是特工总部。在这种情况下，他要避免称呼叶主任。

"银行里有什么情况？"

"人都散到各个点上了。目前银行没有动静。"

"没有我的命令不许抓人。"

"是，老师。"

叶启年上了二楼，裕记钱庄的老板知道总部叶主任要来现场指挥，早早在二楼摆放了案几茶具。叶启年靠窗坐下，朝中汇信托银行大楼方向望了望。

银行大楼在交叉路口，一共五层。地下还有一层，保管库就在那里，库房四壁用钢板浇铸而成，库门所用的钢板，更是厚达四十厘米。

大楼建造时，特意沿街角设计成斜面，银行大门也朝这个方向开，叶启年心想，当时多半是请教了哪位风水大师。

游天啸上楼告诉叶启年："他们来了。"

"几个人？"

"一辆车，三个人。有林石——就是'老开'，凌汶，还有我们的'西施'也在车上。"

没有等到陈千里，叶启年心中隐隐有些失望。

昨晚除夕夜，崔文泰一夜没睡好，简直像人家守岁一样。陈千里说，第二天参加银行行动的同志，晚上不能回家，都睡在诊所病房里。这么一来，他就没办法面见叶主任了。谁都没有想到这个情况，他

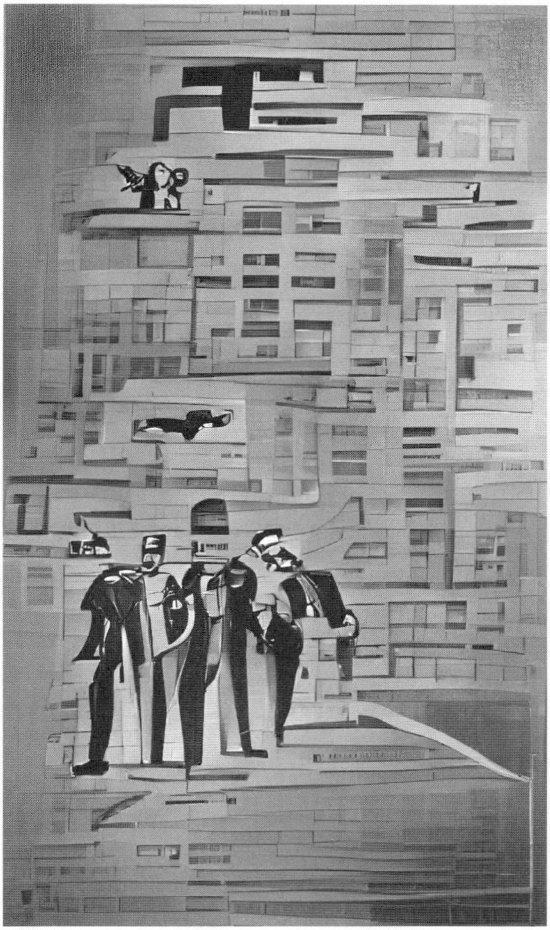

没有，游队长没有，叶主任也没有。

诊所外面倒是有两个鬼头鬼脑的家伙，多半是侦缉队的便衣，可是他也不敢随随便便就把重要情报交给他们吧？就算他们确实是游队长的人，游队长没有交代过他们的事情，料想他们也不会轻易相信他崔文泰吧！就算他们相信他是自己人，万一有个闪失，说不定回头喝两口酒，就把事情忘了。

再说，就算他们真办妥了，这功劳又算谁的？他崔文泰做这个事情，还真不是为了党国。退一万步说，就算他不计酬劳，愿意把情报交给他们，眼下也要办得到呀。诊所里那么多人，都在怀疑内部有特务，他半夜跑出去再跑回来，让人看见可就麻烦大了。

他熬到半夜，看看别人都睡熟了，终于下定决心，悄悄跑到门诊室，往华懋饭店打了个电话。

他身上只有一件睡觉穿的单布褂子，司机穿的呢大衣挂在门后的钩子上，他也不敢套上，担心动静太大。可就是这样，他捧着电话，一边发抖，一边直冒冷汗，只一会儿背上就湿了一片。

他没敢等华懋饭店的接线小姐叫醒叶主任，只让她传两句话。第一句，"老开"是林石。第二句，明早十点半去银行开保管箱。

打完电话出来，又把他吓一跳。诊所原是弄堂房子，后楼那几间厢房当作病房，从门诊室到病房有一条短短的楼道，楼道一边是楼梯，另一边就是病房。楼道里没开灯，他正蹑手蹑脚打算溜进房间，一头撞上在楼梯口抽烟的易君年。

易君年什么话都没说，冷冷地看着他，也没让他解释解释为什么半夜不睡觉，跑到外面来了。当然，他可以说他去上了厕所。

到早上他才发现，好几个人都离开了。饭桌上只有林石、凌汶、秦医生和他自己，就连住在诊所的梁士超都不见了人影。

崔文泰回到房间越想越不安，万一叶主任没有收到消息，把林石和金条放跑了，这个责任他可承担不起。他都卖身投靠了，还卖了个半吊子，这笔生意做得就划不来了。叶主任一生气，说不定说他真共党假投诚，倒把他给办了。

他跑到门诊室，对秦传安说，他要给车行打个电话，昨晚他没把车开回车行，早上再不去点卯，车行管事要着急骂人了。

秦传安正忙着开药方。他知道自己很可能马上就会撤离，有很多长期在他这里治疗、开药的病人，他要预先给他们准备药方。其中有几位，他还打算向他们推荐其他诊所的医生。这些病人他都有住址，只要把开好的药方装进信封，万一紧急撤退，他把这沓信往邮筒里一塞就行。他拿着笔朝电话指指，继续低着头写药方。

电话拨通了，崔文泰报了房间号码，抬头看看秦传安，见他正全神贯注于自己的工作。房间铃声响了两下，有人拿起话筒，是叶启年。崔文泰原以为自己可以编几句暗语，把意思告诉叶主任，却没想到临时没词了，举着电话停在嘴边。

崔文泰用眼角扫了一眼秦传安，见他依然俯身在桌前，似乎并没有留意他。

"老板，今天上午客人约了用车，直接去做生意了。做好这一单再回来。"

半晌，对方在电话里说："知道了。"

崔文泰犹疑不定，拿着电话愣在那边，对方等了一会儿，有点不耐烦："知道了。你昨晚打过电话。"

70

对方挂了电话。

放下电话，崔文泰心里并没有踏实，反而越来越乱了。

林石趁崔文泰离开，对凌汶说："我见过龙冬同志，在广州。"

还有半个小时就要出发，这通常是最心神不定的时刻，尤其是陈千里说，这一次，他们将在敌人的严密监视下完成任务。她正在努力克制，打算起身收拾下碗筷，没想到林石说了这么一句话，她一时没反应过来。

弄堂里传来一阵鞭炮声，上海人家年初一早上打开门，要放一串开门鞭。

"我听老易说，你丈夫，龙冬同志在广州牺牲了，那是什么时候的事？"

"广州起义后，他在苏联领事馆被捕，被敌人杀害了。"

林石点点头："如果这样，他很可能还活着。"

说出这句话后，林石自己心里倒产生了一种奇怪的感觉。他们俩，一个是龙冬的妻子，一个曾把龙冬视作生死之交，如今却坐在饭桌边，用一种近乎平淡的口吻议论着龙冬的生死。他很可能还活着，好像牺牲或者活着，都是一种可以接受的事实，值得讨论的只是这两种事实，哪一种可能性更大。可是大革命失败后，这种情况实在太常见了。

一旦地下党组织被敌人破坏，单线联络的组织关系就被切断了，一个上线被捕、被杀害，与他联系的下线也就同时消失了，没有任何文件可以证明他们的身份和下落。一个地方组织被破坏，有些同志牺牲，有些同志失踪，剩下的人如果还有机会联系党组织，就调换到另一个地方继续工作，可他们也往往必须改换姓名身份。

在最复杂的情况下，常常会发生牺牲的同志最后被发现还活着，以为活着的同志，实际上早就牺牲了。

经常会有各种各样的传说，有些是出于战友之情，总是觉得牺牲的人还活着，有些则来自敌人的愚蠢和阴谋，他们为了邀功，或者为了设计圈套，就散布一些真假不明的消息。

"广州起义失败后的第二年，差不多是五月份，组织上把我调到广州，让我配合龙冬同志的工作。在广州那一年，龙冬同志和我谈得很多，他给我看过你们俩的照片。你的绒线帽盖住了耳朵，肩上有大围巾，穿百褶裙，手插在裙子口袋里。那时候他还活着，活得好好的——"林石仍然觉得这么平淡地说话，自己听着都有点奇怪。

"在广州要不是他，我可能被敌人抓了十几回了。我真是学不会当地人说话。太危险了，后来也因为这个，上级不得不把我调离了。"

林石记得八月里有一天，龙冬的情绪显得特别低落，他们俩坐在骑楼下喝粥，电闪雷鸣，一会儿就下起了暴雨。龙冬告诉他，来不及通知凌汶，敌人就冲进了秘密机关。

凌汶的反应来得很缓慢，一直到林石说起那照片，她才慢慢激动起来。

林石意识到凌汶情绪的变化，她几乎要掉下眼泪。他原本是想说些与行动无关的话，让凌汶放松一些。

但是，出发的时间到了。凌汶起身问林石："你的伤，走路没问题吧？"

"林石同志，你肯定是个大领导吧？"

崔文泰刹车、按喇叭、加油门，挤出了路口扎成堆的黄包车，歪了歪脑袋朝后座说，"五条大黄鱼，乖乖不得了。一定是个大任务。我活了半辈子都没见过那么多钱。"

后座没有人回答他。凌汶低着头想心事，林石掀开窗帘一角，看着车外。

"不过我这辆车，倒是运过金条，虽然我也没看见。"

崔文泰笑了几声："去年春天我到熙华德路接客人上车，宁波人。一个老主人，两个佣人。我看看真蹊跷，佣人空着手，一块台布打成包袱，主人自己抱在怀里，说是要去巡捕房。

"上了车子我看看不对，随便问一句，果然，说是去报案。我就问，报啥案子？说是佣人中午烧饭，发现米缸底下有七根金条。坐在家里，天上有金条掉在米缸里，这不是好事吗？我说，为什么要报案？佣人说，少爷失踪好几天了。噢哟，我想，这下就有意思了。

"你们晓得为啥？那个时候上海到处在传王金枝被杀案。你们听说过没有？太古轮船茶房领班王金枝，在长江轮船上跑了三十年，为人极其讲信用，钱庄银楼就托他带金条，从上海到武汉，几十年从来没失手，再多几根金条交给他都没有问题，武汉肯定收到。但这次出事了，被杀了，死的时候身上只有几角洋钱，金条是一根也没有了。"

"被抢的金条就是米缸里的那些？"林石问。

崔文泰点点头："他们是那么想的，所以要到巡捕房报案。我也是那么想的，肯定就是那一批。我就问，为什么他们会觉得米缸里的金条跟王金枝的案子有关系呢？他们说，因为他们家少爷失踪了。

"原来如此，那我就懂了，那就确实有关系了，这家人家的少爷一定不是好人，外人不晓得，家里人晓得的呀。自己儿子是不是好人，老爷知道的呀。

"米缸里那些金条，肯定跟王金枝的案子有关了。这家老爷胆子是小的，他这样一猜，马上就要到巡捕房去报案。他们这么确定，我想想也很确定，巡捕房呢，也马上就确定了。

"过了几天，我看看报纸，果然报上登了。你们猜猜什么结果？"崔文泰卖了一下关子，等汽车过了路口，转到天津路，他接着说，"你们猜猜什么结果？报纸上说，巡捕房一拿到金条，马上找钱庄银楼的人过来看，钱庄银楼自己铸的条子，都做了记号，他们一看，正是被偷的那一批。巡捕房马上说，金条数字不够，差一半。既然一半赃物在你家米缸里，那么另一半你也负责交出来。你说你不知情，可能是你儿子，那么你把你儿子交出来，要是你交不出金条也交不出儿子，那就把你先关进巡捕房里。那家老爷叫冤枉呀，本来是想做做好事呀，没想到自己先吃官司了。"

汽车停在中汇信托银行门口，进银行大门时，凌汶说："这崔文泰，今天怎么话那么多？"

皮箱

游天啸进了裕记钱庄，又一次上楼报告：

"银行里面各处都有人盯着了。每个楼层都安排了人手，前后两扇门随时可以下令封锁。从司令部宪兵队借了一辆铁甲车，往马路中间一停就是一座堡垒，他们如果想强行突破，让他们一头撞到墙上。"

"这么兴师动众，没有惊动穆处长吗?"叶启年轻描淡写地说。

"穆处长去南京了，恐怕要过了年才回来。"

"荒唐。政府三令五申，各机关不许互相拜年，不许放假，有些人是通知照转文件照发，封建陋习一样不改。"

"穆处长南京的亲戚朋友多，他在南京可比在这里忙多了。"

"军法处是要害部门，某些人就是占着位子不做事，你可别沾上这些恶习，好好干，等有机会我向上面举荐。"

"谢谢老师。不过现在这样也很好。穆处长大概嫌龙华杀气太重，影响官运，不喜欢军法处的这些公事，这样我倒也好办。"

叶启年面无表情地点点头。

"他们这会儿在里面做什么?"

"我们有五个人在大厅里面。坐在存款部沙发上那两个，背对背坐，正好可以看到整个大厅。进去的那一男一女在大厅那头，吴襄理在接待他们。"

"让你的人不要靠得太近，让他们顺利拿到皮箱。我们人赃俱获。"

"是，老师。"游天啸笑着说，"还有件奇怪的事情。他们居然有人坐在阜成里弄口的咖啡馆，我估计是个接应点。那个人是易君年，不知道他们是什么意思。"

"就在阜成里?"叶启年也笑了起来，"我们把指挥所设在阜成里弄堂里，他们把接应点设在阜成里弄堂口，有意思。你的人在弄堂口进进出出，会被他们看到吗?"

"我跟他们说了，每个人都站到规定位置，不要到处乱跑。"

"陈千里仍然没有出现?"

"我们安排在申新旅社的人说，他从昨天半夜回到房间后，一直都没有出来。要不要让人进去看一看?"

"有人守着就行。先拿到保管箱里的东西，然后逮捕林石，最后一网打尽。"

林石拿出二七九号保管箱的单子，交给吴襄理。

"吴襄理，今天我开一下箱子。另外，把三个月租金交给你。"

"啊呀林先生，给您拜年——"吴襄理神情有些不自然，早上他在家里就接到宋先生的电话，让他今天无论如何都要上班，妥善处理好二七九号保管箱的事情。他不知道这只保管箱为什么会惊动宋先生，不过宋先生只是让他按照正常业务办理，客人怎么说他就怎么做，别的事情自有人会办："我们是银行，既不是警察也不是特务，到我们这儿来的都是客人。我们不能贻人口实，让人家说把东西放到我们这儿不保险。"

有了宋先生这句话，吴襄理心里是有底的。宋先生从来没有亲自给他打过电话，实际上，宋先生就算到银行来，也从来不会注意吴襄理。不过他很清楚——其实这家银行从上到下每个人都清楚，宋先生的哥哥是不得了的大人物。不然，他们这家小小的银行，为什么每年都能做一点财政部公债发行的生意?

吴襄理把单据弄好，就领着林先生和太太上楼。楼梯在银行大厅西面，上了二楼，只见四面围廊俯瞰大厅，凌汶扫视了一圈。

大理石廊柱间放着些沙发，远处沙发上孤零零坐着两个人，穿着的那两件洋装似乎不太合身。

"按照银行的规矩，只有租用保管箱的

顾客本人才能进入保管库,林太太只能把先生送到这里了。"

凌汶在保管库门前的沙发上坐了下来,笑着对吴襄理说了一句:"林先生腿上骨折刚好,行动不方便,我可就把他交给吴襄理了。"

保管库的入口在二楼南侧,库门外围着栅栏,如同一只铁笼子。吴襄理用钥匙打开栅栏门上的钢锁,里面又有一扇锃亮的圆门,是用整块不锈钢焊制。吴襄理来回转动密码锁,直到听到咔哒一声,再把钢门中央那只轮盘转了几圈,轻轻一拉,库门打开了。

吴襄理扶着林石跨进圆形钢门,门后是个巨大的不锈钢洞穴,四壁、地面、头顶全是钢板,接缝间嵌入灯管,把这个方形洞穴照得明亮如昼。洞穴深处有一间间小室,吴襄理把林石请进其中一间,室内放着桌椅。等林石坐下,吴襄理说:"林先生稍候,我下去一趟。"

保管库的入口在二楼,库房却在地下。吴襄理站进仅容两三人站立的电梯,去了库房。

逸园咖啡馆靠窗座位上,易君年要了杯牛奶咖啡,拿出一份报纸放在桌上,转头看着窗外。窗外是个小院子,放着几把遮阳伞,伞下有折叠桌椅,天冷也没有人坐。小院有两扇门,一扇朝着天津路,另一扇朝着阜成里弄堂。

大年初一,咖啡馆里基本没有客人,老板并没有打算这会儿就开门营业,只是周围银行钱庄都不放假,他想着也许会有人来坐坐。对这个意料之外的客人,老板额外奉送了一份布丁。布丁盘子里放着小匙,客人却没有动它。

"进去看了,易君年还在里面。我们的人看见他从江西路穿弄堂过来,他们好像在那里停了一辆车。是南市警察署的车子。"游天啸向叶启年报告。

"谁让你派人盯那么紧?胡闹,要是打草惊蛇——"叶启年并没有真的生气,他喝着钱庄老板准备的好茶,心情颇有些怡然自得。

"南市警察里果然有地下党。"自从上回菜场里冒出个巡捕房地下党,游天啸就开始怀疑在华界警察里也有潜伏的共党分子,"抓住他顺藤摸瓜,肯定能抓出一串。老师的计划真是高明,我们往这里一坐,共党分子一个一个就冒出来了。"

叶启年并没有那么乐观:"共党分子,靠抓是抓不完的。你抓了一个,他们会给你送来一打,你抓了一打,他们就给你送来一卡车。"

游天啸心想老师又要开始长篇大论,他像当年在杭州上训练班时那样,并拢脚跟,等着听老师教诲。

"与共党作斗争,最重要的是思想上的肃清。只要让人不再相信共产主义那一套,相信我们的三民主义,我们就不战而胜,共产党就不战而亡了。你有空也要读点书,中央大学陶教授写的书就很好。你读了书,知道了其中道理,在看守所审讯共党分子时,就可以跟他们讲道理,说服他们向政府投诚。这样一传十,十传百,百传千,思想就像传染病,只要染上了,他们就成了我们的人了。不要老是打人,杀人,打打杀杀能解决一个人,几个人,但解决不了思想对千万人的传染。"

吴襄理乘着电梯回来,把手里提着的

一只铁箱放到桌上，插上一把钥匙，转了一圈，对林石说："林先生，箱子我给你拿来了，你再用你自己那把钥匙开一下就行了。等你处理完毕，就按一下桌上的电铃，我回来给你开门。"

说完，他就离开保管库，关闭圆形钢门，再锁上。

吴襄理离开保管库没多久，保管部小施桌上的灯就亮了。

先前他把纪先生送进了保管库。纪先生绝对是个大贵人，皮袍上的出锋，一看就是千金之裘，绝不是一两头畜生的皮毛。小施在陶小姐家里见过宋先生的皮袍，跟这件差不多，他眼睛毒，值钱的东西，看一眼就记住了。

那一次可把他吓坏了，最后还是陶小姐机灵，谎称他是表弟，这才过了关。而且因祸得福，宋先生索性把他安排进了银行。

小施头脑很清楚，他可不敢跟陶小姐有什么事情，虽然陶小姐总是让他上她家，让他帮她取件衣服、买点吃食。陶小姐穿着家常袄子，齐膝短裤，袜子上露出一段腿。最撩人的是短袄下面飘着的两根粉色绸裤带，一动就晃来晃去。有一次他坐在沙发上，她俯身过来说话，绸带竟然从他手上掠过，他好容易才克制住自己想去拉一拉的心思。

小施把保管库钢门打开，纪先生空着手在门后等他。他打算把纪先生送到银行大门口，因为进保管库前，纪先生塞给他一块大洋。小施从小到大，没收过这么大一笔压岁钱。纪先生却在半路上对小施说，内急，要找个厕所，让小施不要等他，回头他自己出门。

纪先生正是陈千里，他虽然对外形做了一点改变，但仍然担心被散布在大楼内的侦缉队便衣看见。他没有进厕所，而是闪进了清扫杂役们上下的楼梯，一直向上，走到银行大楼的屋顶天台上，躲在水箱旁边，观察大楼周围的情况。他注意到阜成里弄堂里进进出出的人，不像是普通居民。

过了十来分钟，林石按了一下电铃，把吴襄理叫来开门。出了保管库，凌汶接过皮箱，扶着林石跨出库门。他们俩一路穿过围廊，下楼梯，在众目睽睽之下回到银行大厅。

正要出门，银行大厅一阵风似的进来个女人，进门就喊："小施快来。"那边小施看见，急忙奔了过去。凌汶循声望去，竟然是陶小姐。陶小姐也认出了凌汶，见躲避不开，面带羞惭地走了过来："啊呀凌太太！"陶小姐声音夸张，说完却又忽然压低嗓音："你也出来了呀？我就说刚刚一下黄包车，心就怦怦跳，好像要遇到什么好事——"

她一边说着一边举起一只手，压在心口。

"陶小姐，"凌汶说，"谢谢你帮我把信带到了。"

陶小姐想掩饰自己的尴尬："哪里哪里，就是顺便——"

凌汶灵机一动，索性抓着陶小姐的手臂，把她拉到存款部柜台，从包里掏出小本子，又在银行柜台上拿了笔，让陶小姐给她写下地址，她要好好谢谢陶小姐。陶小姐在看守所就知道凌汶也是一位富商太太，虽然狱卒说她是共产党，但她总有些将信将疑，既然现在出来了，肯定就是没事，所以欣然写了个电话号码。陶小姐越说越亲热，一直把凌汶送到银行外。崔文泰坐在车上正等着他们。

凌汶把手上的皮箱放到汽车后座上，对崔文泰说了一句："你把皮箱送过去。"转身把车门关上，扶着林石过马路，边走边扭头对陶小姐说："一会儿你要是有空，也过来吃块蛋糕呀。"

"蛋糕我喜欢的，喜欢的……"陶小姐前言不搭后语，话还没说完，人已经跑回银行里去了。

崔文泰发动汽车，向前开去。他没有按照陈千里设计的路线，从另一条马路撤离。他倒是和叶主任约好了，一拿到皮箱，马上把车开进阜成里，把皮箱交给游队长检查。谁也没料到，他们把接应地点也放在阜成里，凌汶和林石过了马路，也是朝阜成里弄堂口走去。这下崔文泰的心里倒有些说不出的滋味，这一次要在光天化日之下当街投敌叛变了？

他把车往前开了一段，停了片刻，然后掉头，又把车开回天津路。汽车靠近阜成里弄堂时，他忽然大声骂了一句："滚你妈的蛋，老子谁都不投，投自己！"

他猛踩油门，汽车呼地冲过阜成里，游天啸站在弄堂里正等着接货，没想到车子一下子冲了过去，把他扔在那儿摸不着头脑。

游天啸急匆匆奔上楼梯，对叶启年说："崔文泰拿着皮箱跑了。"

叶启年一口茶差点喷出来，想了一会儿，突然骂了一句："这个混蛋，国共两党都容不下他。"

"老师，那现在抓不抓？"

叶启年想了很久："让你的人继续监视，先不抓。不过，你去把崔文泰给我抓回来。人，死活不论，皮箱要原封不动。"

茂昌煤号

自从法租界公董局在肇嘉浜北岸筑路，南市老城这条水运要道就变得越来越窄。尤其是冬天，堤岸露出一大截，垃圾和淤泥混在一起，河水也不像先前那样干净了。春夏季节水盛时，河上常常挤满了大小木船，不过这会儿倒是没几条，全都停靠在岸边。

四点刚过，船头上就冒起了炊烟。船与河岸之间架着长条木板，有几条船上，小孩子穿着过年的新衣服，一会儿奔上船，一会儿又跳上岸，浑然不觉木板下便是河水和淤泥。

肇嘉浜上有很多桥，茂昌煤号靠近小木桥。煤号在租界里做生意，自然要开在小河北岸，不过徐家汇路这一片，近来十分兴旺，荒地都被工厂酱园占了，连电影厂都把摄影棚建在附近。茂昌煤号后面原本有一块堆栈，生意越做越大，堆栈渐渐不敷使用，想来想去，就到肇嘉浜南岸的华界买了一大块荒地，充作煤号堆栈。好在一座小木桥，连通了小河两岸。

李汉是茂昌煤号的工人，不过他在煤栈干活，和对面煤号里的工人多少有些不一样。对面是商号，日常打交道的都是买煤的客人。这里能见到的，就全是煤了。因为这个缘故，茂昌的老板招工人，对煤号和煤栈，采取的是两种办法。煤号用工人，都找本地人，见过世面，头脑机灵，跟客人能说得上话；煤栈招工人，就只看有没有一把力气了。这两年长江下游发大水,乡下人听说上海怎么也能吃上一口饭,找条木船摇着橹就来了。煤栈里很多这样的人,他们在上海没有地方住,就占了左近的荒地,搭了窝棚,先是用木板,等挣了工钱再设法弄点煤渣泥砖,努力让它变得更像个房子。几年下来,煤栈里的人都聚居在了一起。

大年夜李汉整整一晚都在煤栈值班,没回他那个窝里。一到过年煤栈就提心吊胆,全城都在放爆竹,点着了煤堆事情可就大了。每到这个时候,账房就会过来找李汉,知道工人当中,很有几个只听他的话。所以昨天晚上李汉找了几个人,买了点酒肉,就在煤栈里过了除夕。

天亮后其他人都回屋睡觉了,李汉还等在煤栈里,他在等待从天津路中汇信托银行撤离的同志。可是过了下午四点,人还没有到,李汉有点担心。

没有按约定时间到达煤栈,是因为发生了很多意外情况。陈千里不得不承认,原定计划存在太多冒险成分。事发突然,实在太仓促了。最大的冒险是,如果他判断失误,敌人发现受骗上当后,立即包围现场实施抓捕,那他岂不就害了林石同志?

虽然他通盘考虑过,认为敌人既然把同志们从看守所放出来,就一定会等待一次"人赃俱获"的机会,而且他事先也释放了很多假信息。

昨天晚上,他在诊所的饭桌上对大家说,银行的任务完成后,每个人仍然回到现在的住所,等待下一步行动。他还告诉崔文泰,拿到皮箱后,他要把汽车开到老闸桥的接头地点,把皮箱交给另一些人。他故意让崔文泰觉得,那些来取金条的人十分重要。

他知道崔文泰就是内奸。

昨天下午,从陈千元那里出来,坐在公共汽车上,他的脑中突然闪过一个动作。那是老方做过的动作。

老方牺牲那天,他拿着手枪冲出剃头铺,朝弄堂口方向开了一枪后,便向弄底跑去,要转进横弄堂时,突然回头又向剃头铺奔过来。陈千里想起了老方的奇怪举动,竭力回忆他当时的表情,老方并没有去看弄堂口的敌人,他的脸对着剃头铺的门,好像在望着门后的他们。

他像是想起了什么事情,一心想要告诉他们,可就在那一瞬间,子弹射中了他。他应该知道自己不可能跑到剃头铺门口了,他也许想过把要说的话喊出来,但他只能躲进横弄堂的房子后面。

陈千里换了一辆有轨电车,直接去了剃头铺的弄堂。他在弄堂里来来回回,好像在寻找一个门牌。他仔细检查老方冲出剃头铺后到过的位置,检查地面和墙角,直到在横弄堂的一个墙角,发现了一个字,写那个字的地方正好被落水管挡住,字不容易被人看见,也不容易被雨水洗掉。

那个字很可能是老方用血写的,他自己的血。那是个未写完整的"山"。他立刻就明白,老方在向他暗示内奸的名字。他不知道老方是根据什么作出了这个判断,他猜测也许是老方忽然想起剃头铺这个秘密接头地点,崔文泰是唯一知道的人。这很有可能,老方把崔文泰视作家人。

直到制定行动计划时,陈千里都还没有确凿的证据可以证明崔文泰就是那个让组织遭到严重破坏的内奸、叛徒。不过除夕夜,崔文泰暴露出更多的可疑之处,到了早上,当老易告诉林石,崔文泰半夜偷偷进了门诊室,其实真相已完全清楚了。

只是敌人还不知道他猜到崔文泰是内奸。实际上,他的计划就是要利用这一点。

他把咖啡馆当作接应地点,没有想到敌人也在那条弄堂里。任何行动都要现场勘察,纸上作业靠不住,可他没时间了。实际上他把易君年的位置暴露了,老易几天前刚从看守所释放,这些侦缉队的便衣完全有可能认出他来。他本应该找一个更隐蔽的地方。

谁都没有想到崔文泰会拿着皮箱逃跑,看到那一幕,陈千里忽然觉得有些可笑。他看见崔文泰的汽车驶回天津路,看见两个人从弄堂里奔出来,准备接应,看见汽车突然猛加油门冲过了弄堂,看见那两个人站在路上,半天没有回过神来。崔文泰那一跑,把精心策划的棋局搅成了一场闹剧。

他自己有没有预料到这一出呢?肯定没有,可他确实让林石告诉了所有人,银行里有五根金条。也许是出于某种本能,这有点不符合地下工作的原则,但他隐隐觉得,如果你让某些人知道自己手里拿着许多根金条,做起事情来就会颠三倒四,违反常态。

站在银行楼顶,陈千里一直在担心。他不知道敌人会不会突然疯狂,下令把所有人都抓起来。直到他看见叶启年,才觉得松了一口气。隔了那么远,仍然一眼就能认出这个人,他甚至不用掏出皮袍口袋里的那只小望远镜。叶启年坐在车里,那时崔文泰早就跑了,林石他们几个也撤离了咖啡馆。不知道为什么,陈千里有一种感觉,想站在楼顶再多观察一会儿。

他看到叶启年的汽车慢慢开出弄堂,停在路口,有人上来跟他说话,他摇下车窗,说了几句,然后把车门推开,下了车,站在车旁往马路左右看了看,又盯着银行看了一会儿,慢慢地把头抬起,好像正在一层一层地察看银行大楼。到这个时候,陈千里才确定,敌人大概不会马上包围同志们的住所,实施大逮捕。一看到叶启年,他心里就清楚了,他知道这个特务头子从来都不会发疯,甚至在他失去女儿时。

他们在顾家宅公园附近的一幢房子里等着他,是卫达夫从经租处拿的钥匙。

易君年告诉陈千里:"进了法租界铁门,我们就下车了,换了黄包车到这里。"又问:"你怎么那么久?还在担心你脱不了身。"

"我要去估衣铺把那身行头还了。"陈千里笑呵呵地说。

"崔文泰把金条送到了吗?"易君年又问。

"崔文泰没有出现在约定的接头地点,他带着皮箱跑了。"陈千里把事情经过告诉了他们,神色如常。

"所以——皮箱里没有金条?"易君年恍然大悟。

看来,凌汶没有把皮箱调包的事告诉易君年,陈千里心想,也许还没来得及,也许——凌汶确实是一个严守地下工作纪律的同志。

"我明白了,根本就没有金条,你们设计了一个骗局,让崔文泰自己暴露。"易君年说。

他确实是自己露出了真面目。陈千里告诉他们,据他判断,崔文泰早就背叛了革命。菜场会议,还有老方儿子的剃头铺,应该都是他密报了敌人。"我们一直怀疑有内奸,这个内奸多半就是他。"说完,陈千里想,事实上,老方在牺牲前就已经指证了他。

陈千里经历过严苛的训练，他总是被要求不断去剔除不必要的动作，但老方在那个生死存亡的时刻，却忽然做了一个让人难以理解的多余动作：为什么老方突然扭头往回跑？直到这个问题进入陈千里的头脑中，他才知道自己要去做什么。

"没有提前告诉大家，"陈千里笑着说，"是因为担心你们事先知道，演得就不那么像了。"

在那天参加秘密会议的小组成员当中，只有李汉从未进入敌人的视线。他没有被捕，从菜场离开后，他也没有跟任何人联络。茂昌煤栈在肇嘉浜边上，这条河分隔了租界和华界，两边的治安各由租界巡捕房和国民党公安局管辖。煤栈周围有大片荒地，这里的居民，很多都是逃难来上海的，警察很少注意这个地方。陈千里打算让林石暂时躲在煤栈里。李汉说，没有问题，只要他一句话，煤栈里那些兄弟都会帮忙。

凌汶他们坐了南市警署的汽车，司机是易君年在国民党公安局内部发展的情报人员。虽然易君年告诉大家，此人绝对信得过，但他并不是临时行动小组成员，所以他们选择在顾家宅公园附近下车，等汽车离开后，才由卫达夫把他们带到了这里。

接近四点时，卫达夫到街上叫了两辆黄包车，他们出发了。林石和凌汶各坐一辆黄包车，让车夫把他们拉到肇嘉浜小木桥，其他人则分头前往。陈千里和易君年两个人，一个提着几方酱肉，另一个拎着两瓶酒，像是打算要去给哪家饭桌上加点酒菜。

"我不太明白，"从金神父路转入徐家汇路时，易君年说，"崔文泰拿到皮箱以后，他们为什么不马上抓人？"

"确实不太像侦缉队的一贯做法。他们并不着急抓人抢功。这些敌人看起来很有耐心。"

易君年笑了起来："你才刚到上海，说得好像你同侦缉队打过多年交道一样。"

陈千里被他说得有些不好意思，也笑了："那照你看，我们这回的对手到底是谁呢？"

"我这两天也找人打听了一下这个游天啸，有人说他其实是特工总部的特务。"

"他们不想简单抓几个共党分子，要放长线钓大鱼。从做法上看，确实更像那个'剿共'急先锋。"易君年若有所思，"听说这个特工总部里，很有几个专门调查地下党的专家，他们花了很大力气研究我们的工作方法，破获了地下党组织，也并不急着杀人。他们会详细了解案件的每一个细节，总结成教材，用它来训练特务。这两年地下党组织在上海越来越困难，听老方说，上海有不少中央领导已撤往苏区。"

到了傍晚，天色转眼阴了下来，空中忽然飘起雪花。他们加快脚步，过了那座桥，眼前便是一大片荒地，河边零星搭建着一些窝棚。煤栈很容易找，煤块堆得像一座座小山，四周用铁丝和木板草草拼凑了一圈栅栏。

沿河荒地间有一条小路，铺着煤渣，小路两侧杂草丛生，冬天这些草全都干枯了，却也能有膝盖那么高。雪下得越来越急，没多久黑色的煤堆上就盖了一层，在暮光中闪闪发亮。见有陌生人来，煤栈的看家狗开始吠叫，只见李汉循着狗声跑了过来，其他同志早就到了。

有几间平房被围在煤堆中间，外面根

本看不见。这是煤栈的值班室和工具间。平房连在一起有五六间，平时工人们在这里进进出出，现在他们都回家过年了，无事没有人会跑到这里来。不过他们这几个，衣着气度都不像通常会跑进煤栈堆场里面的人，被人看见容易生疑，李汉格外小心，早早就把那几条狗放出了窝棚。万一有陌生人闯进来，不等他们靠近，狗就会叫起来。

他们坐在最靠里的一间，水壶在火炉上冒着蒸汽，窗户上凝结着雾霜。房间里只亮着一只灯泡，天色越来越暗，四周全是荒地，要是有一间房子开着很亮的灯，站在肇嘉浜对岸都能看见。

桌面原先可能是一块门板，很厚，表面没有刨平，上面坑坑洼洼，桌脚倒是很结实，用铁板铁条焊成的架子，门板就搁在架子上。

桌上有酒，有酱肉，有馒头，还有一大堆李汉拿来的花生。

"现在全国的形势，我们党是在异常困难的情况下坚持革命道路。"林石放了一粒花生到嘴里，慢慢地说，"宁汉、宁粤的反革命政府相继合流后，南京表面上获得了全国统一的假象，蒋介石宣布国民政府进入训政时期，大力发展军警宪特，把主要精力都放在疯狂'剿共'上。我们党针锋相对，早在八七会议时就提出要以枪杆子来对付枪杆子，还要发动中国腹地的广大农民起来反抗，发动土地革命。"

他向大家宣布：秘密行动正式开始，这本应在半个月前就完成的会议，被意外事件推迟了这么久——

"时间实在紧迫，"林石最后说，"而且拖得太久，计划就难以保密。敌人千方百计地刺探破坏地下党组织，像崔文泰这样的情况，最近发生了不少。我和千里同志的共同看法是，敌人可能已经猜到了党中央将会有大动作。这次从看守所把我们这些人放出来，并不是出于敌人的愚蠢，更可能是他们的阴谋。"

"崔文泰，看他那只面孔就不是好人，脑后见腮有反骨。"卫达夫用手指指自己的腮骨，恨恨地说，"他这里都长成方的了，把他这只面孔放到桌边，打翻了碗连汤都流不到地上。老方真不应该这么信任他。"

"我们这个小组，接下来怎么办？"易君年掏出烟盒，点上一支烟。

林石看了看靠窗坐着的梁士超，他不时用手指擦掉玻璃上的雾霜，向外观察。梁士超一想到自己上了崔文泰的当，心里就有些不好受。

林石并没有告诉大家，实际上中央为此重新组建了交通局。除了陈千里，他也没有告诉其他人，"千里江山图计划"真正的目标，是实现中央机关的战略大转移。除了必须要传达的内容，其余都必须保密，这是原则。他自己的代号叫"老开"，在扑克牌里是第十三张牌。

二月

陈千里到隔壁找了个房间，让同志们一个一个进去，单独布置任务。说实话，对于他现在的做法，林石心里有些不以为然。林石觉得，任务的主旨是最需要保密的，可既然已经向大家传达了，分派任务这些事情，也可以在小组全体会议上提出，大家一起商量。

比如说，究竟派谁去广州，林石就觉得完全可以在会上提出，如果有人自告奋勇，那也很好。人嘛，总是自己最了解自己。他觉得，去广州这样的任务，梁士超一定会主动请战。没错，一个红军指挥员肯定会说那叫请战。林石也认为，梁士超十分合适。第一，他是广东人；第二，作为军人，他擅长行动，遇到危险也比较镇定；第三，如果可能的话，完成这次任务后，组织上直接调他去苏区，那也很不错，他的军事作战经验，苏区很需要。

陈千里却认为梁士超不太合适，他心里已经有了人选，只不过，他说，需要再了解一下。

林石觉得陈千里这个人，有一点照本宣科式的教条，为什么要一个一个叫到小房间里去布置任务呢？他确实很厉害，他的头脑能像抽屉那样分门别类，可以把人和事梳理得清清楚楚。如果陈千里在银行行动中不是表现得如此机智果断，林石可能不会同意他这么做。小组是一个集体，完成任务很重要，团结和信任也很重要。

不过，让他试试看吧。面对如此危局，组织上把陈千里派来，肯定经过仔细斟酌。他的才干林石见识过了。只用了半个小时，他就想出从银行保管箱移出金条的办法。虽然有些细节存在纰漏，不过在那样的紧急时刻，能想出一个有效的行动方案就已经相当不容易了。

在其他同志进去前，林石和陈千里先在小屋里单独商量了一会儿。当陈千里跟他说"我还不能把所有设想都告诉你，有些还模模糊糊没有成形"，他考虑了一下，还是同意了。建立一段交通线，有很多琐碎的工作，尤其是在交通线的两端，安全问题总是出在向外接头联络的过程中。就像水管如果出问题，大多发生在两根管子的弯头接口上。要把这个过程掩护好，需要做大量的工作。林石做过很长时间的机要交通员，后来又负责交通线的建立和维护，在这件事情上，他绝对是一个专家。

陈千里找大家单独谈话时，起初林石也在一边旁听，有些时候他知道陈千里的意图，另一些时候就不明白他的想法了。但他渐渐看出，陈千里是把大家分成了两组，有些可以无视特务的监视，假如真的发现有便衣跟在身后，他们也可以假装浑然不觉。而另一些人，则一举一动都要十分谨慎。

就在谈话的片刻工夫，陈千里也向大家传授了一些发现、摆脱监视的方法，在这些事情上，陈千里也是个专家。他提醒每一个人，每次出门办事，都要养成习惯，重复做好几次甩掉尾巴的动作。秦传安在谈话时说，他前些天一直感觉，这些特务虽然看上去盯得很紧，实际却看得很松，每次上街甩掉尾巴也很容易。陈千里却对他说，如果敌人明明在监视你，却看得很松，随随便便就让你走出他们的视线，那么，在一个你没注意的地方，一定是出了什么问题。说得也对，秦传安想到了崔文泰。

林石认为陈千里准备了两套方案，一条是明线，一条是暗线。他听了一会儿，推门出来进了外屋。

与陈千里谈过话的人，趁着夜色，在风雪中离开了煤栈。他们中有些人，在未来十几天里将要独自战斗，在敌人的注视下与他们周旋，这不仅是和敌人斗智斗勇，更是心理上的较量。虽然陈千里对他们讲了敌人下一步行动的几种可能性，也设计了对策，但这样的预想，往往会碰到很多意外。

陈千元也从里屋出来了，林石不知道两兄弟在里屋说了什么，只是看到陈千元似乎有些激动。屋外，董慧文正等着他，两个人一起离开了煤栈。

卫达夫进去了。现在这里只剩下凌汶和易君年。白天的行动让林石对凌汶有了新的认识。这位女同志一直很冷静，而且遇事十分灵活。如果他能出远门，让她和自己一起去一趟广州，也许是最好的办法。为什么自己偏偏伤到了腿。他想了想，觉得在陈千里找凌汶前，应该再跟他商议一下。

里屋很小，也有一只炉子，火烧得很旺，煤栈里从来不缺煤。两个凳子放在火炉旁，水壶热汽腾腾，炉膛的圈盖上还烤着两只馒头。

谈话接近尾声，话题离开了任务。卫达夫有些不服气："什么叫软弱动摇？这话是谁说的？平时喜欢发点牢骚，这我不能说没有。但说我动摇，哪一回党组织交给我的任务，我不是完成得十足十，从来都没有打过折扣。你不要看我平时像只煨灶猫，关键时候伸头一刀缩头一刀，我也会做大丈夫。"

"说得也没错，"陈千里笑着说，"一个人的天性是这样，但真到了关键时刻，也要看心里坚定不坚定。心里想得明白，想得坚定，平时马马虎虎，到关键时刻，煨灶猫变成一只老虎，倒也有出人意料的奇效。"

"你等着，会有让你看见的一天。"

卫达夫抓起烤得焦黄的馒头，咬了一大口："冷馒头，烤焦了才好吃。"扔下这句话，他就出去了。

陈千里跟在卫达夫后面出来，正要跟凌汶说话，林石先说了一句："我先跟你商量几句。"

见他们俩进了里屋，卫达夫向易君年打个招呼，推开门，冒着越来越大的风雪扬长而去。

"我觉得陈千里没有说实话。"易君年见房间里没有人，把椅子朝凌汶挪了挪，"上午银行这一出，不可能仅仅是为了引诱崔文泰自己暴露。"

他又点上一支烟，继续说道："林石同志给银行打电话时，可不像是在演戏。所以银行保管箱里面，应该是有什么重要的东西。难道他根本没有取出来，东西仍在保管箱里？"

"保管箱退租了，离开银行前，林石同志结清了租金。"

"那就是东西确实被崔文泰拿跑了，陈千里那么说，只是为了让大家安心。银行里没有发生什么事情吗？"

"没有——"凌汶忽然想起来，"对了，在银行遇见了陶小姐。就是龙华看守所里的那个女人，我跟你说起过的。"

"她怎么会出现在那里，奇怪。"

凌汶没有告诉易君年，其实她并没有进入保管库。陈千里昨晚对她说过，从现在开始，就算是小组成员之间也不能横向透露任务内容和行动细节："一艘船航行在大海上，总是有可能会遇到风浪、触礁，所以船舱之间要相互隔离，这样即便一个地方漏了，也不会沉船。"

"早上坐在咖啡馆，隔着窗见你下车进银行，这些天你真是有点憔悴，瘦了——"易君年伸手去碰凌汶的脸颊，凌汶把他的手推开了。

凌汶意识到自己这一推，多半会让老易心里有些难过。要是一两个月前，她可能就不这么做了，哪怕心里会觉得不舒服。在某些时刻，她偶尔甚至会被老易对她说的话、为她做的事情感动。对于她，易君年不仅仅是上级，也不仅仅是一位斗争经验丰富的战友。在她最迷惘、最困难的时候，易君年来到了她的面前。

大革命失败后，她和龙冬所在的地下工作系统遭受重创。龙冬在危急情况下紧急撤离，她自己则被敌人抓去了，关了几个月，才由济难会律师把她保了出来。可是她回到家只看到龙冬离开前写给她的一封信。

家里被敌人搜查过，所有写过字的纸都被拿去了，但信放在花盆的夹层里，花盆在外面的窗台上。这说明龙冬回来过，他当然会回来。

龙冬在信中说，一定会回来找她。可是组织系统被敌人破坏，再也没有龙冬的消息，她孤零零等了近三年。等到第二年的时候，有人告诉她，龙冬在广州起义后牺牲了。起初是不信，后来她渐渐相信了。那段时间，她想尽一切办法寻找党组织，她去左翼书店听讲座，去俄语补习班，可是党早就转入了地下，从那些公开活动中不可能找到组织。

在她快要绝望时，易君年出现在她面前。

初次见到易君年是在一家书店里，他并没有告诉她实情。当时她刚拿起春潮书局新出版的小说，她知道这部小说，几天前，她在杂志上看到了鲁迅先生对它的介绍。《二月》，她记得这个书名，书里有一位寡妇，丈夫在战斗中牺牲了，寡妇带着两个孩子。书不太厚，只要八角小洋。

她把书拿近，仔细看封面，木刻图案简简单单，但她没看懂画的是什么。有人在边上说："你没看出来吗？那是一条河，河面上漂浮着树叶、雨水和许多人的面孔。"

就这样，她认识了易君年。他坚持要请她到隔壁喝咖啡，不知为什么她答应了。后来她才了解，老易特别擅长说服别人。他送她回家，一路上从小说谈到木刻，从青年的彷徨谈到阶级的对立，就是没有告诉她，他是组织上派来联络她的人。她后来认为，他是在考察她。革命是大浪淘沙，大革命失败后，确实有很多人动摇、沉沦。

几个月后，她才发现，自己又重新找到了组织，是老易把她带回了家。

她知道易君年对她的关切超出了同志间的友谊。有些时候，这些关切会打动她，如果它们不是特别明确。可一旦老易说出某些话，做出某些动作，把他的想法清清楚楚地摆在自己面前，她就隐隐觉得有些别扭，总觉得好像有什么地方不对劲。

果然，林石带来了龙冬还活着的消息。

就像先前听说龙冬牺牲的消息，新消息在她这里引起的反应同样是迟缓的。先是不信，后来才慢慢相信了。可一旦相信以后，她似乎就变了一个人，想法完全不同了。比如刚刚易君年说，从咖啡馆透过窗户看见她下车进银行，要放在以前，她的内心可能会稍微柔软一下，现在她却会想：你怎么可能看到呢？下车以后我可是背朝着咖啡馆，根本没有回头，直接进了银行，而且我身后还有一辆车呢。林石带来的消息，似乎让她的头脑变得更加冷静清醒了。

陈千里打开里屋的门，见外面只有易君年和凌汶，问："李汉呢？"

"说是去煤堆巡查一圈。他说平时煤栈夜里不见人影，今天这些人进进出出，他不放心，要去看看。"

陈千里点点头，让易君年和凌汶一起进里屋。

"现在的情况是,林石同志没法去香港和广州。"陈千里开门见山,"上海到瑞金的交通线,这一段由我们负责。在上海接应、送上船,船上三天,然后到香港、广州,负责与当地交通站联络,确保接头安全。"

"这个任务交给我吧。"凌汶立刻说。

陈千里看了看易君年:"林石同志原本打算让梁士超代他跑一趟。他是广东人,地方熟悉,也能说广东话。"

"我可以和梁士超同志一起去,两个人可以互相掩护。"

易君年坐在边上,一直都没有说话。直到这时候他才打定主意:"让我和凌汶一起去吧。我们彼此熟悉,比梁士超同志更适合。我也在广州工作过几年,会说广东话。"

雪停了,肇嘉浜对岸爆竹声渐渐响起,先是零星的声响,随后鞭炮声连成一片,有人开始点燃花炮,九龙弹、流星炮,在河面上空如花绽放,租界巡捕房严禁燃放这些花炮,可现在是过年,谁理他们呢?几个人站到门外,仰头看着对岸的天空。

兴昌药号

广州城东,大沙头车站前一条马路又短又宽,几乎可以算是个广场,却塞满了大大小小各种汽车,剩下那点空隙也被黄包车统统填上。

凌汶和易君年刚一出站,就被车夫围上了。两个人从香港过来,扮成药材商人和太太。广州是省城,在火车站做生意的黄包车夫都会说几句官话,争着问两位客人要去哪儿,易君年却用一口地道的广东话回答:

太平南路西濠口,我们要去南华楼。在香港用电报预定旅馆时,易君年告诉凌汶,南华楼新亚旅社,他在那里第一次真正学习了革命的道理。省港大罢工开始后,中共在南华楼四层开办了劳动学院,邓中夏同志在那里讲过课,他还在那里见到过少山同志。

他们是从香港过来的药材商人,并没有大小箱笼带了一大堆,但易君年仍然要了两辆黄包车。陈济棠治粤,风气一时守旧,男女同车容易引起注意。两辆黄包车一前一后上了东铁桥,只见东濠涌岸边艇船上堆满木柴,岸上的柴堆也是一眼望不到头。又回到广州了,他想。

过了铁桥便是长堤,沿珠江戏院酒家林立,易君年叫车夫放慢脚步,两车并驱,好让他给凌汶指点此地风光。乍回广州,他似乎有些兴奋。

"跟上海一样,这里先施公司的天台上也有游乐场。"他正说得兴起,忽然沉默下来。凌汶心想,也许他是想起了什么往昔的情景。

黄包车不紧不慢,沿着珠江一路行去,不到一个小时,就到了南华楼。又过了一阵,两人从旅馆的骑楼下出来,转进西堤,穿过一道牌楼,往前走了一段,易君年左手遥指珠江边上,对凌汶说:"那是沙面,广州的帝国主义领事馆都在那里。民国十四年大罢工,他们把机关枪架在对面扫射,死了多少人,看看现在的广州,好像都忘记了那一幕。"

一路上易君年说个不停,像是换了个人,凌汶却没怎么说话,一副心事重重的样子。这些年,她尽量不让自己想起龙冬,她甚至不记得龙冬牺牲的消息是如何传到她这里的,是谁、又是什么时候告诉她,她又何以轻易相信了这个消息。也许是因为这些年有太多同志牺牲了,也许是因为她从心底里相信,如果龙冬活着,他一定会想办法告诉她。她向广州来的同志打听过,别人都沉痛地告诉她,广州起义失败后,那里的地下党组织几乎被完全破坏,无数同志被杀害。

林石告诉她龙冬还活着,她意识到自己并没有马上就相信这个消息,但她的希望还是一点点萌生了。可到了广州,她反而又有点怀疑。

他们没有顺着太平路一直走,而是转进浆栏街前面的一条窄巷,挤进仍然沉浸在过年闲适气氛的人群里。西关这一片,街巷里鳞次栉比全是店铺。虽然是冬日,又接近中午,青石板路面上仍然有些潮湿。

他们俩边走边看,似乎对什么都感兴趣。今天是正月初八,人们都聚在茶楼酒肆中。广州不像上海,有名的饭馆偏要开在窄巷里,楼上劝酒划拳、跑堂吆喝,加上厨房里勺镬碰撞,真是人声鼎沸,间或又夹杂些丝竹管弦,怪不得老易要说广州城似乎忘记了当年残酷的大屠杀。

有人挑着巨大的竹篓从巷口进来,竹篓里装着活鸡活鹅,等他转身进了酒家,易君年和凌汶才过去,一出十七甫巷子,便是浆栏街。

在香港的交通站,有人告诉他们,十七甫巷子再往前,到了杨巷,会看到一幢楼房,白圆房顶,那就是添男茶楼。茶楼旁有一条西荣巷,兴昌药号就在西荣巷里面。

浆栏街上全是药铺,西土药材样样都有,各家铺子都专门做几种,遇到客商要货,自家没有,尽可以到别家调货,互通有无,利润均沾。也是因为方便,地下组织才在这里开设了一家药号,一方面作为交通站,人员物资由此转往下一个交通站,一站站连到苏区;另一方面,也是可以由此采买,向苏区输送急需药物。

外面正街上的大药商,店铺开间宽阔,门外多有骑楼。兴昌号开在深巷,店铺房子是广州人所谓的竹筒屋,上下两层,店面宽不足丈半,深却有三进。站在店铺门口便闻到药草气味,进了店堂,两边各有一排架子,上面用竹匾盛着些砂仁半夏五味子,有几十种药材,供客人看货。地上也放着大箩筐,箩筐里是广州人喜欢买来煲汤的五指毛桃、玉竹、淮山之类。年里药号不做生意,这些却常有左近的居民来买。

店铺没人,里屋却听见洗牌声,不一会儿伙计出来迎客,易君年从怀里掏出一封信,递给他,又说昨日给店里来过电报。伙计拿着信朝里屋喊老细。

药号老板出来了。一面接过信来看,一面叫伙计帮他摸一圈,口中又跟客人道声恭喜发财。香港交通站的人告诉易君年,老板姓莫:"莫少球同志是一个老练的地下工作者,在广州有很好的社会关系。"

莫老板已经知道来人身份,嘴上却说电报是收到了,没想到易老板年里就赶过来。

易君年说:"倒也不是那么着急,正好过年,就想陪着太太顺便到广州玩玩。"

"啊呀,早知道易太太要到广州过年,我应该请两位早几天过来。浆栏街上行花街,看看年宵花市,那叫一个热闹。"

"行花街,不是说在双门底吗?"凌汶说,"双门花市走幢幢,满插箩筐大树秧。我还挺想看看岭南的吊钟花。"

凌汶向来喜欢莳花弄草,记得不少花

花草草的诗句。

莫老板说:"这几年,浆栏街上也有花市了。"

几个人进了里屋,靠窗一桌人在打麻将,莫老板解释道:"都是隔壁店铺的邻居,易老板有兴趣也一起玩玩?"

易君年笑着摇头,三个人又往里进,门后有楼梯,上了二楼。广州天气不冷,两扇满洲窗半开着,玻璃五色,阳光透过蚀刻的花纹照在窗下的花案上。莫老板指着一排花盆说:"这就是吊钟花。"也有大枝桃花,有水仙。

伙计上楼送水泡茶,几个人落座。莫少球依旧挂着生意场见顾客的笑容,嘴上却变了样:"老易同志,凌汶同志,一路上顺利吗?"

香港的交通站预先通知了药号,莫少球早已作了准备。他让易君年和凌汶稍坐片刻,说马上会有人来见他们。

"以前来过广州吗?"莫少球问他们。

"在广州工作了好多年,广州起义后才撤离。"易君年回答道,"凌汶同志没有来过广州,不过她的丈夫龙冬同志倒是在广州工作,后来牺牲了。"

凌汶看了他一眼,老易总是喜欢到处跟人说龙冬牺牲的事情,她能猜到他的心思,却有些不太喜欢。她觉得老易在其他同志面前表现出来的那种对她的亲近,超过了实际上的亲近程度。而且,老易在提到龙冬时(虽然他明明从未见过龙冬),总是说龙冬如何干练、如何英勇,把听来的事情演绎成革命传奇,实际上凌汶知道,她身边那些龙冬的痕迹、照片、旧衣物、她偶尔说出的片言只语,都会让老易觉得有些不舒服。在这件事情上,易君年的态度似乎不那么真实。

况且,林石告诉她,龙冬并没有牺牲。

"龙冬?我知道他,他没有牺牲。"莫太太说。他们打完这一圈散了,莫太太上楼,正好听到他们说的话。

莫老板和莫太太,党组织委派他们俩负责这个交通站,这对夫妻在这里干了好多年。她这么一说,几个人全都把目光转向她。

"我不应该对你们说这个,我早就调离了那条工作线,按说,我不应该向别人说起那些事情。"她坐到莫老板身旁,对凌汶说,"不过你是他老婆,我觉得可以告诉你。革命也要讲亲情,是不是?"她又转头问莫老板。

"你个八婆。"莫少球笑着骂她。

"龙冬同志我知道。起义后,党组织在广州很难生存了,那是——民国十七年,组织上要我做交通,因为我是妇女嘛,人又比较八婆,走在街上,敌人不容易怀疑。

"整整一年,街上太危险了,随时都有便衣拦住你,有时候就穿着纱布衫,顶着铜盆帽,摇摇晃晃走到你面前,上来就要搜身。如若你说话的口音不是广州人,说不定就抓你走。

"我做了几个月交通,后来就调过来做交通站,和你做了两公婆。记得那天他们要我把信送到高第街,天一亮就要送到。夜里一直下雨,天快亮时雨停了,雾蒙蒙,石板路一脚滑、一脚水,鞋子裤子全湿了。

"整条街没有一个人,只看见粪车过去,车轮嘎吱嘎吱,摇着铃铛喊人倒马桶,叮当叮当,铃铛声在旁边的巷子里响不停。我就快到地方了,联络点在平民宫旁边的巷子里。平民宫你知不知?陈济棠抓了大烟船,收来罚金造了平民宫,说是要收容无家可归的穷人,到处都是穷苦人,哪里收容得尽？军阀，就是摆摆样子。

"只要进了巷子，再走几步就到那个地方了。在高第街往巷子转的街角上，有人躲在骑楼下面，突然闪了出来，拦住我说：'你不要进去。'为什么不让我进去？我又不认识这个人。

"我就抬头看着他，这个男人又高又大，生得好靓，穿着一件雨衣，兜帽翻起来遮住了脸，天光很暗，又有雾气，但是他的眼睛好亮。我倒有点不好意思。他突然说：'里面有警察，是便衣。'他看我装作不懂他的话，又加了一句：'那个联络站被敌人发现了，有埋伏，我怕有同志进去被抓，在这里等。'他就这样救了我。我回来向领导汇报，领导是欧阳书记，欧阳民。他想了想说，那一定是龙冬同志。

"龙冬，我记住了这个名字。欧阳书记还说，他和我们不是一个工作系统，他的工作比我们更重要，更秘密，所以警告我不要把这个事情向别人说。欧阳书记那天很高兴，因为他叫我送的密信太重要了，要是落到敌人手中，后果很严重。

"实在太感谢龙冬同志了，他说，龙冬同志真是党组织不可多得的人才，广州军阀政府任何秘密他都能知道，他的情报网已经深入到敌人内部。我觉得他说得太多了，不应该把这些话对我说。不知道为什么，我暗暗为龙冬同志担心，如果他的秘密工作在地下党内部有那么多人知道，那离被敌人知道也就不远了。

"又过了一年，我看到《广州民国日报》上说，国民党破获了共党情报网，当场枪杀了潜伏在公安局的同志卢忠德，把那个地下党小组的人全抓了，还抓到了特委书记欧阳民。唯一逃出去的只有龙冬同志，敌人可能找不到照片，还画了像登在报纸上，说是如果有人看到他，报告当地警察，可以领二百大洋。后来就再也没有消息了。"

"卢忠德，这个名字我记得，省港大罢工时有人说起过。好像是个海员。后来参加了工人纠察队，不知道是不是他。"易君年忽然想起，插进来说了一句。

"那很有可能。"莫少球说，"大罢工后，党组织找了一些革命意志坚定、机智干练的工人，让大家转入地下，还特地选了身强力壮的同志打进敌人的卫戍司令部和公安局。我也去考了公安局，仆街的公安局长朱晖日让人排着队挑，我长得像根甘蔗，瘦蜢蜢，被赶出来了。"

"什么时候的报纸？"凌汶问，"你说《广州民国日报》上登过，那是什么时候的报纸？"

"我记不清了，民国十八年，我记得是端午节前后。"

"这天的报纸还能找到吗？"凌汶接着问道。

"浆栏街转个弯就是光复路，西关报馆街，那里说不定有人知道。"莫太太说。

几个人正说着，伙计在下面叫"老细，有客"。

来人从瑞金、长汀、永定、大埔一路过来，走了十来天。他对莫少球说："在青溪听说上海有人过来了，就怕没赶上。"

他是苏区来的信使，有重要口信，必须当面向林石传达，没想到林石并没有按照原定计划出现在广州。信使愣住了，上级给他的指示十分明确，只有见到林石，他才能说出口信的内容。

这是未曾预料到的情况，林石自己也不可能事先知道广州有重要口信等着他，必须由自己来听取。

对于信使，这是一种考验。他可以停止传达，原路回去复命。这是最为稳妥的处置，安全第一。可因为是口信，他知道内容，明白关系重大，如果不能及时传达到上海，可能造成无法估量的损失。

他不是普通信使，他是中央交通局高级别的机要交通员，像林石一样，交给他们的任务往往极其重要，却又极易出现意外情况，需要他们凭借经验和忠诚作出决定。

按照机要交通的一般做法，他甚至不用去见易君年和凌汶，但他决定见一见他们。

"你们准备什么时候离开广州？"他问他们。

"订了来回程船票，明晚七点上船，半夜十二点开船。"易君年并不知道来人是谁，莫老板把他领上楼，只说是苏区来的老肖。

广州交通站的情形，林石向易君年介绍过。莫老板和莫太太，他们不是假夫妻，伙计也是党内同志，常驻交通站的就是他们这三个人，负责人是莫少球。平时药号里也有一些普通的伙计，生意忙时莫老板还会多找几个工人。这些人应该也都老实本分，但和地下党组织有关的秘密事务还是要避开他们。林石并没有告诉易君年会有"苏区来的老肖"。这个老肖可能很熟悉林石，他说："他怎么搞的，自己不来跑一趟？"他们在同一个系统工作吗？易君年想。他告诉老肖："林石同志受伤了，组织上决定让我们两个人代替他执行这次任务。"

"伤在哪里？"老肖显得特别关切。

"腿上，"易君年往自己小腿上比画了一下，"子弹贯穿了，伤不算很重，只是走远路比较困难。地下党组织有自己的医生，伤口恢复得不错。"

"你们那里发生了什么？"

原来消息并没有传到瑞金，易君年想，地下党组织遭受破坏的程度确实很严重。中央和地方的指挥系统有些撤离了，有些仍在原地坚持。林石的上级部门看来在瑞金，那么陈千里是由哪个单位派往上海的呢？

在地下党组织工作多年，易君年第一次有机会在更大范围内理解组织间的指挥和联络。他知道很多小组仅靠上下级个人单线联系，传达信息十分困难，指挥也不通畅。在这样的条件下坚持斗争，很多时候组织的向心力只能依靠每个人的忠诚和意志。

"特务冲击了秘密会议，没有暴露身份，组织上营救出狱了。"易君年告诉老肖。

"这个情况我们这边不知道。"

"我们真的应该尽快建立电台。"易君年说。

老肖朝易君年看了一眼。无线电台两年前就有了，十分秘密。先是因为电台功率小，收发不是很稳定，所以从上海联络南方苏区，都由香港秘密电台中转。后来，香港电台被英国警察破坏了。

下一年，红军在反"围剿"战场上缴获了大功率电台，从此上海到瑞金的无线电联络就接通了。但距离遥远，收发仍然不稳定，上海地下党的无线电小组又屡遭特务和巡捕房侦查，好几次差点暴露。

"豪密"虽然设计高超，底子仍是在明码基础上增减，使用太频繁，尤其是在敌人可能了解的事情上使用，容易被找到规律。而且，老肖心里很清楚，他要向林石

88

传达的口信，只能由最可靠的交通员面对面传达，无线电不够保密，可能也不够快。即使向上海无线电小组发报，但地下党各组织没有横向联系，需要层层向上传递，然后再由上级从另一条单线向下传达，通过好几级才会转到临时行动小组手中。那样一来，显然也不够安全。

情况紧急，可他只是信使，不能擅自决定。他想过让老莫找上级请示，设法让他到香港用地下党组织的秘密电台向瑞金发报请示。可这中间无法确定的因素实在太多了。老莫的上级是不是答应联络电台？中间会有多少组织环节？他擅自决定去香港有没有问题？发报机呼叫能不能迅速连上瑞金？瑞金电台收报后是不是马上就能把译电交给正确的人，然后送到真正了解情况的领导手中？

事实上他只有三种选择：什么都不做，回瑞金重新请示；把口信传达给这两位同志中的一位，让他或者她回上海转告林石；他自己跑一趟上海。回瑞金，时间肯定来不及了；去上海，他不知道能不能马上订到船票。这两位同志，他对哪一个都不够了解。但他必须做一个选择。

"你们两个人一起来广州，由谁负责？"老肖问。

"我。"凌汶回答道。每个人都很惊讶，因为看起来，易君年更像二人小组的负责人。说实话，出发前陈千里这么安排，凌汶自己也觉得很奇怪。谁都知道易君年原本就是她所在的地下小组的领导。但陈千里就是这样说的，谁也不知道他为什么作这样的决定：两个人的行动一切听从凌汶安排，易君年的主要任务是保卫和掩护。陈千里同志真是个出人意料的人，无论如何，执行这样的任务，凌汶并没有多少经验。

"那好，你跟我到后面说几句话。"老肖对凌汶说。

竹筒楼像竹筒，门脸窄，里面却很深，像一根竹子，有很多竹节，一节就是一间屋子，头房、二厅、三厅、尾房，尾房后面还有厨房，一节连着一节。二层楼上面的瓦房顶，也是一重接着一重，但第三重和第四重瓦顶却没有连在一起，山墙之间挡着两段木板，只有从二楼屋里才看得清楚，那是一截露台。凌汶和老肖就站在这里说话。

"你知道'千里江山图计划'的最高负责人是谁吗？"

"林石同志没有说起过。"

"是少山同志。我这次来广州，是受少山同志的直接委派，让我找到林石，向他口头传达一项秘密指令。"

"可是林石同志并没有来广州——"

"交给我的任务是当面向林石说出口信内容，在任何情况下不能向第三者泄露。"

可你为什么要对我说呢？凌汶心里想，但她没说话。

"也许应该回瑞金请示。"老肖有一种举棋不定的感觉，这个经验丰富的老交通员，多年来处理过无数难题，没有一次像现在这样犹豫，"可是时间来不及了。易君年同志说得对，我们真的应该在无线电台上花大力气。"

但他很快就摆脱了这些情绪，对凌汶说："明天十二点前，你到这里来一下，我把最后的决定告诉你。如果能买到船票，我和你们一起回上海。如果安排行程不顺利，就只能靠你把这条口信安全地带给林石。这是一条绝对不能向任何人透露的绝密口信，如果不得不由你来完成，你必须亲口告诉林石。"

凌汶有些茫然，她并不认识这位同志，他突然出现在她面前，交给她一件绝密任务。

"凌汶同志，这件事情如果不得不交由你来完成，你必须用生命去保护这个秘密消息，誓死完成这个任务。"

他看到凌汶的神情，又加了一句。

趟栊门

兴昌药号只是个秘密交通站，本不宜久驻。几个人在楼上悄声说话，看起来像在喝茶闲聊，所谈的事情却极其要紧。如何传递信息、如何接头、如何租艇登船接应来人，以及如何安置秘密住所，把这些事情商量妥帖，约了第二天上午来听老肖的消息，凌汶和易君年便准备离开。

"你说报馆街能找到旧报纸？"莫少球夫妇把两个人送到门外，凌汶终于忍不住又问了莫太太一句。

"往前就是光复路，"莫少球向浆栏街东头指了指，"有十几家报馆，你只能到那打听一下。"

"那些报纸捕风捉影，不会有什么线索。寻找龙冬同志，最好是通过组织。"他们俩转到光复路上时，易君年小声说。

"报纸上也许有那个联络点的地址。"她知道易君年说得有道理，可是她不知道为什么，就是感觉自己应该找到那个地方，去看一看。因为这些年来，那是她唯一真正能确定龙冬出现过的地方。

凌汶知道易君年心里在闹什么别扭。从上船一路到香港，易君年话里话外，一直都在提醒她，任务重要，大敌当前，不能节外生枝。

那天晚上在茂昌煤栈，陈千里也对她说过，龙冬同志一直没有消息，很可能他身处危地，必须严格保密。如果是那样，她跑到广州就不能到处打听，否则可能带来无法预计的风险。所以他们心里都清楚，她到了广州一定会设法打听龙冬的下落。那为什么你们不拦着我？她简直有些生气。

"我知道你在想什么，你这个人就是私心太重。"她说。

"隔了那么多年的旧报纸，你能找到什么？"易君年看起来也有些激动。

出发前，林石建议他们去广州时，假扮成一对夫妇。像普通殷实商人那样，他们从旅行社预定了怡和轮船公司富生号船票，二等大菜间，两个人住进一间船舱。他们多次假扮成夫妇执行任务，但像这样航行海上朝夕相处，却是头一遭。

但这并没有让易君年处于一种更有利的位置，凌汶发现与老易越是靠得近，越是觉得这个人身上有这样那样的问题。甚至他似乎并不像她一直以为的那样沉稳老练。从前龙冬就算在危急时刻，也是该吃就吃该睡就睡。可船上三天，易君年从来就没踏实地睡过一觉。

有一次她半夜醒来，看见舷窗的月光下，他靠在床头，不知道在想什么事情，眼里闪着寒光，把她吓了一跳。就算睡着了他也常常磨牙，有一两次甚至在梦中惊叫。幸亏二等舱里是两张床。她想，一个久经考验的地下工作者，不应该连觉都睡不好。

街边正是《国华报》报馆，门前挤着一堆报贩，正等着新报纸出街。那是《国华报》的生意经，一日报纸分两次出，第一次出报是前一天下午，到晚上当日新闻消息出齐，半夜再悄悄抽去先发版面，换成当日新闻。等于一份日报又兼了晚报。

"这里就是报馆,你能看到什么?"

易君年只想拦着她,在广州街头到处乱找,这既没有用处,也很危险。可凌汶好像着了魔,完全不在乎他在说什么。而且不累也不渴,在光复路上一家家打听。易君年头一回见识到女作家的执拗劲儿,他怀疑自己从前是不是有点看错她了,这时候的凌汶,显得虎虎有生气,额头上有汗,眼睛很亮。

他站在马路边上抽烟,凌汶又进了一家报馆。等烟抽完,她出来了。

她对易君年说,打听到了,十八甫街广州报界公会,旁边有个剪报社,会分门别类存放剪报,供记者们查询旧事。像《广州民国日报》那样的大报,每一份旧报、每一个版面,那里都保存着。

他没料到凌汶也能办成这样的事情,他觉得自己可能低估了她。他原先以为她只是个耽于写作的新女性,凭着一腔热情跟随龙冬干革命。龙冬失踪以后,她就失去了方向。现在看来,只要她愿意,立刻就能表现出干练的一面。

"你还挺能干。"他感叹一句,"只要涉及感情,女人就很能干。"

凌汶没有理他。她知道他心里在想什么。虽然她并不能确定易君年现在这样的态度,究竟有几分真实、几分是佯装不高兴。他对她有意思,这一直是很明确的,她的邻居、认识他们俩的同志,甚至家附近店铺里的伙计,他从不在别人面前掩饰对她的向往。可易君年好像从来都不是一个善于表达感情的人,情况往往是,他越是想表达,就越是让人觉得不真实。

当然,老易毕竟经验丰富,碰到疑难总能想出办法,她自己却容易着急,比如在船上,她总觉得有人形迹可疑,不时出现在周围,神情不怀好意。老易呢,不慌不忙,悄悄调查了一番,回来告诉她,没有什么问题。其中一位很可能正在逃债,另一位是个高度近视,刚上船就敲碎了眼镜片。

她听了老易的话,在小纸条上画了一副镜片打碎的眼镜,老易见到,拿去撕了。

十八甫街上果然有个报界公会,骑楼旁边开一扇门,里面就是剪报社。查阅剪报要登记身份,还要花几角小洋。目录分类很仔细,《广州民国日报》、本埠消息、民国十八年。剪报集放在架子上,一大本,放到窗边桌上,扬起一阵灰。

这条消息的刊登日期,标注在剪贴簿左边,民国十八年六月十三日:

本报讯,广州地处要冲,共党活动频繁。卫戍司令部与市公安局连日严加搜查,共党机关迭被军警破获。本月九日晚,卫戍司令部事前据密报,侦悉豪贤路天官里后街二十三号系共党分子秘密活动据点,派员包围该处,当场发现三名共党分子。其拒不投降,负隅顽抗,与在场军警互相射击数分钟后,一名当场击毙,一名被捕,另有一名逃逸。

本报获悉,被捕分子为共党特委书记欧阳民,被击毙者为公安局特别侦缉科科员卢忠德,此人既系共党,却长期潜伏在机要部门,危害民国殊巨,此次伏诛,实为人心大快之事。

另有消息称,逃逸者为共党情报网头目龙冬,此人于民国十六年广州暴动后潜入地下,其爪牙深入广州政府、军警各机关,上述卢忠德即为其秘密组员。据悉卫戍司令部已命人画像,分发各处严加通缉,定将该名共党逮捕法办。

住在豪贤路这一带的人仍然把它叫成濠弦街,因为它沿着护城濠,看起来就像是弓弦。豪贤路靠近小北门,易君年与凌汶在东濠岸边下了黄包车,从豪贤路东头开始,一路往里找。

街巷交错,里坊间并没有指示路牌。除了本地居民,外人确实很少会跑到这里来。

巷口出来一个年轻人,穿得干干净净,斜挎一只布包,布包里四四方方,像是装着书,看样子是个学生,凌汶上前几步,问他天官里。果然他能听懂外省人说话,指着刚刚出来的巷子,说往里,走到底。

巷子又窄又深,两边是人家的后墙,门都紧闭着。两个人走到巷子尽头,面前一大片空地,中间一棵大叶榕,新芽初冒,地下已有几片黄叶。

凌汶见右面一户人家房门角上挂着块木牌,遥遥望去正是天官里,便要过去,却见易君年继续朝前走。

凌汶叫住他:"在这里。"

易君年站住脚,向右面看了看说:"那是天官里,你要找的地方是后街。"

"后街不该在里坊后面吗?"

"你就从来搞不清方向,从豪贤路进来,后街不就是再往北吗?"

过了榕树再往北,有几亩菜地,地里种着些芥菜,路边放着一口大缸,风吹过飘出一股难闻的气味。菜地北面有一条渠,渠上横着一块石板作桥,过了桥是一条横街,凌汶看了看街边人家的门牌,果然天官里后街就是这里。

到了这时候,凌汶却又有点茫然,她究竟想到这里来看什么呢?

横街紧靠着河渠,渠底是黄色的沙子,沙床上面游着些极小的红鱼。她想,龙冬也许喝过这渠里的水。那天晚上在这后街上究竟发生了什么呢?军警包围了房子,他是怎么脱身的?他撤离之后又去了哪里?

"你们到后面说了什么?"她抬起头,意识到易君年在对她说话。

"莫老板的客人对你说了什么?"

"你是说从瑞金来的老肖?"凌汶这会儿似乎有点神思恍惚。

"对呀,怎么神神秘秘的。"易君年一面辨认着街边的门牌号,一面说,"他来找林石是传达新任务?"

凌汶点点头,她望着后街上的房子,这些房子都有奇怪的门,她在哪儿见过这些门?她怎么觉得自己在什么地方看到过这种样子的房门。

"新任务是交给我们?"易君年有点兴奋,他在船上对凌汶说过,建立交通线这样的任务,为什么把他调来?他其实更擅长做情报工作,买买船票租个房子,这样的事情让你们女同志来就可以了,顶多让梁士超随行保护。凌汶当时心想,他还计较着陈千里没让他做二人小组负责人的事情呢。

"他没有说任务内容。那是一条绝密口信,要亲口传达给林石本人。"

"那他为什么跟你说呢?看上去这个老肖也不像个新手。"

"他是中央机要交通员,口信内容十分紧急,必须面对面传达。他是打算自己去一趟上海,跟我们一起上船。"见易君年不断追问,凌汶耐着性子解释道。

"这有点不合规矩。彼此都在执行秘密任务,一起同行是大忌。"

"我们可以装作不认识。"凌汶走了几

步,查看着周围的街巷,忽然有点不耐烦,"再说,哪有那么多规矩?要讲规矩,你平时就不该跟我说那些话。"

凌汶指的什么,易君年心里清楚,她这么一说,他下面的话倒被她拦住了。

临近黄昏,夕阳照在石板路上,后街这一段却热闹起来,因为有条直巷北通外面的大马路。两三家小店铺,墙上写着些酱油、木柴和火水,还有一家小店专门卖香烟米酒。凌汶想不出火水到底是什么,直到看见有人在店铺里面点了一盏煤油灯。

两三个小孩在渠沿跑,手里抓着线头,线的另一头飘着个小纸鸢,小纸鸢飞不高,在渠岸边的微风中飘荡。直巷口一只小桌,桌上放着签筒、笔墨和砚台,桌子围着一圈看不清颜色的绸布,绸布上写着"直言无讳",周围画着些爻象卦符。桌后凳子上坐个老头,戴着副铜框水晶墨镜。

老头忽然大声说话:"听口音两位不是本地人?"

"他能听见我们说话?"凌汶有些惊讶,望着易君年。

"你们远远说了一路。"老头向前推了推签筒,"两位还没成婚吧?倒不如求一根黄大仙灵签,看一看姻缘运数。"

"他听不见。"易君年说。

凌汶转身要离开,易君年却拿起签筒,晃了几下,又把签筒伸到凌汶面前说:"入乡随俗。"

凌汶拿了一根,递给易君年,是第七十三签。

"三春桃李本无言,苦被残阳鸟雀喧。"老头拿起笔,边说边把签诗写在纸上,写完递给易君年。

"桃李无言,残阳苦被,鸟雀喧扰。不知这根签上,两位求问何事?"

"这是下签了吧?"易君年笑着说。

"那也要看所问何事,问者何人。如果问姻缘——从签上看,还须另待时日。"

"我要问一个人。"凌汶忽然说。

"是哪一位?"

"我想问他去了哪里。"

"他是你什么人?你有多久没见他了?他是从哪里走失的?"老头一连问了三个问题。

"是一个亲人,三年前他不见了。"

"在哪里不见的?"老头见凌汶不肯说,便又道,"从签上看,你要找他倒是打扰他。也许过一段时候,他自己就出来了。"

"他就是在这里不见的。"凌汶把心一横,对算命老头说,"三年前,天官里后街出过一件命案,有人被警察用枪打死了。老先生你知不知道这件事?"

老头抬头望着凌汶,夕阳照在墨绿色的眼镜片上,反射出的光芒闪烁不定。他慢悠悠地说道:"两位是读书人吧?这条濠弦街上,来来往往的人一直都不少。濠弦街,不就是豪贤街嘛。自古英雄无善终,一将功成万骨枯。当年轰动一时的大罢工,二十五万人里,濠弦街参加的人也不在少数。你看街上这些人,说不定谁家就有人那时跟着教导团攻打过——"

"看来老先生是个见过世面的人。"易君年截断了他的话。

"我一个算命的老头,半个瞎子,能见过多少世面,风过耳罢了。"

不知谁家的妇女在天黑前赶工,织布机声音急促执拗,木辊吱嘎转动,撑子咔咔撞击。凌汶转身要走,半天没说话的算命老头忽然叫住她:"那房子在前面,都说是凶宅,没人愿意住也没人愿意买,主人家也不要，锁了门，叫住在隔壁的七姑看房子。"

"哪里可以找到七姑？"

"七姑是自梳女，从顺德到广州当妈姐。夜夜挑灯独对，春来春去倍添愁——"他说着说着又唱了一句，余韵未歇又接着说，"七姑年纪大了没儿没女，主人家见她可怜，让她看房子。你到了那里自然就能看见，她每天开着门，坐在堂屋里织布。"

他们找到了天官里后街二十三号，房门紧闭，砖墙上满是青苔。凌汶回头看易君年，见他脸色铁青，有些奇怪，问道："你怎么了？"

易君年克制着自己的情绪："就为看看这房子，你连安全都不顾了。"

七姑在隔壁，果然开着门，借着天光，坐在屋里织花布。

这里地势低，门前垫了两层石板，杂草覆盖着台阶，门洞的墙角下有一条蜈蚣，慢慢爬进草丛。七姑站在台阶上开门，易君年在她背后用上海话提醒凌汶，他们俩是来广州做生意，要租房子。

凌汶却只顾看着那扇奇怪的门。其实门有三道，第一道屏风门只有半截，高有五尺多，人站门前正好能挡住视线；中间那道是栅栏门，圆木栏杆却横着，上面趴着只野猫，倒像个梯子，底下有滑轮，滑道一半伸进墙后，七姑向右推了一下，门没动，凌汶上前，伸手帮她推。

第三道才是真正的房门，进门是堂屋。七姑会说官话，二十多岁出来做妈姐，跟主人家去过很多地方。她还打算领着他们看前后房间，易君年掏出一块大洋，把她打发了，让七姑回家煮水，回头他们过去喝茶。

七姑一走，易君年就对凌汶说："进了这条街，你什么都不顾了。你怎么可以到处打听？"

凌汶倒是愈发恍惚起来，这房子总好像有些地方让她觉得不大对劲。

"我觉得这房子有些蹊跷。"她说。最让易君年害怕的就是她那些毫无由来的直觉，多年来他一直也没有战胜过它们。她好像总能提前知道他要做什么，他刚想对她说一句什么，还没等他说出来，她就开始打岔。她的那些直觉——你也不能说她不对。

那天她去秦传安的诊所，一回来就对他说，林石没有问题，那三个人逼着他交代，倒是有些奇怪。他问她：三个人当中谁闹得最厉害？她却回答说，如果在这三个人当中挑一个，她倒觉得崔文泰最可疑。易君年想，这可能也就是陈千里让凌汶负责广州之行的原因，陈千里这个人，不简单。

堂屋房梁上挂着一排草席，上面全是蛀洞和蜘蛛网。易君年拉了一下绳子，整排草席前后摆动起来，落下许多灰尘。房子几乎全空了，只剩下一些残破的桌椅。

"你不觉得这个老肖，来得有些奇怪？"易君年仰头看着草席，在炎热的夏天，它们可以吹动屋内闷热潮湿的空气。

"你为什么对他那么感兴趣，一路上你提到他好几回了。"凌汶有些不耐烦。

"凌汶同志，"易君年换了一种口气，"我必须提醒你，你好像忘记了我们来广州有重要的任务。你的心思完全都在别的事情上。我觉得陈千里让你负责这一次的任务，有些处置不当。"

"我觉得你心里有鬼。"不知道为什么，进了这房子，凌汶心里隐隐有些不安。

易君年脸色一变，忽然叹了一口气："你就那么难以忘记他吗？"

凌汶愣了一下，站在昏暗的堂屋里，忽然说："我觉得时间停在了那一天——"

她没有向易君年解释究竟是哪一天，是她被捕释放、回到家里发现龙冬失踪的那一天？或是再往前，她和龙冬最后见面的那一天？她下意识地哼起了那首意第绪语民歌，咚巴啦咚巴啦啦——

七姑煮开了水，请他们过去喝茶。刚坐下凌汶就问七姑："那房子从前出过事？"

"珠江上造大铁桥那一年，听说是那房子里出了共产党。"

"你见过那些共产党吗？"

七姑的脑子一时清楚，一时糊涂。清楚时言简意赅，看得出从前在主人家是个能干的妈姐，可糊涂时你就不知道她在说什么了。没见过，她那时并不住在这里，她还没老得不能干活。凌汶总算听懂了一句。

"这条街上，有谁是那时候就住在这儿，后来也一直没有搬走的？"

易君年用一种奇怪的眼神看着她，好像觉得她疯了。

"你们为什么要问我这些？你们是共产党吗？"真不知道七姑这会儿脑子是清楚还是糊涂。她说起那些搬走的人家，一家家数着说。后街上的人家有些自己买地起屋，有些赁了地造房子住，很多人家住了几年就搬走了。七姑的话越说越多，凌汶却越来越听不懂她在说什么。

外面天色已暗，七姑快要睡着了。两个人悄悄退了出来，拿了一盏煤油灯再去隔壁，走到门口时，野猫从堂屋蹿了出去。

"这叫趟栊门。"易君年拉上那道像梯子一样的栅栏门，插上锁舌。

他告诉凌汶："大门外面多了两层，这是脚门，这是趟。广州潮湿，住在这里通风比什么都要紧。"

风从趟栊门吹进来，煤油灯忽明忽暗。

"你这样到处打听，会闯祸。我真不晓得你是个这么容易闯祸的女人，连七姑都猜到你是共产党。"易君年边说边往里走。

"那个被捕的欧阳书记不知道后来怎样了，他可能知道龙冬去了哪里。"凌汶心不在焉地说。

"你怎么不问问那个老肖，他会不会知道龙冬的下落。"易君年索性岔开话题。

这句话提醒了凌汶，他们还有任务。先前她心里太乱，乍一跑到这个地方，她突然有些激动，就好像时隔多年，她第一次又和龙冬靠得那么近，几乎感觉一伸手就可以摸到他，但并不是这样。

广州很危险，外省人在这里特别引人注目。这是易君年在说话。你今天在豪贤街上这么一走，很多人都看到我们了，也许明天一早就有人会报告侦缉队，甚至今晚。你忘记香港的事情了吗？多危险！只要有一点让人怀疑的地方，就有可能被敌人发现。

在香港的码头上，他们被英国警察带进一间屋子。她不知道他们俩有什么地方做得不对，每个细节他们都考虑过了，进港前一天夜里，他们还练习了一遍，所有的说辞都反复对了几次，包括如果敌人发现了他们身份有问题，第二道防线的说法，还有第三道防线。

英国警察把他们拉进不同的两个房间，等华人警察来了，他们就开始审问。过了半小时，英国人才把他们放了。

释放前，他们被锁在同一个房间里，她问易君年，到底发生了什么。他回答说，可能铺保有些问题。从香港码头上岸，需要提交铺保，哪怕只上岸几小时，巡捕房也要验明身份。易君年告诉她，他们这次带来的文件，担保栏填写的那家店铺，以前用过几次，他们看见过："我估计上一次有人拿着它来香港时，他们就怀疑了。"她问他，那么后来到底是怎么解决的？他说他请他们往上海发了一封电报，电报的收件人是他的运用人员，在公共租界的巡捕房做翻译。

他们拿着煤油灯，穿过堂屋进了二厅，从南墙角落的一道楼梯上了二楼。

"一幢空房能找到什么呢，你等了他五年，还打算等多久？"易君年小声说。

"只要他活着，总有见面的一天。"二楼这一间三面都有窗户，白天一定很明亮，凌汶站在窗前向外望着，忽然又加了一句，"革命也总会有胜利的一天。"

"也许会等来牺牲的那一天。有些事情，现在比将来更重要。"

"我没有现在，只有过去和将来。"凌汶回答得很快，但她仔细想想，这话也说得不对。她怎么能没有现在，他们现在身负最重要的任务，他们这个小组，还有她和易君年，坐了那么远的船来到广州。

林石说，从上海到瑞金的交通线，最要紧也最危险的一段，组织上交给我们了。以后的路程都是荒山野岭，只要提防散兵游勇，但上海到广州，一路上都是军警特务。

"我陪你来这里，就是让你知道过去是什么。"易君年在孤零零立在窗下的花架上摸了一把，"过去只剩下尘土，吹一口气就全都散了。我们见过多少人在短短几年里就变成了过去，变成了尘土。"

她从来没有见过易君年这样，话说得有些消沉，可神情却有些亢奋，像一个疲惫至极的人喝了很多酒。他怎么了，她心里一动。

"你怎么了？"

易君年突然伸手想碰她，凌汶用手挡住了他，又后退半步。她以为易君年还会再来一次，却见他慢慢放松下来，从口袋里摸出香烟，点上："这又潮又暗的屋子让人都有点不正常。"

他想了想，又说："从组织关系上讲，这位瑞金来的老肖，不应该与我们同行。我们只接受林石同志的单线领导，我们也不能向其他人暴露林石同志的行踪。"

"他就是来与林石同志接头的。他必须用最快的速度传达这条消息。原则是可以有例外的，你从前不是一直都这么说？"

她不想在这个问题上反复说服易君年，她告诉他，老肖的任务直接来自少山同志。来人通过了身份识别暗号，这个暗号没有任何人知道，林石在他们出发前悄悄告诉了她。

现在，易君年只剩下一件事情可以做了，但他有些犹豫。他想给自己再多找几个理由。在这点上，他也许真的不如龙冬。

他总是无法摆脱那种奇怪的感觉，就好像不知从哪里，龙冬一直注视着他。进了这幢房子，那种感觉愈发强烈。

像楼下一样，楼上的房间也前后相连。第二个房间很小，没有窗户，像个黑洞洞的巢穴。

再往后走凌汶却看见了夜空中的星星，那是一个露台，两侧砌着半人高的砖墙，夜里也不冷，空气甚至有些暖意，远处有狗叫声。她望着砖墙外面，周围的房子高低错落。有一幢四层楼房，在夜晚的雾气中显得如此单薄，几乎摇摇欲坠。这些房子山墙连着山墙，瓦顶连着瓦顶，野猫在屋脊上一闪而过。

凌汶心想，那天晚上龙冬是不是就像这只猫一样，往屋脊下一翻，从此不见踪影。国民党特务们找不到他，连她也找不到他。

她遐想了一会儿，回转身，却看见易君年倚靠在西侧砖墙上，注视着她。

她有些震惊，又有些恍惚。眼前这幅画面为什么如此诡异？为什么她有似曾相识的感觉？从拼花砖墙的空隙里依稀可以看见对面人家的房门，原来也有人家朝着巷子开门。那叫趟什么门？

老榕树枝叶茂密，广州的榕树到春天才会落叶，她记得易君年先前说的话。那两道奇怪的山墙，顶上凸起一截，像伸出的舌头，又像一对锅耳。她在哪里见到过这一幕场景？

易君年站在那里，盯着她看，嘴角那一抹微笑显得很勉强。他没抽烟，也许幸亏他没抽烟，才会摆出那个斜靠在砖墙上的姿势。

那是一张照片，她已经记不太清是什么时候见到的了。那时候她刚刚认识他。没错，他们在书店里认识以后，还没等她看完那本小说，那本《二月》，他就来找她了。楼下的邻居把他领上楼，敲敲门。她打开门看见他侧身站在那里，像一个找错房门的客人，正打算离开。

一进门他就告诉她，他代表党组织来找她，他知道她是秘密党员，他知道龙冬是她的爱人。光凭这一句话她就相信他了，因为她以为那时已经没有人知道这件事了：龙冬是她的爱人。

他叫易君年，他领导着一个地下党小组，这个小组主要从事情报工作。她又找到自家人了，一时间她觉得无比温暖，连着一个多月她都感到身上有一种久违的暖意。

可能就是那时她看到那照片的？那段时间易君年一直与她谈话，她以为组织上是用这种方式来考察她。但易君年很少问她什么事情，就好像她的事情他全都了解。他说了很多他自己的事情，还拿出了一张照片。

这张照片她应该记得更清楚一些，她竟然到现在才想起来。易君年把它拿给她看时，心情很激动，他说那时的他已经入党了，照片里的地方是一个秘密联络点，他是在那里宣誓的。他用拍情报的照相机拍了这张照片。虽然照片上天色昏暗，但她仍然能认出这个地方。

"你见过龙冬？"她其实不应该用问他的口吻。她又想起，龙冬牺牲的消息是在易君年出现三个月后被再次证实。

有一天，家里来了一个客人。他有易君年规定的接头暗号，来找他传递情报，但是易君年却没有按时到达。凌汶陪着客人坐在客厅里闲聊，客人看到龙冬的照片，突然告诉她，这位同志牺牲了。

那天易君年一直都没有出现，过了好些日子他才重新来到她家。她当时根本没想过问他去了哪里。做地下工作，突发情况实在太多了，而且她一直沉浸在悲伤中。

"对。"易君年望着凌汶背后，好像那里有什么人在看着他们，"你看过那照片。"

她在等他解释，但他领着她下楼。她每下一阶楼梯，就感觉自己又朝黑暗的水底沉下一截。

"这地方太黑了，什么都看不见。"凌汶说。

易君年明白凌汶的弦外之音："我做过许多事，每做完一件事情，我就把它锁进一个没有窗户的房间，就像这间。你以为龙冬不是吗？我和他做的事情没什么两样，他顶多比我多了一样共产主义。你能看清他吗？你能找到他吗？我领你去看。"

凌汶在黑暗中停下脚步，震惊地望着对面这个人形，本能地往后退了一步，易君年一把拽住她，把她拉进了底楼后面的尾房。那间没有窗户的巢穴背后是厨房，灶台一角裂开了，铁锅里有几片枯叶，两块碎砖。厨房后墙上有一扇门，易君年打开门，外面也是一片黑暗。

易君年转过身来，面对着凌汶："龙冬能跑到哪里去呢？他面前只有这一条路，对你我来说也一样，到处都是黑暗。"

易君年在七姑门前站立片刻。七姑睡醒了，在房间里来来回回不知道在找什么。他想了一会儿，撕下一片门联，擦了擦手上的血。

天官里后街上没有光，也没有人。易君年刚转进朝北的直巷，突然听见身后有人说话。

他转身，墙角有半截人影。易君年没有说话。

声音又起，是那个算命的老头。

"你在跟我说话？"他问老头。

"你怎么一个人出来了？那位太太呢？"

他没有回答，望着那截影子。过了一会儿，易君年又问："你想说什么？"

"我一直在等你，刚刚你们急着过去，话还没说完。那首签诗，后面还有两句没写。"

"你说。"易君年朝他走近了一步。

"借问东邻效西子，何如郭素拟——"

老头拉长着声音吟诵，还没等他念完，易君年闪身靠近，伸出双手掐住了他的喉咙。

易君年叠齐那双了无生气的手臂，又把算命人的头颅端端正正放在手臂当中。

添男茶楼

添男茶楼进来一个客人。知道他名字的人不多，只有少数人知道他姓肖。他和林石一样，都在中央交通局工作，那是一个极机密的单位，即使在中共内部，也很少有人知道存在着这么一个机构。有时候不得不出现在党内文件中时，它会用农村工委那类名称来掩护。作为老资格的机要交通，他们现在都是交通局派往各地的巡视员。老肖为人机敏，反应极快，还有一手好枪法。他驻守瑞金，随时接受临时委派的任务。

他完成过许多难以完成的任务，这次又碰上了难题。林石没有按事先约定出现在广州。要他传达的绝密口信，事关一位中央领导同志的安危。浩瀚同志最后一次用电台与瑞金联系，到现在已有十一天。中央正在有计划地撤离上海，但浩瀚同志碰到的情况却是一个意外。有人叛变了，秘密机关被敌人破获，有数名内外交通人员被捕。

在紧急转移前，浩瀚同志向瑞金发电，告知了情况。刚刚转移到瑞金的临时中央决定，要求浩瀚同志立即转入地下，切断一切工作联系，等待接头信号。信号将刊登在正月十四那天的《申报》上，是一条收购古旧字画的广告，如果出现意外情况，当天下午出报的中文《大美晚报》上也会刊登相同的广告，那是唯一的备用联络方案。

这样的密信，即使在电台能正常使用的情况下，也不够安全。电台会被监听，密码会被破解，译电通过层层交通传递也很容易泄露。何况就在前不久，设在九龙的一个南方局秘密电台就遭到了破坏。英国警察十分狡猾，企图用那架电台继续与上海地下党组织通电联络，幸亏及时发现。所以少山同志找到他，让他当面将口信传达给林石。

他考虑再三，放弃了使用电台请示瑞金的想法。就算通过莫少球请示广州地下党组织，由他们向南方局秘密电台请求发报也需要等很长时间。而且同样也很不安全。他作出决定，既然林石没有来，他就自己去一趟上海。他找到了一艘今晚出港的小货轮，轮船可以捎带零散乘客，还剩几个舱位。

中午十二点时他到过兴昌药号，莫少球说上海那两位同志没有到。过了约定时间，他们也没有出现。他不能一直在交通站等着，便交代莫少球，等他们到了，让他们到添男茶楼碰头。

二楼阳台朝南，面对着浆栏街。坐在这个位置，街上动静尽收眼底。右面隔着杨巷是十八甫街，虽然连着浆栏街，但十八甫朝南略偏了些，三街相交，汇成一块不大不小的空地，等于周围街坊的小广场，捏糖人的、卖榄人的、租小人书的、卖艺的、测字看相的，什么人都有，黄包车在人缝里穿梭往来。

茶楼里挂着红灯笼，栏杆和柱子上包着黄铜，地上是花瓷砖。茶桌镂花漆面，桌上放着一盅两件，有人还跑到隔壁买来双英酒家的双英鸡。叹茶的客人侧着椅子，全都朝着戏台方向。

二楼北面设个小戏台，女小生正唱到自己系缪姓乃是莲仙字。老肖特地坐在二楼，人多，环境杂乱，三楼和四楼这个时间客人寥寥。

为什么他们没有来？他心里有些不安，注视着浆栏街，台上已唱到好似避秦男女入桃源……

他发现对面骑楼下有些不正常，两三个闲人站在那里说话，其中有一个不时抬头望向茶楼。他们的肩膀奇怪地歪着，好像右肩害了风湿。他知道，那是因为衣服里面，右侧胁下挂着手枪。

老肖不动声色站了起来，略微弯着腰，好像准备往茶壶里加水。他用脚跟轻轻踢开椅子，迅速地离开桌子，向楼梯走去。他没有下楼。

他准备上三楼。进茶楼前他就注意到，三楼西面的窗户平时都开着，窗下是隔壁的房顶，那是广安大药房。顺着药房瓦顶跑到北头，山墙上有一排窗，窗后是库房，想来很少有人会跑到那里面。他可以从挑檐和窗台往下爬，没有人会发现。

楼梯是木制的，楼梯井又窄又深，楼下传来粗暴的脚步声。站在围栏边能看见楼梯井里的动静，三楼有人正伸头向下看，跟街上那些闲人是一伙的，他一眼就能认出来。没法上三楼了，现在他只能闯出去。

楼梯井围栏旁放着两个大花缸，盆里栽着小桃树，枝叶繁茂，桃花盛开。站在楼梯上，伸手就可以把一个小布包塞进花缸的缝隙间，只要你上楼时稍微往右靠一点点，没人会发现你这个动作。他上楼时就这样做了，布包里有一支手枪，勃朗宁，枪管左侧上刻着手枪图案。他很喜欢这支枪，人家都叫它枪牌手枪，他却常说，其实应该叫作手枪牌手枪。

他夹着布包下楼，稍稍靠近楼梯左侧，脚步不能匆忙，脸上带着点得意，好像刚刚跟堂倌讲了个笑话。他把目光落在栏杆间冒出来的一枝桃花上，像个心不在焉的客人。

底下楼梯口站着两个人，仰着头从楼梯井朝三楼做手势，看样子他们并不着急，大概打算从底楼一层层搜查，这两个人只是为了控制住楼梯，其中一个正往上走，与老肖擦肩而过时，他小声嘟哝了一句："楼上满座了，人逼人。"

他到楼下了，再走几步就能到门口，但他仍然没有加快脚步。女堂倌提着点心食盒走近，添男茶楼是正经喝茶的地方，女堂倌就是堂倌，不像广州有些茶馆里的那种女招待。她过去了，茶楼门口来了三五客人，他觉得现在可以快一点离开，就在这时——

楼梯上那个人突然高喊："就是他。"

老肖跑了起来。一边跑，一边用左手把布包按在衣襟上，右手从里面摸出手枪，塞进衣襟，顺手把那块布朝后扔去。

茶楼里的那些人都追了出来，有人朝天开了一枪。听到枪声，街上的人都四散奔逃，手艺人、小贩都扔下摊子往骑楼下躲。那些穿着便衣的人，佩带手枪，多半是侦缉队的特务。广州的公安局特别侦缉队，是陈济棠专门用来抓捕中共地下组织的单位。他怎么被敌人发现的呢？难道兴昌药号暴露了？

老肖奔到街口，拐进杨巷向北奔跑，北面全是西关的小街巷，四通八达。他钻进两辆黄包车夹缝中，朝天开了两枪。这下街上更乱了，人群朝各个方向逃散。他混进人群，转入一条小巷，直奔到小巷东头，向右转几步，又见一条往东面去的直巷。原来这条巷子很长，一路向东，中间要右折好几次。

在一个折巷里，他被特务拦住了。两名特务一前一后躲在两个门洞里，等他过了第一个门洞才现身，这样他就被前后拦住了，老肖侧身站着，看看前面，又看看后面。两支枪对着他。巷子很窄，他没有腾挪的余地。

老肖攥着手枪，枪在右边衣襟下，可他一枪只能打倒一个。他侧过身望着身前身后两个特务，估算着射击角度，还有朝左开枪后再调转枪口向右射击所需要的时间，觉得不可能同时击倒这两名特务。

站在东首的特务看出了他身上的异样："把手拿出来。动作慢一点。"

他们把枪口对准老肖，盯着他的右手，只要他稍有异动他们就会开枪。

这时，从小巷西头传来一阵自行车铃声。铃声很急，车却骑得很慢，过了好久才从折巷转出来。老肖看着自行车上的人，两名特务也不由自主地转眼望过去。

老肖认出了骑车的人。自行车渐渐靠近他们，车上的人没有朝老肖看，却微笑着对一名特务说："抓到了吗？"

话音未落，枪声已响。骑车的人正是易君年。他开枪射杀了一名特务，回头看时，老肖和另一名特务也都中枪倒地。两个人几乎同时开枪对射，同时中弹摔倒，都受到重创，却都还活着，在地上挣扎着举枪。

易君年骑到特务跟前，又补射了一枪，然后望着对方，直到这名特务吐出最后一口气，眼神里那些愤怒和不解渐渐消散。

子弹打在老肖的腹部，易君年背着他走出直巷，又往北，在十八甫和下九甫交汇街口拦住一辆黄包车，让车夫把他们拉到西濠涌一处水脚，下车后把老肖背上了一条小船。老肖先前支撑着引路，到了船上，两个人躲进篷下，他松了一口气，终于昏迷过去。

这是一条疍家小艇。船娘摇橹，小艇穿行濠涌，不知过了多久，停靠在水边一排棚屋旁。棚屋里出来一个人，见老肖未醒，看了看伤势，知道这会儿无法搬动，告诉易君年，他先去找大夫，然后马上离开了。

易君年明知这是广州地下党一个秘密联络点，却并不特别在意。他只关心这位老肖记在脑子里那几句话，一下午他都缩在船棚里，看着昏迷的老肖。

昨晚他临时起意，在天官里后街那房子里杀了凌汶。如果单单只是凌汶对他的过去有所发现，他未必会马上就那么做。

在这之前，他甚至想过，假以时日，凌汶也许会渐渐淡忘了龙冬，到那时，他甚至很有可能说服她。实在不行，就送到南京反省院关上一阵。特工总部让一些中共叛徒在那里做训育员，给其他还不愿转向的人上课、讨论、开辩论会，有一些人在那里慢慢改变了想法，他希望凌汶早晚也会。

可他不得不那样做。不然，他就没有机会让老肖把秘密告诉他。他凭直觉就能猜到那下面有金矿，挖出那条矿脉，有可能对中共地下组织造成毁灭性打击。千载难逢的好机会，这会是他自当年挖出龙冬情报网后又一次巨大的成功。那一次的成功让他成了特工总部的王牌，从此他就有了个"西施"的代号。

他确实没料到凌汶会想起那照片。给凌汶看那照片的时候，他也不会预料到她将来有机会真的跑到那房子里去。他现在也已想不起来当初为什么要把照片拿给她看，还告诉她那是他秘密入党的地方。

照片是他宣誓以后拍的。他倒真是在那里宣誓加入了共产党，龙冬是介绍人。但拍照片时，龙冬被他杀了，照片就是在杀他以后拍的。他立了大功，并没有想到几天以后叶启年就让他用易君年的身份潜入上海地下党组织。

他从不怀疑叶老师的计划。他是叶老师真正的亲炙弟子，游天啸那种训练班出来的人，一口一个老师，不免让他觉得可笑。要知道，早在民国十三年，国共两党年初刚刚开始合作，北伐宣言发表才过了几天，冯玉祥那时候还没囚禁曹锟，孙中山连想都没想过北上，叶老师就对他说，国共之间必有一战。

当时的叶老师，只是个小有名气的大学教授，都以为他相信无政府主义，是个世界语学者。谁也没猜到叶老师心里装着历史。

叶老师告诉他，有一种职业，可以始终踩在历史制高点上。叶老师喜欢为他的学生安排前程。他说，将来的两党斗争，将会异常残酷，到那时，国民党就需要一个特殊的秘密组织，掌握一支秘密的力量。

国民党？他头一次意识到叶老师的无政府主义立场正在悄悄转变，叶老师桌上开始出现戴季陶的书。不知道用了什么方法，他很快就结识了那位作者，参加了戴季陶在国民党内部组织的秘密聚会，聚会中人一致认为对共产党，必须斩尽杀绝，绝不能养痈贻患。但叶老师对空谈理论没多大兴趣，也不认为光靠写几篇文章做做宣传就能扭转局面，他认为国民党必须创办一个特务组织。

从前，作为一个无政府主义者，叶老

师也是个行动派。他游历各国,专门研究无政府主义者的暗杀活动,还有各国政府和殖民地的秘密警察组织。他得出结论:未来的世界属于特务。

于是,叶老师让他去广州,他是广东人。到了广州,他先是考进轮船公司,然后又参加了中共举办的职工运动讲习班。因为表现积极,他被拉进了工人纠察队。大罢工之后,在叶老师的安排下,他顺利考入公安局,先在荷溪分局做了几个月,随后迅速调入特别侦缉队,民国十四年夏天,有人在广州街上暗杀了廖仲恺,这件事情他一直怀疑可能跟叶老师有点关系。

与此同时,他仍然穿着短打布褂,坐到工会讲习班后排角落,等着被人发现。一切都在叶老师预料之中,如同照着棋谱下棋。来找他的人并不通过从前他在工人纠察队中的同伴,却在维新北路上一家炒粉铺找到他,他们交了朋友,常常约了饮茶。按照叶老师的办法,他只是在闲聊中偶尔提及一些情报,把特别侦缉队日常报告、警员同乐会听来的小道消息以及市井谣言混到一起,添油加醋说给人家听。中共地下组织对他的考察相当漫长,他等了两年,终于等到了龙冬。

摇橹搅动河水,水波翻涌中慢慢过去一条比较大的木船,上面捆扎着满船木柴。易君年望着木柴,大致猜出了所在位置。但是他对地下党这类零碎联络点不感兴趣,他只对面前昏迷着的这个人头脑中的秘密有兴趣。

昨晚他离开濠弦街,马上去见了特工总部广州站的站长。在他到达之前,叶启年就电令本站负责人配合他行动。他一到那里就让人给叶主任发电报,征得同意后,他让广州站长从公安局侦缉队调集人手。

站长在侦缉队只是个队副,队长是陈济棠的人,那位"南天王"十分警惕南京方面的势力向广州渗透,所以站长有难处。抓共产党没有任何问题,假装抓共产党就没那么容易安排。

"你要找几个亲信,让他们混在行动人员当中,引导大家配合演一出戏。"

易君年知道,在总部下属各地区分站负责人这一级,虽然无权了解"西施",他们却都有所耳闻:叶主任的宝贝,总部最大的功臣。为了这点小事,他不想反复发电报请示叶老师。他小声告诉站长,他是"西施"(这事绝不能泄露出去),如果按他的要求办,出了问题他负责,如果不按他的要求办,出了什么问题就是站长你负责。站长勉强同意了。

事到临头站长又不愿意了。因为易君年说自己可能要杀掉一两个侦缉队员,以便取得对方的信任。

站长想了半天才说:"万一消息传出去,特工总部滥杀自己人这个罪名,就连叶主任也担待不起呀!"

这是在威胁他,他没说话,望着对方。

"我原打算瞒着我们队长派人,如果不但没抓到共党,还折损了两个自己人,这个责任就难扛了。广州的情形跟别处不同,公安局里从局长往下,都是陈济棠的人。局里一直有人私下议论,说我跟特工总部有瓜葛。要是再出了这么一件事情,他们心狠手辣,我可猜不出南天王会怎么处置。"

"那就让你自己的亲信做冤死鬼。"

站长想了半天,好像实在狠不下这个心。易君年却不以为然,这么做他自己也很冒险,万一一枪打不死,被他们回射两枪,他从广州得来的这个"西施",就又交待在广州了。

大夫来了,是西医。地下党确实厉害,在哪儿都有全套人马,易君年心里想。清理了伤口,取出了子弹,又给老肖输液。大夫说伤很重,他无法保证病人能醒过来,一切都要看他自己了。换句话说,听天由命。到了这时候,易君年真心希望他能醒过来。

茄力克

正月初十,立春。

中央公园在市政府南面,元明二代都是地方大员衙署,清初三藩之乱,这里是平南王府。平乱以后,它就成了广东巡抚署。中山先生倡议把它改作公园,公园不卖门票,市民均可随意进出。

陈千里从北门进园,沿着公园中轴线一路朝南走,他一身短褂,看起来跟附近各家政府机关里的杂役没什么两样。他好像纯粹要在这里消磨时间,对任何上面有字的牌子都满怀兴趣,在康有为赠送的意大利雕像前站立片刻,又盯着平南王府的石狮子看了半天。

其实他忧心忡忡,脑子里一刻不停,怀疑自己做错了什么。也许他不该让凌汶和易君年来广东,太相信直觉了,欠考虑。之前,他带着梁士超悄悄去了汕头,事情办得很顺利。随后他们转道香港,准备坐船回上海,却听说广州交通站出事了,涉及其中的还有上海地下党来人。

凌晨,他们坐小火轮抵达广州。一大早,陈千里便让接应他的广东地下党同志通知莫少球,接头以后,莫少球立刻将他带去见老肖。在路上,莫少球告诉陈千里:"那天上午老肖来交通站,约了凌汶第二天碰头。但凌汶没来,等了半小时,他只能先离开,交通站里不能等太久,这个有规定。老肖去了添男茶楼,说好如果凌汶来了,就让她去那里找他。刚过中午,侦缉队便衣就来了。交通站附近我们设有几个暗桩,白天晚上,有可疑的人到浆栏街周围活动,站里很快就能得到消息。我们的人马上回来报信,可还没等报信的进药号,街上就响起了枪声。"

"茶楼先抓人?他们没有两处同时动手?"陈千里有些疑惑。

"我们也觉得奇怪。枪声一响站里就听到了。等报信的人进来一说,我立刻让我太太先离开药号。交通站平时就作好准备,随时可以应付这样的突发情况。站里没有什么需要清理的东西。露台上,屋檐落水槽后面有个油纸包,里面是一支手枪,我太太把枪拿给我,自己从后门撤离了。我从店门出去,跑到浆栏街上,站在过街楼下面,想看看究竟发生了什么。但是他们一直都没来药号,直到傍晚。晚上五六点钟,便衣撞开店门进了交通站。"

巷子里迎面来了两个女学生,等她们走过去后,莫少球又接着往下说:

"易君年说他和凌汶一起来交通站。他们俩刚从十七甫转出来,茶楼外面就乱起来了。他们看见特务在追赶老肖,决定分头行动。易君年自己跟了上去,让凌汶赶紧到药号来,如果交通站没事,她就进来报信。如果交通站也出事了,她就先回去,到新亚旅社等他。易君年对凌汶说,他们有重要任务,千万不要冒险。他找了一辆自行车,在杨巷追上老肖。老肖被两个特务一前一后拦住了,拿枪对着他。易君年骑车冲过去,两枪打死了特务,但老肖也中枪了。易君年把老肖送到安全的地方,就回去找凌汶。

"但凌汶却不见了。他回到新亚旅社，一直等到傍晚，他们俩是当天夜里的船票，还有几个小时就要上船。易君年赶过来告诉我们这个消息。"

莫少球引着陈千里来到柴栏附近，在水边的棚屋里，他们见到了老肖。棚屋架在岸边，地上铺着旧船板，老肖躺在板上，昏迷不醒。

"他昏一阵醒一阵，大夫说他还没有脱离危险。"

棚屋用旧木船改造而成，本身也像个船舱，房门朝着东濠涌，河面上疍家小艇多得数不清，房门内外都是船板，房门上只挂着一片布帘，梁士超蹲在帘子外面抽烟，陈千里和莫少球在门帘里面，坐在地板上。

"凌汶同志一点消息也没有，失踪了。我太太一听说就哭了。她太喜欢这位女同志了，一见面就喜欢。要不是干革命工作讲纪律，说可以拉着她晚上睡一个床，说到天亮。我太太一点也不相信她牺牲了，还去公安局打听，我们在公安局有内线，不能算同志，但打听一些事情没有问题。可是公安局没有任何消息，特别侦缉科没有抓过女共党。杀人案？也没有。他们说，过年了，谁会杀人呢？广州军警很少在这时候办案抓人，所以前天下午他们突然冲进茶楼要抓老肖，这事情确实很奇怪。"

"他们俩到了广州，做过些什么？"陈千里一边想一边问。

"两个人来了交通站。我们早就收到上级通知，上海地下党有人要来。他们来是为了把交通线安排好，我们知道中央有大动作。凌汶说了接头暗号，两个人里她是领导。我们商量了各种细节，重新定了接头暗号、电话、电报挂号、怎么接应下船、住在哪里。说完了，凌汶就打听她丈夫。我不熟悉龙冬这个名字，我自己是交通站建立后才到了广州，但我太太知道——"

老肖突然说胡话，嘴里嘟嘟哝哝，莫少球起身过去，拿下他额头上的毛巾，在水盆里浸湿，绞干后又折叠起来放了回去。

"我太太见过龙冬，还看过报纸上有关那件事情的新闻。她说事情发生在一幢房子里——"

"莫太太说的那幢房子在哪里？"陈千里脱口而出。

"濠弦街，现在叫豪贤路，但广州人喜欢叫它原来的名字濠弦街。"

莫少球解释了那两个听起来一样，字却不一样的路名。

"不过他们没有去那里。易君年说，他们原打算第二天跟老肖见面以后，再到濠弦街看看。"

老肖为什么要约凌汶第二天到交通站见面？陈千里暗自思忖。

过了音乐亭就是公园正门。出门穿过公园路，有一条小巷子，出了巷子，对面就是公安局。

公安局在维新北路上，马路东侧对着公安局大门有一排小店。午后时分，食肆都关了火，只有一家炒粉铺门前最热闹。门口搭着棚架，放着几只方桌条凳，桌上摆着绿釉粗瓷鹌鹑壶，客人们都在喝茶。茶资只需五分钱，茶叶是从大茶楼收来重新炒过的茶渣，点心也只有芋头糕。喝茶的客人个个撸起袖子正在吹水，谈的是新圳刚开一家大饭店，背后大老板是陈济棠的哥哥陈维周。

"——大赌场，那里番摊，押中一门能

赢几千大洋。摊官扒竹一动，桌上人的眼都不敢眨一下，针落到地上都能听见。"

"细佬你真能吹，进门先买三千筹码，你倒进去过？"

梁士超也要了一壶茶，一碟芽菜粉，两块芋头糕，坐到空桌边。旁边桌上见有生人，声音顿时小了，有人朝他看了一眼。梁士超从褂子口袋里摸出一包烟，到邻桌发了一圈。

众人力邀，盛情难却，梁士超搬到邻桌。喝茶的客人都是左近苦力工人，谁也不能在这里坐一下午，只在干活间歇，抽空过来坐一坐，喝口茶。人来人往，等梁士超喝掉半壶茶，桌上人已换了一拨。

他打听到了一些情况，等陈千里来时，他们换了张空桌说话。

"这家炒粉铺开得晚，警察值夜班常来。三年前查出个警察是共产党，这事好几个人都记得。他们说，打死的共党警察，隔壁香烟铺的黎叔肯定认识，那人常到他铺子里买烟。"

两人离开炒粉铺，到附近转了一圈，又回到这里，悄悄进了那间香烟铺。一个老头坐在铺子里，梁士超进门就喊他："黎叔。"老头点点头。

柜台里五颜六色，梁士超看了半天，挑了两包"三炮台"，一包塞进口袋，另一包递给陈千里。柜台上放着纸包，后面的架子上是罐装烟。陈千里忽然看见高处的角落里，孤零零放着两只绿罐头，心里一动。

他对黎叔说："你这里倒有'茄力克'。"

梁士超正想用本地话翻译一遍，不料黎叔却听懂了。

"没人买，你想要，半价卖给你。"

"好。"陈千里摸出一块银元递给老头。

罐头上面全是灰，陈千里在柜台上找了块抹布，慢慢擦。

"没人买，放在这里三年多了。"

"没人买为什么要进货？"

"那时候有人买。买它的人死了。"

擦掉灰尘，罐头上露出狮身人面像。这是高级香烟，用大轮船从英国运过来，一罐就要一块大洋。在这么一间小铺子里，光顾的客人就算花得起这个钱，也未必舍得花。

"我知道他是谁，"他对黎叔说，"他是个警察，也是个共党。"

黎叔狐疑地看了看他，想到两罐香烟放了三年，总算卖了出去，心情又觉得十分轻快，问陈千里："你认识他？你也是共产党？"

陈千里哈哈大笑："我，《民国日报》记者。你这香烟从哪里进货？"

"卢警官，官不大，抽烟却只认它。这么些年，到我店里来买茄力克的，只有他一个。他让我找这个烟，全广州只有沙面洋行有货。我每个月进几罐，全卖给他了。"

"这两罐为什么没来拿？"

"他端午节下午来买，店里没存货。我让他第二天来拿。第二天，人没来。过了两天，报纸上说他死了。"

"端午节？黎叔你记错了吧？"

"怎么会记错？就是端午，他来的时候，我正给店铺门上贴午时符。我女儿前一天晚上提着粽子猪肉回娘家，家里大人领着小孩子跑到珠江边，洗洗龙舟水。家里忙，跑不开，只能第二天上午去进货。卢警官从对面过来，春风满面，身旁还挽着小凤凰。他说好第二天来拿。"

民国十八年，端午节是六月十一日，

105

《广州民国日报》十三号发消息,说九号晚上,潜伏在公安局内的共党分子卢忠德被枪杀。可到了十一号端午节,这个黎叔却看见卢忠德活生生站在他面前,从公安局出来,好像遇见了什么好事。

如果公布被打死的人没死,那就一定有另外一个人死了,却没有公布。这个人,陈千里猜测很可能就是龙冬,据说他从军警抓捕现场逃脱,此后再也没有出现。虽然在这一点上,他可能永远也无法获得确切的证据。除非叶桃再生,从叶启年最秘密的保险柜里拿到有关这个阴谋的记录。

从另一面看,如果敌人声称卢忠德是共产党,并且击毙了他,后来有人却看到卢忠德还活着,照常出现在他平时出没的地方,那敌人为什么要说谎,这就耐人寻味了。

老方牺牲前曾告诉陈千里,民国十八年七月,组织上为加强上海地下党的情报工作,把易君年从广州调到上海。恰好是在广州的卢忠德宣布死亡后的一个月内。易君年是秘密工作使用的化名,他在广州并不使用这个名字,在龙华看守所里,他曾对关在一起的同志们这样说过。

把易君年调到上海前,上级把联络方式、暗号和这个化名交给他,让他到上海与地下党负责人老方接头。至于在广州时他使用什么名字,他没有跟任何人说起,当然他不能说,事关工作纪律。泄露从前的名字,可能会危及那些仍在原系统工作的同志。

不过他喜欢抽烟,只抽一种牌子,茄力克。广州也有一个人喜欢抽这种香烟。陈千里想,一个人出于某种目的,可以把自己变成另外一个人。有些人像变色龙,随时可以变换身份、立场、外形、语调、甚至个性。他可以在不同角色间来回变换,就像穿上或者脱下一件衣服。即便如此,他们却往往保持着一两种根深蒂固的习惯,也许出于狂妄自大,或者——也许在内心深处,一个人总想抓住一点什么东西,证明自己是自己。

当然,他不能仅凭直觉就作出判断,也不能单靠一罐香烟。如果他有易君年的照片就好了,那样他就可以让黎叔辨认一下,这个人是不是当年那位卢警官。

陈千里打开绿罐头,拍拍罐底,抽出香烟递给黎叔和梁士超,自己也点上一根。

"卢警官身边站着小凤凰?"

"群芳艳班里的包头,女花旦。这女人,妖媚啊——"黎叔把那根茄力克放进柜台后的一只木匣里,"我早说过卢警官遇见她,就是花旦见小生——夫呀。"

梁士超告诉陈千里,戏台上广府白话,夫、苦同音。黎叔点点头继续说:"之后他果然难逃一死,那时候两个人卿卿我我,岂知后来的结果。"

"那么这个小凤凰,现在还在唱戏?"

"在乐华。正印花旦,台柱。"

后台

乐华不远,维新路朝南到西湖路,向东一转,再走到下一个街口,就看见骑楼下面戏院的大招牌。当晚戏单上果然有小凤凰,是《十美绕宣王》之"背解红罗"一本,小凤凰演的正是苏金定。

等到天黑,陈千里和梁士超买了票子,提前进了戏院。还没到开戏时间,中间的桌位都空着,两侧坐席倒来了不少人。他们早就换了衣装,这时一个长袍马褂,一个浅色洋装,一副洋行买办形貌。两人并不立即入座，从廊柱后面走到台下，陈千里示意梁士超在外面等着，自己推开角门走了进去。

后台门前坐着杂役，正要问，陈千里摸出一块银元塞进对方手里，直截了当说一句："去看看小凤凰。"

戏院后台常有豪客进来，指明想见某位某位，戏院中人不以为异。那人收了银钱，不曾想戏未开演，已收了红包，心里十分欢喜，告诉陈千里："小凤凰在楼上。"

上楼梯就有一股脂粉味。群芳艳是女班，后台莺莺燕燕。上面一条楼道，两个人并肩嫌挤，两侧房门半掩，里面传出喊喊喳喳说话的声音。陈千里站在楼道中间，轻松地大声说："我找小凤凰。"

"谁找我？"

一扇房门从里面打开，勒眉贴片，只上了片子石，未戴凤饰，身上已穿了金红广绣戏服。烟铺黎叔说她鬼火咁靓，这会儿却看不出来。

陈千里走了过去，笑着说："我。"

进了门，他又说："鄙姓陈。"

小凤凰疑惑地看着他，进后台的客人，一定常常来戏院，她在戏台上早就看熟了。来人身材高大，目睛闪闪，浑不似平日所见那些膏梁纨绔，心中不由一顿。

"还没看戏，陈生就想来看人了。"她也笑着回了一句。

陈千里拿出银烟盒，弹开盒盖，自己拿了一支，又将烟盒递到小凤凰面前。小凤凰伸手拿烟，忽然发现香烟是茄力克，愣了一下。

"我替一个朋友来看看你。"

小凤凰警惕地看了他一眼。客人并没有跟她调笑，像通常那些花钱买通杂役闯进后台的人那样。那些人一般都在戏演完了才进来。少数人也会在幕间、趁台上没她戏份时进来探望她，表示只有她的戏才有兴趣看。

开演前就进来，这些年只有一个人会这么做。

因为这个时候那些达官贵人还在酒席上，或者刚刚离开，他们总是在戏演了好久以后才姗姗来迟，大喇喇坐进戏院中间的桌位，送茶递毛巾，好一阵热闹。

"我的朋友，他叫卢忠德，是公安局警官。"

"他死了。"她转身望着化妆镜中的自己，回答得很快。

"他当然没有死。而且我知道，你也知道他还活着。"陈千里也接得很快，句子像绕口令，但他说话的口气很温和。

"你见过他？"她狐疑地问。

"我刚从上海坐船来。"

这下她来了兴趣。不过仍旧没说话，防备着来人。

"他现在姓易。"陈千里冒险试了一下。虽然上了妆，眉梢眼角也吊高了，但仍然能看见小凤凰眼神闪烁了一下。果然她知道那个人现在姓易。

"你是谁？你和他是什么关系？"小凤凰幽幽地问道。

"我和他是同事，在南京。你听说过叶老师吗？"陈千里跟随自己的直觉，试探道。

她放松了一些。也许他们威胁过她，也许——他们甚至想过要杀掉她，也许他们最终放她一条生路。后面那种情况，她自己听说了吗？

"现在他出了点问题，说有些情况可以来广州问你。"陈千里开始故弄玄虚，也许太玄虚了，他发现小凤凰又开始沉默不语。

107

有人推开门，是先前坐在后台入口处的那个杂役，一手提着大花篮，另一只手上银光闪烁，是一块盾牌，跟梳妆台上那面镜子差不多大。这两年北平上海捧戏子送银盾的花样也传到了广州。纯银打造的盾牌，大小就要看手面了。这块银盾可不小。

"伍大少送的花篮和银盾。"

"放到戏台上去。"小凤凰没什么兴趣，杂役出门后，她转向陈千里，"两个月不见影子，这时候又来送什么篮子牌子。"

"小凤凰红遍广府，外埠来的人，到了此地亦会有所耳闻。"

"陈生讲笑。"她像在台上念白，片刻停顿，神情转似黯然，"今时不同往日，看戏不如看电影。台下一声叫好，戏台也要晃两下，而今那般光景早就烟消云散。外人看着热闹，我们冷暖自知。台口金牌银盾、繁花似锦，都系过眼云烟。好似他那一走，事事都露了败相。"

陈千里印证了自己的直觉，他大胆猜测了一下："答应你半年就可以回来找你，却一直没有出现。"他小声说了半句话，没头没尾。

他推测叶启年起初并没有一个长期潜伏计划，他只是在广州得手了一次，还想到上海再来一次。派遣特务冒名顶替潜入上海地下党组织，设法再多破获一两个共党机关，多抓一些共党分子。可能是到了后来，叶启年才慢慢意识到，在广州，地下党原计划派往上海的人很可能无人知晓。组织系统被破坏，这些任务原本就是单线联络，有些人牺牲，有些人叛变，再也没有了解情况的当事人。

调派计划在广州地下党组织被破坏前就布置了，上海的地下党组织并没有意识到派来的人被悄悄调包，换了一个人，他们也无法甄别，可能永远也无法甄别。于是，这名特务的潜伏时间延长了，他原以为只要再坚持几个月，就可以脱下面具。他很可能对面前这个女人许诺，半年以后他就可以回来，他们俩从此就可以过上好日子。

陈千里猜对了。

"他开始说三个月，"小凤凰脱口而出，"离开前又说最多半年。现在过了整整三年。他到底在上海做什么？不能写信，不能发电报，不能告诉别人他还活着。但是只要三个月，最多半年。"

"你知道他是什么人？"

"我不知道，我从来就不知道他在做什么。他后来说，最早在先施的天台游乐场就迷上了我，后来散班组班，我转到乐华，他追过来听戏，天天坐在角落里。在乐华，我才慢慢注意到他。通常穿着便衣，偶尔也会穿警服。我喜欢他穿制服，很神气。不像别人，他看戏就拿那双眼睛盯着我，看得人心里发颤。"

走廊里阵阵错杂的脚步声，外面传来宣王醉酒时的唱段：

这昭阳，貌似粉莲出水，艳赛月里仙娘，可惜她不晓风情，似块木头一样，若论风骚娇滴……

小凤凰好像忽然开了闸，心里憋了多年的话终于可以一吐为快。原先她以为只要等他几个月，虽然有些勉强，她终究还是答应了他。可他从此消失了，好像把她忘记了。忘了也好，她以为自己也可以忘了，但是她却忘不了，就像她在戏里扮演的一些女人，越是见不到的人，越是忘不了。

"过了几个月他突然来后台。我一直都在想,他什么时候才会进来呢?但就算来了他也不说话,就坐在你这个椅子上,不像你,他把椅子拉得更近一些,靠梳妆台近一些——"

陈千里挪了挪椅子。

"对,差不多就是那里,他不说话,只会抽烟,抽你这种香烟。他在公安局做事,离这里不远,所以每天都能来。下午来,先到后台看我,接着去听戏,听完戏又来。他这个人心思多,从来不跟你说。我一直都不明白他到底在做什么,明明在公安局做事,下了班,一个人悄悄跑去听共产党演讲,参加什么讲习班。"

小凤凰看了看陈千里,他垂着眼睛,安安静静地听着,像个懂戏的听众,在听一段低徊婉转的唱段。她想着也许将来会有什么人把她的身世拿到戏台上唱一唱吧?

"但是他到底站在哪一边,我也分不清。有天晚上我看到桌上有一封写到一半的信,信里说要代表工农群众枪毙收信的人,因为他无耻专断,倒行逆施。信封上写着黄埔军校。过了几天,我半夜里从戏院回家,看见他在后屋铺了一地,连根带泥把花拔出来,把炸弹埋到花盆底下。"

小凤凰见这位陈生听得入神,回身对着镜子整了整额头上的贴片:"我吓得要命,他笑着对我说,不会炸,吓唬吓唬他。我问他吓唬谁,他不告诉我。我问他是不是共产党,是不是共产党要暗杀谁,他说你放心,我绝对不会是个共产党。我只是假装共产党去吓唬一个人,让他变得仇恨共产党。过了一两个月,有一天忽然谣传说什么中山舰要叛变,要开到珠江上朝广州开炮。他回来特别开心,那天晚上对我特别好。"

小凤凰停了片刻,垂头望着手里刚点燃的香烟,因为上了妆,脸上看不出表情。

"一直到报纸上登出来,说他是共产党,说他被枪毙了。我也还弄不清他究竟是不是共产党。在那之前,整整一个星期他都很紧张,好像在做一件什么事情,担心出什么纰漏。那个时候我们住在一起两年多了。

"之前,那个叶老师从南京来找他。他坐飞机来。大沙头机场。那段时间叶老师每次来广州找他,都是坐飞机,来去匆匆。他是大人物,我可没见过几个整天坐飞机的人。

"叶老师回去以后,他坐在床上抽烟,对我说,这下终于可以水落石出了。那天晚上下大雨,我也不用去戏院。晚上冲了凉,他开了一瓶洋人的酒。他说忙完了,事情都了结了,就等立功领奖了。"

陈千里没说话,也没做任何动作。群芳艳班的正印花旦,全广州无人不知、无人不晓的名伶小凤凰,此刻面带一丝微笑,她入戏了,她想起那些希望和快乐,虽然它们早已烟消云散。

"可就在那个时候,有个姓龙的打来电话,我知道那个人,偶尔会打电话来找他,如果他不在,就会说让他去老地方。后来报纸上一登,才知道他是共产党,他们说的老地方,大概就是濠弦街。他在电话里对那个姓龙的说,找了他两天了,有要紧事情告诉他。他说,你看到字条了?我想他多半是在什么地方给姓龙的放了字条,说要找他——"

陈千里心想,她确实生来该吃唱戏这碗饭,每一个细节她都不会忘记。

"一开始他不想在电话里说,可到最后

他还是说了。他告诉那个姓龙的,有个叫欧阳什么的人有危险,公安局要抓他,要找人去通知他,但他自己不能去,因为那个欧阳并不认识他。姓龙的可能在电话里想了一会儿,他们俩停了一阵,谁都没说话。然后那个姓龙的又开始说话了,大概他决定自己去,他们俩就在电话里面争了起来。他对姓龙的说,既然你已经离开,这件事情你就不要去了。但是最后他拗不过对方,同意让姓龙的去那个老地方。

"但他放下电话对我说,他也去。我倒有些不愿意,不是说好了让姓龙的去吗?他说他不放心。那天晚上他很晚才回家,我都睡着了。他头发湿漉漉地钻进被子,脸色苍白,说是差点被人打死。一整夜,翻来覆去。"

小凤凰忽然停了下来,她避开来人的目光,半是自言自语地说道:"我为什么要跟你说这些?"

陈千里明白了,当时龙冬确实已经准备撤离,但卢忠德用欧阳民作诱饵,把他骗去了濠弦街。陈千里抬头看了看小凤凰,她一点也不在乎伍大少,她心里惦记着卢警官。他不仅很神气,还答应她顶多半年就会回来,以后再也不分开。她只是完全不懂他为什么过了三年仍然没回来。

这时,有人轻叩房门,班主推门走了进来,朝小凤凰和陈千里分别拱了拱手,赔着笑脸:"老倌何时开台?几位长官已经落座。"

"等着!"小凤凰厉声道。大戏名角从不按时上台,班主早就习惯了,挠挠头,退了出去。

小凤凰平复下情绪,望着陈千里。

"第二天早上他好多了。喝了粥,说他立了大功,好日子来了。他开心了两天,每天都给我买这个买那个。他一直都很有钱,比别的警官都有钱。端午节那天他送了一副翡翠头面,说戏台上红红绿绿才好看。但是端午节过后他就说他要走,离开广州一段时间。不能写信,也不会给我发电报。临走那天,我看到了报纸上的消息,吓了一跳,连忙回家来找他。他又改口说,最多半年,不会再多了。报纸上的消息是假的,如果大家都信了那消息,他就安全了。

"晚上我给他收拾箱子,看到了旅行社舱单,上面写的名字不是他,姓易。我又问他,他就吓唬我说,绝不能告诉别人他还活着。现在他死了,他要死半年,半年以后他就又能活过来,回到广州,我们就再也不分开了。但是在那之前,我不能跟任何人说我的事情,不然不仅他有危险,我自己也有危险。他吓唬我说,有人因为我知道他还活着,就打算杀了我,是他把他们拦住了。

"每年五月散班,端午节后派了定银,我手里有点钱,怕他出门不够花,全给了他。"小凤凰定下神来,似乎说完了想说的话。

卢忠德一走,她必是惶惶不可终日了好长一段时间,等发现并没有人来把她怎么样,才慢慢放下心来,觉得自己应该不会有危险了,安全了。然后,又开始念起卢忠德的好处……

陈千里起身告辞,刚迈出门,小凤凰在身后忽然说:"陈生,如果你见到他,替我带句话。"

陈千里点点头。

"胭脂用尽。"小凤凰关上了门。

陈千里和梁士超没有坐到桌位上,但也没有急匆匆离开戏院。他们站在后排左侧一根柱子后面,朝戏台上看了一会儿。

戏台上的君王放肆地盯视着苏金定,她背过身,含羞解开蛮王进贡的红罗袄,满朝文武都解不开的难题,她给解了。

角里

青浦县多年来都想修一条直通上海市区的公路,几年前终于开始动工,但直到现在也只铺成了土路,造了几座木桥。崔文泰不知道为什么要把车开到这地方,他走投无路了。

年初一上午在银行门口,凌汶刚把皮箱放进轿车后座,他就觉得一阵头脑发热。有那么一瞬间,他好像闻到了金条的气味。他说不清那到底是什么气味,只觉得心怦怦跳,太阳穴好像要炸开,周围马路上那些人和车都变成了漂浮的影子,回想起来就像是在做梦。可是自己做的一连串动作他倒记得清清楚楚,踩离合器、推动变速杆、松开离合器、松开刹车、踩油门、转动方向盘,问题是做那些动作完全没有通过他自己的脑子,就连后来猛踩油门、让车从侦缉队特务面前一下冲过去的动作,也好像完全不是他自己做的。

他一路咒骂那些过马路的行人、黄包车、对面开来的车、在他前面的车,连站在路边的人他也不放过。他倒是记得去加油,但巧不巧,他刚加完油,就看见自家车行的老板从马路对面奔过来。他想起车子从昨天开出来以后,就一直没回车行,连电话也忘了打一个,心里一惊,这才发现自己稀里糊涂把车子开到锦记车行附近的加油站。他连忙上车,油门一加就跑,全不顾车子后面、站在马路中间又开双臂又叫又跳脚的秃顶胖子。

他在路上开了半天,脑子才慢慢清醒了一点。他心里有数,这一把他赌大了。他崔文泰何德何能,竟敢同时开罪国共两党?他想唯一能救自己的就是后座上皮箱里的那五根大金条了。到这个时候,他又不敢停下车,去打开皮箱看看。倒也不是担心路上遭人抢,那种心情有点类似于近乡情怯,因为他做梦都想要挣一笔大钱,而皮箱里那几根金条,就是他这辈子见到过的最大的一笔钱了。他虽然不敢立刻打开皮箱看金条,却停车在报童手里买了一份报纸,查到当日标金的报价,心里不禁大喜。

他想趁着天黑去找小五子,有了这笔钱,他心里就有底了。叶启年真要对他穷追不放,他就离开上海。他开车是一把好手,到哪儿都能找到饭碗,这倒真应当感谢老方。有时候想起老方,他心里也不是一点愧疚都没有,但他真没想要害他送命,他只是告诉人家,老方很可能去了剃头铺。那天,他把老方送到北四川路,看着他下车后钻进了弄堂,立刻猜到了他打算去哪里。他没想要害他送命,最后这个结果不全是他造成的,虽然想起这些心里总是有点不舒服。

但他现在有了五根金条,可以兑换几千大洋,说不定自己也可以做老板,在什么地方开一家车行,他可以去新的"满洲国",到了那里,叶启年总归鞭长莫及了吧?

他没敢进小五子家的弄堂。车子在马路对面停下,他望了几分钟,最后决定离开。他看到两个人,天这么冷,他们站在弄堂口做什么?他们知道小五子吗?知道她家在哪儿吗?这些事情他都没法确定。可这会儿他要是进了她家的门,小五子那几个姐姐会给他什么脸色看,对这一点他倒十分确定。他想了想,开车走了。

但他没地方去。他一路向西开到苏州河边,穿过一大片农田,天上开始落雪,车子在田间小路上颠簸了很久,又转上了白利南路。他不能回头,也不能停下来。他猜想到这个时候,上海每个警察署都拿到了他的照片,他不仅是个共党要犯,还会被当成金条抢劫犯通缉。中共地下组织不仅不会庇护他,他们也要找到他这个出卖了同志的叛徒。

除了车灯照亮的一小段前路,四周一片漆黑。崔文泰穿过华伦路,路已快到尽头,往前全是荒田野地。他只得转入罗别根路,沿着小河向南行驶,上了虹桥路。前面隐约有一些亮光,等他把车开到那里才知道是机场,灯光下雪花飞舞,几个军警站在岗亭外面,惊异地盯着这辆车看。他心慌意乱,猛转方向盘,车子转上了机场大门左侧一条土路,他不管三七二十一,猛踩油门,车轮在土坑和石头间蹦跳,一头扎进黑夜里。

土路似乎漫无尽头,路上有很多板桥。天快亮时他才发现,那是一条正在建造的公路,刚刚铺完泥土路基。

他不知道那是珠沪县道,也不知道自己把车开进了淀山湖区。他从来没有来过这个地方。凌晨时他开车路过一个村庄,路边石碑上刻写着"崧泽"两个字,这个地名他同样不了解。但是车子越来越难开了,有很多小河汊,还有大片荒滩,长满干枯的芦苇。再往前路就断了,他不得不停下车,在驾驶座上坐了一会儿,又摸出香烟抽了几口,然后到后座上打开皮箱,往里一看,感觉自己眼前一黑……

几个小时后他才回过神,又发动汽车,把车慢慢开进芦苇深处,在湖边停了下来。幸亏天气寒冷,虽然刚下过雪,但滩泥冻得结结实实,车轮没有陷进沼泽里。他步行走出荒滩,四面全无人烟。

崔文泰六神无主,在淀山湖区晃了十来天。先是在朱家角镇上找了个小客栈,住了两天就开始心慌。这里靠近青浦县城,说不定马上就会有通缉告示贴到街上。于是他坐小船去了湖西,跑到一个名叫"商榻"的小镇上。从前行商于苏州松江两府,都走水路,两天行程,晚上便在这里歇脚。商榻的意思就是商贩下榻的地方。镇上有不少客栈,每天只要花二角洋钱,晚上还能吃一碗稻草扎肉,喝两口绍兴老酒。这里四面环湖,让崔文泰觉得十分安全。但他住了不到一个星期,发现自己没钱了。那天晚上,他把剩下的那点钱换成扎肉和酒,醉倒在客栈的八仙桌上。

天亮后他就坐船离开商榻。他决定悄悄回上海。他还有一辆汽车,道奇。他可以把车卖了。这件事情他早就动过脑筋。刚进锦记车行当司机,他就四处打听,想知道有没有可能偷偷卖掉汽车,赚上一大笔钱。这样一辆旧车,值两三千大洋。就算拆了卖零件发动机,他也能拿到千儿八百。有了这笔钱,他一样可以跑到一个天高皇帝远的地方,过上好日子。

他打算在小五子家门外找个地方等她,让她给自己找个地方躲几天。这样他就能从容地卖掉汽车,然后远走高飞。如果她愿意,她可以跟自己一起走,如果她不愿意,那也行,他可以安顿好了再回来找她,或者另找一个女人。他的人生起起落落,见过偌大世面,他相信有朝一日,自己肯定能再一次咸鱼翻身。今天是正月十二,他要记住这一天,这是他崔文泰重整旗鼓的第一天。

　　午后，他下了渡船。没到正月十五，小镇上的人仍在过年，街上没几个人，只少数几家商铺开着门。他没打算在镇上耽搁，直奔湖边那片芦苇荡。他找到了汽车，把一桶备用的汽油灌进油箱，暗暗表扬自己有先见之明，那日加油时就多买了两桶放在车上。有了这点油，他估计不仅能把车开回上海，还能把车开到买家手上。

　　他不敢在芦苇荡里掉头，拉了倒车挡，慢慢把车退出湖滩，开上了土路。阳光照在芦苇丛上，渐渐化冻的泥土表面露出许多孔洞，远处湖面上方有鸟群盘旋，崔文泰觉得心情很好。这几天他看了报纸，知道这条正在修筑的公路叫作珠沪县道，一头是青浦县城，另一头是虹桥路飞机场。这一回，他决定好好看看飞机，现在他坐在汽车里，惶惶如丧家之犬，可是说不定哪一天，他崔文泰也能坐上飞机，从天上往下看看这个世界。

　　但他没时间再做梦了，土路前方出现两辆黑色汽车，他一眼就认出是淞沪警备司令部的车子。他连忙倒车，拼命向芦苇荡中退去。但背后是淀山湖，他退无可退。

　　游天啸一脚高一脚低，原打算跟这"西施"说几句笑话，可走到他面前时，心里已有些生气。

　　他冷笑道："你可真能逃，跑到角里来了。这么冷的天，你来摸鱼捉虾？"

　　角里是朱家角本地人的说法，游天啸无论说什么，都喜欢让自己显得很内行。

　　崔文泰被人拖下车，按在芦苇荡的泥地里，喘了好一会儿才稍稍镇定，带着哭腔说："哪有什么鱼虾？躲在这里十来天都没看见一粒虾米。每天都吓得睡不着觉，就怕被共产党抓去枪毙。看到游队长才松了一口气。游队长，地下党要抓我，我还可以为你们效劳。"

　　"现在可不单单是共产党要抓你，兄弟国民党，也是奉命要来抓你。国共两党都要抓你，你这一把玩得可真不小。也难怪，谁让你是特工总部赫赫有名的'西施'。"

　　游天啸这一次带来的人，全是自己的亲信，都知道游队长不仅是警备司令部的侦缉队长，也是南京特工总部驻上海的站长。

　　听到游天啸提起"西施"，崔文泰又有些定心："游队长，请你带着我去见叶主任，我有话跟他说。"

　　有人从崔文泰那辆车的后座上取下皮箱，放到泥地上。

　　"皮箱里只有旧报纸和几块秤砣。"崔文泰连忙解释。

　　那天他在后座上打开皮箱，只见里面塞满旧报纸，裹着几块铁秤砣，秤砣上沾着煤灰，多半是从煤栈磅秤上顺手拿来的。他没敢扔掉皮箱，可能觉得自己早晚会被人抓住，他没有拿到金条，如果再把皮箱扔掉，这件事情就更说不清了。

　　他猜想自己是被骗了，上了陈千里的当。他在车上想，很可能陈千里就是想让他用皮箱引开特务们，他简直太奸猾了，竟然欺骗自己的同志。有那么一个片刻，他甚至异想天开，认为如果他把特务引开，那仍旧算是立了功，陈千里未必发现他们被他出卖了，他还可以回去找他们。可是后来连他自己也觉得，这是把别人想成跟自己一样的傻瓜了。

　　皮箱里果然只有报纸和秤砣。旧报纸卷成纸团，把皮箱塞了个满满当当。

　　"你把金条放哪儿了？"游天啸厉声说。

　　"游队长，皮箱里没有金条。我一动都

没敢动。"

"你把皮箱从天津路拉到这儿,还敢说一动都不敢动?"游天啸心里其实没怎么生气。叶启年并不在乎金条,他自己也不在乎。他们是真心要抓共产党,好好一个局让这家伙给搅了。还号称什么"西施",特工总部最宝贵的潜伏特务。他心里早就对这个家伙怀有嫉恨,叶老师最喜欢的"西施",总部布置的一切工作都围着他转,这些天来上海站都为他一个人服务了。

很好,叶老师说了,悄悄把他处理掉。他明白叶老师的心情,最钟爱的下属变成了这种宝货,卷了几根金条就逃了,说出去有多丢脸。总部有一些人一直对叶老师心怀不满。把这家伙杀掉,游天啸觉得自己至少能得到双重快感,也许还不止。

"游队长,让我见一见叶主任,我有话对他说。"崔文泰有点心慌,朝着游天啸叫喊。

叶启年并不想听他说话,游天啸倒有个问题想问他:"跟我说实话吧,那天你拉着几只秤砣跑什么?你为什么突然想起来逃跑?"

"我要早知道是秤砣——那天我真的是鬼迷心窍,他们把皮箱放到车上,我好像突然闻到了金条的气味。"

他说了实话,游天啸却笑了起来。他一字一顿地说:

"金条的气味,就是一个人沉到淀山湖底会闻到的气味。"

崔文泰吓得腿都软了,他跪在地上,朝游天啸伸出手,声嘶力竭地喊道:"我有话要对叶主任说。"

游天啸笑着说:"叶主任不想听你话,我倒是可以听你说三句话,你说吧,三句话。"

崔文泰愣了一下,连忙接着说:"金条多半还在银行……"

游天啸挥了挥手,侦缉队两名壮汉上前,用绳子把崔文泰五花大绑起来,然后想把他塞进汽车后座沉湖。

游天啸制止了手下:"用汽车给他陪葬便宜他了。侦缉队充公了。"

远处镇上传来一阵鞭炮声,夹杂着崔文泰不断的喊叫:

"游队长,你说要听我说三句话……游队长,你不能不讲信用……"

当天晚上八点左右,游天啸回到市区。他直接去了北站附近的正元旅社,在那里见到了叶启年。这里表面上是一家旅社,实际是特工总部花钱营造的产业,特工总部下属上海站机关就在旅社顶层,楼下客房招待的客人也多是总部来沪人员。如若有散客不知底细的到柜台要求入住,多半会被告知客满,少数形迹可疑者,甚至会被拉到后面详查身份。

叶启年并不十分关心崔文泰的下场。听游天啸说到秤砣,叶启年倒说了一句:"这个陈千里,把煤栈里的秤砣拿了,让人家怎么做生意?"

"老师,我一直在想,这金条会不会还在银行?"

"我让人到银行查了。年初一上午,就在你带着人到天津路的前一刻钟,有人假扮富商进入银行,新开了一只保管箱。这个人进入保管库存放物品,时间长达一个小时。也就是说,那个林石进去时,保管库里有两个人。陈千里使用了调包计,崔文泰那么一闹,我们的注意力被搅乱了,没有想到东西可能还在银行。

"当天下午,那个人第二次来到银行,

114

声称上午只存放了一部分，要求再为他开一次保管库。虽然那只保管箱仍在租用，我想东西已经被他拿走了。这个人，你猜猜看是不是陈千里？当然，肯定就是他。我估计崔文泰那一出，完全是出乎意料，陈千里没那么大本事，可以说服崔文泰帮他搅局。要不是崔文泰来那么一出，那天他把皮箱送来一看，我就能猜到有人在保管库调包。陈千里想出了一个糟糕的主意，却碰上了一点好运气。不过下一回，他就未必能再这么走运了。"

"不过现在没有了'西施'……"

"这不是你要关心的事情。"叶启年说道，"陈千里明天坐贵生轮回到上海，中午十二点左右船会靠上公和祥码头。地下党方面，会有易君年去接应他。你带着人过去，躲在车里不要暴露，在码头公司房顶上面我另外安排了枪手。他如果不开枪，你不要做任何动作，他如果开枪，你们马上出去，放走易君年，不管是死是活，把陈千里带到我这里。"

"那个易君年，不用一起抓回来吗？"

叶启年想了一会儿："让他再多活几天。"

贵生轮

贵生轮是怡和公司的新船，去年刚从英国格拉斯哥造船厂下水。这艘船航速每小时可达十六海里，从广州到上海只要六十个小时，两天半。这条航线上它跑得最快。今天是正月十三，轮船已在大海上航行了五十多个小时。

那天中午，老肖醒来的第一句话就是：今天是正月初几？

是正月初十。他松了一口气，以为自己昏睡了很久。

"凌汶同志到底怎么了？"

他还不十分清醒，眼神有些迷茫，喘息中似乎尽力想要想起点什么。

"她失踪了，"陈千里轻声说，"就在那天。你让她第二天到交通站，是有什么话要对她说？"

老肖又闭上了眼睛，嘴角痛苦地扭曲着，过了一会儿，他长长地嘘了一口气："林石没来，她也没来。这事情太重要了，就算牺牲了，也要在牺牲前办好。"

陈千里知道，他们没有太多时间，他必须迅速了解全部情况。他朝莫少球使了个眼色，莫少球站起身，掀开门帘走了出去。

棚屋里，陈千里小声地说出了一段暗语，他先前与林石接头时使用过，那是少山同志亲自设计的暗语。

如他所料，老肖知道这段暗语。在他说完最后那一句的瞬间，老肖眼神一亮，困难地转过头，深深地看了他一眼。

老肖说自己受少山同志委托，要向林石当面传达一条口信，口信内容包含一则广告，广告必须刊登在正月十四那一天的报纸上。除了日报，若有意外，当天下午的晚报上也要刊登一次。他一字不差地把广告词背了两遍，告诉陈千里，广告实际上是接头信号，对方是浩瀚同志。广告后面要附上一个电话号码，浩瀚同志看到广告后，就会拨打那个电话，接电话的人要把接头地点和时间通知浩瀚，接头以后立即掩护他撤离上海。

目前，浩瀚同志已迅速转入地下，切断一切工作关系。在最后一次与瑞金通电后，他就转移隐蔽，任何人都无法再次与他联络，只等报纸上出现事先约定的接头信号。

但是，老肖到广州后面临的一系列变故，使他最终把这个任务委托给了易君年。

事实上，正是在那一刻，陈千里意识到易君年可能有问题。在他头脑中的某个角落，存放着一件往事，一个他愿意用自己所有的一切去解开的谜，一个问题的答案。为了弄清这个答案，叶桃付出了生命。

老肖竭尽全力保持清醒，这段话说得断断续续，说几句，停下来喘几口气，又重新开始，在一些关键细节上，他生怕自己晕头说错，反复说了好几遍。陈千里则十分安静，从头到尾没有发出一点声音，既没有催促，也没有提问。他知道以老肖目前的情形，要把这些话讲完，一定使用了巨大的意志力。

后来陈千里与梁士超去了濠弦街，在维新北路打听到一些情况，又去了乐华戏院。从戏院出来他们回到交通站，莫少球整个下午都在设法弄两张最快的船票。拿到船票后，他们连夜上船。轮船半夜十二点启航。

二等双人间在甲板上方，船舱里上下铺，梁士超正在闷头睡觉。他虽然是广东人，老家却在粤北山区，是个旱鸭子，夜里风浪大，他爬到上铺后就晕乎乎睡着了。

让梁士超和凌汶到广州，是林石的主意，但当时陈千里心里隐隐有一种感觉，让易君年和凌汶一起走一趟，有可能揭开一个在他心中萦绕多年的谜题。当年，叶桃就是为了寻找那个答案，最终倒在敌人枪下。那个时候他还没有真正参加工作，还不太了解共产主义，不懂秘密工作的复杂性。他也不懂，为什么传递一句话有那么重要，值得为之付出生命。

那年她才二十三岁。他记得很清楚，正是在她过生日那天——正月十五，他到了南京。分别将近一年，他又见到了她，还有她父亲、他的老师叶启年。

在叶启年仍然是大学教授、无政府主义者、世界语学者的岁月里，陈千里像很多年轻人一样，曾经认为大部分让人困惑的问题，叶老师那儿都有答案。学生之间的议论，渐渐变成一个传说，关于新闸路上叶老师的那幢房子，关于里面有一个秘密组织。那是火热的、革命的二十年代，每个年轻人都意气风发，急于参加某个组织。

只有少数同学有幸被选中，得以进入那里。那是叶老师的家，楼上住人，楼下用来会客，学会和杂志社也在楼下。后来陈千里把学校走廊里的传说告诉叶老师，叶启年笑着说，神秘感也是一种有用的武器。有一阵他每天都要去新闸路，坐在长桌旁听大家高谈阔论，帮杂志社做些杂活，到各处去送信、分发文件，他甚至运送过炸药（虽然那些无政府主义炸弹并没有在什么地方爆炸）。

过了很久他才第一次见到叶桃。那是个炎热的下午，街上贴着标语，到处都在罢工罢市。她坐在底楼客堂间，他一开始弄错了，把她当成学会里的什么人，后来才知道她是叶老师的女儿，之前从未现身，是因为她在北京女子师范大学读书，那年夏天，学校被段祺瑞政府封闭，学生强制解散，所以她回了上海。

叶启年一直猜错了，无论从什么角度看，都不是陈千里把叶桃引上了那条反对父亲的道路。实际情况恰恰相反，叶桃才是陈千里的引路人。是叶桃告诉他，她父亲的虚无主义背后，躲着一个投机分子、野心家。

有一天，叶启年把他叫到书房，郑重其事地对他说，以后你不要随便去叶桃的房间。正是在这种情况下，某种迷人的混沌状态终于消散了，就像一阵风吹过，就像阳光融化玻璃上的雾霜，他和叶桃，两个人完全看清楚了对方的心思。

随后，再一次出乎他的意料，叶桃去了南京，那时候他还不明白，为什么她那么不喜欢叶启年做的事情，却让自己加入进去。很久以后他才知道，叶桃去的地方是国民党党务调查科，在她父亲的安排下，她成了机要室干事。当然，那时候他还没有意识到，她去南京，正是因为就在那几年里，叶启年变成了另外一个人。那些年很多人都变成了另外一种人。

当时他反复问过自己：难道兆丰花园、夕阳、早春的湖水、水面上一对天鹅，这些都是他在做梦？难道他们手握着手、心怦怦跳时说的话，都只是分别前一时的冲动？他一直都很清楚，在他们两个人当中，叶桃总是先离去的那一个。自从在叶老师家初次遇见她，她就一直在离开他。

新闸路楼上的厢房，他坐在窗下，她坐在梳妆台前，他们在说话，他看见两个她，一个在面前，一个在镜子里。他完全沉浸在话题中，可说着说着，她忽然站起身，急匆匆奔出了家门。他听她说起《上尉的女儿》，也去找来那本小说，读完了才找她讨论，她却说，她现在不怎么喜欢那个故事了。他们一起去听课，他才刚刚弄懂语法结构，她就宣布要离开世界语课堂，去俄语补习班。他还在为《告少年》沉迷，她已经开始悄悄阅读《新青年》。

叶启年和他的朋友们在新闸路楼下的客堂间争论巴枯宁，他听得如痴如醉（这些人是如此激情洋溢），她和他都坐在房间角落，听了几个星期，她却告诉他列宁说的才对。他心里总是隐隐觉得，别处某个地方，必定有一件更加重要的事情在等着她。

一年以后，他也去了南京。他准备好应付叶启年的愤怒，或者冷淡，或者某种更加阴险的手段。但是自从叶桃在她父亲身边工作，叶启年似乎觉得完全不用再为她操心。也许他觉得在一个到处是特务和阴谋的地方，叶桃很快就能改变自己对世界的看法。不过就算没有放松警惕，叶启年也太忙了。那段日子他常常坐飞机去广州，似乎忙于布置什么计划。

陈千里在石婆婆巷租了一间小屋。白天他给书局做翻译，等着叶桃下班。有时她给他打电话（巷口烟纸店有一台公用电话），让他去她上班的地方（不久他就知道了那是国民党党务调查科），她也会支使他做一点事情，到哪家铺子买一包点心，或者去裁缝店拿几件衣服。

只要叶启年不在南京，瞻园对叶桃来说就是一个十分自由自在的地方。那是个大园子，据说从前是座王府，门前有影壁，园里有假山。机要室在园子最北面，过了假山就能看见那排平房。他到了那里，让门房打个电话，叶桃就会出来接他，有时候也会让门房送他，到后来门房索性让他自己进去。在记忆里，那几个月过得特别安宁，叶桃也特别快乐。她好像找到了真正有意思的工作。

他发现如今的叶桃和他更亲密了，两个人原本相差三岁，但之前叶桃更像个姐姐。时隔一年，情形似乎发生了一些变化，也许在这个阶段，他成长得反而比叶桃快了那么一些。

他们去梅花山，正是早春二月，虬枝上开满梅花，山坡上像笼罩了粉色云雾。他们心心相印，觉得整个世界退却到远处，眼前只剩下梅树、蓝天和那张脸庞。他们满心喜悦，一起背诵着涅克拉索夫：他们说暴风雨即将来临，我不禁露出微笑。

但是世界仍旧在这里，叶桃置身其中的环境十分危险，瞻园里有许多阴鸷的壮汉、狼狗、枪支、不许人碰的文件和禁止入内的警示牌。从园北假山后面偶尔会传出一两声惨叫。后来在栖霞山上，叶桃告诉他，那里是党务调查科，是叶启年参与搭建、充斥着阴谋和杀戮的世界。

直到最后那个月，他才知道她究竟在做什么工作，虽然他早些时候就猜到了一些。现在想来，说不定她一直都在暗示他，悄悄地把实情告诉他：她真正在做的是一些秘密工作，这些工作对她意义重大。而他心里很明白，她所做的那些事情，很可能是去破坏她父亲的工作。但在让他知道真相前，她就为他指明了方向，让他了解了一个人应该投身于什么样的事业，才会让人生变得更有意义。

她从来没有真正离开过他，即便去了南京，她也每隔几天就给他写信，这些信件延续了先前的思想碰撞。现在他才理解，写那些信她多少冒了一点风险，幸亏她在瞻园上班，有办法不让这些信落到邮电检查人员手中。她还托人给他捎书、杂志。《共产党宣言》《远方来信》《布尔什维克》，还有她喜欢的涅克拉索夫诗集。

端午节的前一天，叶桃给石婆婆巷烟纸店打了个电话。那些日子他很少见到叶桃，她好像整天都非常忙碌，就算见到他也很沉默，问多了，她会忽然发火。在电话里叶桃让他去瞻园，去之前先到秦淮河边的城南茶食铺，帮她买一包闽南橘红糕。叶桃一直喜欢吃零食，在上海时他就常帮她跑腿，到了南京，她的很多旧习惯都消失了，但喜欢吃零食这一样依然如故。除了这家的橘红糕和酥糖，她还喜欢一个挑担小贩的桂花糖芋苗，总是在瞻园门口那一带叫卖。

他买了橘红糕，却在瞻园门口被人拦住了。瞻园看似是一座寻常旧宅，道署街的大门油漆斑驳，门房里却总是坐着一两个穿中山装的壮汉。几个月来，南前北后两道门，几班门房都认识他了，见他进门，连忙打电话到机要室找叶干事。叶桃告诉门房，今天她不能离开保密区域，叫门房登记一下，让陈千里自己进去。门后院子里有一道照壁，转过照壁，有一片水池，池中有睡莲游鱼，水边用石墩架起廊道，廊后有假山，假山有洞，钻进洞里拾级而上，坐到假山顶上的小亭子里，可以远眺秦淮河。

陈千里来得多了，早就知道园北假山背后是所谓的保密区，在那里每一步都可能有人监视，人和物都不能随便出入。但他是"叶干事"，也就是叶主任家大小姐的男朋友，别人看见也多数装作没看见。陈千里在机要室那一排平房里见到了叶桃。她吃了一粒橘红糕，说，今天这个橘红糕怎么那么干？这放了多久呀？生气地扔到一边，冷冷地半天不理他，机要室里另外两个女人同情地朝他微笑。过了一阵，叶桃又叫他："帮我到门口买碗桂花糖芋苗。"

刚刚进来时陈千里并没有看见瞻园门口有挑担叫卖的小贩。但他没说什么，每次叶桃让他到门口买桂花糖芋苗，那个小贩总会出现在那里。

"如果没看见，你就往前跑到马府街，他一般就在这几个地方。"

他提着保温筒出来，门房朝他笑。出了瞻园，果然看见担子在那里。小贩揭开盖子搁在一边，从大锅里舀了几勺红艳艳、香喷喷的芋羹，装进提筒，往里撒了点桂花末子，又拿起抹布擦了擦盖子，盖上，收钱。陈千里把糖芋苗拿进机要室，叶桃喝了一口，这才露出满意的笑容。

几天后他才知道，保温筒盖子下面有一张字条，上面有紧急情报。他在不知不觉中把情报送了出去。叶启年在广州破获了中共地下组织，逮捕了广东地下党负责人欧阳民。由于情报送出及时，与欧阳民有联系的上级党组织全都撤离了。

他知道这情况时，叶桃已身负重伤，她告诉陈千里自己是共产党员，从前没有告诉他，是因为她受党组织派遣潜伏在国民党党务调查科，必须保守秘密，但现在她可以说了。

她说她一直打算发展他入党，可她现在没有时间了，她希望他将来能成为一个坚定的共产主义战士。她告诉他，因为她把欧阳民被捕的消息及时传递了出去，组织上迅速布置，抢在特务前面撤离机关，转移了大部分抓捕名单上的同志。叶启年由此怀疑党务调查科内部有漏洞。

她本应该静默一段时间，可她不得不再次打开叶启年的保险柜。因为上级问了她一个问题，欧阳民有没有叛变？所以她必须找到答案。叶桃曾和他憧憬未来，再过几天，他们将一起离开瞻园，离开南京。她会领着他，去一个充满光明和希望的地方。

叶桃找到了答案，可是送信途中她牺牲了。牺牲前，她让陈千里把一句话带给党组织：欧阳民叛变了。可正因为她在送出情报时被敌人发现，那就存在着另一种可能：敌人故意用假情报误导她。后来又从广州传来欧阳民牺牲的消息，敌人枪杀了他。行刑那天，全体难友望着他被押出牢房。事后，组织上曾派人做过调查，甚至冒险到公安局打听，结果却是一无所获。

他始终不相信她送出的情报有问题，为了得到它，叶桃甚至献出了生命。三年来，这个问题一直萦绕在他的脑海中，他常常把问题倒过来想：如果欧阳民是叛徒，叶启年为什么要杀了他？杀人也可能只是为了灭口，为了掩盖某个阴谋。

那么，什么样的阴谋才能让叶启年认为值得去杀掉一个叛变的欧阳民呢？一个欧阳民那样的叛徒，在叶启年心目中应该很有价值。他是中共地下组织负责人，在组织内部有大量工作联系，认识很多人，了解许多秘密。有很多事情在最初几次审讯中他可能还没有想起来，虽然他在变节时，一定急于把他了解的情况告诉敌人，但总是会遗漏一些事情。就算把他像牙膏那样挤得干干净净，变成一卷牙膏皮，还可以让他写一些无耻的话，发表在报纸上。党务调查科确实有一个部门，专门从事他们所谓的"心理战"，炮制谣言到处散发。那么为什么急着杀掉他呢？叶启年枪毙欧阳民，到底得到了什么好处？

现在他知道了。

公和祥码头

凌晨三点左右，风浪稍歇，海面起了大雾，看不见星光，轮船像是在黑茫茫的世界里梦游。此刻他们正在舟山群岛海域，水下暗礁丛生，轮船航速已减至十一节，大海几乎完全安静下来,只有海浪拍打摩擦船壳的声音。夜色中突然响起刺耳的汽笛声,黑暗中隐约有灯光急闪,原来轮船稍有偏航,正逼近前方一大片暗礁。轮船迅速向右转舵,船尾险些擦到尖利的礁石。

船舱里多数旅客对此并未察觉,少数人因为船身急速转向,睡梦中在床上翻了个身。但梁士超醒了。他又想起睡前琢磨的问题,两三分钟后,他对着下铺说:

"你是说,真正在濠弦街牺牲的人是龙冬?"

"我想这时候卢忠德还不知道自己要冒名顶替这个被他杀害的人,所以他才会在端午节让香烟铺的黎叔看见。"

龙冬是被卢忠德骗去的。小凤凰是唱戏的,她是群芳艳班里的台柱,能记住所有台词。她还记得卢忠德在电话里对龙冬说:你已经离开了,不能再去那个地方。所以龙冬当时已开始撤离。也许电话里说的就是"撤离"那两个字,只是小凤凰不太熟悉那种说法。龙冬牺牲时,欧阳民被捕,端午节后欧阳民做了叛徒,直到这个时候叶启年才决定让卢忠德假冒易君年,在报纸上发布假消息。

"龙冬才是易君年?"梁士超的脑子快转不过来了。

龙冬才是那个本应该在那年七月来到上海,与老方接头的人。组织上把他从广州调到上海,组建一个情报工作网。

"易君年是一个假名字,工作化名,原本应当由龙冬同志使用,他用这个名字预定船票,预定到上海住的地方。在上海他也会使用这个名字与人联络。"

"卢忠德冒用了这个名字,我们就没人能够发现吗?"

"广州有可能发现这件事情的人都被杀了,上海没有人知道派来的人是谁,任何人都能使用这个名字,按照规定的联络方式和暗号,与老方接头。即使在地下党组织内部这也是绝密情报,没有谁会去怀疑来的人到底是谁。"

因为欧阳民被捕,广州的地下党组织被全面破坏,知道这项调派计划的人都不在了。叶桃的情报准确无误,欧阳民叛变了。正因为他的叛变,叶启年才得知了调派龙冬的计划,并掌握了全部细节:化名、接头方式、联系人。陈千里猜想叶启年一开始并没打算让卢忠德长期潜伏,只不过从叛徒交代的情况中看到了新的机会。

叶启年不会放掉到手的机会。很多年前,国共刚刚开始合作,他就在国民党内的右派分子集会上叫嚣,对共产党要斩草除根。所以他想乘胜追击,再赢上一把,在卢忠德身上又下了一注,付出的代价就是把欧阳民给杀了。欧阳民是龙冬的上级,是他布置了调派龙冬的计划,除了他没有人能了解得那么详细。

"这个混蛋,牺牲在他手上的人太多了,广州当地那么多人,龙冬、老方,还有那个去菜场报信的同志。我回去就干掉他,我要把他的心挖出来看看到底有多黑。"

还有叶桃,陈千里在心里默默地想,也许还有凌汶,她也很可能已经被他杀害了。立春那天,他们在濠弦街天官里后街上打听,街坊邻居没有一个人愿意回答他们的话,看到外人进来,每个人都神色惊慌。陈千里连忙带着梁士超离开,他怀疑濠弦街上的居民被那天晚上的事情吓到了。但是——

"现在我们还不能杀他,这颗子弹再给他存半个月。"

"为什么?"

因为现在唯一能够联系浩瀚同志的只有他，因为他们要设法让浩瀚同志摆脱迫在眉睫的危险。但他不能告诉梁士超，目前还不能。

"因为我们有更重要的任务，我们不仅暂时不能杀他，还不能让他知道我们已经知道他是个内奸。他今天中午要到公和祥码头接应我们，绝对不能让他看出来。"他说。

那天在疍家棚屋，他问了老肖一句话，问他为什么第二天要见凌汶。这句话一说，迷雾就渐渐散去。正月初一那天，他站在银行楼顶，远远看见崔文泰驾车冲出去，当时他心中疑窦顿起。青岛船上的来客告诉过他，上海地下党组织中有内奸，代号"西施"。特工总部的王牌潜伏特务，叶启年的宝贝，难道就是崔文泰？

他读过那份报纸，他知道凌汶到了那条街上也不会发现什么线索，那么她为什么会失踪呢？

现在他明白了。卢忠德必须把她除掉，才有机会截获老肖记在头脑中的绝密口信。凌汶消失以后，他可以演一出戏，欺骗老肖，让老肖把情报透露给他。卢忠德昨天回到上海后，一定会马上向叶启年汇报，浩瀚同志唯一的对外联络方式已经被特务掌握。就算他今天回到上海，也绝无可能抢先一步发出接头信号，因为那两份报纸的广告版面，特务一定牢牢控制在手中。

那将是一个无法破解的陷阱，就算使用武力拦截，恐怕也没有可能实现。浩瀚同志拨打了那个电话后，特务们会把接头地点告诉他，这个地点在哪里，陈千里没有办法弄到这个情报。

所以，现在不仅不能除掉卢忠德，还要让他觉得自己的狐狸尾巴没有暴露。在广州，他把情况告诉了莫少球，要他通知地下党组织，把卢忠德接触过的香港和广州交通站全部关闭。他还请莫少球安顿好老肖后，尽快赶去瑞金，把情况向少山同志详细汇报，路上要安全保密。陈千里连夜从广州赶回香港，上船前，他去了一次邮政局，给陈千元发了一份电报，让弟弟把电报内容转达给林石。电报上说，他将乘坐贵生轮于今天中午十二点左右抵达公和祥码头，让易君年来接应他。

陈千里判断卢忠德回到上海，一定会继续与林石他们联络，会装出一副悲伤的样子告诉大家凌汶失踪的消息，也有可能知道自己离开了上海，并因此怀疑自己去了广州。为了掩盖卢忠德在广州做过的事情，特务们一定想要杀了他灭口，确保卢忠德的身份不被泄露，确保联系浩瀚的方法仍旧由他们掌握。他必须让卢忠德相信自己没有去过广州，只有这样，他才找得到机会掀开叶启年的陷阱，救出浩瀚同志。

他猜想特务们会作好准备，一旦他出现，他们会立刻动手杀掉他。可是如果他主动去见卢忠德，倒有可能让他心存侥幸，认为自己能够继续瞒天过海。他估计那样一来，特务们就会作两手准备，既准备好杀他，也准备让卢忠德继续扮演易君年。与卢忠德在码头见面时，他稍有不慎，特务们很可能就会立刻动手，也许在码头旁哪一处的房顶上，就埋伏着一名枪手，等待卢忠德发出信号。他打算也给卢忠德演一场戏，麻痹他，让他以为他们一点也不知道广州发生的事情。他们没到过广州，没有见过莫少球和老肖，也不知道凌汶突然失踪了。

贵生轮驶入吴淞口是上午十点五十分，

距满潮时分刚过一刻钟。只等了半小时，领航员就登上甲板，指挥轮船入港。十二点刚过，站在甲板上的梁士超就看见了公和祥码头。停靠大船的栈桥泊位已有船只停靠，贵生轮只能停泊江心，轮船公司租了小火轮接送旅客下船。这种小火轮有宽阔的甲板平台，等它靠上，大船就放下舷梯，旅客下去后直接登上小火轮，由它接驳运送上岸。行李较多的旅客可以在码头上等候，也可以先行离开，委托旅行社代送行李至家中。

陈千里让梁士超先不要下船，等他上岸后再离开。

小火轮慢慢靠岸，这一批接运的都是头二等舱位的旅客，他们在甲板上三三两两地站着，衣冠楚楚，个个笑容满面，全无长途航行后的疲惫厌倦。两头缆绳系上后，船头上铃声敲响，栏门打开了。

陈千里离开上海那天风雪交加，回来却是阳光明媚，已见早春光景。栈桥是一道向上的斜坡，公和祥码头两三年前重新修建，栈桥木板弹性十足，脚踩在上面咚咚直响。从栈桥上岸便是公和祥码头公司，空地上停了成排轿车，接客人群站在栈桥两侧。

他看到了卢忠德，但没有发现周围有什么异常。特务们多半躲在车里，码头公司三层大楼房顶上的某个角落也许有枪手。他了解叶启年，如果他决定灭口，以保证卢忠德可以继续潜伏，会选择这种干脆的方式。他猜想，这些特务一定是叶启年专门从南京特工总部调来的亲信，如此才能避免卢忠德的秘密被泄露。他一定精挑细选，所以他们的枪法一定也很不错。

他继续向前，朝码头大楼右侧的大门走去，走得并不很快，就像在这种情形下通常的接头，让对方从侧后方慢慢跟上自己。现在他们并排了。

"有没有办法找到一艘船？"他问卢忠德。

"船？"

"我想租一艘两三百吨的小货轮，可以装运货物，最好也装点其他东西。我只想要船上的客舱。"

"派什么用场？"

"送人。一艘不太起眼的小货轮，装运些米糖布匹，或者别的什么货物。不那么引人注目的旧船，设备还不错，足以应付海上的风浪。"他一边想一边说，好像这个主意他才想起来没几分钟，就在上岸前他看到耸立江边的那些吊车的时候，或者上岸后看见远处墙上"仓库重地"几个字的时候，似乎他一边说一边想着，想法才渐渐成形了。

"你让我到码头来，就是为了这件事？"

"你给我安排一个落脚的地方，现在看来旅馆已经不安全了。接下来几天，我要一个秘密、可靠的地方。房子最好大一点，行动那几天，可能需要多住几个人。"

"这个没有问题，你什么时候要用？"

"今天。"

陈千里感觉到对方稍微放松了一点，也许自己的话奏效了。他没有朝周围看，但他知道特务们一定盯着他们。码头公司大门敞开，铁门上用中英文写着"无事不准入内"。门口站着两三个小孩，手里托着大饼干盒，盒子里放着各种香烟和零钱。

门外是东百老汇路，马路一边是各家码头公司，顺泰、招商局、汇山、日本邮船会社、耶松船坞。马路中间有一条电车轨道，马路对面那些店铺，全是做船上生意的人家，五金零件铺、烟纸店、鞋帽店、洋钱兑换店，还有很多酒吧间，有几家酒吧间的二楼不仅拉着窗帘，每一扇窗玻璃上还用花纸贴了，似乎那些房间极其需要光线昏暗。

陈千里想，要不要再多告诉他一些呢？他让卢忠德和他一起坐进一家兼卖炸猪排和罗宋汤的小咖啡店。猪排是放冷后又重新炸过一次的，罗宋汤看起来很可疑。但他们对食物原本就不感兴趣。陈千里看着窗外，见梁士超出了码头公司大门，消失在熙熙攘攘的人群中。他转头面对卢忠德，见对方正盯着自己看。

"凌汶同志失踪了。"

卢忠德突然说。陈千里没有显得十分惊讶，可他也不能表现得像早已知道这件事情那样。他愣了一下——

"在哪里？"

"广州。你不知道吗？"

陈千里摇摇头，好像乍然听说一个十分可怕的消息，脑子还没转过弯来。

"我以为林石会在电报中告诉你。"卢忠德又轻轻地说了一句，努力挤出一丝悲伤。

"发生了什么？"

卢忠德沉默了好一阵。陈千里听着对方的回答，努力克制自己心中的怒火。他知道卢忠德一定早就准备好了一套说辞，他自己也早就准备好，无论他说什么，都要装得毫不怀疑。

卢忠德说凌汶去了报馆，又去了报界公会的剪报社。她坚持要去濠弦街——那条后街叫什么名字？他佯装问自己，然后回答说天官里后街。陈千里没有料到他会那样说，在广州他对莫少球可不是这么说的，他说他们没有去过濠弦街。那么，卢忠德是故意卖了个破绽，是为了试探他，看看他的反应？

卢忠德说他想阻止她，他懊恼地说，早知道现在这样，就该拼命拦住她。由此他对上级领导稍微提出一点批评意见：既然广州之行确定由凌汶同志负责，有些时候他就不好多说什么了。毕竟地下党组织对上下级有严格的纪律规定，下级本来就不该多打听上级的想法和做法。凌汶同志原本也可以不告诉他，她要去哪里。他等了很久，直到深夜她也没回来。

天一亮他就赶到濠弦街，在那条后街他找了半天，后来才发现自己弄错了，他应该从一棵大榕树下向右转，而不是再往前，因为后街要按照濠弦街的方向来算，既然濠弦街在南面，后街就应该在最北边，而不是沿着那条直巷继续朝东。他这么一耽搁，天倒是大亮了。

但后街上仍旧没有什么人，他只看见一个算命的老头，不知道为什么那么早就坐在街上，拉着他要给他算命。他问那个算命老头，昨天下午有没有看见一个陌生女人到巷子里来打听一些事情，三十多岁。他本来想对那个老头说，穿着旗袍和毛衣，但又觉得那老头未必记得这些，于是改了主意，简单说了一句，说她穿得很好看，很靓。

船要到晚上才开，他还有时间去一次兴昌药号交通站。交通站负责人是莫少球，还有一位莫太太。就是莫太太告诉凌汶关于报纸的事情，所以他要到交通站去一下，但是他一到浆栏街就觉得不对劲，街上有便衣，虽然广州的便衣特务，打扮跟上海不一样，可这些小特务的神情举止一眼就可以看出来。果然，不久街上就乱起来了，有人开枪。他判断交通站可能出事了，只能赶紧离开。他回到旅馆等到晚上，凌汶仍然没有出现，他只能上船回上海，任务重要，他不能再等下去。

小桃源

叶启年在正元旅社后门上车，汽车出了来安里弄堂，从宝山路向右转入新民路。不熟悉本地情形的人，看见这条马路会觉得有些古怪。它是两条平行的马路，北侧是华界的新民路，南侧却叫界路，由租界工部局管辖。这里原是分界马路，因租界里的外国商人总是想越界筑路侵蚀华界地盘，历来纷争不断。据说当年把火车站造在这条路上，本就有借以抵挡洋商越界占地野心的用意，后来更是有来安里越界筑路案，差点酿成外交事件。

如今两条马路用拒马分隔，木桩上缠绕着大串铁丝，连接在马路中央，一眼望不到头。汽车越过分界拒马，驶入北浙江路，在爱而近路路口铁栅门前，两名巡捕上前拦住汽车，从车窗向里扫视一圈，放他们进了租界。

不到十分钟的路程，却是关卡重重，马秘书不禁骂了一句脏话。隔了一会儿，后座上叶启年诵经似的念叨了一句："攘外必先安内。"

汽车驶入租界，又是另一番景象。去岁"一·二八事变"，闸北迭遭日军轰炸，新民路宝山路一带尽成断垣残壁，火车站顶棚至今仍在修复。可是租界里却日渐繁华，汽车一路向南，沿途时有在建的楼宇，商铺招幡林立，马路上人车也是十分拥挤。

今天是正月十四，一大早叶启年就让人给他拿来当日报纸，在《申报》第五张找到那条广告：

老开霭画加润：

老开君渐为识者所重，其山水人物走兽花鸟无所不精，所画青绿山水最为独长，不啻大小李将军希孟再世，踵求者应接不暇。爰将旧有之润格代为加定，以结翰墨因缘。立轴每尺三元，人物加一。中堂每尺八元，五尺以上每尺加三。扇子花卉四元，翎毛走兽人物六元，山水青绿六元。

电话：八五三七二。

昨天傍晚，叶启年去了旧城老西门，他让司机把车停在学前街，正对着普育里横弄。卢忠德的那家书画铺虽然在普育里，却是面朝蓬莱路。约定的见面时间过了好久，他的"西施"才出来，在弄口伫立片刻，突然急奔过来蹿上了车。

汽车缓缓前行，虽然车窗拉着帘子，可是老城街窄，很少有汽车开进来。卢忠德没有说话，叶启年了解他，从广州起卢忠德就养成了好习惯，让叶启年先开口。但叶启年也沉默着，过了好久他才说："这一带以前叫黄泥墙，咸丰年间种有三百多棵桃树，结的蜜桃色如颊晕，甜美至极。插根麦管一吸，满口甘香，手指上就只剩下一层桃皮。可惜早就绝种，如今空余其名，连龙华浦东的桃子都敢说是黄泥墙。"

"老师又在伤心了。"

叶启年没理他，过了一会儿才说："下午在公和祥码头，你为什么不发信号？"

"这个陈千里不知道广州发生的事情，他没有去广州。"

贵生轮离开上海去青岛前，叶启年让人去船上查了旅客舱单，陈千里和梁士超在香港上的船。

"你现在越来越自信了，身处险地，得步步小心。"

"我明白，老师。"

"你们在广州到底是怎么回事？为什么要在交通站边上抓人？"

叶启年原打算暂时不动香港和广州的地下党交通站，把它们当作诱饵，但卢忠德他们在茶楼和街上闹出那么大动静，等下午广州站发来电报，他赶紧让他们带人去交通站抓人，这时候却已经人去楼空。

"广州站黎站长，在广州公安局侦缉队只是个队副，队长是陈济棠的人。他调动不了侦缉队，他说他好不容易才把这事情办成。"

"广州站发来电报，说你杀了他们两名特工？"

"戏演得很糟糕，不这么做瑞金来的交通员不会相信。我让他找两个外人当冤大头，他说不敢得罪队长，竟然找了自己的手下。"

"还有那个梁士超，他跑哪里去了？"

"陈千里说他在汕头偷偷下了船，去了瑞金。"

"你仍旧没有告诉我，为什么不杀掉陈千里？"

"他在布置新任务，说要租一艘货船。"货船？那是什么鬼名堂？

"运什么？军火？药品？"他问卢忠德。

"运人，他想包下闲置客舱。"

"他还躲在你店里？"

"走了。前些日子我让卫达夫找了个地方，就在前面梦花街。我刚把他送到那里。住在南市，游队长很方便。"

正是用人之际，叶启年没有表示反对，但他心里总有些怀疑。连着好多天，一下子消失了两个人，他觉得陈千里一定在暗中布置着什么。如果陈千里真的不知道广州发生的事情，昨天下午不杀他，这个决定也没错。今天刊登广告，把那个浩瀚引上钩前，最好风平浪静，不要出什么意外。

他很想了解这个有关货船的秘密，但他知道卢忠德好大喜功的毛病。也许他自己也有一点，他想，可是正因为他也十分了解自己，所以每到这种时候就告诉自己，先把赢到的抓到手中，然后才考虑多赢一把。浩瀚，没有什么成果能比他更重大了，叶启年不愿意把他也当成赌注押出去。所以今天凌晨他作出决定，把游天啸叫来说，收网，把他们全部抓进来。

等游天啸布置完抓捕任务，叶启年自己却生出一片闲心，离开了正元旅社。出门前，他让马秘书打电话到八仙桥状元楼，让他们现做几只宁波汤团，装好盒子。这会儿车子开到状元楼门口，马秘书下车上楼，不一会儿拎了两只大盒子出来，放在副驾驶座上。

十分钟后，汽车停在旧城穿心河桥旁。城厢穿心河道经多年填埋，现在只剩下断断续续几段池塘。叶启年下车，马秘书提着盒子跟在后面。两个人一前一后，顺着松雪街走了一段，向左转入一条曲折深巷。到巷底，见一道高墙，墙前横巷两端不通，都是房屋山墙。

高墙下却是一道黑漆窄门，门楣匾额上书"小桃源"。进门是个园子，种着二三十棵桃树。宾客通常进门后才知道，偌大园子，只有那一道窄门，业主早就筑墙封了其他各门。旧城人烟密集，却有这么一处占地半亩的园子，颇有几分新奇。

墙内悄无声息，叶启年踏上三级石阶，轻叩了两下铸铜门环。过了一会儿，门开了。

"孟老，启年给您拜年了！"叶启年拱了拱手。

门内孟老,穿一件旧棉袍,他并不讶异,似乎猜到来人是叶启年。

"我就知道这时候来客,多半就是你。"

园中有几间平房,房前砖地纤尘不染,青苔错杂,墙边蓄水石槽中浮着几叶铜钱草,厅里一几两椅,有只黑猫躲在几案下,并不看来人。

"来得正好,我刚沏了茶。"

"一向还好吧?"叶启年淡淡地问道。

"拜老弟所赐,借我一个好地方了此残生。"孟老寒暄道。

阳光照在厅前地上,滚水注入壶中,茶香盈满室内。

"孟老还是那么客气,这是请你帮我照看房子。"

叶启年当年从川军一个下野师长手里购得这园子,从黄泥墙迁来几十棵桃树,如今这些桃树大隐于市,竟成了绝版。他虽然住在南京,这些年来只要有空,就会悄悄跑到上海,来到小桃源,找这位孟老喝茶说话。

孟老杀过人。十多二十年前,在一些激进社团里,他是赫赫有名的刺客。

两人没有过多寒暄。茶冲了几回,叶启年忽然开口说道:"我没有亲手杀过人。"

碗盖叮当,孟老放下茶碗,略感诧异。面前这位老友,相识多年,虽然往来说不上频繁,但似乎无话不谈,孟老心思缜密,谈古论今也是点到即止。"小桃源"是个避世之地,惯常往来只是饮茶闲聊,求一时清闲,此番开门见山忽然谈及杀人,令他有些疑惑。

"这一回我下了决心。"叶启年的声音在寂静的宅院内显得有些刺耳。

"像老弟这样身居高位之人,杀人何须亲自动手。"孟老一时不知如何接话。他杀过人,却从不谈论杀人。

叶启年望着庭前光影下的桃树,没有理会孟老的话。他豢养过许多人,却从来不明白自己为什么要豢养面前这个老头。也许他需要这么一对耳朵,也许他觉得只有这个老头能听明白他的意思。

"我自转变立场,投身国民革命,一向只有公敌,没有私仇。可是陈千里——"

"噢——"原来叶启年又在重提旧事,孟老回道,"两党之间原是意见之争,本不至于杀人。短短几年,到了必欲杀之而后快,其中缘由,国民党以大欺小也是有的。杀人杀到后来,公敌私仇就分不清了。"

孟老似乎想起了往事,神色忽然有些凄然。

叶启年并不看孟老:"我自己心里怎么想,我还分得清楚。三年前,叶桃被他骗出瞻园。我把所有的行动人员派出去搜查。等找到时,却只看到一具尸体。"

孟老诧异地看着这位故交,这么多年他也没全看透过这个特务头子。他可以一面伤心地追忆逝去的女儿,一面却冷漠地把她说成是一具尸体。

"我只听你说过,他把叶桃引上了歧路,跟着共产党跑了。"孟老轻声说。

叶启年似乎并没有注意孟老的话,他依然望着那些桃树:"这些桃树该找人修剪了吧?"

因为叶桃他买下了这个园子,在园子里种上桃树。每年叶桃生日,他来桃园修剪枝条,等它们在早春慢慢发芽。每年五月,他来这里喝茶看桃花。到了七月,树枝上结满蜜桃,他就来摘上一篮,给叶桃送去。每当这样的日子,他都会跟孟老说起往事,这些事情孟老早就听过无数遍。

"这是老大房茶食店买来的橘红糕。"

孟老推了推几案上的盘子，自己拈了一粒。

叶启年看了一眼盘子："他们在南京旧城墙藏兵洞里找到她。我到机要室收拾她的东西，桌上也有两包橘红糕。她喜欢吃这些零食，跟她妈妈一样。"

也许——假如她母亲没死，后来的一切都不会发生。如果她母亲活着，叶桃可能不会那么死心塌地跟随陈千里。而且，他自己也不会变得那么乖戾。有那么一瞬间，这个想法在叶启年的脑海中掠过。

短短几年，他和叶桃都发生了变化。叶桃去了北平读书，他后悔让她去，可谁知道呢？那时候，他觉得换换环境对她有好处。就算她后来在女师大受了点影响，参加了学生运动，谁年轻时候没叛逆过？他自己不也是到后来才觉得今是昨非，改变了想法和立场？在叶桃去北平那年，他还托人找来马克思的书、列宁的书，找来布哈林的《共产主义ABC》。就在很多人开始以为共产主义可以救中国的时候，他自己却改变了看法。国共两党开始合作时，他自认觉察到了共产党的"阴谋"，他和国民党中的一批人都看出来了，他和季陶先生、果夫先生一道，很早就看出来了。

女师大风潮，段祺瑞封了学校。那年夏天叶桃回家，他一点也不担心。只要回了家，她慢慢就会忘了那些一时的热情与冲动。可那段时间，他开始忙起来了。表面上他仍旧当他的教授，参加社团活动、办同人杂志，私下里他投入了国民党的怀抱，参加右派会议，了解到有一种东西叫作法西斯主义。他在学生中挑选一些人，培养他们，悄悄地搭起了他自己的秘密组织。他把他们派往各地，打算在未来某一个时刻，把这个组织贡献给国民党中的强人。卢忠德即是其中之一，这枚提前布局的棋子，后来起了极大的作用。

民国十六年"清共"，那段时间他越来越忙。国民党内四分五裂，广州有一派，武汉也有一派，他认定了南京蒋总司令。他正在上下运作，打算把他那个小型秘密组织变身为正式的特务机关。他破获了不少共党地下组织，渐渐获得重视。

他本来打算把少年老成的陈千里也拉进那个组织，那个时候，他觉得陈千里正是他需要的人，是可造之材。直到有一天下午他回到家，看见厢房虚掩着门，里面有人说话。他推开门，第一次发现他不在家时，陈千里进了叶桃的房间。桌上放着茶杯，还放着一沓报纸，那是《向导》，是中共的机关报。他常年研究中共，这些报刊他一眼就能认出。他还认出那是一份当年七月的停刊号，上面刊有中共中央对时局的宣言。他顿时有些失望，但并没有多说什么，只对陈千里说了一句：你以后不要进叶桃的房间。

后来党务调查科逐渐成形，叶桃跟他去了南京。把叶桃放在自己身边，他很放心。这样一来，她就不会受陈千里的影响。他并不想让女儿一直在特务机关做事，那种充满阴谋诡计的生活，对她并不合适，也许在某个恰当的时机，她身边会出现一个恰当的人，到时候他就可以彻底放心。又过了一年他才发现，原来陈千里也跟来了南京。

风从堂前吹过，叶启年抓了一把橘红糕放进嘴里，狠狠地嚼了几下。

"她躺在旧城墙的藏兵洞里，子弹打在她背后，她到死也不知道是谁开的枪——"

"你没有查出来是谁开的枪？"

"除了陈千里还能是谁？"

"他既然把叶桃引了出来，为什么要朝

她开枪?"孟老似乎并不同意叶启年的推测。

"他们为了达到目的,又有什么做不出来?"

"那他到底有什么目的呢?"孟老垂着头,觉得叶启年似乎有些烦躁。他半闭着眼睛,早就习惯了与叶启年用这样的方式闲谈:只使用极少的一部分注意力,耳朵听着,偶尔回应一两句,而头脑中的绝大部分似乎都进入了某种休眠状态。

"叶桃到南京后,慢慢就变得听话了。在瞻园,我们经常开一些讲习班,让那些思想转变、从中共脱离出来的人站出来,给大家上课。隔一段时间,我们还会举办辩论会。找两三个人,把他们集中起来,花几个月学习中共各种文件。等到开会,就让他们坐在讲台左边,其他人坐在右边。坐左边的人就用共党那套理论与右边的人辩论。我们并不要求右边的人一定要赢,坐在讲台左边的人只要办得到,他们完全可以咄咄逼人,把对方辩得哑口无言。"

孟老面露微笑,像是对叶启年居然把学生社团的风格带进党务调查科,感到十分有趣。

"开这种会,总部的人只要在南京,都要坐在下面听听。每一次叶桃都参加了,一次也没有缺席。我以为她把陈千里忘记了,以为她把那些危险的想法也一起忘记了。"叶启年不禁黯然神伤。

"但他们是不会忘记的。过了一年,陈千里也来到南京,他们来找她了。他们故意过了一年才来找她,是想让我不再防备,果然我掉以轻心了。我甚至觉得经过了这段时间,也许叶桃反倒会给陈千里带去一些正面的影响。事到如今才明白,我对叶桃能起的作用,可能不及陈千里的一句话。

这个年龄的女孩子……"

"如果你真的只是不想让叶桃受共党影响,何不断然处置,禁止他们往来?恐怕你仍然存着一点私心。"孟老淡淡地说。

"他们在叶桃身上下功夫,真正的目标却是我。"叶启年话锋一转,"我也是到后来才看清楚,他们是想通过叶桃,把触角伸进瞻园。等我发现这一点,已经太晚了。短短几个月,陈千里已经在瞻园进进出出,如入无人之境。我的女儿,她的男朋友,瞻园没有一个人敢得罪。"

"以你的缜密谨慎,怎么会那样迟才发现?"以孟老对叶启年的了解,完全不相信他会如此疏忽大意。

叶启年说他太忙了。党务调查科规模日盛,急于把触角伸向全国各地。他不得不亲自督战,建立分站,挑选干部,配置人员,检查通讯联络,与地方实力派周旋。他每时每刻都在等待各地的电报,坐火车来上海,后来有了机场,他也常常飞去广州。

他真正在意的工作都跟共党有关。早年间他分派出去的那些学生,如今起了大作用。每个月,党务调查科总能破获一两处共党地下机关。上峰越是信任他,他越感到压力沉重。

但是渐渐地,奇怪的事情发生了。情报及时送到,计划也很周密,但跑到现场抓捕的行动人员却扑了个空。在上海,有些重要的共党分子明明已经抓到巡捕房,第二天却被人找个理由放了出去。共党武装分子甚至能在押解途中劫车。他们怎么会知道准确的押送路线?好几个潜伏在共党内部的特务被他们清除了。有两个共党叛徒,因为他处理迅速,所以完全没有暴露,他把他们派回去,继续假装给老东家做事，可没等到他们起作用就被人家发现了。他意识到内部出了问题——

"民国十八年春天，我们开始察觉到内部有漏洞。我渐渐把焦点集中到陈千里身上，这很明显，叶桃在机要室，所有来往电文、报告、审讯记录她都有机会接触。只要我不在瞻园，陈千里随时可以去。我找人观察，渐渐总结出规律，每一次内部泄密事件，都发生在他来后的第二天，或者第三天。"

想到这些，叶启年不由生出了怒气："那年端午节前，最重大的一次泄密终于发生了。我们在广州的工作获得重要突破，抓住了共党特委书记欧阳民。可是就在第二天，当我们布置了全面抓捕计划，准备把广东的中共地下组织机关一锅端时，发现与欧阳民有关系的共党人员和机关大部分都撤离了。

"这个时候我已经开始提防他们。我去了广东，但没有告诉叶桃。在广州抓捕那个欧阳民，做得十分机密。我不许他们使用电台向南京通报，我打算推迟通报这场胜利，使用电台必须得到我允许。但是消息仍然泄露了。

"事后查明，有人以党务调查科的名义到机场查了保密的乘客名单，又向广州卫戍司令部发电报，要求确认我的行踪。随后党务调查科的广州站电台收到一份奇怪的电文，是以我的名义发出的指令，使用我的专属加密电码，要求广州站通报昨天夜里发生的情况。"说到这里，叶启年有点咬牙切齿。

孟老站起身，也许是想到院子里透透气，也许是不愿意听闻党务调查科的这些机密，但是走到门边又折了回来。

"是叶桃冒用了你的加密电码，使用了电台，一点也不担心事后会有泄密调查。从这点上来看，叶桃相信你不会真的把她抓起来。"

"这个命令当然不是从我这里发出的，我自己人在广州。发电报的人似乎完全知道我的习惯，我不喜欢住各地分站的机关。他们知道凌晨时候我一定在某个地方睡觉，就趁机向广州站发报，广州站收电报的人以为我已经悄悄离开，回到了南京，所以老老实实发报告知对方，抓获那个中共负责人后，正在站里连夜审讯，并且说审讯已出现突破可能。站长可能觉得加上这么一句，我听了会很高兴。发生了那样的事情，我当然十分愤怒。那么多人，花了那么多年时间。但是事情涉及叶桃，我不得不低调行事。我不动声色，猜想陈千里一定还会再来。下一次他再出现在瞻园，我打算让人悄悄地把他杀了。这样叶桃就安全了，没有人会知道她做过的事情。"

"也没有人会知道叶启年的女儿通共。"孟老半闭着眼睛，似乎昏昏欲睡。

叶启年扫了他一眼，面有愠色，但依然继续说下去："隔了两天他果然来了。我早就关照了门口警卫室，把他放进去。等他再出门时，埋伏在假山后面的杀手就跟了上去。我以为那么一来，事情就了结了。那是瞻园最好的杀手，手枪匕首无一不精。让他去杀陈千里，就像摁死一只蚂蚁。那天下着暴雨，我一个人坐在办公室里等着杀手的好消息，可是等了半天杀手都没来回复。两个小时后，我去了机要室，她们说叶桃出去了，陈千里打来过电话，但是人没有进机要室。我知道事情不对，他们俩是早就想好要逃跑了，陈千里是来接她的，他们可能意识到广州泄密事件一定会被我发现。我马上派人出去搜查，在街上发现了杀手的尸体,下雨天,尸体倒在墙角没被人看见。我让人搜了整整一个晚上,直到第二天早上才找到叶桃,躺在神策门旧城墙的藏兵洞里。"

孟老忍不住问他:"这件事情最后什么结论?"

"他们发现了杀手,知道这套把戏已被我揭穿,为了掩盖真相,切断线索,就背后开枪,把叶桃杀害了。"

"公开的说法呢?"

"党务调查科机要室干事叶桃,被中共地下组织绑架,因为拒不透露党国机密,遭到杀害,壮烈牺牲。"

"动静那么大,竟然遮掩过去。巨恸之下,你倒能从容收拾残局——"

叶启年脸色铁青,他抬起眼睛盯着孟老,心中瞬间动了杀机。这个老头早就不想活了,也许可以成全他。

他为什么要养着这个老头,有时候连他自己也会恍惚。他们从来就不是朋友,说心里话他也从不认为自己需要一个朋友。也许他不过是把孟老当成另一个自己,他把心里的秘密告诉他,就像自己跟自己对话。如果不这样,他可能会发疯。这个老头知道他太多秘密,也许他总有一天会杀了孟老,就像杀掉另一个自己。他知道孟老常常故意拿话刺他,好像他不仅厌倦了小桃源外面的世界,也厌倦了小桃源,所以才不断讽刺他,戳他痛处,好让他找到动手杀他的理由。

"不这么做又能怎样?在丧女之痛里沉沦麻木?或者像你一样,躲进小桃源,欺骗自己,以为可以远离红尘,忘记一切?"

"戾毒攻心,报复杀人又有何用?"

"我要杀了他们,不是为了报私仇,是为了不让他们再去诱骗年轻人。"

"年轻人,哪有那么容易上当受骗?说不定叶桃和陈千里就是不想让自己上当受骗,才走了另一条路。"

"他们是自寻死路!"叶启年简直是在嘶喊,"面前只有两条路,一条生,一条死。中国的命运,这些年轻人的命运,叶桃也一样。没有第三条路。但是他们杀了叶桃,是共产党杀死了叶桃,他们要付出代价。"

孟老打断叶启年:"年轻人,只要给他们时间,就算一时走错了,总还会找到正确的方向。反倒是你我这样的人,用一些堂皇的号召,顺之者昌逆之者亡,争来夺去,不过是为了权力。为了杀掉他们的理想,就去杀掉那些年轻人,杀掉叶桃。野心炽盛者,机狡为乐,到头来不免反噬,这些年你妻离子散,也应该反省一下自己了。"

"住口!"叶启年咆哮道,接着又压低声音,"一个人修身养性,是为了好好活着,不是去寻死。你后来参加第三党活动,我顾及往日情谊,把你拉了出来。我以为你住在这小桃源里,慢慢会转了性,想不到你仍旧离经叛道,与我们作对。你说这是权力的野心,我说这是心怀天下,有什么不一样?谁制定了法律?谁拥有军队?谁是这片土地的主人?你以为那些人是什么人?你以为小桃源外面的那些人都是什么人?天地不仁,以万物为刍狗,强者不仁,谁要是自怜,谁就去做刍狗!"

叶启年平静下来,他想着,一会儿要让马秘书派人看着小桃源。

染坊晒场

陈千里猜到今天会有特务上门,但没

想到他们来得那么快。

今天是正月十四，一大早他就出了门，穿街走巷，装作一点都不知道背后有两条尾巴。在老西门，他进了一家茶馆，叫了一碟包子、一碟干丝，要了茶。趁盯梢的特务没注意，他借了邻桌客人的报纸，找到了那条广告。

广告上出现的数字依次为三、一、八、五、三、四、六、六，摩尔斯电报码上，这八个数字即为"浩瀚"二字。广告下面有一个电话号码，浩瀚同志只要一打那个电话，就置身于危险之中。

回到梦花街那幢房子，他上了三楼。昨天晚上他强迫自己睡了一觉，就在三楼这间厢房。他站在后窗口向外看，后窗下是一条夹弄。夹弄很窄，另一侧是一道围墙，围墙里是染坊的晒场，方形晒场上竖着一排排晾架。晾架高出围墙一大截，上面挂着成千上百条蓝布，在阳光下飘荡。陈千里计算了一下距离，如果站到窗台上，能够跳上对面的围墙，翻过围墙，穿过晒场就能离开这幢房子。他把椅子放在后窗下，面朝窗外坐了下来，头脑中再一次把所有事情过了一遍，确信他在船上设想的计划仍有可能完成。

他知道今天会有特务冲进来。叶启年不是卢忠德，不会轻易让他蒙混过关。昨天在码头上他演了一出戏，让卢忠德以为自己没有暴露，特务既没有开枪，也没有冲上来抓人。可是昨天晚上叶启年多半越想越不放心，今天仍然会派人来抓他，或者直接除掉他。

昨天下午他让卢忠德帮他安排了住所。他知道，只要他不去跟林石和同志们碰头，特务们有可能暂时不去抓他们。把他们放在外面，"西施"才能开展"工作"。去广州前，他让卫达夫秘密找了一个地方，打算这两天就让大家转移到那里，下船前他已让梁士超去那里待命。

晚上他去了陈千元那里，可他没有上楼，也没有进弄堂。他装作发现有人盯梢，受到了惊吓，在那里绕了一大圈，回来了。

现在特务们来了。他听到楼下有杂乱的脚步声，楼梯上什么东西叮当滚落。刚刚他上楼前，顺手拿起厨房两只破烂的钢精锅，放到了楼梯上。三楼只有他一个人住，不会有人来拜访他。楼梯间十分昏暗，特务冲上来时，不会注意到脚下有两只锅子。

他推开窗，站到窗台上，纵身一跃。

围墙上有青苔，手滑了一下，但他还是抓住了。翻过围墙，他跳进了一大片蓝布中。布匹有些已经晒干，有些半湿着，空气里有一股淡淡的酸味。他在蓝布间慢慢移动，知道事情没有结束。昨天傍晚，晒场收掉了一批布，靠近晒场大门那头露出了一片空地，他远远看见门口站着两个人。房子是卢忠德找的，他当然熟悉周围的地形。

陈千里蹲下身，从布匹底下向外观察，过了一会儿，他看到一双脚在移动，但另一双脚迟迟没有出现。

身后有人在喊叫，他不能再等，开始向那双脚的方向快速奔跑，在缝隙间穿行，尽可能不让布匹晃动起来。现在他看到了，透过蓝布他看到了人影，弓着腰，手里拿着枪，左看右看，举棋不定。他奔了过去，跑动中顺手撩起布匹甩向那个影子。他没有停下脚步，一直冲到那个特务的面前，挥手一拳打在对方的喉结上，特务还没有来得及喊叫，他又刺出一记直拳，打在对方肋骨中间的凹陷部位。他没让这个特务直接倒在地上，而是伸手抓住了他的衣襟，慢慢放倒在地，从特务手里摘下了手枪。

他猜另一名特务仍然站在晒场门口，门在右侧，他却跑到左面，用力拉扯布匹，晾架剧烈摇晃起来。他沿着两排布匹间的通道，迅速跑到右侧。从晾架到大门还有七八步距离，他从最后一排布匹中蹿出，向门口冲去，口中大吼一声，不要动，脚下却一步不停，左手拿着枪，枪口正对着还没打定主意的特务。他没有开枪，跑过特务身边，右手上匕首一挥，就像顺手撸了一下对方的下巴，就像手臂在奔跑时摆动，不小心碰了对方一下。直到他已经跳到门外，那人才感觉到咽喉上的一丝凉意。

他仍然没有停下来，继续向弄堂左面奔跑，随后向右转，进入一条直巷。巷子右边是一道高墙，高墙里面人声喧哗，高墙外面的小巷却十分安静。从巷口出来，是一条较宽的街道，他没有转弯，仍然钻进对面的巷子。下一个巷口外又是一道宽街，总算有了一些人。

陈千里放慢脚步，调整呼吸，头脑开始思考，突然有了一个主意。他没有跑向外面的马路，反而去了学前街，从学前街弄口进了普育里横弄。他转进直弄，顺着直弄穿过两三排房子来到弄堂口。外面是蓬莱路，卢忠德的书画铺就在弄口左侧。他进了店铺，一把拉住卢忠德往后屋去，边走边说："老易，特务冲进了我那里，我干掉两个逃出来了。你也赶紧撤离吧。"

"特务怎么知道我那个地方？"卢忠德狐疑地问。

"昨天晚上我想去找陈千元，有两个特务盯上我了。可能他们发现了那个地方。你马上离开店里。"

"我不忙着撤退。梦花街那房子就算暴露了，他们也找不到我，租房子的人这会儿回四川过年了。撤退转入地下，就要重新换一套身份，我们有重要任务，来不及准备那些，能坚持多久就坚持多久吧。"

陈千里从书画铺出来，钻入拥挤在蓬莱路国货市场外围的人群中。在方斜路法商电车公司车站，他朝站台旁的电线杆看了一眼，找到了梁士超的字条，贴在一则寻人启事旁。原先这个位置贴的是小广告，广告上的图案被撕掉一大半，药瓶看不见了，只剩下半个秃头。字条上有一个电话号码，像是哪个放学的小孩，在空白的地方用铅笔歪歪扭扭写了一句骂人的话：卢忠德是个王八蛋。

他上了五路有轨电车，买了票，打了洞，挤在后面三等拖车内。这洋商电车只有头等、三等，却没有二等，租界里的外国人显然觉得在他们与中国人之间，隔了不止一个等级。

他打算先去肇嘉浜，通知林石和李汉马上转移。他在心里盘算，秦传安、田非、董慧文和陈千元这几个人都住在租界里，叶启年就算想要抓人，动作也不会那么快。他估计广州和香港交通站的撤离，可能会让叶启年警觉。公和祥码头他虽然成功骗过了卢忠德，但今天对他的抓捕，说明叶启年改变了主意。这么一来，他就不应该让其他同志再冒险了。

司乘用法语和汉语各报一次站名，电车在斜桥转向西行，过了马浪路、卢家湾、打浦路桥、潘家木桥，在亚尔培路站陈千里下了车，车站就在肇嘉浜岸边。他在街角一家烟纸店给梁士超打了电话，然后沿着肇嘉浜路往前走。

茂昌煤号外并无动静。工人运煤过桥，

132

两个人一个在前面拉纤,一个在后面推车,板车上装满了刚刚制好的煤球。木板桥上没有桥栏,煤车通过时,他侧着身,勉强让自己站在桥板边缘。

堆场车间里有传送带嘎吱滚动的声音,太阳照在河岸淤泥上,河面上漂浮着一些绿藻,一群麻雀在煤堆上寻找食物,铁丝网围绕的煤场里,看不到一个人。他绕过小山一般的煤堆,平房西墙边有人弓着腰、背对外面站着,陈千里靠近时,他刚撒完尿,转身问,你找谁。找李汉。

那人往工人居住的棚屋方向挥挥手:"李汉昨晚上值夜班,刚回去。"

他知道李汉住在哪里。煤场西北角有一段铁丝网被扯开了,那里紧靠河岸,周围都是荒地,外人不会来。扯破的铁丝被小心卷了起来,露出一个洞,洞外有一条小路,不是专门修建,而是被人常年用脚踩出来的。小路周围全是荒草,从土堆一直长到土坑里,土堆上有晾晒的衣服,土坑则成了垃圾坑。小路弯弯曲曲,通向一排棚屋。煤场里的工人,大多住在这些棚屋里。

棚屋有两排,东一间西一间,随随便便搭在河边,有几间是砖墙,大多数是土墙,墙上倒是都刷了石灰。外面一排棚屋面朝荒地,门前一片地被平整过,铺上了煤渣和土,是棚屋居民的小广场,到了夏天,他们便在这里吃晚饭、乘凉。这时候天冷,场地上只有晾晒的衣物和野猫野狗。场地南边,距棚屋大约二十来米的地方,打了一口井,平时这里总有几个妇女在洗衣服洗菜。

李汉住里面靠河岸这排,两排棚屋中间有一长条空地,空地上靠着各家各户的门墙,全了些水槽灶台,墙上挂着辣椒、大蒜和晒干的豆角,李汉的棚屋外面却挂着一大块咸肉。

这块咸肉是安全信号,看见它,陈千里便从墙边转身出来,往里走。刚进那片长条空地,他心里就忽然生出危险的感觉。李汉的棚屋关着门,他知道平时李汉很少关门,哪怕他去煤场上班。实际上棚屋里的这些居民,平时都很少关门——除了夜里,就算天冷也开着门,这样棚屋里才比较亮,可以省下煤油。

陈千里连忙回退几步,转到棚屋的背后。这排棚屋的后墙紧贴着河岸,河岸是一道陡坡,上面是多年堆积的淤泥,在陡坡和棚屋后墙之间,平地只剩极窄一条,一个人侧着身勉强能站在上面。他贴着棚屋后墙慢慢向前移动,一间、两间、三间……他知道李汉的棚屋是第七间。棚屋后墙上没有窗,所以里面的人不用防备屋后,但是李汉的邻居家却开了后窗。他推开那家的后窗,悄悄翻了进去。

一进屋他就知道发生了什么。李汉那里有特务。隔壁,李汉和林石正交替着说话,一个要喝水,另一个却要撒尿,有人轻声地呵斥他们俩。陈千里走到房门边,门是用长条木板钉成的,木板和木板之间有缝隙,他从缝隙间向外看。前面那排棚屋的后墙跟这排一样,有些开着后窗,有些没有。他怀疑那些窗后面可能也有人。

他不知道隔壁房间有几个人,有几支枪。他只能等。

他等了很久。太阳已经有些偏西,阳光从门板缝隙间照射进来,外面空地上有小孩追逐着跑过,然后又是一片沉寂。

他知道隔壁是个陷阱,专门为他设下。他们在梦花街没有抓到他,叶启年就猜到他一定会来这里。他现在担心的是叶启年会不会看破他在卢忠德面前制造的假象。特务到茂昌煤栈来抓人，说明叶启年似乎已经不在乎暴露"西施"。李汉从菜场逃脱没有被捕，崔文泰也没有来过煤栈，他们到煤栈来抓人，是不想让卢忠德继续潜伏在地下党组织内部了吗？他是不是低估了叶启年的判断力？广州交通站撤离，会不会让叶启年认为他们在这条交通线上已经挖不出什么新线索，打算收网了？这是一盘错综复杂的棋局，他不仅需要猜到对手下一步会做什么，而且要猜到对手是如何猜想他的下一步。无论如何，现在还不能让卢忠德觉得自己暴露了。

机会来了。隔壁房门打开，有人出来，站到空地对面，一边哼着小曲，一边对着墙根撒尿。陈千里看到他肩膀一抖，便向外轻推房门，又往回合上。撒尿的特务猛然转身，狐疑地向这边张望。没有动静，特务放心了。他系着扣子，又哼起了小曲，准备回到李汉的棚屋。

门又开合了一下，这一次动作更大，声音更响。这下特务惊吓到了，大叫一声："是谁？"

斜对着李汉棚屋的一扇木窗推开了，两个特务伸出脑袋，有一个高声呵斥："闹什么闹？滚进去。"

撒尿的特务往陈千里的方向指了指，又有两名特务从李汉棚屋里出来，几支手枪齐刷刷对着这扇门，却不敢贸然进门，迁延良久，最后才有一个胆大包天的，举着枪踢开门冲了进去，但是房间里什么人也没有，后窗倒是半开着。

"原来是风！"这名特务惊魂未定，大骂一声好让自己回过神来。

现在陈千里知道前排棚屋的特务躲在哪里了。他翻窗出去，顺着墙边只有一脚宽的窄路绕到棚屋东头，在那里等了一会儿，等四周又再次安静下来。他开始奔跑，像一只猫，或者一只猎豹，跑起来脚下一点声音都没有。他跑到躲着特务的那间棚屋门口，完全没有停步，靠那股冲力撞开房门，直接冲到后窗前，那两名特务还没有反应过来，陈千里手里的匕首就划开了一名特务的喉咙，只见他愣愣地看看陈千里，又看看自己的同伙。看了一会儿，他的腿开始发软，倒下了。另一个就是刚刚发声呵斥的家伙，他盯着倒在地上的特务，却不敢发出任何声音，因为他的脖子上顶着一把锋利的匕首，刀尖扎在喉结部位，他觉得咽喉冰凉，似乎有液体在往外冒。

刀尖没有刺进去，陈千里低声说："让对面房子里的人出来。"

他没听明白。

陈千里朝窗外努努嘴："把他们喊出来。"

特务叫喊起来，全部出来，全部出来。从李汉的棚屋出来三个特务，陈千里没有等待，一把夺过特务的手枪，上膛、射击、再射击，动作一气呵成。三名特务倒在地上。看到陈千里开枪，房间里的特务从后面扑上来抓他，他头也不回，曲肘向后撞击，回身又是一枪。

陈千里跳出窗口，向对面奔去。冲进门，发现棚屋里面已打了起来。屋里还有两名特务，枪声响起的瞬间，他们愣了一下。林石和李汉趁机动手，李汉抱住一名特务滚在地上，死死掐住了对方的脖子。林石则举起桌上的茶壶，冲上去砸到另一个特务的脑袋上，但他腿伤未愈，这一下并没有把那个特务砸晕。见特务抬起手枪，林石合身扑了上去，像李汉那样，也跟特务一起滚在了地上。

陈千里一步蹿过去，提脚踢向抱着林石的那名特务的后腰。这一脚足以踢断对方的腰椎，但是这个特务在被踢到之前开枪了，枪压在两个人的腹部之间，枪声听起来有些沉闷。

扬州师傅

虹口公园东侧是靶子场，围墙里传来枪声，一大早租界商团就在实弹训练。两道围墙之间有一条煤渣小路，因通往日侨聚居的千爱里，这条路就被叫成千爱路。千爱里有内山书店，陈千元常去那里，日人开办的书店，可以看到很多别处不敢卖的书。但今天来得太早，书店还没开门。路边的房屋是三层小楼，门前庭院有砖砌的镂空围墙，围墙只有齐腰高。庭院里种了不少樱花树，"千爱里"就是从樱花的英语读音来的。

董慧文一到，两个人就顺着那条煤渣路向北，他们约好了去公园。

这是他们最喜欢散步的小路，但是陈千元先要问一句：

"你甩掉尾巴了吗？"

"今天不理他们。"董慧文回答。她打算像普通情侣那样，好好过上一天。

在公园的湖岸边，他们找了长椅坐下，刚买的栗子还有点温热。

"昨天下午他就忙起来了，快半夜了还在厨房，我下楼逼着他才去睡觉。"董慧文说道。

"我就叫他董伯伯吧？我要是叫他爸爸，他会不会马上就问我们什么时候结婚？"

"你不叫他爸爸，也会问你。"董慧文望着河面上干枯的浮萍说。前一阵董慧文进了龙华看守所，她爸爸吓了一大跳。等她出来，觉得他一下子老了好几岁，过了年精神才好些。

栗子壳落在水里，水纹一圈圈向外漾，几条鱼从水底冒上来。

陈千元忽然下了决心："等见到哥哥，我就跟他说，顺便也就请示了上级。"

他们俩第一次见面是在地下党秘密机关，那是戏院边上的一幢房子，楼梯与戏院楼座合用。她去的时候，戏院里正上演新编话剧，下午场。戏已过半，检票员不知去了哪里，通往楼座的门大开，舞台上马振华痛心疾首，楼道的每个角落都能听见她悲伤的声音，她准备写完那封信就去投江自尽。

楼梯转角旁有一扇门，她敲敲门，重重地敲，她担心马振华说话的声音太大。开门的男生眼睛很亮，看起来还像个学生，正怒气冲冲望着她。

房间很小，没有窗，里面放着拖把、水桶和一堆板箱。板箱上有一本书，书页翻开，箱子旁边放着一只板凳。她愣住了，这里是机关？后来她才知道，机关在楼梯上一层，穿过戏院楼座入口前的长廊，才是秘密机关所在。

他们说了接头暗号，她把文件递给对方，但是他余怒未消，低声训斥她：

"为什么要那样敲门？"

"你怕别人不注意吗？"

"这里是党的机关，你当是你小姊妹的宿舍？"

她去过那里三次，每次都是去送文件。每一次接到任务，她的心情都很轻快，像信鸽从天上飞越大街小巷。她已经爱上他了，只不过那时候她自己不知道。直到送信的任务突然停止，连续五个月，老方都没有让她送文件去那个机关。她不能向老方打听那是为什么,她也不敢打听。也许送信的任务再也不会交给她了。是她犯了什么错吗?他向组织上告状,说她敲门太重?可是他不再生气了呀,随后的两次任务,他表现得很温柔。给她倒水,跟她说话。

有一次是夏天,他还到楼下捧来半只西瓜,让她坐在板箱旁边吃西瓜。那一次他们说了很多话,他告诉她,俄文书的作者名叫涅克拉索夫,他正在翻译他的诗歌,哥哥和他女朋友都喜欢涅克拉索夫,后来他也爱上了。难道是因为这一次他们说话说得太多,她在联络点耽搁了太久?她以为自己再也不会去那间小小的密室了,她以为永远也见不到他了。

后来她又见到了他。在第二年五月的一次街头集会上。他慷慨演讲,但几分钟后,聚拢的听众散开了,巡捕冲了过来,警棍砸在他头上,她跑上去扶住他,他们转进了弄堂,再转到另外一条马路上,她把他送到一个安全地点,原来她和他的上级都是老方。

史考托杯赛是租界体育盛事。公园草地上,下午开始的西联会甲组第二场已赛至下半场,陈千元喜欢看球,但他们俩今天到这里约会,却由董慧文提议。他哥哥离开上海好多天了,一直没有音讯,陈千元有些焦虑。球赛对外售票,球场两侧各有三座临时搭建的长条木台,木台高至膝盖,放着五排长条凳子,每座木台能坐二三百人。木台周围拦着绳子,不愿买票的人也可以站在拦绳外面观看。

董慧文紧挨着陈千元,站在拦绳外看球的人群里。侨商腊克斯队那几个人高马大的英国人,跑起来比较奔放,震得草地嗵嗵乱响。两队一番争抢,眼看着球要出底线,暨南队的一个瘦长队员滑铲过来救球,连土带草扬起一阵灰沙。

拦绳外的观众惊呼着纷纷拍手,互相点头称许,人群中一个女声十分尖亮,董慧文听着有些耳熟,循声看去,只见陶小姐花枝招展地挤在人群中,那个受到欢呼的瘦长队员正朝她频频飞吻。

董慧文拉了拉陈千元的衣袖,正打算离开,却见陶小姐在向自己招手。她低声对陈千元说了句:"那个陶小姐。"

话音未落,陶小姐在人群中朝他们挤过来。

"董小姐!董小姐!"陶小姐涨红着脸,汗津津地跑到他们面前,她一边打量着陈千元,一边拿手帕扇着风,"你们也来看球啊?"

董慧文客套道:"我们是路过。"

陶小姐看出董慧文有点敷衍:"哦哦,这么好的天气,出来游园最好了。不过哦,踢球还是很好看的,你看那几个洋人,腿像大象一样,把草地踩得像地板一样响。谁住在这种人楼下,真是倒霉死了。"

陶小姐见董慧文无意介绍陈千元,倒也并不介意:"那位凌太太好哦?上次在银行里碰到一次,急急忙忙也没说几句话。"

凌汶动身去广州好些天了,一直没有消息,陶小姐忽然一提,董慧文又有些惴惴不安:"凌太太蛮好的,她说起过有次碰到你。"

"说起来真的很不好意思。"关于龙华那封信的事,陶小姐终于碰到个机会想解释几句,但是又不知道该说什么。

董慧文见她有些尴尬,连忙说:"陶小姐,你看球吧,尽兴。我们有点事情,先回了。"

"没事的，比赛我也看不懂，我是来看人的。"陶小姐说着朝董慧文眨眨眼睛，好像已经忘了之前想要说什么。

此刻场上暨南大学队一比零领先侨商腊克斯队，暨南队左边锋带球突击，球又到了底线附近。

四周观众目不转睛，陈千元却看见两座看台之间的通道上，有人在朝他们这边张望。看球的人或站或坐，全都面朝球场，这两个人却侧身站着，在那里指指戳戳。

带球进攻的队员转身一脚远射，球被侨商队守门员抱住，他正想扔球给后卫，手却一松，门前禁区内，暨南队前锋见势冲上前就是一脚，球脱手向后落入球门。四周观众顿时疯狂喝彩。陈千元拉了拉董慧文，两个人趁乱悄悄离开了。

董慧文住在郑家木桥聚源坊，父亲是淮扬菜名厨，靠手上锅勺挣下全副家业。扬州师傅当年，用一味普普通通的扒烧整猪头，在一年一度的扬州南门宴业公会一举成名。其时扬州城内饭店业几百位老板、厨师全都会聚现场，甚至北平上海的淮扬帮馆子也派人前去观礼。

当天晚上就有人送来礼金和聘书，延请他去掌勺。上海有几位银行家，学租界里洋商的样子，依样画葫芦，也办了一个私密的银行家同人俱乐部。除了打牌聊天，必不可少的就是要有一个好厨房。

董师傅四十岁才结婚生女，只可惜妻子得了产褥热，产后两天就过世了。董师傅一个人把女儿养大，等董慧文毕业做了教师，自己过了六十岁便告老退休。虽然退了休，他在厨房里也教成了一两个徒弟，但是政商两界，很有几位耆宿记着他做的菜，逢年过节，或者遇上什么事要办宴席，仍旧会请他出来主持。明天是元宵节，上个月赫德路程家就派人来说定了日子。程家虽然标金失败，倒了生意，仍要撑着场面，打算正月十五那天遍请各方友好。董师傅不好意思推辞。

所以他让董慧文请陈千元到家里吃饭，只能安排在正月十四，今天晚上。

墙上挂着董师母的照片，中间放了圆台面，客人加主人只有三个，放了三把椅子。圆桌上几只小碟，油爆虾、笋尖、鸭胗、火腿、醉鱼，加上一碟什锦菜。拌炒的咸菜，里面倒有香菇、木耳、竹笋、豆腐干、芹菜、豆芽十几种，都切成丝淋了香油。桌子中间放着一壶烫好的绍酒，董师傅却仍在后面厨房。

陈千元和董慧文前日去街上买了一顶皮帽、一条围巾，装了盒子，预备今天拿来送给董师傅。董慧文拿起盒子走到后面，进了厨房，出来就预报菜单："今天董大师傅请你吃三头宴。"

话音未落，董大师傅隆重出场。因为在厨房干活，只穿了一件玄色洋缎短褂，下身同色直贡呢扎脚裤，天冷又加了羊皮背心，头上歪戴一顶簇簇新的貂皮帽，肩膀上挂着条驼绒围巾，半条在前面，另外半条垂在背后，前面长后面短，险险乎要往下掉，董师傅却腾不出手。他双手托着大盘子，盘中坐着一只枣红色猪头，猪脸栩栩如生。猪头拆骨镊毛，焯水三次，大铁锅竹算垫底，铺上葱姜，加冰糖酱油作料，小火焖了几个小时。装盘虽是整只猪头，却眼球软、耳朵脆、舌头酥、腮肉润、拱嘴耐嚼，分出五种口味。

下一碗是拆烩鲢鱼头。过年前董师傅

的徒弟回了一趟扬州，带回来几条三江口血鲢，董师傅养在缸里，就等今日待客。鱼头拆骨以后装入篾编网兜，加火腿笋片炖成腴厚浓汤，装入汤碗，两鳃鱼云如花瓣绽放。

最后是一只砂锅，里面四只拳头大小的狮子头。因为这会儿连一只大闸蟹也找不到，董师傅便用鲫鱼代替，将肋条肉与鱼肉同斩，用手捏成松松一丸，逐个放入砂锅，小火清炖而成。

董师傅平日里早就被没大没小的女儿治得服服帖帖，这会儿却端着架子。他毫不客气地叫陈千元去给董师母磕头，照片下放着案桌，案桌上放着两碗菜肴，一盘八宝饭，一盘枣糕。青砖地上，陈千元恭恭敬敬跪了下来，三个头磕好，董师傅就把陈千元当成了自家小孩。

董慧文被抓进了龙华看守所，董师傅才意识到自己家里也有了共产党，即使七八年前国共合作时，他也只是从报纸上听说过他们。虽然从报纸上或者从宴席上传到厨房的片言只语里，让他对共产党有那么一点模糊的印象，但自己女儿加入了共产党，这让董师傅对他们有了一种隐隐的好感。

他不打算把心里的感觉表现出来。女儿在龙华的那些日子里，他甚至去找了银行家俱乐部的陈先生，他知道陈先生在南京认识很多人。但陈先生对他说，老董，这个事情我帮不了什么忙。董师傅希望自己能通情达理地说出一些看法，让这两个孩子注意到他的希望，他希望他们俩早一点结婚，生儿育女。但他说不出什么道理，他只知道连陈先生都不愿意帮忙的事情，赢面一定不大。

绍兴酒喝了两杯，董师傅像是随口问一句："那几天小文在龙华，你和她一起吗？"

陈千元回答是的，但男牢和女牢并不在一起。这么一来，董师傅又接不上话了，饭桌上一阵沉默。

董慧文抬头看看父亲："他们抓错人了。"

噢，董师傅点点头。他不相信女儿的说法，共产党，一般人想见也见不到，如果他们把小文抓去，那她多少沾了一点边。但今天是好日子，应该开开心心。他又问陈千元："你们俩是同学？"

他今天什么话都对陈千元说，什么问题都问陈千元，他是故意的。

"当然不是同学，他比我大三岁。"

"那么你们是怎么认识的呢？"他仍然对着陈千元问。

"在戏院的办公室。"陈千元一边说，一边微笑地看了一眼董慧文。

"好意思说办公室，那就是个猫洞。"董慧文转头对董师傅说，"他在木板箱子上读书。"

"怪不得外面有一只猫拼命撞门。"

"你才是猫，脾气很大的野猫。"

董师傅当然知道他们俩是故意打情骂俏，好把他的注意力引到别处。他用筷子把猪耳朵分出来，一只夹给千元，一只夹给小文。他希望他们俩吃了炖透的猪耳朵，耳朵根也软软的，听得进劝告。

他端起酒杯，想要跟千元干一杯——

陈千元端着酒杯站起身来，他想确实应该敬老人家一杯，也许以后再也没有这样的机会了。

就在这时候，门被撞开了，厨房边的走道里好像进来很多人，三个人拿着酒杯、筷子，转头朝门外看。

是游天啸，带着侦缉队四五个手下。

他大摇大摆走进来，在客堂间前面站定，眼神对着面前几个人扫了一圈："两位真能跑，在足球场上我的人正想上来找你们，一转眼你们跑到这里来了。吃好了吗？把这杯酒喝了，跟我们走一趟吧。"

董师傅刚想站起身，却被两个特务按住了肩膀，游天啸对他说："董师傅，大厨师。我们穆处长也吃过你做的菜，对你的猪头肉赞不绝口。"

他看看桌上，伸手抓起一块，是猪头上一块拱嘴，塞进嘴里，边嚼边说："你也不用到处找了，案板上大刀小刀都让我们收起来了。"

墓地

正月十五，元宵节。

汽车一路向西，行驶至小闸镇附近。蒲汇塘一段旧河道中，河水已被抽干，沿途只见数百名河工，正在疏浚开挖河道。这项去年十二月开始的工程，完工后将贯通蒲汇塘和漕河泾两条河道。

宁绍山庄就在小闸镇南面，墓园门前有座木桥，桥后林木森然。汽车停在桥前，叶启年下车后独自上桥。草地间的小路上，零星有几个来扫墓的人。墓园分甲乙丙丁四区，叶启年穿过一方草地，草坪后冬青环绕，他走到叶桃和她母亲的墓前。

叶桃墓前有一小堆栗子，已遭鸟雀啄食，散落在四周。叶桃爱吃栗子，叶启年似乎心里想到了点什么，盯着栗子看了半天，又俯身用手把墓穴石板上的残渣扫落草丛。

今天是叶桃的生日，谁还会记得这个日子？他将叶桃的骨灰从南京送回上海陪伴她母亲，没有什么人知道。至于陈千里，他有何面目来见叶桃？是他们杀了她。他想，也许是她的那些同学，她们曾一起分享零食，分享对男生的看法，也分享那些让人误入歧途的思想。

叶启年并不希望手下当场击毙陈千里。他想抓到他，让复仇变得漫长而彻底。他们在梦花街没有抓到他。现在他知道，陈千里已受过专业训练，是他大意了。他记忆中的陈千里，还是从前那个少年意气的学生。

所以昨天他离开了来安里，去了小桃源。也因此梦花街失手的消息传回正元旅社时，游天啸作了草率的决定。在茂昌煤栈，他们又一次失手，还赔上了好几个行动人员。游天啸怀疑陈千里有贴身护卫，但是他看了侦缉队拍摄的现场照片，也去了停尸房，他认为那些干脆利落的致命一击，应该是一人所为。

好在游天啸总算把陈千元抓回来了。叶启年让他把陈千元、董慧文押回他们的住处，并把上海站行动人员全都派了出去，再加上龙华侦缉队的人，打算在那里给陈千里设下陷阱，马路上、弄堂里、房间里、屋顶上，这一次全都布置了人手。他命令他们，可以开枪，但要留活口。

一阵风吹过，有人在远处轻声哭泣，声音像是在吟唱。

叶启年忽然觉得背后有些异样，他猛地转过身，几步开外，陈千里两手垂在大衣两侧，镇定地注视着他。

宁绍山庄是个不大的墓园，四周围着木栅栏，进门只有一条路。

"你把我的人怎么了？"叶启年顺着蜿蜒的小路，望了眼墓园入口。

陈千里环顾四周:"司机在车里,有人看着。"

"你还是改不了不请自到的毛病。"那个兴冲冲的年轻人依稀还在,似乎时间还没有来得及彻底修改他。

"你派人找了我几趟,这次我自己来了。"

两只灰背鸫落在草丛中,它们是新来的觅食者,对别的鸟儿啄过、已经裂开的栗子不感兴趣,而是找到了一颗完整的栗子。

"那么这些栗子是你带来的?你倒记得她喜欢吃这些。"

陈千里仍然盯视着叶启年,他似乎根本没听到叶启年说的话。

"你跟着叶桃跑去南京,现在又跟着我来她的墓地。"

陈千里淡淡地回答:"找你不难,看守墓园的人有一本登记簿。这几年,你每年元宵节都会来一次,放下一点钱。"

叶启年冷笑了起来:"我差点以为你会专门来看看叶桃。你是打算在她们的墓前杀了我?"

陈千里的声音很平静:"你不配死在她们的墓前。"

"这是我的女儿!"叶启年突然咆哮了起来,"你利用她,然后又把她杀了!"

陈千里厉声道:"是你杀了叶桃,是你杀了自己的女儿!"

草地间的小路上一对男女向这里走来,他们好像感觉到了什么,犹犹豫豫地停住了脚步,转身向另一条小路走去。

叶启年盯着陈千里,压低了声音:"你们欺骗她,让她进入瞻园窃取情报。她被发现了,你们就认为她没了利用价值。她投奔你们,你们却把她杀了。从背后开枪,让她孤零零地死在藏兵洞里。"

陈千里觉得是时候戳破这个冥顽不化的特务头子的妄念了:"叶桃是为了她的理想牺牲的。她去南京,利用你的关系进入瞻园,是她主动向党组织提出的请求。还有更重要的,和你说的正相反,她在女师大加入了共产党,是她把我引上了革命的道路。"

叶启年看着叶桃的墓碑,面无表情地说:"你们把她杀了,再把她塑造成你们的烈士。但是我的女儿是党国的烈士。我的女儿。我非常清楚!"

"你清楚?我来告诉你不清楚的。"陈千里看看四周,也压低了声音。

"虽然她暴露了,但她知道你不敢公开告诉其他人,把她抓起来。她是你女儿,如果她是中共情报人员的事情被别人知道,你不光丢了面子,在瞻园的地位也会摇摇欲坠,因为上面那些人就会知道,原来行动前屡屡泄密,漏洞在你叶主任自己家里。"

"是我引狼入室——"叶启年悔恨不已。

陈千里明白,真相可以摧毁他那自欺欺人的盔甲:"可是她也没法撤离瞻园。先前泄露的情报,都是从那里出去的,她出不了瞻园,你不许门卫室放她出门。她一到门口,门卫就会拦住她,然后给你打电话。她没法离开,也不敢离开。她觉得就算出了门,你也会悄悄派人盯着她。"

"我派人监视自己的女儿?一派胡言。"

"叶桃了解她的父亲是个什么样的人。如果她贸然出去联络党组织,很可能连累其他同志。"

"你以为你编造的这些能够蒙骗世人?"叶启年心想,父亲的本能是否让自己在特殊时刻失去了一个特务的应有判断。

"那时正值梅雨季节,那年南京雨下得

特别多，也特别大。每个人都穿着雨衣，带着伞。"

陈千里仿佛又看见那个下午，看见叶桃焦急的模样："她想出了一个主意。她怀疑你可能会监听她的电话，所以悄悄跑到总务科，总务科常常跟外面联系，从那里打出去，总机不会特别注意。她在电话中跟我商量好，让我去买双马牌雨衣，要纺绸面料上涂胶的那种，红色。买两件一模一样的。再买两把雨伞，也要一模一样。她让我穿上雨衣，打着雨伞到道署街瞻园南门口。"

"你在向我解释瞻园的内务？"叶启年仰头望着天，面露讥嘲，似乎对陈千里说的这些毫无兴趣。

"门卫室给她打了电话，让我进门。我没有去机要室，而是跑到假山洞里躲了起来，把另一套雨衣雨伞放在石阶上。两三分钟后我就从假山出来，回到门口离开了瞻园。"

叶启年终于直视着他，表情狰狞："事情到了那一步，你真以为瞻园的门卫还能让你随便进出？"

"当然是你让门卫放行的，因为你想让特务在背后跟踪我。"

叶启年当然记得自己当年做了些什么，他一直试图忘记，或者试图以忘记来修改他不想面对的一切。

"她从机要室出来，跑到假山后换上雨衣，戴好兜帽，拿着雨伞，这样别人就不知道她离开了瞻园。她从机要室后面的北门出去，这样门卫就不会两次看见我离开瞻园。"所有那一切，陈千里历历在目。

"我和她约好了，在马府街等她。我远远看见她从九条巷过来，立刻跑过去，但枪声响了。等我赶到时特务躺在地上，她自己也中了枪，子弹是从背后打进去的。她说特务蹲下来检查，打算再补一枪，但他看到了叶桃的脸，愣了一下，这时候叶桃口袋里那支袖珍手枪射出了子弹。"

叶启年后悔没有随身带着枪。

"她昏迷不醒。我背着她向北面狂跑，丹凤街、洪武路、子午路，一直跑到神策门。"陈千里眼前浮现出当时的情景，他们冒雨上了城墙，城墙顶上有向下的阶梯，下去几阶就进了城墙里面的藏兵洞，那里可以躲几千个兵卒。

"她全身都湿了，血和雨水混在一起。她醒来后对我说，她知道为什么会有人来杀她了。她说，那不是要杀她，那是冲着我来的。你不想让人知道你的女儿通共，你认为只要把我杀了，就切断了叶桃和地下党之间的联系。你以为她是因为我才加入了共产党。"

只是一瞬间，叶启年就像燃尽的蜡烛开始销蚀坍缩，虽然还站在那里，但已是神色委顿。

叶桃说她很高兴替他挡了这颗子弹，她不能想象子弹打在他的身上。陈千里好像又听到了那时的心跳声。他找了一块干燥的地面，让她躺在那里。他想去找医生，但叶桃拦住他，她有话要对他说。

她告诉他，她是中共地下组织的情报人员，受命潜伏在瞻园。她说，虽然你应该早就猜到了，但我还是应该正式地告诉你。她一直想介绍他加入党组织，也让他做了很多外围的工作，每次她打电话让他去瞻园，都是要完成一件党的任务，只是他自己不知道。就在那天，她原打算带着他一起去地下党秘密机关，她请示了上级领导，而领导也认为经过一段时间的考验，可以接受陈千里入党。

那个地方就在马府街，他不是常帮她去那儿买桂花糖芋苗吗？她微笑着说。他们之前约好了，出了瞻园以后，到马府街碰头。她在昏迷中，不知道陈千里背着她，一直往前跑，远远地离开了马府街。她要他立刻赶去马府街，向组织上汇报，她找到了那个答案：欧阳民是叛徒。

他不愿意离开她，但他必须走。他下了城墙，又拼命向南奔跑。可是马府街周围全是特务。瞻园倾巢出动，街上设了关卡，到处都是穿着橡胶雨衣的人。

他在雨中观察了一会儿，只得回头。他再一次拼命奔跑，想去找一个医生，可是街上开始出现大批军警，警车呼啸而过。

党务调查科对外宣称，机要室女干事叶桃被中共绑架，全城到处都在搜查，没过多久街上就贴了他的画像。

他根本跑不出那一带，最后翻墙跳进了一个院子，躲在院墙角落的枇杷树背后。树上结满枇杷，有些熟过了头，有些被鸟儿啄开，在暴雨中，他闻到浓烈的酸甜气味。

他到现在也忘不了那个气味，忘不了那强烈的焦虑和悲愤。他想冲出去告诉特务，叶桃在城墙上奄奄一息，可他不能。因为叶桃对他说，他必须去马府街，把那个答案报告给党组织。

直到那天晚上，他才有机会进入马府街，找到了地下党。组织上马上派人陪他一起，悄悄去了神策门城墙，但那段城墙被封锁了。特务发现了叶桃。

陈千里看着面前这个杀死了自己女儿的父亲："我想去找医生，但街道被你派出去的人封锁了。你派人枪杀了叶桃，还堵死了救她的一线希望。"

他长舒一口气，望向墓地上空，天色不知什么时候起了变化，浓云密布，像是要下雨了。他凝视着叶桃的墓碑，上面只是简单地刻着叶桃的名字和生卒年月，朴素如她在世时的面容。平静，令人信赖，视死如归。

从墓地到河边的那段路，叶启年完全不知道是怎么走过来的，他面无人色，浑身像被抽去了骨头。寒风席地而来，墓园中的落叶被卷至半空。

看见汽车上多了一个人，叶启年并不惊讶，他没有回头看陈千里，打开后座车门，坐了进去。坐在副驾驶座上的是李汉，他正拿枪指着马秘书。

陈千里把手插在大衣口袋中，向四周扫视了一圈，也坐上车。

上了车，叶启年似乎稍微恢复了一点生气，他直了直腰，对陈千里说："我知道你想要什么。到漕河泾镇上打个电话，我可以让他们放人。"

前座的马秘书发了急，回头喊道："主任，让他们先放了我们。"

李汉用枪口在马秘书腰上使劲戳了一下。

僵持了一会儿，叶启年说道："把人放了再杀了我们？陈千里不是那样的人。"

"陈千里不是叶启年。"

时机稍纵即逝，行动迫在眉睫。为了最终完成转移浩瀚同志的任务，他抑制着立刻手刃这个特务头子的冲动。

漕河泾小镇，镇中心是一条直街，街上开着些竹器店、米店和柴行。

叶启年本想对陈千里说去镇公所打电

话,但陈千里事先侦查了周围的环境,在豆腐店旁边找到了一家烟纸店,里面有一台公用电话。

在电话里,叶启年让游天啸把布置在陈千元家里的人全都撤了。

牛奶棚

陈千里的新计划中,卫达夫的角色十分重要,而且相当危险,所以他这会儿做出一副闷闷不乐的样子,坐在老西门一家小酒馆里,要了一壶烧酒。桌上一碟是花生,另一个碟子放着些鸡脚、鸡头、鸡屁股,他自斟自饮起来。

他在心里默默地说,这一杯,是为了老方,喝干了。下一杯,他想着是替林石喝的酒。前天下午在茂昌煤栈,与特务搏斗时,林石中了枪。陈千里让李汉找来一辆三轮车,把他转移到法华镇,当时除了陈千元和董慧文,其他人都到了。秦医生虽然缺少手术器械,但也尽了办法。他们一度考虑通过秦医生的关系把林石送往租界的外国医院,可是还没等他们联络安排好,林石就牺牲了。

卫达夫一连喝了好几杯,为那位到菜场报信的同志也喝了一杯,他们连他的姓名都不知道。他想自己也应该为凌汶喝一杯,根据陈千里的判断,她一定被卢忠德杀害了。后来他甚至想为从来没见过的龙冬喝一杯,为许许多多他没有见到过的人喝一杯。

现在是晚上九点,这家小酒馆营业到深夜,除了酒菜冷食,也卖阳春面。只有一些深夜买醉的酒鬼、夜班警察和职业可疑的人才知道这个地方。可是这会儿,那些人都还没有来,店里只有他一个人。

卢忠德来了。他坐在小桌对面,提起锡壶晃了晃,皱起眉头说:"怎么喝那么多?"

卢忠德大声叫来堂倌,让他切半斤羊肉,再来两碗阳春面。

"陈千里在哪里?"他问卫达夫。

"他躲起来了,他们都躲起来了——"卫达夫拿着一根鸡脚,醉眼蒙眬。

"怎么回事?"

"前天,从早上到晚上,特务都在抓陈千里,他跑到哪儿,特务就追到哪儿。幸亏他没来找我。他们找到茂昌煤栈,林石死了。"

叶启年要游天啸故意放过秦传安的诊所、卫达夫的家,因为他还想让卢忠德继续伪装一阵。

"林石牺牲了?"

卢忠德假装大惊失色。

"对,应该说牺牲,林石同志牺牲了。"

"陈千里人呢?这会儿他在哪里?"

"他躲起来了,不知道他在哪儿,其他人都在法华镇。我找的地方,他去那里给大家布置了任务。"

"什么任务?"

"各有各的任务,我可不能告诉你。"卫达夫醉得抬不起头,把脑袋放到桌上撞了两下,又抬头对他说话。

"你看看你现在什么样子。"

他一直是卫达夫的领导,知道卫达夫虽然看起来吊儿郎当,但人却相当精明。

卫达夫喝光剩下的半杯酒,觉得没喝够,提起酒壶倒满,一仰头又喝干了。

卢忠德掏出烟盒,点上一支,又把烟盒伸到卫达夫面前,让他拿一根。卫达夫拿了一根夹到耳朵上,想了想,又点上了。茄力克是最好的香烟,平时拿到一根好烟,他会先存起来，等心情好的时候再抽。卫达夫深深地吸了一口，然后吐出一段长长的烟，烟雾在卢忠德眼前散开。

"老易，你说我们做的这些事情，究竟是为了什么？我们还有前途吗？"

卢忠德注视着他，似乎在鉴别他脸上每一处细微的变化，好从中寻找到他企图背叛组织的证据。或者，也许是想寻找一些足以证明他言不由衷的证据。

他看看卫达夫手上夹着的香烟，把烟盒里剩余的烟都给了他："我们一定会成功。"他回头看了一眼柜台，又重重加上一句："革命一定会成功。"

卫达夫笑了起来，摇了摇头。

"死了那么多人，就算真有成功那一天，我们可能也看不到。"

卢忠德低声呵斥："混蛋，卫达夫同志，你这种想法很危险。"

堂倌从后面出来，端来两碗阳春面和切好的羊肉。吃完面，卫达夫看上去稍微清醒了一些。

"陈千里让我告诉你，立刻从书画铺转移，隐蔽起来，把联络方式告诉他，等候行动通知。"

卢忠德想了想："陈千里有没有说过，'千里江山图'到底是什么计划？"

"他怎么会对我说，"卫达夫嚼着一片羊肉，回答道，"不过这两天都忙起来了，秦医生到处买药，装了满满三箱，我叫了一辆黄包车，帮他送去给了李汉。只有李汉知道陈千里在哪儿，他有什么事情也都是让李汉通知大家。"

"他让我也去法华镇？"

"我找的地方，很安全。四面全是牛奶场，牛奶公司一块一块买地，周围全买了，独独剩下这几间房子，听说当初他们不肯卖地，牛奶公司索性不买了，周围全造了牛棚，臭是臭得来不得了，没人愿意住在里面。卖也卖不掉，租也租不出去，早晚归了牛奶公司。正好，我们先拿来用用。"

"我不能离开书画铺。现在不能告诉你原因，这是老方同志牺牲前给我布置的任务。"

卢忠德信口编了个理由。围捕陈千里未果，他对那个神出鬼没的家伙心生畏惧。游天啸明明抓住了陈千元，在他家里布下天罗地网，也不知发生了什么事，叶启年竟然打电话让游天啸把人撤了，放人。昨天晚上他在正元旅社见到叶启年，感觉老师像突然老了几十岁，看上去十分颓唐。

"老易，早点躲起来吧，管它什么任务呢。你自己以前不是老对我说，做工作，安全第一位，如果觉得情况不对，就不要去冒险。"

有两个人叼着香烟走进酒馆，看了看写在黑板上的酒菜价格，盘算了一下口袋里的钱，又转身出去了。卢忠德不知怎么变出了一种沙哑的嗓音，对卫达夫说："有时候，有些冒险是必须的，也是值得的，甚至是可以为之献出生命的。"

卫达夫有些肃然起敬，他望着桌上的小酒盅，没有说话。

"除了让秦医生买药，他还让大家做了什么？"

"昨天晚上吃饭时，听李汉说他和陈千里一起去了董家渡。田非到火车站接人，没回来。陈千元和董慧文两个人下午来了就一直歇着，什么都不干，难道是他弟弟就可以躲着不做事？"

"接人？田非去接什么人？"

"我不清楚。任务内容都躲在小房间里单独传达。吃早饭时田非笑着说，这可能是跟大家一起吃的最后一顿饭了，如果发生意外，他打算牺牲自己。"

"什么人那么重要？"

卫达夫愁容满面，没有回答。

深夜，卫达夫回到法华镇。法华镇是公共租界、法租界和华界三方交界之地。这一片民居极少，除了厂房、外国球场，也有一两家类似银行俱乐部、农业学会那样的机构。在这些工厂机构的围墙外仍有大片农田，种着青菜和玉米。卫达夫摸黑走在牛奶场围墙间的土路上，土路七拐八弯，一路上看不见人影。他进了那幢房子，里面却没有人。

他上了楼，黑暗中有人问："老卫？"

问话的人是梁士超，他点燃一盏煤油灯，卫达夫这才看见他手里拿着一把枪。

"老梁你别那么一惊一乍的，还拿着枪。陈千里呢？"

"在后面。"

卫达夫走到后窗边，推开窗户，只见后墙紧贴着牛奶场围墙——为把这几家居民赶走，牛奶公司把围墙直接建到人家窗下，窗户对面是黑蒙蒙的大片棚房。

梁士超在后面说："你声音轻点，别惊动那两条大狗。"

"没事，它们俩认得我了，白天我给它们吃了两大块牛肉。"

卫达夫拿油灯朝窗外晃了几晃，又撮起嘴，长短不一吹了几下口哨，窗外棚房间的夹道蹿出一个人影，迅速奔过来，把一架梯子靠到围墙上，卫达夫顺梯而下。来接他的人是李汉。他们俩在充斥着牛粪气味的夹道里绕了几个弯，钻进了其中一间棚房。这是牛奶公司的一间备用牛棚，闲置了半年，地上还有些干草。卫达夫认识管这片备用棚房的奶场工人，那幢房子就是从他那儿听说的。不知用什么法子，卫达夫说服了那个人，让他睁一只眼闭一只眼，这段日子不要到这儿巡查。

其他人各自占着一间牛奶棚睡着了，陈千里却还醒着，靠着围栏坐在干草上。见卫达夫进门，他站起身迎了上去。

"怎么样？"陈千里问。

"他不肯过来。说老方牺牲前交给他一个任务，他必须守在那里。其他的话我都对他说了。"

"他看上去怎么样？"

"我喝了不少酒，他应该是确定我醉了。"

陈千里坐下抱着膝盖想了一会儿，说："你先睡觉。我想想下一步怎么做。"

第二天上午，卫达夫再一次离开法华镇。他走了很长一段路，又换乘了两辆电车，跑到二马路大舞台对面，找到那家小吃店，好好吃了一顿早点。他最喜欢这家店的生煎馒头和砂锅馄饨。吃饱喝足，他打了一个长长的哈欠，松了松肩背，起身出了小吃店，走到了三马路申报馆。

报馆门口靠墙蹲着许多报贩，面前的地上铺着油布，布上放着各种报纸。《申报》发行量大，每个报贩手底下都有很多报童。所以凌晨《申报》发行，报贩们把报纸折叠点数，发给报童，然后依旧守在申报馆墙边。稍晚几小时，望平街上别家报馆也会把报纸送到这里，交给《申报》报贩，再由他们发给报童。

报馆底楼是印刷厂和排字间，卫达夫在二楼营业厅柜台打听，说自己要在报纸上发一条广告，报馆的人把卫达夫领到了广告科。他说这条广告必须加急刊登，明天早上就要见报，广告只需刊登一次，但他愿意花刊登一周的钱，而且愿意支付加急的费用。他把拟定的文字交给负责接待他的吴小姐，还顺口夸了吴小姐的新发型，问她是在哪家著名理发店做的头发，说他要去报告女朋友。他并不急着离开，盯着吴小姐一字不差地把那段文字誊录到稿纸上，吴小姐被卫达夫夸得心花怒放，倒也没有对他的百般要求心生厌烦。

开了单子付了钱，广告的事情算是办完了。卫达夫看看时间，又问吴小姐："能不能让我用一下电话？"

吴小姐指了指窗边架子上的电话机。

电话那头是陈千里，他对卫达夫说，不要到处乱跑，不要喝酒，也不用回法华镇，让他找地方躲起来，明天一早到顾家宅公园门口跟他碰头，有事情让他做。

放下听筒，卫达夫笑着对吴小姐说："今天没事了，老板刚刚让我休息，不要回公司，要不我请吴小姐午饭？"

这一回，吴小姐没有理他。

出了申报馆，已是下午一点。卫达夫似乎没有注意到报馆周围有三个人盯上了他。望平街上有一个，三马路上有一个，在三马路对面街角上也站着一个。他打算去二马路上的悦来川菜馆，他觉得吃一点辣的食物，可能比较适合他此刻的心情。

距离川菜馆还有几十步，一辆小车靠近卫达夫身边。他觉得有异样，转头看那辆车，身后有个人拍了一下他的肩膀："卫先生，找了你好久，欠了人家钱，你忘了吗？"

他想回头，但后脑勺被人用手按住了，两个肩膀上也各有一双手。这时候从前面过来一个人，抓住他洋装的衣领。卫达夫认出了这个人，在电车上就看到过，他甚至还跟着自己换了一趟车。

昨天晚上跟卢忠德说过那番话之后，卫达夫就预料到会有人来抓自己。他半夜一直睡不着，事情萦绕在心，不吐不快。后半夜他去了陈千里那间牛奶棚，想把他叫醒，但陈千里也没有睡着，依旧背靠围栏坐在干草上。月光从棚顶气窗照射进来，两个人就蹲坐在地上说了一个多小时。陈千里跟他想的一样。昨天晚上他在小酒馆里说了那些话，他们不会不对他感兴趣。

几个人把卫达夫按进了汽车后座，后座的另一侧坐着游天啸。他被夹在游天啸和一名便衣特务中间，前座除了司机，也坐着一个特务。一路跟他到这里的那三个人中间，只有一个人上了车，另外两个消失在二马路的人群中。行人并没有注意到街边发生的这一幕。

是绑架，但卫达夫没有叫喊，他知道对这些人叫喊也没有用，反而会让自己皮肉多吃点苦头。汽车并没有朝龙华方向驶去，反而顺着浙江路向北开。不知道他们会把他带到哪里，卫达夫心里有些惴惴不安。

北站

卫达夫在车上被人用黑布蒙了头，隔着头套，他只能看见一些光亮和影子。但在蒙上黑布之前，他看到了汽车越过马路中间拒马排成的长龙。上海的马路他熟悉得像自己的手指，他猜他们要把他押送到闸北。

停车前他听到汽笛声，火车在铁轨上哐当而过，声音那么近，他想这里一定在北站附近。进门前他绊了一下，摔倒在台阶上，趁乱他从头套下面的缝隙看到了外面。他熟悉房子，看见一个墙角就能想出整幢楼房的样子，他马上猜到这儿是来安里。他隐约记得来安里有一家旅社。

他很少到这里来，因为这里地近北站，是租界华界交错之地，两处的警察巡捕都不愿意跑到这里来，附近出没的人品流复杂。去年年初日军轰炸闸北，不单火车站，宝山路、新民路上楼房俱毁，遍地瓦砾。

因为正对着火车站，来安里弄堂、房顶和天台上埋伏过十九路军。当时有几百名日军试图从来安里进窥火车站，被居高临下地击溃。但是么一来，居住在附近的平常人家就住不下去了，只要有办法，全都逃进了租界。如此，来安里成了赌场烟馆的渊薮，除了这些，也有很多当铺和押头店。出没其间的，除了赌徒、烟鬼、妓女、流氓，剩下的也就只有擦鞋匠和卖烟的小贩。

卫达夫知道，他遭到绑架，被人蒙着脑袋押进旅社，周围的人就算看见也不会当回事。只要进了房间，摘下头套，他就有数了。

他被押上楼，但是不知道具体方位。房间被人腾空了，里面只有一张床，卫生间是跟外面的套间合用的，门被人从外面锁住。窗子下半部分被木板封死，上半部分也钉了铁条，只剩下几条窄缝。他从窄缝向外看，远远看见很多铁轨，也能看见候车楼一角，车站主体被路局大楼挡住了。他知道多看无益，就往床上躺下了，虽然床上没有被褥，光剩着床板，但他一夜没睡，倒下便睡着了。

他以为自己睡了很久，还梦见了自己早已去世的父母亲，可实际上没过多长时间，便被人从梦中粗暴地叫醒。卫达夫隐约记得梦里最后几分钟他被一大帮人围着

踢打，而他刚睁开眼睛，就被两个人一把拖起来，拉到房间外面。外面原是套间的起居室，家具也被搬得干干净净，只放着一张桌子，桌后放着两把椅子，桌前放着一把，卫达夫心里有数，这就是审讯室了。

这房间本就没有窗，外面那扇窗也被封了一大半，再加上关着门，审讯室里一片昏暗。有人打开桌上的灯，这是特制的审讯室聚光灯，人家发明这种灯，原本是打算在舞台上用的，却让他们用到这里。这灯亮得吓人，卫达夫被它一照，眼睛顿时一阵刺痛，灯光聚拢在一起，光圈笼在他身上，这下他觉得周围更加黑暗了，隐约看见桌边有两团黑影，前面那个他勉强辨认出来，是侦缉队游队长，坐在侧后方那个人，就完全面目不清了。

房间里面沉默了很久，间或外面有几声火车进出站的汽笛声，可是传到这个四处密封的房间，声音也似乎隔得很远。火车过去后，房间变得更是死寂一片，卫达夫竭力让眼睛避开直射的灯光，但灯光好像可以从任何角度笼罩住他，怎么转头也让不开。他被照得浑身发热、冒汗，头开始疼痛。光线突然好像变成一种巨大的声音，在他的耳朵里隆隆作响。

"知道为什么把你抓进来吗？"游天啸毫无新意地开了口，声音也很遥远，像是从水下听见水面上有人在说话。

卫达夫突然微笑起来，举起两只摊开的手，手腕对着手腕转动了一下，嘴里说一声，卡！

游天啸愣住了。只听卫达夫接着说："这段话太没有新意了，游队长重新来一个。每次你们都会问人家，你知道为什么把你抓进来？你抓人家进来，你自己不知道为什么吗？"

游天啸不怒反笑，侧头对坐在他背后的阴影说："这个卫达夫，别看他平时黏糊糊软塌塌，关键时候还有点青皮光棍的劲头。"

阴影似乎轻微晃动了一下，但没有说话。

"上一次四马路菜场开会，你也去了。你跑得快，没有抓住你。"

"什么菜场？开什么会？你怎么知道我也去了？"

"这几天你去哪儿了，怎么又不回家了？"游天啸又问。

"你又不是我老婆，我不回家关你什么事。"

这下连阴影都失声笑了一下，但旋即停止，倒像是清了清嗓子。

"你没有老婆孩子，这倒是你的优势。"游天啸认为自己这句话说得意味深长，停顿了片刻，又接着说，"不过连老婆孩子都没有，你做人也失败得很。"

卫达夫并不接话，似乎在想着什么心事。游天啸以为自己这句话说对了地方，连忙乘胜追击："你那些同伙，包括陈千里，也让我们全都请到这里来了。这里房间很多，他们正在旁边审着呢。"

卫达夫心里一惊，旋即知道那是对方诓骗他，他没有作声。法华镇一带也是越界筑路之地，治安分别归公共租界、法租界、华界三方警察管辖。他们隐蔽得很好，搜捕并不容易，如果用密捕和绑架的办法，却又并不知道他们躲在哪一幢房子里。

"说说看，你的同志们最近都在忙什么呢？"

"我天天陪人看房子，你说的同志是谁我不认识。再说，你想知道别人在忙什么，你要问他们自己呀。"

"知不知道这是什么地方？"游天啸突然提高声音，"你跟我们唱滑稽，想死得快点？"

卫达夫又不说话了。

"把陈千里交给我们，你想要什么我们都可以满足你。"

"我不认识那个人，再说出卖别人的事情，卫达夫也做不来。"

"你还蛮讲义气。很好，国民党也喜欢讲义气的人。说说看，你可以把什么交给我们，换你自己一条命？"

卫达夫想了一会儿，说："要不我给你打个欠条，你放我出去，等我哪天卖房子发财了，我送你一万大洋？我卫达夫说话算话，一定不会赖掉这笔人情账。"

为了让卫达夫学会好好说话，游天啸叫来几个壮汉，把他拉到另一个房间。卫达夫的头又被蒙住了，这一回用了黑布棉套。因为要在心理上对卫达夫造成足够大的压力，准备工作做得十分缓慢。棉套从上往下罩住他的头以后，用绳子在底下收紧，再把他的手脚都绑住，头朝下倒吊了起来。

尽管蒙着头，卫达夫仍然意识到自己被吊得很高。他们开始用一种稳定的节奏拍打他的头部，拍打得并不很重，但是频率很快，他的头像拳击沙袋那样左右晃动。没过多久他就觉得脑袋像要炸裂开来那么疼痛。拍打的声音越来越响，甚至连耳廓与棉套摩擦的声音也变得刺耳难忍。

他失去了时间感，觉得这个过程无休无止，甚至可能永远也不会结束。

过了很久，有人隔着棉套问他愿不愿意好好回答问题。他没有发出声音，也没有哪怕轻轻动一下脑袋。于是特务们开始对他的各处关节下手。他的臂肘和膝盖关节被人朝反方向使劲推。把他拉直按在地上，脸贴着地面，从后面向前拉他的手臂，他的肩关节咯吱作响，似乎正在慢慢断裂。

施刑的特务训练有素，他们做得慢条斯理，对他的身体逐渐增加压力，让他在手臂被拉断前，有足够的时间可以认输。等特务们松开手，血液似乎在一瞬间涌进关节部位。这正是施刑者想要的效果，让他的身体在极度痛苦和麻木感之间来来回回。

卫达夫忍不住哼了一声，又点点头。

他被拉回到椅子上，解开绑绳，又拿掉了头套。

强烈的光圈又笼罩在他脸上，在他的视觉完全回来前，隐约看见坐在后面的那个阴影对游天啸说了点什么。

"愿意开口了？你不愿意出卖别人，也可以——"游天啸说，"那就说点你知道的事情吧。"

卫达夫又犹豫起来。太快了吧？他想，第一轮他就开始说话，这样他说的话太不值钱了。他们也许会不当回事，那他就白白做了一回叛徒。他决定再坚持一轮。他摇摇头，不肯说话。

于是壮汉们再次上场。这一回没有给他套上头套，也没有拉到别的房间。

卫生间浴缸里放着一条长凳，长凳一头的两只凳脚被锯短了一截，凳板一头高、一头低，成了斜面。他被平放到斜面上，脚放在高的那一头。他们把他绑到凳子上，拿来一块湿毛巾，盖在他脸上。

卫达夫听见水管发出呼噜呼噜的声音。隔着毛巾，他的脸被橡皮管戳了一下，然后水就下来了，刚开始他以为自己能忍受，他屏住呼吸，以为可以间歇吸一口气，但自来水源源不断地灌到毛巾上，毛巾沉重地贴在脸上，他觉得窒息，眼前直冒金星。水一停他就开始咳嗽，可没等他咳够，水就又下来了。

他又被拉回到椅子上。

"打算说点什么了吗？"

他又咳嗽了一阵，几乎把头垂到地上，早上吃的那些生煎包、砂锅馄饨早就吐完了。他呕了很多水。

"你想知道什么？"他开口了。

"首先，你要先向我们承认你是地下党成员。"

卫达夫点点头，现在这些都不用瞒着他们了。先前他只不过是不想对游天啸认输。陈千里把卢忠德的事情告诉了大家，那么这些情况，他们早就掌握了。

"梁士超去了哪里？"躲在后面的阴影也开口了。

"他本来就是到上海养伤的红军指挥员，现在伤好了，他回苏区了。"

"凌汶呢？她去了哪里？"

"她去了广州，没回来。"

"这样就很好。你对我们没有抵触情绪，这样就好办了。陈千里呢？他在哪里？"

"我不知道，他没在法华镇。"

"我想听你说说你们所谓的计划。我了解你其实并不知道多少情况，你就把你知道的说一说。"

"这个特别保密，我们都只听说过名字，知道是很大一件事，多半是要建一条新的交通线吧。"

"这些我们都知道，你最好跟我们说一些我们没有听说过的事情，这么一来，你和我们就交了朋友，其他事情就都好办了。"

"让我喝点东西。"

"水？"

"我要酒。"

"我这儿没有你喜欢喝的绍酒，只有一瓶常纳华克。"躲在黑暗里的人让游天啸到他房间里去拿酒。

"陈千里这个人我很熟悉，他是个笨蛋。"

趁着游天啸去拿酒，阴影说了一句闲话，并不要求卫达夫回答。过了一会儿他又说："他以为他那些偷偷摸摸干的事情我们不知道。这两年，政府为了肃清共产党，动了不少脑筋，也积累了不少经验。我们有很多耳目，无论你们做什么，不用多久我们就会知道。我建议他们先不要把你送去龙华，秘密地把你请到这里来，这是给愿意改过自新的人一次机会。"

酒来了，卫达夫其实喝不惯这种酒。他们还给他拿来一些吃的，但他并不觉得饥饿。他希望他们在审讯中主动把问题提出来，这样会显得更加自然。但他们并没有问，他们只是要他说说自己知道的情况。可这么一来，话题就又开始新一轮兜圈子。他想可能他们还没有发现陈千里今天会完成的一些布置。

"你去三马路申报馆做了什么？"

"发了一条广告，陈千里让我到那儿找广告科，明天早上要见报。"

"广告上说了什么？"

"写在纸条上，我可记不清那么多字。你们肯定去申报馆要来看了吧。"

"为什么要发这条广告？"

"那我就不知道了。"

审讯进入胶着状态，坐在黑暗中的人悄悄地离开了审讯室。游天啸忽然开始询问他有关易君年的问题，想知道那个人为什么明明知道他们要抓他，却胆敢不逃，仍然趴在他那家书画铺里不动。卫达夫想了想，回答说，易君年是他的上级，按照地下党的规定，他不能打听上级的工作和行踪。他对游天啸说，他刚刚被弄得精疲力竭，想要休息一下。游天啸认为他又开始油腔滑调，不好好说话，一生气，便离开了审讯室。

他们没有让卫达夫回到先前关押的房间。卫达夫新进入的地方甚至称不上是一个房间，既没有窗，也没有任何家具。特务把门一关，里面一点光线也没有。卫达夫蹲在地上，摸黑向四面测了测，发现这里十分狭窄。他想这倒也好，他可以好好睡一会儿。但他们不会给他休息的机会。

他刚躺到地上，装在天花板上的聚光灯就打开了，他根本看不清头顶上到底装了几盏，他头一次体验到灯光可以那么亮，光线像无数根细针刺向他，他就算紧闭着眼睛，那些光针仍然可以钻进瞳孔、钻进他的脑袋里。他想砸烂那些灯泡，可他够不到。

片刻后灯光熄灭，震耳欲聋的声音又开始撞击他的耳膜。他们在房间里装了汽车上用的高音喇叭，就好像喇叭的按钮被一个顽童按住不放，这些喇叭只响了可能不到一分钟，卫达夫就觉得脑子炸开了。

正元旅社另一个房间里，卢忠德歪在沙发上抽烟。见叶启年进来，他略欠了欠身，又坐下了。

"你怎么进来的？"叶启年对卢忠德没有起身行礼略感诧异，这个得意门生此番从广州回来，神色间就有一丝异样，也许是太疲倦了。

"马秘书开了角上那扇门，没人看见我。"

"有什么情况你要跑到这里来？"

"陈千里让田非到店里来了一次，通知

说他们准备与外界切断联系，我既然有老方牺牲前交代的任务，不能脱身去隐蔽集合处，他们就暂时不跟我联络了。"

"切断联系？"叶启年有点奇怪。

"我想他们一定有个大行动。"

"'千里江山图'？"

"有可能。"

"这个'千里江山图计划'，到底是要搞什么名堂？"

他们为了查清楚这个秘密计划绞尽脑汁，花了那么多时间，至今连个大概情况都没弄到手。

"总是跟交通线有关吧。"

"没那么简单。总部分析各地获得的情报，我有一种预感，共党中央最近可能要离开上海。浩瀚的情况可能不是孤立事件。我们抓了他一次，他就彻底消失，不见了。过了几天，共党分子中有人被我们说服，同意把他交给我们，打听到他要跟方云平接头，我们派人过去，又让他逃了。耐人寻味的是，那个方云平正是你们这个临时行动小组的头目，与浩瀚接头的那一天，他原打算接着就到菜场参加会议。我们去抓方云平，他却宁死也不愿意让我们抓住。可惜了——"

"千里江山，共党中央离开上海，听起来倒真像那么回事。"卢忠德琢磨着，他忽然肩膀一抖，拍着沙发扶手说，"租一艘船，包下客舱？"

"你昨天晚上打电话给我，我连夜派人到法华镇，让他们一大早就开着车，在附近大小马路上找，果然看见了卫达夫。他们跟着卫达夫一路跑到申报馆，把他抓了回来。"

"他去申报馆做什么？"

"发广告。"

"又发一个广告？发给浩瀚？"

"当然不是。按照你从广州带来的那条广告，把这条广告中的数字拿去查摩尔斯电报码，又出现了一个共党中央的大人物。"

"是谁？"卢忠德兴奋地说。

叶启年看了他一眼，没有告诉他。

"老师，现在怎么办，去法华镇把他们都抓回来？"

"法华镇那个地方，地形复杂，连他们的具体位置在哪儿都不知道，贸然去抓只会打草惊蛇。你本应该那天跟他一起去。"

陈千里从梦花街逃跑那天，去了书画铺，要卢忠德跟他一起撤离。卢忠德对叶启年说的理由是，他已经和浩瀚接上了头，如果跟着陈千里跑，担心会出什么变故。但叶启年知道卢忠德是不敢去，他害怕陈千里。

"在码头上就应该杀了他，或者把他抓回来。在那儿不动手，你就应该跟他去，进退之机，不能犹豫不决。"

"老师，如果那时候杀了他，这背后的'千里江山图'，我们就看不到了。"

叶启年赞许地对卢忠德说："这倒是说对了，行动的步骤，历来考虑的不仅仅是一时、一地、一人。楼上在审卫达夫，我刚刚坐在后面听了一下。这个滑头，又不想死，又不想得罪那一头，碰到关键问题就闪烁其词。熬刑倒是有两下子，要让他好好说话也不那么容易。我看，先要在他这里打开缺口。"

鱼生粥

光亮和声音一下子消失了，四周一片黑暗。过了一会儿，卫达夫向左挪动，伸出手臂，他碰到了墙壁。他又向右挪了一下,也碰到了。他想起来了,这里是一间极其窄小的密室,小得像个箱子,像个棺材。

他用手指关节敲了敲,墙壁是水门汀。他不知道审讯后到现在过了多久,连他被审讯过这件事情也是慢慢想起来的。时间很重要,他听陈千里说起过,要保持清醒的头脑,就要尽量把握住时间,有了时间感,身体就会形成某种秩序。但他忘记了时间,连刺眼的亮光突然熄灭到现在有多久,他也有点模糊。

他只记得一件事情——他打算叛变。他脑子里有一些重要情报,只要他说出来,事情就会不一样了。但他要在一个恰当的时刻开口,这样他说出去的话才值钱,才会有效果。不然他就会害人害己,不仅于事无补,而且还让自己白白做了一回叛徒。

有人打开门,手电筒晃了几晃,光圈照在他脸上。进来两个人,一左一右抓住他腋下,提起他,把他推了出去。在没有灯光的走廊里,他被人拉着绕了几个弯,又下了一层楼梯,最后被推进了一个房间。房间里有沙发、茶几,还有一只小圆桌,桌上放着几碟糟鸡腊肉,另有一只砂锅。

沙发上坐着的人他并不认识,但是一开口他就听出来了,是刚刚坐在阴影里的那个人。在法华镇的牛奶棚里,陈千里对他说过,有个特务头子名叫叶启年,看上去像个严肃的教授,对他要十分小心。他请卫达夫坐到小圆桌边,砂锅盖打开,是一锅热气腾腾的鱼生粥。

"火车站附近的宵夜店,也就这样了。"叶启年客气地说。但他自己却没有坐下来,而是离开了房间。卫达夫没有经历过多少这样的场面,他有些不知底细,坐在那里不敢动弹。

有人进来了,是卢忠德。看到他在这里出现,卫达夫还是十分吃惊,这震惊并不全是装出来的。愣了一会儿,他叫出一句:"老易——你怎么也在这里?"

卢忠德在小圆桌对面坐下,打开烟盒,自己点上一支,对卫达夫说:"你先吃一点,喝了粥再抽烟。"

在卢忠德仍是卫达夫心目中那个老易的时候,其做派素来为卫达夫所佩服。混在城里的各种小骗子,卫达夫见识过不少,但他从来没想过老易也是假的。他很想当面问他一句,你到底把凌汶怎么了?他抱有一线希望,希望她这会儿还活着,哪怕是被关在某个监狱里。他仍然记得她那好看的侧脸,后来他才想起来,早在一次未曾预计的接头中就见过她。如果不是因为参加革命,他可不会认识一个女作家。他一度以为她和老易的关系不一般。如果真像陈千里推测的那样,凌汶被面前的这个人杀害了,那这个家伙简直是禽兽。

但卫达夫不敢那么问他。

"报馆是陈千里让你去的?"卢忠德随口问了一句,就好像从前的易君年,总是这样随口问卫达夫,心里知道卫达夫绝对不会有什么事情瞒着他不说。

卫达夫想了想,说:"这我可以对你说,是的。"

"有什么不可以对我说?"

卫达夫摇了摇头,没有说话。卢忠德开始循循善诱,从前他假扮成"老易"时,常常这样劝导一会儿吊儿郎当、一会儿垂头丧气的卫达夫。他从国共两方面的局势说起,提到近年来国民党特工总部破获了多少地下党机关,抓了多少人。他历数了被捕人员的不同结局,不经意地提到了枪毙和死亡。从这里，他借着身体发肤受之父母这句老套陈词，话锋一转，把话题引向了卫达夫的父亲和母亲。

卢忠德实在太了解卫达夫了。他知道卫达夫的父母去世了。那年长江发大水，田地一夜尽毁，他们夫妇俩坐着摇橹船从安徽到上海，在苏州河北岸搭了间棚屋。父母去世后，有一阵卫达夫常对"老易"说，陪人看房子，每次打开房门进入昏暗的房间，他会恍然觉得爹妈的面貌身影在眼前闪过。卫达夫对他说过，他爹妈现在所在的地方，和他们活着时住的地方一样阴暗，没有窗户。他希望有一天，他能好好顶下一幢房子，实现他们二老的心愿。

"你心愿未了，就去见他们二老吗？"

卫达夫轻轻叹了一口气。他在心中问自己，是时候了吗？他没有说话，把一碗鱼生粥两三口就喝完了，然后夹起一块糟鸡，在嘴里嚼了很久。

"情报就像这鱼生，切出来马上就要下锅，过了时间就不好吃了。"卢忠德说。

"那也要等厨师到了才能下锅，"卫达夫接了一句，"再好的鱼生，也要送给识货的大厨。"

卢忠德笑了起来，他知道面前这个自以为精明的跑街在想什么。他在笑声中说："你是不相信我，担心我吞没了你的奖金？"

卫达夫心中作出了决定，也微笑着对他说："笑话，老易，你不是不了解，我卫达夫做事向来光棍，真到要下注，哪一回抖过手？这手牌实在太大了。往大里说，只要打好了，你们的'剿共'事业就完成了一半。我担心的倒是你老易打不了这手牌，却白白让我当了一回叛徒。"

卢忠德点了点头。他不紧不慢地把手上香烟抽完，见卫达夫不吃了，把银烟盒往桌上一丢，说了一句，你自己抽，便转身出了门。

"找两个人到走廊那头站岗，你在房间里守着。上海站的人一个都不许过来，卫达夫有什么要求，你打电话上去叫他们办。"关上门，在走廊里，叶启年命令马秘书。他和卢忠德两个人从卫达夫那里出来，又躲进卢忠德先前所在的房间。

现在是正月十八凌晨，叶启年连夜审讯卫达夫，取得惊人成果。卫达夫听说站在他面前的人是特工总部叶副主任，就说出了他了解的全部情况。卢忠德异常兴奋，可他见叶启年仍然有些神不守舍，心中有些不解："老师，你是不是太累了，要不然你去休息一会儿？"

卢忠德不知道，他的这位老师，特工总部叶副主任，两天来一直心如死灰。某些时候，他甚至觉得自己应该像孟老一样，躲到小桃源里了此残生。他恍惚了一阵，又努力振作起来。

如果不是陈千里揭开了那件陈年往事，叶启年此刻心里应该会狂喜。这是运气吗？他觉得不是，这是他多年来殚精竭虑、付出极大代价取得的收获。很有可能，明天夜里他将抓获一大批共党首要分子。这样的胜利即使在世界特工史上也独一无二，在南京他将成为第一功臣。

租一艘货船，他确实有些佩服陈千里，如此胆大妄为。货船上装着大米、木材、棉花。装船、验单、报关完成后，到了晚上开船前，他们才用小火轮，在黑暗的江面上把人送上船，推说是有一批剩下的货刚刚才到码头。

没有人会关心那是些什么人。大部分船员那时候都不在甲板上，他们不会看见船舷旁发生了什么。少数船员也许会觉得有点奇怪，可是船长早就关照过了，这是船东的安排，不要大惊小怪。

江面上巡捕房的缉私巡逻艇也不会关心，这样的事情常常发生，轮船只要有舱位，总是能卖多少就卖多少，一直卖到开船前的最后一刻，船东们恨不得把船长室都拿来卖钱。只要通过合适的人向巡捕房打个招呼，他们就睁一只眼闭一只眼，随他们去了。

货船出港以后，谁也管不着他们，唯一需要担心的是下船出港。那也很容易，货船通常都会顺便带一些旅客，只要准备一些身份证明文件，共党对于铺保保单这类事情，一向十分在行。

当然最重要的是能弄到船。船，陈千里说弄到了，可他讳莫如深，不会把情况统统告诉不必要了解的同志。但是卫达夫这个机灵鬼看出了一点迹象。他是个大滑头，不可过于信任。可这一次他机灵对了地方。

陈千里从口袋里掏出拟定的广告文字时，没有注意到夹带了一片小纸头，那是打了洞的电车票。卫达夫存了个心眼，把车票塞进了口袋。叶启年拿到车票，立即让马秘书给华商电车公司打电话，根据车票颜色和编号，加上打出的票洞，电车公司接电话的人马上告诉马秘书，那是一路电车，上车地点是董家渡。

这就好办了，他叫一直等在站长办公室的游天啸连夜带人到码头打听。码头上发生的事情总有人会知道。不管是六股党、八股党、十六股党、三十二股党或者七十二股党，他要游天啸以淞沪警备司令部军法处的名义，狠狠敲打敲打这些码头帮会，天亮之前一定要打听到消息。

"事到如今，这下我们全弄清楚了。"卢忠德兴高采烈，他恨不得越过叶启年直接去南京向委员长报告。

"李汉去接人了。卫达夫发广告，又接了一个。老师让申报馆把广告发出去，真是太高明了。"

马秘书查了广告上的那个电话号码，电话公司说，那台电话机装在法华镇的一幢住宅里。

"现在可以猜想，至少有三名共党首要分子企图乘这艘货船逃出上海。考虑到陈千里要租下货船剩余的十多间客舱，我们甚至可以想象数量可能更多。"

叶启年闭着眼睛，没有理睬他的学生。他在等着游天啸从码头带回的消息。

将近凌晨四点，游天啸开车回来了。他一回到站长室就用内线电话机给叶启年打电话。叶启年认为到这个时候，"西施"计划已圆满完成。他让游天啸下楼，直接来到这间位于正元旅社楼下的密室，这里原是特工总部上海站专门用于指挥秘密行动的地方，这回叶启年一到上海，就让他们把这里辟出来专门给他使用，站里其他人不能来到这个地方。

游天啸看到房间里坐着易君年，愣住了。随即他就想到，原来他才是那个"西施"。游天啸给他上过电刑，此刻想起来，脸上倒有些讪讪的意思。可是没有人要听他说那些客套话——

"码头上有什么消息？"叶启年立刻问道。

"王家码头街，林泰航运公司。正月十六一大早，有个三十多岁的人，打扮得像个阔气商人，跑到他们那里，说是要包下一艘货船的全部客舱，当场付了定金。一根金条。"

"他们正好有一艘船要去厦门和汕头，

运送一批洋货，货主是正广和洋行。回程将装运木材和矿石。

"开船时间是正月十八晚上。那个人是以旅行社名义包租船舱，但他说，坐船的客人下午五点坐火车到上海，所以夜里十一点以后他们才能登船。而且，他希望货轮早点离开码头，到吴淞口附近等他们用驳船靠上船舷。之后这个人又去了沙船业船舶会馆旁边的公茂运输行，租了一艘小火轮，正月十八晚上使用，要求把船停靠到浦东某个小码头接人上船，然后把人送到吴淞口大船上。

"究竟在浦东哪个码头接人，那个人说当天下午他会派人来运输行，先行上船，具体接人地点临时通知。在这里他也付了定金。"

"这个陈千里，实在太狡猾了。"卢忠德咒骂了一句。这么一来，他们很难确定抓捕地点。浦东小码头那么多，小火轮在黄浦江上开来开去，又是晚上，天知道他们会在哪里上船。也许他们可以到货船上设下埋伏，可是说实话，叶启年对码头帮会那些家伙很不信任。游天啸随便一打听就能得到消息，他们要是提前控制大货船，让军警从码头栈桥登船，消息说不定就会泄露出去。

要把一艘漂浮在黄浦江上的大货船当成陷阱，变数实在太多了。军警在哪里秘密上船？他们会不会派人监视货船？对方有多少人？他认为，这些共党首要分子在浦东集结的码头，他们必须先得到消息，这样才能确保抓捕行动顺利完成。

卢忠德对先前卫达夫见到他说的第一句话，一直耿耿于怀。这会儿两个人坐着抽烟，他就把自己真正身份告诉了卫达夫。

"不习惯，"卫达夫说，"叫了你几年老易，现在改过来太不习惯了。"

"这没关系，你仍然可以叫我老易，我估计今天你还要叫我一天老易。"

卫达夫琢磨了一会儿："什么意思，你还想回去？"

"我们必须知道他们上船前的集合地点。"

"去法华镇把陈千里抓起来不就行了？"一晚上没睡觉，卫达夫打了个哈欠，想了想又说，"倒也是，把他们抓起来，没人去接头，线就断了。要不然，把董家渡全部封锁起来？"

"这不行，陈千里鬼得很，董家渡附近他肯定布下暗桩，稍微有点动静，他们就缩回去不动了。"

"船呢？把船找到也行呀。"

卢忠德摇了摇头，又问："你从申报馆出来到现在也不回去，你说陈千里会不会怀疑你出了意外？"

"昨天在报馆，我给他打过电话。他倒是让我不要回法华镇，今天上午八点到顾家宅公园跟他碰头。到时候要给我布置新任务。"

这一点，卫达夫倒没有信口胡说。他们在申报馆门口抓住他以后，就去报馆广告科盘问了那个吴小姐。吴小姐说他后来打过一个电话，挂了电话，还乐滋滋地说老板放他一天假，他要约吴小姐吃午饭呢。

黄浦江

早上八点，在顾家宅公园门口，陈千里果然等着卫达夫。

卢忠德泰然自若，他知道马路对面的

那辆车上，总部训练有素的枪手正瞪着眼睛往这边看。如果卫达夫稍有异动，子弹马上就会打穿他的脑袋。刚刚出来前，叶启年再次犹豫。在正元旅社那间密室里他对卢忠德说，拿浩瀚当诱饵，钓出陈千里的秘密上船地点，这一局他觉得本下得太大了。

卢忠德觉得老师可能真是老了。这件事只要做成了，有可能抓住大批中共高层。这是与中共地下组织的一次决战，下多大本钱都值得。

"老师请放心，我们布置了人手，控制了接头地点，陈千里翻不出什么花样。"

卢忠德嘴上这么说着，心里却不像往日那么踏实。他最初没有把陈千里视为真正的对手，跑马场接头之后，他一直不懂叶老师为什么这么担心这个人。他见过那么多地下党，老练如龙冬，都成了他的手下败将。但是，银行保管库那一回，着实让工于心计的卢忠德暗自叹服，可他又觉得这个含蓄内敛的对手多半是靠着运气。最近这几天游天啸带那么多人围捕，都被陈千里一一化解，确实显示了他机敏过人的身手。此刻卢忠德又宽慰自己，特务工作并不是学过几手格斗术，靠着运气就能逢凶化吉的。

陈千里仍然是那副高深莫测的样子，看见卢忠德也没表现出惊讶："你的事办完了？"

"老易要向你汇报一件事情——"卫达夫刚要直截了当地把钓饵扔出来，又想起卢忠德关照他的话，不能心急，先听听陈千里怎么说。

"那你们先说。"

卫达夫犹豫地看了看卢忠德。

卢忠德没有看卫达夫，他对着陈千里说道："这是老方牺牲前——实际上是在菜场开会前跟我交代的事情。"

在公园门口说话，总会有一种不安定的感觉。买菜的佣人提着篮子慌忙走过，谨慎地看了他们一眼，又匆匆走开。一辆三轮车摇晃着冲过来，车上装满分格的板条扁箱子，箱子里是空的牛奶瓶，瓶子在木格里蹦跳，不断发出叮叮当当的声音。几个外国小学生冲向公园大门，途中互相"追杀"，其中有一个在卢忠德背后被喷水枪击中，偷工减料地倒下，又跳起来回击。

他们看着小孩嬉闹着跑过，各自的脸朝着不同的方向，陈千里低声说："换个地方说吧，这里不方便。马路对面有一辆汽车，停在那里半天了。"

卢忠德狠下了心，同意换个地方。他们进了公园大门，顺着林荫大道走到池畔，在面对环龙碑的长椅旁站定，陈千里和卢忠德坐了下来，卫达夫站在他们面前，因为地势倾斜，他往右边挪了一下，这样就可以靠在池边那棵小树上。

现在，卢忠德打算正式放出诱饵，不过在那之前，他要先讲一个有关老方的故事。

"菜场开会那天早上，七点不到就有人敲打书画铺门板。门一开，是老方。那么冷的天他满头大汗，一定是走了很多路，脸色很不好，看样子一晚上都没睡觉。我到隔壁早点铺子要了油条豆浆，我们边吃边说。再过几个小时就要去开会了，我让他到后面休息一会儿，回头我叫他一起去开会，但是他说不行，马上就要走，临时有个重要的接头，接完头他会再去菜场开会。

"但是那天他没有来，会议因为他耽误

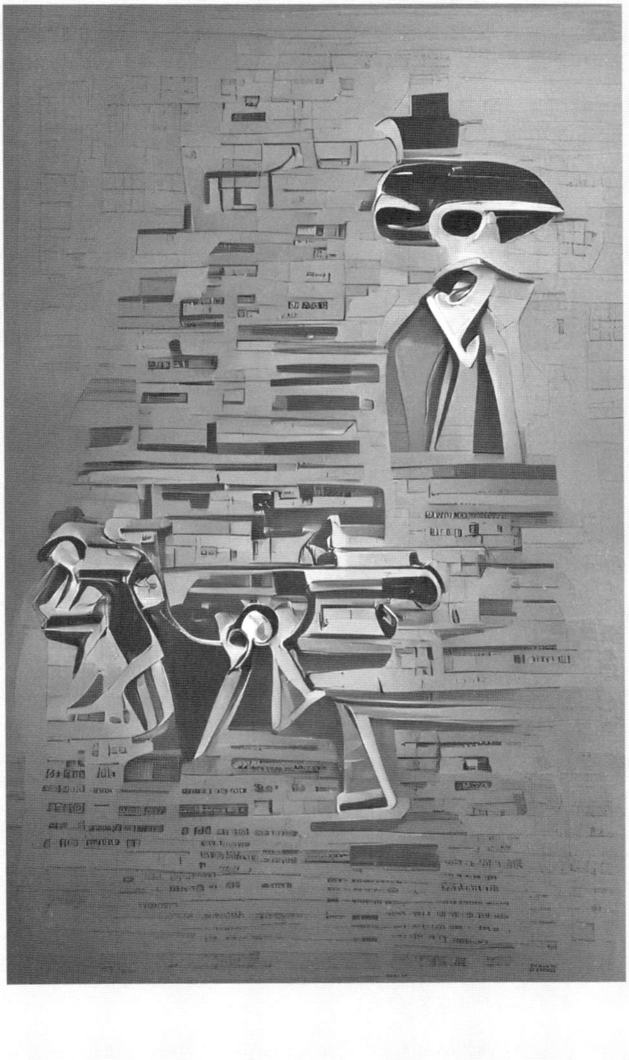

了十几分钟，然后特务就冲进来了。幸亏耽误了一会儿，不然会上林石同志把任务一传达，崔文泰就知道这个机密了，那样一来可能特务也不会把我们放出来。

"老方是腊月二十一那天牺牲的，那个时候我还关在龙华看守所，腊月二十二才释放，一放出来就从巡捕房内线得到老方牺牲的消息。我当时心里很难过，悲愤，完全没有心思去想别的，第二天才想起来一件事情。

"老方其实和我有一个秘密联络信箱，说是信箱，其实是蓬莱路新舞台观众席的一个座位，椅座后面的挡板下有一条缝，正好可以塞进一片纸。把纸塞进去再用手捏一下，根本看不出来。但你如果知道它，只要坐到后面那排座位上，等戏开演，俯下身就能摸到，再用手轻轻一掰，木板缝中那片纸就会掉下来。

"老方早就跟我约好，有什么紧急情况，他会把密信塞到这里面。我到第二天才想起来这件事，连忙买票进了戏院，到那儿一摸，果然有一片纸。我一看见上面的字就泪如雨下，那是老方的字。

"老方在密信中让我过了年以后，到正月十四，在《申报》上发一条广告。广告内容他都写在纸上了，要求一字不差刊登到报纸上。广告是秘密接头信号，接收这个信号的同志你猜猜是谁？是浩瀚同志。我一看到这个名字就全懂了。

"为什么老方不能来开会？为什么他会牺牲？原来他是为了掩护浩瀚同志牺牲的。广告需要附上一个电话，浩瀚同志看到广告后就打这个电话接头。所以你让我离开书画铺，我不能同意，因为浩瀚要打那个电话，我必须守在电话机旁。我虽然与浩瀚同志接了头，却没有办法安排撤离。按照老方写在纸上的指令，我应该与林石同志商量撤离路线，但他也牺牲了。我想了半天，只能来找你商量。"

"你把浩瀚同志安排隐蔽在哪里？"

卢忠德本想说他还没与浩瀚碰头，只是在电话中约定了接头地点，但话到嘴边，他又改口道："我已接到浩瀚同志，把他安排在一个秘密住所内。地方十分安全，没有任何人知道。"

"老方没有跟你交代撤离办法？"

"他只是说到时候跟'老开'商量。"

陈千里想了很久，半响才对他说："我来安排撤离。你把浩瀚同志安排在哪里？"

卢忠德摇了摇头："我不是不能告诉你。老方交代过，浩瀚同志实在太重要了，知道的人越少越能确保安全。这是老方牺牲前交给我的任务，我必须完成。这是不惜牺牲也要完成的使命。"

卢忠德说得有些激动。陈千里不再说话，他静静地想了一会儿："其实不止浩瀚同志。中央还有部分领导同志要在近期撤离上海，上级早就把这个任务交给了上海行动小组。林石同志就是来上海负责完成这个任务的。

"我估计上级通知老方在开会那天与浩瀚接头，就是决定由上海小组负责浩瀚同志的转移工作。

"这几天撤离路线已安排完成，实际上，今天晚上就会有一批同志坐船离开。我们租了一艘货船，今天半夜，船会停在吴淞口等候，我们用小火轮把领导同志接送上船。

"集合地点在浦东，小火轮晚上十点会在那里靠岸。"

"浦东哪里？"

"小火轮靠岸地点现在还未定，这是为

了预防水警巡逻，也是为了防止消息泄露。陈千元今天下午会提前登上小火轮，指挥小船在浦东沿江慢慢航行。天黑以后，他会让小船选择一处码头停船靠岸，他自己上岸到浦东塘桥，接应在那里等候上船的同志。你今晚七点以前从董家渡租舢板船摆渡过江，李汉会在对岸等你，把你们护送到塘桥集合地点。"

"在塘桥集合。"卢忠德琢磨着，"所以小船停靠在附近码头？"

"也可能很近，也可能不近。陈千元在小火轮上，他来决定。"

"如果离塘桥太远，交通怎么解决？"

"只能靠双脚了。"

他们分手时，陈千里对卫达夫说："我马上就要上那艘货船，到吴淞口等候。你也可以跟着我去坐坐大轮船。"

卫达夫朝陈千里微笑，说老易这里更需要他。

夜晚，董家渡口江风萧瑟。黄浦江上这一段，船只不多。因为没有灯火，对面塘桥的沿江岸线已辨认不清。董家渡外马路上，停下一辆汽车。过了一会儿，有人打开车门，先下车的人是卢忠德。

陈千里躲在一家木行仓栈的平房顶上，手里拿着一副望远镜，远远地看着卢忠德。借着路边灯光，他认出了随后下车的浩瀚同志。

他开始快速奔跑，趁着夜色跑到江边，纵身跃入寒冷的黄浦江。他盘算了很久，推断叶启年一定已在塘桥布置了大批军警。黄浦江西岸这边，虽然看起来风平浪静，黑暗中一定也藏着很多敌人。

这个时间，摇橹摆渡船早该停运，船工们躲进了渡口木屋里，正在喝酒吃肉。下午五点不到，有人来到渡口，说他是警备司令部侦缉队的人，让他们准备好一艘渡船，船工待命，七点左右有人要用船。并且，所有船工休工后都不准离开渡口，违者以通共论处，抓到龙华枪毙。说完，这个人又从里马路回民馆子叫来几只锅子，请大家晚上在渡口喝酒吃涮羊肉。

夜色浓重，卢忠德引着浩瀚上了栈桥，有人在栈桥那头等着，下午在正元旅社，叶启年让他见了这个人。

"都安排好了吗？"卢忠德远远问了他一句。

那人朝停靠在码头边的木船挥挥手。

对岸的塘桥，此刻一片黑暗。游天啸坐在车里盯着江边的渡船码头。他看到渡口栈桥上出现了人影，应该就是李汉，他恨不得马上就抓住他，在茂昌煤栈，李汉和陈千里杀了他好几个手下。

从塘桥镇过来报信的手下告诉他，有几个陌生人进了镇，敲开一家小饭馆的门，坐在店里吃晚饭。他们没有过去仔细看，怕惊动了对方。远远望去，桌上有不少人，他们认出了董慧文。游天啸一得到这个消息，马上让人到江边向对岸打灯光。等卢忠德到达渡口，等在渡口的上海站特务会悄悄暗示他，一切准备就绪，让他过江。

军法处穆川处长是第一次来正元旅社，他也是第一次获悉特工总部在上海有这么一个秘密分站。他清楚自己即将调任南京，猜想叶副主任邀请他到此一游，也许是听到了什么消息。当然，叶副主任也是有理由的，这次抓捕中共地下组织首要分子，将由特工总部与淞沪警备司令部军法处联合采取行动。

他与叶启年同为简任，官阶相当，见面倒也不用十分拘礼，两个人坐在沙发上喝了一会儿茶，电话就打进来了。是游天啸。他报告说，塘桥镇上确实来了不少共党分子，他认出了其中几个。这些人都坐在一家小饭馆里，上海站行动人员和军法处侦缉队的军警已将那里团团包围，只等"西施"放出钓饵，把陈千里引上钩，说出小火轮的靠岸地点，现场立即实行抓捕，一网打尽。

"卢忠德到渡口了吗？"叶启年追问。

"看不见对岸情况。我们已向埋伏在对岸渡口的行动人员发出信号，一切准备就绪。"

"那两艘船到哪儿了？"叶启年放下电话，转头问马秘书。

"林泰航运的货轮，刚刚完成装船，仍然停在招商局北栈码头上。公茂运输行那只小火轮没有拖驳，下午单独离开了码头，一直在黄浦江上游弋，间或接近沿江小码头，可能在察看岸上的情况。陈千元在船上。"

"能盯着吗？"

"穆处长从警备司令部借了巡逻艇，不过江面安静，引擎声音太大，不敢靠得太近，怕惊动了他们。船在黄浦江里，他们跑不了。"

叶启年看了一眼穆川："陈千里在哪里？"

"我们的人从顾家宅公园一路跟着他，下午他去过招商局码头。从码头出来以后，盯梢的人跟丢了。"

叶启年点点头，马秘书退了出去。

穆川望着挂在对面墙上的地图，那是一幅一比一万的军用地图，图上详细绘制了黄浦江两岸的地形，也标示了驻军哨所和警察署的位置。那是穆川专门从警备司令部带来送给叶副主任的。去年闸北战事结束后，警备司令部重新勘测了防区地形，地图是军事机密，虽然送给特工总部叶副主任问题不大，却也是个不大不小的人情。

南京传说穆川即将调任军委会密查组，将来与叶启年就是同行了。

"听说穆处长也要负责调查工作了？"

"没有得到上峰调令前，我仍是军法处长，继续配合叶主任和游队长做好工作。"

"游天啸在军法处侦缉队，多得穆处长照应，总部一直有人说，派往各处的调查人员中，与淞沪军法处合作最为愉快。"

"叶主任客气，我生性散漫，这些年游队长辛苦。"

叶启年想了想，笑着说："好像穆处长对调查工作有一些看法？"

"调查工作是党国要务，委员长也很倚重，视为耳目。我以前不理解，觉得杀气重，不过看到叶主任殚精竭虑，视共党为个人仇敌，必欲除之杀之，我也受到了感召。"

对岸董家渡渡口，卢忠德让浩瀚先上船。等两个人坐定，船工解开缆绳，小船慢慢离开码头。

塘桥镇上这家小饭馆，平日一到晚上根本没有生意，今天却来了一群客人。饭馆并没有准备，但客人一点都不挑剔，让老板随便炒盘青菜，蒸一块咸肉，再加一锅米饭。老板安排好客人，自己也跑到后面自家饭桌上去了。

客人们很少说话。他们知道小饭馆外面有大批特务,在那片黑暗中躲着很多敌人。他们知道不久之后自己就会被捕,也许会牺牲。秦传安、董慧文、田非,每个人都来了,连梁士超也来了。陈千里曾对他说:"老梁不用去江边,他们认为你离开了上海。"

梁士超却说他也要去。夜里,只要他稍微改变一下外貌衣着,敌人从远处就分辨不出他是谁了。这里需要他,塘桥镇上出现的人越多,特务就越相信他们的"鱼饵"起作用了。同志们心甘情愿进入敌人设好的"陷阱",心中充满豪情,无所畏惧。

陈千里游得很快,在黄浦江河道中间,他追上了那艘渡船。卢忠德没有听取他的建议,另租一只舢板过江,仍然使用渡船,渡船船尾上有一盏煤油灯,卢忠德十分谨慎,还另外打着手电筒。这就比较麻烦。

他游到船工所站位置的另一侧,把头伸出水面观察。现在是落潮时刻,这段江面上水向北行,摇橹船为了准确靠到对岸码头上,船工先将船朝东南方向奋力划行,到了江心,船头就开始折向东北。

从水下潜游到船边后,陈千里悄无声息地把手搭在船板上,一动不动地等了一会儿,身体完全放松,让自己跟着船漂行。当听见船上开始说话时,他用力抓住船板,身体向上一跃,翻身滚到船上。他早已看好方向,一上船就将煤油灯打落黄浦江。卢忠德一惊,抓着手电筒向他照过来。

陈千里没有站起身,就势扑到卢忠德面前,手中的匕首刺过去。慌乱中,卢忠德用手电筒一架,手电筒也落到了水里。

陈千里知道不能拖延,他不能让对方有喘息之机,他不知道如果卢忠德叫喊起来,埋伏在两岸的军警特工会不会听见。灯光一灭,他就跳起身,只一脚,就把卢忠德踢进了黄浦江。他随即也跟着跳进水里,合身扑向卢忠德。他抓住卢忠德的衣服,把他往水里拖。他想用匕首结果卢忠德,但对方一个挣扎,匕首在衣领上划了一下,脱手落进江底。陈千里屏住呼吸,潜入水底,抓着卢忠德的两条腿,把他死死地往黄浦江水底拖。他坚持了一两分钟,直到感觉卢忠德的身体不再挣扎。他把卢忠德的脑袋拖到近前,在水下用手指关节狠狠捏了一下他的喉结部位,然后松开手,看着这个特务顺着黄浦江水越漂越远。

陈千里望着黄浦江右岸,天地变得越发黑暗。他知道那些同志马上就会被敌人逮捕,还有千元。为了"千里江山图计划",他们义无反顾,勇敢地让自己成为"钓饵",为了把钓饵直接下到叶启年、卢忠德的嘴边,卫达夫故意被特务抓去,假装叛变。在顾家宅公园门口,他心里忽然一动,让卫达夫不要再跟着卢忠德回去,他是想把卫达夫拉出魔掌,但卫达夫微笑着拒绝了那也许是唯一的逃生机会。

但他却不能去营救他们,他要负责把浩瀚同志安全地送到瑞金。年初一晚上在茂昌煤栈向同志们布置任务时,早已安排了一明一暗两组任务。在凌汶和卢忠德去广州时,他自己带着梁士超去了汕头。另外打通了一条绝密交通线。

陈千里再次翻身上船,抹去脸上的水,望了一眼船舱,命令船工把渡船转向苏州河方向。

一封没有署名的信

（龙华牺牲烈士的遗物）

我一直想给你写一封信，但是不知道怎么落笔才不会泄露。

也许该用密写的方式写在纸上，或者用莫尔斯电码编成一段话，但是所有这些方式，都只是试图在万一被发现时无法破译。而我真正想对你说的并非秘密，可以写在云上，或者写在水上，世间任何人都可以看到，但那只是写给你的。犹如我此生说过的所有的话，被你的眼睛、耳朵捕获，像是盲文或者世界语，它的凸起，它对自然语言的模仿，那隐约的刺痛或者句法，为你的指端所记取。

我从来没有想过我们会分别。虽然，每分每秒都可能是我们永别的时刻。而如果我们能看着彼此分开，那已经是幸运了。

你大概读不到这封信，我也许已经不在了，已经离你很远，在某个我不知道的地方。

我不知道我应该在哪里等你，你才能找到我。但你会知道的吧？

我们并不指望在另一个世界重聚，我们挚爱的只有我们曾经所在的地方，即使将来没有人记得我们，这也是我们唯一愿意为之付出一切的地方。

我爱听你讲那些植物的故事，那些重瓣花朵，因为雄蕊和雌蕊的退化与变异显得更为艳丽，而那些单瓣花朵的繁衍能力更强。

什么时候你再去龙华吧，三四月间，桃花开时，上报恩塔，替我再看看龙华，看看上海。还有报恩塔东面的那片桃园，看看那些红色、白色和红白混色的花朵。我们见过的，没见过的。听你讲所有的事，我们的过去，这个世界的未来。

有时候，我仿佛在暗夜中看见了我自己。看见我在望着你，在这个世界上，任何地方，一直望着你，望着夜空中那幸福迷人的星辰。

附录

材料一

节录自保存在某省档案馆有关卷宗中一篇未曾发表的口述记录。记录者显然原本打算用于发表，特地给装订好的记录稿写上了封面标题：

我所了解的陈千里同志（节选）

……1979年，我专门去了一次水利局，终于见到陈千里同志。在这里加上"终于"这两个字，并不是什么修辞。见到他真的很难。说起那天见到他时的场面，还真可以说是富有戏剧性。

那个时候，我们党正处于"拨乱反正"的重要时刻，每个中国人的脸上都充满笑容。所以我一看到他，不能说没有一点惊讶。因为他好像对人并不十分热情，一点也看不出当年国民党统治最黑暗的时刻，他在对敌斗争中所表现出来的那种大无畏的革命精神，以及那种敏捷和智慧。

之前我对那段往事做过不少调查，也看了很多解放后缴获的敌特档案，包括一些国民党军警特务在彻底改造好之后，提供的口述材料。但我一直都没有找到他的照片。

读到后来我才慢慢意识到，在当时，中共地下组织是处于怎样的危急时刻。在短短的一个多月时间里，陈千里和他的战友们，不仅查清了内奸，建立了一条从上海绕道广东抵达瑞金的秘密交通线，还成功地营救了党中央重要的领导人浩瀚同志。这是需要多么大的勇气和智慧啊。

明白这点以后，萦绕在我心头的一些疑团才彻底消除。比如说，为什么这些坚定的革命战士，在开会时居然用赌钱作为掩护借口？又比如说那次银行行动：陈千里在行动前并没有十足的把握，如果特务发现箱子里面没有金条，一定会猜到在银行里被调了包，只要马上封锁银行，不许任何人和物进出，情况就危险了。所幸那个动摇分子自己逃跑，才把特务们引到另一个方向上去。

在那种情况下，陈千里为什么要冒险采取行动呢？这些原因我现在完全搞清楚了。形势十万火急，不可能有万全之策，最重要的是必须马上行动。应该说，在那些行动中，陈千里同志也都出色地完成了任务。在紧急时刻，他凭借着一种独特的智慧，或者说直觉，领导着那些战友，一次又一次挫败了敌人的阴谋。至于说到运气，那也是有的。但一个辩证唯物主义者，不就应该认识到，偶然性正是寓于必然性之中吗？

……我到了水利局，从门卫那里打听到陈千里在哪个办公室，就直接去找他了。我以为进了办公室，只要说一句，我找陈千里，他自己就会站出来。但他不在办公室。有老师告诉我，他可能在会议室。到了会议室门口一看，里面并没有人，会议室空空荡荡，上方横七竖八拉着很多绳子，绳子上挂着刚写好的标语，在晾干。

我看看里面没人，就叫了一声：陈千里同志。窗开着，只有风呼啦啦吹动标语的声音。我又叫了一声：陈千里同志在这里吗？仍然没有人回答。我估计里面没人，但又忍不住想进门看个究竟，结果远远看见会议室前面，靠窗有一个人，正趴在桌上用毛笔写大标语。很大的纸上一次只写一个字，我走近一看，他正在写一个"践"字。

我就问："陈千里同志在这里吗？"

那老人不回答我，继续写他的大字。

"我找陈千里同志。"

他写完最后一笔，慢慢抬起头，又慢慢直起腰，放下笔，把纸往桌子里面挪了挪，然后转过身，望着我。

"我找陈千里同志。"我客气地说，其实心里有点恼火，因为他那副样子，好像就是故意的。

他仍然盯着我看，一句话都不说。我想他年纪大了，可能反应迟钝，便等着他回答，也站在那里不动。两个人就那样面对面站了至少有一分钟，然后他说了一句话，其实就是两个字："是我。"

我心目中的陈千里，不是这个样子的……

……后来想想，那一次采访，我其实并没有从陈千里那里得到过什么新材料。整个过程将近两个小时，我感觉把他说的话加在一起，可能顶多也就十几分钟。大部分时间都是我在说。我把之前通过调查阅读所了解的情况全部说了一遍，好像是我在把那段历史讲述给他听，他只是对我的话加以确认，或者不同意我的看法。

某些时候，我的话又好像唤醒了他的某些记忆，让他得以重新想起一些久已忘怀的片断往事。聊到后来，我甚至觉得哪怕就是为了帮助他抵抗垂老的头脑，可能也是值得的。

但我后来渐渐意识到，他的智力一点都没有退步，记忆也完好如初。因为每次只要我说错一点什么，他马上会发现，虽然他并不是每一次都向我指出。有时候他会极其微弱地闪烁一下眼神，有时候他的眉头会几乎看不见地皱一皱，或者动动嘴角，似乎想说些什么。他的沉默很可能是一种长期自我约束、自我训练的结果。

我问他有关卫达夫的情况。我读了一些有关他的档案，都是从国民党中统局缴获，或者特务分子的交代材料。我问陈千里，卫达夫到底有没有叛变革命，他明明向敌人说出了秘密行动的计划，为什么敌人要把他杀了？我猜想，他的情况可能与广州的欧阳民差不多。

但陈千里明确回答："他是死间。是烈士。"

"浩瀚同志脱险以后，是从哪条路线离开上海到达苏区的？"他没有回答我。我想他可能记不清了，便提醒他："是不是当天晚上就上了船？"

他笑了笑，不置可否。

说起六十年代叶启年在香港一本杂志上刊登的回忆文章里，仍然说陈千里枪杀了叶桃，他小声说了一句："叶桃清楚。"

说完这句话，他就回头去写标语，再也不搭理我了……

材料二

在相关行动中牺牲的中共地下组织成员

叶桃，中共地下组织成员，一九二四年在北京女子师范大学就学期间入党，后受党组织派遣，潜入南京国民党党务调查科。一九二九年端午节后，在国民党白色恐怖最猖狂的时期，牺牲于南京明城墙藏兵洞。

无名氏，中共地下组织秘密情报网成员，潜伏在租界巡捕房。为向正准备召开秘密会议的中共地下组织示警，一九三三年一月十日牺牲于上海四马路菜场。

方云平，中共地下组织上海区领导，一九三三年一月十六日在掩护中央特派员陈千里撤离时，牺牲于上海北四川路附近（具体地址已无法查明）。

凌汶，中共地下组织妇女干部。一九三三年二月二日于广州豪贤路中共地下组织交通站原址被国民党特务杀害。

林石，代号：老开。中央特派员，一九三三年二月八日在上海茂昌煤栈工人宿舍与特务搏斗中中枪，后经抢救无效，牺牲于法华镇。

陈千元，中共地下组织成员。一九三三年四月四日牺牲于上海龙华监狱。

董慧文，中共地下组织成员。一九三三年四月四日牺牲于上海龙华监狱。

卫达夫，中共地下组织成员。一九三三年四月四日牺牲于上海龙华监狱。

李汉，中共地下组织成员。一九三三年四月四日牺牲于上海龙华监狱。

梁士超，红军指挥员，在上海养伤期间参

加上海地下工作。一九三三年四月四日牺牲于上海龙华监狱。

田非,中共地下组织成员。一九三三年四月四日牺牲于上海龙华监狱。

秦传安,中共地下组织成员。一九三三年四月四日牺牲于上海龙华监狱。

[特约编辑:谢　锦]

一部小说的发生学：
谈《千里江山图》　毛 尖

谍报

  《千里江山图》是一本我们从上个世纪等到这个世纪的书。这本书的发生，就像谍战。饭桌上第一次听到这个题目的时候，孙甘露允许了我们对小说作出山河驰骋。吃着红烧肉，大家想象这个小说应该是青一章，绿一篇，既分离又交互，就像孙甘露过往的缠绵：既是此地，又是他乡；是少年，也是秦娥。

  后来在一次活动中，孙甘露透露，《千里江山图》的发生和画家徐累、孙良有关。受徐孙两位影响，他自己也很喜欢去博物馆看各种展览，大家碰面，也会经常聊到画，因此有了关于王希孟的想象。

  几年后，媒体描述，这部小说关乎《千里江山图》，也关乎一个男人。大意是，在错失一生中最珍贵的感情之后，男人重新认识女人、家庭、国族之于一个中国人的意义。

  时间哗啦，每个人都对孙甘露的《千里江山图》有了自己的想象。朋友聚会，看到孙老师，都会问，《千里江山图》快了吧。孙老师总是笑笑。反正呢，在上海，提到《千里江山图》，直接关联人不再是王希孟，是孙甘露。

  然后，2021 年，在上海文艺社的重点书出版介绍中，《千里江山图》的介绍画风突变，大致如下：此书以细腻的日常描绘反衬斗争的惊心动魄，以知识分子的从容献身反映信仰的强大感召，以精致舒朗的故事书写历史的宏阔辽远，以更文学的方式探索主题叙事的多种可能，创造了重要小说家书写重大题材的全新范式，将主题叙事提升到一个全新的艺术高度，从而用更文学的方式，在更深层面上展现历史进程的惊心动魄、慷慨悲壮，凸显革命激流中绽放的青春之花和用初心垒起的精神丰碑。

乍一看到，我有点懵。《千里江山图》，不是应该关乎青绿巫山，春风十里吗？用孙甘露自己的修辞，不应该是，用比缓慢更缓慢的流水，给嗷嗷待哺的读者一种款款而至的慰安吗？怎么突然变成1933年中共地下组织的千里江山图行动了呢？

本事

最初的"千里江山图"，其实留在最终的《千里江山图》里。

来看小说双男主。陈千里和易君年第一次接头，陈千里被中共派到上海重启"千里江山图计划"，易君年出场身份也是中共地下党员，掩护身份是字画铺老板。刚认识，易君年就给陈千里讲了一个故事。

上海有个大藏家金先生，想要一幅仇英。终于有一天，有人要带一幅仇英上门。金先生约了行家一起鉴赏。没成想，行家一番观摩，结论是：假画。金先生只好送客。但金先生觉得事有蹊跷，让下人跟着出去。下人回来报告，说行家在门外街上拦住那人死活买下了仇英。金先生大怒，扔话给行家，要么……要么……

陈千里听完故事，说，画是假的。易君年扔掉烟蒂，说，是的，行家自己画的。

两人就这样接上了头。

这个故事是小说的核。既确立了陈千里和易君年的无间道关系，也建立了"千里江山图计划"的走向。不过，这个事情发生在小说开始不久，读者还是懵懂的，以为就是孙甘露挪用的一则《笑林广记》，要等全书终结，才能理解这个故事是隐喻。我不能剧透了。

所有牛逼的小说都是这样的吧。草蛇灰线，伏笔千里。就像奥斯丁要在《傲慢与偏见》的开头，直接宣布故事的主题和结局：凡是有钱的单身汉，总要娶位太太。

千里

陈千里出场的时候，就像个有钱的单身汉。他第一天出现在小说里的时候，穿镶毛皮领子的厚呢大衣，加上面庞清秀，样子好得就像年轻时候的孙甘露自己。

理论上说，先锋时代的孙甘露，虽然很少在他的小说中描写人物外貌，但永远，从他小说的第一句开始，"如果，谁在此刻推开我的门，就能看到我的窗户打开着。我趴在窗前。此刻，我为晚霞所勾勒的剪影是不能以幽默的态度对待的"（《访问梦境》），读者就准备好了邂逅阡陌公子。而这些梦中男人，他们的姿态，始终是轻风般的隐语者、遁世者（《信使之函》）。这些或者无名或者有着"时令鲜花"名字的男人（《仿佛》），构成了先锋小说最大的岛屿，孙甘露也藉此为中国发明了一门"夜晚的语言"。他的主人公，在梦里翻山越岭，在现实中，却一步都不曾移动，始终是"从窗口眺望风景"的形象（《我是少年酒坛子》）。

所以，孙甘露的时态是太虚，语词关系细若游丝，所有主人公，也逐渐从"嗜梦者演变成了梦中人"（《请女人猜谜》），他们在"草席似水，瓦罐如冰"的故事里，用令人遐想的语调，"给人惊讶不已的愉悦之感"。这些翩翩少年，这些渔色英雄，他们"顺流而下"（《我是少年酒坛子》），成为二十世纪当代小说中的最魅一族。他们背对读者，我们也满足于只看到他们的背面。总之，梦境是孙甘露小说的主要场景，背面，是人物的主要姿态。

然后，世纪转换，这个男人转过身来。

这个男人，不仅有真名实姓，有确凿身世，有组织关系，有兄弟女友，还有了一个世纪的履历。这个男人，干的每一件事情都及物，都掷地有声，都进入历史。

他叫陈千里。千里江山图的千里。

江山

千里江山图，是著名宋画，是陈千里的接头密码，是中共地下组织上海行动小组的任务代号，也是这部小说的麦格芬（MacGuffin）。

麦格芬是悬谍大师希区柯克的主要语法。在希区柯克几乎所有的电影中，都有一个或大或小的麦格芬。从他早期的《房东》《指环》《敲诈》，一路经过《美人计》《迷魂记》《惊魂记》，到后期的《艳贼》《奇案》，希区柯克都使用麦格芬来牵引观众注意力，比如《美人计》中的纳粹铀沙，《西北偏北》里的微缩胶卷，这些装置构成影片的叙事动力，推动主人公一路向前，而观众跟着加里·格兰特一路前行，经历阴谋和爱情，生死和背叛，搞到最后也就没人在意铀沙或胶卷本身，大家都更乐意看加里·格兰特跨山跨海，一边陷入与英格丽·褒曼或爱娃·玛丽·森特的缠绵。

《千里江山图》中的这个"千里江山图"，在功能关系上，也是被这样设置的。小说开头，不同战线上的十一个地下党员，每个人携带几张骨牌，从上海的四面八方出发，进入菜市场附近的一个秘密会议点，等待携带骰子的人给他们布置任务，也就是"千里江山图计划"。十条线索，包括特务和暗藏的叛徒，齐头并进，漂亮得不得了。然后，这个在小说第一节就被特务打断的千里计划，成为叙事麦格芬，一直到小说最后，整个计划都语焉不详。我们看到的是，在内外特务的强力监视下，陈千里率领行动小组，矢志不渝地再次进入计划。和希区柯克不同的是，《千里》中只有江山，没有罗曼司。

本来，革命题材不构成孙甘露的写作履历，但把这个故事写成一幅江山美人图，对于孙老师，轻而易举的事情。奇妙的是，孙甘露立地成佛般扔下了所有过往装备，所有过往的情和爱，他的新男主用截然不同的速度行走江山，逆流而上。这是孙甘露小说史里的新人，忧郁的先锋派小说诗人突然变成了动词的巨人。

动词

第一次在孙甘露的小说中读到这么多动词。

他之前的小说速度非常慢，行动少，动词少。这一次，他把一辈子要用的动词都用上了，而且高速。整个文本，短句短段落短平快，平均十个字一个动词，人物出场，都言简意赅直接动作，比如，"老卫**站**在上街沿，手里**拿**着个烟盒，似乎正准备**拆**开。只见他**停**下手上的动作，抬头**注视**前方，好像忽然**看**到了什么。"无论是我方还是敌特，除了受伤，几乎都没有在小说里休息过。光是"快"这个词，就出现了87次。"撤"，54次。

在孙甘露的写作史上，这样的书写本身，几乎称得上"简陋"，但这种写法，却是文学史上的谜之时刻。或者说，动词高速运转的时刻，都是文学史拐弯时刻。鲁滨逊来到荒岛，用连轴转的系列动作为自己建立了新的生活秩序：

> 第二天我**去**了我那所谓的乡村住房，**砍**下一些小枝条，我**发现**它们正**合乎**我**想要达到**的目标。于是下一次我**来**的时候准备了一把短柄小斧**去砍下**大量枝条，我马上就**发现**，这种枝条这里多的是。我**竖起**它们在我的环形篱笆里**晾晒**，等晒干到**适合使用**时，我便将它们**带回**，**放**到山洞里，等下一个季节**到来**时，我就**坐**在山洞里使自己尽可能多地**编**一些

篮子,来装土或是**搁**一些临时需要放的东西。虽然我**编**得并不漂亮,但却是十分适用的。这之后,我就**注意**到不让家里没有篮子,旧的**用**坏了,我又**编**新的,特别是我还**编**了一种又结实又深的大筐篮,**准备**等我**收**到大量谷物时来**放**粮食,再不用袋子**装**了。(笛福·《鲁滨逊漂流记》)

《嘉莉妹妹》中,第一代外来妹和白相人登场时刻,也是动词飞转:

他**上**百货大楼时,总喜欢**靠**在柜台上和女店员像老熟人一样**聊聊**,**问**些**套**近乎的问题。如果是在人少的场合,譬如在火车上或者候车室,他**追**人的速度要**放**慢一些。如果他**发现**一个看来可以下手的对象,他就**使**出浑身的解数来——**打**招呼**问**好,**带**路去客厅车厢,**帮助拎**手提箱。如果**拎**不成箱子,那就在她旁边**找**个位子**坐**下来,满心**希望**在**到达**目的地以前可以向她**献献**殷勤:**拿**枕头啦,送书啦,**摆**脚凳啦,**放**遮帘啦。他能**做**的主要就是这一些。如果她**到**了目的地,他却没有**下**车**帮**她**照看**行李,那是因为**照**他**估计**他的追求显然失败了。

文学新人出场,经常是这样的动词词频。我们的文学史也如此,《金瓶梅》开张,金庸开张,都是马不停蹄的连轴动词,开出新节奏。或者,借用莫莱蒂的分析,这种动词汹涌的时刻,"不仅是一个新时期的开端,而且还是这样的一个开端——永远无法克服的结构性矛盾在那里有了可见的形式。"(莫莱蒂·《布尔乔亚》,朱康译)

这种无法克服的结构性矛盾,在大量的革命小说或希区柯克的悬谍电影中,一直是用爱情来奖赏牺牲,用激情的最高形式托举事业伦理,比如《青春之歌》中,给林道静配置卢嘉川和江华。比如,《美人计》中,把加里·格兰特颁发给英格丽·褒曼。

但是,《千里江山图》放弃了爱情。

牺牲

爱情,是孙甘露的主要发明。当代作家中,他也是当之无愧的首席爱情诗人。但是,十八万字的《千里江山图》,没有出现过"爱情"两个字。虽然小说中也有几对青年男女,但孙甘露没有给他们时间谈情说爱。

地下党员出场就集体被捕,特务头子倒也艺高胆大,把他们全部放出来,准备长线钓鱼,如此,一场瓮中捉鳖和置之死地而后生的博弈展开。

地下组织一边要甄别内奸,一边要在特务眼皮底下完成"江山计划"的经费转运和中央领导的千里转运。叶启年领导的特务组织,和陈千里有私怨也有公仇,敌人既不吃素,还很残酷。这是一场信仰之战。

小说中,频率最高的词,是"牺牲",93次。本质上,这也是一部关于牺牲的小说。各种各样的牺牲不说,其他时间段的牺牲不说,光是为了执行这个"江山图计划",前赴后继有名有姓的牺牲者就包括中共上海区领导老方,妇女干部凌汶,中央特派员林石,以及1933年4月4日,一起在龙华监狱就义的陈千元、董慧文、李汉、田非、秦传安、梁士超和卫达夫。最后时刻,卫达夫本来是有机会逃离的,但为了确保行动成功,为了把钓饵直接下到敌人嘴边,他微笑着拒绝了生还。

这些人都很年轻,陈千元和董慧文还是一对恋人,没来得及对彼此说一句"我爱你"。他们进入这个特别计划,没有一个人喊过一句口号,没有人说过什么大词,他们把生命交付出去,就像1933年的农历新年降临一样,自然而然。孙甘露如何在文本里建构了这种比爱情更奋勇的激情,比爱情更磅礴的形式?

上海

卢卡契说,每一种形式都是针对生活的根本的不和谐作出的化解。"千里江山图计划",就是这样的一种形式。整部小说,对这个计划没有特别交代,但是,孙甘露特别牛逼地用一句话提纲了1933年的状况,以及中共地下组织要守护的是什么。

陈千里在卡尔登大戏院等易君年接头。那几天,卡尔登在演歌剧《图兰朵》,海报上有中意两种文字,写着:**在图兰朵的家乡,刽子手永远忙碌。** 这是《图兰朵》开场合唱中的一句,孙甘露写道:"不知制作它的人专门挑出这句是什么用意。"整部小说,有很多这样的互文时刻,尤其发生在易君年出现的场景里。易君年第一次和凌汶见面,在书店里,凌汶拿起一本小说,小说中写:"她知道这部小说,几天前,她在杂志上看到了鲁迅先生对它的介绍。《二月》,她记得这个书名,书里有一位寡妇,丈夫在战斗中牺牲了。"凌汶没看懂小说封面的木刻图案什么意思,旁边的男人,也就是易君年,在边上说:"你没看出来吗?那是一条河,河面上漂浮着树叶、雨水和许多人的面孔。"

上海漂浮着多少刽子手,就奔跑着多少个陈千里。而就在陈千里们紧锣密鼓的奔跑中,江山图真正展开,孙甘露不仅盘活了当年上海的很多场景，更重要的是，得益于他早年的邮递员生涯，上海在小说里纪录片一样展开，所有的机构、地名、事件都实打实可以被历史定格。就连交际花的台词，"徐枕亚你认识吧？他跟我跳过舞的"，都能被考证。

外滩华懋饭店，世界大旅社，四马路菜场，北四川路桥，邮政大楼，南市老城区，法租界公董局，跑马总会，公益坊，顾家宅公园，天津路中汇信托银行，茂昌煤号，工厂酱园，肇嘉浜，小木桥，朱家角镇，淀山湖区，珠沪县道……小说涉及几百处地名，全部能在地图上被标记出来。这些地名集合起来，上海就有了自己的五官四肢，鲁迅、冯雪峰、陈赓去过的水沫书店、辛垦书店，孙中山到过的戾虹园，贴着《海外鹃魂》海报的浙江大戏院，挂着玛琳·黛德丽大头像的大光明大戏院，这是陈千里陈千元董慧文们的上海，他们要守护这个城市的大街小巷，守护这个世界里的咸菜、什锦菜、狮子头，他们要跑在特务前面为这个世界遮风挡雨，他们对这个城市的爱，让他们毫不犹豫。如此最后，当他们用肉身写下的上海情书，缓缓呈现的时候，我们热泪盈眶："我们并不指望在另一个世界重聚，我们挚爱的只有我们曾经所在的地方，即使将来没有人记得我们，这也是我们唯一愿意为之付出一切的地方。"

这是爱的最高形式。超克所有矛盾。缔造重量的最轻逸结构。

轻逸

卡尔维诺在《未来千年文学备忘录》里说：我致力于减少沉重感，人的沉重感，天体的沉重感，城市的沉重感。而首先，我致力于减少故事结构和语言的沉重感。

奥维德的《变形记》中，斩妖勇将柏修斯为了不让粗沙损伤美杜莎长满小蛇发卷的头，他用柔软的树叶铺垫地面，上面又加一层水下植物的嫩枝，才把美杜莎的头放下，脸朝下。卡尔维诺认为，柏修斯作为一个英雄所代表的那种轻逸，令人耳目一新。如此，才能发生后面匪夷所思的奇迹：细软的海草稍一触及美杜莎就变成了珊瑚和水仙。

整部《千里江山图》，最令人赞叹的就是这种柏修斯性质的举重若轻。有时是反讽，比如，在逃追捕的生死时速中，崔文泰顺了冷库货梯旁的一爿猪肉挡脸，而这一节的逃亡就结束在这么一句上："跑到弄底时忽然想到，老方不会以为我趁乱顺走了一爿猪肉吧？"有时是克制，比如陈千里被派到上海来重启"江山图计划"，下线中有一人叫陈千元，兄弟相见，就一句，"爸爸妈妈都好吗？"然后直接进入工作。所有烂小说里的误会，纠结，眼泪，撕扯，都被清空。叶桃虽然有一个特务头子父亲，但没有一刻被家庭伦理裹挟，她和陈千里的爱情，也像那个时代一样明亮，用的是涅克拉索夫：**他们说暴风雨即将来临，我不禁露出微笑。** 就这些了，没有其他抒情。就像小说里的每一次牺牲，也都迅速结束，最后，陈千里目送着自己弟弟和战友们驶向敌人，小说一句话结尾：陈千里再次翻身上船，抹去脸上的水，望了一眼船舱，命令船工把渡船转向苏州河方向。

不用再多说一句什么。历史歌咏会自动补足其中热泪。就像很多年以后，当记者说起当年的特务头子叶启年在六十年代的一本香港杂志上，仍然声称是陈千里枪杀了女儿叶桃。陈千里只说了四个字：叶桃清楚。

叶桃清楚。读者清楚。共和国清楚。千里江山清楚。

［特约编辑：谢　锦］

我的岁月静好

杨争光

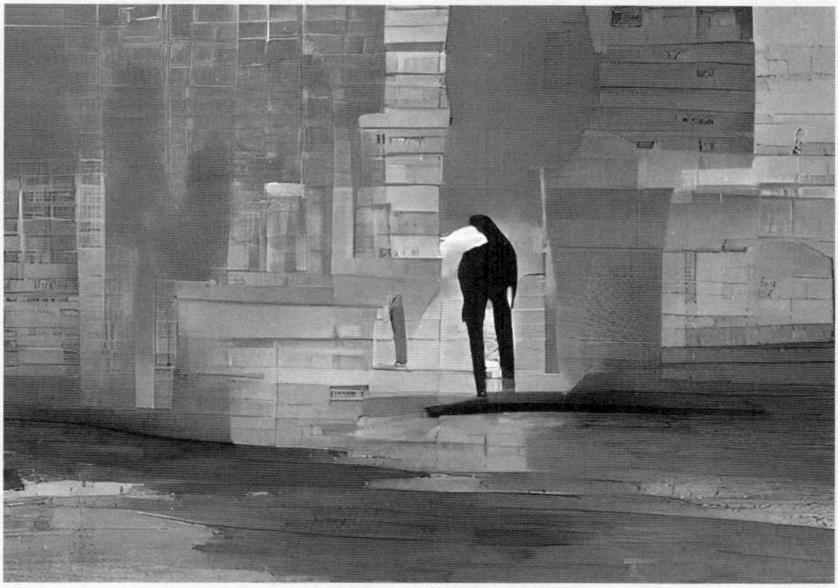

一

马莉说，德林我们离婚吧。

我看着马莉。马莉不再说话。她把脸扭向一边，低头看向她的鞋尖。也许什么也没看，目光没有聚焦，在鞋尖到眼睛之间的虚空里。

噢么，我说。

我看着她。我只能看见她的半个鼻子，鼻尖上毛茸茸的。

二

从第一次看马莉的那一刻，我就觉得我可以继续。看操场上的马莉，扔铁饼的马莉。看马莉和我做爱。马莉痛苦又享受的脸，头发摇来摆去，鼻尖上的绒毛细弱又固执。马莉和我结婚。马莉怀孕。马莉生下末末。我一路看过来。这很漫长，却是我喜欢的。我很上心。

有人说，要知道梨子的滋味就亲口尝一尝。这是不对的，很经不起推敲，也经不起检验，是诳语。

我更相信看。

如果是一篮水果，我会尽可能看。把它们拨拉开来，一个一个看，仔细看。看它们各自的色相。看透进去的阳光。看它们拥挤的情状，直到看出它们的味道。

水果不仅是吃物，也是看物。吃，远不能和看相比。吃出的仅只是一种味道，看出的味道却要丰富很多。看比吃更为深刻，更为悠长。万一吃出酸涩呢？万一吃出一条虫子给你伸脖子扭腰呢？这是吃的不确定性。

水果是有表情的，表情里的味道不是吃出来的，稍有经验的人都知道的。我自认我是一个经验主义者。我相信看的经验。

看也是一种经历。抽身其外的看和身历其中是完全不同的两种经历。看会上瘾的，比如看书，看色情画报。偷窥是看的极端。

有谁愿意把身在其中的困难、麻缠、尴尬再重复一次么？至少我不会。我只是看，哪怕是灾难，我会抽身而出，看纠缠在灾难里各种各样的样态，不但不会惧怕，不会沮丧，不会怨天尤人，反倒有一种愉悦，是一种享受，还可以无数次回味。这需要功夫，俗话叫"能耐"，我恰好有。

看破红尘。看穿世事。没有人说吃破红尘，吃穿世事。没有人这么说的。人都说看破红尘，看穿世事。

看是一种哲学。马莉不懂。

马莉不看我。

马莉说，德林我们离婚吧。

三

马莉鼻尖上的绒毛里有几星细汗。马莉的胸脯一鼓一鼓，和着她的呼吸。比平时看到的更显挺脱。

马莉在扔铁饼，给一位女学生示范。手背弯曲着，正好把铁饼弯曲在她的手掌里。马莉一连转了几个圈，没扔出去。马莉只是做了一个扔出去的动作。马莉的胸脯向前挺了一下，又收回来，就看见了我。

一年一度的运动会。教职工和学生，几百号人在操场上。喇叭里放着《骑兵进行曲》，不时有广播员报告新出的成绩。越是这种场合，越有利于看某一个人，不易被人发觉。我看着马莉。马莉也在看着我。我就知道了我可以继续。

马莉说她知道我在看她。

我不知道我为什么会看马莉。马莉并不漂亮，甚至很平常。人有时候就会关注某个东西，说不清理由。路过的一块石头，墙上的一枚钉子。每次路过就会看那块石头，每次进屋就会看那枚钉子，也许是一个挂钩。只要在，就会看，量子论把这叫量子纠缠，也许叫量子塌缩，坍塌，我现在也没想清楚。

我看见马莉放下手里的铁饼，走过来了，朝我走过来。我也没有游移，看着她，从头发，到脚上的运动鞋，一直到她站在我跟前。

马莉：说吧，你有什么想法。

我：想法？

马莉：你看我好多天了。

我：是不是？

马莉：我上课你也看，在教室外边。

我：是不是？

马莉：是不是！

我：想法？

马莉：对呀，你有什么想法？

我从瞬间的迷离里抽离出来了。

我：我没有想法。

马莉：没有么？

马莉盯着我，看了我好长时间。我能听见时间的声音。

马莉到底还是走了，剜了我一眼。我就知道了，我可以继续。

四

马莉在跑步，头发像雀儿一样，胸脯也是。

马莉不跑了。

我看着马莉走过来，站住了。她不看我，手叉在腰里，歪过头去，好像要看天上的月亮一样。

那天晚上只有星星。

那天晚上也没有教职工和学生，整个校园放假了，歇息了。

在县城的校园里可以看到很多星星。我能听见马莉的呼吸。

我走到操场的一个角落里，马莉跟过来。

我看着马莉模糊的眉眼。我伸过去一只胳膊，拦住马莉的腰，马莉没动，依然看着天上的星星。马莉穿的是运动裤，有松紧带的那种。马莉轻轻地噢了一声。马莉没想出声，我听得出来，是没把控住的出声。

噢！马莉的头扭向另一边了。

噢！马莉的脖子突然挺直了，要顶进墙里去一样。

我听着马莉把控不住的声音，直到有了一种从云上坠落深渊的感受。

墙根土台上的马莉好像没了生气。

马莉躺在土台上，眼睛越过前额，一下一下向上眨着，好像只剩下这一点力气。星光下，马莉眨动的眼睛很清晰，睫毛也很清晰。我坐在她的身边，听着她轻微的喘息。

再看到马莉，是在她的单身宿舍。

五

太阳正在落山，阳光照在什么地方就给什么地方抹上一种红铜色。从窗户照进来也一样。照在马莉的床上也一样。

我说我喜欢看，马莉就脱了衣服，给我看她的身体。

马莉平躺着，两只胳膊随意地放在头

的两边，和她的头发一样随意，让红铜色的阳光漂染着，更显出它们的质感。

马莉的皮肤很好，阳光里更好。马莉的头发像抽搐的金丝。马莉闭着眼睛。

马莉二十五岁，三年前从财经学院毕业，会计专业，在省城打了几年工，没扎住根，就回到出生地，成了我的同事。

我扯着马莉的胸罩，马莉笑了一下，一只手伸到脊背底下，胸罩就兔子一样跳开了，阳光立刻扑上去，红铜一样的阳光。

马莉的身子微微抖着，好像很没有安全感，两个奶子像一对小心收拢翅膀又随时会起飞的鸽子。我一上去，马莉立刻安全了落地，无所顾忌，紧紧抱住了我。

我闻到了一种烤红薯的味道。

马莉不再控制她的声音。马莉的身体结实又有弹性，也许得益于她多年的跑步。马莉的身体又很柔韧，能很好地承受压力，又很好地反弹。高翘的乳房，平滑的腹部，像抹了奶油，大腿和小腿肚紧凑协调，胳膊也是。

总之，那一天，单身宿舍床上的马莉像一只成熟健美的母羊，任性撒欢，似乎有无穷的耐力。马莉确实没控制她的声音，她知道学校里只有我们两个，传达室的老头可以忽略，周末的职中校园比公安局清场还要干净。

马莉不仅让我尽兴，还很让我佩服。我给马莉说，真好。马莉笑着，脸上的红潮正文火慢烧。

我又给马莉说了一句：真行，你。

天已经黑结实了。我拉起马莉的手腕，把她从床上拉起来。马莉很情愿地让我拉着她的手腕，一会儿我和马莉就坐在了县城夜市的烤肉摊上。

六

马莉说，你还没亲过我呢。我说噢么，急了么，省略了。

马莉说不能啊，都说接吻比那个还紧要。我说噢么，那就捡回来，补上。

我没说我不喜欢接吻，我说噢么，亲么，就揽住了马莉的腰。马莉闭上眼睛，等待着进入情景。

我们没有成功。因为我打了一个嗝。

我不知怎么就打了一个嗝，马莉听见了，睁开眼睛。我把嘴已凑到马莉的跟前了，又打了一个嗝。

马莉噗嗤笑了。我有些尴尬。

消除尴尬的最佳途径是让中断的动作继续。可是，马莉已经笑得拉不住闸了，摘胸罩一样摘开了我的手，一直笑弯下去了，用换气的机会向我解释。

马莉说，我没有恶意，我只是觉得好笑咯咯咯。

马莉说，我真的没有恶意哦哈哈哈笑死我了。

马莉笑出了眼泪。

我不再尴尬了。我等着马莉。尴尬的是马莉了。马莉擦着眼泪说不笑了不笑了笑死我了。

打嗝成了我和马莉的一个梗。我和马莉至今没有过成功的接吻，哪怕情之所至，要接吻了，马莉就会想起我的打嗝。会不会打嗝？马莉会这么想。这也是我担心的。马莉很沮丧。马莉说怎么搞成这样了？怎么会这样？马莉说越不愿意的偏偏在不该的时候冒出来，人是不是个怪物你说？我说是的你不用自责。

我没说我正好不喜欢接吻，也没说接

吻是完全可以省略的一种性爱行为。

马莉学过数学，应该理解省略的意义。数学有一个省略法则，就是，没有省略，许多简单的计算也将无法进行。何况复杂的人类行为。

在经验主义看来，任何行为重复多次而且有效，就会成为习惯。习惯会隐秘地塑造性格。我和马莉的两性生活里没有接吻。如果婚姻失败，也不应归因于接吻的省略，就如同不能说数学是失败的学科一样。

不再发笑的马莉就势坐在地上，两手交叉，一下一下朝外翻折着，打嗝就翻篇了。

七

马莉叫了我一声，说，我不是第一次。

我说我知道的。我说马莉我知道你不是第一次，因为我没闻到你的体香。

马莉恍惚了一下。

我说女人的第一次，失去的不仅是处女之身，还有体香。我还说了，女人的体香是每个女人独有的，不会和任何人重叠。我具体说出了几种，薄荷香，酒香，青草香，也有小麦和尘土搅和着的一种，我叫做麦香。我说女人的体香和大千世界一样，无奇不有。

我也给马莉说了操场和宿舍。我说操场是开放空间，气味会即时发散，宿舍就不一样了，何况是住了多半年的单身宿舍。马莉好像有些失落。马莉又翻折了几下手指，说，你懂的真多。

我说，我爱看闲书。

马莉说你好像很不在乎。

我说我在乎的很少。

我没说烤红薯的味道。这种味道不太像一种体香。如果是一种体香，说出来也会有风险。人是一种很容易比较的动物，包括体香。多亏我没说。如果像接吻打嗝一样成为一个梗，就会是无法省略也难以逾越的那种。

八

县城的夜市集中在一条长街上，弥漫着潲水的味道。各种各样的声响聚集成许多个漩涡，时不时有一声啤酒盖儿被别开的脆响，提拔着漩涡往上升腾。也就是这潲水味和嘈杂声，这升腾的漩涡，证明着这座县城的心脏在跳动，呼吸正常，没有被白昼的死气沉沉窒息。

我拽着马莉的手腕赶到烤肉摊的时候，二哥和赵马关张黄一干喝酒的兄弟，已喝了两捆啤酒。他们就着烤肉喝着，等我带来好消息。他们知道不会有不好的消息。他们作为婚姻中人，同情我也羡慕我。他们同情的时候就说，找一个安稳了吧。他们羡慕的时候就说，还是光杆单着的好，神仙阎王都不管，爱和谁就和谁，太阳每天都是新的。他们知道我已阴了快一年时间，终于有了马莉，应该庆贺。他们打心底里为我欢呼，也为马莉欢呼，尽管还不知道我会不会和这位马莉安稳。

二哥用筷子别开了一瓶啤酒，递给我。又别了一瓶，招呼其他几位赶紧麻利。接连几声脆响，啤酒盖儿们滚下了马路牙子。二哥把一罐饮料推给马莉，说，马老师喝饮料。马莉说不敢不敢，就叫我马莉。啤酒瓶们碰在一起，又和喉咙们接龙，咕咚咕咚，加入夜市嘈杂的合唱。人到底还是动物，不管饮食翻新出多少花样，进喉咙下咽，和动物没什么区别。喉结上下滑动，滑下吃喝之物，并发出声响。

赵马关张黄取自《三国演义》里的"五虎上将"，与我们各人的真实姓氏没有关系。二哥也不是亲哥，他在家里排老二，又大我们一些，就叫了二哥。如果说还应该有一个刘皇叔的话，就该是老边，可惜老边落实政策回北京了。我考上大学的那一年走的。他送了我一个笔记本，我至今还保存着。说老边可以是刘皇叔，也只是就我而言，如果在二哥他们，刘皇叔也许就是我。刘皇叔成为刘皇叔是因为出身，身份，皇家后裔，我是因为学历，还有学历之外的知识。

九

所以，我也是有影响力的人。

县档案馆至今还保存着我初二时的一篇作文。我考上师大哲学系，就更加重了那篇作文的分量。档案馆的馆长亲口告诉我，他把那篇作文装在了一个专门的档案袋里，要永久保存，会在某个场合展览也说不定。

二哥他们也知道那篇作文。在二哥他们的心目中，我仅次于已知的那些伟大人物，而我更亲切，就在他们身边。他们就是这么认为的，说崇拜也不算过分。

我们这儿的人有个好处，就是，敢于把那些重大又光鲜的词语用给他们看重的身边人。

我也没让他们失望。一句"人生的荒诞"就会让他们瞪大眼睛，满是震撼的光芒。无意义。无价值。必须死。黑洞。量子纠缠。没有谁会在乎人类。上帝已经死了，因为已失去活着的理由，剩下的只是

人的选择。诸如此类。他们好像听懂了一样。

每一次聚会他们是当然的买单者，我是我们中唯一的食客，绝对纯粹。

边先生在的时候，买单的是边先生，从我初中到高中毕业，一直持续了六年。

边先生痴迷于汉语言文字的源头。有一次我去他的单身宿舍，满屋子没他，转身才看见他蜷缩在一个墙角。我吓坏了，以为他肚子疼，要过去扶他。他站了起来，他把自己的手和胳膊捆绑在脊背后面，用的是捆扎铺盖的绦子。我问他，你咋做到的？他说他在实验。他相信"四"字的源头有捆绑的意思。他还说，词源学必须追究类似的问题。他就是这样的人。他终于要回北京了，我去和他告别，去他的单身宿舍。铺盖已捆扎好了，就是那条军用绦子，草绿色的，捆扎铺盖也捆绑自己。他正用茶缸喝水。他只喝白开水。凌乱的宿舍空空荡荡。他说绦子就不送你了，对汉字你毕竟没我更有兴趣。

他送了我笔记本，黑色封皮的那种。

他说是给他自己买的，一直没用。他说他讨厌红色，偏爱冷色，黑色是冷色的极致。他就是这样的人，1957年的右派，"文革"中只专不红的臭老九，发配到和他没有任何毛关系的我们这儿，八十年代平反，九十年代回了北京。

我对汉字的兴趣就来自于他。我是他唯一可以交流的知音，在我初高中的六年里。

平反后，他的工资在县城人看来高得离谱。他从不积蓄，不结婚也不恋爱，是个怪人。我和他的往来也是我的加分项。二哥他们都知道他，都叫他"边先生"，也喝过酒，却没有什么实质性的交集。在二

哥他们看来，边先生是我的独一份。

他们都不缺钱。他们没有学过荒诞和唯物主义，却都赶上并抓着了挣钱的机遇。物以类聚，人以群分，他们都有各自的聪明。二哥几乎是生意场上的不倒翁，做过多种生意，遇到过许多的坎，每一次都能起死回生，是他们中最有钱的。

二哥的起根发苗得益于二嫂，医院的护士长，好像吃了止长的神药，脸上的春色多年不变，停在十八岁一样，还是才女，喜欢写诗，汪国真的那种，偶尔也有聂鲁达那样的，"我要对你做春天对樱桃树的事情"这样的。管土地的副县长说二嫂应该生在北京，更适合的工作是去人民大会堂。我们都认为副县长说得对，火眼金睛。

二哥是县城第一拨集资做房地产的，现在迷上了明清时代的老房子，他买下来，打包卖给外地人，也包括省城的人，有一院竟卖到了美国。

二哥也试图在省城发展，那一段时间时常请我喝酒。他很快又没有了刚来时的雄姿英发，手握着酒瓶却忘记喝酒，目光迷离，往窗外看，愣愣地。我说喝啊二哥。二哥从恍惚中醒来，说，噢么，喝。他到底又回到了县城，没有了那种心不在焉的恍惚。他说世界很大，属于自己的只有一点，抓住这一点就抓住了所有。这话没有太大毛病，是省城给他的馈赠，甚至也引起了我们的共鸣。

在省城，我是芸芸众生之一，虽然不曾有二哥那样的恍惚，却也实在像阿甘捡起的那根羽毛，飘起落下，没人在乎。这也是我喜欢回到县城的原因，不仅仅是因为工作的需要，一年回去几次，做上班的样子。

十

他们更喜欢我说《金瓶梅》。

中国的书我偏爱老庄的，还有《金瓶梅》，尽管我不认为《金瓶梅》比《红楼梦》更好。还有一本《老残游记》。

我当然知道哲学和《金瓶梅》，形而上和形而下各自的作用，以及对它们怎么样综合使用。在他们为我和马莉祝贺的时候，马莉还荡漾着单身宿舍里激情的余波，弥漫的潲水味和嘈杂的漩涡已经升级成一座县城入夜后的亢奋，合适的是《金瓶梅》而不是哲学。老子庄子太过虚无，不适合这样的场合。《老残游记》写贪官和清官，贪官嗜财，清官嗜血，清官比贪官更可怕，适合另外的氛围。有人说《红楼梦》是写爱的，我不这么看，就算写爱，百般千样的爱终成空，不合我此刻的心境，即使吃喝玩乐，也只是给吃喝玩乐缀上雅的装饰，包括吃药，雅吃雅喝雅玩雅乐，终了还是一个太虚幻境。要说吃喝玩乐，《金瓶梅》就实在得多，实实在在的声色犬马，实实在在的吃喝玩乐。

我咽下一口啤酒，给他们背诵了一段书中对潘金莲的描写：

眉似初春柳叶，常含着雨恨云愁，脸如三月桃花，暗藏着风情月意，纤腰婀娜，拘束得燕懒莺慵，檀口轻盈，勾引得蜂狂蝶乱；玉貌妖娆花解语，芬芳窈窕玉生香。

我完全是即兴起意，却恰合其时。不管是对二哥他们，还是对马莉。其实是移花接木，把《水浒传》转接给了《金瓶梅》。

我还发挥了一段。

我说，兰陵笑笑生和中国古往今来的文人墨客一样，对女人的认知多在眉眼容颜，没有细致体察过女人的身体，对女人的描述就成为辞藻的堆砌。殊不知，每一个人，尤其是女人，每一寸皮肤都是有欲望的，每一个器官也是有欲望的，五官是女人的语言，皮肤和器官更是，更能说出女人的心声。对女人，不仅要解开纽扣，还要有耐心，就像中医的望闻问切一样，望出其根本，闻出其原质，问出其寒热虚实，才能切到她们深藏的美感，混合着原始与现代，野蛮与文明，天性与修养，欲望与克制。每个女人都不会雷同，却又能相互沟通。我说，要体认这些个，眉眼上的风情是不够的，更要有解开纽扣之后的耐心与细心。潘金莲应该是中国最有名的女人，每一个中国女人都和潘金莲有着或多或少、或隐或现的关系。那一段文字对潘金莲的描写，说到底，还只是一张画皮。我还总结了一句，我说中国人呀，中国人对女人的认知还有很长的路要走。

哇——嗬！很长时间握在手中一动不动的啤酒瓶们，抑制不住兴奋，齐齐举了起来，碰在了一起，马莉的饮料罐也没例外，碰出一个高速旋转的漩涡，在潲水味里节节上升。

我更是说给马莉的，所以注意了用词，尽可能不显粗鄙。

马莉心领神会，低头细嚼着烤肉，脸上的微笑荡漾着春色。回到学校，我送马莉到她的单身宿舍，马莉脸上的笑还没有褪去。

马莉说，你知道的真多。

我和马莉又做了一次。空荡荡的校园，马莉的那一声叫唤，要死人了一样。

十一

我抽烟只抽中华，软装的那种，别的烟一根不抽。就是说，有软中华的时候我是抽烟的，没有软中华的时候我是不抽烟的。

我不关注烟的来源。

就我抽烟而言，心想事成这句话是没毛病的，是经验主义的。参加某个有钱人的婚礼，讲排场，就会摆中华烟。既然能摆中华，也就摆软中华了。一顿筵席的时间，很少能抽完摆上桌的软中华。主家也不会让这样跌份没面子的事发生，如果真抽完了，就会喊人扔过来几包。这样的状况毕竟不多，也不可能发生在每一桌上，不多费主家多少钱，既显主家的慷慨，也给喜欢抽软中华的客人行了方便。

这样的筵席，县城比省城多。二哥他们几个结婚的招待烟都是软中华，三天不倒牌子，像商量好的一样。如果请客吃饭有官员在场，大都是软中华，很少有贵而不实惠的所谓天价烟，也不会出现烟抽完酒饭还在进行的状况。这样的饭局，省城比县城多。

二哥他们知道我洁身自好式的抽烟，喝酒聚会哪怕是一次闲聊之后，我都会有软中华，尤其是二哥经常会拿过来一条，抽剩的都归我。二哥也给他们几个说过，德林抽烟嘴刁，只抽软中华，好在我们都能供得起。二哥说了这话以后，县城的聚会就都清一色的软中华了。

刚到省城的时候，我的烟经常断顿，但很快又接续上了，因为我接续上了过去的师兄师弟师妹。还有，省城有钱人毕竟比县城多，也就增加了我和软中华相遇的几率。

我从不买烟。我更愿意把不买的原因归于假烟太多,也承认我这样的工薪阶层抽这样的烟是一种奢侈,奢侈毕竟不是必须。

是出门时的一种风度,
是孤独时的一个朋友。

我部分认同这两行咏香烟的现代诗。

事实上,我一个人的时候很少抽烟。

我一个人抽烟的时候更像一次注视,有时候我会猛抽一口,然后,看燃烧后的软中华由红变灰,成为真正的灰烬。然后,我把灰烬弹进烟缸,或者抽水马桶旁的纸篓。这很像我的做爱。我常常也会在做爱之后抽一根烟。我不会说和我做爱的女人已经燃烧成灰烬,被我弹进了烟缸。我最多会说,我让香烟代替已燃烧过的她继续燃烧。我觉得这样说会有一种诗意。

二哥他们请吃请喝慷慨大方,怎么就想不到,我真正缺少并真正需要的不只是软中华,我更需要一套房子。

他们怎么就想不到呢?我有时会这么想。尤其是我不再挂单,和马莉结婚以后。县城职中生意惨淡,没有分房的可能。不断攀升的房价多年前就让我断了买房的念想。我只能等待家里拆迁的补偿款。

和马莉领证的当天,我就搬进了马莉的单身宿舍,成了一个有家室的人,却并不意味着我丧失作为儿子分得一份拆迁补偿的权利。这也是后来在省城的我买一套房子的唯一指望。

还在县城的时候,我本可以和马莉在家里住,马莉不愿意。

我爸说,你哥你姐你弟都出去另住了,只有你住家里,你觉得好吗?我只能说不好。

我爸说,就是就是,家里给你们一人一间房子是逢年过节的,不是常住的。我说我知道了,我无所谓。

我是真的无所谓。所以我没有压力。压力属于有所谓的人。即使拆迁补偿成了一个事件,省城买房的希望破灭,我至今背着无能的黑锅,都没让我感到压力。

马莉是有压力感的,甚至认为她也承受着我应承受的那一部分压力。在说德林我们离婚吧那一段时间,曾说过我:

你看着一个女人承受压力,看着她承受所有的压力,你好意思呀?

我不认同。

我说,所有的压力么?

马莉说,不是么?

我说,你说的压力不是背砖头、扛面粉吧?我说,一个人真正的压力是不可转嫁的,就跟真正的痛苦不可能分担一样,所谓的分担只是一时的宽解,该你承受的,还得由你承受。我说,我知道你有压力,我看着你在承受,并没有转过身去不看。我说,我从不挑剔饭菜,我反对你为我添置新衣,更不热衷更换新上市的手机,这些,你认为是什么?不是分担?是我的懒惰?

我说,我只是不感到也无所谓压力而已。

也许,我是那种对压力无感的人,也害怕和有压力的人发生交集,尤其是把压力挂在嘴边、吊上眉眼的人。

十二

马莉坚持要在省城妇幼保健院生产。

马莉知道二哥二嫂已经给她安排好了,我说过的。马莉说二嫂也是在省城住院生产的，没有在县医院。一句就把一场原可以很温馨的谈话说死了。

　　生下末末出院后，马莉就住进了一套租来的一居室。去医院前就收拾好的，婴儿车都买好了。

　　为了留在省城不再回去，马莉报考了研究生，考上了。她带末末，读研，给多家公司做代账会计。我们两个几百公里拉扯几年后，我也报考了研究生。师大新传院一位副院长是老乡，也是师兄，他知道我的实力。我也证明了我的实力，重点突击了几个月英语，就成了师大新传院纪录片专业的研究生。毕业时，电视行业夕阳西下，我就去了一位师兄的广告公司做策划，兼纪录片、专题片撰稿，计件工资，有一搭没一搭，可坐班也可以不坐班。这符合我散漫的天性。

　　我是非全日制读研，毕业后和职中校长交涉，保留我的编制，基本工资和所有补贴学校和我各一半。我每学期回去做做样子，完成硬性考评就行。马莉生末末享受完产假后，就和职中撇清了关系。马莉一直做代账会计，得益于她本科的专业，和读研的专业不搭，名头光鲜了。她没说过读研的专业，她可能已经忘了。

　　马莉是稳定的，我在县城和省城两边游走。两边都像过客。也有人这么说过，我听了只是一笑。噢么，我说。对世界而言，所有的人都是过客。这是我乐意的，遇到点麻烦，也有所得。

　　我是有单位的人，我有基本的生活保障，理论上也会有将来的退休保障。

　　我和马莉波澜不惊，有了末末后，开销应该大了许多，马莉却从没说过，我也从不问这些，交工资就行。我交多少，马莉接受多少，不说多也不嫌少。也许马莉有些怜悯我。职中和广告公司的工资，我都会放在一个信封里，交到马莉的手里，或放在厨房外边的小餐桌上。这时候，马莉会给我一个笑。我愿意把马莉给我的一笑理解为会心的一笑，就像在夜市听我说潘金莲的那种。

　　马莉很注意我的感受，不触碰我脆弱又在意的地方。她从不问我在广告公司的业务。我从县城回省城，她也从不问职中的这个那个，好像职中和她从来就没有过任何的关系。

　　我给马莉说过她的单身宿舍。我说，你的单身宿舍终于拆掉了。马莉说，是么？

　　马莉不看我，往阳台上一件一件晾晒着末末的小衣服。

　　马莉的应答是礼貌性的，没有完全忽略我的存在。

　　马莉依然保持着她母羊一样饱满的体能，不只在床上。

十三

　　马莉想换大一点的房子。
　　噢么，我说。
　　我无所谓同意或者反对。这是马莉的事情。所以，每一次说起，我都"漫应之曰"：噢么。
　　那天又说到了房子。
　　马莉说，你的工资不够。
　　又说，我们的收入没法换一套大房子。
　　我本想说大不大与够不够都是相对而言的。我没说我在看书。
　　马莉准备洗澡，把自己脱光了。
　　马莉说，哲学好像没用。
　　马莉冲我笑了一下，进洗漱间了。
　　我听见马莉拉上了印有茉莉花的塑料

布帘，打开水龙头。我捏着书里正要翻过去的那一页，听着洗漱间一阵阵清脆的水声，想着洗澡的马莉，马莉的话和马莉说话的表情。

我翻看的是哈耶克的那本《通往奴役之路》，许多年前在职中时就买了，是一本政治经济学著作，与现代哲学也能搭上关系，和许多书一样，曾经引起过喧哗和骚动。马莉读过这本书？在她读研的时候？有可能。她读的专业在经济学大类里。

马莉并不反对我读书，甚至喜欢我喜欢读书。马莉是嘲笑我的阅读太过滞后？还是这本书太过务虚？还是，这一类的书？我猜想着马莉。

洗漱间的水声停了，马莉出来了。用毛巾捋着头发。

马莉说，纪录片好像也没用。

又冲我笑了一下。

我说，噢么。你还想着换房子？

已包好头发的马莉好像突然长高了许多，短衣短裤，她从我的身边走过去，走到冰箱那里，拿出一盒冰淇淋，坐在厨房外边的小餐桌跟前，用舌头舔着，用小勺剜着。

马莉说，没有。

马莉说，我买了一辆车。

我说，是不是？

马莉说，本田，合资的那种。

我说，噢么。小心抵制日货，被人砸了。

我看见马莉猫一样趴着，眼睛越过冰淇淋的纸盒，看着我，沾着冰淇淋的嘴唇，也像猫。

想吃冰箱里还有，我给你拿。

我不看马莉了。我翻了几页书。

可没意思了，我说。

我把那一本哈耶克放上简易书架，去广告公司了。

我反身拉门的时候，看见马莉的眼睛还在纸盒后边，她一直看着我，沾着冰淇淋的嘴唇像受了惊吓一样，微张着，不再动弹，像猫的嘴唇。

十四

我去接末末。是周末。我要抱起末末，末末拉着我的手，说太挤了爸爸，太挤了。末末说的是公交车。末末拉着我的手摇着，说我好羡慕同学。末末说的是接她同学们的私家车。汽车降价后，省城的私家车一夜之间多了几十万辆。

末末上二年级。末末已习惯了不说我很羡慕，说我好羡慕，不说我吃了，说我有吃。

末末歪头看着被小汽车一个一个接走的同学，说，爸爸咱们家为什么没有小汽车？后边带着一个"呀"。我说，你问过你妈妈没有？也带了一个"呀"。

末末说，问过呀，妈妈不说话，只给我笑。

又说，妈妈说会有的，说不定哪一天就开一辆小汽车接末末了。我问妈妈，爸爸接还是妈妈接？妈妈说也许是爸爸，也许是妈妈。

马莉真买了一辆。租了一个临时车位。车钥匙放在厨房外边的小餐桌上，不言自明：马莉不用的时候我是可以开的。我有驾照，在职中时就拿了。那时候不用考试，找驾校办个手续就行。我练手上路开二哥他们的车，那时候都这样的。

我不觉得非让末末上重点名校有什么必要。马莉说不能让孩子输在起跑线上，不但要进重点名校，还要读兴趣班。英语是必须的，钢琴绘画舞蹈都是高大上，幼儿园就开始了。知识和房价相反，节节贬值，获取的成本却越来越大。

不合规律的经济让经济学显得尴尬又可笑，和越来越多的研究生出校门面临的尴尬一样。哲学也成了被鄙视的一个学科，唯一的用处可能就是用来发牢骚，说风凉话。

哲学的尴尬比经济学还要早。马莉和我是最先面对尴尬的一批次。

我读研完全是因为马莉读研，并不觉得尴尬。马莉说我是城里人的思维。马莉说不能让末末尴尬，投资越大，付出越多，尴尬的风险越低。这接近于一种赌徒思维。我和马莉说过。

我不能只看书，总要和马莉说点什么。

十五

马莉说她看不懂这个世界了，好像很沮丧。

我说，都不懂啊。

我这么说不是为了安慰马莉，只是顺着她的话说。我想说话了。

我说，买股票的不懂股票，搞企业的不懂经济，管学校的不懂教育，其他的不说了，这几样都与你有关。你问你代账的那些公司老板，懂经济吗？红火只是三五年，挣点钱，再赔进去，本来好好的，终于整出了窟窿，有的万劫不复，上吊的，跳楼的，喝老鼠药的，好点的跑掉了，到天涯海角，跑不掉不愿死的，就当死狗，要钱没有了，要命有一条，这样的你应该也见过几个吧？

马莉说哟哟，我说了一句，你说都不懂，又说这么多，你是懂还是不懂？

我说，我懂点理论，这是看书的好处。你好像有买股票？

我也习惯了这种句式，不说你买股票了，说你有买股票。

马莉不好意思了，说，我买那一点能叫买股票？是岔心慌。

我说，想挣钱就是想挣钱，非要说岔心慌。岔心慌有好多途径，用不着花钱每天提心吊胆看着股市的K线是不是？

马莉说你看你看，让你说就严重了。我就是岔心慌，没准也能赚点钱。马莉说全世界的人都想赚钱，就你不想。

马莉说，我说看不懂世界也包括看不懂你。

我说我很单一啊，看书之外所有活动的所得，都是为生存，只有看书在生存之上。这么一说，我的单一又不单纯了，就像丰富也会庞杂一样。我说，每个人的一生，包括你我，都是由单一到复杂再到单纯，我只是单纯得早了一点，或者说，我很早就省略了庞杂。

"荒诞"已经过时，《金瓶梅》的魅力是永远的，却也不能只说《金瓶梅》，尤其和马莉。

我也说了那个现在已很知名的故事。

我说你也许知道那个钓鱼的故事。全世界的大款们四面八方千里万里旅游到海边，给一个蹲在海边钓鱼的老头出主意，让他加班加点提高效率，多钓鱼，然后买渔船，机帆船，从浅海再到深海，钓更多鱼，成立渔业公司，当老板，成为有钱人，享受人生，去旅游，海滩，蓝天白云，碧水，风光无限，日光浴，让皮肤也尽享无限的风光。为什么不呢？他们说得把自己都感动了。钓鱼的老头说，我从小就这样啊。海边，垂钓，蓝天白云，日光浴，脚趾每天都风光无限呢。

就这个故事，应该是杜撰的。上初中时边先生讲给我听的，上大学时许多人都知道的，研究生时想起这个故事，找来文本读了，想改成一个短片，像纪录片一样的。导师看了我的文案，写了两个字：消极。前面又加了一个"太"字。你也听过吧？

马莉说她听过，也看过，在甘肃出版的那一个《读者》上。

无数人都听过的，我说，无数人都想着多钓鱼，去浅海，再去深海，殊不知去了深海却回不到海滩了。这是一个欲望的故事。更多不是文学的，而是哲学的。文学只是载体，是驮碑的乌龟。

就因为有这样的阅读和解读，我保持着在马莉心目中永不衰减的形象。还有二哥他们，还有省城的师兄师妹们。在我的社会关系中，我有这么一张有限却够用的有效证券。我创造很少的实用价值，是因为我拥有的证券还在务虚阶段，只能内部转换，要实现全部价值，甚至价值扩张，似乎很渺茫，但谁也不敢断言绝无可能。因为人类历史已经证实过它的可能。在人人都用钓竿钓鱼的时代，孔子是丧家狗，很快，又成了我们的先哲。现在的人类虽然已经离开了海岸，还在浅海和深海之间。这涉及历史哲学，可以写成多卷本历史专著。

马莉说，你可以写么？写啊！

写书又是去浅海钓鱼了。我愿意在海边。

这样的交谈总这样结束。马莉在认可又不服气之间。

马莉说，比尔·盖茨也是俗人了？乔布斯也是？

我说，大愚若智，把老聃的话反过来。

马莉说，俗就俗呗，做具体的事儿挣钱养家改善条件提高生活质量，总没什么错。

她承认了俗。

有朋友同事问到我，马莉常说的一句是：他爱看书。

这样的回答可以给人无边的想象。

十六

直到马莉说她讨厌翻书的声音。

是在一天的半夜。马莉翻来覆去睡不着，像毛囊里钻进了虱子。我一直在看书，一如往常。马莉不时翻身的声音影响不到我，包括翻身时发出的一声声似有怨恨的叹气。实在想睡着又睡不着的时候，人就会这样。马莉是有压力的人，马莉要做许多家公司的账，还要不被查出半点差错。还有末末，哪怕一次作业，每天需要背诵的英语单词，事无巨细。还有家务，最不显劳绩毫无成就可言的一种劳动。

我不能因为马莉的翻身就起厌烦，这点觉悟我还是有的。当然，也要不让马莉的翻身和似有怨恨的叹气影响到我的看书。只要她还在翻身，没有坐起来。

马莉终于煎熬不住了，坐了起来，呼一下，险些吓我一跳。我是有心理准备的，因为这样的状况已连续几个晚上了。她到底熬不住了，呼一下坐了起来。我好像被吓了一跳那样，抬起身看着马莉。我觉得这时候的我，就应该像被吓了一跳。

我看见马莉的脸像烧红了一样。

马莉怎么啦？

马莉使劲摇着头，痛苦得要哭一样，

要哭出声来。

怎么了马莉？马莉，嗯？

马莉摇着头，使劲摇着头。

马莉说，是我的问题是我的问题，我怎么就听不得翻书的声音了？我说的是你，翻书的声音。

是不是？

我放下手里的书。

是不是？

我把书放到了床头柜上。

是今天晚上么？

马莉使劲摇着头。马莉说不是，不是……

我不知该怎么问马莉了。

我说，我翻书很慢啊，声音很小啊。

我这么说的时候也是很小心的口气。马莉正在痛苦里。我说了之后就看着天花板，手指头不由自主地抠着脚指头，在脚趾缝里轻轻搓着。

马莉终于让自己平静下来。马莉好像下了决心。马莉说她讨厌书页被翻动的声音，越听不得，越讨厌，越听得清晰，像在心上划拉一样。马莉极力给我说明这种讨厌很没有道理，她知道很没有道理，她也曾经是爱书的读书人。

我说，你要是真讨厌我翻书的声音我就不翻了，我不在家里翻我去公司翻。

我给马莉说过，公司给我有单间办公室，去不去都给我留着。我写策划做文案，要参考流行时尚也要用一些冷门的知识。师兄也知道我是一个爱看书天天都在看书的人。

马莉说，不是不是，我不是这个意思，我说不清是什么意思。

我说我能理解。我说你大概也许只是讨厌你听见我翻书。讨厌我翻书和讨厌听见我翻书是不一样的。

我不确定马莉听进去没有。我还说了，在家里，一切都属于你。我只爱看书，做书虫。

马莉突然兴奋了一样，说，对对，不是翻书，是蛀虫，虫子一样，滋啦滋啦，把虫子啃书页的声音放大了几十倍，在心上划拉。

我说，其实人至今也还是一只虫，一条虫，一种虫，虫虫。

马莉好像在回忆一样，仰着脖子，说，我在你翻书的声音中入睡，我在你翻书的声音中醒来，我离开，我穿过街道，穿过人群和车流，穿过白天，到夜色降临。我再穿过街道，穿过人群，穿过顺畅和不顺畅的车流，进电梯出电梯，开门，然后，再听你翻书的声音，在深夜里，我再次入睡……哇！我这是在写诗么？

我有些害怕了，害怕马莉就此神经。我取过那本书，拿到简易书架跟前，从上边取下许多本书，和那本书一起，抱到了广告公司。

我在那套一居室的家里看书的时光就此结束。

很少在家看书的我逐渐减少了在家的时间，也就避免了许多因为手足无措不知如何安身的尴尬。马莉不许末末看电视，我因此早已与电视几近绝缘。我可以看手机。手机里的花样越来越多，可是，黏手机容易和无聊和消磨时光牵连在一起，哪怕是正经的阅读。看书就不会，看书在正经和严肃的人生一边。就算不认为手机阅读是无聊是消磨，是和看书一样的阅读，也会弄出声音。要是马莉也听不得手机的声音呢？

周末的时候，我会陪末末做题，或者讲故事。末末已不满足听书上的，要听书上没有的。我能编，编不好，总让末末不满意。

师兄很高兴我能天天来公司坐班，哪怕只是看书。公司的小青年很惊讶我书虫一样地看书，都是他们听过或没听过，想读又望而生畏的书。我几乎要让他们高山仰止，景行行止了。

再晚我都会回家，回到我和马莉的家。如果马莉已经入睡，我就在黑暗里把自己脱光，揭开被子，鱼一样溜下去。

十七

我也曾想过发达。是二哥他们对我的刺激。不是刺痛，是刺激，冰水浇头打一个激灵的那种。从梦中惊醒，从麻木无感的状态里激活，突然就对世界产生了一种欲望，很具体很清晰，就是拥有财富。

财富不在负极，其所以给人负面的印象和评价，是因为获得的方式和途径。

我清理过我的思想，对二哥他们拥有财富我是欣赏的。我不是不欣赏他们对财富的拥有，是不欣赏也不屑于他们的不洁，说肮脏也不为过。可是，全世界，古往今来的财富有哪一笔是干净又高尚的呢？没有，一笔也没有。至少，我知道的没有。君子爱财，取之有道，是给老实到愚钝的人听的。取财之道在于无道，说无道之道也是一种道，是说道的歪与斜，比如豪夺的种种，巧取的种种，尤其所谓的巧取。

洗白这个词，说的不是皮肤也不是衣服，而是财富，甚至是专指财富。

如果不洁，我宁可没有。我不说出口，是不愿伤到二哥他们。这也是二哥他们高看我一眼的原因，即使在他们都发达之后，甚至称我"精神贵族"。

来来来，跟我们的精神贵族喝一个。

二哥他们有时会这样和我碰杯。

所谓精神贵族，也包含着穷酸的意思。我也知道我并不比他们优越的原因。我有些穷酸的低物质生活，又使二哥他们能够和我平衡，甚至高出我一截，比我更有优越的资格。

德林抽烟嘴刁，非软中华不抽，好在我们都供得起。

二哥他们的慷慨里，也洋溢着他们的优越。

要拥有就只能不洁，要干净就一定穷酸。这一财富的等式在现实世界里是不变的，适合每一个如同传奇一样的财富故事。每一个财富的拥有者都心知肚明。

你就是懒。二哥这么说过我。

你不是没有脑子，你就是懒。

我懒么？

只有我知道我的症结。我不是真懒，是我永远的迟疑给了他们懒的假象。

我只是惧怕。惧怕负债。惧怕失败后的无地自容。惧怕没完没了无穷无尽的应酬。惧怕在每一个细小甚微处，走钢丝一样平衡必须平衡的各种关系。各种关系又可笼而统之为一种叫做权力的东西，掌握这种权力的又都是一个一个俗不可耐的庸人，几乎无一例外。

我为什么要绞尽脑汁维持呢？我为什么要绞尽脑汁和他们维持呢？为了生存之外的财富？生存的含义就是俗话中的活着，而活着的需要是极其有限的，活好是活着多出来的部分，可以是无尽的。没有多出来的那一些，就一定没有乐趣么？没有享受？看呢？看世界，哪怕看活好的人，看他们活着活着，活好了又活不好了，不行么？不可以么？在一个只相信活着的人的眼里，没有高低，没有贵贱，看到的每一个人都是芸芸众生，大大小小的官僚是，教授也是，人大代表政协委员也是，他们在折腾，是折腾着的芸芸众生。说折磨也成立。

我懒么？

有一个词叫"佛系"，说的是某一种人。我不是佛系，我不在他们里边。

这几年又流行一个词，叫"躺平"，也说的是某一种人。我也不在他们之列。如果硬要把我推进他们里边，我就更愿意把躺平看成一种姿态。与其不干不净地折腾，不如躺平，至少在世俗的意义上还不是一种罪过。

不是所有的人都有愿望。这句话的意思并不排除曾经有过。有过，放弃了，随遇而安。看云卷云舒，花开花落，正是古人的一幅联句。

我懒么？

我只是拒绝折腾。

十八

第一次看见末末，末末是一个包裹。

护士递给我一个包裹，说，女儿。

包裹上吊着一个牌子。

这就是末末。末末在这一个包裹里。末末闭着眼睛，没有呼吸一样。

我拨开包裹，看着无声无息的女儿，她和包裹重叠在一起。我想记住女儿，忘掉包裹。

想让事随人心是一件多么困难的事情。我不行。

我不记得我和护士说过什么。我接包裹的时候应该很小心，怕接不好，怕它从我的手里跌下去。我也不记得我接包裹是在产房外还是病房外。护士抱给我，我接过来，抱到马莉跟前。病床上的马莉坐起身，脸色苍白。我拨开包裹，和马莉一起看。

末末无声无息，闭着眼。小嘴唇像鲜嫩的蒜瓣儿。

我和马莉的目光相遇了，在包裹的上边。马莉有些疲倦，努力给我一个笑。在很多时候，马莉都会给我一个笑。我想，马莉是最先包这一个包裹的人，包了她一生中最用心、最费周折的一个包裹。

护士又过来了，要抱走包裹。我给了她，给的时候也很小心。我和马莉都看着护士抱走了包裹。然后，我坐在马莉的床边，不知道该做什么了。

我想我应该做点什么。我就剥了一个香蕉，递给马莉。

不错，我说。

马莉点点头，在香蕉上咬了一口。

包裹。我想的是那个包裹。我想我把香蕉皮扔在了墙角的垃圾篓里。我没注意房间里住了几个产妇。我听见有人走来走去，影子一样。进来出去的是护士，也影子一样。

我很讨厌我老想着包裹。上帝给你什么是已经定好的，你无法调换，哪怕是想象里的。那就好吧，包裹。

末末是马莉生产前就起好的名字。

我说末末。

马莉说念起来会让人误解成沫沫，方言里有碎渣的意思，还有，泡沫。

我说，就末末，听起来卑微，细想却不。末梢，末端，也是顶端，和英、和颖相通。

马莉说，有好多人家的孩子用了。我说，马莉，莉莉，也有这一层，叫末末的妈没几个叫马莉。马莉哦了一声，说，那就茉莉的茉。我说茉莉的茉只有一个意思，末更丰富。

马莉又哦了一声，说，好吧，末末。

我和马莉知道是女儿。二嫂给马莉照过B超。我说我无所谓男女。马莉就完全放心了，用手摸着隆起的肚子，时不时就摸。

就成了一个包裹，礼物一样。由护士转交给我，像一种仪式。

她会丰富起来的。

事情正是这样。包裹丰富起来，在我的眼跟前，一天一天。

爹地——末末这样叫我，你能不能给我一点有用的东西？

末末解释了好多句，终于让我明白了，她说的有用其实就是字面的意思，就是当下有用。

你不能只给我读书。你可不可以给我感情？将来不会再有的那种，末末说。

正上四年级的末末。你给我读的书我将来也会读啊，她说。在她的思想里，感情是分时段使用的一种东西。

末末是对的。

我问她，谁让你叫我"爹地"？

电视上，她说。

上幼儿园起，末末看电视就被限制了，没看过多少。

没看过不等于完全不看。稀罕的东西更容易入心。

我不喜欢末末叫我爹地，听着膈应。很快又习惯了。

你可不可以给我感情？将来不再有的那种。

是四年级的末末。

就因为末末的这一句话，我会像多余的指甲一样被剪掉么？

十九

我喜欢剪指甲。看书，剪指甲，手指甲和脚趾甲。从什么时候开始已经说不清说不准了。有了指甲剪以后吧。不管坐在什么地方，我都会不由自主地脱鞋，摸脚指头。这实在是一种让人生厌的习惯。也有人提醒过我。

人无法左右别人讨厌或不讨厌自己的某个习惯动作，做到不冒犯应该可以。我有意识控制了近一年，效果明显。在家则没有控制的必要，至少我认为没有必要。马莉要说什么了，我开始剪指甲。这么多年，我和马莉的许多次谈话就是在剪手指甲或脚趾甲中完成的。

马莉喜欢涂指甲。末末长大些了，就拉着末末和她一起涂。或者，末末要涂了，她跟着末末一起涂。末末是马莉最上心也最倾心的，花多少钱多少时间都行，只要她有。

我不知道马莉要把末末引向何方。上全市的重点名校，不惜让末末寄宿，一周接一次。然后呢？进重点名牌大学。然后呢？读研读博。然后呢？最终呢？有没有叫做重点工作的职业？有没有某个被称为重点老公的和末末结为夫妻成就家业？看马莉的劲头，好像有。

末末很优秀，钢琴早过了所有的考级，校庆时表演过。马莉拉我去看，看得我险些流出了眼泪。险些，没流出来。马莉流得很干脆，稀里哗啦。抹在脸上的容妆也稀里哗啦的，还要失声痛哭一样，让我对喜极而泣有了最直观的感受。

末末已是初中生了，不再听我讲故事，不再叫我爹地，不再问我能不能给她即时享用的感情。她甚至可以和我讨论一些问题了，时不时会说，爸爸你老土了。初中生毕竟还不是成人，对父亲还无法感同身受，即使是她的父亲。

我是在剪指甲的时候想到这些的。

我一个人，马莉和末末都不在。

二十

马莉说她想哭。

那天送末末回来，马莉没做账，也没拖地，也没洗衣服。进门扔下车钥匙，就躺在床上看天花板。手随着胳膊，随意地放在床上，放在头发的两边。这是我熟悉的身姿。她好像有些疲惫，好像很疲惫。健硕的母羊也有疲惫的时候。这也是我逐渐熟悉了的情态。从什么时候开始的？忘记了。马莉时不时就显出疲惫的情态，不只是躺下来，站着、坐着的时候也会。说她想哭则是第一次。

她说，我想哭。

我正在看书。那时候马莉还没说她讨厌我翻书的声音。马莉说我想哭，我就开始看马莉了。马莉把身子扭了过去，知道我会看她，不愿让我看她的脸一样。

我看到的只是马莉的脊背和屁股。疲惫的母羊从哪一个角度看都不具有美感，哪怕穿着连衣裙。

我说，是不是？

疲惫的马莉好像用牙齿咬着她的嘴唇，眼睛一眨一眨。疲惫的马莉不说话的时候就会这样。这也是一种隐忍。隐忍是一种让自己难受的美德，近于自虐。

我说，如果忍不住就不妨哭出来。

马莉没有哭。马莉呼一下坐了起来，却不看我。

你根本就不关心我，马莉说。

马莉的声音很轻，好像说的不是我一样。

不对吧马莉？我说。

马莉说，就是。

我说，在你想哭未哭的时候，我愿意看着你哭出来。你说我不关心你，还说就是。

马莉没听我说话一样。马莉说，你不关心我的感受。

我说，每个人每天会有无数个感受，你也是。我说，只要我看到了，我都是关心的，包括你想哭，证明我是关心的。

我说，你感受不到是因为我的关心不是你想象中你想要的那种关心。

没关系的，我说，你喜欢，你认可什么样的关心，你可以告诉我，我可以试着去做，毕竟一个人不是另一个人肚子里的蛔虫。

马莉说，你不关心我为什么想哭。

我说，一个人想哭可以有多种原因，不哭出来的原因往往单一，很容易看穿。

我说，在忍和不忍之间，我主张不忍。想哭就哭出来，这符合健康之道，笑比哭好，哭出来比忍住不哭好。你是女人，比男人有更多的体验。

我说，哭吧马莉，哭出来。

我满怀期待，期待马莉哭出来。

没你这样的！马莉说。

我立刻给马莉一个愕然的表情，是要告诉马莉，她好没道理。我只能是我这样的，不可能是别样的，包括马莉想象的那样，希望的那样。事实上，这个世界上我这样的很多，我并不是独一份，如果真是独一份，倒成稀珍了。

马莉到底没哭。马莉抱过来几个账本，到小餐桌跟前，把车钥匙推到一边，坐下做账了。我也就打开书，从中断的地方接着往下看。

二十一

遗忘是一种本能，也是一种技巧，更多的时候是二者的混合。遗忘也是一种卸载，和卸载一个软件或一个APP一样，由于是技术性的，在需要的时候就可以把卸载的东西再下载回来。技术性的遗忘常被人诟病，称之为选择性遗忘。可是，又有谁能够厘清哪一个遗忘是本能的自然性遗忘，哪一个是人为的选择性遗忘呢？人痛惜遗忘，指责遗忘，又获益于遗忘，是遗忘的受益者。

我不会诟病遗忘，也不会为遗忘负疚。对我来说，善于遗忘并享受遗忘的果实，最切近的是和马莉，和父母，和兄弟姊妹，还有二哥他们。能纠缠在一起，纠缠成爱人的样子，亲人的样子，朋友的样子，不全是因为相爱相亲，也因为遗忘，否则，也许早成路人了。相逢一笑泯恩仇，就有遗忘的力量。

经验告诉我，对马莉，用笑最有效果。对父母，我多用点头。对兄弟朋友，我多用握手，握上去一只手，再捂上去另一只。一握手，又是朋友兄弟。一点头，又是骨肉父子。一个笑，又是好夫妻，进一个被窝了。

一定要做的不一定常说，未必做的不妨经常念叨。这不是政治家的专利，普通人也适用。做成事实和烧成灰烬没什么本质区别，面对灰烬能怎么样呢？能够的只是接受，不愿接受之后还是接受。

我接受一切，然后，他们接受我。就连他们的不接受我也接受。马莉的，父母的，兄弟姊妹的，朋友的，还有，末末的。他们的愤怒，他们的失望，甚至他们的厌恶。

马莉可以厌恶到去洗漱间对着马桶呕吐，这时候，我就跟进去，给她递抽纸，一页一页递，方便她一边呕吐一边清理被呕吐扭曲的嘴唇。然后，所有的抽纸都被扔进了垃圾篓。暴风雨已经过去，风和日丽。

所以，我不觉得活着有多么艰难。痛苦可以远离。在黑暗的地方也能看见光，说这话的人不一定有这种能力，我有。看不见光就把黑暗当成光，瞎子固然不幸，却拥有这种常人不会去拥有的特技，我愿意拥有这种特技。

经验告诉我，如果抽身出来，把自己当成一个观察物，痛苦就会消失，甚至，会化茧成蝶，蜕变为快乐。隔岸观火的人也许能理解我说的是什么。望洋兴叹干脆就是一首诗。

所以，我对马莉的怨艾虽不能感同身受，却可以照单全收。

理解只是一种愿望，接受才是实在的，能落地的。

我愿意每天呼一声：接受万岁！

二十二

三十多年前，对坐在我家门口的我来说，二点五公里之外的县城是每到傍晚时就会点亮的一堆灯火，是一种莫名的激动，看着看着就会升起跃跃欲试的冲动，一个飞跃，跳进那堆如梦似幻的灯火里，成为其中的一盏。

二十多年后，我们家被县城席卷进去，成为县城的一部分。土地变成了金钱。老屋重盖了一次，尽量和不再是村庄的城市社区般配。

有几年我一直奇怪，我家的屋檐水再也结不成长长的冰溜子，像一根巨无霸冰棍一样，让我一截一截扳着吃，吃出那种无须漂白处理的自然水的味道。后来我才知道，是因为全球气候变暖，城市膨胀的激情没有那么高的温度。

最让我父亲愤怒的就是城里的水。这位曾经的铁匠，以他的倔强拒绝饮用。他说，我不喝药水。说得很直接。他的倔强连一天也没有扛过去。因为人们的解劝，更因为渴。

他说，城里什么都好，就是给人喝药水不好。

他说，人能吃喝的水有两种，一种是水，一种是药水。他很快就习惯了自来水，也习惯了城里人的生活。

他说，城里什么都不好，就是挣钱利索。他把新盖的门房开辟成一家日用品商店。

他说，日他先人乡下种地，赔着身子还赔钱。

他说，城里开个窗口，人在躺椅里，摇着扇子也挣钱。

他早已不说他的打铁了，分田到户后，就把打铁的整套家伙收起来，专心种地了。曾经的铁匠像穿过的鞋一样，被扔进时间的尘埃里，只是不像鞋袜一样腐败，以至于无影无踪。铁匠的家伙还在，横七竖八倒卧在上下两层楼的各个角落里，落上了厚厚的土灰，有的还结了蛛网。

铁匠大大，人们还像以前那样这么称呼他。也只有在这么叫他的时候，才能透露出这位铁匠的后代，也曾是赫赫有名的铁匠，他的一丝一缕。

二十三

还是乡下人的时候，对乡下的真实感受是粗糙，是简陋，是单调，是无法逃离的乏味和无聊。几十年后，回想已经消失的村庄，却不再粗糙，不再简陋，也不再单调，反倒有一种有些温暖又有些忧伤的诗意，想重新回去。不是回到那种生活里，是回到那种诗意里。我甚至怀疑，真正的生活是没有诗意的，诗意只在臆想里存在。

所以，诗是一种艺术，而不是生活。

或者，诗是生活之外的一种生活，是城里人去乡下住在民宿里的几天度假。

再去吃屋檐下的冰溜子，不会有回忆里那种自然水的滋味。这种味道是在经历足够的生活之后，时间和距离给予的。

二十四

县城人有做生意的传统。很久远的时候做过盐，做过茶叶和布，还有皮草，从明朝一直做到清朝。二哥打包卖给外地有钱人的几院老宅，就是那个时候留下来的。它们和新城市的规划不搭调，正好卖钱。

县城人也有革命的传统。支持过反清复明，支持过革命党，也支持过后来的国民党和共产党，还有救亡，用他们能够付出的一切，包括暴力。革命和救亡加起来，才是他们暴力的全部。所以，县城人也有暴力的传统，是血性，更是为生存。

县城人的历史证明，传统可以是多种多样的，也是可变的，因时而异的，也可以丢弃，也可以再捡回来，捡回来再丢弃。

二十五

老宅子不合新风尚可以拆卖，对城墙则是推倒。这符合城与市的天性。

城是有城墙的，是与生俱来的，市可以没有。

当市像葱一样从城里疯长起来，成为一个又一个不断膨胀的、不断扩张的有市无城的城市，布满整个国度，原有的城墙就会成为拘束，成为羁绊，就必须推倒。它表达着一个国家的率性与激情，几十年间，所有的城和镇都经历了和这种率性和激情遭遇的命运。突破城，市才能获得生长的自由，满足扩张的野心。

人心不足蛇吞象，市也一样，因为是人的市，注入了人的欲望。而对财富的欲望，又是全民性的。谁都想拥有财富，都有财富的欲望。这种欲望通常被称为人民群众对美好生活的向往。欲望的人，欲望的城市，墙角的一棵草也是有欲望的，人和城市都成了激情喷发的饕餮，凶恶贪吃的野兽，在久经饥饿之后，吃，吃，吃，吃多饱还觉饥饿。没有谁会顾及这样的吃法会带来什么，会积攒下什么不好的后果，吃的激情覆盖了一切。

差异始终存在，一开始就有，伴随着整个过程。许多人如愿以偿，更多的则成为他者上升的台阶。

运气也很重要，一片土地和土地上的人能有不期而遇的命运，只取决于一点，即，你恰好在这儿。

我们村，一个叫雀儿咀的村子，恰好在县城的东边，二点五公里，县城的扩张又恰好是朝向东方的。一扩一张，再一扩一张，雀儿咀就被裹了进去，雀儿咀的土地就不再生长庄稼，改生各种各样的店铺了。雀儿咀的村民也不再种地，成了卖地入城的新市民。

没有了城墙的县城，更新和扩张永无止境。我父亲对拆迁补偿的欲望也呈现膨胀的态势。扼制甚至扼杀我父亲膨胀的欲望，是膨胀的城市更新和扩张的一个前提。就这么，县城和我父亲，不可避免地形成了一种对峙的紧张关系。

马莉不能忍受县城的生活，先对峙，然后逃离。我父亲不会逃离，他正在对峙，要在对峙中消解这种紧张。

二十六

马莉背对着我。我能听见马莉的呼吸。马莉眨眼睛的声音。我在马莉的身后。

我把手伸进马莉的内衣，从脊背向前胸巡游。马莉一下一下眨着眼睛，我能听见。我的手要去高处了，马莉的手按住了我的手。

我不想，马莉说。

马莉说我不想。

这样的情形已出现多次。马莉也许会按住我的手，也许不会，任我的手在她的身体上巡游。

我不想，马莉说。

马莉的不想也许会成功，也许不会，她会利索地由侧身转为平躺。

来吧，她说。

这样的做爱还要把释放的轻松转化为愉悦，必须有抵抗尴尬和自嘲的能力。除了吃喝拉撒，其实也包括吃喝拉撒。人的能力大多是后天养成的，需要巩固，直到成为一种貌似本能的自然行为，熟练的技能都是这样的。是行为，而不显技能。

我没有用多长时间。我从马莉第一次说我不想，到我和不想的马莉做成房事，大概不到一年。机械技能和精神技能是不一样的，后者比前者要复杂很多，每一次都会有变数，需要长年累月，所谓修炼说的应该就是这个。机械技能只需要一次，一次实现就可以一劳永逸。

马莉的"我不想"可以有多种原因，马莉的责任却不可推卸。马莉有责任配合。这种为责任的配合有利于克服尴尬。何况，并不是每一次都必须配合。何况，也有马莉愿意的配合。

我不想，一次。

好吧，不想。

再一次，再再一次呢？

马莉利索地由侧身转为平躺。

来吧，马莉说。

事后回想，开始的时候，马莉一直睁着眼睛，直直地么看着我，看着我劳动。然后，就闭上眼睛，很疲倦，眼睛再不睁开，直到这一次的了结。

有时候，马莉既不平躺过来，也不说来吧。马莉什么也不说，任由我在她的后边这样那样，好像纯粹是我一个人的事情，与她无关。这样的性事是不堪回味的，要回味也是索然无味。

也有过中途又平躺过来的时候。马莉很疲倦的样子，闭着眼睛，一直到我升到高处，然后跌落。

一种疲倦的施舍。

一种疲倦的尽责。

怎么能知道马莉始终都不想呢？能问马莉么？开始不想，到中途又想了？马莉也是凡胎肉身，不是铁板一块，她和好结仇了么？

问马莉，马莉能说么？

二十七

我和马莉从不吵架，因为我拒绝吵架。比如，马莉说，你总是有理，没理也会找一个出来。

在吵架的人，从这一句就会吵起来。我不会。我不认为马莉要和我吵。马莉只是在"说"，我接着往下说就是了。我耐心地给马莉说，一直说到她明白。

我说，能找出来就证明它有。如果没有，就是神仙也找不出来的。

我说，人要讲理的意思，至少有两层，一个是"讲"，讲就是说的意思，讲理就是说理，把理说出来，不管这个理是从哪儿来的。还有一层，就是"认"，认什么呢？认理，服理，以理服人。

我说，面对事情，人和人由不认可到认可，由不认同到认同，由不和谐到和谐，至少有两条路径。一条是以情动人，事情事情，任何事里都有情的，所以叫事情，或者叫情事。啥都不说了谁让咱是哥们儿呢！谁让咱是同胞手足呢！谁让咱是夫妻呢！谁让你是我爸我妈我哥我妹呢！这就是以情动人，撼动的动，不是感动。真正的感动一定有理在，也就是我说的第二条路径，以理服人。越亲近的人越应该讲理，认理，谁都能想通，事实却偏偏是反的，越亲近的人越不讲理，情感绑架就是这么来的。情通理不通。情通只是一会儿，情随事迁，又不通了。

我问马莉，我说，你有没有遇到过情

感绑架？父母？兄弟姊妹？朋友？闺蜜？

马莉说，咋没有啊，多了去了，我一个闺蜜也没有了，就是因为情感绑架。

我说是啊，情感绑架的名分是很高的，能够成功是因为情感，结果还是闹掰。和父母和兄弟姊妹没有闹掰，是因为没法掰，是因为还有比情感名分更高的血缘。事实上，也有闹掰了的，父母子女老死不相往来，怨恨成寇仇。

所以，我说，马莉啊，还是要认理，理通情更通，通情达理，到理这儿才是彻底的，不会情随事迁，通又不通。

我说，讲理的人也是真正懂情感的人，也不会绝情。

我说，绝情的人只会在重情的人里边，因为只重情，所以绝情。

我说得快要为我的说辞感动了，也快要佩服我自己的口才了。

两个人面红耳赤，唾沫飞溅，不一定是吵架，而是争论。争论和吵架是不一样的。争论可以打太极，你说你的，我说我的，不一定要争出个一二三来，更多是要给看的人看的。吵架是真正的两个人的交锋，针锋相对，环环相扣，步步跟进，会伤筋动骨的。一会儿的吵架很可能有无穷的后果。

化解吵架可以向争论学习，把两个人的互相接招演化为各自的太极。这听起来好像很玄幻，很扯。事实上，两派学者的争论正是这样的，争来论去，就争成了教授，论成了研究员。吵架则会适得其反，谁又会给整天吵架的人颁发教授资格证呢？事实上，每个人也都是这样的，一生都这样，和这个争，和那个论，很热闹，到头来却发现，一辈子和他在一起争的论的只是他自己，一个人的太极。看起来热闹，

感到热闹，是因为有交集，而交集不是遭遇。

马莉和我吵不起来，哪怕马莉有挑衅的故意，也会被了无痕迹地消解。我不给她发泄的机会，让她故意的挑衅成为一种自言自语。马莉气死也吵不起来的。

二十八

有一个时段，马莉总觉得空气不够呼吸。

喘不过气了，马莉说。

我说，是不是？

我在空气里抓了一把。

马莉说，空气越来越不够呼吸了。

我又抓了一把空气。

空气好好的么，我说。

你长呼吸，深呼吸，把气吸到肚脐眼以下，停一会儿，再呼出来。我给马莉说。

马莉没像我说的那样深呼吸。马莉去洗漱间了。一会儿，我闻到了香烟的味道。

马莉从洗漱间出来后，我问马莉，你抽烟了？

马莉没回答我的问话。

马莉真抽烟了。开始在洗漱间，后来公开了，只是不当末末的面。

她抽的是一种叫柔和"七星"的细支烟，混合型的，我闻着有点呛。马莉从不抽我的软中华。

马莉又一次抽烟的时候，我也点了一根。是夏天，马莉穿着那身素花短衣短裤，光脚趿拉着拖鞋。马莉平滑又健硕的腿。

我看着燃烧的烟头，说，抽烟需要氧气的支持。

马莉好像没听懂我的话，看着我，然后，好像懂了，说，噢么。

我有点诧异，歪头看着马莉，说，你也学会说噢么了？

马莉说，噢么。

马莉蹬掉拖鞋，把她的一双光脚放上了椅子，紧挨着她的屁股，左手横平在两个膝盖上，右手举着烟，胳膊肘在左手背上。她看着夹在两根指头之间的燃烧着的"七星"，

马莉说，抽根烟反倒不觉得空气有问题了。

如果要我在马莉的身体上找一样最好看的，我首选马莉的手：胖乎乎的，无骨，修长而暄净，观音菩萨的那种。

我说，女性偶尔抽根烟也挺好。

也挺好？马莉说，也挺好的"也"是啥意思？

我说，就是字面的意思。

我给马莉笑了一下。

我说女性偶尔抽根烟也挺性感。马莉说我可没想那么多。我说性感不性感和自己想不想没关系。我说，过去不抽烟的男人少雄性，现在不抽烟的男人是惜命，证明现在的人重视生命安全了。

那天，我给马莉说了很多有关香烟的知识，还说到了一本洋人写的《香烟的故事》。

我说，中国是烟草大国，少有人写这样的书。中国人只管抽烟，不想烟是怎么回事，会有什么样的故事和可能发生的故事。政府只管收税，也不管这些。马莉只是听，不言语。也不摇头或点头。我相信马莉是爱听这些的。

二十九

有一天，马莉说她要洗衣服。

我有些诧异，马莉洗衣服从来不说的，最多说，把你的衣服脱下来，那就是要洗衣服了。

那一天，马莉说，我要洗衣服。

马莉天天洗，洗了一个礼拜，把能找出来的全找出来，压根不再穿不能穿的，都洗。每找出一件，她都要放在鼻子底下闻一闻，然后，扔进洗衣机。包括职中时的那一套运动服，残留着那时的气息。房子里，阳台上，挂满了衣服，各种衣服，万国旗也没它们丰富。这些年，会有这么多衣服！这间屋子，会塞进这么多！都是我和马莉，还有后来的末末穿过的，一件一件买来的，一件一件洗过多次的。

生活是一场没有终点的马拉松，细想会让人惊叹到无语，会让我无语地阅读那一套港版《金瓶梅》。

那些天，我在挂满衣服的屋子里，伴着洗衣机的轰鸣，开始阅读没有删节的《金瓶梅》。二哥的朋友托人从香港买了一套，溜过了海关检查。二哥给他介绍了我，又把他介绍给我。

他说好啊好啊，你就是那位传说中的"书神"。

我说，书虫书虫，一只书虫。

他说，有意思有意思，果然。

他就把那套港版《金瓶梅》借给我。他说他看了几页，没时间看，竖着排的，一半字看起来面熟，就是想不起在哪儿见过。他说，还是听你讲，说你讲得好。我说我想读是因为这一套和我看过的《金瓶梅词话》不一样，我说我一直想读一套港版或湾版的。

我说，一位很厉害的教授作家，名牌大学的，专门新写了一本书，说《金瓶梅》比《红楼梦》伟大，我刚好看了。教授作

家肯定是用没删节的《金瓶梅》和《红楼梦》对比的，我也得看看，刚好就碰到了你的这一套港版。

在公司看这样的书会引起小青年们的误解，虽然不乏好奇。刚好马莉要这么洗衣服，我翻书的声音和洗衣机相比可以忽略不计，所以，那些天，马莉疯狂地洗衣服，我惬意地看书，真是一段好日子。

洗完衣服，马莉又洗床单被罩了。我听见马莉说你把书放一下，帮我抻床单。

马莉把床单的一头递了过来，我就放下书，和马莉抻床单了。

被洗衣机蹂躏过的床单。

我和马莉像装了弹簧一样，一抻一松，扯着柔软又湿润的床单。我从来没有抻过这么多的床单，不知道抻床单可以是一种很性感的情感性劳作。我和马莉抻了床单，再抻被罩，竟抻出了愉悦和激情。

床单和被罩要晾到楼顶上。

马莉去楼顶了。我听着马莉上楼的脚步声，忘记了坐下去重新看书。没有了床单被罩可抻，我的手空落落的，怅然若失，直到马莉从楼顶回来。

我看着马莉。我想说的没说出来，就看见马莉给我笑了一下。

马莉说，我想了一下，我上楼下楼一直在想。我想，这恐怕是我们结婚后最像婚姻的一次愉悦。

是的，我说，我也觉到了。

我说，还有要抻的么？

马莉从滚筒里取出了枕巾枕套。

有一双袜子从枕巾里掉了出来。

我说，也抻了吧。

我和马莉就抻了那双袜子。

然后，我就和马莉顺势而为，有了一次做爱，直做到马莉从一只健硕的母羊成为一只疲惫的母鹿。

然后，马莉就睁着眼睛躺着，一声不吭。我看了好多页书了，她还那样，一直到夜半的时候。我正要翻过一页书，马莉坐了起来，把身体移到床边，两只脚找到了两只拖鞋。

马莉说，德林我们离婚吧。

马莉就是那天夜半时给我说的。在我们有过最像婚姻的一次愉悦之后，马莉说，德林我们离婚吧。

马莉不看我，看着鞋尖。

我说，噢么。

马莉还看着她的鞋尖。

我说，我瞌睡了。

我说着就躺下去，睡了。

马莉洗了个澡，换上睡衣，躺在我身边，和我拉开了那么一点距离。

我自己给自己笑了一下。马莉完全没有这个必要嘛，即使要离婚。

马莉什么时候睡着的我不知道。第二天醒来，马莉已出门了，小餐桌上放着我的早点。我吃过早点，想了一下昨天晚上发生的事情，然后去了公司。

公司里只有小陈一个人，空荡荡的。

我问小陈怎么你一个？

小陈说，今天青年节啊老师。

公司的小青年们都叫我老师。

我说噢噢，过得没日子了。

我泡了一杯茶，小陈走进来，从她的背后闪出一束鲜花，说，节日快乐！

我说，我还是青年么？

小陈说，是青年。

我说，没花瓶啊。

小陈说，你这么好的笔筒只有两支笔，太浪费，我一直觉得浪费。

小陈抽出两支签字笔，拿着笔筒和花

出去了。再进来，笔筒就灌上了水，成了花瓶。那束花上，也满是水滴了。

我说，你把浪费变成浪漫了。

我问小陈咋不和老板他们一起去山里踏青过节。

小陈说本来要去，又想，也许你会来公司，就说不舒服，不去了。

三十

我是先看见车震的视频然后车震的。

一辆路虎车，前不着村后不着店，在公路旁边不停摇晃，不知会发生什么事情，我耐心等待着，结果是，视频结束了。

完了？我问。

完了。二哥说。

我说，看不懂。

二哥说，车震啊！

我说噢噢，出什么问题车会这么震？

二哥啊哈了一声，说，你也有老土的时候啊！说，就知道你不知道，才给你看。然后，就给我讲了车震。说，一男一女在里面耍起来，车就会这么震。

我说，你和二嫂真能耍！

二哥说，和你二嫂就不在车里了，越说你越土。

二哥说这也是现代化，潘金莲和西门庆咋风流也没法有这种体验。

二哥说这些的时候，我不知道怎么就想起了公司的小陈。

小陈第一天来公司上班，我刚好在。师兄把小陈领到我办公室，说，小陈，新来的研究生，在电视台实习过。

人说人不可貌相，人看人却免不了从相貌开始。小陈最特别的，是她丰厚的嘴唇，是鼻子和嘴唇间茸茸的汗毛。不知哪本书里说，这样的女人性欲超强。

小陈眨了下眼睛，说，老师你多教我。

小陈的眉毛很疏朗，边缘的像栽进去的一样。

师兄给小陈说，这位老师博览群书，你跟老师从读书学起。

小陈是外省人，毕业后想留在省城，住合租房。我星期天多来公司以后，偶尔会见到小陈。

一个师妹结婚，也是星期天，我很想开车去，就要了马莉的车钥匙，开了那辆本田，拉了小陈一起去。师妹嫁了一个富二代，婚礼很排场，有茅台软中华的那种。那天因为小陈在，我没拿桌上的烟，回来的路上，小陈从她的小包包里拿出了一包，放在我手边，说，我看你平时抽的就是软中华，桌上有人拿，我就给你拿了一包。我说噢噢。

我边开车边和小陈闲聊，很容易就聊到了孤独。

小陈说，老师你有时候会不会感到孤独？

我本想给小陈说说孤独和寂寞的不同，却又顺着小陈的话势，说，是人都会的，尤其现代社会。孤独是一种现代病，人越多越热闹，人越感到孤独。有一本书就叫《过于喧嚣的孤独》。

小陈说，我时不时就会感到孤独。

我看了小陈一眼，小陈的脸上氤氲着落寞。

我说，这会儿……也是？

小陈好像点了下头，眼睛从前窗玻璃看出去，看着向后闪去的道路，道路两旁的绿树。

我也看着道路和树，一直到南山底下。

我停下车，问小陈，还往里开么？

小陈看着我，没说话。我就继续往里开了。

我把车拐到了路边的一块空地上，熄了火，世界一下安静了。

从北郊到南郊，再到南山，我开了两个多小时。车在石头和草丛里，不远处就是密集的树林，看不透，树和树之间是金黄色的阳光。我把头抵在方向盘上，看着坐在副驾驶位置的小陈。

我说小陈你是不是紧张了？

小陈抱着她的小包包，要点头又摇了一下头。

我拆开小陈给我拿的那包软中华，弹出来一根，点着，吸了一口。

我说，小陈你把小包放一边，让自己轻松起来。

小陈有些慌乱，不知把小包包放在哪里，就放在了身后。

我说，还是不轻松么。

是怎么和小陈说到车震的我记不起来了，总之，我问了小陈知不知道车震。小陈是知道车震的。小陈有没有经验过车震，我没问。

车震并没有想象和说的那么好，很不舒展，也许是因为马莉的本田不如路虎那么宽敞。

我又抽了一根软中华，小陈坚持要用打火机给我点着。

回到城里已很晚了，我和小陈去了夜市，好像吃的是麻辣烫。

车震虽然不如夜市的麻辣烫实惠，却更容易让人想起。

三十一

偷情有一种不道德的美感，和文艺美学研究的所谓邪恶的美、狞厉的美异曲同工。如果不认同，也可以称之为不道德的刺激。这种刺激更多不在情感，而在精神和心理。

追求并享受刺激，也是人的天性。百万富翁改不了小偷小摸，非惯性使然，而是刺激的引力。

两性频频开房，难有迸发的激情，是因为刺激机制的缺失。一份两性问题问卷里有一道提问：深爱的人被人强奸，你见到爱人最可能的第一个冲动是什么？有人选择"扑倒她，和她做爱"。这是一种接近本能的应激反应，也是一种从最隐秘处瞬间迸出的心理、精神和情感补偿，其中，有对刺激的享受，道德无力加入。这也是激情的一种，与爱无关的一种激情。

那一天我没开车，公司太不保险，小陈说和她合租房的室友出差了，几天后回来。我就和小陈去了她的宿舍。小陈从不要求什么，这是人的进步，我想专意为此喝个半斤，尽管那段时间我的胃有溃疡。

我和小陈的每一次分别都像一首诗，不亚于我读过的这一类经典的精彩段落。从脱衣服到穿衣服的整个过程，会解构所有的诗意，这也正是经典们略去的东西，所以才是经典，也是情色如《金瓶梅》之所以入俗而丧失其经典的原因。

三十二

从小陈那里出来，我没急着坐公交。我想一个人走走。

天已傍晚，下起了小雨，正是我希望的那种天气。

我走在无声的雨里，是夏初的街道。每一棵树上的每一片叶子都还充盈着春的生气。还有雨，那种蒙蒙的细雨，拂去了行人脸上和身上的倦意，使他们变得水灵起来，轻快起来。尤其是穿裙子的女人，眼睛比浸上雨水的脸更显生气，水格盈盈的眼睛不再是臆想，而是写实。往来的车辆不多，行人也很快少了，三三两两的，好像给雨里的街道腾地方一样。我想起了读过的一行诗句：雨水打湿的街道多么荒凉。荒凉还是冷清？还是荒凉好。熙熙攘攘也是一种荒凉，不该生长的东西怎么生长造就的也是一种荒凉。

这么想着，就到了一个十字路口，就看见一个穿裙子的女人，打着花伞，正在过马路。然后，就是车祸。

就是那个打着伞过马路的女人。长头发，身段苗条，一辆轿车撞倒了她。

嘭一声，是撞倒她的声音，撑开的花伞脱手而去，车轮从她身上轧过去，没有丝毫的犹豫。我正好在斑马线的另一头，离她十多米的距离，能听见车轮轧过她身体的声音。我噢了一声，看见她坐了起来，愕然地看着离她而去的那辆轿车，好像要努力明白发生了什么。然后，嘭一声，又一辆轿车冲过来，撞到了坐在斑马线上的她，弹了两下，从她的身上轧过去。和前一辆轿车一样，没有丝毫的犹豫。

我又噢了一声，就听见周围多个方向发出的一声声哟！哟！轧人了！

我看了看周围，也有人不发声，看着被轧到躺平又蜷曲的女人，匆匆而过。也有人在拍视频，没有交警，没有人过去，都在看。

有人说，快呀！

不知说的是啥意思，让谁快？

我朝说快呀的方向看过去，看不出谁说的。我再看斑马线，看后续会发生什么。

太突然了，每一辆轧过去的车都很突然，没有人能够想到。

噢，又一辆。

斑马线的女人像被车轮带起的一样东西，翻了几个个儿，长头发和裙子被扯起，又落了下去，几分钟，五辆车。她滚出了斑马线，一动不动了。

可怜的人。几分钟之前还想着过马路，终于没过去。

然后，交警到了。吹着焦急的哨子，对车辆打着手势。有人喊打120啊赶紧！这就是我离开时看到的。

堵车了，街道不再荒凉，我也不再走路，就近上了一辆公交汽车。我抓着扶手，回放着轿车轧过女人的情景，像轧过一个包裹一样。我突然想起了包裹，第一次看见末末，不一样的另一个包裹。嘭，撞上去，软而又沉的那种声响，倒了。咯噔咯噔，包裹被带起来。咕噜咕噜，翻个儿了。咯噔，咕噜，包裹。遮太阳也遮雨的那把花伞已离她有些遥远，什么也不遮了，翻过来，伞把儿直戳戳朝着落雨的天空。

和我一起上车的，还在给乘客讲述着车祸的情景。我的思想被突然想到的包裹占据了，就不想往下想了。咕噜的连衣裙和街道就渐渐遁向远处。

三十三

回到家，马莉蹲在小餐桌旁边的椅子上，正在看手机视频。马莉接连"咦"了两声，说，复兴路撞死了一个女人。我说噢么。马莉说太惨太惨了刷屏了！你赶紧看！

我说，我正好路过，看到了。

马莉一脸惊讶，说，是不是？

不看手机看我了。

马莉说，是不是？

我说，我去看朋友，回来正好路过，碰上了。

马莉说，网上一片骂声，现场那么多人，没长人心的，人人都在看，人人都不管。

我说，怎么管？

马莉好像被我问住了，看着我，直眨眼睛。

马莉说，怎么怎么管！有一个人管也许她就不会死，还有救。马莉说，第一辆车过去，她都坐起来了啊！也许有救啊！

马莉说，你看她坐起来了？

我说，是啊。

马莉说，明明还没死啊！也许有救啊！

我说，第二辆车接着就上去了。马莉说是啊是啊，几辆车都是畜生，都该枪毙。马莉说视频底下的留言都爆了。我说留言的都是不在现场的。马莉说，现场的人都该坐牢，什么人啊都！非人，畜生。

我说，我就在现场。

马莉说啊啊啊？马莉瞪大了眼睛，定定地看着我。

我说，你以为我在车上看到的？我没在车上，我在那一块儿倒车，正好看到了车祸，是现场目击者之一。我说，骂现场人不施救的，都是站着骂人不腰疼的，他们在现场就会上去救么？拉她起来么？人工呼吸么？下着雨，灯光昏暗，突然之间，第二辆呼一下就上去了，不会一起轧在车轮底下？谁知道第一辆车轧那个女人是事故还是故事？谁知道后几辆车没关系还是有关系？

我说，做道德婊容易，做真君子难。南京判了一个现场施救的女医生，全国人民都知道，你不是也知道么？人工呼吸还有流氓嫌疑呢！

我这么说了一串，马莉不再激愤，也不再对着我惊愕，泄气了一样，瞪大的眼睛缩回到正常，不再看我，也不再说话。

我说，我想吃点东西。

马莉到床上去了，依然不说话。

我说，放心，如果是你，我就会上去的，不管有没有第二辆、第三辆，也不会判我流氓罪。

马莉还是不说话。马莉在看手机。

我给我冲了一碗芝麻糊。

我觉得马莉应该说话，马莉不说话，屋里的空气是拧巴的。

我说，视频很快就会删的，不信你等着瞧。

我吃喝的时候，马莉终于说话了。

视频已经被删了，马莉说。

噢么，我说。

拧巴的空气立刻顺畅了许多。

三十四

人不能在一棵树上吊死，这只是一种说法，一种愿望。也是一种自以为是。以为可以和命运决斗，并能赢过命运。事实上，总有一棵树不知不觉地跟随着你，等待你的发现，发现你一直吊在它的上边。你以为你走得很远，最终还是没有走开，一直在它上边吊着，直至吊死。

家就是这样的一棵树。

每个人都有这样的一个家。你走开了，时不时又会想着回去，哪怕每一次回去都很失望，失望到你发誓不再回去。你还是会想起，会回去。走着走着你就会发现你已经走到了家门口。

我说的是有父母的那个家。

还在我们兄弟姊妹绕父母膝下呼爹唤娘的时候，这个家是很实在的，希望总多于失望，呵斥和打骂里也能感受到呵护。从我们先后成家立业那天起，这一个家就越来越是一个象征性存在了。我们逢年过节回去，一家人在一个屋檐底下，也会像以前那样呼爹唤娘，却不再有那种融融的暖，融融的亲，似乎只是要证明这一个象征性的家并非完全虚妄，也还有它的实在性。比如父母，其实也仅仅只是父母。有一种叫做责任的东西维系着我们，使我们的每一个都成为这个家里的家人。这里不再生长希望，希望在各自的那一个家。对父母的依赖已经被怜悯取代。

当爱没有了依赖，只有怜悯的时候，爱本身也会成为怜悯的对象。尽孝的意义更多不在尽孝，而在尽孝者，即，我在尽孝。这实在也是一种报应。

在父母不再是强壮的给予者，而成为孱弱的需求者的时候，"我生你们养你们，一把屎一把尿把你们拉扯大"的涵义就更显逼仄，也更为清晰，更为坚定。

所以，在我们这儿，"回家"更适合做诗的题目，而不是人人都向往的情感之旅。直到父母都成为九泉一鬼，兄弟姊妹就会像断线的串珠，这个家就会像一朵云一样，随风而去，离我们越来越高，越来越远。

我们家还没到这种地步，正处于它发展历史的中后期，尤其因为拆迁补偿，就还有着它的坚硬。

年终考评结束，已在寒假里了。校长找我谈话，很委婉地说到我们家的拆迁。校长说政府虽然小气，但也不能大气，大气小气的程度取决于手里的银子。而政府总是缺银子的。说，拆迁已然成为社会问题，和维稳捆绑在一起了，而稳定压倒一切。说，什么错都可以犯，唯政治上不能犯错，其他都可以归为具体的业务，政治则是立场。说，城关镇和街道办都来过学校了，希望学校和德林同志好好谈谈，让德林同志和父母和兄弟姊妹好好谈谈，放弃一切不切实际的幻想，适可而止，不做城区改造的绊脚石。说，你虽然不是党员，不受党纪约束，却也不是社会闲散人员，是人民教师，尤其是在编的，吃财政的，决不能，相信也不会和政府作对。

我说我听明白了，尤其明白了他尤其暗示的那一部分。

校长说哪里哪里。问，马莉回不回来过年？我说往年都回来，哪怕打个转，今年说不准了。

校长有些警惕，说，不会因为拆迁问题吧？

我说马莉不会参与的，是因为别的。

校长说噢噢，你们大部分时间在省城，你回来也是在学校的时候多，今年情况特殊，还是住在家里的好，多和父母聊聊家常。这也是尽孝嘛。校长这么说。

就这么，今年寒假和过年，我就住家里了。

三十五

我先回了趟省城。我给马莉说我整个寒假都得在县城，而且会住在家里，拆迁补偿问题也许有望快些解决。我也去公司给师兄说了我要在县城多待些时间的原因。我没看见小陈，说小陈家有事，请假了。好吧，我给自己说，那就啥也不想了。

回到家，又怕把持不住自己，就趁末

末不在的时候，问了马莉一个问题。

我们还能愉快地做爱不？

马莉好像很意外，没想到我会问这样的问题。马莉说平白无故你问这样的话。

我说，不平白无故啊，是基于事实啊。

好吧，马莉说。

我不明白马莉的"好吧"是啥意思。临走前的那天晚上，我问马莉啥时间回县城，坐高铁还是大巴，我去车站接。马莉说她不想回。马莉说让末末回去。问末末，末末说，妈妈不回我也不回，我陪妈妈过年。末末说，过年时我和爷爷奶奶视频。

我觉得马莉和末末已串通好了。马莉正给末末编头发，我就剪了一会儿指甲。

这一趟回省城什么也没捞着，就想有点补偿。末末睡着以后，我就故伎重演，手贴着马莉的脊背往前边延伸，马莉压住了我的手，说，末末。声音像呵气一样。我的手停顿了一会儿，又固执地动作起来。马莉在我的手背上掐了一下，掐疼了我。

坐在回去的大巴上，我的手背还在隐隐作痛。这是我这次回省城唯一的收获。

三十六

我住到家里的当天，我哥我姐和我弟就知道了。晚饭后，我妈正收拾碗筷，我弟提来一把香蕉给我妈，说，你和我爸吃香蕉，我和我哥说话。没等到我们说话，我哥我姐也来了，也提着香蕉。

我说，咋都是香蕉啊？

我姐说，这季节，也就香蕉稀罕，事先没通气，不知道会一起么。

我哥说，德林是大堡子的人，好东西比县城多。

我们这儿把省城叫"大堡子"。

我说，我走得急，坐大巴，啥也没拿。

我弟，一贯风格么，好在咱爸妈不计较。

我姐说，不啊，有两箱特仑苏。

我弟，现在哪家牛奶不掺假？所以咱爸咱妈不喝牛奶。咱爸咱妈要喝，我就去养牛户挤鲜奶了。

我说，我想给咱爸咱妈提几笼灌汤包子，用保温瓶也不行。

我说，有飞机就好了，不知道咱这儿啥时候能修飞机场。

我哥说行了行了，别磕闲牙了，说正经事儿。我说难怪都来了，有事要说啊？我弟问我这一回咋要住这么长时间，过去没有过啊。我说噢么。我哥问我是不是听说了春节前后要解决拆迁补偿。我说没有，我没听说。我哥说那你住这么长时间，就有些怪了。我说，我要给你说马莉可能要和我离婚，你还觉得怪不？我哥说，是不是？然后都不说话了。

我说，没关系，你们不是有急事儿说么？

我哥说，本来想和你说说拆迁补偿的事儿。

我说，不影响啊说吧。

我弟说，就是就是，你看的书多，在大堡子经见多，也许有好主意。

我姐说，不了吧，德林有自己的烦心事儿，改日再说。德林一时半会儿不走，拆迁补偿再快也有个过程。

我弟有些扫兴。我哥说那就下次吧下次。然后问我弟：

要在房顶上加盖两间，还加不加？

我弟说，已经发通告了，加盖的一律不认。我哥说告示是告示，有好几家已经加盖了。我弟说咱几个都出钱我就加盖。

我说，我没钱不参与，将来政府认了我不享受这几间的补偿。

我弟说，你看你看！

我没说校长找我谈话的事。我也没想做父母的工作，除非万不得已。爱哭的孩子有奶吃，这是经验。爱哭又能闹的，就更能吃到奶。我做父母的工作父母不听，我能揪着父母的耳朵让他们听么？

我哥他们走后，我爸把他们的香蕉和我的特仑苏都提到了他的商店里。

三十七

拆迁办接连来了两拨人，用卷尺、皮尺再次核实了楼上楼下的面积。问我爸有没有新的想法，我爸说没有。他们不和我说话，只点头微笑打招呼，使我对他们的工作方法暗生敬佩。再下来几天，就叫我爸去拆迁办正式谈话，让我爸在新修改的同意书上签字，我爸不签。拆迁办给定了搬迁的最后日期，说到时候不搬也要拆。问我爸听清没有，我爸说，听清了，不怕失人命就来拆！

那几天，家里人来人往，说的都是拆迁补偿，有传言有表态也有激愤。拆迁办各个击破，分别和各家拆迁户签合同，大多签了字。也有签过字又后悔的。没签字的几家似乎铁了心，说他们看铁匠大大的。铁匠大大签，他们就签，铁匠大大不签，他们就不签。看样子，拆迁真是箭在弦上了。

我们兄弟姊妹四个开了一次"诸葛会"。

我弟说，拆迁队真到了，咱爸咱妈就坐在屋顶上，我不信他们敢把活人埋在水泥钢筋砖头堆里。

我哥说，真到了这一出，不知道咱爸咱妈敢不敢坐在楼顶上。

我姐说，就怕万一。

我弟眼里要喷火了，说，什么叫万一？真万一了，我就是咱爸打铁的榔头，先砸铲车司机，再砸拆迁办主任。说，讲理的怕不讲理的，不讲理的怕不要命的。

他们问我的态度。我说我反对父母上楼顶，更反对和铲车较劲。

我弟急了，说，哥呀，这是最后的斗争，过这个村就没这个店了。拆迁补偿和我们每一个都有关。

我说你先别急啊，咱先分析一下，咱分析一下么。我让他们耐心一点，听我把话说完。我给他们分析了一下事态的可能性。

我说，咱爸咱妈上楼顶不是给人家甩人命，是要争取最后谈判的筹码，这没错吧？那么，我说，咱爸咱妈坐在楼顶的哪一块最好呢？坐在哪一块既有威慑力，又有安全性呢？我说，铲车的第一铲会铲什么地方？肯定是不会伤到人的地方。铲车的目的是要拆房，不是要出人命，是不是？到伤人的时候也就是快拆完的时候。这时候扔下不拆了，房子已经废了，住不成人了，是不是？这时候咋办？坐在上边，还有意义么？没意义也就没意思了。没意思也就成笑话了。你们想想，人家铲车不铲了，扔下走了，咱爸咱妈在两堵钢筋水泥墙上，下来还是不下来？不下来万人观看，下来就丢尽脸面。想想，你们想想，会不会是这么个情景？

我说，我们四个就是每人提一把榔头，砸谁去？拆的是咱爸咱妈的房子，咱爸咱妈在楼顶上，在两堵水泥墙上呢，我们几个凭什么砸人？

我弟又急了，说，我爸我妈都被逼骑到墙上了，我们袖手旁观？我们不能砸？

我说，你砸就犯法，犯法就没了所有的谈判筹码，你砸不砸？

我弟低头喘气了。我就进一步分析。

我说，第一铲下去，只要戳一个大窟窿，就不会有谈判了，就会有第二铲，都是钢筋水泥啊。我说，铲到一半，一大半，剩下的都会好好的，不会倒塌，何况，拆迁的铲车司机早拆出经验了，不会损伤到人的。他不拆了，扔下走了，你爱上边坐着你上边坐着去，你爱下来不下来。我问他们，让他们想想，到时候会不会是我说的这么个情景？他们都不吭声了。

我就继续分析。

我说好吧，不让咱爸咱妈上楼顶了，让咱爸咱妈躺在路上，堵铲车。我说，如果两邻家没拆，最多来两辆铲车，咱爸咱妈一人堵一辆。两邻家要是拆了呢？四面八方都能来，都能铲，咱知道会来几辆？咱爸咱妈能堵几辆？咱可只有一个爸一个妈，能堵住么？再说，人家还没铲，你咋知道人家是冲你来的？你能堵从你家门口过路的铲车么？铲车开到跟前了，趁你不注意，铲车一抢，你家墙上就一个窟窿了，是不是？这么一想，堵铲车，成还是不成？还有，最最重要的一点，万一把咱爸咱妈磕了碰了，住医院了，咱能治铲车司机什么罪？

我哥听得不耐烦了，说，行了行了，不成的你就别说了，说能成的。

我说好吧，我说一个我认为能成的，你们听能成还是不能成。

我就继续说。

我说，问题必须在第一铲之前解决，铲车到跟前了，只要不铲第一铲，就有谈判余地。

我哥说，你就说怎么在第一铲之前解决问题吧。

我就说了铁匠炉。

我说，还是我弟说提榔头给我的灵机一动。我说，其实就是个演戏，就看怎么演。我说，让咱爸咱妈上楼，不如让咱爸支铁匠炉。我就给他们描述了一下支铁匠炉的好处。我说，十里八乡闻名的铁匠大大几十年没打过铁了，突然支起了铁匠炉，会有什么样的反应？看到的人会怎么想？会不会有什么事儿呢？要有什么事儿了吧？铁匠大大只埋头打铁，不说一句话，和任何人都不说，谁问也不说，只打铁，打撬杠行不？砍刀呢？都是铁匠大大打过的，打出几件来，就会更有效果，总有人会害怕。你们想想，会不会有人害怕？拆迁办主任，铲车司机，他们会不会害怕？这才是真正的威慑。铁匠大大的铁匠炉沉默几十年了，突然支起来了，叮咣叮咣，有打铁声了，一下一下，打撬杠，打砍刀，怪不？这是要干吗？铁匠大大一边打铁，一边等着拆迁办的人来谈判，如果不来，我们任何一个就可以去找他们谈，我相信，这时候的他们会接待的。我说，退一万步，紧急关头，每一样打出的铁器都可以是我们自卫的武器。

我说，问题是，咱爸几十年不弄这营生了，不知愿意不？

我哥说，咱爸杀人的心都有了！

我弟说，狗急了还跳墙呢！

我姐说，狗急跳墙没说咬人啊！

我弟说，逼急了人也会咬人的！

我哥低头想了一会儿，说，我明白了，那就让咱爸支铁匠炉！咱爸在幕前，我们在幕后，盘炉子，打铁，打铁不成再上楼。

三十八

那些天，我爸心里明显搁着事。

我哥给我爸说铁匠炉的时候，我爸正端着茶壶一口一口喝酽茶，熬得很浓的那种。这些年，我爸一直这么喝茶，还要咕咚咕咚发出声响，让茶水在喉咙里稍作停留，润那么一下下，再咕咚一下把它们送进胃里。

他坐在躺椅里，从他的日用品商店看出去，看门外的街道，看过往的人影和车影，一声不吭，好像和那个能讲述也能诉说的铁匠大大没有丁点关系一样，好像把放肆的笑、无拘束的谈吐压成了硬邦邦的鞋底一样，不再给它们活动的空间。他一天一天把原有的那个自己掏空了，装进了一个寡言又斤斤计较的躯壳。出口多怨，甚至有恨，每一个毛孔都能渗出戾气。活鬼闹世事，他说。他已认定他生活的世界是一个活鬼的世界，自己也不过是一个活鬼，铁匠大大只剩下一个称呼了。

这一回，我哥要招魂一样，招回那个敢作敢当的铁匠大大。

我哥说，不让你和我妈上楼顶了，我们给你盘铁匠炉。

我爸喝了一口茶，说，噢么，我听见你们说了半晌。

我哥说，你找一下打铁的家伙。

我爸又喝了一口茶，说，噢么，都楼上楼下撂着呢。

我哥说，家伙不够了，我们给你添置。铁匠炉就盘在院子正中，我买一车钢炭。

我爸说，这就盘啊？

我哥说，先准备么。

我爸又喝茶了。

我哥说，你说你大跃进的时候你多少天多少夜一口气打了多少把撬石头的撬杠砍树的砍刀。

我爸放下茶壶，眼睛迷蒙着，说，噢么，可不是。

我哥说，你拿出那时候的劲势，有那个时候的劲势咱就成功了一半。我哥说这回可是关键又关键啊爸哎！

我看见我爸的眼睛好像亮了一下，他往远处看，好像要看见那个时候的铁匠大大一样。

我哥速度很快，真买了一车钢炭，堆在了大门外边。我哥很有技巧。

有人问他，冬天过去一半了，买这么多钢炭？

我哥笑而不答，一脸神秘。

我和我爸楼上楼下找打铁的家伙，竟然一样没有丢失。我把它们一件一件放在水龙头下冲干净，整齐地堆在墙根下。

盘铁匠炉的准备工作有条不紊，拆迁办却像疲软了一样，没了动静。

我说，也许要过年，怕闹事儿吧？

我哥说，有备无患。拆迁办也许会突然袭击，铁匠炉最晚到正月初五盘起来。

我很少想马莉和末末，也不想马莉说要离婚的话。也许压根就不觉得是个什么事儿。我更多想的是，即将在我家上演的一场大戏。我很难想象大戏里的我爸我妈，我哥我姐和我弟，还有我自己。只有在大戏上演的时候，才能知道。我想，真跌到事故里，人也许会和想象的一样，也许会很不一样。我这么想的时候就会有些兴奋。

我和二哥他们喝了几次酒，他们不同

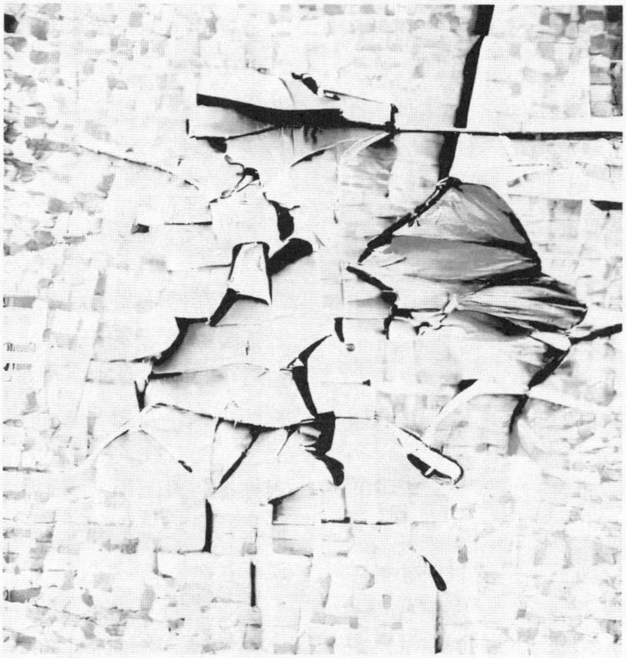

程度地发福了一些。二哥说要过春节了都很忙，要准备过节的东西，要打点各种各样的关系，春节后的几天也会很忙，要走亲戚……走完亲戚我们好好喝。他给了我一条软中华，足够我抽到春节。

就这么一天两天，日子像赛跑的乌龟一样，慢里有快。不知不觉，到腊八了，不知不觉，是小年了，再几天，就是大年初一。我哥说他给娃把烟花爆竹都买好了，我说我也买几挂鞭炮吧，就真买了几挂。我没想到会有大的意外发生。

我们的邻居李不害先我们演出了一场更大的戏，延迟了整个拆迁，延迟了我爸的铁匠炉。

三十九（李不害复仇凶杀案：说书版）

李不害用两种工具，在不到一个小时之内，杀死了金雷金电和他们爸金疙瘩父子三人。我正好在现场，亲眼目睹了整个凶杀。李不害不愧当过兵，杀人堪比影视剧，手脚麻利，动作娴熟，不让血污染身。因为近距离，几乎就是贴身杀人，脸上、手上、身上才溅上了一些血污。

事后，大市场人称王大嘴的王新合专门为这一场凶杀编了一段说书，成了县城许多人茶余饭后各种场合乐于背诵的段子。我记得的有这么一节：

只见那李不害从人群中倏然闪出，直朝着金雷贴身上去，手起榔头落，立溅出红白两花，仆倒下壮汉一枚。金电见势不妙，拔腿就逃，李不害长腿如风，呼啸而去。又一榔头，金电捂紧后脑勺，呼喊救命，左奔右突，怎奈李不害旧恨成火，宿仇烧心，再一榔头，金电立仆。李不害怕他不死，舍榔头而取利刃，只一下，金电已被割喉，血水如泉如沫。此时间，围观者或惊叫奔逃，或瞠目呆视。真可谓，哆哆嗦嗦，齿唇不吐人语；结结巴巴，喉舌不知云何。再看那李不害，大步返回，寒光闪过，又割金雷一喉。听者且慢，复仇凶案还在继续。正所谓，彤云低锁鸟城暗，复仇不在早与晚，大年三十有大限，生死祸福倏忽间……

听起来，是一个惊心动魄的复仇传奇，虽有渲染，基本符合现场情景，包括先后次序。在确认金雷已死后，李不害又去了金雷金电父亲金疙瘩家里，杀死了金疙瘩。然后，又转回身来，用那把小榔头砸了金雷的小汽车，然后，抽出小汽车的汽油，浇了一圈，放了一把火。在小汽车毕毕剥剥燃烧的声响中，李不害一手举着带血的榔头，一手举着带血的利刀，仰头朝天，说了这么一句：

等了二十三年，我妈的仇终于报了！

然后，扬长而去。

现场的每一个人都傻了一样，没人阻拦，也没人报警，直到看不见李不害了，才都"哇"一声长舒了一口气，撇嘴的撇嘴，摇头的摇头。我也摇头了，没撇嘴。

王新合那一段说书里的"鸟城"，就是县城。县城原始的造型像一只鸟，鸟头朝东，我们村在城东，离县城最近，所以叫雀儿咀。在所有的官方文件里，县城的别称都是"鹅城"，只有县城人私下调侃，县城才叫"鸟城"。王新合的说书，明显倾向李不害，对县城是带了贬义的。那一句"彤云低锁"，虽然套用了《林冲夜奔》的戏词，却也符合那一天的天象，天上确实彤云密布。

四十

事后回想，还是有一些蛛丝马迹的，只是当时想不到，更不会朝杀人一路去想。

我和我爸归拢那些打铁家伙的时候，李不害来过我家的。他站在我跟前，看我在水龙头下洗那几样家伙，问我，叔你洗这些家伙弄啥？

我说不弄啥。多年不用，东一个西一个撂着，脏乱差，看着难受。

李不害拿起那把小榔头，翻过来转过去看着，掂着，说，这个好。我说，家伙都是好家伙，派不上用场，冷落了。李不害还在赞叹着，嗯，这个好，趁手。好像爱不释手的样子。还用小榔头在头上比画了一下，说，叔你说，这要是砸在头上，一下就没命了吧？我说，那可不。头再硬，也着不住砸铁器的榔头。李不害说，就是就是。嘴里还呜啦了一句什么，我没听清。

我快洗完了，要关水龙头。

我说，不害，你没什么事儿吧？

李不害说没事没事，我没事儿，闲逛哩。

李不害确实一副闲人闲逛的样子，说话有一搭没一搭，要走不走的，说，我看你快洗完了，想和你说说话。

我说，好么。就关了水龙头，把洗过的家伙堆拢在一起。我说，走，咱屋里说去。

李不害好像忘了刚才说的话，我一说又想起来了，说，噢噢。把手里的小榔头放在了那一堆里，舍不得一样。临进屋门时还歪头看了一眼那把小榔头。

李不害小我十多岁，按雀儿咀的辈分低我一辈，我上中学那阵，回村时常看到他光着屁股在村街上跑，看见我爸就会喊一声大大爷！我爸揪着耳朵问他，到底是大大还是爷？他会抱着脖子说大大爷！雀儿咀被县城吃掉以后，我家和他家还是邻居。他当了两年兵，回来后一直在外地打工，只有春节都回家的时候，我们偶尔会见到。

我给了李不害一根烟。

李不害说，软中华啊叔！

捏在手里看着，很欣喜的样子。他坚持也要给我点一根。他说雀儿咀他最佩服我，说我是雀儿咀的骄傲。他说，你和我婶都是。我说，你个怂三十都要过五了，还不娶媳妇啊？他说他有事要做，不适合结婚。我说哎你个怂，就是造原子弹也挡不了你结婚啊，钱学森钱三强都是有媳妇儿的，还都是贤惠又漂亮的美女。他说他在广东打了几年工，这些年在浙江，他说打工的日子不好过，他说他小时候喜欢兔子，想着长大以后养好多兔子，养那种红眼睛的安哥拉长毛兔，他说他现在还想着这事，说不定哪天挣到钱就回来养兔子了。他说，雀儿咀不进城就好了，农村的大院子就可以办个养兔场，让兔子放开跑，满院跑。我觉得李不害像没长大一样，天真，也幼稚。他说他在广东处过一个女人，在浙江也有一个。他说他做完要做的事情，也许会把她领回来结婚。他说真领回来了就让我参加婚礼，念结婚证词。

我说，噢么你个怂你就这么也许吧，人有做不完的事情，再这么也许几年，你爸就看不到你成家给他养孙子了。我说，你还是你爸的独苗苗呢。

我爸有我姐呢，李不害说，我姐都一儿一女两个了。

我没提说到他妈。

二十多年前尸检李不害他妈的时候我在场，挺惨烈的一幕，虽然已成前尘往事，到底是一块伤疤。

我和李不害东拉西扯说了些不淡不咸的话，走的时候李不害又看了一眼那把小榔头，说，我想借榔头用一下的，想想还是算了。我说想用就拿去，快些用快些还。李不害说算了算了。

那时候，我实在没有一丝一毫的留心，没有丁点的警觉，直到李不害一手举榔头一手举刀说那一句"我妈的仇终于报了"的时候，我才有些明白，那一天他为什么想和我说话，他的心理。

我一次又一次想着他拿起那把小榔头又放下的原因。他要买一把自己的，不会被突然要回去，也不会牵连到别人。别人的东西不适合作杀人的凶器，会被没收，会成为他的一笔欠账。他不愿欠账。

这么想着，李不害和我的那一次聊天说话，就成了让我脊背发冷，又让我从心底里佩服他的一个事件。他的细心，他的缜密，只有我一个人知道。再看那把小榔头，我就会不寒而栗。

四十一

金雷金电他爸金疙瘩当村主任，正是雀儿咀卖地入城改农为商的那几年，许多村人怀疑他贪了村上的卖地款。说，你看么，脑袋后边长一堆肉疙瘩，能有善茬么？也有人匿名给县上乡上写告状信。金疙瘩好像没听见不知道一样，时不时领着金雷金风金电三兄弟在村街上路过，很顺便的样子，顺便路过，和村街上的人打招呼，脸上的微笑舒展又收敛，收敛又舒展。三兄弟金雷最大，二十五岁，金电最小，十八岁或不到，正是如狼似虎的年纪，直乎乎站在他爸屁股后边，即使一声不吭，也会给他爸忽现忽敛的微笑添进几分杀气。

李不害他妈一直和金疙瘩不卯，对待的方式有些与众不同，既不在背后说杂话，也不匿名告状，而是用她独有的唾沫。金疙瘩和儿子们过来了，她没看见一样，呸呸呸，连发三口唾沫。或吐向天，或吐向地，不朝金疙瘩吐。金疙瘩忍了多年，这一回，终于不忍了，停下脚步，问李不害他妈，你吐谁？

李不害他妈说，爱吐谁吐谁，你管！

金疙瘩往前走了几步，离李不害他妈近了，说，每次我从你跟前过，你就吐唾沫，得是？

李不害他妈说，噢么想吐了，你管！

金疙瘩又向前走了几步，问李不害他妈，别人从你跟前走过你吐不？

李不害他妈说，你管！

三兄弟背着手，紧跟着他爸，电视上学来的一样，站在他爸后边，看着他爸和李不害他妈一问一答。

金疙瘩说，过去我没管，今天要管了。

李不害他妈不怯不惧，你说，你管你管去。

金疙瘩说，你只说你吐谁。

李不害他妈说，吐不公的天，吐不公的地，你管！

金疙瘩说，你再吐一口。

李不害他妈想都没想，扭头一声，呸！一口唾沫就吐在了地上，又抬脚在唾沫上踩了几下。

金电一步就欺到了李不害他妈跟前，伸出巴掌，快要挨着李不害他妈的嘴了，说，再呸我扇你嘴！

金雷说，扇！扇她个狗日的。

金雷的鼓动和金电的巴掌没吓住李不害他妈，反倒激起她的斗志，又一声呸，直朝着金电的脸吐上去。金电的巴掌也就结实地扇在了李不害他妈的脸上。

李不害他妈愣了，怒目而视。

金电晃着手掌，说，再吐我再扇！

金风说，扇！扇烂她的脏嘴！

李不害他妈不吐了，母鸡一样跳开，操起身边的一根扁铁，噌一声敲在了金电的鼻梁上，金电的鼻子立刻流出血来。

金雷说，打她个狗日的！

金疙瘩也愤怒了，说，往死里打！打死我顶着！

他们就开始打了。他们一起打的，还是一个人打的，现场没有目击者。依李不害事后的说法，除金疙瘩鼓励儿子打他妈以外，三个儿子都动手了。依金家父子的说法，出手打人的，只是金电。后来的法院判决，坐实的是金电一人。

金电的脚跟前正好有一根木棍，脚一勾，就到了手里，一棍抡下去，就抡在李不害他妈的头上。李不害他妈发晕了一样，哟哟哟！手够着鬓角，摇晃着往下倒。

李不害一直在旁边看着，不敢掺和。看他妈要倒下去，才叫了一声"妈哎！"朝他妈扑过去，他妈就倒在了李不害的怀里。李不害坐在地上，抱着他妈。他妈闭着眼，嘴和鼻子都往外流血了。李不害揉着他妈的胸脯，失声叫着，妈，你不许！妈，你睁开眼！

李不害他妈的眼再也没有睁开，鼻子吹了一阵血泡沫之后，就死在了李不害的怀里。

那一年，李不害十三岁。

金家父子早已扬长而去，不知道会失下人命。有人报信说，李不害他妈死了，鼻子嘴里都是血，不信你看去！金疙瘩脑后的一堆肉疙瘩立刻由红变紫。说，不会吧？就一棍子啊！不可能。

金疙瘩没有去看李不害他妈到底死没死。终了，也没兑现他说的那一句"打死我顶着"。

司法机关在雀儿咀村外大路上尸检李不害他妈的时候，他到底还是害怕了，就到处找人打点了。

村上许多人看到了尸检李不害他妈的那一幕。看着尸检的法医，在他们的眼皮底下割开了李不害他妈的头皮，又破开了李不害他妈的脑壳。李不害也看到了。他看着他妈的头皮被一刀一刀割开，脑壳被一下一下锯开，听他姐坐在地上"妈哎妈哎"一声又一声哭嚎。李不害没哭。李不害抹掉脸上的泪水，说，我要杀了他们！我要给我妈报仇！又说，我不报仇我就是狗日的！他不看了，走了。

那些天，我在家等县职中的录用通知，也看到了事件的场面。李不害离开现场的时候他姐还在哭，他爸在另一边抹眼泪。

金疙瘩很快卸任村主任。几个月后，法院认定，受害者有过错在先，金电犯故意伤害罪，因不满十八岁，系未成年人，判处有期徒刑七年。有人说，分明使了钱，轻判了。

四年后，金电减刑出狱。这时候，雀儿咀已从县城地图上消失，村民转为县城居民，过上了城里人的生活。李不害和金家的人命官司也成了前尘往事。

我关注过李不害很长一段时间，偶尔也能见到他，也知道李不害不上学了，当兵了，复员回来又走了。就这么，无风也无波。日历一页页往过翻着，翻到二十三年后的大年三十。李不害终于践行了他的承诺，也激活了我的记忆。

有个德国作家在他的书里写过这么一句话：

很少有人在起床时就说，嘿，我今天要犯罪。

李不害是很少人中的一个。他每天醒来都会给自己说：杀了他们。

四十二（李不害复仇凶杀案：现场目击版）

杀人的时间应该是事先选定的，大年三十，金家父子都在场的时候。如果大年三十不成，就会是大年初一。杀人的方法和程序也是事先想好的，用榔头，先砸倒一个，最好致死，不死也会失去反抗的能力。然后，紧接着，砸第二个，第三个。然后，再回头，挨个割喉。

在任何人看来，二十三年前的棍杀是一个完整的事件，已归于记忆。二十三年之后的连续杀，则是另一个事件。只有李不害不这么看，对他而言，二十三年后的连续杀是二十三年前棍杀的继续，从来没有中断，一直都在进行。时间的长度也是事件进行的长度。时间的长度是避免盲目失手的必须。也正因为时间的长度，才使得只有一个人知道的这一场追杀和连续杀，完成得有条不紊，干脆利落，没有点滴的拖泥带水。而且，是在许多人的眼皮底下。这也是杀人者需要的。

大年三十吃罢午饭，勤快的人家就会先别人去祖先的坟地里烧纸。那一天，金家父子正好是勤快的，回来时正是街道上人多的时候，我也在。我爸我妈为过年的吃食在做最后的准备，我搭不上手，就去了街上，听邻居们聊天说家常。李不害也在聊天的人群里，他没说话，也就没人注意他，更想不到他会有惊人的举动。

金家父子上坟回来，开着金雷的那辆小车，他爸金疙瘩的家在东边，先下车，然后车就到了金雷家大门外。金电下车，和大家打招呼。

上坟了？

上坟了。

就这么打着招呼，就近给人发烟。给我也发了一根，说，你是大堡子的人，吃好烟的。我说不啊，啥烟都一样。

就是这时候，李不害突然现身，几步就闪到了金雷的车跟前。刚熄火下车关上车门的金雷转过身，李不害的榔头就下去了。金雷噢了一声，头歪了，软了下去。看到的人咦了一声，瞪大了眼。

李不害转过身，正对上了金电的目光，金电手里捏着一支烟，没发出去，感到不对劲，一脸惊恐，然后，撒腿跑了。李不害好像知道金电要往哪儿跑一样，截上去，到了金电身后，一榔头下去，砸在了金电的后脑勺上。金电喊了一声"救命"，捂住了后脑。又一榔头下去了，砰一声，金电栽倒了。李不害抢上去，掏出一把刀子，单腿跪地，一划，金电就不再有大的动弹，喉咙里咕咚咕咚冒血泡了。

李不害用刀子在金电身上连戳了好几下，然后起身，大步走过倒在车边的金雷，进了金雷金电他爸金疙瘩的家。很快就听见金雷金电他妈喊了一声杀人啦！李不害已经出来了，一手提着榔头，一手提着刀子。有人不敢看了，吓跑了。李不害说，你们别怕，和你们谁也没关系。还给看的人笑了一下。就到了抱着头、一声不吭的金雷跟前，在金雷的脖子上拉了一刀，戳了许多下。然后，砸车烧车。

说，狗日的金风，命大，没给他先人上坟烧纸。

然后就说了报仇的那句话。

李不害把在场的每一个人都镇住了。有人想起来很后怕。也有人背地里给李不害竖大拇指，说，他妈没白生他养他，咬仇咽恨二十三年，没辱没人的称谓。

对金家兄弟，王新合也编了几句：

世间万象各有运数，雷电被杀，风跑了。

好像有些许遗憾似的。

李不害在他妈的坟头烧了一堆纸钱，然后消失了。

十多天以后，满县城的人都在说李不害回来自首了，收押在监，等待审判。很快，"李不害二十三年后为母报仇"的帖子就成了网络上的爆款文章，手机刷屏了。有外省的律师主动找李不害他爸，要为李不害无偿辩护。县城党政司法被推进社会舆论的漩涡。

我的兴奋点也就从我家的铁匠炉转到了手机上，看李不害能不能逃过死劫，留住一命。

也因为我不愿成为李不害复仇杀人案或报复杀人案的现场目击证人，就改变了原有的居家计划，回到省城了。

也就知道了马莉有了外遇。

四十三

马莉没想到我会回来。马莉甚至没听见我把钥匙插进门锁开门的声音。马莉一出洗漱间，我已站在马莉的跟前了。洗漱间在门的右边。马莉嘴唇上的口红是刚抹上去的，肩膀上挎着一个 mini 包，新买的，我没见过。马莉明显准备出去的，很意外我会回来。

要出去？

噢，不。

马莉是这么说的。马莉折回洗漱间了。再出来，嘴唇上的口红淡了许多。

我说，别因为我搅了你的约会。

马莉说没有啊。马莉很警惕。马莉说，是客户的一个饭局。马莉是这么说的。

马莉把 mini 包挂在简易书架边的挂钩上了。马莉挂好 mini 包后，一下不知该坐还是该站着了。

马莉说，本来就可去可不去。

马莉这么说着，就坐在了小餐桌跟前。马莉用她白皙的手指头磨蹭着她的手机，好像不这样，手机在手里就不会安生一样。

我觉得马莉这么太难受了，就说，我可以不吃晚饭的，我包里有方便面。

马莉终于下了决心，用她灵巧的手指划亮了手机，在上边点了一会儿，然后，把手机放在了小桌上。

我说我真的可以吃方便面，就是要吃才买的，没顾上吃。

马莉说她这些天一个人懒得做饭，冰箱里没东西。

我说我真的可以吃方便面，方便面也挺好的，简单又实惠。我说你要是不嫌弃，就和我一起吃，我买了两碗。

我从我的帆布包里取出了两碗方便面，放在了小餐桌上，证明我是真的要吃，而不是敷衍。马莉说好吧，就把两碗方便面拿到厨房去了。

马莉很快就发现了她的疏忽，没拿手机。

手机在小餐桌上。

想拿回去，又觉得不合适，就在拿回去和不合适之间煎熬了。

我等着马莉，也能看到在厨房里冲开水，又不时瞄她手机的马莉。

我不想让马莉这么熬煎，就拿起马莉的手机，说，我给你拿过去？

噢，不，马莉说。

马莉是这么说的。我说，万一有短信过来呢？

马莉白了我一眼，别过脸去，不再关心手机了一样。

我突然觉得有些好玩了，也想看看马莉的反应，就像马莉刚才那样，用手指头在马莉的手机上磨蹭着。

我知道马莉的手机有密码，马莉更知道。可是，然而，锁屏了么？真锁屏了么？密码保险么？真保险么？在这种情景里，要淡定到一点不担心密码被别人磨蹭开，得有多大的定力？万一没锁屏，万一有短信，手机就会亮，会显示短信的一行或半行，会知道谁发的短信。

还好，没有短信。我的手指头也没有磨开密码的神力。

马莉在煎熬里泡好了方便面，把它们端到小餐桌上，坐在了我的对面。我把手机推给马莉，马莉的安全危机立刻解除。我们开始吃喝。马莉不看我。

从我进门，马莉就不和我对视，除了在厨房里白我的那一眼。马莉和我说话有一搭没一搭，声音飘忽不实。马莉说，我买了个包包。我说，噢么。马莉说，末末去外公家过年没回来。我说，噢么。马莉说，家里咋样？我说，马莉你看你说的话，包包我已看见了，末末没回来我知道的，大年初一视频过，你问我家里咋样，也很笼统。马莉说，好吧。就这么，结束了我进门之后的第一波谈话。

那天晚上，主动的是马莉。我没想到马莉会这么主动。马莉把我的手拉到了她的胸脯上，马莉说她想了。

我想了，马莉这么说。

我和马莉躺下的时候都很安静，室内的暖气只是不让人感到寒冷，被窝里才有舒适的温暖。我和马莉各自都安静地感受着被窝里的舒适和温暖，能听见彼此的气息，彼此都没有睡意，彼此都一动不动。

是马莉先动的。背对着我的马莉突然转过身来，看着我。马莉定定地看着我，马莉的眼睛里不是温情，更像愤怒。我以为马莉要说什么。我希望马莉能说点什么。马莉没有。马莉伸过来一只手，拉着我的手，把我的手拉进了她的胸罩里，捂着，另一只手解开了胸罩。

马莉看着我，眼睛一动不动，把我的手往下拉，拉进她的内裤，另一只手脱去了内裤，夹着我的手。我想了，马莉说，定定地看着我。

马莉突然翻过身，整个压在我的身上，抱住了我的脖子，逼视着我。然后，用力一拉，把我翻转到她的身上了。马莉不再看我了，把松开的手伸到了被窝外边，像从被窝里伸出了两根象牙。马莉的胸脯很倔强，屁股像纵情撒欢的马驹，一刻也不停歇。马莉让我吃惊，也给了我刺激。我们都忘乎所以了，一起飞升着，直到马莉凄厉地叫了一声，咬住我的肩膀。

我也从高处跌落了，跌落在马莉的身上，不再动弹。

马莉在哭。

我听见马莉在哭。马莉摇着我的肩膀，哭了。

马莉松开了我的肩膀，还在哭，我在马莉身上，一边喘着气，一边回放着我进门之后的整个情景。我认定我戴绿帽子了。

我的心立刻狂跳起来。

四十四

在我判定马莉有了外遇的那一刻，我不像我了。我感到我的心在猛跳，跳得很慌乱，要跳出胸膛一样。这很危险。危险不在它真能跳出胸膛，而在这么跳下去，可能会有的后果。

一个以看生活为生活的人，很少有感受心跳的时候。即使以看生活为生活，偶尔也会有感受到心跳的时候，证明，也还在生活之中。

所以，问题不在感受到心跳，而在于感受到心跳之后，会不会被卷进去，卷进生活。

面对马莉有外遇这一个事实，很容易让我不再是我，这才是症结所在，真正的危险。在马莉有外遇和我可能不再是我之间，我要拒绝的是后者。

"成为自己生活的旁观者，可以避免生活的很多烦恼。"我一直认为，奥斯卡·王尔德的这句话，说的是旁观的现实效用，在最低的层级。还是要到老聃那里去。

我很自信我对老子的理解力：天地不仁以万物为刍狗。不是不想仁慈，而是因为无用，圣人不仁以百姓为刍狗，不是不愿共情，而是因为共情容易成为滥情，于人于己无益，反倒有害。

所以，我要做的，不是改变马莉有外遇这一个事实，而是要控制我的心跳。

我趴在马莉的身上，一边喘着气，一边摸了一下我的头——除了头发没别的东西。我有些不放心，又摸了一次，结果和第一次一样，除了头发再没别的东西。我猛跳的心很快就平缓下来，终于回到它应该在的地方，让我对它不再有丝毫的感受。人体的每一个器官，只有在病变的时候，才会以各种各样的方式显示它的存在，让你感受到它。

然后，我就从马莉的身上爬起来，拥着被窝，坐得离床头柜近了一些，从烟盒里取出了一根软中华，点着，长长地吸了一口。

二哥给的这一条软中华绝对真货，而长长吸进的这一口又格外顺畅。

激情已经消退，马莉也由哭而哽咽，重归平静。我想和马莉说些什么，比如，马莉的外遇。我想，现在和马莉说比较好，更容易有我想有的效果。我想，也可以过些天再说，过些天说就会是过些天的效果。

我把吸进去的烟吐出来，看着缠绕上升的烟雾和烟圈，叫了一声马莉，又叫了一声。马莉似乎没想到这个时候我会叫她。马莉嗯了一声。

嗯？这样的。好像很遥远，其实只隔了一层被子，听着很远，在很深的地方。

我想和你说说话，我说。

嗯，马莉说。

我想好好和你说说。

嗯，马莉说。

我坐着，你在被窝里，不像好好说话的样子。

我想马莉会起来。没有，马莉没起来，也没起来的意思。

那好吧，我说。就说了我的判定：

今晚上耽误的不是一个平常的饭局，是一次特别的约会。

我知道马莉在听，马莉一定睁着眼睛在听。

是不是？我问马莉。

你说么，马莉说。

我没有再问，再问就没意思了。

我说好吧，我想你可能把我想歪了，所以我不愿意和你说。

我说，我认定你把我想歪了。你也许会想到很多耳熟能详的可能，比如，我会追问到底有没有，那个人是谁，为什么会和你，或者，你为什么会和他，等等。那就证明你还不了解我，这么多年了，你并不了解我。我不会追问，也不会追查，更不会打上门去。我只是想和你谈谈外遇。

总之，我给马莉说，我总是要和你谈的，你觉得今天不合适就明天，明天不合适就后天，总有你觉得合适的一天。

马莉很平静，一直没给我说一句实质性的话，这也在我预想的效果之中。也得承认，不管我说什么，马莉以"嗯"和无声回应，也确实消解了许多我想要的那种效果。

四十五

我远远看见过那个男人。和马莉约会的男人，高新区一位管工程的副主任，挺干练的一个人，干练，不油腻。马莉没有降低她的审美。

马莉并不以在家的殷勤掩饰她在外的出轨。马莉像什么事也没发生一样，继续着他们的约会。地点是固定的，高新区一家五星级酒店。他们的约会从不拖泥带水，重效率轻缠绵，这对家庭完好且有仕途前景的高新区副主任，是合适的，也适合马莉的性格和现实。他们很默契，所以也轻松，没有因为偷情累赘到自己。影响到马莉是因为我的旁观。

马莉知道了我的旁观。是我让马莉知道的。

我从一个旁观者的角度给马莉说了我的观感，马莉生气了。

你在偷窥！马莉说。

马莉很愤怒。

没有偷窥啊，也不用偷窥啊，都在你脸上啊。我说。

你跟踪我！马莉说。

为什么要跟踪呢？有跟踪的必要么？跟踪到那个酒店，跟踪到车库，然后呢？马莉乘电梯上楼，进某层楼的某个房间了，还怎么跟踪？跟踪到房门口么？破门而入么？如果不，就只能跟踪到车库，最多到大堂。问大堂服务员，会给我说房号么？说了房号又能怎么样？上去捉奸么？只能等着了。在大堂等，还是在车库等？应该在车库。等一个小时？两个小时？看着马莉从电梯里出来，打开车门，上车，然后出车库，扬长而去……这该有多么无聊！

我没有跟踪，我说。

你到处打探！马莉说。

我没有到处，也没有打探，我说。

你觉得这很刺激么？马莉说。

不，一点也不，我没觉得刺激，我觉得你倒是被刺激了。我说。我这次从县城回来，当天晚上我就感觉到你被刺激了。我说。刺激不是负面的，也会刺出激情，你已经有了切身的体验。

你应该去看心理医生，马莉说。

好吧，我这就去看，我说。

我把我的帆布包挎在肩上，顺便摸了

一下马莉的 mini 包，把马莉一个人留在了屋里，去公司了。

我反手拉门的时候看了马莉一眼，看见马莉坐在了床沿上，半低着头，背对着门，很孤独的样子。

去公司的路上，我一直想着马莉孤独的样子。坐在床边，侧身，背对着门的马莉，就是一个孤独的形象，包围着她的是看不见的空气。多年前在操场上扔铁饼的时候，我就看出来了。马莉一直是孤独的。结婚以后的马莉，生末末的马莉，读研的马莉，做账的马莉，做家务提着垃圾袋的马莉……有了外遇的马莉，也没有告别孤独，反倒更显孤独。偶尔的激情并不能说明什么，掩盖什么，更不能代替什么。

马莉侧身坐在床边，背对着门，她一个人。

我有点同情马莉了。

马莉的约会不再单纯了，会有各种各样的心理负担，各种各样的精神折磨，会有几个马莉互相打架，也许会歇斯底里，尽管马莉会尽可能隐忍，用隐忍挤压她各种各样的难受。

所以，我有点同情马莉了。

尽管我知道，天地不仁以万物为刍狗，圣人不仁以百姓为刍狗。

四十六

安顿好末末上学的那天，马莉说她可以和我好好说话了。马莉说，你不是要和我好好说话么？马莉倚靠着窗台，点燃了一根柔和七星，吸了一口，吐出去，看着在空中消散的烟雾。

说吧，马莉说。

马莉夹着香烟，交叉着盘起胳膊。

我重申了我只是想和她说说外遇。

马莉说，说什么都行。

我说，我希望能有回应。

马莉说，会的。又说，能回应的都会有。

马莉是做好了准备的。

我说，我还是想确认一下，我回来的那天傍晚，你耽误的不是一次平常的饭局，而是一个特别的约会。

马莉说，有必要么？还有必要么？

我说，有必要。看见的和当事人的确认是两回事。

马莉想了一下说，我不想回应这个。

好吧，我说，我希望我下边说的能有回应。

我说，我很好奇出轨的动机。我说，满世界都有出轨，演绎的故事大同小异，大异其趣的是各自的动机。

马莉说，如果你只是好奇，我拒绝回应。

我说，不纯粹是因为好奇，好奇的成分多一些。

马莉沉吟了一会儿，说，我想要一个活的东西。

我很意外。我确实很意外。难道马莉过去拥有的是死的么？比如我。我是死的么？

我说，我很意外。

马莉说她对我的意外一点也不意外。

马莉说，我想让我感到我是活的，感到我是个女人。

马莉说，我想让我能使用洗衣机和拖把，能提垃圾袋，能去菜市场讨价还价，也能忘掉它们。

马莉说，我说这些，你还感到意外么？

我说我还是感到意外。我没买过菜么？

没洗过碗拖过地么？没洗过末末的尿布么？没倒过垃圾么？那一次和你押床单，留下多么美好的记忆，因为体验了劳动之美。我说，劳动不美？劳动里没有美么？不能感觉到美么？马莉说不能。

马莉说，就因为我感觉不到我是活人，活生生的人，活生生的女人，感觉不到快乐。马莉说，我想让我觉我可以快乐，能捕捉到快感，并拥有快感，回味快感，而不是回味无聊，回味机械运动。

我说，你指的是做爱？

马莉说，包括做爱。

我说，你没有过快感？你和我？

马莉弹掉了烟头上的烟灰，歪过头去，好像在尽力回忆。

结婚前后吧，马莉说。

后来呢？没有了？感觉不到了？为什么？因为麻木？因为餍足？没有了饥饿感，吃饱了不想吃了？

不是餍足，马莉说，是厌乏，乏味的乏。

我能理解，我说，长久的餍足就会引起厌乏，就会乏味，不管什么样的吃物都会觉得乏味。

马莉说不是这样的。马莉有些激动了，不是所有的，不是吃物，是享受物，婚姻，爱，激情，活力，甜蜜，这样的。

马莉说，他让我坚定了我的判断，我的婚姻早已没了水分，是腐败后风干的朽木，有人可以在朽木上寄生，我也可以，也一直寄生在它的身上。马莉说，我不想这样了，不愿意了，如果必须寄生，也要在有水分的、能感到希望和未来的地方，能激发活力，而不是绝望的寄生。

他比我有钱，我知道的，我说，高大上的说法就是，他是这个时代的成功者，和他相比，我几乎是一个不挣钱的人。

不是你想的那样，马莉说。

我说，是哪个样？

马莉说，你也说过，钱不是什么坏东西，对一个家庭来说，钱意味着什么？钱是家庭的活水，没钱的婚姻无法继续，维持也不行，会干枯，会枯竭，这你没想过吧？想过么？

马莉的话让我无言以对了。马莉说的是一个事实，不高雅的事实。

无银钱霎时间把英雄困倒。

我记起了这么一句戏词。同样是说钱，这一句就有美感，也符合我的心境。没钱，困倒的英雄。

你不觉得我需要你么？我说。

需要，马莉说。你需要我是一个机器，一个器皿。

其实，马莉说，你需要的只是一个器官。

马莉已很偏激了。

我希望我能让马莉从偏激回归正常，看到更本质的东西。

我说，我无意了解他是一个什么样的人，更无意追究他有钱的来历，我相信，他不会因为你离婚、再婚，你知道我是一个对什么都无所谓的人，对你的出轨也一样。天要下雨鸟要飞，娘要嫁人，女人要出轨，一切随意。你可以继续，无所谓，你我他都不会在你们的继续中失去什么实质性的东西。

马莉不认识一样看我了。

别这么看我，我说的是实话，我真的无所谓。无所谓哪怕有一万个不好，却有一个好，就是，可以让宽容有更广阔的天地。

唔呃！马莉唔呃了一声，说，你很流氓啊！

流氓？我又一次感到意外了，极大的意外。我说，流氓是这么定义的么？

流氓在宽容的一方？宽容地戴着绿帽子的一方？有这么定义流氓的么？

马莉把烟头掐灭在手边的烟灰缸里，连摇着头，说，唔呃！这么流氓！

我不仅意外，也吃惊了。我说，你可以把这件事说给任何人，听听他们的评判，朋友也行，闺蜜也行，你爸你妈也行，随便什么人。

越说越流氓了！马莉说。

好吧，我说，咱先把流氓放到一边，你确定你没有内疚，不会为自己羞耻么？

马莉说她没有内疚。马莉说她有的那一点羞耻也被我今天的说话埋葬了。我说不会的马莉。

我说，你会羞耻的。

我说，你可以不面对戴绿帽子的我，我之外呢？你无法不面对我之外的许多人，同事，朋友，闺蜜，父母，还有末末，正在成长的末末，你都很难坦然面对，只要我们的婚姻在，你就很难坦然面对，你就会有羞耻，会有难堪。

我说，你说到了器皿这个词，我也说一句，我真的认为我不会失去什么。

我说，我真的无所谓你有外遇，哪怕你是一个器皿。

我想结束这一次谈话了。我感到在这里结束比较好。

我说，好吧马莉，我们已经把流氓放在了一边，也把羞耻放一边吧。我说，外遇是一种短暂的刺激，是即时的欢情，与爱无关，也不是婚姻之外的爱情，它可以是一种友谊，比爱情少些，比友谊多些的

一种友谊，却比爱情更显刺激，更复杂，也更单纯的一种人类情感。说它复杂，就在它难以厘清，说它单纯，是因为它不用负责。人为此鄙弃它，也因此对它有无限的向往。它很容易制造假象，尤其在婚姻疲软的时候，会误解它，甚至义无反顾地努力去拥有它，直到被它伤害。受伤害最大的，就是对它误解最深的那一位。

我说，想想吧马莉，你会不会是受伤害最大的那一位呢？至于婚姻和疲软的婚姻，我们有的是时间，可以继续说。

我就这么结束了和马莉的这一次谈话。

四十七

几天后，马莉点了一支柔和七星，像上次一样，说她想和我说话。我当然愿意和马莉说话，我想我给马莉说得那么多，应该能产生作用，也许已经产生作用了。我说好么，说么，我点了一支软中华。

马莉说，我把你说的话捋了几遍了，我这几天一直在想你说的那些话。

我说，你捋一遍我也会感谢的，证明我没有白说，也算我的付出有了回报。

付出？你的付出？马莉有些不明白。

我指着我的头，说，你朝这儿看，我估计你会以为我要说我的头发。不是头发，是头发的上边，头发上边的东西你是看不到的，却是真实存在的。我说，绿帽子这个词你一定听过，戴绿帽子的人你见过没有？你一定也见过。可是，你看到过戴绿帽的人戴着绿帽子么？我说，你不能说我戴了一顶绿帽子就是我的收获，你能这么说么？不能吧。收获和付出不是这么界定的吧？获得一个东西就是收获，丢掉一个东西就是付出么？不能这么说的。我说，

先烈们成为先烈，是因为付出了生命，我们不能把我们的赞美我们的颂扬说成是他们的收获吧？他获得了一枚徽章，一个徽号，事实上，许多人骨子里就是这么认为的，你也是么？

马莉脸红了，好吧，马莉说，我承认我……

我说，别——

我及时打断了马莉的话。我觉得这时打断马莉的话更有效果。我说，你想说你承认你出轨了？不，你不仅出轨了，而且正在出轨，而且看不见收手的迹象……

马莉并没计较我的打断。马莉也截断了我的话。

马莉说，你可能忘了，你说你想和我说说外遇，你的原话是"只想"，应该不涉及我。

我说是啊，我没想到涉及你，是你自己把自己涉进来的。你对我说"付出"这一个词很敏感。

好吧，马莉说，我现在想和你说另一个，"负责"这个词。你说外遇单纯，不用负责，言下之意就是婚姻有负责，我想听你说说，你对你的婚姻负过责么？

我说，看来，你在谈话里只想涉及我。

马莉说，你说你对一切都无所谓，我想问的是，对一切都无所谓的人能对他的婚姻负责么？

马莉呀，我说，看来，你对"无所谓"这个短语也很敏感，敏感就难免误解，对责任这个词也就不甚了了。我说，无所谓不等于没有，比如责任。我说，责任首先是一种意识，一种精神，主动的，或强制的。然后，责任也是一种能力，人的能力有大小，包括责任能力。这却不是意愿，而是一个事实，而且，还是一个坚硬的事实。同样面对婚姻的责任，乔布斯和我，默克尔和你，不可同日而语，没法等量齐观，只能是有一份力尽一份力，也只能是他所有的那一份，没法向他人租借。我不是抽象物，是很具体的，我对婚姻的责任能力也很具体，是努力过也尽了责任的。我说，我这么说你不会像上次那样"唔呢"，说"流氓"吧？

不不，马莉连连摇着头。马莉说，我真不知道你是个什么样的人了。

马莉是实话实说。我相信马莉是实话实说。

我到底是个什么样的人呢？我也无数次这么问过我自己。我很希望能有一双智慧的眼睛看穿我，穿透我，如果有灵魂的话，穿透我的灵魂，直抵幽深处的那个我，不偏颇，不歧视，给我公正的评价，并告诉我，让我能坚定自己，让我比现在更为彻底，也更为踏实地做我自己。可惜，没有这样的人，包括马莉。马莉也不是这样的人。

我到底是一个什么样的人呢？

我从不让我和"自尊"一类的东西挂钩。在某些时候，自恋可以让人感受到自尊，自恋就有自尊。在某些时候，在自欺的境地里，人可以找到自尊，除非不认可阿Q也有他的自尊。在某些时候，人是以自赞、自美树立自尊的。由自赞、自美树立的自尊最牢靠也最有效，许多人和许多团体屡试不爽乐此不疲，瘾君子一样执着。自赞、自美也称之为自我肯定，每一个人多少都有一点，否则，一大半的人类就得上吊、跳楼，或者喝老鼠药——还要不掺假的。

我更喜欢"自嘲"。鲁迅有一首自嘲的

古体诗，我喜欢"破帽遮颜过闹市"这一句。马莉已经给我戴了一顶看不见的帽子。如果乱搞男女关系的女人叫"破鞋"的话，戴绿帽子的男人就可以称为"破帽"。

我觉得许多词可以从汉语词典里抹去，因为奇怪。比如"心疼"，合适的地方应该是医学词典，专指一种生物生理现象，心脏疼，心口疼，很具体，心疼就很含糊。我从来没有过因人因事导致的心疼，人文语境里的词汇也应该讲究科学性，文学作品里常有这个词汇，不但矫情，还会误导人滥用止痛药品。

我没有过"不安"，尤其和马莉结婚以后。安的本意是家里有个女人，我有了。

我也没有感受"难过"的时候，省城的交通比县城危险许多，我拉着马莉的手过马路，面对如鲫过江的车辆，我最多只等待三分钟。不过了，我说。我就拉着马莉的手，抛弃这一次"难过"。我知道我挣钱不多，我干脆把所有的收入都交给马莉，因没钱而有的各种难过，就此与我绝缘。间接经验告诉我，把难过的理由具体化，就会切实地感受到难过，比如，末末的学费，比如，换一套大些的房子。康德一生在一个叫柯尼斯堡的小城里自得其乐，就因为他有一种能力，把具体归纳为理论。

我是可以"激动"的，我是可以"兴奋"的，我对我看到的人事包括书里的，从没有过漠然视之，我只是不愿代入而已。我对我经历的人事从没有过逃离，也没有漠然处之，我只是静观其变，随遇而安而已。许多人会混淆冷静与冷漠，我不会。我不反对别人说我冷漠，我自认自领的是冷静。"心静自然凉"这句话是有其科学性的，并非妄言。而且，静可以节省能量，节省食物，可以避免纷争，远离麻烦。真冷的人不会安静的，除非他在冬眠状态。

一次和二哥喝酒，他带来的一位朋友时不时看我一眼，然后说，你是冷血质的人。我怎么都觉得他是在骂我。

是么？我问了他一句。

是的，他说。

我说，我只听说动物有冷血的，人血也分冷热？他说分啊，还有温血的，不热也不冷的一种，你最多在不冷不热里。我说，好吧。我们喝酒吃肉。他喜欢啃猪蹄，一盘猪蹄他啃去一大半，啃得很潦草。我冷不丁给他说了一句：

你是浪费型的。

他认真纠正我，说，血型里没有浪费和节省之分。我说，噢么。我咋看他都是生下来就是浪费的一类。

我没拒绝烟酒，没拒绝女人。我有温度。我没有冬眠。

别费神了，我给马莉说，我是普通样的人，正常人。

四十八

马莉不认为我正常，她给我发短信，让我去康复医院。谁都知道，省城康复医院是专门收治精神病人的。马莉在报复我，因为我说她可能有神经官能症。

那几天，马莉一回到我们那一套一居室，就俯身，不惜趴在地上，在床底下，柜子下，在一切有缝隙的地方仔细搜寻，说她在搜寻我剪掉的指甲，说她找寻出来一些，没找完，要继续找，直到寻找到所有的，一个渣渣也不能少，彻底干净。她让我帮她挪柜子挪床，说必须找出来，不找出它们她心里膈应。

我最近没怎么剪指甲啊,我说。

马莉说,你剪了。

马莉说,我看着它们飞到了各处。

我说,你把剪指甲说成打爆米花了。

马莉说,你真能给自己贴金。

马莉说,想着就让人恶心,指甲,爆米花……哇,你真能给自己贴金!

我说好吧,以后我不在家里剪指甲了,要剪我出去剪。

马莉说,你别恶心人了,好像你剪指甲是做工艺美术一样。

我说,美甲可以列到工艺美术里边,剪指甲属于美甲。

马莉说,美甲属于美容美体好不好。你见过谁在人前美容美体么?

我说好吧,我在没人看见的地方剪指甲。

我说,你没必要为几片指甲这么大动干戈,好像要打长津湖战役打世界大战了一样。马莉说,我是抗日战争,是解放战争,是土改。我笑了,我说好吧,你把我剪废的指甲当成地主富农的浮财了。藏起来的金元财宝,找出来也算浮财。我想让马莉轻松一些,马莉一点也不轻松,也不愿轻松,紧绷着神经。我说,也许该找到的你都找到了,没有了。马莉坚持说有。马莉说,她总觉得找不到的那些好像在她的身体里一样。马莉这么说的时候好像浑身都很难受。

我没帮马莉挪床挪柜子,我给她发了一条短信。我说你可能有神经官能症,建议你去医院看看。

马莉很快就回了我一条短信:

建议你去康复医院。

还加了一句附注:

无聊也是神经病的一种。

我知道马莉在和我置气。我不能将错就错,就从网上复制了多条有关神经官能症的内容,并加了好几条附注:

1. 神经官能症有许多种,你可能属于强迫性神经官能症。

2. 我是在"百度"上查的。"百度"虽不靠谱,仅供参考还是可以的。

3. 正因为不靠谱,还是去医院的好,找最可靠的医生。

4. 我是认真的,你也应该认真对待。

还加了一句民谚:

小洞不补,大洞尺五。

马莉没去医院,马莉又找我谈了一次。

马莉说,谢谢你的关怀。我说不谢。

然后,马莉就开始说了。

马莉说,你没爱过我。

马莉说,你从来没有。

马莉说,你只是看着我,看猴子一样。

马莉说,你猫一样嗅我。

马莉说,你没让我走进你的心里。

然后,马莉不再说了。

这一次,马莉没有抽烟。

马莉倚靠着窗台,两手向后支撑着自己。

我叫了一声马莉。我说马莉呀,我说,把你刚才说的话分行排列,就可以和诗媲美了。我说,走进一个人的心里,或者没走进一个人的心里,听起来好像很具体,好像还很有质感,实际上是一个空洞,没法操作,也没法计量,没法评判。我说,你说我没让你走进我的心里,难道你走到我的心跟前的时候,我把门关上了?我说,翻过来,我要说你没让我走进你的心里,你怎么回答?我说,你不能推给我一个空洞,让我在一个空洞里寻找爱的证据。你

224

应该具体，说出事实。

马莉说，我找不到具体的事实，也找不到细节。

我说，刚才你感谢我了，是不是？为什么感谢？是因为一个事实。为什么我说不用谢？也是因为一个事实。我说，和世界上所有的爱相比，我们只少一个东西，那就是接吻。为什么少了？是因为打嗝。是我们互相默许的省略。还缺少什么呢？抚摸么？性高潮么？注视么？惦记么？我们没有去爱琴海弹吉他，没有去拉斯维加斯体验输赢，我们没有戴安娜的跑车，可也不会遭遇谜一样的车祸啊马莉。如果我们真没走进彼此的心里，你会这么质问我么？我会和你平心静气地说外遇么？你想想，是不是这个道理。

马莉说，你无所谓的。

我把奥斯卡·王尔德的那句话给马莉念了一遍，并说明是名人名言，奥斯卡·王尔德的。我没念老子的"天地不仁"，因为我不信任马莉的理解力。

马莉说，是我多事了？没事找事？难道？

我说，人都有无聊的时候，无聊的时候容易渴望激情的刺激，让自己感觉到自己还没有彻底地麻木，还没有在一成不变的庸常里沉没，还可以浮上来。我说，许多人都希望爱是一首诗，殊不知，诗里的爱不是让人享受的，而是让人向往的。即使是享受，也只是一时的。我说，爱是一首诗，失去爱也是一首诗，认清这一点，就认清了诗的本质——是不改变事实的抚慰，自慰。而抚慰和自慰是靠近欺骗的，不能当真。我说，真正的爱是日常的。日常的爱不在诗里，在日常里，在看似一成不变的庸常里，和洗衣机，和菜市场，和垃圾袋携手共在。

我和马莉的性事一如往常。

我不想，马莉说。

我想，我说。

马莉和我各占一半的理由，我有想的权利，有要求做的权利。马莉有不想的权利，有拒绝的权利。解决的办法是，马莉侧身。

你觉得有意思么？马莉说。

有啊，我说，意思的单调和丰富，完全取决于当事人即时的状况，精神的，心理的，还有身体。

好吧，马莉说。

我们保持着婚姻几大要素的完整性。

四十九

我恨死你那个"噢么"了，马莉给我说。

什么噢么？我哪个噢么？我说。

在那一段时间里，马莉时不时就会突然对我冒出一句什么话来。

我恨死你说噢么了，马莉说。

我回想了一下，我说噢么的时候确实很多。我在很多时候都会说噢么。可是，为什么要恨呢？还要"恨死了"。马莉也说过啊。许多人都说啊。

噢么。什么都是噢么。噢么，好像在听。听清没听清，噢么。认可不认可，噢么。同意不同意，还是噢么，都是噢么。噢么，漫不经心。噢么，完全就是敷衍，马莉说。

因为对我说噢么不满，马莉无意中说出了一个隐秘的事实：每一个人，每一个群体，每一个民族的语言系统，词汇系统，

225

都蕴藏着他们的性格密码。惯于用什么样的词汇表达自己,貌似无意识,实则有说话的技巧,更有内在的性格。如果说是人都有他的辨识度,语言就是最可靠的辨识度。

但我必须向马莉说明,我的噢么没有漫不经心,也不是敷衍。我所有的噢么只有一个意思,就是,无所谓。我已经说过,无所谓并不是什么也没有,具体到噢么,再补充一点,就是,无所谓里有部分的认同,无所谓前提下的认同。

五十

话是开心的钥匙。所以,我喜欢说话。尤其在马莉说"德林我们离婚吧"之后,尤其在知道了马莉有外遇之后,我更希望和马莉说话。能打开心锁的话需要理性,我信奉理性在说话中的力量。事实上,说话也是一门艺术,艺术品位的高低不仅取决于想象,也在于合适地运用理性的弹性。在我和马莉之间,我自以为我运用得很好。马莉的煎熬也证明我运用得很好。马莉虽然没有收回她的"德林我们离婚吧",却也没再说过"德林我们离婚吧"。作为夫妻的标志,我们的性事呈现理性状态,不能一味地称之为疲软,我们都能照顾到彼此的需求和感受。

何况,我时不时也能约会小陈。

何况,看微信朋友圈,李不害杀人案正在准备开庭。

我不觉得这有什么不好。

我甚至觉得这样就很好。

一块腊肉挂在墙上,就是一个"薛定谔的猫"。说不定哪天就取下来,切成块儿,做成菜,吃掉。也许不取下来,就让它一直挂在墙上,是一块可能吃、也可能不吃的腊肉。

也许我们的婚姻正在经历瘙痒期,七年之痒,我们晚了多年。过了瘙痒期,马莉还会不会坚持她的外遇?还会不会再说"德林我们离婚吧"?我没问过,这涉及我们彼此的自尊,我不会问的。

也许马莉和我一样,在等待拆迁补偿。

马莉知道我的态度。我用不同的方式给马莉说过,有些是侧面提醒,有些像偶发的感慨,也会像马莉一样,冷不丁给马莉冒出一句或几句。

我说,爱固然重要,却也必须承认,爱在生存之上。

我说,没有爱毋宁死的人是极端的。

我说,你最好不要问我爱不爱你,有没有爱过你。我说我有你不信,我说我没有你会悔断肠子。

我说,有许多东西不是让人追究的,因为没法追究,比如,有没有上帝?信就有,不信就没有。很可惜,很多人不明白,总是用这些无法追究的东西为难自己。

我说,有些人把自己陷入离婚的泥淖,是因为不愿意接受婚姻本身的缺陷。世界上任何东西都有它与生俱来的缺陷,先天性的,婚姻也一样。

我说,一个浑身上下都是修养的人,也无法美到无可挑剔。接受缺陷不是软弱,而是一种美德。死硬不接受缺陷的人是不可理喻的。

我说,拒绝缺陷就会拒绝一切,包括拒绝你自己,因为你也有缺陷。

我说,因为有缺陷就要剥夺它的生存权,让它去死,是残酷的,是没有人性的。让一切有缺陷的东西都去死,世界还能剩下什么?

我问马莉，我说，你是这样的人么？你会杀死自己么？

我说，你说德林我们离婚吧，我说噢么。我噢么的意思就是随便你。我懒得离婚。

我说，其实我也没懒到这地步，我只是拒绝无意义。

我说，彻底的离婚是不可能的，因为人是气息动物。

我说，彻底的离婚不是一纸离婚证，不是脱离法律关系，而是隔绝彼此的气息。

我说，气息不同于气味，气味可以消退，可以清洗，气息则不能。用什么样的洗涤剂、沐浴液也不行。

我说，你能忽略末末吗？能跳过末末吗？我能么？

所以，我说，以根本论，离婚是不可能的。即使解除法律关系，我也不会在你的生活里消失，我还会以各种各样的方式，残留在你的生活里，参与你的生活，不管你愿意不愿意。

所以，我说，离婚是不幸的。离婚的不幸也决定了新婚姻的不幸。

我说，误入婚姻也是不幸的，因为不是真正的婚姻，是一场因误会而有的聚会，它和外遇有些近似。

我说，聚会和气味有关，无关气息。解除这样的关系，不能叫做离婚，而是聚会的结束，然后，各自回家。

我说，我无意刺激你，是话赶到这儿了。

马莉你想想，我说，这样的话，离婚或不离婚，到底有多大的区别，有多大的意思呢？

马莉抱着肩膀，好像发冷一样，病了一样。

你真能扯啊，马莉说。

多亏你说的不是体香，马莉说。

马莉竟然记得许多年前的"体香"。

我说，噢么。

五十一

我并不一味地好古薄今，我很信服现代科技的力量，一部手机就可以把整个世界搬上荧屏，任人观赏。总有一些聪明的能人，因为各种各样的原因，发明各种各样的技术，让众生享受。这符合造物的意志。

手机智能化以后，我的阅读就分为纸质和手机两个部分。手机阅读更直接，更便捷，全天候，各种场合，且形式多样。我可以追踪天气，消遣各种八卦。可以看俄罗斯总统秀肌肉。美国总统的女儿伊万卡竟可以如此漂亮，美到让人窒息。我甚至可以预估许多年后，如果伊万卡成为美国的第一位女总统，这个世界该有多么奇妙，多么诡异。黑人留学生和我们女大学生的那些事儿匪夷所思，又情理当然。我把我们女大学生和黑人留学生的聊天截屏看了好多遍，虽然没有《金瓶梅》的文采，却是正在发生的非虚构。这岂止是百年未有的一个时代，人类从来就未曾有过，惊叹或者哀叹，幸运或者不幸，只是因人而异。

我在惊叹和幸运的一边。

我拒绝了小学同学的鼓动，他建议我捡起小学时的爱好，重新吹笛子。我小学时最想学的是二胡，初高中羡慕小提琴，没钱买，只能吹笛子。后来，那一支不到一块钱的竹笛，就和我父亲打铁的家伙一样的待遇了。进城后，干脆不知所踪。我无意在二三十年后再买一支新的，以此丰富我的生活。我觉得听别人吹比我自己吹更让我惬意，感谢万能的手机，可以让我听到全世界顶尖高手的吹奏。如果我要吹，我倒愿意选择箫。箫声有一种特别的忧伤，尤其在夜深人静的时候。人有时候就需要忧伤，用忧伤取悦自己。何况，"玉人何处教吹箫"，还有那么一点暧昧。而忧伤，又可以让人感受到一种舒服的孤独。

黄色视频虽然直观，却简陋，简陋到粗鄙，不给想象以空间。如果要看性爱视频，我更愿意看文艺片，比如《色·戒》里的梁朝伟和汤唯。

李不害是不一样的，和我在手机上的任何阅读都不一样，他是我的邻居，叫我叔，他把他弄成了一个社会事件。

马莉对李不害没有兴趣。马莉很忙，早出晚归，一脸疲惫，兴奋的 mini 小包包也有了几分倦色。

我给二哥打电话，问他能不能找关系去法庭旁听。二哥说不用旁听，肯定死翘翘。二哥说看手机更有意思，法庭上有的没有的，手机上都会有。二哥是对的。我就看手机。

实话说，我感兴趣的并不在李不害的死活，而是控辩双方对李不害及李不害杀人事件的描述。如果李不害和李不害杀人事件是一本书，他们已经翻来覆去细读过许多遍了，还有书外的问询，各种各样的问询，包括对作者本人的问询。而这些，又都会成为他们要李不害必须死，或李不害可以不死的理由。这和要一本书必须消失，或可以存活，是一样的。而我恰巧读过这本书，还知道一些书外的情节。

既然阅读过，说的又是同一个事实，还会有阅读的兴趣么？有的，兴趣就正在同一个事实会有不同的描述。或说，这是法律不是小说啊，怎么会有不同的描述！会的，非小说的司法也会的，哪怕是大同小异，而我阅读的兴趣正在这大同小异之中，小异里的变化多端，大异其趣。何况，是杀人的，是我知道的，亲眼目睹过的杀人。何况，要从杀人里定夺杀人者的生与死。会不会有我意想不到的呢？会不会有山重水复之间的峰回路转、柳暗花明呢？如此等等，我的邻居，我熟悉的李不害，会不会如二哥所说的"肯定死翘翘"，倒在其次了。

因为司法的程序，也因为不时地删帖，这一次的阅读不如预想的那么顺利，却大体完整，且惊奇不断。比如，控方作为国家公诉人向法庭宣读的公诉意见书虽文笔简陋，完全公文套路，甚至还有不同的文句，用错了标点，却不失其精细的用心，让我脑洞大开。比如对李不害杀人一案的概述：

"……正值农历年三十，家家户户、男女老幼都在欢度春节的喜庆、祥和的气氛中，被告人李不害举起屠刀，故意杀人，故意损坏财物，作案手段特别残忍，情节特别恶劣，危害后果特别严重，引起了当地人民的惊愕、恐慌，更是引发了全国人民的震惊和广泛关注。"

两个"故意"，三个"特别"之外，更让我知道了，杀人者选择杀人的日子很重要，关乎定罪的轻重。

辩方律师谨慎指出，选择这一个日子，只是要在金家父子恰好能"在一起"的时候，动机极其单一，没有其他的想法，更没有伤害人民群众、危害和谐社会的主观故意。

可是，哪一个更近于事实的真相呢？

能说出的，能描述的，只是事实。真相在事实里，却无法描述。这倒是同一个事实会有不同描述的真相。

如此这般的还有很多。

五十二（李不害复仇凶杀案：公诉版）

控方对李不害杀人事件的描述弥补了我记忆的许多缺失。比如，"被告人李不害头戴黑色长檐帽，面戴深色口罩，脖缠粉色T恤，身穿绛色棉衣……"

在我的记忆里，李不害杀人时的穿着是囫囵的，模糊的，抢眼的是他手里的榔头，矫健的身段，快捷的腿脚。黑色长檐帽？深色口罩？粉色T恤？在脖子上？绛色棉衣？捂着口罩么？好像捂着的。为什么给脖子上缠一件粉色T恤？但是，好像是缠着的。

对李不害杀人过程的描述和我的记忆完全相符，先用榔头砸倒金雷，再砸倒金电，用尖刀割喉，并连续捅其要害部位，致其当场死亡（现场的我不能肯定金电是否当场死亡）。再返回，用尖刀捅刺金雷，割喉，致其当场死亡（现场的我同样不能肯定金雷是否当场死亡）。再窜入金疙瘩院内，用同一凶器，同样的方法，致金疙瘩当场死亡（当时的我并未看见这一杀人情节，更不能确定金疙瘩是否当场死亡）。再返回烧车。

这一节的特别之处是"二十多位群众目睹了被告人李不害杀人害命、毁坏财物的全过程"，是以现场目击者的视角描述的，有不厌其烦的啰嗦，也有不容置疑的现场感和可信度。

然后，是呈堂证供：

李不害所穿衣物上三被害人的血迹。从李不害指认处打捞出的作案工具，榔头和单刃尖刀，检出两人以上的血迹，"该隐蔽性证据证明"其为李不害作案时所持凶器。烧毁车辆上的痕迹。现场勘察报告。尸检鉴定报告。证人证言。李不害对其杀人事实供认不讳：我就是要杀死他们。所有证据证言和李不害的供述形成完整的证据链，充分证明了李不害故意杀人、故意毁坏财物的犯罪事实。

然后，是基于事实的定性及量刑建议：

本案是一起有预谋、有准备的暴力犯罪。

被告人李不害通过暗中观察、私下访寻等各种手段，观察了解掌握被害人一家的活动规律，精心选择作案时间，先后购买榔头、单刃尖刀为作案工具，并准备了长檐帽、口罩、T恤等物品以伪装自己，作案意图明确，准备充分。

本案是一起手段极其残忍，社会影响极其恶劣的恶性案件。

被告人李不害使用榔头分别猛击被害人头部，用单刃尖刀分别对已失去反抗能力的被害人实施割喉，对其致命部位反复捅刺、补刀，致三名被害人当场死亡。尸检表明，被害人金雷身中二十四刀，金电身中九刀，七十多岁金正平（绰号"金疙瘩"）身中十六刀。足见其杀人犯意之坚决，作案手段之凶残。被告人选择的作案时间是在中国人最为看重的节日春节来临之际，大多数民众已回家团圆之时，光天化日，众目睽睽之下，老弱妇幼眼目之前，刻意伪装，嚣张行凶，连杀三人，给当地人民群众的心理蒙上阴影，引起一方社会的极大恐慌。

被告人李不害主观恶性极深，罪行极

其严重。

李不害多次供述,他要杀死的是金家父子四个,而不是三个,只是金家二子金凤因故未回,侥幸躲过凶刃。杀人后,李不害先潜逃,后投案,据其供述,选择投案是因为没钱吃喝,否则"能跑多远跑多远",并非主动接受法律制裁。到案后又故意误导侦查,尤其误导对杀人凶器的打捞,恶意浪费司法资源。时至今日,李不害仍然不对被害人亲属道歉忏悔,坚持"为母报仇,报仇有理",认罪却拒不悔罪。

综观全案,被告人李不害蔑视法律、实施暴力犯罪的故意坚决,主观恶性极深,且拒绝任何悔罪,属于罪行极其严重的犯罪分子,虽有自首情节,不能成为对其从轻处罚的支持,应依法予以严惩。

公诉意见书念到这里,就几乎已经决定了李不害的死翘翘了,法庭上的李不害会不会跳起来呢?网上很快就有了描述现场的帖子,法庭上的李不害没有跳起来,听到"应依法予以严惩"时,一直很安静的李不害看了公诉人一眼,抿着嘴唇,笑了一下。

五十三(李不害复仇凶杀案:辩护版)

为李不害无偿辩护的两位律师,是外省一家有名的律师事务所指派的。他们的辩护是小心的,也是细腻的。

他们首先请求允许对三位逝去的生命表示哀悼,对被害人家属表示深切的同情和慰问,也郑重声明:

"今天的辩护意见不能在任何角度或任何意义上被解读为对逝者的不敬,或挑衅,也不能在任何角度或任何意义上被理解为对暴力的推崇,或讴歌。"

因为是有罪辩护,律师也诚恳地告知法庭,对公诉意见书陈述的李不害杀人事实部分不表示异议。

"我们的辩护基调不是铿锵的,而是悲怆的,向法庭表达的不是强烈的要求,而是柔软的恳求。"

他们把李不害杀人事件扩展到了二十三年之前,李不害杀人事件,就和公诉意见书的描述完全不同,是一个悲怆的血亲复仇的故事。

时间必须回到二十三年之前。这一年,李不害年仅十三岁,眼睁睁看着金家父子棍杀母亲,母亲就倒在他的怀里。他眼睁睁看着母亲在他怀里吐血,断气,死去。其后,又眼睁睁看着母亲的尸体在马路上被公开解剖,头皮被人剥开,头骨被人锯开,现场几百人,看热闹一样围观。如此暴力血腥的死亡,如此惨绝人寰的场面,对一个年仅十三岁的少年的伤害是毁灭性的,除非他长的不是人心。童年时遭遇如此巨大的精神、情感和心理创伤,其长大成人的过程几乎不可能长成健全的人格,更容易造成一种严重的心理疾病,心理学称之为"创伤后应激障碍",其主要症状就是"记忆侵扰",即"受创时刻的伤痛记忆萦绕不去,出现严重的触景生情反应,感觉创伤事件再次发生"。

李不害供述,"眼睛一闭,当年的情景就浮现出来","经常梦见我妈死去的样子"。这样的症状一直伴随着李不害,长达二十三年,直到他对天呼喊出"我妈的仇终于报了"。

这样的心理创伤和精神折磨所激发的仇恨能量常人难以想象。从母亲被打死的那一刻起,仇恨的种子就已埋下。

"我只有十三岁。我当时就想弄死他

们。我看着我妈鼻子口里都是血,我就发誓一定要给我妈报仇。""我大声给我自己喊,我不报仇就是狗日的。""我一看到金家父子,就想扑过去,弄死他们。""我去外地打工,就是不想看见他们,我怕我把不住,弄不死他们,反倒被他们弄死。""我时不时就想着要弄死他们。"

二十三年,李不害一直经受着心理、精神病症的折磨,被仇恨裹挟,被复仇的冲动鼓动。

律师曾申请对李不害进行精神鉴定,没有获得法庭许可,李不害也拒绝精神鉴定。律师认为,李不害本人的拒绝,并不证明他没有严重的精神心理病症。李不害的朋友和同学的证言,也不能证明李不害没有严重的精神心理病症。可信的证明,只能来自科学的精神鉴定。

李不害即使是一个正常人,也是一个被仇恨之火烧烤着的人,烧烤了整整二十三年。

李不害也是一个不幸的人,整整二十三年的时间里他病态的仇恨没有纾解的渠道,没有得到应有的关怀,亲人的、社会的。他没有组建家庭,他说他"就是要报仇",他不想连累别人。他的父亲知道他时刻有复仇之心,时刻都会走极端,却从未有过一句解劝。他的姐姐也怀有血亲之仇,她对李不害偶尔的解劝无异于火上浇油。

李不害至今都认为,二十三年前的审判和判决是不公的。

他认为,"金电替他爸他哥顶罪了"。

而且,"判轻了"。

他说:"金电只判了七年,只坐了四年就出来了。"

他说:"没人为我妈报仇。"

他说:"金家没人道歉,只赔了一点钱。"

他说:"赔这一点钱是对我妈的侮辱,也侮辱我和我们全家。"

李不害也是一位为国家尽了义务的复转军人,两年军旅生活也没让他熄灭复仇之火。

这就是二十三年里的李不害,从十三岁到三十六岁的李不害,每天都可能走极端,杀死他要杀死的人。他认定金家父子都是打死他妈的凶手。

他说:"金疙瘩没动手,可他说往死里打,打死我顶着。"

"他们都是打死我妈的凶手,他们四个,可惜,金风命大,让他躲过了。"

律师的辩护虽然小心,却不想漏掉任何一个关键,他们婉转地告知法庭,李不害没有制造恐惧和危害社会的故意,现场的人都知道李不害在为他妈报仇,公诉意见书也说了,"二十多位群众目睹了被告人李不害行凶及毁坏财物的全过程",他们没有因为害怕而逃跑。其间和其后,还有人为李不害竖大拇指,只是不愿公开承认罢了。甚至有人说:"李不害到底当过兵,性硬,是个男人。"

律师说,列举这些,并不是要赞扬李不害的复仇,事实上,我们谴责一切暴力犯罪,我们只是要证明,李不害只是要杀他认为的仇人。李不害给现场的人也说了,他只杀仇人。他说到做到,他没有伤害金疙瘩的老伴。尽管很容易。

我也是现场的目击者。看着律师的辩护词,我仔细回想了一下那一天目击时的情景。不能说杀人不可怕,不惊悚,却也真的没感到那么可怕,因为知道不会杀到我，我是安全的，可以放心观看。当场给李不害竖大拇指的人也许和金家人有过节，怀有不满，也许是真心佩服李不害为母报仇。世上有多少心怀复仇的人，真能不顾死命复仇的却没有几个。

连杀三人，凶残的场面超乎常人的想象。可是，有不凶残的杀人么？有的人来世间一场，就是为了做一样事情，如李不害，做一件能让人记住的事情。因为有李不害这样的人，平庸无奇的社会才有了涟漪，或者说，庸常社会里的一些涟漪是李不害这样的人搅起的，使无聊成为有聊，并激发起"聊"的激情。

更多的人来世间一趟，就只是来一趟，然后离开，从此再无声息。

这么想着，印象中有些寡言，也有些羞怯的李不害就在眼前活泛起来，甚至：

"我想养兔，安哥拉长毛兔那样的"，他说。

他在法庭上。他听着控辩双方对他的公诉和辩护。

五十四

公诉人否认二十三年前李不害母亲被伤害致死一案存在司法不公，并出示省、市高、中两级法院司法文书为证。两级法院审查认定，二十三年前，案件判决依法有效，对社会和媒体质疑的问题亦逐一核查，依法裁定，二十三年前案件以故意伤害罪定罪适当，伤害行为系金电实施不存在顶包无疑，金电作案时系未成年人无疑，判处七年有期徒刑量刑适当，赔偿款数额确定依法有据，金电服刑被准予假释依法有据，无有不当。检察院经调卷审查，未发现两级法院判决和裁定有任何不当之处。

李不害家人在本案案发之后，对二十三年前案件判决提出质疑，并诉诸媒体，目的不在所谓寻找司法公正，而是为李不害杀人犯罪寻找借口。

公诉人不认可李不害有精神心理疾病。李不害长期生活不如意，想争强而不能，对社会产生强烈不满，形成反社会人格。李不害以其荒谬的逻辑认为，他所有的不如意都是因为金家人致其母亲死亡，遂以为母亲复仇为幌子，选择金家人作为宣泄愤懑不满的对象，逃避自己的现实困境，杀人害命，走上反人性、反社会的歧途。

公诉人认为，极端自私的个人"恩仇"决不能成为凌驾于法律之上、杀人害命的理由。本案的被告人实施其所谓"为母复仇"的杀人行为，是我国刑法严厉禁止的犯罪行为。任何人都无权以法律之外的手段惩罚他人，剥夺其生命。如果人人都以正义的复仇为借口，罔顾法律，滥用私刑，社会何以稳定！何以安全！所以，连杀三人的李不害绝不是什么"为母复仇"的"英雄好汉"，而是凶残的杀人罪犯，罪不可赦。

公诉人还认为，李不害凶残杀人一案已引起社会的高度关注，许多人通过网络发表对本案的意见。司法机关在勇于接受社会监督的同时，更应该坚持原则，实事求是，实现公平正义。我们已经向法庭揭示了本案的事实真相，也恳切要求法庭排除各种干扰，尤其排除网络谣言、标题党、仇恨煽动的有害信息的干扰，对本案公正判决，在实现正义的同时，也给人民群众一次有益的法治教育，并证明人民司法的公信力。

对检察院起诉指控的事实和罪名，辩

护律师并没有异议，他们认同法律对李不害的犯罪给予制裁。他们辩护的目标在量刑。

我实在有些同情律师了。到这个份上，他们还会起死回生？

他们不放弃"为母复仇"，守中有攻。针对公诉人"被告人实施其所谓'为母复仇'的杀人行为，是我国刑法严厉禁止的犯罪行为"，他们是这么说的：

现代法律之所以禁止私力复仇，是因为提供了司法这样的替代选择，问题是，作为公权力的司法并非无边无际，其伸张正义必然存在各种各样的局限。当公权力的司法不能平复或缓解受害者对正义的焦渴之时，复仇就有了它一定的可谅与可恕的空间。

他们说，国家法应该适当吸纳民间的正义情感。司法在追求正义的过程中如果完全摒弃民间的立场，完全忽略当事人个体的感受，就有可能导致正义的错位，甚至窒息正义。

他们说，二十三年前的悲剧和二十三年后的悲剧，有内在的因果。二十三年前司法对李不害及其家人渴望正义的忽略，某种程度上，正是二十三年后悲剧的原因，尽管不是原因的全部。

他们说，李不害复仇之前，从没有过任何违法犯罪前科，可以证明李不害不是一个危害社会的人。李不害的复仇导致三条生命逝去，也有他节制的一面。李不害杀死金正平时，金正平的老伴就在院中，李不害并未对她有任何的伤害。在李不害的思想里，金正平的老伴与二十三年前的案件无关。

李不害的复仇并没有、也不会外溢到伤害无辜。

他们不惜拉来中外历史中有关复仇的纪事，文学作品中对复仇的表现，为他们做辩护的支持。他们说，复仇是人类永恒的话题，以复仇为题材的文学作品，至今仍是人类共同的精神食粮，就因为作品中对人性复杂的尊重，对复仇之于人类情感的书写。他们说，中国传统司法实践对复仇案例多有从轻发落，甚至写入了法律，正是司法对民间情感的适当吸纳。他们讲述了宋代的一个复仇故事，记在《宋史》里的：

雍熙中，又有京兆鄠县民甄婆儿，母刘与同里人董知政忿竞，知政击杀刘氏。婆儿始十岁，妹方襁褓，托邻人张氏乳养。婆儿避仇，徙居赦村，后数年稍长大，念母为知政所杀，又念其妹寄张氏，与兄课儿同诣张氏求见妹，张氏拒之，不得见。婆儿愤怒悲泣，谓兄曰："我母为人所杀，妹流寄他姓，大仇不报，何用生为！"时方寒食，具酒肴诣母坟恸哭，归取条桑斧置袖中，往见知政。知政方与小儿戏，婆儿出其后，以斧研其脑杀之。有司以其事上请，太宗嘉其能复母仇，特贷焉。

他们又讲述了一桩就近的司法判例：某地一位女性老人，街上摔倒受伤，彭某见状上前扶起送医，并给予二百元以助，反被老人以将其撞倒的罪名告彭某于法院。法庭以彭某送老人就医并给予二百元为证据，最终判决彭某补偿老人费用四万元结案。法官一句"不是你撞的，你为什么要送她去医院"已成为传世名言。遇困不扶，见死不救更成为令人痛心的社会风气。

然后，他们又回到了李不害。

五十五（李不害复仇凶杀案：法庭的判决）

李不害是一个大奸大恶的人么？显然不是，律师说。他们向法庭出示了证人证言：

邻居也是李不害的同学张某说："李不害不打牌不喝酒，偶尔抽一根烟，不惹事不乱花钱，自尊心很强，很爱干净，衣服都是自己洗。"

朋友也是李不害的工友曾某说："李不害和工友相处很好，没有矛盾，也没有发生过冲突。李不害这个人比我节俭，不乱花钱，也不到处玩。"

前同事梁某说："李不害和大家相处都好，没发生过矛盾。他这个人做事认真，对人也大方，有人请他吃饭，他也会请。他和我都是集团那一年的标兵。"

就连金家的亲戚王某也说："李不害平时很少出门，喜欢待在家里，对人挺有礼貌。"

当然，他们说，李不害也绝不是手刃仇敌的英雄。相反，是站在被告席上接受法律审判的被告人。我们再次重申，李不害的行为在整体是被法律明确否定的，我们并无异议。我们期盼的是，这一次的司法判决既能承载法律的威严，又能闪耀人性的光辉。我们诚恳请求法庭，能够体谅人性的软弱，以珍贵的慈悲心和同理心，刀下留人，给李不害一条生路。

这已经是一种求饶了。

我险些被这样的辩护打动。

我又上翻手机，把公诉意见书重新阅读了一遍。我能想象出公诉人面对求饶的表情。而李不害是不悔罪的，也拒绝精神鉴定。如果把这一出移植成李不害和公诉人的对话，就可能会是这样的：

你知罪么？

我杀人了。

后悔么？

不后悔。

为什么？

我妈被他们打死了。

那是二十三年前的事。

我为我妈报仇。

那是二十三年前的事。

没有人为我妈报仇。

法庭判了刑的。

判得不公。

公不公不是你说了算。

最知道的人是我。

你可以上诉。

上诉了，还是不公。

那也不能胡来。

不是胡来，是为我妈讨回公道。

你没这个权利。

被打死的是我妈，我有权利。

你妈一个，你杀了三个。

他们都是打死我妈的凶手。应该是四个，有一个躲过了，他叫金风。

你可真是个执迷不悟的犟怂，病入膏肓，无药可救。

我没病。放我出去我还会杀金风的……算了，算他走运。我妈的仇已经报了，我的气也消了。

那就等着判决吧。

判吧。我没想死。要判死我也没办法。

至于律师说的民间法，公诉人两句反问就可以让他们肠断气绝：

国家的法律真像你们想象的那样没有考量和吸纳人民的情感么？

国家的法律有你们臆想的那么不堪、那么弱智、那么无力么？

我怀疑律师的求饶是他们的一厢情愿，没有和李不害通气。

他们的辩护是以名人名言作结束的，借用了黎巴嫩一位诗人的几段话。

中国有那么多名人名言，我想不来他们为什么要舍近求远，引用外国人的，而且，还是一个不起眼的小国家。当然，实话实说，那几句话都是好话，给我留下了深刻的印象。我把它们复制黏贴放在我的手机备忘录里。这是手机阅读的好处，如果是书籍阅读，要留下它们，就得用笔和笔记本，很麻烦。许多智慧的文字，就是因为嫌麻烦，看过之后，又风一样溜走了，了无踪迹。所以，我得感谢手机。

在你们身上多数是人性，还有许多非人性，是一个未成形的侏儒，在迷雾中梦游，找寻着自己的清醒。我现在想说说你们身上的人性，因为熟识罪与罚的只有它。不是你们的神性，也不是迷雾中的侏儒。

我常常听你们谈起犯了某个错误的人，好像他不是你们中的一员，而是一个闯入了你们世界的陌生人。然而我要说，即使神圣正直之人，也不可能超越你们每个人心中的至善。同样，即使是邪恶软弱之人，也不可能低于你们心中的至恶。

宛如一片孤叶，未经大树的默许，就不能枯黄，那犯罪之人未经你们全体的默许，就不能为非作歹。你们就像一列向着人类"神性面"迈进的队伍，你们是坦途，也是路人。

若其中一人跌倒，他是为后面的人跌倒，让他们小心避开绊脚的石头。他也是为了前面的人跌倒，他们步伐虽然迅捷稳健，然而却没有移走绊脚石。

重读这些文字，我又一次感到律师的迂腐，他们太学究太掉书袋了，他们似乎忘记了他们是在严肃到冷峻的法庭。他们是在为一个为母复仇、连杀三人的被告辩护，要把他从死刑判决里解救出来，留一条生路，继续活下去。学究式的掉书袋能助他一臂之力么？我很怀疑。

这就是我这一次阅读的大概。有两个完全不同的李不害，不，是三个。一个是公诉人描述的，一个是律师描述的，还有一个有血有肉的不用描述的李不害，站在被告席上，听着他们对他以及他暴力杀人的描述。这是现实中正在发生的真实，还是哲学家所谓的荒诞？甚或更近于小品里的滑稽？也许几者兼有。

李不害被判死还是判活，真不重要。

很快，没多长时间，我就读到了法庭的判决：

一、被告人李不害犯故意杀人罪，被判死刑，剥夺政治权利终身；犯故意毁坏财物罪，判处有期徒刑四年，决定执行死刑，剥夺政治权利终身。

二、作案工具榔头一把，单刃尖刀一把，依法没收。

我其实也能证明李不害的清醒。我又一次想起他来我家和我聊天，想借榔头又终于放弃的用心。几个月之后，我读到了最高法院驳回李不害的上诉，决定执行死刑的消息。然后，又读到了李不害被执行死刑前，和他父亲见最后一面的情景。其实也就是一句话："爸爸，没事的。"那时候，我们家的拆迁早已偃旗息鼓，进入后铁匠炉时代也有了很长时间。

法庭的判决也是对社会各种质疑的回答，有效平息了网上的舆论。与此同时，拆迁办加快了拆迁。我弟接连几个告急电话催我回家：拆迁重新启动，先从李不害家拆起，很快就会拆到我们家，许多人已经怂了，赶紧赶紧。

我就告别了依然在外遇里的马莉，回到县城，参与了我们家的拆迁。

五十六

我弟没有夸大事实。重新启动的拆迁速度很快。李不害家被拆了。李不害他姐家被拆了。紧挨着他们的几家也拆了。就这么一家一家，朝我家拆过来。曾经声称要和我爸坚持到底的人家，有几户已经泄气，在拆迁合同上签了字，搬进了过渡房。拆迁办的人各个都重新活了过来。他们不再挨家挨户低眉笑脸地动员拆迁户了，而是在办公室坐等想通了的拆迁户，来主动要求签合同。他们胜券在握，信心满满地等着和钉子户做最后决战。原雀儿村居住的几个小区已几近分崩离析，飞鸟各投林了。每天都有铲车和挖掘机在铲，在推，在挖，满地狼藉。

我爸脸上的阴云一天天加重，心里的阴影面积可想而知。尽管他嘴里不说，若无其事一样，端着茶壶，不时喝一口酽茶。

我以为铁匠炉早支起来了，没有。我问我哥我弟，铁匠炉为什么还没支起来。我哥我弟不说话，努着下巴颏，用眼睛示意我问我爸。我爸在躺椅里躺着，不看我们，他看着外面的街道。他听见了我的问话，就是不看我们，也不回应。咝——又吸进一口酽茶，咕咚一声，咽下去了。

我用眼睛看我哥我弟还有我姐，回复给他们一个无可奈何的表情。我回来的第一次家庭碰头会，就成了长时间有声无言的面面相觑。

我哥起身离开了。然后是我姐。我弟也起身了，示意我跟他走。

我弟给我妈说，我哥不在家吃饭了，我拉他去个地方。

我弟把我领到了他朋友开的一家饭馆。我弟说哥哎，我们是命运共同体哦！我弟一进包房就这么说。我弟说今天他请客。我说我请。我说我请的时候心虚了一下，因为我身上没有现金，手机也没绑定银行卡，没有银行卡可绑。我弟说你别虚情假意，你二哥他们说你从不请人吃饭喝酒。我说他们都是有钱人，轮不到我请。我弟说你是知识分子，还是我请。茅台五粮液你别想，我请不起，我朋友的小店也没有。我弟要了半打二两一瓶的北京二锅头。

我弟说，李不害判死刑把人吓住了，都退缩了，咱爸好像也要退缩。

我弟拧开酒瓶，干喝了一口，立刻呛红了眼睛。我说菜还没上来，等会儿喝。我弟红着眼睛问我，你回来一看拆得乱七八糟瓦渣滩一样，是不是也打退堂鼓了？我说没有啊，我本来就没敲上堂鼓，也就没所谓退堂鼓，我看你们的。

我弟说没打退堂鼓就好，我把咱哥咱姐叫过来一起，既然是命运共同体，谁也不能当缩头乌龟。我弟就打电话叫来了我哥我姐。

没有我爸参与的碰头会很顺利。都同意继续原来的方案。我哥我弟负责盘铁匠炉，我负责调动激发我爸的激情。如果已经熄灭，就重新点燃。我姐说我呢我不能闲着啥也不干啊。我哥说万一支起铁匠炉咱爸不到跟前去，你拉也罢推也罢把咱爸往炉子跟前弄。我弟说只要咱爸站到铁砧跟前，操起打铁的家伙，这出戏就真的开演了。

我说，咱也不能一味乐观，这台戏要是不按咱设计的剧本往下演呢？咱支铁匠炉打铁是给拆迁办的人看，人家不理会呢？一意孤行呢？我说这种可能性很大，李不害判死刑给拆迁办涨上劲了，站在上风头了。你打你的铁，我拆我的房，咋办？咱的戏就演砸了。白打了一堆铁家伙，卖都卖不出去。

我弟说，他们要耗时间咱就耗，每天只打一样铁器，和他们耗。他们耗不起，开发商等着开发呢。他们不谈判，就得硬下手。他们要硬下手，咱们就抄家伙。

我说，万一砸死人，咱可就和李不害一样了。

我弟立刻瞪圆了眼睛，看着我，忽闪着嘴唇，说不出话来。

我让我哥说。我哥说没啥说的，有尿没尿撑着尿。

我姐说，德林你呢？真撑起来了你呢？

我只能实话实说，我说我的情况和你们不一样，我是有公职的人。

我就这么一句，我弟突然发作了，啪一声，把手里的一瓶二锅头砸在墙上，用手指头指着我，快要指到我鼻子上了。

我算看透你了！我弟说，我早就看透你了！你自私自私太自私了你！

又转向我哥和我姐，说，你们说啊！你们为什么不当面说？他把咱当二球傻女子呢！成事了有他一份，摊上事了与他无关。

你想得太美了你！又冲着我了。

碰头会就这么转向了，对着我了，他们三个。

怎么就和李不害一样了？他们问我。强拆犯法不？他们问。

你在县上有那么多关系，你为什么不找？你找关系还用支铁匠炉么？

你考大学上研究生，咱全家人为你脸上生辉，你为咱家做什么了？沾过你一根毛没有？一根毛也没沾过！

兄弟姊妹不和你计较，父母呢？咱爸住过几次医院，你回来过没有？你知道病房什么样？在医院还是在野地里？尿壶呢？在床底下还是在床头上？

咱妈喝了两年中药，你知道中药咋熬么？苦的还是甜的？

就这样的陈词滥调，他们三个。

他们太陈词滥调了。他们一贯陈词滥调，这一次不过集中发作而已。

随便吧，想说就说吧。你们说，我吃喝。菜端上来的时候我就饿了。我就几口菜、一口酒地吃着喝着，我一直在吃喝。

一个人被几个人或一堆人围攻声讨的情景并不陌生，书上有，也听人说过。比如"文革"时候的书生。有许多自杀了，因为受不了这样无端被围攻声讨的憋屈，因为有比命还要更大的东西，觉得受这样的憋屈还不如去死，以此割席。更多的，活了过来，因为有活着的执念，也就能受难受辱。

秀才遇见兵，有理说不清，可以闭口不言啊，秀才不与兵语啊。

所以，我不会割席，何况，我需要我应得的那一份拆迁补偿。

所以，随便你们说，我吃我喝。

237

我哥终于觉悟了，说，算了吧不说了，说这么多都说给空气了。

我弟说是啊是啊，他把咱说的话当下酒菜了。

我说没关系的，你们可以继续说，你们还没说我尿床呢，没说我给咱爸咱妈瞪眼睛对着干呢。

我说，你们觉得你们说这些有意思没？你们把这些七零八碎的小不是集中起来否定一个人，有意思么？

我说，你们这么逼一个读书人，一个书生做他力所不能及的事情有意思没？

他们也觉得没意思了。我用筷子指着桌子上的饭菜说，赶紧吃吧，再不吃就凉彻底了。

他们都坐下来，和我一起吃了。

五十七

我哥我弟担心的事情没有发生。铁匠炉盘起来的当天我爸就入戏了。我爸拿起大铁钳，试了试铁钳的开合，又拿起小榔头，在铁砧上敲出几声脆响，脸上的暮色一扫而光，就成铁匠大大了。

我哥使一把四棱铁锤，给我爸当下手。电气化时代，鼓风机早就淘汰了风箱，我弟就管电管鼓风机风力的大小了。我负责给炉子里添加钢炭。我姐添茶倒水。我妈买菜做饭。

一切都很顺畅，且符合分工即效率的经济学原理。当天就打出了两根撬杠，一把砍刀。我哥满头的汗水也洋溢着兴奋。

铁匠大大又回来了！我哥说。

我爸说是啊是啊，我以为我拿不动打铁钳了呢！夹不动了呢！

我爸好像回到了当年大跃进打铁的时候，那时候，打的就是撬杠和砍刀。每打成一件铁器，就挂在院墙上，锃光闪亮，隐隐透着杀气，这正是"铁匠炉"的设计想要的效果。

我当然知道生活不是戏台上的戏剧，不但会修改剧本，还会有意想不到的反转，甚至完全颠覆事先的设计。何况，"铁匠炉"只是一半的剧本，后续的情节怎么发展，更在于拆迁办。

拆迁办的反应远远超出了我的想象。他们对铁匠大大重新盘起铁匠炉一事视而不见，好像压根就没有这回事一样。没人围观，也没人问询，一个人也没有。邻居也没有。铁匠炉成了铁匠大大一家孤独的狂欢。有人来是在几天以后，也不是来围观，或者问询，而是来报信：

来了来了！

来人失急忙慌地，冲我们喊了一声。

那时候，已经入戏很深了的我爸正在又一次五马长缰了，给我们讲述铁匠大大的过去——

铁匠大大不是一个人的，是几代人的，我爸说。你爷传给我，你爷他爸传给你爷，你爷他爸再往上就叫铁匠大大了。

我五岁就给你爷拉风箱了。我爸说，和你爷的徒弟一起，把炭火烧得通红。你爷手可有劲，一只手豁开打铁钳，从炉子里夹出烧红的铁器，翠红翠红，上边眨眼一样闪着火星星。你爷把铁器放上铁砧，叮叮咣叮叮当，这就叫锻，我爸说。几个回合的锻打就成了想要的铁器，镢头，铁叉，菜刀，啥样的都打过，你们见过的都打过。也打过大刀长矛，给红胡子，也给白胡子，他们说拿去给天下人打天下。

不打也不行啊。我爸说，因为他们有

238

枪，枪比铁器厉害。

你爷没挣到钱，我爸说，他们给你爷打欠条，可你爷没挣到钱。他们人马一走，你爷就把欠条撕了，扔了，说，粮子的钱不能挣。你爷说，打铁的人有铁打就是好光景，没铁打就恓惶了。

你爷也是穿长袍马褂的人。你爷不打铁的时候就穿长袍马褂，浑身上下一尘不染，你爷是爱干净的人。你爷咋看都像有钱人，不输方圆几十里任何一家财东。你爷打铁的时候穿粗布汗褂，没袖子，打完铁你爷就去后院洗身子，后院有一个大水瓮，几个淬火的水缸大，你爷在大水瓮里噗嗤噗嗤洗身子。

你爷也是念过学堂的人，识好多字。你爷他爸想让你爷念书做官。你爷说他不爱念书爱打铁，打铁人畅快。你爷他爸说好吧，那就跟我打铁。龙生龙凤生凤，老鼠儿子会打洞，人活一世由天定。

我爸说他喝酽茶是学的我爷，他看我爷喝酽茶的样子很潇洒，茶水喝进肚子以后就哈一口气，很舒坦。我爸说惩办我爷的时候我爷正端着茶壶喝茶，来人让我爷跟他们走，我爷就把茶壶递给我爸跟他们走了，再没回来。说你爷给反动派打造过兵器。

我爸说他爱看我爷打铁的样子。我没法和你爷比，我爸说，你爷那才叫把式呢，叫铁匠大大，你爷称，我不称。我也就是大跃进的时候真正打过一阵子铁，还是比不了你爷。

就是这时候，有人失急忙慌地从大门外跑进来，说，来了来了！

来人的口齿有些不清，我们听得却很清晰。

然后，就听见了挖掘机的声音。

然后，我就看见我爸和我哥的脸色煞白了。

我们都听着挖掘机的声音。挖掘机的声音越响越大，我哥举起的四棱铁锤停在半空中，定格了一样，我爸手里的打铁钳和小榔头也静止不动了。

我弟一步就跳出了大门，我也跟了出去。

拆迁办开来了三台挖掘机，三台挖掘机从不同方向朝我们家开过来，极其放肆。这时候，我也就看见了，几天的工夫，我们家已经没有邻居了。我们家在铁匠炉的剧情里虚情兴奋的时候，竟不知道世界的面目已全然改变。

他们真来了！

我弟好像自语一样。我弟的眼睛直直对着器宇轩昂越来越近的挖掘机。

挖掘机很快就到了跟前，举起长臂，伸张开铁爪，抠上我家的墙壁，用力一剜，好好的水泥墙，被抠剜出一个大洞。

完了！

我弟叫了一声，声音很轻，要不是在他跟前，我不会听见的。

我弟没有像他设想的那样操起家伙，一根撬杠或者一把砍刀。

我哥也没有。我哥的头没了力气一样，和他手里的四棱铁锤一起垂下了。

当啷一声，打铁钳掉了下去，小榔头歪倒在黑亮的铁砧上。我爸从铁匠大大的角色里完全蜕出，不再是铁匠大大。

我并非不能接受这样的剧情，只是不曾想会结束得如此简约。挖掘机可以如此霸气！铁匠炉瓦解得如此惨烈，竟没有一点新意。

挖掘机不紧不慢，不温不燥，收回长

臂又伸出长臂，每一下抠剜，都会给我们家水泥墙壁抠剜出一大片创伤，水泥碎块纷纷跌落。

我姐扶着我妈走出来了，一步一抹泪。然后是我爸。我哥紧跟在我爸的后边。他们两手空空。铁匠炉里的炭火正在熄灭，院墙上新打的铁器摇晃着，碰撞着，紧要时，就发出几声脆响。

停——

是我妈。我妈突然喊了一声。我妈甩脱了我姐的手，扬着胳膊，朝轰鸣着的挖掘机喊着。

停——停——

挖掘机并不停下。

我的柜子！我妈喊着。

锅碗！我妈喊着。

一缸醋还没吃呀么啊，啊啊！

我妈泪如雨下了。

我们家的二层楼终于倒塌成了一堆瓦砾。

五十八

我没想到我爸也会吼叫。我爸的那一声吼叫毫无征兆。

就在我们家二层楼轰然倒塌的前一刻，我爸好像被突然刺疼了一样，冲我妈吼了一声：

哭你妈的屄你哭我的茶壶！

我妈没听见，因为我妈还在哭她的那一缸醋。

我哥他们也没听见，因为他们正在恍惚。他们从家里走出来以后就恍惚了。他们一直在恍惚里。人在恍惚的时候，唯一能听见的声音是空气。

我没有恍惚，所以我听见了。

不是吼，是吼骂。吼骂里聚集着无比的愤怒，鬓角的青筋要爆破了一样。也许不只是吼骂给我妈，还要吼骂给所有人。

我看了一下周围，除了开挖掘机的，现场的所有人只有我们，没其他人。

我也看了一下我们家正在倾斜的二层楼。

二层楼虽然在一下一下倾斜着，歪拧着，却不会立刻坍塌，还能坚持一会儿。

我冲了进去，抢出了我爸的那把茶壶。

我把它郑重地交给我爸。

我妈没听见，我说。

他们都没听见，我说。

茶还热着呢，我说。

我爸没看茶壶，他看着正在倾斜的我们家。吼骂时的愤怒已经没了，目光和我哥我弟一样恍惚了，一直到我们家的二层楼完全倒塌，激荡起一大片烟尘。

除了我爸的茶壶，所有的东西都埋在了瓦砾堆里，包括铁匠炉和打铁的家伙，新打成的铁器。没有谁想着把它们抢出来。我爸没有。我哥和我弟也没有。我妈和我姐更不会的。

只有我爸的茶壶。

茶壶是我爸从我手里抽走的。我爸从我手里抽走茶壶，转身走了。

我姐叫了一声爸，赶紧丢开我妈，跟了上去。

我爸走远了，我看见我爸举起茶壶，吮吸了一口。我姐已赶上他了。

我转过身，看见我哥也走了，然后是我弟。他们什么也没说，一句也没有。

三台挖掘机已不再轰鸣，停在新落成的那一堆瓦砾跟前，要守护它一样。

这就是我们家彻底消失时我看到的。

我以为我们家的铁匠炉时代已就此结

240

束，进入后铁匠炉时代。没有，还要晚一些时候。

从一个时代进入另一个时代，仅凭物象是不够的，还有比物象更重要的东西，比如人的情感和精神。只有精神和情感连同物象一起，融合为一种风尚，一种秩序，一种伦理的时候，才能说到了一个什么什么样的时代。我们家全体成员站在我们家的二层楼跟前，看着它倒塌成一堆瓦砾，看着铁匠炉和打铁的家伙被埋进瓦砾堆里，很像一场无言的告别。可是，我爸偏偏吼骂了一声，吼骂出了他的茶壶。而茶壶，又是来自我爷的传承。这就使得这一场告别显得拖泥带水，很不彻底。

五十九

是我把我妈送到我姐家的。我爸我妈没了住处，去我姐家比我去我哥我弟家更少麻烦，这也是我的经验。

然后，就是我爸的胃疼和住院与我妈的头痛和拒绝住院。

那天晚上，我姐做了一桌简单的饭菜。我妈不吃，说她头痛。我爸也不吃，说他胃疼。我姐说家里有胃药也有头疼药。我爸说吃药不顶事儿。我说不至于吧，也许是因为那一口酽茶。我爸呛了我一句说，你是医生，得是？意思很明显，要去医院。我想，头痛的病因远比胃疼复杂，风险也更大，要去医院看医生也应该是我妈，至少也应该一起住院检查。我爸又呛了我一句，说，你是医生，得是？我只能闭嘴。我妈坚决不去，说她比我爸耐受，受几天就好了。我爸说你要受就受，我得去医院。

好吧，那就我爸去医院。我姐在家照顾我妈，我陪侍我爸，我哥我弟两头照应。

我给二哥二嫂打电话，第二天我爸就住进了医院。

按医生开的检查单一项一项检查，结果是，吸了一口冷气，没大问题。

我说，还是那一口酽茶引起的，喝得急了，吸了冷气，不用住院了。

我爸不吭声。二哥给我使眼色，让二嫂把我爸转到了康复科。

二哥说好长时间没聊了，出去聊聊。我就和二哥出去聊了一次。

二哥说，明摆着是要住院不是看病，你是看不出来还是揣着明白装糊涂？

我想了一下，二哥应该是对的。我爸的胃疼住院也是一幕戏，是铁匠炉剧情的反转。依二哥的说法，剧情发生这样的反转，完全是因为我的馊主意。

你咋就想出个铁匠炉打铁这么个馊主意呢？

不支铁匠炉他们会让我爸我妈上楼顶，与我们家的二层楼共存亡。

二哥说，拆迁户的套路嘛，示个威而已。

就是啊，我说，两个老人赖在楼顶上，应对无情的挖掘机，无威可示，还有风险。铁匠炉就不同了，有致命的家伙，自带威慑。

二哥笑了，说，事实呢？打脸了是吧？

我哥我弟怂了么，我说。他们没有他们自诩的勇敢，连一个勇敢的架势也没做出来。

你自己也没做啊。二哥说。你只想着让他们做，最好能吓住挖掘机。你想得也太美了。其实你最最希望拆迁办有慈悲心，给足补偿，可惜他们没慈悲。挖掘机比他们还无情，你想得也太美了你！万一你哥你弟一时冲动了呢？李不害一样犯事了呢？

241

要坐牢杀头了呢？你又看他们出丑了是不是？还好没有，二哥说，难怪我那个朋友说你冷血，你还真有一点。

你好像不喜欢我那个朋友，二哥说，那天你和他说话很不投机。

二哥的朋友我无所谓喜欢不喜欢，我觉得二哥误解我了，我没想看任何一个人出丑，包括我哥我弟，更没想让我爸难堪。我觉得出丑不出丑完全是一种自我感受，是他们自己觉得自己出丑，丢人现眼了。他们以为他们自己会勇敢，关键时却没了勇敢，所以觉得出了丑，丢了脸面，恰巧我在现场，没想看，却看见了。我更没想着他们像李不害那样，也知道他们不会那样。我是读书人，知道人性的弱点。十几个鬼子就曾制服一村人，让他们去死，他们也就真乖乖去死了。一个民兵一杆枪，就可以堵住一村饥民，阻断他们讨要生活的路，他们不知道枪膛里并没有子弹，知道了也不敢出逃，因为拿枪的不是明码标价的土匪，而是民兵。他们说不清民兵和土匪为什么不一样，却知道的。这都不是虚构的小说，而是纪实。我怎么不知道呢？我哥我弟和纪实里的村民一样一样的。李不害只是个例。我爸也一样的。铁匠大大是打铁的，不是铁人。

我也知道我自己，我的生活字典里压根就没有勇敢，没勇敢也就无所谓怯懦，也就不会有我爸一样的尴尬和难堪，不会像我哥我弟一样，以为会勇敢，关键时却成了恍惚，然后又觉得出丑。没有勇敢并不等于不知道勇敢，不能设计勇敢，诸葛亮摇着羽毛扇指挥千军万马，孙膑干脆就是一个残疾人。能说蜀汉的失败是诸葛亮的失败么？齐国最终败亡的仗能记在孙膑头上么？这么说下去，会说出一本大书的，

也许还是一本深入浅出、意味隽永的大书。我没想写书，马莉曾鼓励过我，我不写，因为我不想。我一个铁匠炉的设计只是演戏而已，还演砸了，写书就更是一个笑话。我不想成为一个笑话。

我倒理解了我爸的胃疼和住院。我爸在躲避别人看笑话的目光，也在躲避自己。人是一种奇怪的动物，能横冲直撞，也知道躲避。事实上，有许多东西是可以躲开的，或因为本能，或因为策略。我爸的胃疼和住院二者兼有，是本能，也是一种策略。管用么？管用。时间长了，发生过和没发生就差不多一样了。到了无感的时候，就完全一样了。我们把这叫做遗忘。人一辈子会经历多少事情，能记住的又有多少呢？所以，遗忘也是一种智慧。所谓历史的虚无与实有，也是这么来的。

我爸是对的。至少，是适合他自己的。

二哥说，你说得轻松，其实他们很难受的，你就不为他们心疼？

心疼有用么？心疼能让他们不觉得尴尬丢脸么？不但不能，还会加重。心疼往往是对伤口的触碰。我不会这么无理性的。我更不是二哥的朋友说的冷血，我有我的温度。我知道我有温度。别人能否感受到，感受到多少，就只能因人而异了。

二哥和我的这一次说话暗含着一种挑衅，我并不反感。我想起了一位诗人的几句诗：

其实我们知道
相通和理解只是一种愿望
我们会各自走开
留下石头
和阳光
其实朋友就是这么回事

只是在心境相同的时候
我们坐在一起
我们都很真诚
然后，我们走开……

我没给二哥念出这几句，我觉得没必要。二哥说不会就此了结的，你哥你弟会找你的，不信等着看。

六十

我哥我弟名为看我爸，实为找我撒气的那天，我已经有了足够的心理准备。他们一进病房我就给他们说，我知道县医院的门朝哪开了，也知道住院部不在野地里。

我说，尿壶不在窗台上，用的时候端上病床，不用的时候在床底下。

我说，尿壶要病人掏钱买。病人和陪护家属的洗漱用品都要掏钱买。

我弟说，不是你掏的钱吧？

我说，你猜对了，咱爸掏的钱。

我说，你们放心，咱爸没大病，都是自己上厕所，用不着尿壶，一次也没用。

我说，咱爸把茶壶也拿来了，每天几壶酽茶。

我的意思是，一切都很好，也让他们知道，需要的时候我是可以像他们一样照顾父母的，并且不会比他们差多少。我爸确实端着茶壶，一脸云淡风轻的神情。转到康复科以后，就这样的神情了。

我哥我弟对我的话明显没兴趣，一直阴着脸。

我说，我知道你们还在纠结，我说一切都很好不仅是说咱爸的身体，还有铁匠炉的过程和结果也很好。你们没有必要纠结。挖掘机没有停下来，也在我们事先的意料之中。你们没有急火攻心意气用事也很好。也就没人知道为什么会有铁匠炉，拿铁匠炉和我们说事，也避免了任何犯事的可能，给强拆之后的谈判预留了空间，至少，他们没有任何理由惩罚我们，不至于一分不给。所以，一切都很好。咱爸的好，你们已经看见了。你们从纠结里走出来，一切都很好就会成为完好。

我弟说，你要早这么说，就不盘铁匠炉演戏了，哪来的纠结！

我说，你们也别怪我的主意。铁匠炉是因为你们要咱爸咱妈上楼顶才想出来的。上楼顶和铁匠炉孰好孰坏当时就和你们说了，你们也认为好，所以才有了铁匠炉。我也没像你们想的那样超然事外，我参与了铁匠炉的全过程。炉子里的每一块钢炭都是我填进去的，淬火缸里的水也是我换的。我不拿着家伙对抗挖掘机是早给你们说过的。事实证明，你们也没有，尽管你们说要拿起家伙阻挡。你们甚至没想着拿出家里的东西，家里的每一样东西都是有感情的，有故事的，有的还凝聚着咱爸咱妈的心血。被埋之后你们也没想着去刨，也许能刨出来几样有用的。唯一拿出来的是一把茶壶，还是我冒着危险抢出来的。

我说，你们在现场啊，都看见了啊，在倒塌的前一刻！

我弟给我哥说，你听，他把他说成英雄了！

我不是英雄，我说，你们也不是。我和你们的不同只在于我不自诩，自诩我会怎么怎么我要怎么怎么，关键时又不能怎么怎么。

呸！我哥朝地上吐了一口唾沫。

我说别啊哥，这里是医院，要讲卫生。

我哥忍住了，没有再吐。

我弟说，你和我们的不同就在于你有一张会嘚吧嘚吧的嘴。

和马莉一样的说辞了。

我哥说，我鄙视你！

我弟说，铁匠炉就是一个笑话，架势很大，没挡住挖掘机啊！

我说，你们也没去阻挡啊！

啪一声。我爸把茶壶摔在地上了。我们被吓了一跳，立刻闭嘴。从此，铁匠炉就成为我们家的忌讳，谁也不再提起。

这才是后铁匠炉时代的开始。

李不害被执行死刑之后，我曾想过拿起家伙强行阻挡挖掘机的后果。我没有所谓的后怕。我也许会进去，却不会判死罪，在里边何尝不是一种生活？何况，我爸不是我爸，我哥我弟也不是李不害，我们谁都绝无进去的可能。活着，看别人进去，或者不进去。

拆迁办终于打电话叫我爸去给拆迁合同上签字了。我爸拖延了两天，不再住院，住到了我姐家。我住回了职中宿舍。再见到我爸的时候，我看见我爸新买了一把茶壶，喝茶嗞嗞有声。问我爸，签字没有？我爸说，咋也要拖他们几天。

六十一

一旦做出选择，尤其是令自己不愉快甚至沮丧的选择，人的自我解释系统就会立刻开始工作，为这样的选择寻找理由，让自己迅速从不愉快和沮丧中解脱出来。更或相信，不得不的选择竟还是优胜的选择，相应的所有行为因此自洽。

我爸和我哥我弟已经自洽。

哲学也可以被视为人类为自己发明的一种解释系统，发现并解释人与世界，以证明和完成存在的合理性，合目的性，合审美的规则。

人为什么活着？怎么活着更符合人性？也在这一解释系统里。

尽可能处于安全地带，努力活着，是人和动物共有的本能。区别在于，动物只要活着，人还要给活着寻找理由，赋予意义和价值。这也是人有灵魂和精神的证据。哲学大部分的工作在这一区域，经验主义偏重对各式各样的活着进行归纳，以已有的经验首先保证活着而不至于毁灭，然后，争取更好地活着。在经验主义看来，无论出现什么样的状况，也要活着，是对生命的尊重，而不是相反，哪怕像动物一样活着。

有人说，这样的经验主义是动物主义。

我更愿意承认经验主义也是一种实用主义，因为经验主义的价值就在实用，不追逐甚至反对粗线条的宏大叙事，以此给自己虚幻的兴奋。如果兴奋也是一种成就，虚幻又会把它拆扯成一地鸡毛。一个经验主义者不会为幻境而活，也正因为务实，经验主义者就会有他的岁月静好，即使在非人的境地，也能活出色彩和精彩。

所以，在胡适和鲁迅之间，我更认同从容儒雅的胡适。

也许，在激愤固执的鲁迅眼里，人的世界永无静好之日。鲁迅写了那么多世界的残缺，人性的扭曲，却没有写出好世界和好人性到底是什么样子的世界和人性，什么样子的活着才是好的活着。他大概是绝望的理想主义。因为理想，所以绝望；因为绝望，所以更固执地理想。一生的活着，为的是一个执念。同一个娘生的，他的弟弟周作人比他务实，"在不完全的现实享受一点美与和谐，在刹那间体会永久"。

永不满足的鲁迅活了五十多岁，恨恨而死的。为执念而活着的李不害活得更短。在日常里扩展和寻找余地的经验主义者反倒长寿。

"好死不如赖活着"并不一味地负面，否则，自嘲也就会一钱不值。

不得不在非人的境地，并不是经验主义的过错，轮不到经验主义负责。

我爸和我哥我弟是本能的经验主义。我和他们的不同在于我的自觉和清醒；他们能感觉到危险，我不但能感觉，还有认知，我不会有情感冲动的意气用事。

我偶尔会去我姐家看看我妈，更多的时间是在职中的宿舍里思想和刷手机。

那天晚上，我无所思想，刷手机刷得有些无聊，就从宿舍溜达出来，不知不觉溜达到我们家的原址。那里即将成为建设工地，一根电杆上挂着一盏大瓦数的灯泡，把一大片瓦砾场照得惨白贼亮。扩张的县城已进入睡梦，在睡梦里喘息、歇息、换气，偶尔的车声更显夜的安静。

我找到了我们家的那一堆瓦砾，想着不久前铁匠炉里的炭火，铁器塞进水缸里淬火时痛快又刺激的尖叫，好像已是隔世的事情。铁匠炉不会复生，经过短时的调适，生活在继续。还有比这更重大的么？没有。

就这样，在那片安静惨白的灯光里，我突然感到了一种从未有过的澄明。这种澄明无法用语言描述，也许做爱之后的那种轻松略或近之。

我就想起了马莉。

好像真有感应一样，马莉发给我一长段手机短信，说我日常生活细节的：

你知道你几天刷一次牙么？你知道你刷牙有多么潦草么？你知道我看着你刷牙有多么难堪么？我不愿说出腌臜这个词。

你抠鼻孔已经成为一种恶习。我真不愿意想你的鼻孔里还有没有鼻毛可抠，而鼻毛是阻挡细菌的。

你抠脚能抠到洗脚盆里的热水结冰。

你知道你多长时间换一次内裤么？你知道做爱时我有多少次想起它么？在你直奔主题的时候，我的眼前挂着你的一条不堪入目的内裤。

……

就是说，我的每一个生活细节里，都写着自私，不尊重别人，也不尊重自己。

我一连看了几遍，不仅没有任何反感和不适，反倒有些想见马莉了。不是因为性，是因为说话。想想，这么些年，马莉也许是我迄今为止遇到的最合适也最好的倾听者。

我也一晃而过地想到小陈。我觉得说话和做爱相比，做爱更近动物的本能，说话则更显人性。

既然拆迁补偿已经与努力无关，也就没有必要守在这了，还是回省城吧。

六十二

后铁匠炉时代的我们家一切安好。

我和马莉的婚姻依然是挂在墙上的一块腊肉，这也不坏。

［特约编辑：钟红明］

无国界病人

——我在美国 MD 安德森医院治疗癌症的 3000 天

师永刚

唯一的药物米坦托（农药DDT）在哪里？

医院可能是人间最大的世相。

我在协和的走道里来回徘徊，这里更像是一个市集，而不是一个医院。密集的人群与体味，从早晨八点轰然而来，到了下午五点，又像潮水般而去。医生看你的时候几乎不用抬头，他们没有时间。病人进入诊室，身边围着医生与他的实习生们，然后还有几位显然不愿意排队的病人，一起旁听。

这显然更像是一个会议。而不是一次让你安宁的就诊。

我们坐在李汉忠主任诊室的外面等待他的呼叫。也许是天生敏感的缘故，我对即将到来的见诊有种不祥的预感。

肾上腺皮质癌。英文名"Adrenal cortical carcinoma"，这是一种非常罕见的肿瘤，年发病率为百万分之一。也就是说，一百万人里面可能只有一个人患有这种肿瘤。

更多的专业术语都显示这是一种非常罕见的癌症。在美国一年大约确诊的只有200人。而在中国最多，差不多1000人左右。成人肾上腺皮质癌是侵袭性肿瘤，五年内存活极低。不幸的是，60%至70%的患者在诊断时患有Ⅲ期或Ⅳ期疾病。翻译过来就是，肾上腺皮质癌患者，很少能活过五年。大部分人在发病后的第一年，就去世了。

我这个从来没有在赌场上赢过的家伙，竟然中了这么一个只有一百万人中才会有的一个"大奖"。

2013年3月，我按照预约作了增强CT，我的心里在盘算着各种各样的结局。这一段时间，我自我感觉还不错，胖了，脸上泛光。但这并不意味着CT的结果会是我想要的那种。我在心里反复推演，但一切毫无头绪，等待宣布CT检查结果，其实更像是在等待审判。这种等待之前的焦虑令人陷入漫长的不安中。我的眼神开始有些涣散，双手下意识地放在两个腿部，身体笔直，这个坐姿是我从军时的标准形象，我以为忘记了，但现在却突然出现了。这只能证明这是一件令人不安与痛苦的事情。妻子显然对于那个以前有点大大咧咧的我，突然出现这样的局促，有点不适应，轻轻把我的手打了下去。但当她的眼睛看向其他地方的时候，我发现手又放到腿上了。

就像我无法移除不安、紧张、痛苦以及难过。这是病带给的我的形态与姿势。

董医生出现在门口，向我挥挥手。李汉忠的诊室里挤满了人。这中间有几个是他的穿着白大褂的学生，他们虔诚地看着李。我把一大摞CT片子递给了李主任。黑白的片子在灯箱里显出惨白色的光。他沉吟半天，挥了挥手中的片子，说："你的原发灶切得很干净，手术很成功。原发灶没有任何复发。"学生们几乎要鼓掌的样子。我也很激动，但李接着说的话，立即把我推下了深渊："你的双侧肺、腰椎L4与左腰大肌、肝部分别有发散性转移。"

我有些呆在了原地。这意味着癌细胞转移到了我的全身，它们散布到了我的肺部、肝部和脊柱以及左腰大肌四个地方。癌细胞转移表明可能我已失去手术的可能。除了原发灶外，几乎如同教科书上所列，精准地转移到了肾上腺皮质癌术后最易转移的这几个位置。

对于李主任来说，他已完成了自己的

使命,这个原发灶手术处,确实没有复发。

我脑子有些懵,下意识地问李主任:"我下一步怎么办?"

李主任说:"肾上腺皮质癌目前只有一种药物被批准,这种药叫做米托坦,不过国内没有进口这种药,神经毒性较大,在不同的病人身上的效果也不一致。目前当务之急,你先试试化疗吧。"

米托坦在之前我就听说过,并在网络上查询过这种药。不过那时候我并没有觉得自己会用到它,就没有过多上心。但现在突如其来的诊断结果以及治疗方向,让我有些措手不及。

李有些同情地拍拍我的肩膀。安排董医生带我去找肿瘤内科的大夫,准备化疗。

这一天是 2013 年 3 月 21 日。手术后一百二十天。

董医生带我去国际部找正在那里值班的 M 副教授。

协和国际部相比刚才拥挤闹哄的门诊,简直如同世外桃源。宽敞干净,明亮。M 医生把我的片子与 CT 报告,反复查看了数遍。然后告知我:"肾上腺皮质癌很罕见,预后不是很好,唯一证明有效的方法就是手术。你现在已做过手术。不过咱们这儿好像也没有什么特别好的办法。我记得有一个化疗的方案,去年给一个病人用过。不过我得查一下。"

M 医生很坦然地打开电脑,她用了很久的时间,找到了关于肾上腺皮质癌的化疗方案。当然,我明白,所有的化疗方案,如果得到批准的时候,它就是一种标准治疗方案。医生只要把它找出来,按这种病的治疗方案中规定的剂量执行即可。M 医生把这个方案打印了出来,说目前国内治疗肾上腺皮质癌病人的方案,基本上就这三种化疗药:依托泊苷,阿霉素和顺铂。

当然,她补充了一句,"在国际上目前通用的是这三种化疗药物加米托坦片剂,共四种。但国内目前没有进口米托坦片剂,所以只能用这三种化疗药试一试。"

M 医生显然对于我生这个病有些同情,她说自己这几年来,只见到过十多例。这种病确实较罕见也难治,主要是没有治疗方案,或者有方案,也没有药物。这种癌症优先的方式就是手术切除与放疗,现在你已做过前面两种,剩下的就是化疗了。

我曾在网络上看到过一篇美国密歇根医学院的医生写的关于肾上腺皮质癌的文章,他认为:"大多数医生从未见过肾上腺的病例,即使他们有过这种病例,他们也不知道应该对它去做什么。"之前我并没有理解这句话的意义。我甚至认为,也许我做完手术就会解决这个问题,但显然,一切都在以出乎我意料的速度,在告知我这种病的危险。

如果连医生都觉得你这种病很陌生,罕见,甚至无能为力的时候,可能你面临的就是真正的危机。M 医生说:"你可以评估一下,如果没有问题,我们下周就可以安排你进行化疗。"我没有选择,即使这种标准方案中缺少一种重要的药物,对于我来说,也是一根拯救我的稻草。但我隐隐觉得这也许不是我要选择的治疗。

与 M 医生告别,走下楼来,外面的天空灰暗,如同我的心情。

董医生平时守口木讷,言少律己。此时似乎想找出几句话来安慰我。他说:"你可以先试试这个化疗,再找找朋友,看能不能买到米托坦这个药。"看我一脸迷茫,他说:"我听说有一个病人,曾在国内购到过这个药，现在还在随访。你到北京的新特药商店看看，有没有这个药销售。"

对于我这样的癌症病人来说，有药就有希望。但现在，救命的药在哪里？

董说了一句类似真理的话："药在哪里，命就在那里。"

早晨八时我就守在协和对面的这家新特药药店。昨天晚上，我就做过功课，这家新特药店专门出售一些进口的特效药与罕见病的药。但药店员工告知我，他们根本就没有这个药。而且也从来没有进口过。

我有些不甘心。又找到他们一个领导模样的人。他倒是听说过这个药。不过是从像我这样的病人来找药的时候知道的。一种绝望感扑面而来。我们在北京跑了七八个类似的药店，结果都是没有听说过。

下午，凤凰卫视的张芳大姐，打电话询问我的治疗情况时，知道我在找这个药，就说帮我咨询一下中国红十字会，红十字会每年有一定的肿瘤药物赠药。我们一个同仁患肺癌时，需要一个国外的靶向药，就得到了红十字会的帮助。但第二天上午，张芳就发来短信，说红十字会没有这个药。这个药即使在国外，也很少见。他们查过目录，没有看到过这个药。

一天下来，几乎都是找不到这个药的坏消息。

朋友的一个瑞士的朋友可以帮我买到药。我很快联系到了她，得知两个信息，一是需要处方，也就是我本人需要一位瑞士的医生开出处方，才可以买到药。再就是欧洲的药贵到令人吃惊的地步。一瓶一百粒片剂报价一万欧元。我快速核算了一下价格，差不多合当时的人民币八万元。

这几乎是一个天价。我核算了一下，一个月服用两瓶，一年下来得两百多万。

肿瘤药物竟然如此昂贵，我能坚持几年？

我查询到，米托坦由美国的一家叫做施贵宝的医药公司生产。我打给施贵宝在上海的办事处。对方则谨慎地说，国内没有批准，没有办法进口。他们也没有权力在中国境内出售这种药物。米托坦在美国有售，但需要处方，也就是说，我本人需要得到美国医生的诊断与处方，我才可以买到这种药。

两天的寻药时间，我对这种药有了一个基本印象，一是贵，二是这种药只有国外有售，三是如果我想买到这种药，必须去国外拿到医生的处方。再就是，我是否有足够的钱，来维持如此昂贵的治疗？

同事小丁去美国出差前来看我。我把米托坦的英文名与剂量，给他写到一张纸上，托他在美国帮我代购几瓶回来。我明白这需要处方，但我还是想让他去美国想想办法。至少这是一个希望。

这款药物如此昂贵，如此神秘，甚至是唯一一款得到批准的肾上腺皮质癌的药。

这是款什么样的"神药"呢？

我的好奇心开始泛滥。我有一套自己的工程式阅读办法，就是把自己想要了解的东西，通过主题式的搜索与查找，把所有的资料汇集到一起，找出对我来说，重要的资讯，然后通过荟萃的方法，把对我有用的要点整理出来。

国内唯一有用的查找管道就是百度，但百度此时正备受虚假医疗广告的攻击。你查找上面的任何一个关于米托坦片剂的信息，都会出来一堆各种各样的广告。但基本上都是一些无用的虚假信息。或者导向另外的一些药品。关于这个药的有用信息，大多混杂在一堆无用的信息垃圾里。

但经过筛查，米托坦的基本要点也大致清楚了。米托坦（Mitotane）是中文名，它的商品名是"Lysodren"。我用商品名"Lysodren"与这款药的英文 Mitotane 去搜，发现了一个新世界。谷歌这个搜索引擎，显然除了广告外，对于我想要的一切，都在英文世界里很快显现了出来。

结果让我吃了一惊，我千山万水要找的救命神药，竟是……一款农药。

Mitotane（米托坦）严格意义上来说，是一种剧毒杀虫剂。这款药物的中文名叫做滴滴滴，是另一款农药滴滴涕的同类化合物。DDT 在国内一度家喻户晓。它在八十年代，是农村用于杀死老鼠与其他害虫的主流农药。关于米托坦的通俗解释是，它是细胞抑制剂和杀虫剂。作为肿瘤药物，它的基本成分"是一种类固醇激素合成抑制剂和抑制细胞生长的抗肿瘤药物"。我曾在农村见识过 DDT 与 DDD，虽然他们很可能被混淆，但用处是一样的。它们都有着刺鼻的味道。农民一般用在棉花与小麦、玉米等农作物上。一般也用来自杀。七八十年代农村妇女喝药自杀，原则上就指的是这种随手可及的农药。

1945 年，化学家 Haller 等从 DDT 的配方中，发现并合成了 DDD（滴滴滴，二氯二苯二氯乙烷，氯苯二氯乙烷），性质与 DDT 类似，但毒性低于 DDT。它的致毒原理引起了美国国家癌症研究所 Bergenstal 及其同事的注意。他们发现给狗口服施用 DDD 或 Rothan 这两款混合杀虫剂，会引起肾上腺皮质的细胞毒性和萎缩，包括肝损害。这两种农药混合后出现的潜在治疗作用于 1949 年首次得到认可，当时的一位医生 Nelson 报告说，这种农药在狗身上的作用较为强烈，在人身上的作用一般。当时人们普遍认为这是一种狗药。

1960 年，Bergenstal 及其同事在美国内科医师学会第四十一届年会上提出了对肾上腺皮质癌化学治疗的方法，并将这种改良后的"农药"，率先在转移性肾上腺皮质癌（ACC）患者中临床应用，并使肿瘤消退。随后的报告支持了这款"农药"在无法切除的 ACC 中的作用；这可能是人类历史上第一次使用农药"DDD"治疗肾上腺皮质癌，这也是自肾上腺皮质癌于 1886 年发现后，首次有一个针对性的药物。

此款"农药"的改良版随后于 1964 年首次以"Mitotane"（米托坦）的名字上市。米托坦片因其"治疗肾上腺皮质癌的有效性，适用于术后预防复发及不可手术切除的患者"，于 1970 年获得 FDA 批准用于治疗肾上腺皮质癌，并于 2002 年被欧洲药品管理局（EMA）列为罕见病药物。随后，米托坦片在加拿大（1978 年）、巴西（1988 年）、中国香港（1989 年）、韩国（2001 年）等多个国家和地区批准上市。目前法国 Laboratoire HRA 公司是米托坦片的全球唯一生产持证商。

但中国至今没有引进。

一款农药，在因剧烈的毒副作用被禁后，却成为了肾上腺皮质癌的救命药。每款药物都有自己被发现的传奇经历，也有自己的曲折百回。作为肾上腺皮质癌的病人，在这款药物的下游，庆幸自己无意间，追溯到了上游的涛声与命运。

网络世界如同一个隐秘的真实世界的倒影。当你找到一把钥匙的时候，发现其实打开的是两个不同的世界。七搜八搜，无意间在一个隐秘的病人群里，发现了一个肾上腺皮质癌的病人，她用的是一个化名，整理的一份关于购买米托坦片的攻略。

这个攻略讲述了可以买到米托坦片的几个渠道。

米托坦由美国施贵宝公司生产，但需要该药的患者数量很少。据说这家公司也就承销米托坦二十年，2019年到期后将不再续约。这样一款专利已失效的肾上腺皮质癌特效药，为什么至今国内没有进口？据说需要重新进行三期临床试验，而这需要花费巨额资金。这款药物的患者较少，施贵宝根本没有兴趣也没有动力去重做三期临床试验。国内的肾上腺皮质癌患者，只能在美国、加拿大、香港等国家与地区凭处方购买。因用量不大，国外与香港的大多数药房基本没有备药，除了处方外，还需要预订。何时到货，需看运气。

这个攻略还披露，目前市面上除了施贵宝生产的正版药外，还由印度一家公司仿制。价格在一千八百美元左右。仿制药在八千元人民币左右。这个价格显然比从瑞士那边购买，要便宜十多倍。这么高的价差源自于欧洲多有高福利国家，国民均有保险，自费则要交高于数倍的税。

这个攻略的主人，还提供了几个肿瘤药代购的电话。

这些接电话的人，都声称他们有这款药，但却都语焉不详。与他们聊了几句，就发现他们太不靠谱了，这些人了解的可能还不如我多。但这些电话，让我基本上摸清了现时可以了解到的购买管道。重要的是，我查询到的关于米托坦片剂在西方的许多试验数据显示，米托坦是术后的最可能起效的一款药，而化疗则靠后。

我决定先暂时不做化疗，选择米托坦治疗。

罕见病（Rare disease），这个字眼在中国大规模流行前，他有另外一个名称：疑难杂症。中国的医生们把那些难以诊断，甚至无法命名的疾病，统一用这个词来处理。这个说法推算起来可能在张仲景先生的汉代就有了这样的描述。显然，中国的医生们在更早的年代，就发现了这一类只在少数人身上发生的无法归类的疾病。

这个由中医们创造的名称，相对于"罕见病"这个词显得中性多了。但什么样的人才是罕见病人，可能并不是一个名称可以描述的那样简单。美国依据《1983孤儿药法案》（Orphan Drug Act of 1983），将罕见病定义为每年患病人数少于二十万人的疾病。日本的标准是患病人数少于五万人的疾病，台湾地区则以万分之一以下的发病率作为罕见病的标准。欧盟推出的类似立法，对罕见病的定义，是在每两千人中影响不到一人的疾病。

但有一类疾病例外，比如发生在我身上的肾上腺皮质癌，一百万人中仅有一至两例。我发现在这类疾病前面，西方统一的称呼是："超级罕见病"。

肾上腺很容易被忽视。这是一个差点被遗忘的泌尿器官。它是位于两个肾脏上的三角形帽子式的腺体。这个非常渺小的器官，负责制造几种重要的激素。这些激素有助于身体应对压力（皮质醇），控制血压（醛固酮），并保持钠、钾和水的适当平衡。其他激素，称为性类固醇或性激素，由肾上腺的一部分产生，称为肾上腺皮质。也就是荷尔蒙。它是人们力量的来源与开关。

在十六世纪前，人们并不知道这个器官的存在与重要性。直到一位意大利解剖学家在描述腹膜后遗症中发现肾上腺的存在。并将它准确地画了出来。这一过程持续到二十世纪初肾上腺皮质激素的发现，时间竟长达三个多世纪。

起初，人们不知道肾上腺在身体中发挥什么作用，后来借助显微镜，才知道肾上腺分为皮质和髓质，从形态上看，应该是一种内分泌腺。十九世纪初，英国医生 Thomas Addison 首次描述了一组症状，主要为贫血、乏力、虚弱，皮肤色素显著沉着，人们称之为 Addison 氏病。他证明了双侧肾上腺切除术可能导致死亡。而肾上腺受损的患者往往会出现 Addison 氏病的种种表现。他认为医生们，应当将注意力转移到肾上腺的内分泌功能上来。

这导致在二十世纪三十年代和五十年代，内分泌科的医学家们，发现和分离出了肾上腺素、皮质醇和随后的醛固酮。而它们的发现使 1950 年的诺贝尔奖颁发给了化学家 Edward C. Kendall、Philip S. Hench 和 Tadeus Reichstein。但直至 1969 年，才确立了关于肾上腺皮质癌的检测方法与手段，同时找到了治疗它的第一款药，米托坦。而这中间，发现肾上腺这个器官，用时将近百年。发现肾上腺的激素功能，用时二十多年。发现肾上腺皮质肿瘤，则在这个器官被发现一百多年后。发现肾上腺皮质癌的检测方法与治疗手段，则从 1959 年至今，用了将近四十年。四十年间，只有米托坦这一款药物得到了批准。

国内肾上腺皮质癌的诊断与治疗方法，则迟至 1961 年，才由著名泌尿外科专家吴阶平教授报告首例，但他最大的贡献是，发现了肾上腺髓质增生这种新的疾病，这种比肾上腺皮质癌更为罕见的疾病，受到国际上的重视和承认。并被作为一个新的病症，进行治疗。但目前的肾上腺疾病诊断，也仍只限于一些大的三甲医院。目前收治肾上腺皮质癌与肾上腺病人最多的医院，仍然是协和医院。其中肾上腺激素水平的检测方法，则到 2020 年才建立。至今国内仍无专科医生对肾上腺皮质癌进行专科研究。

发现一个罕见病的过程，如此漫长，甚至带着某种偶然，使罕见病的被检测，带着某种艰难的盲目与运气。即使在医学较为发达的美国，对罕见病人的确诊，仍然需要涉及血液、骨科、神经、肾脏、呼吸、皮肤等跨学科的协助、会诊，才有可能确诊。大多数的临床医师普遍缺乏罕见病的专业知识。在国内，30％以上的罕见病患者需要五至十位医生会诊才能确诊。协和医院的一位副院长在一份公开的资料中，披露罕见病患者的平均确诊时间长达五年，哪怕是在医疗保健体系较为发达的国家也不例外，无数家庭辗转于复杂的医疗系统，却屡被误诊。中国罕见病的现状之一就是缺乏基础流行病学数据，诊疗欠规范。官方的数据认为中国粗略估算约有 1680 万罕见病患者，每年新增患者超过 20 万。

排在中国罕见病排行榜前几位的依次是白化病、血友病、Alport 综合征、21 - 羟化酶缺乏症等病症。许多被称为罕见病的症状，对于美国与欧洲来说，可能是典型的罕见病，但对于中国来说，罕见病却并不罕见。肾上腺皮质癌在美国每年约有三百多人被确诊，但在中国，每年至少有上千人被发现。累积的肾上腺肿瘤群体，应在万人左右。这些病人在中国的基数可能大于其他几个国家的总和。但中国的这些肾上腺病人却处于这种国家间的"医学壁垒"中，无药可用，无医可治。

中国的罕见病患者，仍然处于未被发现的困境与悲剧中。但即使如此，在国内可以确诊的罕见病，只有二十多种。中国的医生对于这二十多种罕见病的诊断，也只限于类似北京协和医院这样每年收治"疑难杂症"较多的医院，才有可能确诊出来。相当多的病人处于不知道自己患有什么病，或者查不出原因，而无法得到救治的困境中。

与我类似的这些罕见病人最大的困境来自于：没有人知道你患有某种还没有被发现的疾病，或者你的医生根本不知道你得的是什么病，或者确诊了，但却处于无药可用，无医可治的尴尬境地。

官方的消息表明，目前仅有5％的罕见病有治疗方法。许多罕见病人被确诊后大都陷于对疾病未知的恐惧和无法治疗的绝望中。一个令人悲伤的事实是，罕见病病患人数较少，缺医少药且病情较重，加之无利可图，许多药企基本上不会专为这些人数极少的病人制造药品。所以"罕见病"也称为"孤儿病"，治疗罕见病的药物则由此被称为"孤儿药"。

治疗我这种肿瘤的药物米托坦。它被美国FDA批准时，是以孤儿药的身份被批准而使用至今的。令我感到窒息的是，对于许多罕见病人来说，最重要的帮助还是有效的药物和治疗方式。但这些恰恰是最为短缺的。

一组并不乐观的数据显示：全球现有六百余种罕见病治疗药物，但仅有30％的药物进入中国市场。只有少数药物在2021年后进入医保。即使进入了中国市场，大部分药物也仅有一种，或少量的几种，大多数癌症病人在治疗上一至两次后，仍然在高额的费用和耐药后无药可用，然后等待……死亡。

晚上，约一位曾在某次采访活动中结识的在某跨国药企供职的朋友L吃饭，看她能否有渠道买到米托坦。我向她发牢骚，一个上市四十年的药，都过了专利期了，在国内为什么却买不到？国家也不批这个药进口？

L毕业于哈佛大学医学院，现在任职这个大型跨国药企的大区经理，负责三个药品在国内的营销。据称其每年给公司创造的收入在十多个亿。她告诉我："这些被称为'孤儿药'的罕见病治疗药物缺乏进入市场的动力，高额的研发成本与极少数的病人数不成正比。

"米托坦，这个药在中国有多少病人？历年累积确诊就算有一万人？你知道在中国上市这款药要多少成本吗？这个成本包括：所有的国外药物进入中国，都要重新进行二次药物的临床试验。再就是国外是备案制，中国是申请制，平均需要二十四个月。这个药品从申请到试验合格，最少需要将近五到六年。如果加上进入医保的时间，平均需要七八年时间。

"做一个一至三期的临床试验你知道要花费多少钱吗？等于将原来在国外进行过的临床试验，几乎重新再来一遍。

"可你知道药厂可以收到多少回报吗？

"我告诉你一个关于罕见病戈谢病的特效药物的故事。美国健赞公司从2008年赞助戈谢病的特效药'思尔赞'，在中国自费购买的病人不超过十个人，这在中国基本上是没有办法盈利的。没有利润可图，企业就难以有资金投入新的罕见病药物研发，这样将会造成一个恶性循环。最坏的结果就是，罕见病患者最终将无药可用，无药可治。"

熟悉进口药物进入中国流程的L认为："目前境外已上市的罕见病药物主要有两个进口途径：一是注册审批。你的这个病需要的药物米托坦，目前并没有在中国申请注册。进入中国已四十多年的施贵宝公司，为什么没有动力推动这款药物在中国上市？一句话，就算加上所有的病人的用药，也回不来成本。即便以注册方式将米托坦引进中国，注册程序也耗时较长。还有一个就是临时进口。《药品管理法实施条例》规定，医疗机构因临床急需进口少量药品的，应当向国务院药品监督管理部门提出申请，经批准后方可进口，并在指定医疗机构内用于特定医疗目的。进口药物的风险较高，许多药物的成份不明，在当下这种医闹横行的环境，你觉得目前有哪一家机构会主动代表你们，去向药监部门申请进口这批没有得到药监局审批的米托坦抗癌药呢？"

何况它还在病人中有个外号"农药"。

另据我查询到的相关信息表明，到2019年，施贵宝将不再被授权生产米托坦。初步得到的消息是，将改由它之前的发明商法国HRA公司自己生产。所以他们就更没有动力去推这款药了。如果法国HRA公司生产量上不来或者生产计划不足，将可能导致这款药的短缺也未可知。

在中国的几个较大的跨国药企中，有一个不成文的潜规则，就是优先将一些比如肺癌等病人基数较大的药物申请上市。

我很难理解为什么欧洲、美国等监管较严的发达国家，已经过了各种繁复的三期临床试验，得到批准的肿瘤与罕见病药物，欧洲、日本、台湾地区、香港地区等几乎绝大部分世界发达国家与地区，都同步引进使用，而中国却无法同步上这些救命的进口药？

为什么成熟的经过验证的药品还要进行二次临床试验？

L说："这个事说起来还挺复杂，但在医学界一直有一个说法，就是认为亚洲人种与西方人种的体质不同。这种说法最早始自日本医学界。当时的日本药学界的科学家提出，日本人种与西方人的体质不同，身形高大的西方人的剂量是否同样适用在身材较小的日本人的药物的剂量？基于白种人的药代动力学和毒性数据是否可以沿用到日本人或者亚洲人身上？"

日本并没有这方面的数据。他们提出这个想法，当然也是出于慎重与严谨的科学态度。日本自上世纪六十年代开始，对进口药物建立了自己的试验报批制度。八十年代末，日本在经过大批量的进口药物的试验后，积累了大量的不同人种间的试验数据，发现各人种间的药物剂量相差并不太大。加之欧洲、美国FDA绝大多数药物并没有明确的对于不同人种的限制使用与剂量标准，而美国的亚裔人口将近五百万。这部分亚裔的用药安全也使西方人种与亚洲人种的药物剂量不再是一个问题。到了九十年代中，日本药企的自研药开始起步，也有一个与世界接轨的问题。如果每个国家都要求做三期试验，成本太大。日本的药监机构，就宣布不再对进入日本的药物进行第二次临床试验。使得这些药物可以同步进入日本。最晚不会超过一年时间。

但这个因为人种的问题所建立的一个对于进口药物的二次试验的标准与方案，则被中国全盘接了过来。即使在日本已取消了这一方案，接受了欧洲与美国FDA的标准，使各种先进的药品能够同步到达患者手上。中国则仍然用自己的方式，设立了一道四十年前就建立的壁垒。直到现在，这仍然是西方药企进入中国"必须升级打怪"的一个重要标准。而这也使中国的病人成为世界上最晚接受到最新药物的人群。

L是一个视野宽广、思维极其缜密的"国际人"。她之前曾做过药物试验、做过住院医，后在几大跨国药企间来回跨越。对于进口药物在中国的处境的判断以及认知，显然与我的需求并不相同。我是一个病人，我只想知道自己的药，在哪儿可以买到。但她却把我的需求放置到了一个宏观的各种进口药物的大背景与制度框架中。我很沮丧，也很无奈。我的许多疑问源自我的本能，或者是愤怒。

第二天下午，在医药圈简直无所不能的L打来电话。"你的这个药现在有三个管道可以买到。一是在国内找个医药代购。再就是去香港，或者直接去美国购药，但到国外购药，需要处方，还得去美国的医院接受检查，医生确诊你的病后，才会给你开具处方。"

去美国看病，对我来说太不现实，路途遥远不说，花费多少，语言问题怎么解决？我毫不犹豫地说："先做减法吧，能把那个代购的联系方式给我吗？"

彼时国内正在打击各路药物代购者。查办极严，并认定这是一种"违法行为"。偶然可以看到报刊上义正辞严的药监部门查办某某医药代购，或者宣讲这是一种违法行为。当时并没有感觉，现在看上去"药代"是多么重要。

地下药市

这个神秘的"药代"姓李。

电话打过去，仿佛打到一堵有回音的墙上，没有人接。

询问L。L说忘记告诉你了，最近查得严，他们更换了新的联络方式。打三次，再挂断，他就知道你是一个购药者。这是他们这行里的规矩与暗号。最近美国一家药企，向药监部门举报"药代"们"非法代购大量的印度版仿制药"，对他们的正版高价药产生了冲击，药监部门的人常冒充病人钓鱼执法。抓进去的人很多，个别还被判刑。

"药代们"现在非常小心。L还指点我说是某某的朋友推荐的，这个姓李的药代才会把药卖给我。我依照这种在电影里才见到过的"地下接头"方式拨打他的电话，果真第四次时这个电话才接通。对方在电话里沉默。我报上自己的名字与药品名，问他有没有这个药。电话那端的声音沙哑，低沉。他盘问了我的病情，以及在协和医院那个科做的手术，谁操刀的等。全部问完，他才似乎确认我是一个真实的病人。

"我可以搞到这个药。不过你得等一周。这个药用的人少，手头存货不多。"

我怀疑这个药的真假。打这个电话前，我在网上查询到许多"药代"不但买真的仿制药，也卖自己做的假药。新闻上报道的那个制药假案是，一个在江西的药贩子，自己弄了一个工厂，生产所谓的治疗肺癌的泰瑞沙。他们从医院住院或者生病的人那里回收泰瑞沙的盒子，然后把一些维生素片磨碎或者制成片剂，再以比仿制药还低的价格售给这些肺癌病人。

这个案子是在有两个肺癌病人治疗无效死亡后，病人家属对这些药产生怀疑，请人化验，才发现是维生素与面粉。

显然这个案子的出现，让我对这个即将见面的药代，心存疑虑。

他告知我这个药的价格一瓶八千人民币，当然，他同时说了美版正版药的价格，一瓶一千八百美元，合一万四千多人民币。这个印度版的米托坦一瓶八千人民币，似乎已是很便宜的一个价格。

仿制药与正版药有什么区别？他介绍的越多，我心里越怀疑。我说，你能弄来美版药吗？怎么保证这个药是真的？然后把我知道的江西那个假药案的情况简要说了一下。他显然知道这个案子。他对这些药贩子们非常不屑。"挣什么钱都可以，但不能挣这些黑心钱，伤人命的钱。"他说这个案子发生后，大家对他们的怀疑马上集中到是不是假药的问题上，影响到了他们的生意。

这个药代显然对此很在行，他说："仿制版与正版药的药物成份都是一样的。现在大家都在吃仿制版，正版吃不起呀。具体为什么一样，你可以找医生朋友问一下。我这儿只卖印度版的仿制药。美版一般很难拿到，美国的药店管理较严，要医生处方。"为了证明他的印度版米托坦是真的，他说："我可以给你一个使用这个药物的病人电话号码，这个病人家在内蒙古。她也是在协和医院做的手术，主刀大夫是某某。你可以打听一下，某某大夫是不是给这个病人做过手术。她吃了从我这儿买的药，已三年多了。到现在还活着。你可以问问她是不是真的？如果不是真的药，她还能活到现在？"

这个药代的说明让我对他产生了一个基本的信任。尤其是他把对方的电话马上发了过来，然后说，你打完电话，核实了后，再看看要不要从我这儿拿药。当然，他最后又补充了一句："全北京可能只有我一个人在代理这个米托坦，其他人还不愿意拿这个药哩。病人不多，赚的也不多。"

直觉判断，他可能说的是实话。我把内蒙古的那个女病人的名字，发给赵医生，赵说听说过这个病人。去年还来随访过。不过好像她吃这个药的副作用蛮大的。脑子不好使，走路乱晃荡。米托坦的毒性太大。据说她吃了后，一直没有进行血液浓度管理。可能是血液浓度超标引起的中毒性反应。

服用米托坦还要监测血液浓度？

晚上给那个内蒙古的病友打过去电话。这是我知道的第二例肾上腺皮质癌患者。她已活了三年，显然这与医生们以及网络上表达的只能活半年或者几个月的预后很差的说法，有着本质的区别。这给了我一点微弱的信心。

接电话的病人姓张。我说是某某让我来找你的。当然我先问了一下她的基本情况。她的声音很虚弱。住在乡下。说话时断时续，后来她的老公回来了，我与她老公聊了一下，基本知道了她的情况。她是在自己晕倒后才去医院检查。当地无法确诊她的病情，转到协和，才查出是肾上腺皮质癌，已转移到了肝与肺部。她是在做完手术后的第三个月才服用米托坦的。也是通过病友的帮忙，才找到这个药代买药的。

他似乎接到过许多病友打来的电话确认这个问题。"药么，肯定是真的。我婆娘手术后至今，都没有复发。就是吃这个药，坚持到现在。不过这个药，副作用太大了，我婆娘按每天上午二粒下午二粒吃了半年，就再不愿意吃了。后来就改成了一天两粒，现在是吃了就吐，都快把胆汁都吐出来了。婆娘现在吃这个，也是三天打鱼两天晒网，一瓶药她能用半年。后来听说这个药是农药滴滴滴，这药在我们这儿便宜？几十块钱一大瓶，变成米托坦就快小一万了。我婆娘听说是农药，现在更不愿意吃这个药了，说自己还不如喝农药呢。吓得我们把家里的农药全锁了起来，怕她真的喝了。人没述了。"

不过显然这对农村夫妇对于自己的病情并不在意，这个不在意其实源自于他们不太认字，没有在网上查过自己这个病还可以活多少年，然后把自己吓得半死。他们也没有机会像比如肺癌等有大量基数的病人们可以一起讨论病情，去吃各种门类的什么偏方。他们不但不按医嘱服用定量药品，也对所谓的定期随访抱着无所谓的态度。生病三年了，去年是吐得不行了，身体疼，才来北京找当时做手术的医生复查。医生调整了药，说让他们两个月后去做CT，但他们隔了快一年了，还没有去。后来我猜测可能是这些对病情的不了解，才使他们活过了三年吧。

对于癌症病人来说，了解得越多，可能越失望。有时候信息也会杀人。无知有时反而会回避掉这些负面信息干扰。

这哥们解释说，农村人一年查一回，一年吃两瓶药，就把一年赚的钱花光了。快治不起了。不过他临了还强调了一下，你们城里人命金贵，可要按时吃药哩。从他的话里我听出，那位药代每瓶药给他们便宜了一千元，只要求在接到我们这些咨询药物真假的病人打来电话时，确认这个药有效即可。这老哥认真地记下了我的名字，说要给这位药代反馈信息用，以证明他确实接到了我的电话，还向我极度夸张地保证了米托坦这个药的有效性。我默默地把电话留给了这位大哥。凭直觉我已知道这个药不会有假。即使此为假药，我也没有任何选择。

我与这位"药代"约了在协和医院附近的一个胡同里见面。那里有大片保存完好的四合院，四通八达，青砖灰瓦。几条细线似的胡同夹在其中，其实并不好找。我们约了下午见面。他叮嘱我要带上现金。他不接收转账。

北京的春天并不温暖。寒风轻啸。溥暮暗瑟。像极了我此刻的心情。下午三点，我们从银行取出两万现金，到约好的胡同里等他。旁边有几棵枯树，行人很少。我们下车，看了半天，并不见有什么像要给我们送药的那个"药代"的样子。差不多有半小时，他还没有露面。我等不及，打过去电话问他在哪里，什么时候到？

他似乎在一个商场里，人声嘈杂。他说临时有事，让我过去找他。他不容置疑，斩钉截铁。然后摁断电话。随即一个新地址发过来。我有些生气，但此刻我非常渴望得到这些药。他非常了解我的心情。现在主动权转到了他的手里。

新的见面地址在东三环外的一个商场里。此时已快下班，北京街头已开始有些堵了。半小时后，我们赶到这个商场外，给他打电话。他没有接。发来一个短信。短信是一个新的地址，我看了一眼，这不是我们刚过来的那个胡同边一公里外的另一条胡同吗？

我很愤怒，在短信上质问他，为什么骗我？又换地址？

他没有回复。这是个有经验的老手。但我不明白他为什么会换地址？我有些烦燥，甚至开始怀疑他是不是有这个药？妻子说，他不应当会骗我们，他给我们电话求证，再约时间，再换地址，这样代价也太大了吧？

我们又向回开。那条胡同是一个单车道。很窄，我们不能停，从导航上看，这个地方距离协和医院很近。有可能这个家伙一直在这儿没有动。胡同不能停车，只能慢慢向前开，仍然没有见到人。在快开出胡同时，我甚至已经绝望了，我此时的心境已是，不在乎他骗不骗我，而是我可能拿不到这个救命药了。

就在这时，电话响了，他问我到哪儿了？我有些气急败坏，说你为什么要我？那个药代反而很冷静："我就在你第一次去的那个胡同里等你。"

电话又放下了。

此时我已经认为这可能是一个恶作剧。抱着最后一次的心情，我又开回了原来的那个胡同。此时天色已暮，胡同里暗淡枯寂。人鸟皆无。我刚停下车，后车门突然被一个人打开了。他坐上来，说，咱们再往前开一点。他警觉地从车里向外看。

这显然是那个"药代"。这一幕像极了某种电影中地下接头的场景。

我从后视镜里观察他，戴着口罩，身形瘦弱。拿着一个小黄书包，眼神飘忽。在国内，人们称他这样的人为"药代"，他们通过可疑的渠道为买不起或买不到药的人采购药品。走了几分钟，他说，就停这里吧。我把车停稳后，抱怨他为什么让我跑来跑去。

他不动声色地说："这几天我的好几个做药的朋友都被抓了，风声太紧。你又查来查去的，还核实，与其他的病人不一样，我还以为你是警察呢，或者是记者。我们最近都用这个方式联系买家。你是个新买家，我得看看你后面有没有跟着人，才敢卖给你。咱们一回生，二回熟，下次就不用这样麻烦了。"

问他药在哪里？他从书包里摸出了两盒米托坦，递给了我。盒子包装完整。500毫克×100片/盒。外面粘着一张叠成方块的英文说明书。与我在网上看到的描述基本一致。说实话，这些检查基本上是一种虚张声势。我根本无法判断其真假。

我与他讨价还价。他根本不理睬我。顾自说："八千人民币，一分都不能让。你服用这个药的时候，记得要戴一个手套，最好是手术用的那种塑胶手套，手碰了这种药，要洗干净。这种药有毒。具体服用方法这个说明书上有。刚开始服用这个药的病人，每天都会服用三至四粒，也有到六粒的，看你的耐受性如何。"

看来这个"药代"懂的还挺多。我问他现在从他这儿拿这个药的有多少人？他说："差不多有三十多个人。我有肺癌，在吃靶向药，易瑞沙吃了三年多，耐药了，现在要去找新的靶向药阿法替尼。正版进口的太贵，对我来说也用不起。我能用的也就是这种印度版的仿制药了。再说了，这种药效也不见得很差，据说印度的仿制药还出口到美国呢。"

在我付钱时，他拿出一支烟，自从手术后，我很讨厌别人抽烟，尤其是在车上抽烟。我回绝了他递给我的烟。

"你一个肺癌病人还敢抽烟？"

"我得肺癌五年了，医生说是抽烟抽的，我根本不相信，我奶奶现在八十多岁了，每天抽一包烟，活得旺旺的。反正人这一辈子，开心一天是一天。"

我第一次听说服用抗癌药还有耐药问题，心里一沉。他可能看出了我的表情，不客气地说："没有不耐药的抗癌药。这些外国制药厂真贼，做的药像日本造的汽车一样，平时没有问题，到期就坏，到期就耐药，耐药就复发。我不敢保证这个药对你有效，据说这个药也就对20%左右的人有效果。这个药你先用着，你觉得有用，就来找我，反正第一次都这样，都不相信，第二次就会抢着找我买了。你有其他生病的朋友也可以找我，我这儿差不多什么好药都可以找到。保证是从印度背回来的。"

这个"药代"给我的知识冲击显然不低于他今天带给我的地下接头方式。

一是这个药不一定对我有效，二是这个药吃一段时间后会耐药。

看我有些懵，这哥们说："万一你是一个幸运儿呢？从我这儿买药的人里，大部分人都或多或少有效。你不试怎么知道？"他数着钱。说："你还能从我这儿找到药，还能买得起。我有个朋友，开三轮的，他母亲得了与我一样的肺癌。易瑞沙，吃了三年，好不容易进了医保，结果耐了药。二代靶向药阿法替尼效果不错，吃了一个月的印度版的仿制药，现在吃不起了，我这朋友现在在给她母亲自己'造药'吃。"

看我被震住的样子，这哥们又摸出一支烟，点燃，我没有制止他。他的故事显然比我以为在报刊上知道的这些隐秘的人群，更为离奇神秘，甚至出乎我的意料。

这个药代深吸一口烟说："现在的医生真的太忙了，很多东西没法跟你说特别清楚。人家也没有时间。在中国做一个癌症病人，最重要的就是要学会自救。不要被医生们给耽误了，相信我，他们大部分都是靠一本'指南'打天下，超过'指南'的基本什么都不会给你做，就算是国外证明某种药有效，你找到了这种药，他们也不敢给你用。等久病成医懂了的时候，大部分都晚了。"

许多人都是在无路可走之后，从给病人及其家属设立的论坛上开始这么做的。最受欢迎的两个论坛分别是肺癌患者的"51奇迹"和"与癌共舞迹"。两个论坛加起来超过四十多万人。

我曾在网上查询过，关于肾上腺皮质癌的信息非常少，大部分都互相重复，没有任何新的东西。当然，因为病人太少，竟然没有一个论坛。这与皮质癌人数少，没有医生愿意介入研究是相匹配的。

"你进了这些论坛，就会找到组织，这里面有各种大神潜伏着，有的还是有名的化学家、甚至药品生产厂家的工程师，还有一些教授都会在里面。这些医生大多不说话，他们主要从病人讨论中搜集信息与数据，这比任何试验都真实。有愿意分享自己的治疗常识以及指导大家用药，且效果很好的病人，在这里威望都很高，也最受人尊敬。我这个朋友遇到了一个患癌多年的病友，名叫'憨豆精神'，他写了一个如何在家自制药品的指南。非常有名。义务帮许多买不起药的人指导他们自制药品。这些帖子指导家庭制药者在网上及其他地方购买原料。国内数十个供应商都会提供免费试用装，并且承诺快速交货。这里面甚至会有大的合资药厂参与其中。"

"自己制造治疗癌症的药，这靠谱吗？"

"自制药品的工具很简单，花两千多块买一个月用量的原料、胶囊和电子秤就可以了。"这个药代笑笑："你是没有逼到这个份儿上，为了活下去，人什么事都可以干下去。造药就是个精细活儿。你多练几次就懂了。"

"你朋友的母亲吃了自制的药有效果吗？"

"我这个朋友手艺好，心细，她母亲刚

开始吃了他做的药，除了头有些晕外，刚开始还不错，后来他的名声在这个圈子里传了出去，好多病人就请他给造药。每份给他三十元钱的加工费。每个月刚好够他给自己的母亲购原料药的钱。"

我对这个造药的家伙挺有兴趣，觉得这事又荒唐又有力量。我说："你这朋友很厉害呀。"他脸沉了一下。"这哥们搂不住火，心贪，接了许多活，有次可能把成分弄错了，一个病人吃了他造的药死了。人家打上门，还报了警。人现在牢里关着，他的母亲没了他造的药。两个月前也走了。我上个月还去看这个朋友。他人瘦得不像样子。都不敢看我。他是怕想起那些'亏心事'呀。"

他默默地拉开车门，走入暗夜里。手中的烟头明明灭灭。

大家都在用力活着。

小心翼翼把药拿回家，用有限的英文研究了一下说明书。这个说明书字迹小如蚁迹，复杂谨慎，列出了将近二十多种副作用，看得心里发冷。2013年的时候，网上关于米托坦的中文资料还非常稀少。我约了L在咖啡馆见面，请她帮我看看米托坦的说明书，当然，关于这个药我还有许多疑问，等她解答。

L扫了一眼说明书，告知米托坦用法用量：饭后口服，每天3～10g，分3～4次服，维持剂量为每日2～4g。且需缓慢加大剂量，直至规定的血液浓度。我小心地询问关于副作用的问题，她说，任何一个化疗药物都有各种各样的副作用。这种副作用在每个人身上的表现不同，有的可能没有任何副作用，也可能副作用很大。这个你可以忽略不计。现在的药物副作用大多在可控范围，有症状了与你的医生联系，他们大部分都能处理。

与这个"药代"购药的过程，学到很多关于药品的不同常识，这些名词增加了我的好奇心。当然，我最关心的仍然是仿制药与原版药的药效问题？

L说："人们对仿药的概念，似乎就是质量次那么一点的药，甚至是假冒伪劣产品。但印度正规厂家生产的仿制药其实并不属于假药的范畴。药品分为三类：处方药、一般药与非处方药。处方药指的是受专利知识产权保护的药品，一旦被一家制药企业注册，就不可以制造和仿制。而仿制药是一种在剂量、安全性和效力、质量、作用以及适应症上与原研药相同的一种仿制品。也就是说，药效都是通过了一致性评价，与原研药药效一致。"

她喝了一口咖啡，"印度是世界上少数几个利用所谓的穷人法则，自设专门法律为仿制药寻找所谓的合法渠道的国家。规定对药品只授予工艺专利，不授予产品专利。这意味着印度本土药企可以通过'逆工程'的方式对外资药企产品进行合法仿制。基本上每种大药厂生产的新药，都会在一年左右后被印度仿制。印度是每个药企的噩梦，不过对于病人来说，他们可能觉得印版仿制药是便宜好用的世界药房。"

购药过程中听到的每个细节原来都隐藏巨大风暴。步步惊心，随处有雷。L拿起一盒米托坦，看了一下印在封底的英文："这款米托坦似乎是施贵宝的原版药。我查过米托坦的相关资料，一度由印度一家挺有名的公司仿制生产。"

米托坦的药物出处似百转千回。我忙问L，这会不会是假的。L认真地看了说明书与盒子包装上的每个字眼，然后在网上用英文查阅后，告知我："这可以很肯定是施贵宝生产的原研药。米托坦已正式在印度上市，看来他们特别为印度市场给了一个价格，让这个公司的仿药主动退出了这个市场。许多大型药企，包括我们在印度的公司，差不多都会主动低价出售专利药的特许使用权，或者干脆把一些罕见病的药物，直接给他们一个与仿制药一样的价格。在某种意义上，这样总比被人强行仿制，到头来竹篮打水一场空要划算点，而且进行此类技术转让，也能更好地保障药品质量。"

"很多其他国际药企的药品在印度的定价迫于仿制药价格的压力，定价都很低，其中就包括米托坦。罕见病的药制备起来费劲，难度与常规药物一样。且量少，一般仿制也不会有多大收益。"

感谢神奇的互联网，L还随手帮我查到米托坦在各地的价格：加拿大药房每瓶价格：约六千五百元人民币。美国版约一万多人民币。香港药房八千多港币。印度当地销售是六千多人民币。也就是说，药代赚了我差不多两千多元。不过我很奇怪，为什么美国等地反而便宜？

L解释说："加拿大，美国，日本医院、香港药房的米托坦价格客观上会相对便宜，但唯一麻烦且有难度的是，必须要在当地就医。境外就医的流程和手续非常繁琐，且费用相当高。这就是许多中国病人只能选择用印度版仿制药的原因。"

当晚，遵嘱小心戴上医用手套，先服用了三粒，一粒500毫克，三粒1500毫克。剂量挺大。第二天，电话董医生咨询米托坦的血液浓度检测事宜。我以为只是查一下普通的血液情况。董说："你服药前还得查一下皮质醇的水平，因为皮质醇是调节激素以及服药的标准，现在国内还没有这种检测办法。我们目前临床掌握的数据都是国外患者的，国内患者服药后的血药浓度和疗效、安全性如何？病人吃了药以后，一定要监测。药物浓度太高，会出现不良反应，如恶心呕吐等；若浓度太低，药效达不到，容易复发。"董介绍，"米托坦体内血药浓度测定推荐浓度范围为14微克/毫升～20微克/毫升，国外一般通过高效液相色谱法（HPLC），定期检测患者血清药物浓度，及时调整用药剂量，保证治疗的安全性。但这种测试目前只能在美国或者日本去做。国内几乎没有医院进行这个血液浓度的检测。"

我感到巨大的失落，问他，有什么其他办法？董沉吟半晌，不知如何回答。作为一个医生，对于一个在国内没有上市且需要进行各种检测的"农药"，他的意见如果有任何问题，可能都会给他带来不可预知的危险。最后他仍然给了我一个中肯的建议："尽量找到一种可以测试米托坦血液浓度的办法，因为这种血液浓度是唯一可以帮你确认米托坦，是否达到治疗标准的方式。只有达到规定的血液浓度，米托坦才可能有效。许多病人没有办法，盲吃盲试，而无法达到米托坦的治疗效果。如果可能，你最好查询一下国外有无好的治疗方法，据我所了解的情况，在美国据说有成熟专业的肾上腺皮质癌多学科协作（MTD）团队，由内分泌科、泌尿外科、药剂科的临床医生和药剂师共同参与。他们也许有办法。

"这个病在国内目前可能很难有下一步的治疗方案。"

董医生是在用他的专业来提醒我，其

实我面临的并不是能不能买到米托坦，也不是能不能检测到血液浓度的问题，而是下一步，我该怎么办？

同事小丁从美国带回了米托坦。

一百粒米托坦装在一个精致的白盒子里，里面叠放着四个小盒。丁是上海人，这是个精明的小伙子。拍照与交际能力一流。丁讲述的购药过程充满了戏剧色彩，他去 CVS 药店，因没有处方被直接拒绝。不过他们推荐丁去找了一位中国医生。他自己有一个诊所，有开肿瘤处方的权力。丁找过去后，那个中国医生也拒绝了，说没有见到病人本人，他没有权力帮我开处方。后来丁以"人道主义"给那位曾做过知青的中国医生讲了很久，才赢得他的同情。不过需要把我的护照、协和医院的处方以及病历，传真给他。就这样，他才谨慎地开了一个月的药：一百粒米托坦。他说自己只能开这么多。出了问题，他可能承受不了这个风险。不过那个医生对丁说，你最好让病人来美国直接找专科医生，看病开药，这样比较靠谱。

丁说："抗癌药在美国属于处方药物，如果见不到你本人就开处方，这个医生可能会被吊销执照。美国的医院非常先进。你为什么不去那儿让他们看看呢？中国这些'地下药代'们有的真不能信，万一他们给你假药怎么办？"

我现在共有三瓶药，三百片，一天六片，可以维持五十天。这个药物对我来说，也许很快耐药，也许会维持数年，但接下来呢？我可能面临无药无治疗方案的困境，国内的治疗，我可能已走到了尽头。

下一步怎么办？

焦虑之中，我第一次萌生去美国看病的想法，哪怕只是为了拿到这款所谓的救命药！随之关于去美国面临的各种困难迎面而来，我的英文一般，对于美国的医疗系统一片空白，去哪家医院，怎么看病，都是问题。

我在楼下健身房里快步疾走，边走边思考到底是去美国还是在国内等待治疗？一个小时疾走下来，全身湿透，我的心里也想透彻了。

癌症难言根治，我现在全身转移，如果在国内，可能将像我的医生所预测的，只有几个月的生命。如果去美国，也许我还有万分之一的希望。至少在美国可以检测所谓的血液浓度，可以看到专科医生，可以买到不会怀疑有假的米托坦，即使不能控制住病情，万一有新方案，有新药呢？即使遇到最坏的结果，重要的是，我曾经努力过，挣扎过。

对于生的渴望突然让我看到了"隧道尽头的那一点光"。

我决定去美国医院冒险一搏。

全世界癌症病人最后的希望

与 L 电话，把董医生的意见与我的想法与她沟通。

"哪里最好就去哪。你现在无路可走，也无路可退。你早应当下这个决心了。你就把去美国看病当成一次旅行，给自己一个希望。"L 说："我推荐你先查一下关于罕见病的一个网站，也用英文查一下美国的几家著名的肿瘤医院，找一个适合自己的即可。"

L 传给我的是个"罕见病和罕见病药物网站"：www.orpha.net。

这个公益组织由 INSERM（法国国家

健康与医学研究所）于 1997 年在法国成立。是一个综合的罕见病和治疗所需药物（即孤儿药物）及其他资料的数据库和信息门户网站。

它可以为普通患者、医生、研发机构提供丰富的罕见病信息。并且全部免费。

目前 Orphanet 成员组织包括英国，法国，美国，澳大利亚和日本等国家，网站提供英语，法语等 7 个语言版本。中国暂时还没有加入。

在这个网站上，我找到了关于肾上腺皮质癌的各种文献、研究文章以及自己未来可能遇到的两个方案。第一个方案就是米托坦，还有就是四种化疗药物联合米托坦的大剂量药物的联合化疗。

我竟然在米托坦这个药物之后，发现还有一个后续方案，这个发现让我感到惊喜。

这个网站还收录了巨量的关于肾上腺皮质癌的各种研究文章。虽然机器译出的专业词汇显得词不达意，但我基本能看懂是什么意思。

我一直有个疑惑，比如像我这种肾上腺皮质肿瘤，在协和医院有着美国其他医院难以企及的病例与数量，但为什么没有一个专科医生去研究他们？对这些肾上腺或者其他罕见病人进行跟踪随访与观察？表面看上去，这个罕见病数量虽少，但如果加起来却是一个很大的基数。比如中国的肾上腺皮质癌每年检查出来的病人，可能就会超过绝大多数国家的总和。任何对于这些数据的梳理以及病例的研究，可能都会成为此类癌症的重要课题或者研究方向。但现实是，不仅在协和医院找不到，在全国其他地方，也找不到专门研究肾上腺皮质癌的医生。

在网上搜索肾上腺皮质肿瘤的过程中，我发现有几篇文章是由一家叫做安德森癌症治疗中心的机构与密歇根大学医学院的医生所发表。其中还有一些关于他们在做类似临床试验的报道。

我其实根本看不懂什么是临床试验，但我下意识地对这个安德森癌症中心产生了兴趣。

神奇的网络还是给了我意外的惊喜。

我用中文搜索美国的癌症医院，第一个跳出来的竟然是 MD 安德森癌症中心，美国癌症治疗排名第一的医院。它的 logo 黑中透红，冲击力很强。黑色的英文单词"癌症"（cancer）上一条鲜红色的删除线，远看似一柄长矛。在这个红色的删除线下是一句标语："making cancer history"。这句话有两种意思：一是创造癌症的历史，二是让癌症成为历史。

它把消除癌症当成了自己的使命。

我更喜欢第二种解释。

始建于 1941 年的安德森癌症中心，是美国癌症治疗中的权威机构，近十五年来有十一年在癌症领域排名第一，大部分癌症的五年生存率达 80% 以上。美国平均水平也只有 60%，而据中国国家癌症中心全国肿瘤防治研究办公室发布的数据，中国癌症病人的五年生存率为 30.9%。据说有 94 万名患者从美国各地和全世界转诊到这里，其中包括一些国家的总统和皇室贵族。当然，据《纽约时报》的一篇文章介绍，至少有近 1000 名来自中国的癌症病人，在这家医院治疗。

这里是全世界癌症病人最后的希望。

这些介绍显然无可挑剔，充满诱惑与……希望。我查了一下这家医院的地址，它在休斯敦。那个发射火箭与曾经有姚明的城市，当然这里地处美国的西南，牛仔以及著名的恐怖片《德州电锯狂人》故事发生之地。排在癌症治疗第二名的是纪念斯隆·凯特琳癌症中心，号称美国历史最悠久、规模最大的私人癌症中心。全球所谓的治疗癌症最著名的医院地处美国第四大城市休斯敦，第二名却在繁华之都纽约。这与中国顶尖的医院大多集中在北京、上海这样的超大城市显然并不一样。我查阅了这两家医院的不同以及所有可以看到的资料，心下迟疑不决。我于五年前曾在纽约呆过数周，很喜欢这个自由神秘的都市。休斯敦对我来说只在登月的纪录片中看到过它。

这让我对于即将要进行的异国医疗之旅，充满了疑虑与不安。

网络总是会把你所需要的东西，以广告的方式推送给你。网上有一家机构称自己是MD安德森癌症中心的唯一代理。在网上查到的情况显示，声称自己是唯一代理的还有好几家机构。这家机构的广告显然做得很多。医疗中介在2013年左右仍然是新生事物。但他们的出现，显然解决了我的困惑。

接待我的是一位小姑娘，她告诉我："我们在美国有自己的办事处。可以保证你在较快的时间，大约一周，约到你想去的医院，包括医生。当然，你也要做好相关准备。"她看了一眼我的病历，"去美国看病，可能较贵，你得准备一笔可能不菲的资金。当然，如果经济实力不允许，也不建议您卖房子什么的去看。而且你也要做好治疗效果可能并不像你想得那样好的结果。我们这儿之前就曾有一位病人，花了差不多五十多万美元，也没有治好的案例。

"美国医疗虽然先进，但依然有其局限性和不确定性，并非到了美国就一定能得到预期的治疗效果。我们不承诺治疗效果，只承诺保证推荐你去的那家医院。"

这姑娘显然见多识广，诚恳但却现实。她把所有可能的结果都告诉我。对于这两家医院哪家更好的问题，她认为美国的医院水准基本一致，第一名与第二名之间相差并不太大。她说你可以根据自己的情况，来选择在哪个医院治疗。她推荐给我两个中介服务套餐：一是标价六万的整体套餐，包括两个人的签证，病历翻译，接送机，落地陪同等。当然，如果需要，我可以入住这家机构在美国的公寓。一个月租金三千美元。第二个套餐是十二万元，在原来基础上加了一个月的住宿。当然，翻译陪同是按小时收费的。还有一个预算，是三十万左右的，这姑娘看了我一眼，犹豫了一下，估计是看我提问题较多，就没有推荐给我。推测可能是购买几百个小时的全程翻译陪同与住宿，或者其他服务吧。

还没有见到医生，就需要花费一至五万美元？这两个中介服务套餐显然超出了我的想象。不过他们提供的路线图以及服务项目，倒是一个不错的赴美治疗的指南。似乎去美国看病，看起来也不是那么难。

我突然想起在纽约的朋友权。

权是生物学博士，在纽约大学一个生物实验室工作。北京人，父母是清华大学的老师，一年前回京的时候，听她讲了许多当时我并不太明白的生物制药方面的常识，以及她所做的工作：一年要养一百多只小老鼠，写两篇论文。当然，让我记忆深刻的还有她几乎从来不吃青菜，以及属于北京姑娘的正义感。

我在北京的深夜打电话过去时，她正在上班。我想让她帮我分析一下我应当选择纽约还是休斯敦？

她看完我的病历与手术情况，略为沉默，出乎意料的是，她并没有感到惊讶，只是冷静地告知我："我的意见是选MD安德森癌症中心。MD安德森是一家教学研究型的医院，他们的强项是几乎拥有全美所有的新药临床试验和可以用到最新的药品，这儿是美国人治疗癌症的首选医院。你这个是罕见病，治疗手段有限，临床试验对你来说，可能是一个最后较好的选择。

"还有一个好处是，这家医院在休斯敦，那儿的生活水平比纽约要便宜一半还要多。你看病的话，生活费用这块花费肯定少不了，如果在纽约租房，公寓的一居室得三至四千美元，但在休斯敦可能只要三分之一左右。

"在美国看病花费巨大，你没必要把钱花在这些生活费用上。你就去休斯敦吧。而且你也不用去找中介，在美国看病，除了见医生与治疗需要花钱外，其他的都是免费的。包括你见医生时免费的现场中文翻译。你可以直接与医院的国际部联系，他们有讲中文的工作人员。"

不容我多想，她又说："你对美国医院的预约系统不熟，我帮你打电话预约一下医生。"

半小时后，权发来一条信息："我已与安德森癌症中心国际部的庄小姐联系好。把你的基本病情、电话、姓名告知了她。你半个小时后，可以给她打电话，她会帮你。"

权最后说："你一定要有信心。我相信好人有好命。你来美国后，有什么需要帮助，随时电话找我。"

我的眼睛一热。人生中的每个际遇，或者你遇到的每一个人，其实都会在你人生中的最重要的时间出现。并成为那个给你指路的人。

美国的几家大医院原则上都设有国际部，提供中文服务，病人即使完全不懂英语，在陈述病情后，接线员会根据病症，告知大概的费用和操作流程。原则上，病人基本上完全可以自己搞定。

在官网上查阅，发现这家国际著名的癌症中心，还可以通过一个叫做姐妹转诊援助中心（SRIAC）的机构，直接将疑难、罕见病病人转至安德森癌症中心。国内的复旦大学附属肿瘤医院（FUSCC）、天津医科大学附属肿瘤医院（TMUCIH）、中山大学肿瘤防治中心（SYSUCC）等医院，都可以转诊至MD安德森癌症中心。只要你提出申请，原则上医生都会帮你转诊。但实际上知道这些可以转诊机构的病人并不是太多。包括医生。

这些信息，我是在权的提醒下才知道。

这些国际医疗中介机构提供的服务，只是利用了中国病人对于美国医院的信息不对称、信息差以及语言问题，令其付出昂贵代价。不过对于富人来说，这些中介机构倒是一个较好的选择，他们可以帮你把所有的问题搞定。

权的这个电话价值至少一万美元。

安德森癌症中心国际部的庄小姐很职业。她是上海人，之前是医生。她简要告知我，需要填一份中英文对照的病人资料。一份详尽的英文病历与手术记录。包括我的医生是谁，电话与邮箱。她说，安德森的医生如果认为有必要，会与你的医生联系，讨论你之前的手术以及后续治疗情况。

在某些情况下，我们的医师在复核了所要求的信息之后，可能会建议您不需要前来休斯敦进行治疗。如果医生认为，你可以来这里治疗，你需要先预交一笔检查费用，帮你预约医生的时间，我们会发邀请信，你就可以办理签证了。

这份二十多页的病人资料事无巨细。请董医生将我的病历和手术记录等要点翻译成了英文。他审核了需要填的几项专业意见后说，他们很专业，这个文件里要你的上下三代的病史，主要是为了看有无遗传性疾病。他同时建议，如果可能，请MD安德森做一个MDT（多学科专家）会诊。

在等待安德森方面的回复时，我一直对庄小姐所说的符合安德森的标准才可能会接收我去看病，心怀不安。给权打电话，权说，"据我了解，MD安德森这几年确实在提高治愈率方面有所提升，他们虽是顶级的肿瘤医院，却真不是什么人都接收。攻克癌症哪有那么容易，许多医院，包括安德森，都有个潜规则，是挑病人的，所以越到晚期越不好进。如果晚期病人太多，死亡率上升，会影响他们的排名的。"她安慰我说，"你现在的身体感觉还不错，你这样的罕见病人对他们来说，是一个好案例，也是一个做研究的好机会，你不用担心。"

MD安德森癌症中心处理预约的速度很快，第二天，我就收到了庄小姐的邮件。随信发来一份赴美治疗邀请信。医院同意接收我，已帮我约好一位专科医生。同时需要我给医院的内分泌肿瘤诊疗中心存入33300美元，做为到医院后的检查费用。然后是一份详细的需要带的东西清单：1、一份打印好的病理报告与三十片病理标本。2、近三个月来的重要的影像学报告与CT光盘。

然后，就可以拿着MD安德森的邀请信去办理签证与购买机票了。

再然后是钱。

第一笔需要支付给MD安德森癌症中心33300美元，2013年的汇率是6.5左右。差不多是近二十二万人民币。按庄小姐发来的预约医生的时间安排，我需要在美国的医院做两个检查，一个是增强CT，再一个就是MRI。然后是去见内分泌科的医生。

之前庄小姐告诉我，这笔钱只是我见医生前期的检查费用。我有点忐忑。没见医生前，就要花掉二十二万人民币，后续治疗，还需要多少钱？

在网上查了一下MD安德森的收费，各种说法不一，有一个略为夸张的说法是最高花费超过百万美元，这是个庞大的数字。但这些确实是我要面对的困难。我打了电话给庄医生，马上就要去美国了，我得了解一下可能的花费，以及我所可以承受的医疗费用的底线。

庄说，"这笔预付的钱原则上是根据你见医生前要做的一些检查，抽血、CT，以及医生可能临时要加做的基因检测、PET-CT和活检等，评估出来的一个初步费用。多退少补。"

"医疗费用大约会是多少？"

庄说："每个人的病情不一样，医疗费用也就不太相同。有的肿瘤可能二十万左右美元就可以治好，但有的却需要将近三十多万，甚至更多。之前有一个哈尔滨的病人，白血病，因住急诊的时间较长，差不多花费了将近八十万美元吧。当然，不是每个人都会这么不幸，但建议你得准备一笔钱。至于多少,你可以根据你的经济情况评估。"

我心下默然,如我这样已全身转移的晚期癌症,二十万预算可能根本不够。最坏的打算也得准备三十万至五十万美元。这相当于三百多万人民币。

晚上,妻子与孩子睡了后,我把自己的存折、银行卡全部拿出来,盘点自己的收入,是否足够支撑我去美国治病?我前十五年一直在西北从军,虽官至少校,工薪微薄,2000年选择以军官身份复员,付给了我十万人民币做为这十五年的军旅人生的总结。其后南下深圳,从参与这本杂志创刊至今,一直在这家媒体工作,十几年无从更换过职业。所幸在离开深圳到北京之前,我将复员费用与一点稿费所得,在深圳买了一套房子。来京与太太婚后,我自己月供有一套房子,七十岁老母亲与弟弟生活在老家,每月我都会给她寄去生活费用。手头的现金仅够差不多十多万美元。距离在美国的看病预算不足一半。

孩子才一岁,房子还有月供。一旦决定花掉这笔钱,我不知道对我的家庭,我的孩子,我的家人来说,到底意味着什么?而且肿瘤治疗很可能像一次押宝,我不能人没了,留下一大笔债。

一个中年人的人生,二十年的奋斗,可能只需要一场大病就土崩瓦解了。

太太不知何时醒了过来,把自己的一张银行卡给我,说:"你不要担心钱,我这儿有家里人给的十万块,你也拿着。"

太太是个娇弱之人。在一所舞蹈学院教书。她平时几乎从不管各种俗事,似无任何生活能力。我病后这一段时间,也很少见到她哭。她请了假,一刻不休地陪着我。家里事无巨细,悉数由其打理。仿佛突然成熟。

我有点不忍:"最坏的结果,钱花完了,人没了。好的结果是存活两年或者三年,花三百万,值吗?"

她坚定地看着我:"哪怕只有百分之一的希望,我也觉得值。你不要担心钱的事,我还有工资。"

一夜无眠。

第二天一早,我与太太商量,把深圳的房子卖了。这是我在深圳工作后的第一套房子。这套地处市中心的房子价值差不多五百多万元,如果没有生病,也许我们算得上一个中产家庭。房子可能是这十几年经济高速增长的一个国家红利。如果卖掉,应当可以维持我的一部分医疗费用吧。

太太说,要不我们先找个中介,看看能卖多少钱,有没有客户。咱们做好两手准备。一旦在美国钱不够了,就马上把这套房子出手。

这是个稳妥的办法。

我打电话找到深圳的中介。了解了基本行情,然后要他挂牌售卖。

感恩中国的高房价,这套房子竟然无意间,成为我赴美治病的一个基本保障。

哈勃医生

飞机将在下午起飞。

从起心动念去美国,拿到邀请信、办完签证、与美国联系好接机等,前后十八天。

出发前几个小时,孩子似有预感,绕着打好包的几个箱子来回转。紧跟在我的身后,一刻不离。

她的眼睛墨一样黑,一岁半。妻子为她取了个小名:墨墨。

自从做完手术后，与她有了一段非常长的时间呆在一起。她喜欢我抱着她，向天上抛，一边抛，一边咯咯笑。抛累了，我就躺在沙发上。我颈椎仍不是太舒服，习惯性地把头放在沙发上，把脚蹬在墙上，让脖子放松。她远远地跑过来，在我的光头上，轻轻地拍打几下，然后再咯咯地笑着跑开。反复不止，乐此不疲。这是她最快乐的时光，每次她都会跑过来，拍打我的光头。我的头发剪得短，她娇嫩的小手被扎疼了，小眼泪溢出了眼眶。

我把她抱起来，她的手又拍打着我的光头，眼泪没了。

要去机场了，我使劲地抱着她，看着她的眼睛，墨汁一般，里面映着我的眼水。

妹妹抱着孩子到电梯边，送我们。

电梯关上的时候，她突然清晰地喊：爸爸妈妈……

太太的脸上泪水纵横。

到机场后，妹妹发来微信："你们走后，墨墨没有哭，到现在也很安静，一个人在墙角玩乐高……"

飞机降落在休斯敦机场，这一天是2013年4月28号。由于北京到休斯敦没有直航，乘坐美联航的飞机经洛杉矶转机，前后二十多个小时。

"光盐社"的刘如与她先生迈可在航站口站着。她长相温厚，笑意盈盈。很容易就在一群人中分辨出了彼此，仿佛早就相识，并不陌生。我们很自然地就称呼刘如姐，后来才发现，这个称呼是我后来进入休斯敦这个癌友群后，大家对她的一个通称。

高速路上似乎刚经历洪水，路边的水坑中还有淹没的车辆。迈可大哥说休斯敦一天前刚下大雨。他们昨天还接了一个新病人，结果那个病人遇到洪水，我们去接他时，差点回不来。

休斯敦这个号称美国第四大的城市，常遇洪水，一遇大雨，即被淹。

我们住的地方是一个挺简陋的小酒店，两层。类似中国的简易房，铁梯暴露在房子的外面。这个酒店对癌症病人似乎很友好，刘如说，她们平时对外标价八十美元。光盐社与他们协商后，对住在这儿的病人优惠至每晚六十美元。

这个地方是大部分中国病人来休斯敦的一个中转站。如果需要居住下来进行长期治疗，刘如就会帮助大家在附近的IMT租一个公寓。现在有将近三十个病人住在那里。对面就是轻轨车站，距离安德森癌症中心仅三站。

站在这个简单的旅店里，可以望见远处的几座高楼，那儿就是安德森癌症中心。

等一切安顿下来，刘如带我们去附近的一家山姆店买了一些生活用品与面包等。然后把我们带到了酒店旁边的那个中国来的癌症病人聚集的小区。

小区叫IMT，对面是休斯敦最大的NRG体育馆。1979年，邓小平来休斯敦时，据说就在这个体育馆里，观看了表演，并戴上了一顶德州女牛仔送的帽子。

傍晚时分，小区的草坪一隅，散坐着一些中国面孔。刘如与他们一一打招呼，这些都是自去年先后来安德森治疗癌症的病人。

刘如带我们来到二楼一户人家里。住在里面的是来自上海的谈姐与他的先生吉大哥。她早就煮好了一碗上海馄饨。刘如姐说，病友来休斯敦后，谈姐都会包一碗上海馄饨。

这碗馄饨吃得我心里一阵暖热。

一英里外好几幢摩天大楼，玻璃墙反射的光线照亮了早晨的天空。这里就是休斯敦的那座全美或者全球规模最大的医疗中心 TMC（Texas Medical Center）。一千三百英亩的土地上屹立着二百八十座高楼，二十一家医院，三个医学院，六个护士学院，两个药学院，两个卫生学院，一个牙医学院，三万个学生，每年一千万次诊疗（城市总人口的五倍），集中了当今数家世界最顶级的医院，二十多万名医护人员在这里工作。

德州心脏研究所（The Texas Heart Institude），以第一个成功移植人工心脏及美国第一个成功移植人类心脏的专科医院闻名世界；休斯敦赫曼纪念医院则是全美排名第四的康复医疗中心，姚明、刘翔都在这里治疗过他们受伤的脚。全美排名第九的精神病医院，排名前 20 的综合性医院（Methodist Hospital，前美国总统布什生前的最后医院）……都聚集在这里。

TMC 这个巨大的医学中心，包括了从出生到老去，从精神健康到癌症的治疗与康复的全部服务项目。许多人的一生，可能就是在这里出生、工作、死去。

安德森癌症中心显然是这里最有名的一家，有二万一千多名医护人员，七百多张病床。每年有将近十万名病人来这儿治疗，其中有一万多名来自世界各地的国际病人。这里是众多中东以及世界各地富豪政要们的最后"保命之地"。韩国三星集团总裁李健熙 2000 年因肺癌在此接受手术和后续治疗；阿拉伯联合酋长国的现任总统哈利法·扎耶德，为感谢在这里得到治疗，在 2011 年向 MD 安德森癌症中心捐款 1.5 亿美元，MD Anderson 的 IPCT（个性化癌症治疗研究所）以 Sheikh Zayed 命名。美国总统拜登的大儿子博伊患脑癌后，曾在这儿进行过治疗。

这个有着八十年历史的肿瘤医院，在癌症治疗领域属于全球绝对权威，自 1990 年《美国新闻与世界报道》（U. S. News & World Report）开始"全美最佳医院"的调查以来，MD Anderson 每年名列全美癌症护理医院的前两名。近十五年来有十三年在癌症领域排名第一，大部分癌症的五年生存率能达 80％以上。

这座全世界最大的肿瘤医院的诞生与名字来源于一位著名的棉花商人 Monroe Dunaway Anderson。他和姐夫威尔·克莱顿（Will Clayton）拥有世界上最大的棉花公司。安德森担心，如果合伙人之一死亡，他的公司将损失大量财产税，并被迫解散。为了避免这种情况，Anderson 创立了 MD 安德森基金会（MD Anderson Foundation），并在死后给该基金会留下了一千九百万美元的巨额遗产，这在当时是一笔相当大的巨款。

1941 年，二次世界大战正酣，得克萨斯州竟然愿意拨款五十万美元，用于建立癌症医院和研究中心。安德森基金会愿意出资参与兴建这家未来的医院，条件是用安德森的名字命名，并将它建在休斯敦。

这个棉花商人终生未婚，并没有留下子嗣，他这笔为了避税而留下的钱，建造的这所目前世界最大的癌症中心，显然比他的棉花公司更享盛名，也更像他的孩子一样，被人所称颂。

《时代》周刊的一篇文章称："如果他回到地球并四处张望，他会惊讶于他的名字在整个文明世界中所享有的声誉，而为自己当初的慷慨感到欣慰。"

我站在酒店的院子里，向远处看着那些高耸的楼群，慢慢在向外面走，可以清晰地看到那座令人吃惊的城堡。这里有着隐秘而伟大的治疗秘密。

此时是早晨六点。休斯敦与北京有十二个小时的时差，那儿的晚上正好是这儿的白天。一夜并无睡意，白天很困，强忍着不睡，倒时差。但到了晚上，睡几个小时，又被空调的噪音给惊醒。数次起来查看，以为空调坏了。习惯了国内空调的静音，美国的空调声大且如同蝉噪。数次折腾，认了这家酒店的空调可能基本如此，因为站在走廊里以及酒店楼下，夏夜中到处都是空调的轰鸣。

身困却无半点睡意。

按预约，上午八时去见医生。心中有事，就在网上查阅这家癌症中心的资料。职业习惯让我对这家医院充满了好奇。包括它的历史。

我坐在酒店院子里的一张长椅上，在笔记本上写下了这次要见医生的十个问题。这是我在国内积累出的经验。

每次见医生前，我都会把自己最近的身体感受，比如是否疼痛或者不舒服、以及我想了解的几个重要事项，这次CT检查结果是什么，哪些地方的肿瘤发展了，最严重的位置是哪里，有什么治疗方案，药物是什么？如何服用，血项是否正常，下次见医生是什么时候，以及我遇到问题应当怎么办等，都一一写在纸上。这个习惯对我来说受益无穷。好的提问可能会让你在与医生相见的过程中，一次性解决掉你所关心的问题。甚至改变治疗的方案。

七点整，刘如姐已开着车来到酒店。她住在一个叫做Sugar Land（糖城）的城市，距MD安德森有20多英里。她今天将陪我们去医院。每个新病人来后，她都会带病人去熟悉路线与环境，告知病人如何去医院，如何去check in（报到）。并在现场协助翻译。我把那张写满了问题的纸拿给她看。刘如说，你写得可真详细。你是我见过向医生提问题最多的病人。这个习惯挺好，免得每次忘记。有的病人不太会向医生提问题，他们有时候回到家了，才会想起还有个问题没有问，要知道在美国见一次医生非常不易，这次不问，再见医生可能一个月以后了。

刘如姐决定不开车，带我们坐酒店附近的轻轨去医院。同时提醒我们带上两件厚衣服。刘如说，医院的温度一般都非常低，有几个病人曾经冻感冒过。昨天太太已经随附近的病友，去小杂货店购好轻轨车票。这张票可供我们乘坐全休斯敦所有的公交系统的车，尽管休斯敦只有这一条轻轨。

美国是车轮子上的国家，离开汽车，几乎寸步难行。公交系统并不发达。

酒店附近的这个轻轨看上去有些简陋。住在这里的中国病人叫它"小火车"，只有两节车厢，里面挤满了穿着白大褂与手术服的医生护士，他们甚至还把工作证别在胸前。

坐两站，就是一座叫做TMC的车站，车站的四周是德州的医学中心，有20多万人在这里工作。十多家医院，分别通过那些高悬在空中的长廊，连接着不同的高耸的大楼。

出轻轨站数百米，就是安德森的医院楼群。夹杂在匆忙的医护人员中，我们拐进了一座叫做梅斯（Mays Clinic）的大楼。

270

从来没有像安德森这样的医院，从外表看起来，它根本不像是一家医院。它有一条连接几座大楼的神秘的长长的廊道，你可以通过它，去向自己的诊室。在梅斯（Mays Clinic）的二楼，登上楼梯时，看到一棵用铁片制成的生命树，绿意盈然地在那里竖着。这里更像一个别致的酒店，而不是医院。药房或者不同的诊室前，都摆着巨大的热带鱼缸，美得不可方物的鱼，在跳舞。我们预约的内分泌中心在主楼六层，坐一辆接送病人的摆渡车，穿过差不多有一千多米的透明长廊道，一路的所停站点，连接着不同的医院大楼。

透明的长廊被装扮成了一道希望之墙（Wall of hope），那是在这儿得到治疗后康复的病人们的照片与他们的名字，以及他们所写的几句感谢的句子。每50多米，就有一个供病人休息用的长椅。让人感觉十分舒适。刘如姐说，这里都是预约制，你平时看不到更多的病人，大家都按照自己预约的时间来，医生也按预约的时间看，所以你不会看到很多的病人。

在MD安德森癌症中心要想见到医生其实并没有我想象的那样"简单"。

随着一个黑人护士进来的是一个黄面孔的中国人。她是我的普通话翻译（Mandarin）。那个护士热情地握着我手，介绍自己的名字，说自己是医生团队的护士。然后开始填一份十几页的表。她问得很细，从我的上下三代的健康状况以及职业，爱好，抽烟喝酒习惯乃至我现在的身体状况，光这份表就填了差不多有二十分钟。然后告诉我说，请我们再等一下，她去请医生。

我不太明白她为什么会连我的职业也去了解？

刘如姐说，了解你的职业、喝酒抽烟，是为了看你有没有职业病，查你的上下三代，是看看这个病是否有家族遗传。每个新病人进来，都会填这个表。这个很重要，这是你在这个医院的原始资料，以后医院内你的治疗，每次的病情变化等，都以这个为基础进行更新。刚才给你的MRN（病历号），就是你在这个医院内的代号。

数分钟后，推门进来一个穿着白大褂的女医生。她介绍说，我是迈瑞，是医生的助理。与那位女护士类似，她几乎对我的情况又进行了一次重复性的了解，不过这次她对我的提问多了我在国内医院治疗的过程。她记得很详细，对我做手术的过程、在国内服用米托坦的数量，天数，都详加盘问。我几乎重述了一遍自己的发病治疗经过。盘问完后，她让我躺在诊室中间的那张椅式床上，看了我的口腔、按压了腹腔，确认有无疼痛。然后说，我去请医生过来。

这竟然还不是医生，而是医生助理？这与国内见医生的情景太不同了。刘如姐说，在美国看病，有美国的方式，在这儿每个医生都有一个团队，大致由一个助理医生与一名护士组成。每次见诊前，都会由护士、医生助理把前面的所有详细情况汇总后，再统一报给主治医生，由医生最后根据护士与医生助理提供的重点情况进行处理。今天你是第一次来看病，他们需要建立你的病历，所以可能得更详细进行所有的调查。我看了下时间，见完他的两个助理，已用掉了三十多分钟。

第三个进来的是医生。高大、帅气的阿拉伯男人，眼睛充满善意，脸上刮得极净的胡茬闪着光。四十岁左右的样子。他的热情显然令我始料不及。他伸出手来，使劲握住，说：我是 MOUHAMMED A HABRA, MD（穆罕默德·哈勃）。欢迎你来我的诊室。然后过来拥抱了我一下。这可能是我自生病以来，第一次接受一个医生的拥抱，这个拥抱后来成为我与哈勃医生每次见面的一个基本礼仪。

他的热情让我放松了下来。但我没有想到，他问我的第一句竟然是："你为什么要来 MD 安德森看病？"这个问题让我一愣。

"国内没有这种病的专科医生，没有药，没有后续治疗方案。我很高兴可以在这里见到一个专门治疗肾上腺皮质癌的医生。"

他笑了笑，"我们诊所去年看了差不多有一百多例病人。欢迎你来安德森。"他打开电脑，调出我的资料。"我仔细看过了你的病历，你之前交给我们的光盘与 CT 胶片。我与其他的医生一起进行了一次会诊，把你的情况进行了讨论。你这次不用再去做 CT 检测了，你从北京带来的 CT 胶片，基本可以清晰地看出你的肿瘤情况。CT 的质量我们也认可。你在北京做 CT 的时间太近，下一次 CT 检查我们准备安排在 8 周后。"

这显然是个好消息，之前汇过来的约四万美元检查费用看来可以省下了。

哈勃医生与我一起回顾了 3 月 21 日我来之前做的一个 PET－CT 扫描图像，并将其与 2012 年 12 月 9 日完成的原始 PET－CT 扫描进行了比较。显然，与 12 月影像检查相比，有多个新的小肺结节。尽管没有进行对比 CT 扫描，但这些图像并未显示出明显的肝转移证据。

这种对比让我一目了然，这几个月肿瘤的进展，以及每个微小的变化，显然十分明确。

他把手术部位放大。我第一次在电脑上清晰地看到了自己做手术的位置。我发现这个地方并没有类似国内那样的每间诊室，都会放一个观看 CT 片子的照明设施。这儿几乎所有的一切都已电子化，包括 CT 的片子，大多从电脑上调取，时间久了，我才知道，MD 安德森医生的一项基本技能，就是必须会从电脑上阅读片子。

"我们会诊的结果，认为你的手术做得很成功。但你的肺转移似乎有点麻烦。我们一般很欢迎从来没有做过治疗的病人。因为所有的治疗方案都可以同步进行。你的这个肿瘤可能在手术之前就已转移。不过现在来看，你的手术很不错，切得很干净。放疗后那里也没有出现复发。可以说是成功的。不过如果同步或者手术前进行化疗，也许会遏制这些转移部位肿瘤的增长。"

哈勃医生边说边拿了一支马克笔，在病床上铺开的垫纸上，开始画图，他先画了一个完整的人体胸腹盆部的形状，然后画出一个肾上腺的器官。他说："这个小腺体位于肾脏的顶部，负责调节与压力、性、免疫系统、新陈代谢和血压相关的激素。"

他讲了我为什么会生这个病的原理，以及这个肾上腺为何会产生激素等。他画的那张图上，逐一解释了我生病的每一个部分的原因以及这个器官的功能。

我第一次从一张图上看懂了我的病。

他接着详细问了我目前服用"米托坦片"的剂量。我从三月份开始服用，从每天早两粒晚两粒开始，一直维持到现在。他对我在国内服用的米托坦的剂量表达了担忧。"你的皮质醇结果显示，血液浓度还不够，目前只有 4.7，之前的剂量与药物的质量，显然是需要进一步验证的，好在你在休斯敦就可以从药房拿到药，你之前在北京购买的药物就暂时不要服用了。米托坦有效的血液浓度要保持在 18 至 20 之间。"

他停顿了一下，说："你目前的问题是，原发病灶没有复发，我们需要解决你的双肺转移、脊椎 L4、肝部的转移问题的跟进。好消息是，米托坦看来对你是有效的。从你的描述看，你对这个药的耐受力很好，至今没有用激素进行干预。你可以继续服用这个药。我们这里有两个方案。一是我可以给你处方，拿半年的药，你可以回北京在国内继续治疗。血液浓度的检测方式，可以用另一个替代性的检测方法来进行，在中国的大部分医院，都是可以做这种检测的。我可以给你的医生写一封信，把检测方案写给他。这个效果一样。你也可以把检测结果发到我的邮箱，我来帮你查看。第二个方案，就是留在这里，接受治疗。"

我当然没有想过要回国。我来 MD 安德森，就是为了在这儿找到治疗我的医生。北京的医院，已经没有我的治疗方案。

他摊摊手，耸耸肩。"欢迎你留下来。那么我们详细讨论一下你的进一步的治疗方案。对于你的治疗，我们目前有几种选择，一是你的局部区域，比如肺部、肝部或者其他部位的肿瘤，进一步增长，可以选择进行手术切除或者放疗。二是优先进行米托坦的优化治疗。你之前的米托坦，属于盲吃，接下来我们将会先让你的剂量与血液浓度，达到治疗水平。三是关于肾上腺皮质肿瘤，我们还有临床试验以及联合化学治疗的方法。四、我们将在七月进行 PECT 的检测，到时会根据影像进行全面的评估，以决定下一步的治疗方案。五、我们也会对你带来的病理切片进行突变的检测，以查看有无新的治疗方案。当然，这些方案也许你用不到，但你可以放心，如果你的肿瘤出现进展，我们是有办法的。从现在开始，我将每周见你一次，以监测调整你的药量与血液浓度，包括你的肾上腺皮质激素和皮质醇，以观察你的替代激素的使用。"

哈勃医生的那句"我们还有办法"，显然让我对他的信任陡然上升。这显然是我来到美国后听到的最鼓舞人心的话。

不过他调整后的米托坦剂量把我吓了一跳。每天早中晚，每次五粒。米托坦片剂每粒 500 毫克，一天十五粒，每天 7500 毫克，就是 7.5 克。米托坦片剂每粒蚕豆大小，之前我吃四粒都需要分两次服用，才可下咽。然后另外开了 Hydrocortisone（氢化可的松激素），每天早午各二片 5 毫克。还要求我每天服用一粒维生素 D 与一粒复合维生素。

我对服用激素心存疑惑。他说，"你的右肾上腺切除，左边的肾上腺也不再工作。肾上腺是人体生产荷尔蒙的器官。你自身已不能生产荷尔蒙，只能用激素来替代那一部分缺失的荷尔蒙。激素会对你的肿瘤有一定的抑制作用。激素也是一种治疗方式。"

我看过这方面的文章，知道这个专用词叫做：替代疗法。

他给我开了一张纸质处方。拿着这张处方，我可以在休斯敦的药房去购买到米托坦。他说，你可以去医院的药房去取这个药，不过好像我们药房的药品要比外面药房的贵一些。你也可以去到外面的药店看看，你选定一家距你最近的药店后，我可以给他们开电子处方。"

然后，他问我，还有什么问题？

我打开那张写满了问题的纸。其实他已经回答完了我所有的问题。

不过我还是关心这个药品的副作用？

哈勃医生说："米托坦的副作用，如果仔细算起来，目前有记载的大约有十多种不同的毒副作用。你不需要被这些副作用吓住，也不需要对任何还没有在你身上出现的情况，去提前了解。任何药物都有副作用，但我们要平衡利弊，目前来看，获益要大于所产生的副作用。现在这些副作用，原则上都可以控制。我会每周监控你的血液浓度。不会让那些副作用影响到你的身体。"他忽然有些坏笑地看着我，"不过，米托坦有一个许多药物没有出现的副作用，可能会给你带来意想不到的效果。服用过久，可能会让你的胸部增大。以后你的胸部就会像施瓦辛格一样，强壮。许多男人去健身房拼命练，不就是想让自己的胸肌发达么？据文献说，欧洲的一些妇女，会使用这个副作用，去隆胸。不过这个需要服用差不多一公斤左右的米托坦可能才会发生。"

我被他的说法给逗乐了。这个副作用确实令人意想不到。诊室内的气氛很快缓和下来。大家的心情似乎有些放松了。

不过，隐在我心底的是，我曾看过几篇关于米托坦耐药的文章。如果耐药后，怎么办？

"我刚才与你已经讨论过好几个方案。不要担心那些还没有发生的事情。要学会享受当下的治疗。你怎么没有想到过米托坦，可以服用很久呢？然后把你的问题解决了？"

我已经喜欢上了这个医生。与他交流的每一句话，似乎他都在告知你希望。

我对肾上腺皮质癌在网络上所传治愈率极低的说法一直心存不安。我忍了一下，我本来想问他"我可以活多久"，这个癌症病人永恒的问题。但话到嘴边，我换了一种说法：这种病治愈的可能性有多大？

显然他经常被问到这个"终极问题"。哈勃医生说："在你之前，我刚见过一个病人，他从加州过来，吃了十二个月的米托坦，现在仍在服用，在定期复查。见完你后，我还要去见第三个病人，他现在已经随访第五年了。你说，这个病治愈的可能性有多大？"

哈勃医生的说法，让我备受鼓舞。我很感激他没有说出那句你只能活半年，或者几个月的判决。好的医生知道如何鼓励他的病人看到希望。尽管两年后，我才知道，这是仅有的近年治疗效果较好的部分病例。更多的来这儿治疗的病人，是吃了一段时间米托坦，或者接受了化疗，然后就从诊室的随访记录中消失了，最短的一例只坚持了三个月。

但存活时间最长的据说已经活过了十八年。

哈勃医生轻描淡写地"警告"我："这些让你焦虑的问题，是你从网络上查来的吧？建议你以后要减少用谷歌来搜这些坏消息的习惯。用谷歌治病，只会增加你的焦虑与不安。没有什么好处。"他递给我一张他的名片。"如果有任何紧急的情况，可以打电话给护士，也可以去急诊。"

然后还出乎意料地写给了我一个邮箱。他说："你也可以随时把你的问题发到我的邮箱。我来帮你解决。"

离开哈勃医生诊所的时候，已经用掉

了八十多分钟。这是我看医生用时最长的一次。从我生病至今。我完整地了解了自己发生了什么问题，接下来要做什么，会出现什么问题，以及未来可能的治疗方案。

MD安德森癌症中心大如迷宫，巨大的院区里有五十一栋大楼。数栋大楼连在一起，曲折回转，如果不是刘如带路，很难不迷路。回来的路上，我问刘如姐：哈勃医生为什么会问我为何要来安德森看病以及劝我回国治疗？

刘如姐说，"我陪同来看病的这几十个病人，第一次见医生时，好像也问了这两个问题，不知是他们的制式问答，还是医院要求的。"刘如姐告诉我，"美国医院是首诊负责制。哈勃医生将会是你在MD安德森所有治疗的一个发起者。会诊，甚至让你参加临床、转院、转科都是由其分诊。他是你在MD安德森的终身医生。从头至尾治疗的跟进者与负责者。有任何问题，你都可以第一时间找他。当然，如果你对他不满意，你也可以随时换掉他。"

在国内时，我完成了手术、放疗后，一度遇到一个尴尬问题：我似乎没有主治大夫了，所有医生都认为自己的这部分工作已经完成，而且完成得还很不错。所有科室的治疗，需要患者自己去挂号找医生，缺少一个院内的医生协调与转诊机制。MD安德森的这个首诊医生负责制，显然解决了我的这个问题。（注：首诊负责制是指第一位接诊医师。对其所接诊患者，特别是对危、急、重患者的检查、诊断、治疗、会诊、转诊、转科、转院、病情告知等医疗工作负责到底的制度。）

"这个医生对你很友好。有的医生原则上不认其他医院，尤其是国内一些医院的CT检查结果。近期来MD安德森的中国病人，都会被要求在见医生前，去重做CT，哪怕是刚在国内做过不到一周时间，也仍然会被要求重做，以MD安德森的CT为依据。哈勃医生帮你省了这次的检查费用。另外我查了一下，他是医院的一名副教授，专攻肾上腺皮质癌，其他医生也有涉及，但可能没有他专业。MD安德森是一家高度专科化的医院，大部分医生一辈子只专攻某一个部位的癌症，以便成为'超级专家'。"

晚上，我在MD安德森的官网上搜索他的资料。这位诚恳的医生来自叙利亚，他是阿勒颇大学的医学博士。1999年来到MD安德森，是内分泌治疗中心的副教授。官网的链接上，至少有二十多篇他写的关于肾上腺皮质癌的研究文章的链接。

2013年，他的祖国叙利亚，正在爆发绵延数年的内战。

休斯敦的中国"癌症村"

之前我在网上做过功课。美国的租房市场，大致分为两种形式：一种类似国内的"私人房源"。租一个房间或者整租出去，租客直接和房东沟通、签合约、交房租等等，和国内没有区别。另一种是"公寓房源"，即整个小区的房子全部用于出租，有专门的物业办公室负责看房、签约、收押金和租金、以及日常物业管理。我与太太怕麻烦，尤其是自己去找房子，还要对其进行考查，简直不太可能。我们的要求是干净，靠近医院，生活便利。显然刘如姐推荐的这个距MD安德森一步之遥的叫做IMT的医学中心公寓，全部可以满足我们的条件。住在这儿的租客大部分是在医学中心各医院上班的医护人员、访问学者以及病人。由光盐社接待的三十多位在安德森医疗中心看病的中国病人，就住在这儿。

这个公寓距 MD 安德森坐轻轨只要两站。步行二公里左右。超市药店等也在两三公里以内。刘如带我们去看房。社区挺大，有五百多个房间，有两个游泳池。房子大多三层，中间有一架铁梯连接。所有的房子均是木质结构。类似国内工地上的那种简易房。似乎在美国，全是这种木质结构的房子。

我们选了社区北边靠近一片树林的房子。房子在三楼，推窗望出去时可以看到两只松鼠正在树叶上跳跃。去物业租房时，才发现在美国租房其实并不太容易。也没有我们想的那样简单。

首先他们要对我们的租房资格审核。填写公寓的申请表，要求提供护照、银行存款证明等资料，证明你的身份和资产情况，也就是证明你的收入与存款可以租得起这个房子。并且要收申请费（application fee），一般三十到五十美元左右，用于做背景调查。

我们需要在美国办一个银行卡，要银行出具一个资产证明后，他们才会与我们签订合同。并且不保证这个房间在签订合同时，还会有。

刘如说，在美国办事不要急，慢慢来，你把他们要的材料拿来，也很快。于是按部就班，办好银行卡，第二天再去找物业办公室。合同可以签了，每月一千美元。物业告知我，他们需要对这个房子进行重新装修后，才可以交给我住。这个时间要两周或者二十天左右。当然，一切按我们入住的时间来算房租。刘如说，原则上物业都会在新租客入住时，由物业对其彻底清洁、修整。你以后退租的时候，也要保持原样，否则就需要赔偿。

麻烦的是，这个房间里的一切都是空的，没有 Wi-Fi，没有电，没有家具，所有的一切都需要你自己来搞定，搬走的时候，你也得把你的家具扔掉，否则公寓管理人员帮你扔，你的押金可能就收不回了。

当时国内几乎很少见到这种由物业统一管理的社区出租公寓。经营这个社区的是一家叫做 IMT 的全国连锁公司。他们在全美管理着二十多个这样的社区。他们的政策可能是统一制订的，因此显得几乎不近人情，甚至有时候按国人的理解，很不合情理。

比如，这个社区公寓的租房政策是每年都会涨。且住在这儿的租客，不能在淡季便宜时换房。如果换，也不能换同样房型。在这里租房的经历让我大开眼界，一是只能一年一租，二是中间不能换房，三是一切以支票支付为主。国内的现金支付以及各种电子支付，在这里似乎并不是那么方便。

在酒店度过几天倒时差的生活。刘如姐通知我们搬家。那位第一天请我们吃馄饨的上海谈姐回国了。他们夫妇可能需要一个多月才可以回来。刘如姐说，先搬到谈姐家住，可以做饭，这儿的病友较多，你们相互有个照应。当然，我们提及要付房租。刘如说，谈姐说不用付，都是国内来看病的病友，这时候就不要客气了。不过刘如说，你们可以在搬走时，把水电费放在桌子上就可以了。

谈姐家很整洁，他们还细心地写了纸条，告知我们米、面、油在哪，还留有多少菜等。这位细心客气、笑面如花的上海大姐，是一位公务员，说话办事客气而又节制。她是黑色素瘤四期患者，在上海的肿瘤医院确诊后，医生告知她，这种病在国内没有任何办法，她可能只有四个月的存活期。谈姐不甘于国内医生的"判决"，2012 年，在朋友的介绍下，与先生吉大哥，一起来到休斯敦。在 MD 安德森寻求治疗方案。

他们在这里遇到了光盐社的邓福真与刘如。谈姐是个很坚强的人。她的治疗经过惊心动魄，九曲百回，却仍寻回生机。刘如姐全程参与了她的治疗。谈起当时的情况仍然心有余悸。

谈姐在 MD 安德森，使用了三种化疗药、一种靶向药等组成的大剂量联合化疗。这种联合化疗，在当时治疗黑色素瘤上似乎效果还不错。但副作用巨大，呕吐以及浑身疼痛，让她几乎无法忍受。但四个月后，在经过两个疗程炼狱般的治疗后，医生却告诉她，CT 的检查结果竟然是"无效"。接着，她的医生 Kim 的建议是"你可以回上海去治疗"。

她五个月前，从上海来休斯敦，就是为了寻找新的治疗方案，现在则要她再回到已无任何方案，甚至判决她只有四个月时间的上海医院，这个打击对仍在寻找下一个治疗方案的谈姐无疑是雪上加霜，心身俱疲。

刘如说，她在这个给她带来痛苦而没有带来奇迹的药物治疗中，度过了艰难的四个月。这个坏消息显然让她求生的希望之光彻底熄灭了。

让谈姐最后找到一线生机的是光盐社的义工们的帮忙。一位国内在 MD 安德森做访问的医学博士，帮她查到了一个最新的临床试验。这个试验将会用到一种叫做 Ipilimumab（易匹单抗）的一期临床试验。这是一种早期的免疫药物。它的发明者是安德森医院的詹姆斯·艾利森博士，2018 年，他因为这款药物，获得了诺贝尔奖。

刘如陪谈姐再去见了 Kim 医生。这项临床试验在安德森癌症中心刚开始不久，正在筛选病人。除了药物免费，被选中参加实验的患者，需要支付一笔 CT、血液及其他的检测费用。这笔费用预估在十五至二十万美元之间。

Kim 医生认为她很适合这个试验。但需要支付这笔对谈姐来说有点天价的医疗费用。后来在光盐社的协助下，医院将其中大部分费用给予了免除。使她的这项治疗成为可能。

谈姐的治疗在 2012 年 11 月底结束。这个药物显然发挥了神奇的功效。每二十一天一次，每次输液时间四十分钟，没有化疗的可怕副作用。且只有四个疗程。四次免疫治疗结束后，她的 CT 检查结果显示，她之前的肿瘤已经消失，个别结节部分已稳定下降。且检查效果，一次比一次好。一直处于 stable（稳定）状态。

我们住到她的房间里时，她已经做完了第三次随访。稳定状态已六个月了。她是在上周做完 CT 检查后离开休斯敦的。

刘如说，这可能就是 MD 安德森医院与其他医院不同的地方，他们在所有的标准治疗方案失败后，还有一个秘密武器：临床试验。

安德森癌症中心几乎拥有全美绝大部分重要的肿瘤临床试验项目。几乎所有的药厂出的重要肿瘤治疗新药，都会在 MD 安德森启动临床试验，为自己的新药加冕。

腹泻是在凌晨开始出现的。突然被那声腹中轰鸣叫醒的时候，我发现自己几乎是弹跳着爬起来，奔向洗手间。然后就是坐在马桶上，经历了几乎一晚上的折腾。

当晚拉稀至少六次。刚一沾着枕头，然后就会被突然的轰鸣声叫醒。这种奇怪的感觉让我无法理解。为什么腹泻时肚腹中如同千军万马在奔腾。声亮如钟？然后拉得浑身酸软。几乎无法起床。口中味觉丧失。眼睛发虚，头疼欲裂。可恶的是，我的扁平的胸部乳头，开始涨疼。衣服触碰处，疼得人心里发颤。

这是什么鬼？

这是我来到休斯敦的第三周，严格按哈勃医生的处方服用米托坦。早中晚各服用十五片，剂量太大了，要分三次才可以用水顺服下去。吃药对我来说，是一件变得让人难以忍受的酷刑。无法想象，这些大剂量的滴滴梯农药的衍生物，在我的身体里聚积，会是一种什么感觉？

之前看到住在社区里的几个中国病人，因化疗副作用巨大，大多瘦弱不堪，呕吐，浑身不舒服。想自己竟然没有任何副作用，也是一点安慰。之前哈勃医生也认为我的耐受性不错，所以也不以为意。没想到，化疗药引发的副作用，并不按常理出牌。它挑了一个时间，随便打了一张牌出来，牌上写着两个字：腹泻。

昏睡至晚上，被饿醒。太太做了稀饭。吃了一碗，饮用了一杯盐水。肚腹中不再千军万马行进。遂小心地又再吃一个面包与一个鸡蛋。

补了两杯茶水。晚上吃了点夜宵。然后放心睡去。结果，到了早晨，起床时，闻到太太在客厅里煮早餐时的油烟味，腹中恶心，没等我反应过来，一股电流般的悸动，口中作呕，腹中夜宵，喷射出去。房间地板上到处都是发酵过的饭渣余粮。酸腐味四散，恶心到我了。

这儿的公寓里，不像国内全是木地板，大多铺着廉价的劣质地毯。优点是踩着舒服，更换方便，缺点是藏污纳垢。再就是清理不便。

尤其是我还住在谈姐家里。

太太冲进来打扫。我冲进洗手间，然后开始了干呕的痛苦过程。如是者三，我已全身瘫软。

来看我的病友老王说："你这个不是吃坏了东西。极可能是化疗的副作用。"

我说我吃的是药片，没有输液呀。

老王说，"米托坦也是化疗药，只不过我们输的是液体，你的是片剂，原理上都是一样。你的这个症状显然与化疗的副作用差不多。我家里有几颗医生开的止吐药，你先吃上试试。你最好给医生写封信。把情况告诉他一下，看看有什么其他止吐的方法。"

然后他打电话给太太，把药送过来。我看了药品说明书，知道是一种常规止吐药。我不敢多吃，就按说明书剂量吃了一半。不知是心理作用还是药效很好，一个小时后，明显不再呕吐。

然后请刘如姐给哈勃医生打了一个电话，报告了我的情况。哈勃医生听说我已止吐了，就说会开一个处方，让我去药店拿一种止吐药，备用。并嘱我如果明天仍有呕吐腹泻，就必须来医院抽血，并来门诊见他。

老王是东北人。眉毛浓粗，敦实，他不太爱用东北话唠嗑。"东普"说得很有条理，人也诚恳。

他比我早到休斯敦半年。这位壮汉看上去不太像病人。他的脸上泛着光，光头铮亮。他是肺癌，2010年体检时发现，于北京的肿瘤医院做完手术和化疗。一年半后，原位复发并伴淋巴转移。在休斯敦读书的侄子，给他联系了安德森癌症中心。他的治疗方案是放化疗同步进行。我见到他时，他的放疗已经结束。化疗仍在进行。效果似乎非常不错。我是住进这个小区一周左右才认识他。在休斯敦的生活显得无聊而又舒适。这个小区很大，但属于我们的世界显然很小。美国是车轮上的国家，住进这个小区，除了距医院很近外，附近的超市需走半小时左右才到。中国城也在二十英里之外。来这儿的第一周，太无聊，遂与太太坐公交车去了一次休斯敦较大的一个商城。休斯敦仅有一条轻轨，通向市中心。其他的公交汽车也通向主要的一些场所，但需要转好几次车才可到达。去那个商城用了将近一个半小时。非常不方便。

每周一，刘如会协调附近的义工，来开车带大家去中国城与附近的杂货店买菜。有菜可买，有房住，有药可医，在这儿的治疗生活也就开始了。

中国病人喜欢扎堆或者群居，在治病这件事上，也同样如此。自2012年始，至少有数千名中国癌症病人与他们的家人，先后选择住在休斯敦这个叫做 8181 Fannin - IMT 的社区中，这个社区在 MD 安德森的医护人员中相当知名，因为一度中国病人居住的地址都选择填写在这里。

这个小区非常安静，安静得似乎感觉不到人群的呼吸。小区里有一大一小两个泳池，酷爱游泳的我，很快就找到了在这儿打发时间的方式与节奏。

每天早饭后，我都会到小区的那个小泳池边上看书，或者听书。太太发现了一个打发时间最好的方式，给我下载了几个音频APP。这些APP上面大部分的东西都是免费的，比如小说，比如相声。我没有心情看书，但每天上午，眯着睡眼，在那棵老橡树下，躺在沙滩椅上，闭目养神，去听书，也是一种享受。那段时间我正在听的是《乔布斯传》。他治疗胰腺癌的经历虽让我唏嘘不已。但也算是一种借鉴。

下午泳池水热起来时，我会跳下去游一个小时。然后再喝杯茶，发会呆。人间之乐事，不过如此吧？一人一泳池一杯茶，偶然恍若自己真的是在度假，而忘记自己来这儿的初衷了。

这样不知过了第几天神仙日子。闭目养神毕，余光看到一中年壮汉，光头，光着膀子，在泳池另一边，看一本书。这人就是老王。

这样过了三日，无聊中俩人目光对接。忘记谁说了第一句，然后开始了热烈交流。互相把对方的病情问清后，俩人大笑，同为安德森医院沦落之病人，谁也不用再去"装大神了"。

老王很健谈，加之其早来半年，其对住在这儿的病人如数家珍。

这个社区目前共住了二十多个病人。每个病人大都有一至两个家人陪同，目前差不多有四十多人。大部分是光盐社的刘如姐接到这里来的。她在2012年2月，第一次将来给儿子看病的湖南一家人接到这个社区。后来凡来 MD 安德森治疗的病人，基本上就住在此处了。

城市的另一端，也有一个来 MD 安德森治疗癌症的病人群体，不过那些人都是由一家国内的医疗中介负责照应。那个医疗中介机构我在国内曾前去咨询过。住在那儿的病人，大多住在这家中介公司自己的公寓群里，房间内一应设施俱全，不过租金也可观，一个月三千多美元。吃喝拉撒睡，包括去医院接送，都有专人陪同。不过这一切都是明码收费。

老王说了一个数字，确实不是我辈可以负担得起的。

来休斯敦治疗的中国病人，差不多有一大半是肺癌。其他的是肾癌、多发性淋巴肿瘤，另外就是像我这样的连名字大多也没有听说过的罕见病了。均是在国内复发或者无药可用，才找到了MD安德森。目前有三个人效果非常好，这中间就有那个曾在国内寻医无效而在这里得到救治的湖南病人。这是个小伙子，十六岁，个子高大，腼腆客气。我曾在搬到谈姐家的时候，在小区的楼下，见过他们一家散步，与他打过招呼。是个有礼貌与想法的孩子。

住在这儿的病人有银行行长、教授、工厂主、小老板、公务员或者土豪。当然也有卖掉房子来看病的"穷人"。

老王挺满足，认为在休斯敦的"癌症村"里条件好多了。有泳池，还有整洁的屋子。小区环境也非常好。坐在这个泳池边，与那些富人在海边度假有什么区别？

他曾在北京潘家园附近的中科院肿瘤医院做过最初的治疗。平时就住在这家号称中国最好的肿瘤医院附近的民房里。那儿的民房都是附近居民的拆迁楼或者还没有来得及拆除的平房。一个三居室里，可能会住三家病人。大家共享一个厨房。住在一个仅可容身的小房间里。一张小床，晚上都不敢翻身。

因为便宜，也因为看病方便，这里几乎就成为了外地肿瘤病人的选择。

国内的癌症村一般均自发形成在每个肿瘤医院的附近两公里以内。我曾在去潘家园时，去过那儿的民房。一个外地的远房亲戚因来看病，曾在这儿居住。在门口你就会遇到给你塞小广告的民房的房东。他们可以提供吃住行以及挂号一条龙的服务，这个在肿瘤医院附近，已成为一个事实上很大的癌症村。这里居住着差不多近半的外地进京的肿瘤病人。经济条件好一些的就租个房子。大部分都选择几个病人家庭，混住在一起。每到晚上，病人的呻吟声、吵架或者叹息声混杂在一起，难以入睡。每到复查的时候，都会看到几个曾经相约一起来的病友，没有再能回来。

"昨天我们群里又有一个病友走了。大家都在问我，来这儿的治疗情况怎么样？"老王叹口气。"MD安德森的治疗方案多，药效好。看到我的情况好转，几个病友也打算过来。折腾一阵，看到安德森医院的报价，就不吱声了。太贵了，大家在国内都治不起，到了国外，简直自不量力。"

我沉默。

老王在沈阳的一个事业单位工作。比我大几岁。"在安德森看病，不但要拼身体，可能最重要的是拼实力。你刚来，可能还没有体会到安德森收费的厉害。再过一阵，你收到账单的时候，就会了解到这里救一个人要多少钱了。当然，金钱是可以买回生命的，但重点是你首先得有钱。"

他叹息。

我与老王一见如故，相谈甚欢，信息密集。

每天早饭毕，拿一杯茶再拿一壶水，到泳池边相约聊天，很快替代了我的听书生活。老王的信息收集能力非常强大。且对医院的就诊以及如何省钱大法，了如指掌。我基本就是个聆听者。

我抱怨药太贵。

老王冷笑:"贵?你知道你见一次医生多少钱?"

我摇摇头。"第一次见首诊医生,一般时间较长,也最贵,我见到我的医生的时候,谈了六十分钟,诊费一千二百美元。抽血一千多美元。加起来就是二千二百多美元。我吓了一跳。后来查询了一下,才知道这里面包括了他们在见我之前的会诊(mdt),放疗科的医生、肺科的内科外科医生全都参加了。得,加起来一万五千多人民币。不过咱认了。觉得值这个钱。不过第二次见医生就便宜了。每次差不多六百多美元,加上验血,一次一千二百多美元。不过这些还不算什么,最关键的是,你知道做一次增强CT或者PECT多少钱吗?胸部腹部盆腔三个部位的对比检查,一次一万至一万两千美元不等。"

我在协和医院做过PET-CT,每次一万元。做CT,一千二百元人民币。在这儿做一次CT常规检查,竟是国内的七倍还多?老王把我吓了一跳。在MD安德森,我每周差不多要去见医生一次,账上的钱还没有花完,也没有人催我,所以我并不知道基本的费用是多少,只知道贵。但没有想到"贵"得这样出其不意。

老王喝口茶,把茶叶在嘴里咬来嚼去,使劲吐掉。看着我的吃惊,语重心长。一副过来人对新人的"教导"。"在安德森医院,要学会利用好这里的资源。这儿的病友们都很强大,有几个懂英文的病友,早就想好了对策。一是给自己的医生打好招呼,只在安德森医院看诊,拿方案。二是不在安德森抽血与做CT检查。这样可以省下来差不多一半的钱。"

"MD安德森的医生会同意吗?能保证验血的品质吗?"

"注意两点,一是要与医生把自己的经济情况说清楚,原则上这儿的医生大都很有同情心,会同意的。至少目前大家非关键的检查都是在外面做的。二是不要把所有的检查项目,都拿到外面去做。一些关键的CT检查,再贵也得在这里做,毕竟这是世界一流的肿瘤医院。休斯敦的医疗机构非常发达,在美国都是有统一标准的,大多差不到哪儿,基本检测都能做。这个不用担心。比如我每个月验血一次,在一个私人机构验血,一次八十九美元。后来还找到过一家验血一次六十多美元的。这儿的病友,大多在一家私立医院做CT检查。价格一次一千五至二千美元,省了80%还多。

"只要你的医生同意你在外面验血检测,这些机构大多会主动联系你的医生,他们原则上会把检测结果直接发给医生。这个你不用担心。"

我基本上对于病友们的操作,处在震惊之中。他们仅仅半年时间,就改变了在安德森看病的省钱模式。

老王的话意味深长:"治疗肿瘤是长期战争,千万不要一上来就用机枪扫射,我们要省点弹药,才能长期作战。"

我深以为然。

验完血,到达安德森主楼的六层内分泌科,已看见了光盐社的另一位义工江婧在那里等我们。

刘如姐今天要陪另外一位新来的病人,江婧答应陪我们一起去见哈勃医生。

哈勃的开场白,大都先以热烈的拥抱开始。

"你的米托坦的血液浓度达到了 8.7。要达到有效的治疗浓度,可能还需要一个多月的时间。关于这个药物的副作用,除了呕吐腹泻,可能还会有神经性的头疼。高剂量米托坦长期连续用药可导致脑损伤和神经功能损伤。但这些毒性在停药后是可逆的。你不用担心。现在你只有两种轻微的反应。我们现在观察到,米托坦抑制了你的类固醇的分泌。也就是说,你现在需要添加糖皮质激素,替代你失去的激素功能。我们将在早上和晚上分别添加氢化可的松 20 毫克和 10 毫克。这些都是相应的激素替代治疗。每天还要服用一粒钙与一粒维生素 D。到七月,我会安排你做一次 PET-CT。与你之前在北京的片子,做一个对比。来看一下这个药的效果。再做下一步的治疗安排。"

哈勃医生的安排简洁明了。然后他摊开手:"你可以提问题了。"

哈勃医生显然对我那个写在小本子上密集的问题,印象深刻。我有点惴惴地说了我的意思,能否去外面验血?

然后委婉地说了一下我的经济情况。

江婧在翻译的时候,直截了当讲了我们的困难。

哈勃听得很认真。他的脸严肃起来。我有些不安。我之前也曾听过 MD 安德森有的医生,并不太认可病人只在这里看诊,在外面的诊所做各种检查的方式。我马上补充说,如果不方便,我仍然愿意听从他的安排,在 MD 安德森做所有的后续检查。

"没有问题,你的血液检查、CT 等,都可以在外面去做,只要这些检查机构是 MD 安德森认可的即可。"然后,他拿出一张自己的名片。"你可以让那些检查机构联系我。我会把要求与处方发给他们。"我与江婧在见他之前商量过,江的建议是,PET-CT 第一次还是选择在 MD 安德森去做。但第二次与第三次,这些并不重要的检查,可以放在外面。这样到时有个对比,可以避免在外面的机构所做的 CT,有偏差。

哈勃医生握着我的手。"我非常理解你的想法。这些并不会影响你的治疗。"

我看着他的背影有点恍惚。他仿佛不是医生,而是一位朋友。离开诊室,我们走到了外面走廊上,突然他的护士追过来,告诉我们:"哈勃医生交待,你下周一的预约改到十二时,你们直接来内分泌科,不用去诊室,直接告诉前台,哈勃医生会出来见你。"

我有点不太懂。江婧说:"哈勃医生想为你省钱。难道你没有感觉出来。"

我感觉到了……他的温度。

从那之后,有好久一段时间,每隔一周,哈勃都会安排我在诊室外见他。

第一个月的米托坦很快吃完了。太太打电话给江婧。请她方便的时候,带我们去拿药。刘如姐要照顾院子里的几十个病人,每天忙得脚不沾地,这些小事我们就没有再去麻烦她了。江询问了我们这个药的情况,然后说,在美国买药,要学会货比三家。你们的这个药,比较过其他家的价格吗?

太太说,我们对这儿的药店不太熟,能找到这个药就已很不易,哪还会再去货比三家。

江说:"这事交给我。我来找。"

半个小时后,她开车来接我们。"我找到了一家便宜的药房,在 Costco(好市客)。米托坦的价格一千一百美元,比你们之前拿到的药要便宜一百多美元。五瓶加起来便宜五百多美元呢！"Costco（好市客）药房的药品价格在美国以平易近人出名，即使没有会员卡，也可进去拿药，江已把处方用邮件发了过去。我们去的时候，药已备好。付款，便宜了将近七百美元。原来江有这个药房的优惠券，两者相加，几乎便宜出了一瓶药。

我对江刮目相看。问她怎么知道哪个药房的药便宜？

她发给了我一个链接。"美国有个药品比价网站，https://www.goodrx.com/。你去拿药前，可以把药品名输入，就可以找到最便宜的那家。而且我还发现一个自费购药的诀窍。如果使用这个软件，你的药会越买越便宜。你试一段时间，就知道了。"

这个网站是一家叫做 GoodRx 公司做的一个远程医疗平台。它可以追踪全美将近七万五千家药房的处方药价格，并提供药品优惠券与打折药品信息。这家公司还可以在网上咨询医生，并获得某些类型药物的处方，费用一律为二十美元。

这可是一个省钱神器。

晚上在谷歌上输入关键词查询美国这些药品的价格以及购买常识。发现了一个我不太了解的神秘世界。我所服用的这些药品，不管是处方药还是非处方药，都分为两个类型：品牌药（name brand）和仿制药（generic）。同样的药，如果是品牌药，价格可能就较贵。如果是仿制药，价格自然可能降到很低。在美国流行的一个问答网站 Google Baraza 上，一个关于品牌药与仿制药的回答，让我受益匪浅。

拿退烧药举例，它的成分"对乙酰氨基酚"拗口生涩，提及 Tylenol（泰诺）大家就明白是什么了。泰诺是一个品牌药，1955 年由 Johnson & Johnson 公司研发并申请专利。二十年后专利到期，其他药厂也可生产"乙酰氨基酚成分"的退烧药了。这些药厂生产的药就叫仿制药。仿制药同样经过了 FDA 认证，不是山寨货，药效和品牌药同样，唯一不同的是价格便宜。这里面的仿制大国，是印度。

我正在服用的米托坦，一个是施贵宝生产的品牌药，商品名：Lysodren。再一个就是印度产的仿制药，虽然包装基本相同，但生产厂家不同。目前除了印度，孟加拉国、柬埔寨也有生产。我在 Costco 药房买到的就是印度生产的仿制药。

我对仿制药有点不太放心。江婧说，"你不用担心，我们就是做药物试验的，不管是品牌药还是仿制药，只要能在美国上市，品质与药效都是相同的，都经过了 FDA 批准。如果你在美国能买到假药，恭喜你，你在美国的治疗费用有着落了。在美国卖假药，是重罪，不但会把对方告得家破人亡。还会得到一大笔天价赔偿。"

在美国，另一个节省医药费的办法就是医生开处方时，记得问医生这个药有没有 generic version（普通版本）。再有，如果是在 Walgreens、CVS、Rite Aid 等药房的官网买药，还可以使用返现网站，大概有 2—7% 的返现。

在美国买药，如何拿到最便宜的折扣，找到最好的价格，其实不是一个体力活，更像是一个智力竞赛。

激素的作用立竿见影。它似乎有减少头晕和胃肠道副作用的功效。这个神奇的药物在第二天就让我恢复了精神。虽然吃药现在变成了一种痛苦的体验。我现在一天要服用的药物加起来有三十多粒。我每天的任务就是大量喝水，把这些药物快速代谢出去。

我很快恢复了与老王每天在泳池边上的喝茶聊天生活。

每周一，老王太太宇姐都会开车陪我们去一家叫做 LAB TESTNOW ⓒ 的实验室抽血。这是一个连锁机构。距我们仅五英里左右。试验室建在一个商场的角落里。休斯敦的商场大多一层，有一个巨大的停车场。阳光暴烈，人流稀少。竖着一个电杆。上面站着几只黑乌鸦。

走进这个诊所，仅有两名护士。室内张贴着的布告上可以看出，这个诊所可以测试几乎所有的血液、毒品、尿检等项目。上面的一句话，"您无需预约。可以直接前来，并完成八千多种测试中的任何一项。"还是挺让人刮目相看的。

显然，这个诊所就是针对类似我这样的客户，没有保险，负担不起，被医院的高额收费给吓住的病人。他们宣称自己是"最佳的平价实验室测试提供商"。这里预约与否均可，只要有处方，原则上均可前去抽血查验，二至二十四小时内即出结果。他们的招牌上写着"私人的，负担得起的，方便的"宣言。

宇姐说，这家是休斯敦最大的私人血液测试机构，在休斯敦至少有二十多家实验室。这里可以找到所有平价的测试项目。而且许多测试可能医院也不一定有，但在他们这里会有。他们是许多看不起病或者对医院高额收费不满意的人的测试圣地。

我们所在社区的中国病人差不多一半，都在这儿进行血液检查。

护士让我填好表，她们抽血的技术不错。抽血完，第二天八点前，就会把检查结果发送给我的医生。收费八十美元。护士解释，我有一项关于米托坦的血液浓度测试较贵。

在美国，这种与医院配套，并瞄准他们的短板而设立的机构，都是挺大的产业。在谷歌上搜寻，发现全美至少有上百家这样的连锁机构。

在这里，有最贵的，当然也有最便宜的。

各安其命。各有各的好。

隔周去见哈勃医生。内分泌科室的病人很多。江婧去前台告知了护士。半个小时后，哈勃提了一个很大的袋子，匆忙走出诊室。

短暂的寒暄完，他要求我将氢化可的松从目前的早 20 毫克，下午 10 毫克，增加至每天 40 毫克。他认为我目前的血液浓度上升很快。需要随时补充增加激素。这么大的激素量还是让我有些吃惊。但我是个依从性很好的病人。哈勃每周根据我的血液浓度调整剂量，目前已是第八周了。

可能是激素的原因，呕吐与头疼都基本上没有再发生。不过头晕还是会偶尔出现，身体没有之前那样灵活。但这些显然并不是多么大的问题。

我的血液浓度已达到了 12。这些药物在我的身体里聚积变化反应，如一列烧煤的旧列车，哐哐哐地向前急驰。一股黑烟抛在后面。它跑得越快，在我血液里的战力就越强。我甚至可以感觉到血管里这些类滴滴涕农药的毒性，嘶嘶着，张牙舞爪的样子。

哈勃医生鼓励我："你的耐受性很好。你每天的游泳很重要。健身可以减轻你的副作用。"然后，他把那个袋子递给我。

"这些米托坦是送你的，共有三个月的量。"

我显然有点手足无措。这是第一次有医生免费给我送药。还是米托坦。救命药。

我的脑子一片空白，一时失语。哈勃医生把袋子塞给我。转身进了诊室。他后面还有患者。

袋子挺沉，装满了米托坦。蔡数了一下，十五瓶，三个月的药量。它们价值两万多美元。江说，你的医生是个好人。在美国的一些医院，医生手里会有一些药厂的赠药或者样品药，这些往往是医药公司送来的，根据病人情况，可以送给病人急用。医药公司当然也希望病人在之后去购买他们的药品。不过对于这种肾上腺皮质癌病人唯一的有效药物，显然医药公司并没有免费赠送的理由。因为我们没有选择。

我望着哈勃医生离去的方向，突然想起，我忘记了说谢谢。

过了一年多，我才知道，这十五瓶米托坦是哈勃医生从药厂特意帮我申请的免费用药。

"中国茶馆"

治疗生活无聊甚至有些寂寞。每天游泳一个小时，中午午睡。我有些逃避之前的生活，或者厌倦，我带来的书几乎没有打开过。我怕看到与书相关的东西。我的大部分时间，都会消耗在泳池边上的那个茶馆。聊天或者与病友同病相怜的生活，让我突然有种遁世之感。这种奇怪的感觉至少持续了相当长的一段时间。我想可能是不是突然生病，使我对以前的生活与奋斗，产生了深深的怀疑吧。

时间有时候是为了使劲的努力，也可以就是为了虚度！

每天早餐完毕，已是八点半左右。休斯敦的炎阳很烤人。我与老王一般均会准时出现。一杯茶，一壶水，一个上午似乎就虚度而过。不知从何时，泳池边上会慢慢走过一个散步的中国病人。看到我们坐在这，也会加入讨论。然后第二天也会捧一杯茶加入。聊天的桌子边上的椅子越来越多，那棵橡树下，差不多每天都聚集着五六个人，最多的时候会有十几个人。

大家打招呼的方式几乎千篇一律。你是什么病？或者你是什么问题？然后对方立即秒懂，开始交待自己的病情，是什么病，从何时发现，到安德森用的什么药做的治疗，几乎就是一个详细的病历故事。有时候加入的新病人多了，差不多只听一个病人介绍自己病况，可能就会消耗掉一个上午的时间。大家都不急。十二点散伙吃饭。第二天九点，大家再继续聊新病人的病历。

这样的病历交流故事会差不多每天都会进行。

院里的每个病人的情况，从事职业或者个别意想不到的隐私，差不多都会在这儿全面交代。病友们在国内大多在自己的工作环境里，还算是一个人物，很多时候藏着掖着。到这儿似乎全部都坦白，不留余地，说完哈哈大笑。长吁一口气，似乎放下万斤重负。泳池边上的小茶馆，很快成了一个信息集散地。每天的信息交流，类似某个医院的"大内科会诊"。每个讲完自己的病情的人，差不多都会被熟悉情况的在这儿呆过一年半载的老病号，给予指点或者鼓励。各种关于MD安德森的信息，以及不同类型肿瘤的治疗方式或者用药情况交集，信息量非常大。

茶馆聚集的人多，有时还得分桌。东

边一桌是打牌的，西边的一桌是我们喝茶闲聊天的人。

有天老王提议我建个群，名字就叫"休斯敦中国茶馆"。名字很大。我总觉得不妥，但后来加进来的人很多，大家叫习惯了，我也就不再计较这个名字了。

后来这个茶馆的名声有点大，许多新来的病人或者来租房子，都会直奔小泳池。看到大家，新来的人，总觉得有种找到组织的感觉。三言两语，立即获取到自己想要的各种信息，满意而归。

六月底的时候，有位慕名而来的天津肺癌病人小刘找到了"组织"。

他长得粗壮，脸上布满一种奇怪的痘痘。他告诉我们这些都是吃靶向药易瑞沙的副作用。他每天跑步五公里，晚上还要进行各种器械训练。如果不说，根本就不像个病人。

刘不见外，自来熟。他家开了一个很大的乐器厂。他家的产品据说垄断了差不多世界上百分之六十以上的行进乐乐器。跟着他来的还有两个河北的病人，使8181小区的中国病人的数量达到了五十多人，加上家属差不多有近百人。去教会参加活动，有时候还得请教会多派几辆车。小刘之前住在中国城附近的一家酒店，那儿也是许多中国病人初来休斯敦时的一个落脚点。那儿的方便之处在于，距离中国城的超市很近，吃饭买菜只有一步之遥。缺点是不安全，中国人被抢的故事差不多隔周就会上演一次。

小刘的传奇之处在于，他的肺癌已经差不多五年了。他是在半年前复发后，来到MD安德森寻求方案。他之前服用第一代靶向药易瑞沙，竟然用了四年多，这几乎是个奇迹。易瑞沙的平均耐药时间差不多一年左右，短的只有几个月。这事几乎成了肺癌圈里的一个"神话"。后来"药代"找他，想给他拍一个宣传视频，条件是如果他家条件一般，就会赠送他终身服用，直至耐药。

小刘大笑着说："刚开始我觉得挺好的一事。但在后面找我拍摄的时候，我拒绝了，咱不能住着大别墅，开着宝马，与那些有需要的家庭条件一般的病人抢免费药吧。这个药去年耐药后，医生推荐我们用二代靶向药阿法替尼（也叫2992），这个药2013年刚批不久。国内买不到。就来了MD安德森。有意思的是，我们在国内没有用上一代免费靶向药，在美国竟然拿到了药厂给的二代阿法替尼免费赠药。"

在美国能拿到药厂免费赠药？还是最新的二代靶向药阿法替尼？

刘说："当然可以，药厂只让填了一个表，证明你无法负担这个药品的价格。然后把你的护照、地址写上，收入证明，附上病历，找医生签个字，这事就成了。人家也不调查，前后花了四周左右，就把药寄给了我。"

这也太简单了吧？我在国内的时候，曾托人去有关机构找过赠药，除了手续复杂，各种审核，关键是国内从来没有听过这药。听说能拿到赠药的也廖廖无几。

"你现在用的这个药，好像是2013年FDA刚批准吧？新药也可以免费吗？"

"刚上市的新药，一般都较贵。美国定价一个月一万八千多美元，我用了几个月，在高药价面前，再有钱也心虚呀。我的医生后来告知我，可以申请免费用药，并帮我写了一封信，才拿到的。"小刘说，"具体情况你可以在网上查询，或者找我太太了解一下情况，很简单，不复杂。"

小刘参与的这个免费赠药，在美国叫做"患者援助计划"（PAP）。他能够享受到免费赠药，完全依赖于这个已有将近三十年历史的美国版的慈善赠药制度。这个计划诞生于1990年代。美国药品的高定价与高利润已成为国民所指的重大社会与道德问题。时任总统克林顿甚至指控制药业存在"价格欺诈"。并要求对所有的制药业进行全面调查。制药公司承受了许多道德的指控与压力。制药商们紧急危机公关的结果，就是创建了这个运行至今的"患者援助计划"（PAP），每年拿出一定份额的药品，免费提供给失去保险，无法负担高药价的低收入者。试图通过每年部分份额的赠药，来挽回公司的形象。但后来显然这又成了许多大公司复杂营销的一部分。

这种捐赠药物的方法设计较为简单：药品制造商根据处方医生的决定，向无力购买药品的患者免费或低价提供药品。如果符合资格，分布于全美的非营利性公司"处方协助和访问计划"（PAP），可以帮助患者获得免费或几乎免费的药物。PAP每年计划为数百万缺乏健康保险或保险不足以支付所需药物费用的美国人提供用药保障，数十年来，PAP的存在和形式各异，有些人为有需要的患者提供现金补贴、免费或打折药品、药品优惠券和"共付额"（支付保险中的自费部分）帮助。

超过七十五家制药公司的一千多种药物提供了患者援助计划"PAP"。几乎覆盖了约百分之九十以上的药物。至今全美大约有四百七十五个不同的患者援助项目在运作。不过许多制药公司现在已不满足于通过第三方，向患者提供免费药品。几乎所有的大型制药公司，大多自设一个部门，直接为患者提供各种形式的援助。

我所使用的肾上腺皮质癌唯一获批药物米托坦的制造商是美国公司 Bristol Myers Squibb（百时美施贵宝）。它有一个专门的部门，患者援助基金会（BMSPAF），（https://www.bmspaf.org/#home）。负责执行这项计划。它每年都提供差不多价值近亿美元的药品援助。

关于申请资格要求，只有四项：

居住在美国。

有美国医生的处方。

是门诊病人。

年收入等于或低于联邦贫困线（FPL）的300%，单身人士为38280美元，两口之家为51720美元。

这个网站申请免费药物的方法简单明确，下载了申请表格。完整填写完自己的病历以及目前的治疗用药情况，然后就是需要一封医生的信，这封信需要讲明我为什么需要这个药物的治疗，以及这个药对我是否有用等。还有一张处方，以及我的收入证明。

哈勃医生通过邮件发来了他的信与处方。附上收入证明，挂号寄了出去。

我其实并没有期待这个制药公司会真的寄给我药品。按在国内的经验，只写一封信，怎么可能就会每月六千多美元的药品免费寄给我？

事实上，三周后，我收到了他们寄来的一封信，将从下月一号起，援助我六个月的药品。然后，我就收到了米托坦。

他们没有收取我任何的费用。

寄来的包裹里，还放了四个硬塑做的便携式药盒。我一直用到了今天。

7月8号，去做PET-CT。两小时后，我到达哈勃医生的诊室时，检测结果已经出来。

这对我是一次重要的检查。米托坦是否对我有效，或者我的肿瘤是否发生实质性的病变的担心，一直悬在我的嗓子眼。

结果显示：肺部上有无数微小的肺实质病变。3月的最大病变为1厘米，现在缩小为5毫米。排除肝转移，疑为肝囊肿。

但坏消息仍然扑面而来。在L4椎体的左前侧有一个新的0.5厘米的透明焦点。SUV摄取值为3.7。哈勃医生表现出担忧。因为这在以前的CT检查中没有出现，疑是转移。左腰大肌也有一个1厘米结节，最大SUV值为1.9。

他安慰我："这一次的检查并不能完全说明什么。我会在接下来的时间，安排你去进行MRI脊柱进一步检查。现在米托坦对你的肺部有实质性的作用。我的意见是，继续单独服用米托坦，我希望这个药物能在下一次的检查时，看到更好的结果。如果发生了我们不愿意看到的转移问题，我将会立即启动化疗方案。"

我的米托坦血液浓度已经达到了21。哈勃要我将米托坦降至每天七片，早四晚三。高剂量的米托坦仍然给我的肠胃带来了问题。时常有无力感。哈勃调整了糖皮质激素氢化可的松的剂量，早晨服用40毫克，下午20毫克，配合钙和维生素D同时服用。激素的剂量已达到了60毫克。激素往往会改变身体的形状。我的脸部已开始变圆。哈勃认为米托坦治疗让我的皮质醇大幅减少，必需从外部增加足够的替代激素，同时可以帮助我减少头晕和胃肠道副作用。

最后，他与我认真讨论了脊椎L4的保护问题。提醒我运动时要小心。并让护士给我注射了一针Dedenosumab（地诺单抗）。这个在中国被称作骨转针的药物，据说可以很好地保护脊椎骨折以及骨转移带来的骨质疏松等症状。

这个骨转针显然给我带来了很大的压力。我明白，这个突然冒出来的L4椎体的可疑转移，可能事实上就是转移。在医院这一年多的时间，我已经熟悉了医生们判断你的病情进展时的谨慎用词，比如可疑转移，就是事实上的转移。比如与上次比，虽然肿瘤的结节比之前长了三毫米，但医生认为这可能是读片时的误差，还是稳定的，在我看来显然是并不太稳定，且就是进展。

这次PET-CT后，哈勃医生似乎加大了对我的监测力度。他在一周后打电话，让我去医院输注Zoledronic acid（唑来膦酸）。这个药物与我之前所输注的功能一致。保护我不会骨折。多发性骨髓瘤等也在它的治疗范围内。

我感受到某种压力与不好的预感。在忐忑中等来的第二次检查，显然并没有带来新的转机。

10月，我在MD安德森外一个专门的影像机构（它的增强CT检查一次两千美元，比安德森便宜80%）所做的增强CT显示，肺部有两个明显的结节继续缩小。右肝叶2厘米与右侧肾脏之间有0.9厘米的结节，脊椎L4增长至0.9厘米。左腰大肌也在1.1厘米左右。显然这些结节，在米托坦治疗数个月后，仍在缓慢地增长。尽管哈勃伸出一个小指尖，比着一个很小的部分说，这个太小了说明不了什么问题。

但我明白，这显然是一个正在缓慢增长的问题。

哈勃似乎一如既往地乐观。他告诉我，这些缓慢增长的部分，我会继续跟进监控它们。米托坦对你显然仍然有着治疗效果。我们现在没有必要对这些比较小的肿瘤采取更激进的措施。比如放疗，或者化疗，当然，这两个方法我都在考虑中。我会在三个月后安排一次PET-CT，对你再进行一次全面的检测。

显然他感觉到了我的焦虑。"客观地讲，米托坦减少了你之前的肿瘤负荷，肺部已经很小，你的脊柱L4与左腰大肌部分的增长，误差的可能性较大。所以这三个月，你应当快乐地生活。不要为还没有发生的事情担忧焦虑。"

哈勃的轻描淡写似乎也有点道理。这次他关注的是我的激素问题。他增加了一种Florinef（氟化可的松），每天早晨服用两片0.2毫克。氢化可的松仍维持早上40毫克下午20毫克。增加的这两种激素是防止ACTH（促肾上腺皮质激素）的增高。

米托坦则已降至3.5毫克。每天7片。哈勃认为我虽有呕吐、轻微的咳喘，但相比其他病人，我的耐受性非常好。他认为这可能与我每天至少45分钟的游泳有关。

我与他的门诊，安排在三个月后，他甚至建议，我可以回国休息一阵，因为我可以带药回国去吃。我仍对左腰大肌与L4处的增长，隐约有种不安的预感。但哈勃的乐观，显然让我心里有了期待。在休斯敦的这段时间里，我们一直处在紧张的治疗中，太太的压力巨大，她与孩子分离太久，想念之情溢于言表。这使她承受了太多我不一定懂得的东西。比如她会看着女儿的照片流泪，会在做饭时与女儿视频被女儿的咿呀吵闹声逗乐。或者坐在楼下树林中的椅子上看着女儿的视频发呆。

自我生病以来，她一直请假陪护我。放下学校的教师工作，放下才一岁左右的孩子，放下了几乎那数年来她引以为傲的生活。她一直处于高度的精神压力之中。但那会儿，我一直沉浸在自己的病与痛苦中，我可能没有感觉到她的压力，甚至付出。

我与蔡商定，等1月份的PET-CT检查后，如果一切稳定，我们就回家过年。一切似乎都在向着一个美好的结局出发。12月的时候，泳池边的茶馆，刚从国内来这儿看望病人小权与妻子的老杨提议，他们想在回国前，坐皇家游轮，去加勒比海玩一周。

老杨就是那个带孩子来看病的湖南岳阳的人。他们是这个小区最早来的病人。也是光盐社接待的第一位来自国内的病人家庭。他的孩子小权经过一年左右的治疗，身上已没有任何癌细胞。只需定期复查即可。

我之前看过一部叫做《加勒比海盗》的电影。这片海就在距离休斯敦较近的海湾。它在电影与文字上给我带来的冲击，显然令我对这片神秘之海充满了期待。我们当下决定，两家人一起坐游轮去玩一周。

从加勒比海回来后，蔡把房子退了。家里的东西已被她小心地打好了包。机票也已订好，按计划，我们将在见完哈勃医生后的第三天回国。

我已有八个月没有见到过那个经常拍打我的光头的小孩子了。被即将见到女儿与回北京过春节的喜悦所激动，心里竟然有些小小的期待。

去医院做PET-CT的路上，似乎一

切都显得轻松，令人愉悦。但这种喜悦没有持续多久，就被 PET-CT 的结果给打懵了。哈勃医生很严肃。我显然从他的表情中看出些不祥的预感。

所有预先准备好的结果，似乎并不会那么轻易如愿。

他给我们的报告上显示了一个最坏的结果。

肺部右中叶结节增至 1.1×0.9 厘米，其他散在地多发增长。

肝部最大 SUV 测量值为 8.5。尺寸增大约为 3.3×3.1 厘米。之前 9 月 18 日的尺寸约为 1.9×1.8 厘米。也就是说，增长了将近一倍。左侧肝中最大 SUV 测量值为 4.2。

脊椎 L4，最大 SUV 测量值为 8.7。

左腰大肌结节最大 SUV 测量值为 2。

这个结果显然太出乎我们所料。看着电脑上显示的肺部的影像，上面星星点点，如同满天星。我呐呐地问他，肺部有多少个。

哈勃医生说："可以数到的大约有十多个。不过他们并不太大。目前来看，有进展的迹象，尽管这些结节仍然相对较小，但 SUV 值的摄取表明他们确实进展了。"

换句话说，我的这些原来很小的肿瘤，在用米托坦治疗了仅 8 个月后，就全面增大复发了。双肺、肝部、脊椎 L4，这三个部位已经明确进展。

这个打击显然有点大。我有点发愣。站在那里，浑身发冷。太太的眼泪流了下来，喃喃着说，"别着急，我一会就把票退了，咱们留下来，我陪你继续治疗。"

哈勃医生拍拍我的肩膀，安慰我。"现在还没有到失去希望的时候。我们还有办法，我已安排了你下一步的治疗方案。"

我深吸一口气，求生欲瞬间爆发，尽力让自己冷静下来，现在还不是让自己倒下的时候。我明确对哈勃医生说："我将会继续留在这里治疗。暂时不再返回中国。只要你觉得我应当进行的治疗，我都同意。"

哈勃医生在一张纸上写下了依托泊苷、阿霉素和顺铂的三个英文名称。"接下来你要进行的治疗，是一个成熟的方案，大多用于米托坦单药耐药与进展后的联合化疗。这三种药物将继续和米托坦联合使用。当然，这个四联化疗的副作用很大。不过我们有办法让你在化疗进行的时候，尽可能将这些副作用降到最低。"

哈勃还告诉了我他接下来的计划。他将与泌尿科、放疗科的医生进行一次会诊。商讨一个完整的方案，以便确认新的治疗顺序。

初步的安排是，他将把我转诊到泌尿科的医生那里进行化疗。如果我对化学疗法有反应，将同步进行放疗 L4 转移和射频消融肝部的肿瘤。

哈勃的安排详细而又准确。在国内的时候，做任何治疗，都需要自己去找医生，去寻找资源。面对一面墙一样的医院，我常常有种深深的无力感。在这里，哈勃医生协调安排所有将参与我治疗的医生与部门，我只要按时间表去准时找这些医生，按部就班地治疗即可。

在等待治疗的这一段时间里，哈勃要求我继续服用米托坦，每天仍 7 片。

最后是属于我们的传统节目：问答环节。我担心去另一个医生处化疗，是否还可以见到他？

"我是你的首诊医生，你的所有治疗均由我发起。泌尿科的医生与我合作了很多年，我们会对你的治疗，进行沟通。你在泌尿科的治疗结束后，还会回到我这里来。这一段时间，你的所有的诊治将会在泌尿科那里。不过你的每个方案我都会关注到。你不用担心。"

不，我很担心。我对哈勃有种本能的信任。也怕我去了另一个医生那里，也许不会再得到这样相同的信任。

我要求在泌尿科的CT结果出来的时候，同步见化疗医生与他。以便同时听听他们俩人的见解。

重要的是，我不想失去与哈勃医生的联系。这种模式后来成为了我在安德森所有治疗的一个模式。

乘轻轨回家。一路无语。太太紧紧抓着我的胳膊。她不知如何安慰我。只是一遍遍地说，我们要相信哈勃医生，不要担心……

这个坏消息把我们所有的安排打乱了。首先必须退掉三天后飞往北京的机票。这张机票我们这一年左右已先后延了数次。要命的是，我们的房子也已退租，我们必须在这一周搬出去。去小区物业处续租，物业告知我们不能再续租这个房子，因为他们已租给了另一个客人。无奈，再租一个新房子，发现涨了两百块，一千一百多美元。这个奇怪的房租政策，至今让我搞不懂他们出租管理这个社区的逻辑。

但现在的当务之急是住下来。新租的这个房子他们正在粉刷，时间又是两周。这意味着我们还得在外面找房子住。

联系到已回国的同是北京的病人黄姐的房间，在她那儿过渡几天。

搬家出来，两周后再搬进新房。但最大的问题是，我们的签证再有一个月就到期了。

怎么办？

轮椅上的兰斯教授

Lance C. Pagliaro，MD 教授坐在轮椅上。

他戴着宽边眼镜，白人。修剪整齐的黑色渗白胡须。表情刻板，一丝冷漠若有若无的隔开我们的距离。我的心中略冷。这个医生竟然是一个残疾人。他可能患有小儿麻痹。下面的裤管有些飘忽。他显然无法如同哈勃医生一样拥抱我。他甚至与我们打招呼的方式，都显得严肃而又僵硬。

他冷静地打开电脑，与我们轻微点头。房间里的气氛略有些严肃。

他的表情凝固，笑容似被冻结。

我在见到兰斯教授之前已查询过他的档案资料。

他的这个名字听上去是典型的西班牙裔。从网站上对于他的不同简介中，兰斯医生被描述成一个"泌尿系统的肿瘤专家"，他在MD安德森二十多年的从医经历中，专门研究成人泌尿生殖道癌的治疗。他被公认为治疗阴茎癌、晚期转移性睾丸癌和纵隔生殖细胞肿瘤的专家。

他制定了阴茎癌（一种罕见的肿瘤）的化学疗法和靶向治疗的治疗标准。

MD安德森显然是一家高度专科化的医院，大部分医生一辈子只专攻某一个部位的癌症，最后不但成为这个部位癌症治疗的领袖，甚至成为某种肿瘤的治疗标准的制定者。

阴茎癌，这个听上去略让人尴尬的肿瘤，显然比肾上腺皮质癌还生僻，对我来说更是很陌生。我几乎翻遍了他的所有网络资料，也没有看到他对于肾上腺皮质癌的见解或者任何论文。

我在查看完所有的资料后，并没有想到一个患有小儿麻痹症的人，可以做医生，而且是我的医生。

兰斯教授说："哈勃医生转介你们过来化疗。我与他沟通过你们的病况。你现在需要解决三个方面的问题，双肺、脊柱 L4 部位以及新增长的肝部的 3.3 厘米的肿块。这些几乎是肾上腺皮质癌的教科书式的转移。这也是一个具有挑战性的治疗。我们的对策是，先化疗六个周期，如果效果明显，会在第二个周期后，对你的 L4 进行放疗。在化疗前，你需要去先做一个 Port-A-Cath 手术。"

兰斯教授说话言简意赅。信息量很大。

"你明天就可以去见你的手术医生。她会告诉你这个手术是什么。"

还要做手术？

"你需要做一个输液港（Port），你要进行的化学疗法有着很大的毒性。有许多病人的血管，在化疗数次后，会萎缩不见。部分化疗药物的毒性也会侵蚀你的血管。这个输液港会给你带来极大的便利。它不会影响到你的化疗治疗的进行。"

极大的毒性？在 8181 小区泳池边上的茶桌上，我听过许多人讲过顺铂的厉害。心有余悸地问他。"顺铂是否毒性很大。为什么会使用这个药物？"

"顺铂（Cisplatin，CDDP）是一种含铂的抗癌药物。这种药用在临床上有至少四十多年历史了。你不用担心这些副作用。你要担心的是，要让自己能有一个状态去治疗。我们有办法将你的化疗副作用，降至最低。"

"你是一个好的提问者，不过你最好做一个'糊涂'的病人，可能更轻松。你的化疗将在输液港（Port）手术结束后一周进行。"

他把轮椅驶向门口，结束了谈话。

一切显得匆忙而又紧凑。

我对即将到来的治疗，心里充满了疑惑与隐约的焦虑。太太感觉出了我的不安："你不要用自己的想法去揣测医生的安排。医生只是按标准的治疗方式在走。你不要指望每个医生都有一个笑脸，或者拥抱。我感觉兰斯医生挺好的，经验丰富没有废话。我们听医生的即可。"

蔡陪同我这半年以来，早把自己逼成了一个似乎可以处理任何事务的能手。我把所有的与医院联系，包括家里的其他事务，甚至包括各种银行卡，全部交给她了。这种全部放下的姿态，显然把她逼到了前台。

她每天都会做我的治疗日记。

一个厚本子上记满了见医生时的医嘱、药物剂量、何时吃药等。每次见医生前，我们都会抽时间，一起讨论见医生时提问的问题，她都会整理下来，我提问时忘记的问题，她会补充。

这使我看上去更像一个病人，而不是那个以前事无巨细无所不能的"假超人"。

我们去做手术的时间是 1 月 30 日。

2014 年的大年除夕。

输液港手术在网络上有不同的解读。共有两种方法：一种是 PICC 置管，再一种就是 Port 输液港。

PICC 置管一般在手臂上进行，通俗的说法就是，将 PICC 插入手臂的周围静脉中，然后通过越来越大的静脉向近端向心脏推进，直到尖端停留在远端上腔静脉或腔室连接处。它的操作方法简单，不需要手术即可进行。它插入的长度从25到60厘米不等。拆除方便，但护理起来不太方便，影响洗澡等生活问题。常会引发静脉炎症等。

输液港手术则是将管线从胸部插入，需手术，麻醉。但护理方便。

在泳池边上喝茶时，向老王打听。老王说，我最初在国内做化疗，由于没有置管，导致了严重的静脉炎，以后找血管极其费劲，所以化疗前一定要进行 PICC 或者 Port 置管，如果晚期病人，预计化疗时间超过一年，最好一步到位用输液港（Port）。静脉通路对于急救也非常重要，医院对于危重病人一般也建议早早预置。

茶馆边上新来的病人老蒋，天津人，房地产商人，敦厚客气。他是肠癌，也置了管，他做了十几次化疗。他说这个输液港平时根本不影响你的任何生活，两个月冲洗一下管道即可。如果你平时化疗用到它，甚至省去了冲洗的麻烦。

这个输液装置，唯一的缺点是贵。

MD 安德森需要一万五千美元。如果在外面有经验的诊所去做，三千至五千美元不等。但原则上，MD 安德森对外面诊所放置的输液港，要做严格检查后，才会使用。

这个小手术确实有些贵了。蔡此时却不容置疑："现在不是省钱的时候。再去外面找各种便宜的手术，可能会耽误化疗，也不安全。化疗前的彩超、心电图以及QT检查，都需要花费更多的检查费用。从现在起，所有的检查以及治疗，均在MD 安德森进行。关键时刻，治疗从优。至于花费多少钱，先熬过这两次治疗再说。"

中美化疗副作用哪个更严重？

化疗在梅斯大楼的五层。

等待化疗的病人很多。我们的化疗时间在中午十二点。但我们早已过了这个时间。早晨八点冲到这里进行化疗前的抽血化验。在泌尿科外面等候翻译差不多一个多小时。中国病人在 2014 年据说达到了惊人的五百多人。他们一部分住在 8181 小区的"中国癌症病人村"。另外一部分分散住在一家中国的国际医疗中介那里。随时随地可以在走廊里或者同病区，看到熟悉的中国病人的面孔。但这里的中文翻译似乎仍只有三个人。到了预约时间，医生与我们往往花费最长时间的，就是等候中文翻译。等候时间平均一至两个小时，或者更长。

我是第一次做化疗。需要医院的翻译在场，协助我签一些同意化疗，了解各种副作用发生时的风险以及出现紧急问题时同意救治的文件。等见到医生时，已经快中午 12 时了。

兰斯医生给了我一个单子。上面写着我要做的化疗周期以及化疗药物表。

计划中的化疗分为 6 期，化疗药名称：ADRIAMYCIN（阿霉素）+ ETOPOSIDE（依托泊苷）+ CISPLATIN（顺铂），同时服用米托坦（7 克）+ hydrocortisone（氢化可的松，早晚各 40 毫克）+ fludrocortisone（氟化可的松，0.2）+ 钙 + 综合维生素，每月注射 ZOMETA。

这些密码似的英文符号下面，隐藏着治疗的秘密与风险。兰斯教授告诉我，我的血液检查没有任何问题。不过他嘱咐了我两件事，一是化疗完后，每天要用苏打水漱口。再就是如果有任何发烧，或者不良反应，立即打电话给他的护士，如果是晚上，则必须去急诊。

化疗之前的准备显得隆重，或者如临大敌，反倒让我对接下来的旅程充满好奇。

蔡到前台帮我 check in（报到），然后拿回了一个黑盒子，上面闪烁着一只红灯，当绿灯亮起来的时候，就轮到我去做化疗了。

化疗在一个六平方左右的独立房间。有电视，一张舒服的可活动的医疗床。一个长沙发，显然是给陪护的家人使用的。房间外面的走廊里，有一个小房间，有咖啡，各种饮料，以及饼干。

有一瞬间，甚至会让你忘记自己是一个病人。直到护士推一个移动的电脑过来，核对我的所有信息。我在 MD 安德森有一个病案号码：1012582，这个号码是我在这里的代号，以及名称。我所做的检查，治疗的药物，都以这个号码为依据。这避免了犯错的可能。

这儿的一切对我来说都是一个新鲜的体验。护士随后推来一个医用电子输液泵。这种先进的玩意我在协和医院输液时，也没有捞到使用一次。据说只有国际病房或者高干病房的病人才可使用。它的先进之处在于能够准确控制输液滴数或输液流速，保证药物能够速度均匀、药量准确并且安全地进入病人体内。

这种智能输液器，还有阻塞报警、气泡报警、液体输毕报警等功能。它相对于手动设置的各种静脉输注，需要护士的经验，手感的传统化疗方式，似乎显得先进多了。

我躺在医疗床上，护士拿来一条温热的毯子，帮我调节到一个舒服的高度。如果不是输液器上正在静静滴注的药物的滴落，以及机器轻微的嘶嘶运转的声音，仿佛是在度假。

我打开电视，国家地理频道上，一群狮子在草原上追逐着一只孤独的奔跑的野牛。

护士先挂了一袋盐水，接着是一袋激素与止吐药。我在做化疗前，已听"村里的前辈们"说过化疗的厉害。在他们的各种调侃或者痛苦的表达中，化疗似乎是一个恶魔。它会让人脱发，呕吐，瘦弱。河南来的老江曾经从160多斤，因化疗，急速下降了近25斤。还有一个更惨的，那位江苏来的病人，他自从化疗以来，脸色黑乌，卧床不起已好久，曾去急诊数次。这些曾在国内与 MD 安德森均做过化疗的病友，普遍认为国内与国外的化疗都有一个问题，副作用大。两者相较，MD 安德森化疗的副作用最轻。共识是这里的药物比国内的可能要纯一些，再就是 MD 安德森控制化疗副作用的办法多。

老王建议我在化疗前，先让护士把止吐药等减轻副作用的药物，放在其他化疗药物前，进行输注，这样呕吐的机会可能少些。

在输液器嘶嘶微弱的喘息似的运转中，我有些迷迷糊糊地睡着了。

等我醒来的时候，发现屋子里的输液器上，挂满了四大袋长若50多厘米的药袋。看着挂满药袋的架子，我瞬间被吓醒了。

蔡说，这是今天的四袋药。护士说要用八个小时才可以输完。

这显然是一个超大剂量的化疗。化疗

分为全身化疗、介入化疗等，而全身化疗又分为根治性化疗和姑息化疗，根治性化疗剂量大，副作用明显。兰斯医生认为，六个周期的大剂量化疗加放疗，在他的临床经验中，获得治愈的可能性极大。

时间还长，慢慢熬吧。

房间被拉上了帘子。屋子里的灯调到最暗。蔡躺在长椅上休息。输液器上挂着一只红色的袋子，在闪烁的灯光中，仿佛是一大袋浓稠的血液。这就是那个传说中副作用剧烈的"红色魔鬼阿霉素"。

身患肠癌的天津老蒋曾使用过这种化疗药物。他至今讲起来仍然咬牙切齿。他对这个药物曾有过致命的体验。在输液过程中，发生了急性过敏反应，瞬间呼吸急促发不了声，整个脸充血般红，眼睛充满了血丝，胸口喘不过气。他说太太去了洗手间，当时没有任何人，那一瞬间他称自己感觉离死亡很近，感觉自己瞬间就要呼吸停止一样，后来使劲地拍打着床铺，嘴里呀呀的尽量发大一点声。幸运的是太太发现了他的异常，才紧急停用。考虑是急性过敏，立即抗过敏药物注射，就这样，连续注射地塞米松后，症状才有所缓解。医院直接就把阿霉素给他停用了。虽然这个药很有效，但医生不敢给他再用。在治疗肿瘤有效与致命过敏性副作用之间，医生一般都选择不冒险。

老蒋是个温和的人。他当时讲这个药的惨烈之状，给我留下深刻的印象。

想起曾翻过一本《众病之王：癌症传》的书。这位印度裔肿瘤医生认为"如果每一场战争都需要一个标志性的战场，如果有一个实际地点能概括出二十世纪的癌症战争，那一定是化疗病房。"在这个化疗药物蓬勃生长的年代，在化疗师的叙述里，化疗病房就像是"战壕和掩体"，死伤无数，"进入病房，就像自动获得了进入疾病王国的公民身份"。但化疗是一场无差别攻击，含有毒性的药物会攻击人体内的每一个细胞，无论是正常的细胞，还是癌细胞，"杀敌八百，自损一千"——这也是很多人对于化疗的自我认证。

睡不着，从床边拿出兰斯医生给我要使用的药物清单。

我开始检索这些可以治疗人类肿瘤，却又可以给病人带来致命毒副作用的药物，它们究竟是什么样的神秘物种。

看到关于阿霉素的一则故事。

它有另一个名字：多柔比星。一个女病人在推特上称："它是有着漂亮的红宝石颜色的非常讨厌的化学治疗剂。我使用它的时候，叫它红魔。"

阿霉素最早的形态是一种土壤真菌。1950年，意大利科学家从一座十三世纪的城堡周围的红色泥土里，找到了它。几乎同一时间，法国的研究人员也发现了相同的化合物。这两个团队为这种新发现的药物命名为daunorubicin，Dauni是意大利那个古老城堡的名称，rubis是红宝石的法语单词。这个有着美丽名称的药物的临床实验，开始于1960年代，并成功地用于治疗急性白血病和淋巴瘤。它在后来的无数次临床中，因其迷人的适应性而成为一个重要的广谱药，被扩展应用在了更多的生殖系统与内分泌系统的肿瘤治疗上。然而，在1967年，阿霉素被确认会产生致命的心脏毒性。

这种有着奇妙名字的红色药物，带着令人意想不到的治疗效果，以及令人难以忍受的副作用，横行在病人中间。被大家又爱又恨。在病人中也因此有了一个臭名远扬的恶名：红色魔鬼。它是所有传统化疗药物中比较厉害的角色。呕吐，脱发，严重的心肌炎症，严重的骨髓抑制就是它造成的。

我关注到这种药物时常发生静脉输液时的药物外渗，可导致严重的局部组织损伤和坏死。这可能也是兰斯医生要给我放置输液港的原因吧。

我在好奇中开始研究这些药物的由来，探索它们的奇闻异事。显然，这些药物并不像他们怪异的名称那样冰冷，拒人于千里。几乎每种药物都有着你想象不到的出身与传奇。

这是一个神秘的世界。

我在第二天需要输注的药物，有个拗口的名称：依托泊苷。它的英文名称：Etoposide，中文名鬼臼乙叉苷。它是鬼臼毒素（一种大量存在于鬼臼，尤其是盾叶鬼臼中的物质）的人工合成衍生物。

它虽然是名副其实的西药，但却有一个神秘的中药出身。

鬼臼，是东汉时期即在使用的中药。它生存在海拔两千至三千米左右的地方。好高，喜冷。

鬼臼作为中药使用有近两千年的历史，早在东汉时期，《神农本草经》就已有记载。由于毒性剧烈，并将其列为"下品"。它的剧毒使其应用受到了限制。

1950年，科学家开始合成一系列的鬼臼毒素衍生物，并发现其中一种 DEPBG 的物质最为有效（相对于它的毒性来说）。随后他们又研制出了两种有着更强抗癌活性的 DEPBG 衍生物，分别在 1966 年前后合成依托泊苷和替尼泊苷。在 1983 年由美国 FDA 批准上市。遗憾的是，我一直没有找到这种源自中药的化疗药物与中国科学家的关系。

依托泊苷显然是一个万金油式的药物。它的作用可以将癌细胞分离。被用来治疗包括肺癌、睾丸癌、淋巴瘤、胶质母细胞瘤和急性非淋巴细胞白血病等。与不同的化疗药物联合，就可以在不同的地方显示功效。

当然这种源自中药的药物的副作用是病人呕吐的基本来源。它会抑制患者的味觉与对饥饿的感觉。最严重的是失去生育能力。当然，每个药物都有至少上百种不同的奇怪副作用，我挑出这几点，是因为它们看上去更像副作用。

但我的第三个化疗药物顺铂，则似乎很"贵"。

这种在临床上目前大面积使用的化疗药物，据称含有珍贵的铂金。这也使它成为一种较毒的药物。另一种化疗药界的知名药物卡铂，也是它的变种。

顺铂在 1845 年即被合成，但到 1978 年才被应用于临床。至少在一百三十多年的时间里，人们不知道这种化合物有什么用途。直到有医生发现其在治疗睾丸癌方面的特殊效果。后来再被扩展应用于治疗卵巢癌和某些肺癌以及其他癌症。对于顺铂的研究几乎成为肿瘤药物研究中，持续时间最久，也是不断给人以惊喜的药物研究。顺铂的研发，带动了金属在医学领域的发展，对于癌症治疗具有革命性的意义。

但顺铂的局限性很快成为一个谜。

顺铂使用时间长时，大部分病人都会产生抗性，也就是耐药，从而疾病复发。人们对此有许多不同的似是而非的解释。但使用紫杉醇联合顺铂方案，却可以治疗对顺铂产生耐药的病人，其机理却仍然尚不明确。

它著名的副作用就是恶心、呕吐：顺铂是催吐效果最强的化学治疗药剂之一。

有研究文章称，从顺铂化疗恢复，最低需要18—23天。完全恢复则需要39天。说个知识点，这个药并不像它的名字那样贵，而是所有的化疗药物中的一个基本款的价格。

这三个化疗药看来都不是善茬。

在我的联合化疗药物清单里，哈勃医生还加上了米托坦。这四药联合，目前是肾上腺皮质癌的二线经典化疗方案。

用完这个方案后，我将无标准用药。

梳理这四种化疗药物，有个重大发现，他们均有非常强的毒性。甚至其本身就是毒药。比如米托坦，比如依托泊苷。一个是传统的农药滴滴滴的衍生物。一个是鬼臼这种毒树中提取出来的成份。

化疗药物的治疗通俗点说，就是以毒攻毒。虽然这些毒药被驯化成了有用的治疗肿瘤的药物，但他们仍是毒药。2017年，世界卫生组织国际癌症研究机构公布的致癌物清单里，就把依托泊苷与顺铂、阿霉素等列在一类致癌物清单中。

化疗这种治疗手段发展至今已有近百年历史，它改变了恶性肿瘤无药可用的局面，拯救了无数癌症患者，延长了他们的生命，但随之而来的是化疗所致的"继发肿瘤"亦有所增加。这些化疗药物几乎都是魔鬼天使双面化身，当它可以杀死肿瘤的时候，有着天使面孔。但这些可怕的天使的背后，却可以诱发各种致命的新的疾病，比如比柔多星，他可以诱发白血病以及骨髓抑制等。

最毒的药治最要命的病，化疗药既治癌又致癌，医生们有时候很难分清，自己是救人还是害人？

科学家们一直试图精准地找到这些药物天使的一面，让他们仅只发挥各种治疗作用，而不是致癌作用。但显然，人们无法从这种双面具中选取一种有用的，而把另一种扔掉。他们混然一体，最美丽也最致命。

在医学期刊《柳叶刀》杂志上，我甚至发现有一篇研究文章称：化疗可能导致癌细胞的转移。这个结论让我目瞪口呆。想起兰斯医生说，全世界每天会产生无数个医生们发现的见解，但真正经得起时间与治疗效果检验，并留下来成为定论的，寥寥无几。

做为一个病人，对于你所经受的癌症治疗的药物与方案，不能深究，如果深究，得到的只能是失望与痛苦。

"无知"显然在这个时候，对于一个肿瘤病人来说，显得更加重要。

第一天化疗结束时，已是晚上十时。我们以为结束了，结果护士说，你们是第一次化疗，需要在这儿观察一个小时，如果没有副作用，就可以回家。第二天接着同一时间继续化疗。

MD安德森的化疗，基本上在门诊完成。我甚至有些奇怪，像我这种连续四天在这儿进行化疗的病人，原则上应当住院治疗吧。但事实上，他们在到点就把我赶走了。

国内的病人化疗，原则上都需要住院，村里有个病友，之前在苏州一家医院做化疗时，差不多要住院一周。我没在国内医院做过化疗，但却看到过他们住院时的状况。

咨询做医生的朋友，告知我，一是可

能你所做的门诊化疗，原则上副作用不大。如果病人的耐受力有问题，也得住院治疗。在美国，如果去急诊，去住院，你从经济上就很难承受。国内大多数医院进行的住院化疗，则是因为所谓的医保可以报销的比例大带来的一个后果，不过国内一些医院，因病房紧张，大部分也开始了门诊化疗。回到家里，已是晚上十二时。又困又累，一夜无语。早晨起床，发现我的尿里呈现出了黑红色。心情顿时紧张，赶紧给兰斯的护士电话。

她说，这可能是多柔比星引起的副作用。它有可能还会使你的皮肤变红。你可以多喝水，再看看它的变化。

我下意识看了眼皮肤，还好没有变成红色。吃完早饭，蔡说，看来这个化疗药没有说的那么严重，除了血尿，你看上去根本没有什么反应。

确实没有副作用。这倒让查遍了这几种药物典籍的我，略有点失落与莫名的庆幸。

化疗到第四天的时候，口腔中开始浮泛一股金属味道。走路有些轻微的虚晃。干呕常带动全身的悸动。如同一只备受煎熬的大虾，处在临熟前的挣扎与绝望间。

这些大剂量的化疗，让我几乎每隔一个小时，就会跑一次洗手间。护士还让我每天都喝至少八杯水，对体内的化疗药剂进行冲洗。房间与走廊里漂浮着一股深刻的药味。终于在喝了一口水的时候，吐了出来。护士跑过来与蔡一起处理地上的脏物。

护士安慰我："别担心，我们有几十种止吐药。"护士很快给我加了一小瓶新的止吐药 Reglan（甲氧氯普胺）。这个药是专用于治疗恶心和呕吐的一线止吐药。然后还拿来了一个冰激淋。

冰激淋显然让我口腔中的金属味道消失了。但每天至少八个小时在病床上输液的经历，显然已让我陷入焦虑与痛苦中。那些轻微的滴哒与嘶嘶的机器运转声，点点滴滴，仿佛齿咬入骨的折磨。

输到一半的时候，王欣老师来看我们。她是 MD 安德森的教授，癌症疼痛方面的专家。王老师之前曾是北京肿瘤医院的医生。她的先生 Charles Cleeland（查理）博士是美国癌症疼痛学的奠基者之一。他建立了 0—10 的疼痛量表，让患者能够清晰地表达他们的疼痛程度。

数天前，我们共同的朋友从波士顿过来看我们的时候，介绍我们认识了。

她优雅端庄，有着北京人特有的率直。她的睿智以及博学，在我之后的几次关键的治疗方向上，给予了重要的意见。

她带来了一碗泡面。我这两天确实开始厌食，也许是化疗副作用的前奏吧。我的胃口似乎突然被扼住了。这碗泡面的香味让我食欲大涨。我几乎连汤都喝干净了。

蔡把我呕吐的事与王老师讲了。她看了一眼我化疗的药袋，上面有我的剂量说明。她说，你这个剂量好大。国内的医生绝对没有人敢这么用。用了可能也无法承受。你身体的耐受性很好。有的病人第一天就会吐。这个剂量如果在国内的医院，估计会给你减三分之一，没有人敢这么用。加上你的米托坦，这四种药联合化疗，毒性非常大。化疗药物剂量低了，不会起作用，还会增加耐药性，剂量超过，则会对身体造成伤害。所以剂量的准确性很重要。这种剂量也就 MD 安德森敢上，这可能就是与国内医院的不同吧。

我突然有些好奇，化疗药物这么大的剂量，它们是怎么测算出来的呢？王老师说，肿瘤病人的化疗剂量都是按体表面积计算公式来的，体表面积没有仪器可以测量，最基本的条件，就是以身高加体重计算出体表面积，再计算每种化疗药物的剂量。

用这种方法来计算化疗药物剂量，是肿瘤科医生一代一代传下来的用药策略。肿瘤科的医生口袋里都会装一个小计算器。这个就是用来算剂量的神器。根据人体体表面积来计算药物的剂量，起源于1916年DuBois兄弟医生，到今天医院最常用的计算人体表面积的方法仍是在沿用DuBois的公式。

化疗药是治疗指数很狭窄的药物，药物的有效性和毒性往往一线之隔，肿瘤科的医生在处方药物时，需要关注如何让患者获得化疗药物的最大益处，又不会对病人造成伤害。对患者不造成伤害是首要原则，这是希波克拉底的话。体表面积计算药物剂量，这种个性化用药策略带来了基本安全。虽然现在也有医生质疑这种方式，可能会在药代动力学上存在差异，但客观上讲，用体表面积测量化疗剂量，是目前化疗临床应用最广泛，也最可靠的一种方法。

化疗后的副作用，在被精准的控制了四天后，终于溃塌。

早晨，我突然难以呼吸，仿佛被扼住喉咙。那种窒息令我深感恐惧。我试图喊出声来，却发现自己无法动弹。只有眼睛里的恐惧在喊叫。仿佛某种神秘的东西，把我身上的气力，如一根水管把那些液体抽干了。我现在就是抽干净力气后的那种干瘪的状态。

我对"力气"这个东西，有某种怀疑。它是什么？

力气是什么？是激素、荷尔蒙，它从何处来，往何处去。

如果一个人没有力气，他会是什么？

我的眼皮使劲抬起。身如死鱼。气若游丝。皮骨冰冷。

我沉在床上，腿无法动弹，身子无法挪动哪怕半分，它们没有被绑起，也没有被按住。可我为什么无法动弹？

蔡发现了我的异样。"你怎么了？没事吧，你想吃点什么？"

我似乎并不饿。但全身瘫软。我看着她，泪水似乎不受眼皮的控制，小滴小滴地淌出。

太太端来一小碗粥，外面炖着什么，一片油气飘过来。

仿佛火焫子一样呲呲地点燃了我。我被某种没有来由的东西给冲击了一下。肚腹中之前累积之杂物，被不断地泵上来，以秒速冲过喉咙，扑出来。我来不及反应，就喷在了地面上。感觉如同一股火焰一样在食管中穿过。

我下意识地从床上半爬了起来，又跌下去。那些食物喷到了我的身上。我使出浑身力气，跑到洗手间，足足有半个小时，直至把肚腹中的食物全数呕尽。

化疗的副作用排山倒海般涌来。化疗药物的神秘与蛮横，在于它如同洪水，满天遍野，人畜不留，水过处，尸横遍野，空无一人。好细胞与坏细胞一网打尽，留下残垣烽烟与人间叹息。

这次的副作用，显然令我措手不及。我昏沉沉躺在床上。害怕听到任何声音，不想说话，不能吃饭，眼睛睁不开。世界仿佛突然把我拉黑了。我让她把手机、平板电脑全部关闭。我甚至开始讨厌楼下那个日夜轰鸣的空调机。它的大马力的轰鸣几乎让我觉得像一只被追着的野狗。我怕光，怕声音，怕说话，甚至怕关心。我没有力气说话，没有力气看一眼那些食品。尽管已三日无进食。

我仍然没有饿意。喝几口水，就会如同喷泉被打开开关，秒速喷出。

然后……口中开始长了大疮。食之任何东西，都会巨痛。

蔡想着花样去做。但我每次只能吃一点点。后来干脆只吃冰激淋，或者一点冷面条。害怕吐出来，每次只能吃一小块，然后再喝一小口水。

刘如与迈可大哥过来看我。他们坐在我的床边安慰我，要我一定要坚强起来，一定要吃饭。化疗伤害最大的就是胃口，如果没有足够的营养维持自己的体力，根本无法做完接下来的五期化疗。

刘如说："8181小区的病人，有个经验，一是做完化疗，就要使劲吃，千万不能让自己瘦下来。营养很重要。癌症病人不能瘦，一旦瘦下来，就很难胖回去。有身体才能与癌细胞搏斗。你要向老王学习，他也是与你一样，副作用很大，但他吐了吃，吃了吐，再加上止吐药，他到现在也没有把体重降下来。"

他们带了一箱ensure的营养液。这是美国一家公司做的含奶昔的高营养液体，美国的化疗病人的标准补充营养液。这种牌子的营养液，大多在药店有售，并不便宜。它的味道不是太友好。冰冻一下，倒是还能下咽。

但这并不能改变我的状态。

我破天荒地在床上躺了11天。身体绵软，只喝少量水，一天吃两瓶营养液。然后就是昏睡。

这显然吓坏了蔡。

刘如与蔡，用轮椅把我推到MD安德森，寻找兰斯医生的帮助。

兰斯医生详细询问了我的服药情况，以及我现在的症状，他认为我现在最大的问题是疲劳，口疮，以及严重的恶心。他认为这些都可以解决。要我警惕的是，现在过了仅仅十一天，体重下降了4.4磅。如果延续下去，问题可能较为严重。

似乎化疗药物都是极佳的减肥神药，一个疗程就会让你的体重神秘下降数公斤，甚至更多。我一直好奇，这些体重之前不管如何在健身房对抗，他们都不会从你的身上逃掉。现在遇上这些见佛杀佛，见魔杀魔的混世浊药，这些体重去哪儿了呢？

兰斯医生在与哈勃电话后，调整了我的米托坦的药量。由每天七片降为五片。然后，他重点与蔡讨论了我下一步在家里如何保持营养，以及我每天进食的方法。当然，他的重点是，我需要进食更多的蛋白质。而不是碳水化合物。

他要求我交替服用两种止吐药Zofran（昂丹司琼）与ABH栓剂，前一种是专门用于化疗、放射治疗后恶心呕吐的药物；后一种则是对深度恶心有效。他教给蔡的方法是，先在饭前30分钟交替服用这两种药物各一粒，然后尝试进食，每天三次，依次进行。并鼓励我尽可能走下床来，去适当锻炼，不要一直躺在床上。这会增加血栓的可能。

兰斯教授的止吐药疗法显然很快见效了，我可以起床，并可以吃下一些东西了。

虽身体仍然陷于严重的疲劳中，但能吃饭，并减少了吐的次数。

美国的止吐药物确实非常多，总能找到一款适合化疗病人使用，这可能是许多人认为美国化疗副作用较小的原因吧。

但天津的老蒋，这位儒雅客气的地产商人，似乎并不认同我的看法。他说，美国化疗药的副作用小，是止吐药的功劳。我在国内做过十几次化疗，副作用并不大。但来安德森做化疗，反而副作用大。呕吐，疲劳，瘦，比你还严重。当然，这也不排除个体差异。但我怀疑美国的用药剂量可能比国内医院用的剂量大。前几天我查到，说最早这些化疗药的试验，均是由欧美发明，然后在欧美做的临床试验，测试的人群，也以欧美人种为主。我曾听有的医生说，这些化疗药的剂量，可能较适合欧美人，但对于我们这些亚洲人来说，剂量可能有些大。

他是一个学习型的病人，对于所有的治疗，他均会认真查到这种药的出处以及所有的副作用。其他病人的用药情况，以及出现一些小的状况，他也大致知道这种药物的具体情况，包括方案。他的说法显然代表了他学习的结果。

我挣扎着走到了"村里的茶馆"。好久未去，那儿聚了许多新来的病友。我只能躺在泳池边上的一张躺椅上。大家显然对我的副作用很有兴趣。老蒋的说法显然有个案意义。但咱也是谷歌高手，对于他的说法，我并不是太认同。

我有气无力地说："欧美，包括国内医院，化疗药的剂量，大都是按 NCCN、ASCO 的指南，体表面积来算下来的，那有什么不同呀？再说，我们用的都是一样的药。"

老蒋说，所有的化疗基本上都是欧美研发的，对剂量的探索也都是在欧美做的，所以很多方案移到中国人身上来，严重不良反应发生率较欧美人种可能更高。

在国内医院化疗的病人，大都住在一个很大的房间，一个人吐了几乎所有人都吐，医生几乎没有什么药可用，只能鼓励病人要坚持下去，吐了吃吃了再吐，个个都面无人色。所以看上去国内的副作用就略大些。我咨询过一个国内的医生，他虽然不太同意我的看法。但却认为化疗剂量上，人种不同，治疗效果也不同的案例倒是见到过许多。欧美的人种可能耐受性比我们强一些。

我当然不认同这种看法，美剧《绝命毒师》中老白肺癌化疗后大把掉头发，吐得胆汁都出来了。实在不知道这种所谓的欧美化疗副作用小的结论，从何而来。

一位曾在梅奥诊所做访问学者的医生写过一篇文章。他曾研究过副作用国内外为什么不同这个问题。

他认为最大的不同是药物，相比较之下，美国的药物纯一些，国内药物仿制药较多，有的还是仿仿制药，能用上真正的所谓进口药的人微乎其微，比如进口药中就有高仿印度版的药，这个虽然是进口药，但却仍然是仿制药。在美国不论是品牌药还是仿制药，均进行了一致性的评价，所以药效大部分是一致的。同样的药品因不同的制药工艺，会导致药品纯度不够，进而影响治疗效果，甚至加大副作用。而同样的药物，在国内打了无效，但在美国使用却发生功效的案例，则时有出现。这显然可能就是药本身的问题了。

再就是化疗药物虽然一样，但在美国

化疗药物的顺序、配伍比例、药物输注时间等等都会因人而异，有的患者会认为美国医生用药都很猛烈，用了很多国内不会采用的方案，事实上化疗方案在美国的医院，都是随时调整的，会根据患者的血检数据，评估身体承受能力增加或减少剂量，尽可能做到精准。

这位博士的文章中的观点我很认同。看到网上有人争论中美化疗副作用哪个更严重，客观上讲，都有严重的副作用，呕吐，但美国医生有控制副作用的办法，比如止吐药的使用，我一直对他们可以让我做完四天的大剂量化疗，然后才开始出现副作用的精准控制，深感神秘与了不起。

我们对于医学问题的每一个怀疑，其实都早被许多前人证实过。只不过我们初为病人，需要亲身经历才可发现这些早被证明过的答案。

在一本医学杂志上，日本一位医生写道："日本最早想弄清几个技术问题，那就是欧美人使用的剂量是否真的适合体型较小的亚洲人？基于白种人的药物动力学和毒理数据是否可以沿用到日本人身上？"日本因此设立了最早的新药临床试验，对所有欧美进入日本的肿瘤及其他药物，进行临床实验。经过几十年不同新药的不同人种的数据积累，科学家们发现人种间的差异没那么大，而且也找到了针对不同体型不同人种的用药规律：药效基本一致。加之FDA批准的绝大多数新药并没有指定种族，美国是个多民族国家，亚裔人口也有相当的样本数量。这样的人为壁垒遂早已打破。所谓的人种不同剂量不同，早就不是问题。

关于剂量的人种之争，现在则成为了白人与亚洲人种，因基因不同而导致用药种类不同的研究。写这篇文章的医生，举了一个例子，在非小细胞肺癌中，东亚的患者有更多的EGFR阳性结果，采用Etnb的治疗效果更佳，而白人患者有更多的EGFR阴性结果，那么采用传统的铂类药物手段（比如carboplatin卡铂+Gemcitabine吉他西滨）效果更佳。所以如果临床医生并不检查小细胞肺癌病人EGFR阴性还是阳性，就有很大的可能导致"作用大"、"效果不佳"。

这种茶馆学术讨论的结果，大都以我们所关注的问题，其实早就有之前很多年的前辈医生与病人们，进行过研究，并有了结论，而告终。

专心做病人，或者不做一个带着问号的病人，也许符合一个初级病人的身份与姿态。但要进化到三级或者四级病人，能够掌控并了解自己的治疗方案，这显然是一个一路打怪升级的征途。

化疗的副作用显然是可以药物控制的。

哈勃医生用两周时间逐渐将我的米托坦降低到了2.5毫克。同时增加了我的激素的剂量，我现在一天需要服用早40、晚40毫克，同时还给我增加了一种新的激素，fludrocortisone（氟氢可的松）。氟氢可的松是一种用于治疗肾上腺生殖综合征、体位性低血压和肾上腺功能不全的皮质类固醇。激素的神奇之处很快显现出来，我感觉到那些流失掉的力气，仿佛正在缓慢地回到我的身上。

我按兰斯医生的处方，一直在使用Zofran和ABH这两种止吐药，但经过一段时间的使用后，我发现ABH似乎更适合我。有时只服用这一种止吐药就可以维持一天。不幸的是，我每次刷牙仍然会感觉恶心，这使我每天只能用盐水来漱口。牙齿由于得不到深度清洁，开始出现严重的口臭。总觉得一股难闻的味道在我的身上飘浮。脚指与手指开始麻木。周期性短暂头疼，以及各种不舒服，几乎会轮番在我身上周转。但这些似乎都能忍。并没有影响到我的生活。并且我惊喜地发现，副作用似乎在逐步减轻。

第一期化疗的疲劳与呕吐持续了11天。第二期的副作用只持续了一周时间。第三期的时候，我基本上可以在三天左右就可以下床了。但我的胃口仍然不好，每天只能吃有限的几种食物。我的体重在第三周期开始的时候，已掉了将近12磅。

走路的时候，可以感觉到衣服似乎大了，因为活动减少，两条腿已萎缩变细。

在各种煎熬中迎来了第一次大考。化疗有无效果，需要PET-CT的影像才能证实。兰斯医生喜欢用PET-CT，他认为我现在全身转移，需要同步监控这些肿瘤的变化。自从开始化疗以来，我把所有的检查重新拿回到了MD安德森。这是我的关键时间，不能有半点差池，钱这时候已不在我的计算内。我希望看到奇迹。

4月14日，对于我来说，这是一个并不受到欢迎与"不吉利"的数字组成的时间。兰斯医生告诉我结果的时候，面无表情。他慢条斯理地念着电脑上的血项，然后听诊我的身体有无异常，手诊我的脖颈，以便查看有无新增肿块。我心急如焚，告诉翻译，我很关心这次的PET-CT检查结果如何？

"肝脏转移的SUV值为零，肿块已经缩小。双侧肺结节相比之前全部减小，SUV值很低，但恶性程度仍然没什么变化。在L4椎体转移的SUV值也在降低。你得到了一个好的结果。"

兰斯医生依然面无表情。他似乎对这种结果的好坏波澜不惊。但我却惊着了，这是自米托坦耐药后，唯一一个值得庆祝的好消息。我受够了将近两年来治疗后发生的数次起伏，以及波浪式的消息好坏的轮转，今天刚看到一个好结果，明天可能又会给你带来恶讯。

这个结果证明化疗对我有效。

我有些冲动地握着兰斯医生的手，眼眶里有泪。喃喃自语：Thank you。

蔡上去拥抱了兰斯医生，哽咽着不能说话。她最应当享受这样的时间。这两年多来，她受够了各种苦难。在医院陪我，照料我的起居，担惊受怕，这不是她应当承受的。

兰斯医生显然也受到感染，他等待我们享受了一会这个好消息，缓缓地说："关于下一步的治疗我会进行调整，我与神经外科与放疗科的医生以及哈勃医生，将进行一次会诊。我们准备对椎L4进行放射治疗，希望通过化疗的全身治疗，以及放疗的局部重点治疗，能够使你的肿瘤得到根治。"

肝部的SUV值虽然仍然为零，但肿块还有至少2厘米左右。我对那个肿块耿耿于怀。遂询问兰斯医生，能否按他之前的安排，把肝部的肿块，用消融的方法来治疗？

兰斯医生说："我曾考虑过消融治疗肝转移，这次PET-CT检查，肝部的代谢已消失了，所以我们认为不再需要对肝部已经消失了的症状进行治疗。我认为用放疗治疗脊椎L4的骨病变已经足够。"

但事实上，这些病灶的消失，就像它

们突然的出现一样让我充满不解。这种对于肝脏部位的担忧，仅在我的心里闪过一个念头，就被接下来将开始的新的治疗的兴奋，给鼓舞了。

放疗医生是 McAleer 博士。我是在第二周见到她的。放疗科在 MD 安德森 C 楼的地下一层。这是个温和的医生，微胖，脸上似乎永远都有笑容。在一个流行的对于美国医生进行评价的网站上，她没有被人投诉过的历史，今年四十五岁，有着将近二十年的从业经验。她的名字下面有许多患者的留言，有一条赞美的话，给我留下了印象："这位医生给了我其他人没有的东西。她给了我希望。她是一位了不起的医生，更是一个美丽的女人"。

她与助手一起对我进行全身检查与放疗前谈话。放疗医生看到的 PET-CT，显然与内科医生不一样。她们需要对所有的病灶进行重新的判别，或者需要去弄清楚肿瘤病变的恶性程度，然后来决定放疗剂量的大小和不同。她认为这张片子显示了"L4 椎体病变增强，轻度压缩畸形。左腰大肌后部还有一个小的增强结节，但它是稳定的"。她还提示了我右肝下一个囊肿病灶可能也需要继续观察。

她花了许多时间与我们讨论了将要进行的放疗的风险、益处、副作用。我所要进行的这次放疗，属于一种全新的技术：SBRT。我之前在协和医院所做的放疗，叫作 IMRT。SBRT 是一种立体定向放射疗法。它相比 IMRT 之处，就是可以使用特殊的设备来定位患者和精确地递送辐射至肿瘤。

SBRT 可以同时以几束不同角度的光束，提供最大剂量的辐射以杀死癌细胞，同时最大程度地减少对健康器官的伤害。

这是一种目前较为前沿的新式放疗技术。

它的好处是精确度高，放疗时间较少，原则上只要四次。但剂量一点不比放疗 30 次左右的 IMRT 剂量小。同样的 50Gy 的剂量，SBRT 四次就可以全部做完。缺点嘛，就是贵。

一个奇特的令我百思不得其解的问题是，在 MD 安德森比 IMRT 花费人工与时间较少的 SBRT 放疗技术，要比 IMRT 贵四到六万。放疗一次需要支付十二万美元。但 IMRT 技术只要 8 万美元或者更少。这种不合理的定价，在国内医院则得到了不一样的收费结果，国内医院 IMRT 要比 SBRT 贵一倍左右。国内医院的解释是，IMRT 用的时间与精力多于 SBRT 数倍，所以收费也不能一样。

McAleer 博士花费大量时间，与我讨论的是放疗的副作用以及可能的风险。她给我采取的放疗剂量是共 40Gy，分四次做完。她认为放疗会损及治疗区域内的神经病变，有肠损伤和骨折的风险。

我熟悉了这种术前谈话的风格。所有治疗的风险都将存在，但你又别无选择，因为放疗目前对我来说，属于获益极大的治疗。当然，这次的治疗，除了把我的 L4 的骨肿瘤进行了消除外，同样给我的脊椎 L4，留下了后遗症。

作为一个对所有的治疗方法都充满好奇的病人，这两年多来，在国内与出国治疗的过程中，每次进行新的治疗前，我均会对这种所谓的新治疗方式，结合医生所说，进行一次自己的全面检索与了解。我主要会了解两部分，一个是我的医生的资料，再一个就是这种新治疗的情况。谷歌显然比百度要好用得多。虽然广告也如影相随。但你只要略加分辨即可，不用花更多的时间与精力与这些假信息斗智斗勇。

关于 SBRT 的专业文章众多。这确实是一个新的技术，但这种技术显然是 IMRT 的升级版，它最厉害之处是提升了放疗的精准度，并大幅减少了放疗时间。但其实它与 IMRT 的区别仅在于它有一套叫做 Brainlab Elements 的软件。它可以在不到一分钟的时间里，通过对器官扫瞄分割，实现快速且高度一致的轮廓勾画，并自动定义颅脑、脊柱及身体其他部位的重大关键结构。这套高分辨率的微型多叶准直器以及较小的不规则靶区，可以把计算好的剂量全部精准送到目标靶区。可以说，SBRT 的灵魂是这套软件。

美国的很多医院，包括 MD 安德森，差不多在 2010 年左右，就全面采用了先进的放射治疗计划软件，来设计放射治疗计划，由医生、物理师、剂量师合作审核与执行。这种人工智能放射治疗计划软件，能够减少人为原因造成的误差，提高放射治疗计划的精度。提升病人的术后生存时间和生存质量的同时，放射治疗计划软件还能提高医院医生和物理师的工作效率，缓解医疗资源紧缺的问题。

SBRT 现在已成为了美国肿瘤放射治疗中的主流技术。

这个放疗技术的高大上，显然让我对这次治疗充满期待。

放疗师让我脱去上衣，半裸放置在一个真空垫上。这个真空垫会慢慢充气，把我紧紧地包裹起来，并塑成我的全身的形状。这个将是我在放疗时的固定姿态。放疗师用一种手术笔描画出靶区。

这个所谓的模拟器具，将会把我的身体固定在最佳状态。在国内做放疗时，我似乎并没有使用过这种模具，每次躺在冰冷的铁床上，需要自己躺直，不动分毫。也许我在协和医院做肾上腺皮质癌原位放疗时，不需要吧。在 MD 安德森，对于不同部位的肿瘤的模具固定是一个必要的程序。医生会根据放疗的部位，如头颈部肿瘤或肺癌等，采用不同的固定方法。固定的材料包括特殊材料制作的铺在病人身体下面的真空垫和覆盖在体表的固定体膜等。每个病人都有专用的固定装置、体膜或面膜，它们通过固定病人，从而固定肿瘤位置。

定位后，制作这些模具与制定放疗计划，需要将近一周左右。

这个时间刚好是在我做完第四周期的化疗后第三天。

放疗似乎并不复杂。每天早晨八点过来，按指示躺在床上的模具中，找到舒服的姿态，放疗师会给我盖上一床热毯子。在 MD 安德森，病房里无处不在的就是放置毯子的加热柜。每条毯子都有温度。我闭眼养神，听着机器来回摆动的声响。有时甚至可以睡着。

放疗一般十五分钟即可结束。时间非常短。

医生向我道歉

放疗第四天，结束时，护士问我，要不要敲钟？

美国有许多医院，不知从何时开始，有一个有趣的传统，放疗结束的时候，都会有一个敲钟仪式。由病人自行拉动，代表着治疗胜利。我每次来放疗时，都会听到做完治疗的病人敲钟的声音。我一直以为这些病人是治愈后的自我庆祝。等待治疗的病人们都会站起来，向那个敲钟人祝贺鼓掌。

我多问了一句："那些敲钟的人是为什么庆祝？"

黑人护士告诉我，他们是庆祝自己的治疗结束。

原来如此。我拒绝了这个提议。我的治疗还没有结束，现在还不到敲钟祝贺的时候。

但在我前面的一个妇人敲了钟，他的先生拥抱着她。那个妇人眼眶红了。

放疗结束后，按预约，需要与迈瑞医生见面。她需要看看我放疗后的身体情况，当然，这些可能是所谓的例行公事吧。只是，没有想到，迈瑞见到我，竟是为了向我道歉。

她坐在我的对面，用一只小锤，轻敲着我的膝盖。我自诉左脚处有一处水肿，她半跪下轻轻地把我鞋子与袜子脱掉。今天有雨，鞋子上沾有泥巴。我有点不好意思，赶紧拦住，想自己脱。迈瑞医生笑着挥手让我别动。她在我的水肿处捏了下，说，"这个与你的放疗没有关系。有可能是你服用激素引发的水肿。这个需要你与哈勃医生进行讨论。"

她把电脑打开，图象上显示着一个被描画成靶区的黄点。

迈瑞医生说："我在给你做 CT 定位的时候，重新观察了你的左腰大肌处的转移部分。它距离脊椎 L4 的部位很近。这个病变以我的经验，如果它长大后，处理起来很麻烦。如果无法使用化学疗法，让他们消失，那么可能就得重新再做一次放疗。它现在有增大的趋势。我看它不舒服。"她

清晰地告诉翻译，"就是这个词。我看这个肿块不太舒服。我决定把它同步放疗掉。对这个部位我使用了 24Gy 的剂量。它最大的风险是距离你的肾脏很近。但我在设计方案时，尽量避开了。现在来看，达到了治疗的目的。"

她诚恳而又略带不安："这个肿块放疗，原来不在我们的治疗计划之内。但根据我的专业判断，它可以被一次性治疗。这个在之前与你的交流中，以及后来实施治疗中，我没有及时与你沟通。我向你道歉。"

我生病以来，第一次有医生，因为帮我多治疗了一个可能引发潜在风险的肿瘤，而向我"道歉"。

那个左侧腰大肌腹膜位置的肿瘤，如果不处理，显然需再进行一次放疗或者消融，腹膜位置的肿瘤一般很难处理。单纯的化疗，很难让它消失。做一次单独的放疗在 MD 安德森至少 8 万刀。迈瑞医生一次放疗掉了两个位置的肿块，帮我解决掉了这个风险。

我愣在那儿。生病以来，历经各种苦难。内心虽苦，但不忘把自己弄得外表无比坚强，但逢遇到只是别人略加关心，或者负责任，或者多说几句客气话，甚或一个电话，也会内心翻腾，记在心底。我的眼窝也慢慢变浅，存不住眼泪。

这个善良的医生！！！

我握着迈瑞的手，喃喃着：Thank you。

迈瑞医生说："我今天跟踪检查了你放疗时的状态。效果似乎不错。不过脊椎 L4 处的放疗，可能会给你带来一定的麻烦。在二至三年的时间内，按我们的经验观察，这个部位容易发生压缩性骨折。你需要定期观察，如果有问题，你只要去做一个骨

水泥的手术即可。"

"现在可以做这个手术吗?"

"你现在没有任何症状,不需要处理。也许二至三年左右,骨折并没有发生呢?你只要密切观察它即可。再就是你的左腰大肌的放疗位置,放疗后,可能会在一段时间后,影响这里的部分神经功能,在一至数年后,可能会出现腿部行动的不舒服。"

这些均是一个放疗医生二十年左右的经验与见识。

迈瑞医生的预言,在数年后,得到了验证,脊椎 L4 的副作用,确实给我带来了大麻烦。但相比肿瘤的致命风险,这些副作用,几乎不值一提。

我的力量在流失。

走路的时候感觉腿上很酸很软。我住在二楼,需要蔡扶着我,才可以走上去。之前感觉很简单的路程,比如去泳池边上喝茶聊天,500 米左右的距离,中途需要休息至少三次以上,才可以到达。晚上睡梦中几次从严重的抽筋中醒来。我常常需要用力使劲向后蹬直我的脚,才可以让自己的疼痛减少。那种样子像极一个溺水的人,在拼命寻找那根悬在空中的稻草。

这一切发生在放疗后的一周左右。自一月份接受化疗以来,呕吐虽然一直有所减轻。但显然放疗,加剧了深度疲劳的发生。

这半年来运动得太少。大部分的时间不是躺在床上,就是躺在泳池边的长椅上。之前一直坚持的跑步、游泳,早被搁置。肌肉松弛了,手臂和腿都瘦了一圈。我现在只有 60 公斤。之前我的标准体重一直是 83 公斤。

有 20 磅体重从我的身上消失。这使我看上去有点走路都在打晃。

但最让我感觉不可思议的副作用,是令我几乎"失语"。这天我需要去进行五期的化疗。结果早晨起床时,突然发现站不起来,嘴里似乎嚼了一个馒头,乌噜着说不清楚话。舌头僵硬,打卷。脸色乌青。

蔡有点害怕。赶紧请老王太太开车将我们送到了 MD 安德森。这辆六座丰田面包车是教会的一个朋友捐赠给老王的。我们几家商量后,就一起伙着使用。共同负担这辆车的油费以及所有费用。

这辆车龄十多年的老车,被捐赠过来的时候,那个教会的朋友全部更换了新轮胎,进行了保养。这辆车就成为了我们四家人去医院,或者去买菜购物的主要工具。

医院门前摆放着十多辆轮椅,蔡推了一辆,医院的工作人员帮着把我扶到了轮椅上。我感觉自己已筋疲力尽,在见兰斯医生前,我需要例行做化疗前的抽血。我在轮椅上半梦半醒,感觉举步维艰。

直到在血液化验室,当那个黑壮的护士,帮我把袖子挽起来时,我下意识地惊醒了。这个护士抽血的技能不能用"一般"来形容,简直令人无法忍受。她的手粗大不太灵活,我的血管经过数次化疗,变得薄脆透明,几乎无法找到。

这也难为了这位大姐。她的手法很粗鲁,使劲地拍打几下,然后用针扎进胳膊,通常第一次,甚至第二次也不一定能找到血管。有的护士找不到血管,往往会拔出针,重新寻找。她不。她会用那根针在你的臂上,一点点地挑着找血管。这个疼痛对于我这个一抽血就把头扭过一边,不敢直视的人,简直是酷刑。

一挑一挑的疼痛,一点点地传导到我

的身上。问题是她边挑着找血管，边会问你："Are you OK？"

说实话，我很不好。但你还不能惊着她。很多次，我边忍着疼，边违心地鼓励她：perfect。

后来我还换过数个不同的护士，希望可以找到一个能一次性把针扎进血管的人。结果大都难以如愿。总结近百次的抽血经验，这些不同的护士给我的体验也总是出人意料。当我每次做好疼痛准备的时候，她们几乎一针即可找到血管，甚至没有任何疼痛。当你认为这个护士技术不错时，等待你的可能就是酷刑了。最严重的一次，一位黑人护士，竟连续在我的两条胳膊上分别扎了四针，但结果仍然没有找到血管。到后来，在我的坚持下，她很不高兴地离开，换了另一个人，才算扎中。她留给我的创伤是，胳膊上两边都缠着止血绷带，直到第二天我才敢松开。

刚开始，我还以为自己运气不好，后来在茶馆与村里的病友们聊天，才发现几乎人人都中过招。大家很难相信，这样一个排名全美第一的癌症中心，为什么抽血护士的技术，很一般呢？

村里每次聊到这个，都会对国内护士抽血扎针的水平，赞不绝口。这一点上，国内医院护士的水平，完胜。有个国内的医生病友称，中国的护士，大都用的是兔子的毛细血管练习抽血的。扎针只是基本功。

后来我们总结出了一个经验，化验中心的亚裔护士，明显比其他护士的抽血水平高出一大截。我们还暗自交换了几个技术好的护士的名单。这些护士都会有一个名牌，挂在胸前。所以很好辨认。当然，这个黑壮的护士一直是大家互相回避的坑，

但显然，越怕什么越来什么，村里的病友们几乎都中过她的招。在MD安德森抽血几乎快成了一门玄学。

但能换人的机会也不是太常有。我的两条手臂上每条血管在抽血时都被针扎过了。上面密密麻麻的针眼，如同吸毒后留下的证据。

那个黑胖护士把针第二次扎进我的血管时，不出所料，她又开始一挑一挑地找起来了。我疼得一哆嗦。似乎清醒了一些，我对蔡说，能换一个人吗？但说出来却是呜噜地一阵含混不清的声音。那个护士又来了一句："Are you OK？"

我使出浑身力气：I am not feeling well。

当然，这个声音从我的喉咙里涌出来的，只是含混不清的杂音。

也许我的表现有点夸张，那个黑胖护士手一哆嗦，找到了血管。

兰斯医生显然对我的舌头出现的"打结"问题，较为迷惑。

蔡很紧张。她有一个小本，记录治疗过程中出现的"惊人变化"。她讲述我的症状：放疗结束后，一直都躺在床上，行动开始受限。至少有一周时间，没有能够正常吃饭。每天只能喝营养补充剂三瓶。因为这不会让食物碰到我的口腔中的大疮。双腿软弱无力，影响到行走。蔡还报告兰斯医生，家里虽然没有血压计，但我感到自己的血压很低，头昏眼花。

我在见到兰斯医生之前，护士曾给我量过血压。血压为75/58。异常低血压可引起头晕和昏厥。在严重的情况下，低血压可能会危及生命。低血压是指血压最高值（收缩压）低于90mmHg或最低值（舒

张压）低于 60mmHg。低血压的原因可以从脱水到严重的内科或外科疾病。这显然是一个严重的问题。

兰斯让护士拿来一个血压计。他要我尽量深呼吸，我只能轻轻地叹口气。他帮我重新测量，结果很快显示血压恢复到 110/70，心跳每分钟 90 次。显然我已从低血压的状态恢复过来，这种化疗带来的假性血压异常，非常常见。但对我来说，却是"活久见"。

他认真查看了我的口腔，说，你的舌头有严重的粘膜炎。至于为什么说不清楚话，舌头打结或者表达不清楚，他猜测可能是这几种药物的混用带来的，但具体是哪一种，他说很难判定。

他在诊室的黑板上，逐项列出我正在服用的药物。

氢化可的松，早 40 中午 40 晚 20，1 天 100 毫克。

氟化可的松每天 0.2 毫克二片。

ABH 止吐药每天饭前各一粒。

米托坦 3.5 克，七片。以及维生素等，共将近四十粒。

化疗的三种药物以及放疗，每天大把大把地服用这些药，对我来说几乎是一种酷刑。

他认为现在要找到损害我的舌头的药物是什么。他与哈勃医生在之前已通过话，他们商议的结果是，把我的米托坦先暂停一周，氢化可的松剂量调整至 60 毫克。将 Florinef 调节至 0.1 毫克一片。ABH 换掉，用另一种止吐药。他说，我把同种可能带来口腔炎症的药物，排除掉，也许可以减少你的"舌头打结"的问题。

兰斯医生详细询问了蔡，我的日常饮食问题。我吃的东西一直以清淡为主，最近口腔炎症的加剧，更让我茶饭不思。并拒绝吃肉。

兰斯对此很不以为然："我看到许多病人，在生病后，大都选择以这种清淡饮食为主。甚至放弃各种肉类蛋白质。这是不对的。化疗期间，需要更多的能量，以及大量的蛋白质来维持体能。这时候，要尽可能让病人去吃他喜欢的东西，许多癌症病人大都有营养不良的症状。我不赞成病人在化疗时吃素。你可以吃你喜欢吃的一切东西。当然，这些食物，希望能有盐分，或者必要的盐。你的钠低于正常值，显然是缺少盐的表现。同时要尽可能地多吃些蛋白质，鸡蛋与肉类。否则你很难抗过这种大剂量的化疗。"

"中国的医生曾让我们少吃鸡肉、深海鱼类、包括鸡蛋。他们认为这是一种发物，可能会影响肿瘤增长？"蔡小心地说。一年多的治疗，让我们得出一个结论，在中医面前不要谈西医，在西医面前更不能提及中医，这似乎是一个禁忌。

"我知道很多中国病人，在治疗肿瘤的时候，都会用一些植物药。据说在你们国家的医生那里，对于肿瘤病人要求少盐，不能食用一些肉类，或者鱼、鸡。这个食谱显然是针对所谓的糖尿病人来制订的。也许这些禁忌对于糖尿病人来说是必要的。我不了解他们为什么会把糖尿病人的禁忌用到肿瘤病人身上？但对于化疗病人，这个禁忌食谱显然并不会给病人带来更多的益处。并且没有证据表明这些禁忌食谱上的所谓的'发物'，对肿瘤病人有什么明显的问题与坏处。

"但这个食谱却会给肿瘤病人带来灾难。比如营养不良，比如因为蛋白质缺少，许多病人的体力根本无法对抗这种大剂量的化疗。我的病人里，有许多人都相信植物药或者东方神秘的禁忌食谱。但我的观察与研究，这显然是没有证据的。所以，如果你在我这儿化疗，我希望你能遵从我的建议，你现在需要的是，让自己尽可能地吃一切可以吃的东西。"兰斯慢条斯理地提出自己的意见。"当然，如果有禁忌食谱，可以证明会给你带来灾难的是，在化疗期间绝对不可以吃葡萄柚。这种柚子会与你的化疗药物依泊多苷产生化学反应。"

葡萄柚含有的一些成分，如柚苷、呋喃香豆素类和类黄酮化合物柑桔素等，能抑制肝脏、肠道系统中 CYP3A4 酶的活性，从而干扰抗癌药物的氧化代谢，进而会影响抗癌药的疗效。

但兰斯医生显然认为我的最大的问题，并不止这些。

他拿着一张单子说，你的血检结果已出来，电解质失衡。钾为 5.8，钠为 128。红细胞低于 2.9，血红蛋白 7.9 克/分升。你现在面临较严重的贫血状态。本来可以观察一下，再决定下一步的治疗方案，但你现在有症状，所以我们决定给你今天先输 2 个单位包装的红细胞。

我现在的症状是典型的放化疗后的贫血。放化疗能明显降低骨髓生产红细胞的能力。尤其是接受大面积的放射治疗，对于包含骨髓最多的大骨头的放疗，如骨盆、腿部和躯干，大多会经历红细胞计数低和白细胞严重降低。红细胞输注是治疗癌症患者贫血的常用方法。它能迅速提高血红蛋白水平，改善症状，帮助病人感觉更好，并确保足够的氧气进入重要器官。令人遗憾的是，这次大剂量的放化疗联用，给我的红细胞带来致命一击。我的红细胞，自此开始，一直至今，仍然没有升到标准线。

输血与化疗均在 MD 安德森主楼的第四层。血液需要临时制备，等待的过程是最难熬的。那天窗外乌云密布，在医院等待了几乎一整天。凌晨暴风雨狂烈地吹打着窗外巨树的时候，我才输上血液。两个单位，相当于 400cc。

我看着红色的血液一滴滴地向下掉落。它们与窗外的大雨一样，只是一个沉静，一个暴烈。化疗药物阿霉素，也是血色的。这两种红交替地出现，难以分清恍惚中它们真实的区别。但显然，这种红还是重新刺激了我的胃。我觉得自己的口腔中出现某种血液的腥味，鼓鼓囊囊的，顶着我的喉咙。然后喷薄而出，几乎来不及反应，黑色的泛着奇怪臭味的饭渣，遍布我的全身。

蔡帮我把衣服全部换掉，放进一个袋子里。护士给了我一件后系带的手术袍。我觉得自己像是躺在市场上的一条充满腥臭的鱼。有一刻，我都开始有点嫌弃自己了。

输完血，已是凌晨三点。护士给我注射了一针 Kayexalate（聚苯乙烯磺酸盐）。这是一种用于治疗高血钾的药物。然后，护士说你可以离开了。窗外狂风大作，暴雨击打着窗户，发出闷鼓声似的回响。现在显然不能再打电话请人接了。我们与护士商量晚上能否在这儿休息等待，早晨雨停了再离开。

护士毫不客气："按规定，你不可以住在这儿。晚上医院要对病房进行深度清洁，这里不是住院的病房。"

不过她答应，可以帮我们叫一个车来。

穿着那件手术袍，套了件外套。医院里空无一人，似乎我们是最后一个离开医院的病人。从早晨八点到凌晨四点，足足有将近二十个小时。凌晨四点左右的MD安德森大楼外,大地黑如墨汁,瓢泼大雨疾如蛇线,直接向下灌。

苦等差不多半小时,才等到一辆出租车。大风把车子吹得一晃一晃的。我在下车时,腿软身疲,一阵风雨扑来,跌倒在水里,浑身湿透。这是我人生中最低落的时间。

那一瞬间,我甚至想,就这样倒下去吧,不用再起来了。

蔡慌乱地扶起我。我们全身淋湿了,走进家里,瘫软在地。天亮后,蔡发现,她的手机与装银行卡的一个小包,不知丢在哪里了。

王老师早晨用微信发来一句话:癌症治疗带来的痛苦和艰辛,只有癌症病人自己才能真正深刻地体会到,就算是旁观者也不能完全体会。

很多时候,一个癌症病人即使只是活着,就已经很艰难了。

这句话点中了我的泪穴。

癌症病人的日常"迷信"

化疗间隔二十一天一次,在家躺不住,遂让蔡把我扶至村里的茶馆。茶馆现在几乎已转型成每天进行化疗或者见医生,或者没有方案的病人们,在这儿获取各方信息的一个交流平台。最近一段时间,忙于治疗,疏于参与,发现这儿越发兴旺,多了许多人丁。据刘如介绍,村里现在至少住了近百户人家,加上陪护,至少有近两百人。晚上中国病友们与家属喜欢散步,小区里一旦明月高升,常有多达几十人的散步队伍,在小区里大踏步行进。偶然,晚上在另一个泳池边上,会有家属们练起广场舞。或者高声谈笑。

但显然病友与家属们忘却了这儿是美国。

很快就有各种投诉打至物业,甚至报警。

然后晚上泳池边上的高声喧哗就变成了低声的聊天。广场舞似乎只跳了一次,然后就消失了……

只有每天早晨这泳池边上的茶会,至今人气极旺。

别小瞧这个泳池边上的病人们的民间会诊(MDT)平台,大都是某些方面久病成医的大神。身历国内一二三各线不同城市医生与医院,各种文凭与口音的训练,再加上身历美利坚这个顶级医院的系统治疗,早就中西合璧,互通有无。中外各种疾病治疗方式,各种秘方药丸,以及特效、新药旧药、副作用,早就烂熟于心。并不比真正的医生差。这中间尤以理工科的病人为甚,他们会把自己所有治疗的方案,整理成一个小型PPT,用药时间,剂量,肿瘤恶性程度,以及还有什么备选方案,都会整得"明明白白"的。每个学习型的病人,其实都是自己领域里独树一帜的"大神"。

时间久了,连我这个茶馆的原始发起人之一,也发现在这个地方,没有点知识,没有点想法,甚至几乎不能立足。一般新来的病人,被大家洗礼一番,大都会立即臣服,好茶奉上,烟就没有了。

最近肺癌病人来得多。这是老王拿手戏,他详加盘问,把对方的病历问完,立即说了三种方案。对方立称神奇,说昨天医生说了两种,你比他还多一种呢。

老王最近有点咳,说话多了,喘不上来气,需要站起来才可以呼吸。他原来的治疗方案出现耐药，他现在正在咨询新的临床试验。"当然我比你多一种，这是一种二期临床试验，还没有上市。"显然，咳喘并不影响他在茶馆的地位。

在茶馆的各种日常迷信以及不同的食疗方案，流传的速度是惊人的。一般上午在茶馆说了某种"神奇"的食物，可能下午已摆到各家的饭桌。之前村里许多病人化疗时，常会出现皮肤问题，一个大连来的病人，说涂土豆汁在溃烂处，三天即见效。另外这个病人贡献的秘方还包括每天喝一小杯土豆汁，可以抗击炎症，潜台词是可以抗癌。这还了得，立即各家就开始土法上马，用纱布过滤土豆汁。

土豆汁食疗法流行时间不是太长。有许多人喝了一阵，嫌麻烦，干脆每天只吃炒土豆丝去了。

土豆汁流行不久后，有人翻出了一篇日本所谓的研究文章，认为红薯可以抗癌，结果，红薯这种食物就上了每家的餐桌。当然，会不会抗癌并不重要，重要的是，烤红薯确实好吃。

与土豆红薯这种显然过于家常的植物相比，要高大上的就算"酵素"了。它是一位高级别的病人，一位患有肺癌的医生推荐的神奇之物。他虽然接受安德森的放化疗治疗，但他的各种副作用一直很少。他把这归功于自己常年服用的酵素。这个名词听上去就高大上。酵素其实就是酶，是催化人体生命活动的，简单说就是可以帮助消化，吸收。网络上的各种"神话故事"称其可抗癌，或者减肥，反正各种病都能沾上点边。

医生并没有神化酵素，他更多的时候，相信它可以帮助癌症病人，消化或者保持体重，让自己在放化疗过程中，保持血项正常。但他也不否认它可能在偶然的情况下有抗癌的功效。

酵素做法简单，网络上就有各种快速入门方法以及数种工具。村里的家属们立即行动起来，网购工具，教授发来的方子，操作也十分简单，将它按一层水果和一层糖的顺序放入玻璃瓶中，然后密封并储存在阴凉处，浸泡3—6个月，然后就可以打开饮用。实际上，仔细还原，与腌泡菜的方法有几分神似。

医生传授这种方法，并没有相关利益，且操作简单方便，所以有一阵子坐在茶馆边上的病友们，几乎人手一杯。但后来有某病友发现，糖放入水果，时间长了会变质。甚至出现了水果长毛，开始拉肚子。"村里的科学家"们立即查到，有新的研究文章认为，这种自制方法发酵出来的东西不叫酵素。它就是一种发酵过的糖腌什锦水果。它们甚至认为，如果这也叫酵素，那国内的米酒、腌酸菜比这要正宗得多。

这个文章显然让大家的热情有点低落。

酵素在风靡几个月后，谢幕。

另外一个在村里大热的补品是海参。这在中医里可是一个有名的"大发物"。不过MD安德森营养科的医生认为，海参能提供优质的蛋白氨基酸，是很好的癌症患者的食物。村里的病人们也与时俱进，在无数次咨询过什么能吃什么不能吃的问题后，发现MD安德森的医生，除了特别会关照在化疗时不能吃葡萄柚之外，几乎没有不能吃的食物。

其实这是两个不同的食物系统。中医的认知与西医根本不是一回事。提供海参的是天津的老蒋，他有个朋友在加州专门从事海参生意。他们的海参大都是来自阿拉斯加或者墨西哥湾的野生海参。美国除了少量华人食用海参外，市场惨淡。每磅竟只要七十美元。相比国内一小盒几千的天价，这简直是白菜价。

我立即要了二十磅。

海参吃起来简单。发好，煮熟，蘸酱油。每天一根，简单方便。

村里流行的各种食疗产品，一般都会被推荐者加持几句据说有抗癌功效。但事实上，大家并不太相信食物抗癌，但相信要吃大家一起吃的道理。

所以有一段时间，村里还流行过一种叫做"某某"（为避做广告之嫌，避提及名称）的传销品。是墨西哥某种果树的汁。它在国内卖得很贵，这种瓶装的在商场即有售，每瓶差不多三十美元。副作用是对牙有伤害。

我喝了差不多有十多瓶，后来发现牙确实有点酸疼。遂弃之。

老王曾吃过一段时间亚麻籽油和芝士的混合食物。但这个东北人，显然忍受不了那种奇怪的味道。国内许多病人之前很少吃芝士，不太习惯。就放弃了。他说，"这个味道，吃一次，就会让你终身难忘。当然，如果你不习惯亚麻籽油和芝士的味道。我也可以推荐一个方子。五红汤：红豆、红枣、红皮花生衣、枸杞、红糖煎汤当水喝。"

这个方子据说对于"升白细胞"非常有用。此方在癌症病人的圈子里流传较广。是一个经典老方。

在治疗化疗时出现的白、红血细胞低的问题上，村里的大神们有各种自家的"神药"对付。这些神药不一定对你有效，但对他绝对有效。

天津的老蒋升白的方法是炖鸽子汤（去皮，去翅根，去头尾部分）放姜、大枣、枸杞、花菇。老蒋化疗时一直坚持吃鸽子汤，白细胞一直非常好，没打过升白针。

我把各种方子抄好，交给蔡。亚麻籽油和芝士做好，尝试了两次，其味冲胃，干呕，难以下咽，遂再更换"五红汤"，味道能忍受。坚持每天一碗。并配之以晨间一根海参。一周后，化疗前验血，白细胞已至正常。

不知是升白针的效果，还是此二物之功效。但日喝一碗五红汤，晨间食一根海参，则成为标配，坚持了至少有三年。

直到吃海参成为一种负担，遂弃之。

在村里至今仍在流行，并坚持下来的食疗方法是果蔬汁。这种方法来自于台湾的一位姓陈的前主持人，其夫据称是台湾某要人，生肝癌后，她效法 Dr. Ann Wigmore 自制精力汤，她的先生一直吃她的果蔬汁而至今仍活着，她与先生均是台湾的名人。这使果蔬汁声名大噪，果蔬汁一度成为每个家庭的标配。

这位前主持人出了本书，还推荐了一款所谓可以将果蔬打得更细颗粒更小的某品牌榨汁机，村里人几乎每家都买了一台。所谓的精力汤各家不一样，由从一开始最简单的、营养丰富的芽苗搭配蔬果打成汁，后来搭配两、三种当季水果及两三种当季蔬菜一起打成汁，或加上坚果及麦片搭配，例如由莴苣、菠萝、苹果、腰果打成的"结球莴苣精力汤"；银耳、百合、冰糖一起煮的"百合银耳浆"；或是青花椰苗、菠萝、苹果、红萝卜、综合坚果打成的"芽菜精力汤"等等。

果蔬汁对于吃不下饭的化疗病人倒是十分有效，虽然味道一般，但营养是到位了。果蔬汁对我最大的效果就是，先是大便成形了，然后也开始略发胖了。至于能否防癌治癌，我倒是不是太信，虽然另一位著名的台湾病人李开复，也在患癌后，称是自己每天服用精力汤，而使自己的癌症至今未有复发。

喝了差不多有半年左右的时候，我的血糖突然增高，而且居高不下。哈勃医生询问了我的饮食后，说，你可以试着暂停喝这种果蔬汁，它的含糖量很高，我们看看是不是与这种果汁有关呢？

暂停一个月后，血糖恢复正常。

再后来，老王给了我一篇发在JAMA（美国医学会杂志）上关于果蔬汁的研究文章，一项由美国国立卫生研究院（NIH）和康奈尔大学联合完成的临床研究发现，实际上，纯果汁与其他含糖饮料的营养成分基本相似，虽然果汁里面还有一些维生素和植物营养物质，但是两者的主要成分都是糖和水。这个文章的结论是，每天多喝12盎司（372g，大约一易拉罐）纯果汁，与冠心病死亡风险增加28%、全因死亡风险增加24%相关。

这意味着，果蔬汁不但含糖，也会增加死亡风险。

果蔬汁的流行，也至此结束。

无药可用

坏消息总是锋利的，沉默的，令人刺疼的。

对我来说，这个坏消息，却隐藏在一个好消息的背后，这使这个坏消息的故事，像极了被包装起来的悲剧。

6月9号，兰斯医生轻快地推动他的轮椅，脸上有笑容。

想起一个老病友的忠告："一个医生突然对你笑容满面或者非常耐心，不一定是他的医德突然提高了，可能是你摊上大事了？"一般这样的场景，大都是会就一些重大事件，向你摊牌，或者告知你坏消息的开场。

但所有的属于病人的无缘故的想象，都是错误的。兰斯医生这次带来了真实的好消息。三天前，我做的PET-CT结果出来。报告显示：脊椎L4、肝部、左腰大肌、原发部位，星空般满布的双肺上的肿瘤，SUV值全部为零，仅只有肺部右下叶1厘米肿块，SUV值为2.3。而在通常的认知里，如果SUV值不超过3，原则上都是安全的。尽管我在兴奋中，忽略掉了兰斯医生告知我，这个肿块仍是存活的肿瘤的警告。

这是个令人惊讶的好消息。

兰斯医生说："你的检查结果，显示你现在的肿瘤治疗已进入'CR'。"

CR，是complete response的缩写，在肿瘤治疗中CR的意思是完全缓解，也可以解释为完全有效。CR的标准是：所有靶病灶消失，无新病灶出现，且肿瘤标志物正常，至少维持4周。还有另外一个词叫做PR，它的意思是部分缓解，我在这个之前的状态，就是PR，部分肿瘤有20%以上的缩小，但并不代表这可能会持续缓解。

我清楚地知道，对我来说，这些缩写的名词，它们所代表着的不同的命运。

兰斯接着告诉我一个让我暂时不能接受的坏消息："你的这个结果是我们预料中的。你的耐受力很强。我与哈勃医生讨论过。我们将暂时中止第六次的化疗方案。你将继续每天7克米托坦的维持治疗。两个月后，我们将会对你进行第四次PET-CT复查。"

我从兴奋中清醒。按村里病友们的经验，当出现 CR 的情况下，尽可能地再做两至三次同样的治疗，进行巩固。现在我只做完了五期化疗，还有一期没有做完。我想起他提及的肺部那个残留的病灶，这显然是一个定时炸弹，虽然它已经很小，但有活性就表明这个病灶有起死回生的可能。

我说能不能再把第六次化疗给我做完？

兰斯的态度很坚决："这个化疗对你的伤害太大，体重下降了二十多公斤，输了一次血，你的深度疲劳以及失语，都是这些副作用带来的。现在你的药物剂量以及你日常服用的药物，量很大，种类多，非常复杂，互相影响，你不能再冒险。你需要休息，让你的身体恢复过来。你现在已进入 CR 状态，我没有理由再用这么大的剂量去让你承受未知的风险。"

兰斯不容商量，"我们现在仍把你放在治疗中。每天 7 克的米托坦对你仍有作用。这样的用药方案，就是希望用米托坦对你肺部残存的肿块进行抑制。所以，你不用担心。"

我心存遗憾。隐隐觉得某种不安，但很快就被这个完全有效的信息给鼓舞了。

得到 CR（完全缓解）祝福的这段时间，显然让我忘记了痛苦。生活似乎赢来某些新的希望。对于一个肿瘤病人来说，好消息似乎是一种权力，或者面对生活的某种支撑。说话的气度或者看世界的方式，就会发生变化。这种奇妙的感觉一直在我的身上交替出现。当我每次听到肿瘤进展或者某些部分又出现一个令人难以接受的坏消息时，人心是崩溃的，世界是灰暗的。你看别人时是卑微的，仿佛生病或者苦难是一种耻辱或者错误。总是心怀内疚。或者对不起这个世界的某种迷茫。

蔡的生活似也进入了正常。

刘如姐认为她们可以利用这段时间，去学习英语。病人们在休斯敦最大的问题就是有嘴说不了话，有腿无法走。刘如联系休斯敦华人教会专门组织了一次考核，据称有上百人报名，最后是一位莱斯大学图书馆的退休馆长赢得了这个教学任务。

蔡与其他的家属们，一周去三天学习。家属们似乎找到了一个可以短暂离开病人的机会。每天与病人呆在一起，家人最大的麻烦就是被坏消息以及病人的坏情绪困扰。蔡一度甚至有点崩溃。因为我的苛刻与病人那种希望所有的事情，都需要别人帮忙的自私。

这可能是病人家属们最快乐的时间。

每天早晨，吃完饭，病友们会聚在泳池边喝茶聊天。

蔡与其他家属去上学学英语。然后她又考取了在德州的驾驶证。

看上去似乎是正在变美好的生活。我甚至一度忘记了自己的病情。米托坦现在一天 7 克，但奇怪的是，这次几乎没有副作用，除了化疗带来的手指与脚指的刺疼外，似乎一切正在好转。

这种宁静与美好是一点点建立起来的，但却在瞬间破灭了。

8 月份的 PET-CT 显示，兰斯医生曾警告过我的那个肺部右下叶 1 公分肿块，SUV 值由 6 月份的 2.3 增至为 6。右上叶的转移为 0.9 厘米。这意味着什么？

仅仅两个月后，我的肿瘤情况就已发生新的变化。

兰斯医生认为我的肿瘤现在仍处于 stable（稳定）。它的全称是 stable disease,

这个词代表着病灶的增长与缩小，都与之前相等，几乎没有区别。哈勃医生喜欢用一只手，捻着自己的小指头，用另一只手指，压缩至小小的一节，说，"这么小，几乎无法测量。所以它们不重要。"

兰斯医生似对此早有所料，或者他认为这可能是迟早要发生的事情。他说："目前我们还没有必要对这两个肿块采取什么行动。因为它们还很小。我与哈勃医生讨论后认为，应当再给你两个月时间，以监测肿块的进一步发展。我们下一步有两个计划，一是将你从国内带来的肿瘤组织，进行50对基因检测，根据突变情况制订下一步的治疗方案。另一个方案就是，如果肿瘤确定进展，基因没有突变，会推荐你去临床试验。当然，这些都是备选，如果你两个月后的PET-CT检测，仍然稳定，我们还会再继续检测下去。"

兰斯医生似乎早有预案。我有点耿耿于怀的是，如果把第六期化疗进行完，会不会这个复发不会再出现？

我委婉地问他，能否再把那次化疗，继续进行下去？

经过两个多月的恢复，除了脚与手指的麻木疼痛之外，我的疲劳也略有好转。此时再去做大剂量的化疗，应当可以承受。

兰斯拒绝了这个提议。"你现在没有症状，那个大剂量的化疗，并不会给你带来最大的益处。"他摆摆手说："我们还会有新的方案。"

谈话结束。留下我与蔡在诊室相对无言。这个坏消息来得太快。才两个月，它们就悄然出现。我曾看过一个资料，一个癌症的形成，需要漫长的时间，至少十多年才可以形成一个肿块。但为什么化疗后复发的速度如此之快？我认识的许多病人，大多数在复发或者耐药后，会出现爆发性的肿瘤增长。其速度之快肿瘤之大，也都令人记忆深刻。

但这些似乎都无解？

忐忑不安中，短暂的美好时间似乎快速地结束了。一片乌云再次飘到了我的头上。焦虑，彻夜难眠，纠结，后悔，难过，反复推算复盘，似乎梦中也在纠结：如果第六期化疗做完后，是否会把那个肺右下叶的肿瘤给彻底弄没？

但几乎没有一次在梦中完成第六期化疗。现实中，却如期迎来那个我最不想要的坏消息。

10月13日，PET-CT报告残酷地表明：

双肺爆发性增长。CT读片医生拣出两个大的肿块进行了报告。

新增肺右中叶增大至 1.2×1.1 厘米，SUV值最大为6.6。右下叶肺结节增大至 1.4×1.3 厘米，SUV值8.1。

先前消失的右肝叶增大至2公分，SUV值6.1。

这个报告明确提示，我已第三次复发。

第一次是在协和医院手术、放疗结束后的三个月。第二次是在米托坦治疗一年左右的时候，耐药。这意味着，我接受过的5种标准治疗均告失败。（2012年在协和的肾上腺切除手术、一次右肾上腺原位放疗，一次脊椎、左腰大肌放疗，一年的米托坦治疗，六个月左右的大剂量的四药联合化疗。）肾上腺皮质癌，确实如其在几乎所有的关于它的介绍中，都会加注的：难治且高度恶性。

我有些绝望，我经历了这五种教科书式的治疗后，得到了这个教科书上早就预言的结果。蔡无力地靠坐在椅子上，脆弱如风。

兰斯医生摊了摊手:"你的肿瘤可能无法治愈了。我们将会尽可能多地采取一些姑息性的延长生命的治疗。"兰斯的话很轻,但结果很重。我的眼泪溢出眼眶。治疗两年多来,所有的治疗,包括受到的苦难,满怀生的希望,最后仍然迎来这样的结果?

蔡强抑制住难过,问他:"还有什么治疗方案?"

兰斯医生说:"五十个基因检测结果显示,没有任何突变。现在我们正在进行五百对的扩大基因检测。我们需要找到突变,看看有什么特别的药物,可以治疗这个肿瘤。你知道,肾上腺皮质癌是一个特别罕见的癌症。"

他似乎对我充满了同情,轻轻拍拍我。"这个报告并没有显示出最坏的结果。我也不认为你现在到了最坏的时间。我们正在寻找新的适合你的临床试验。一旦找到适合你的临床试验,我们会第一时间通知你。"

兰斯离开了诊室。留下我与蔡,抱头痛哭。

这可能是最绝望的时间。

这意味着,从现在开始,我在经历了手术、放疗、化疗等五种治疗后,将再没有任何标准的治疗方案!我突然发现,自己已陷入一种更深的绝望中,我不知道下一步的治疗方案,以及药物是什么?

一个肿瘤病人,最大的绝望可能是无药可用!

我不知如何从医院回到家里,感觉浑身轻飘飘的,晕乎乎的。一切都充满了虚幻感,不太现实。

回到家,蔡接到刘如姐的短信,去送谈姐。

谈姐自从上海回到休斯敦后,她有一年的时间在皮肤科接受易匹单抗的治疗。效果似乎很好,四次易匹单抗用药结束后,肿瘤也一直处于稳定中。但过了有两个月左右,她的半边脸突然有点僵硬,眼睛转动也不太灵活,走路常跌倒。刘如最先察觉出她说话常表达不清楚,有失语状,就送她去见自己的医生,医生检查后也无法判断发生了什么,但强调谈姐的肿瘤一直处于稳定状态,不是肿瘤的问题。建议她们去休斯敦的另一家医院诊治。经过会诊,最后确诊为多发性硬化症。这是比肿瘤更可怕的一种疾病。医生认为可能是易匹单抗诱发而致。

刘如其后查到了一篇资料,免疫检查点抑制剂(immune checkpoint inhibitors, ICIs)可引起神经系统的不良反应,发生率在 0.1%—12%,80% 发生在应用前 4 个月内。其所描述的症状与谈姐的特别类似,而医院对此几乎没有什么好的办法。谈姐的病情发展很快,不到五个月,她已无法行走,浑身浮肿,只能躺在家里。有一段时间,甚至无法辨认出照顾她的吉大哥。

谈姐家的馄饨,与她每天在泳池边打太极舞宝剑,是每天在小区上演的温情戏码。但自从查出多发性硬化症后,据蔡说,谈姐已无法行走。医生认为,她已不适合进一步治疗,并暗示吉大哥,趁着身体还能支撑,尽量赶回上海。

这是一个明确的关于肿瘤病人的判决。他们挣扎良久,吉大哥忍痛决定返回上海。

我与蔡赶到时,谈姐肿胀的脸只露出一侧,没有任何表情。来送行的人们,都默默地打着招呼。大家知道这一别,将是永诀。

其实从我来到这个小区开始，有人满怀希望前来，也有人治疗数年，而黯然逝去。这两年来，至少有十多位病人，在治疗过程中去世。也有的病人在治疗一段时间后放弃治疗回国。治疗好的似乎只有少数的几个人。

一个残酷的现实告诉我，即使在世界顶级的癌症中心，也并不是所有人都可以被治愈。谈姐的离开，仿佛一个隐喻，这给我的绝望又加上了一笔沉重的色彩。

当苦难出现的时候，往往是成群结队而来，而好消息更像是一缕稀有的烟花，一瞬即逝。

晚上翻开一页书，看到一句话："当你凝望深渊，深渊也在凝望你"。这句话此时应当是：当你凝视绝望，绝望也在凝视你。

疾病发明家

漫长的一周后，兰斯医生电话通知我，他已找到了一个临床试验。

他说，这是针对肾上腺皮质癌目前唯一的一个一期临床，有一个病人退出了。我们讨论让你参加这个试验，主要是为了最大化你的治疗选择。并知会我下午就可以去见我的试验组的医生。并把见诊的时间地点发到了我的邮箱。

在 MD 安德森，这种医院内部的主治医生间的临床转诊制度，非常高效与完善。从我见诊哈勃医生始，被其推荐到兰斯医生处，现在兰斯医生又将我推荐到了临床试验的医生。其间并不需要病人参与。这种院内的转诊方式，会让病人感到心安，至少你知道自己的医生在一直关注你。有人在帮你安排。

我体会过在国内各科室间绝望而又无奈的"四处撞墙"。你不知道方向，不知道谁揣着灵丹妙方，也不知谁说的话，值得信任？因为没有一个"导航式的医生"，为你把关，替你做专业的判断。

一切都需要你在快速的时间内，做一个专业的关乎生命的判断与决定。

我现在似乎习惯了医生们给我打电话或者发邮件沟通。告知我的检测结果，或者需要调整药物的剂量，告知下一步的治疗方案。

兰斯医生的电话信息量很大。临床试验？一期？这些专业名词对我来说陌生而又充满挑战。

但这对我来说，只是一个念头，一闪而过。我的心里涌出感动，至少有一个方案与药物，可供我使用。

Aung Naing 博士面黑，有着明显的东南亚裔的特有气质。他个子不高，表情严肃。身着一件白色大卦。细框眼镜后面的眼神很亮。他客气地向我伸过手来。翻译说，他是 Naing 博士，很高兴我可以参加他的试验组。

Naing 博士单刀直入："兰斯医生推荐你来参加 ATR101 的一期临床试验。参加临床也许你不一定会得到有效治疗，但是这会给未来的患者，提供宝贵的数据。"ATR101 是这个试验药物的代号。

我只是一个数据？

Naing 博士的临床前谈话，显然太过硬核。我问他："这个药能治疗肾上腺皮质癌吗？"

Naing 博士的眼睛从镜框后闪出来。"这是一个有前景的试验，相关的动物试验与数据均不错，FDA 已批准这个药为孤儿药。现在我们将在一期临床中，进行各种有效剂量的爬坡实验，并为第二期的临床，找到最佳剂量。"

Naing博士的谈话简明扼要，冷静得没有感情。这种刚在动物身上进行过试验的未知药物对我来说，只是一个有效与否的试验数据。我有些沮丧："我……会从中受益吗？"

Naing博士似乎听懂了我的担心。"我也想知道，通过这个试验，可以看到一个什么样的结果。这是我们共同关心的问题。"

翻译看我很紧张，轻声对我说，这个是临床前谈话，医生需要告知你所有的风险以及试验的目的，这些都是要写在你的合约中的。这个是例行性临床前谈话，大多如此，不要太在意。他们必须把临床风险完全告知你，否则出了问题算谁的，这也是他们保护自己的一个方式。

"你参加的这个实验，所有的药物均是免费的。你只需支付CT检查与见医生的费用即可。参加临床试验期间，你有权选择随时退出。这些都是你的权利。"

我几乎没有思考，马上说我愿意参加这个试验。实际上，我别无退路，因我没有选择。

"明天我就会安排你去做几项入组前的检查。如果符合条件，争取尽快让你入组，使用药物。这个试验有两项要求，你可以根据你的情况来回答是或者否。这个并不强求。一是你所有临床的数据与资料，是否可以供其他医生共享研究使用？二是每次治疗前，需额外抽取一部分血，供研究使用。"

噫，既然答应参加了这个实验组，就听之任之吧，我点头同意。

Naing医生似对我的配合很赞赏。他说："你还需要进行心电图、心脏彩超以及其他几项检查。这个药物对于心脏受损方面的数据要求很高。另外，我与哈勃医生已沟通过，将你的米托坦全部停掉。这个实验要求，不能与任何药物进行混合使用，我们需要知道ATR101这个药物的确切作用。米托坦在血清中的残留需要两周左右才可代谢掉。我们将在两周后来见你。"

Naing医生在询问我还有没有其他问题后，结束谈话，带着助理医生旋风般离去。留下实验协调员与翻译，打开一本厚厚的关于这个实验的同意书。翻译开始宣告这个临床实验的所有风险与意外。我听了10多条，叫停了，问临床协调员，这个临床试验开始至今，最大的风险与意外是什么？

协调员是个黑人女孩子，笑的时候露出一口白牙齿。"目前只有一个人退出，他的心脏出了问题。但我们不确信是否是这个药物的副作用。你现在就在顶替他腾出来的空位。"

我清楚这厚厚的一本册子里，副作用与风险至少会占一半以上的篇幅。即使知道这些副作用我又能如何，我只能选择它！

我说："这些副作用与意外不用再念了，我明白这个实验中所有的重大风险。现在可以签合同了。"

协调员不同意。她说，你有权必须知道任何风险。

这种认真负责的方式让我踏实。

四十分钟后，翻译讲完了这个实验所有可能带来的副作用。共二十三项。

我需要至少二十三份好运气，才可能躲开这些副作用。

签字后，协调员给了我一本这个合同

的副本。

晚饭后，我反复摸索着那本厚厚的ATR101的临床试验合同。这个有着二十三种副作用的药物对我来说是一个谜。今天一整天过山车般的经历，现在才有心境慢慢消化。这个药物对我来说就是一个黑洞。

上网搜这个药，发现了一个新世界。

ATR-101是一种"胆固醇酰基转移酶"，它的药物原理是利用抑制类固醇生成并引起肾上腺皮质细胞凋亡。一期临床试验主要是确定这个药物的最大耐受剂量。

这个试验中两项关键指标属于取舍硬标准：参试者米托坦水平必须为 $5\mu g/ml$ 或更低。其次不能有脑转移。

了解越多，其实内心中的忐忑越发汹涌。当晚约了住在8181小区的一位在MD安德森做访问学者的西京医院的赵医生，向她请教。这一年多来，8181小区中国癌症村的名声四溢，国内的许多病人与来安德森的访问学者大多居于此。村里一度到了晚上，散步的几乎随处可见中国人。据刘如说，8181小区现在至少有一百五十多个中国病人。这些访问学者大多是各医院的中青年医生。大家在一起居住，医生与病友们大都混成了一片，自然一遇问题，这些访问学者就成了大家的顾问。

我问她：临床试验是什么？

她翻看了一下那本厚厚的ATR101药物的合同。"咱们单说药物这一块，说白了，就是一种新药用人做试验，看看有没有效果，最后再上市的过程。FDA将临床实验分为了三期。一期前的试验是动物实验，原则上动物使用这个有效后，就会在人体上使用。但使用多少剂量有效，副作用最少，就是一期临床需要搞清楚的。这个试验最大的风险其实是，你有可能需要使用三到四个不同的剂量的试验，行内人把这称做剂量爬坡。许多病人都比较恐惧参加一期临床。二期相对风险较小，一般会使用成熟药物，剂量也相对稳定，主要是看是否有效。三期是盲试，有对照组，看比安慰剂组的存活可以高或者减低多少，这是关键的试验。一个新药是否能够上市，成败在此一举。"

我想起了Naing医生所说的我很可能"只是一个数据"。"一期临床既然风险这么大，对我是不是没有效果"？

"一期临床试验其实并不像人们想的那样可怕。要知道，对于药厂与医院来说，他们设立实验组的初衷，是认为这个药物有效，才会进行的。否则花费那么多人力物力与经费，没有必要。对他们来说，渴望得到好效果的心情，比病人更急迫。

"另外，参加临床试验的好处，一是你可以最先用到新药，还可以第一时间得到救治。所以某种情况下，这是一个较好的选择。许多人对于临床试验有抗拒心态，其实这是不对的。"

她随手在网上查到了2014年6月发表在《临床肿瘤学期刊》（Journal of Clinical Oncology）上的一篇文章，说，这个新药的动物实验与临床试验的数据均不错。这对你可能是一个机会。FDA已将这个药批准为孤儿药了，这意味着它如果通过了二期临床，基本上就可以用到治疗上了。

我扫了一眼，这个文章的作者里除了Naing医生外，还有哈勃医生。

临床试验在英语里叫做Clinical trial。在美国的医疗系统里是一个宠大的存在。

尤其是关于癌症的临床试验，几乎已成了一个巨大的产业。

世界上最大的临床试验注册中心在美国，是由国立卫生院（NIH）资助建立的，网址是 ClinicalTrials.gov。作为临床研究登记的主要网站，为病人、医疗人员、研究者提供了几乎所有疾病的临床研究信息。ClinicalTrials.gov 是一个在全球范围内的私人和公共资助临床研究的数据库。几乎全球所有的药物临床试验可以在这个网站查到。在这里，你能找到世界上各种将要做、正在做和已经做完的临床研究，虽说是 FDA 下的注册机构，但许多国内的临床研究都在该网站上获取注册号。2000 年 2 月，该网站由 NIH 和 FDA 合作创建，目前已登记全美以及 200 个国家的将近 30 多万项临床研究。

这个 ClinicalTrials.gov 网站确实是个宝藏。只要输入相关的试验药物或者肿瘤的关键词，几乎均可以在这上面查到任何你想要的试验。我用肾上腺皮质癌的缩写（ACC）查到了 ATR101 试验。它的代号是 nct01898715。这个网页上标明了这个试验的目的：药物在使用过标准疗法后进展的晚期肾上腺皮质癌患者中的安全性和耐受性。入组条件，排除标准，并明确标明了在德国与美国四家医院进行试验的医院名称以及联系人的邮箱电话。

这显然是一个透明的黑洞。每个试验的指标都会被公开，试验的每个步骤都被标注得非常清楚。

西京医院的赵医生提醒我："在美国医院中的治疗方案、治疗效果，试验结果的文章，以及关于这个癌症的所有临床试验，新药，都会在网上查询到。且这些基本都是免费的。重点是，只要你找到工具，就可以找到它们。"

好的工具可以帮你打破黑墙。赵医生还提供了一个医生们喜欢用的临床试验工具：Cochrane Library 科克伦图书馆。

这个网站其实是 ClinicalTrials 的升级版。它可以提供所有试验的最新论文以及结论，可以提示出这个试验的副作用以及它目前的问题，给医生或者患者提供一个指南。

Cochranelibrary.com 这个网站的说明，就正如他们的口号：让更可信的证据来指导决策。继续输入 ATR101，这个试验只有一篇论文，就是 Naing 医生他们发表的那个文章。这个文章里披露了一个重要的信息，ATR101 药物的毒性很大，在其他的医院已有两个人因毒性问题而退出了试验组。这个临床试验将有 63 个人参加，在美国的 4 个医疗中心和德国的一个医院进行。

这是一个令人震惊的信息。

这个网站上标注的各种临床试验不仅有治疗，还会有诊断标准、诊断方法、预后等其他观察要素。准确地说，这个网站可以提供给你各种临床试验论文中，最重要的结果。

想要了解相对中立、证据较充足的临床研究治疗方法或诊断方法，对某疾病某阶段的作用，可查找 Cochrane。

至于在中国正式的临床试验，都会在"中国临床试验注册中心"（ChIctR）登记注册。查阅后发现这个中国最大的临床试验注册中心，竟然是由华西医院的三位教授在 2005 年建立。至今它的基地仍在成都。在中国并没有任何一项关于肾上腺皮质癌的临床试验。

这些如何查找临床试验的方法，简单

高效。在我后来漫长的治疗中，一再成为我寻找各种方案的利器。尽管它们有时候给我的可能只是安慰，但却是真实的希望。

它们是我的秘密花园。

Raili Kerppola 是一位前铁人三项与马拉松运动员。她在四十九岁前的生命至少看上去一切充满活力。她曾是美国最好的马拉松运动员之一。她的最好成绩曾是美国第三名。

但事实上，运动员只是她的兼职。她拥有四个杰出大学的生物化学与生物物理学、动物科学学士、生物化学博士学位。她的前半生似乎一直是一位在各大制药公司敬业并且了不起的寻找癌症药物开发的专业高管，她的独特之处在于能够轻松遍历基础和临床生物医学研究，转化药物开发，并使其成功上市。她最早是 McKinsey & Company 麦肯锡的项目经理，其后帮辉瑞制药公司完成了收购另一家五百强的帕金斯·戴维斯药业。

她最后一份在所谓的美国各大制药公司的履历，停止在 Express Script（快捷药方）药物策略和业务开发高级总监。2011年2月的一天，她突然感觉天旋地转，倒在了地上。心跳快得像要窜出她的胸腔。她感到虚弱，经常头晕。这位前马拉松运动员发现自己一次只能行走大约 50 英尺，不能站立超过 5 分钟。她的医生们感到很困惑。治疗没有帮助。在这种绝望维持了数月后，拥有强大心脏以及制药行业背景的 Raili，找到了可以诊断并治疗她的疾病的医生，以及后来的合伙人：哈默。

哈默是密歇根大学肾上腺癌症中心的"米莉·Schembechler 教授"，也是该校内分泌肿瘤项目的主任和器官中心的主任。米莉是传奇的 UM 足球教练 Bo Schembechler 的第一任妻子。1992 年，她死于肾上腺皮质癌后，设立了这个用她的名字命名，并专门用于诊断治疗那些患有罕见的肾上腺皮质癌的病人。即使到现在，密歇根大学肾上腺癌症中心仍然是目前诊断此类癌症较为权威的一个专科中心。它拥有顶尖的手术、放化疗方面的 MDT 的教授，并专门就这一癌症进行攻关。

哈默确诊了她的疾病：肾上腺皮质癌，第四阶段，最晚期，并且失去了手术的机会，缺少已知的有效的治疗方法。这位医治过最多肾上腺皮质癌的专科医生告诉她，按他们的经验，她的生存期可能还有不到一年的时间。哈默与她一起制订了治疗方案。在安娜堡的这家内分泌中心，她开始服用米托坦。同时服用足量的氢化可的松，这让她恢复了体力。

她是一个依从性很好的病人，当然也是一个有创见以及对生命有着强烈热爱的女人。她与自己的先生，生物化学教授 Tom Kerppola，对自己将要面临的困难进行了评估。她目前只有米托坦、放疗、化疗这三种标准治疗方法。制药行业的专业背景，使他们对肾上腺皮质癌的所有论文进行了荟萃分析。得出一个结论，如果不行动起来，找到一个新的有效药物，可能后果真如哈默医生所说，自己将会在一年左右的时间里，失去生命。

她长期在制药业担任高管，拥有深厚的医学背景，以及系统的专业知识。她明白大制药公司不会花费力气，去研发一个可能在全球只有几万人的肾上腺皮质癌患者的药物。但她最终意识到，如果她想要恢复生命，必须亲自去救自己。

Raili 在参加治疗的同时，开始参加全国各地的癌症会议，以了解有关这种罕见癌症的更多信息。她几乎拜访了美国、欧洲以及对于这种疾病有建树的所有医生。她这种工程式的学习方法，使她快速成为了一个肾上腺癌方面的专家。他的医生惊讶于她的知识："她是我见到过的目前在肾上腺癌方面了解知识最多的病人，某些方面，她的见解与知识超过了专门的医生与科学家。她是我有幸与之合作的最有能力的患者。"

但她也是一个有决断力与行动力的病人。Raili 与他的医生、密歇根大学医学院的专家哈默，经过一个多月的分析，确定了一种候选药物。

医学家们认为，这种药物可以通过针对特定蛋白质诱导肾上腺皮质细胞凋亡或细胞死亡来治疗肾上腺皮质癌。但没有人来投资，这种药物目前正在废弃的边缘。

Raili 对哈默医生说："制造这种药物的唯一方法是成立一家生物公司。"她请哈默做这家未来公司的科学顾问。随即，这个候选药物在她的丈夫、生物化学教授 Tom Kerppola 的实验室中进行的动物研究表明，它是杀死肾上腺癌细胞的有效方法

Raili 将这款候选药物命名为 ATR-101。她作为共同发起人的这家公司名叫 Atterocor。"attero"是拉丁语，表示削弱或破坏。她希望这个药物可以杀死肾上腺皮质癌。

在研究这种疾病的同时，Raili 接受了多种治疗，包括米托坦，化学疗法，放射疗法。

她的肿瘤一度似乎得到了控制。在 2012 年的时候，她因为要治疗自己而成立一个公司研制新药的举动，显然得到了风险投资的青睐。她得到了 1600 万美元的投资。当年 2 月，Atterocor 已获得美国 FDA 和欧洲药品管理局的"孤儿药"称号。根据《孤儿药法案》，在美国开发用于治疗影响不到二十万人的疾病的药物的公司可以享受税收优惠，免收监管费以及可以在没有竞争的情况下独家出售七年。这意味着 Atterocor 不需要将其药物投放市场的三期试验，并有助于加快药物批准过程。

Raili 的研究得到了权威机构的合作。关于这个药物的试验，休斯敦的 MD 安德森癌症中心以及密歇根大学医学院联合进行了一期试验。这是自米托坦 1959 年被批准后，首次进行的关于肾上腺皮质癌的临床药物试验。他们将参试人员确定为二十一人。后来又扩充到了六十三个人。因为更多的肾上腺皮质癌患者要求得到治疗。

如果 ATR-101 在人类中的安全性与小动物研究中的安全性一样，那么判断疗效并可能涉及 200 名患者的第二阶段试验可能会在 2015 年初开始。

这个由病人发起的自救式研发药物的行为，显然是媒体的好故事。CNN 称她是个了不起的人，因为自己的癌症去发明药物的值得尊敬的病人。并第一次在电视上介绍了肾上腺皮质癌在美国的危机。一切似乎都已走入正规，但故事的结尾似乎并没有想象的那样美好。

2013 年上半年的时候，Raili 的身体遭遇了第三次复发。她在使用完传统的大剂量的化疗后，身体极度虚弱。转移到肺部的肿瘤已影响到了她的呼吸。但她的身体条件，已不能使用这种刚刚完成的药物。

她于 2013 年 6 月去世。五十一岁的她打破了医生的魔咒，在确诊后带病生存了两年半。家人发布的讣告称，她没有活到能够实现她的愿望：看到她帮助发现的药

物被用于人体试验。这个治疗方法是属于她个人的，但肾上腺皮质癌药物的测试对其创造者来说太晚了。她没有能够等到可以使用这种药物的时间。

另一则新闻则说她是因为这个药物的伦理问题（每个临床试验都会有一个伦理委员会，从安全性、病人知情权以及进入退出的规则方面进行全面监督），没有能够使用这个药物。但无论何种原因，她创造了这种药物，但却为时已晚。并没有能够从中获益。

在她去世后的五个月，她发起制造的药物，已经开始在安德森癌症中心与密歇根医学院进入一期临床试验，给患者口服药物治疗。

在她去世后的公司的纪念墙上，写着一句 Raili 的话：

"如果没有药，就去制造出来。"

王老师在我决定参加一期临床试验的第一周，发来了关于这个 ATR 101 的故事。

她给我留言："我在医院，遇到过许多勇敢的聪明的病人。他们往往不会屈服于疾病给自己带来的困难。美国人喜欢冒险，如果生了一个罕见疾病，如果没有药，他们干脆会直接去发明一种药，或者发明一种手术。

"许多病人确实可以久病成医，或者他们本身就是医生。但有些人，却需要去发现并确诊自己的疾病，然后给这个病找到药物，并发明一种手术。

"面对她们，没有理由，不好好活下去。"

ATR101 这个药物的后面竟然隐藏着这么一个悲剧。

我认真看完了她的故事，但我无论如何，无法接受，她死于无法通过的"伦理"，这是她自己公司的药呀？我宁肯相信这个是虚假的传说。

每个药物或者疾病的背后，似乎都有许多令人惊讶与传奇的故事。

肾上腺癌症或者这个器官给人类带来的困扰，显然并不止于此。这也使许多对这个疾病并不了解的患者开始了不断的冒险。而这个冒险的原因，则是许多医生可能并不清楚你患了什么病，这个病是什么？

与 Raili 发明救治自己的癌症药物不同的是，这位叫做 Lindsay（林赛）的肾上腺罕见病患者更富于传奇，他至今还活着。我是在 TED 上面发现他的故事：林赛身患一种罕见肾上腺疾病，大学辍学卧床不起十一年，然后，他确立了自己的疾病的名称，发明了一种手术，并治好了自己。

林赛现年四十五岁。他的罕见疾病发生在 1999 年，他当时二十一岁，在密苏里州开始他的大学生活。他晕倒在地上，从此全身处于被抽光力气的状态，无法行走，只能躺在床上。医生们没有办法诊断这种奇怪的疾病。

这种绝望充斥在接下来的十一年里，他大部分时间都被限制在医院病床上，被一种无法确认的神秘疾病困扰着。林赛的疾病似乎命中注定。他的家族许多人的命运很像一个可怕的预言：他在未来也许只能像她们一样躺在床上，度过漫漫一生。当林赛四岁时，她的母亲就无法再行走了。医生认为，她的病情也许与甲状腺有关，但几乎没有医生可以找到令他的母亲无力的原因。林赛的姨妈也患上了同样的疾病，变得虚弱，她甚至无法系鞋带。

他害怕这样的一生。从那时开始，林赛意识到自己必须独自解决他的困境。他沉浸在医学研究中，决心找到出路。他看了内分泌学、神经病学、内科学和其他专业的专家。他们当中的医生并没有给出他想要的答案。在大学期间，他曾在垃圾桶附近找到了一本 2200 页的内分泌学教科书，希望用它来弄清楚他妈妈的病情。在书中，他发现了一篇重要的文章，讨论肾上腺疾病，其中的描述与母亲的病情极度相似。

他把注意力放在肾上腺上。这个几乎很少为人关注的生产激素的器官：位于下腹部两侧的肾脏上方。林赛通过一系列老旧的医学教科书，推断他这种病可能存在于大多数内分泌学家或神经科医生所知道的既定类别之外。

林赛的疾病与软弱无力，需要躺在床上的事实，使他迫切想寻找一个合作伙伴：他不仅仅是一名医生，而应当是一位好奇的科学家，可以接受一个罕见的病例并花费很长时间与他一起分析，并寻找到治疗它的答案。他尽量让自己变得像一个学者，而不是一个病人。这是许多病人久病成医后的力量。林赛的独特案例吸引了阿拉巴马大学伯明翰分校的医学教授 H. Cecil Coghlan 博士。他专门研究治疗自主神经功能障碍。

林赛怀疑他的身体产生了太多的肾上腺素。他知道一种名为 Levophed 的药物，该药被美国食品和药物管理局批准用于提高一些重症患者的血压。Levophed 基本上是注射去甲肾上腺素，它可以对抗过量肾上腺素引起的症状。

这种药物从来没有在林赛这种类型的病人身上使用过。但他说服了 Coghlan 重新利用这种药物，这样他就可以在接下来的六年里全天 24 小时服用去甲肾上腺素。

尽管这违犯了美国医生按药物指南来进行规范治疗的规定。药物很快在林赛身上发生了作用。他可以在房子周围短时间活动。要知道，之前他已经在床上躺了将近五年。

他想知道为什么自己会生这种病？有什么东西在他的血液中倾倒太多的肾上腺素？

Coghlan 博士告诉他，他可能患有肾上腺肿瘤，有一种肾上腺皮质肿瘤，与他的这种病症很相似。但他对肾上腺的三次扫描均显示为阴性。林赛有些气馁，这种神秘的疾病让他一直承受着巨大的痛苦。他在绝望中，重新回到了他唯一能做的事情：在医学文献中去寻找宝藏，以及自己的未来。

林赛查阅了几乎所有的关于肾上腺方面的文献，他越来越怀疑他的肾上腺可能有某种东西像肿瘤一样，只是无法发现它如何工作？2006 年的第四次扫描显示他的肾上腺开始"明亮地发光"，这与他的新理论一致。Coghlan 博士打电话给林赛说："我们发现了它！"并第一次给出了这种疾病的诊断：双侧肾上腺髓质增生。通俗地说，这意味着他的肾上腺的髓质或内部区域被扩大并且像肿瘤一样起作用。他的肾上腺产生过多的肾上腺素。这可能是导致他软弱无力的根源。

他们把结果发给该领域的专家，寻求帮助与支持，但专家们却怀疑这个在教科书没有出现过的诊断。但是，Coghlan 博士坚持他的发现。随着林赛深入研究更多的医学文献，他发现全世界只记录了 32 例双侧肾上腺髓质增生病例。包括吴阶平教授 1960 年代的首次报道。

他根据这些病例，以及自己的情况，想象与确定了一个简单的解决方案：如果他能切断肾上腺的髓质：有点像切一个煮熟的鸡蛋并去掉蛋黄，他的健康状况会有所改善。

林赛终于得出了一个大胆的结论。"如果没有手术，"他决定，"我要做一个。"

2008年，他在乔治亚州立大学的一位科学家那里找到了1980年的一项研究，他总结道："用剃须刀片将大鼠的肾上腺切片并挤压它，使髓质像疙瘩一样流出来。"

他根据这些文献，制作了一份长达363页的PDF文件，提出了首例人体肾上腺髓质切除术。

然后，他在接下来的18个月里开始寻找能够用他的手术方案，来进行"非正统程序"（许多外科医生怕承担风险，不愿意用他的方法开刀）的外科医生。

由于道德和经济原因，开创一项新手术，往往面临着一种高风险的诉讼。外科医生可能会因执行未经证实的手术而失去执照，特别是如果出现并发症。在遭到这个专业领域的许多医生的拒绝后，一位阿拉巴马大学伯明翰分校的外科医生，最终答应为他进行这项由"病人自己开创的手术"。2010年9月，医生成功地取出了他的一个肾上腺髓质。手术后数周，林赛已经开始可以坐直三个小时。

这项手术显然非常成功，一年后，他已可以和朋友一起飞往巴哈马群岛旅游。林赛找到了拯救自己的方法。不幸的是，却无法将这种手术用在母亲的身上。他的母亲已脆弱到无法接受她儿子开创的手术了。她于2016年去世。

如今，四十一岁的他仍然住在圣路易斯童年的家中。他每天需要服用九种药物，他的健康状况远非完美，但他的生命却延续了。

他并没有成为自己上大学时梦寐以求的生物学教授。但他正在利用自己的经验进入医疗顾问的新职业生涯。"我不能成为真正的医生助理。我没有那种身体能力，"林赛说。"但我可以去旅行，发表演讲，散步。我可以尝试改变这个世界。"

医生们现在常会与他一起讨论并完善他对这种疾病的看法，同时听取他的意见，帮助他们识别和治疗像他自己一样的罕见疾病。凭借他解决棘手问题的天赋，他希望能够帮助其他难以治疗疾病的患者走向完整的道路。

"我得到了人们的帮助，"他说，"现在我必须帮助别人。"

晚期罕见病人大多死于没有药物，甚至没有手术方式，或者没有可以诊断这种疾病的医生，而黯然离开。但更多的病人，则选择了自救。

林赛因肾上腺问题发明了一种诊断自己疾病的方法，并创造了治疗自己的手术。至今这种手术已成为肾上腺髓质增生的标准方案。Raili因肾上腺皮质癌创造了一种新药，但竟然因为可笑的规则，而无法使用它。我将于一周后去参加这个试验组，这是一个多么奇妙而又伤感的经历。

"如果没有药，就去制造出来。
如果没有手术，我们去做一个。"
疾病与命运间，往往隔着无法洞悉的秘密。

这两个人并不屈服于命运。明知无力，仍然前行。想起最近看的电影《一天》中的一句话："未来是不可预见的，这就是它令人兴奋的原因。"

看完这两个与我有关的病人的故事，感觉到希望与力量重回体内，我再一次被触动，非常情绪化了。

"长QT综合征"：它最大的后果就易导致猝死

最近的每一天，都是魔幻的。每一天都"史无前例"；每个坏消息，都是超经验的。

先是在拟定的参加试验组，也就是领取ATR101口服药物的前两天，临时重做了心脏彩超、超声心电图，以及一个叫做LVEF（左心室射血分数评估）的检测。然后又补做了一个奇贵无比的基因检测。通知我们的护士没有说为什么，问她，只说医生交待重做一下，有几项指标需要再进行确认。

这几项做完，心里开始慌乱起来。我内心敏感，仿佛天生有预测不良信息的能力。感觉不太好。但却又不知道是什么，总觉得可能会有什么不好的事情发生。

这样心怀不安地等到要见Naing医生的当口，他让我们在诊室里至少等待了一个多小时。

这漫长的时间里到底发生了什么？

Naing医生带着协调员以及他的助理医生走了进来。他单刀直入，"你的心电图显示窦性心律，QT间期延长了480毫秒。这超过了正常的QT间隔好多倍。这不符合ATR-101的入组资格。"

长QT综合征（Long QT syndrome，LQTS）在心电图上表现为QT间期延长，易合并尖端扭转性室速、室颤等恶性心律失常，在多达数十项的心脏副作用中，最重要的后果就是容易导致猝死。

我有点发懵。怕什么来什么！"我刚才与制药公司负责临床试验的经理，沟通了差不多一个多小时，我希望他能为你破例。事实上，他不同意。ATR101的剂量显示出有较大心脏毒性。目前已经有两个病人因为心脏毒性带来的副作用，离开了实验组。我们担心这会给你带来无法承受的后果。很抱歉，你不能参加这个试验。"

看我一脸绝望，Naing医生搓了搓手，解释说："也许这个试验并不是太适合你。我们也在研究现在的这种剂量，带来的严重的心脏毒性以及其他副作用的问题。可能将会重新进行一些剂量的调整。临床试验是为了找到最佳的治疗方法，不能因为药物副作用，给病人带来不可挽回的损失。"

"我目前没有任何症状，能否再与制药公司联系一下，让我再检测一次？"我无力地辩解，眼前不时出现那个创造了这个药但却未能用上它的肾上腺皮质癌病人：ATR101公司的那个创始人。

Naing医生耸耸肩。"两天前我们拿到你的数据后，已经帮你重查了一次。你的QT显然在近期无法恢复正常。我们现在需要搞懂，你的QT延长来自遗传还是化疗带来的副作用。前期让你做的那个家族性QT综合征的基因检测，目前我们还在等待结果。但无论是哪种结果，这次可能你暂时无法参加这个试验了。你需要再重新转诊回到兰斯医生那里。他在下午会有一个与你的预约。"

我的脑子一片空白。绝望快速弥漫全身，我几乎动弹不得。似乎要晕倒似的，晃了一下。Naing医生伸手将我扶住。我才突然清醒。

我握住他的手，仿佛抓紧了一根稻草。"如果我的QT恢复正常，我还能参加这个实验吗？"

Naing 医生点点头。"我们还在寻找适合你的新的临床试验。二个月后,你可以再来见我。"

这渺茫的希望。

我累了。

距离见兰斯医生还有两个小时,我躺在诊所外的长沙发上。MD 安德森的每个楼层都会摆放许多舒服的沙发与椅子。之前我没有体会到它的妙处,现在才明白这家医院的贴心。我迷迷糊糊睡了一会,然后又突然惊醒。脑子里急剧地转动,关键时刻,容不得我伤感或者难过。这些都不是办法,不是前进的方式。

在网上快速搜了一下 QT 延长综合症以及造成这种问题的答案。化疗药物中容易引发这种综合征的有治疗白血病的三氧化二砷,也就是砒霜。再就是多柔比星(阿霉素)的累积剂量,会明显造成 QT 延长。并会带来严重的心脏毒性。目前关于化疗药物治疗带来的心脏毒性逐渐受到重视。但化疗药物带来的 QT 延长,普通的心脏科医生基本无法找到原因。

但为什么 QT 延长不能入组参加临床?

我查看了一下 ClinicalTrials 上 ATR 101 临床试验的登记,发现这个药物不但 QT 延长不能入组,还包括脑部转移、以及米托坦药物的血清值不得高于 5 的苛刻排除标准。

仔细搜了一下,发现网上有许多曾被排除在临床试验之外的病人,他们的奇葩理由令人难过而又搞笑。一个临床医生统计,在所有的临床试验中,排除标准至少可以统计出 100 多种。这几种因素里,排名第一的是脑转移,其他依次是有第二种癌症、以及肾脏功能问题。再就是肌肝问题,胆红素、中性粒细胞等。甚至年龄也会成为一个排除标准。

因为脑转移而没有办法使用潜在治疗药物的病人,基本上成为这种因为保护药物试验效果,而设立的门槛的牺牲品。在一个社交媒体上,甚至有一个被排除在各种临床试验之外的群组,讨论自己因为各种奇葩标准,被排除出试验组的故事。

有个病人吐槽,说他先后被查出胆管癌和胰腺癌两种癌症,结果分别有胆管与胰腺的临床试验,分别将他排除在外。谁都不收它。理由是,不能同时拥有两种肿瘤。因为这不符合入选标准,但却符合排除标准。

每则吐槽的后面,都几乎是个黑色故事,或者一声叹息。

这些过于严苛的试验标准,基本的理由是保证安全性而设置的。但显然对需要接受新药治疗的病人来说,它是过时的,不安全的规则。这些排除标准,使一大批失去了标准药物治疗方法的病人,不能进入试验,而成了临床试验室外的孤儿。

现在摆在我面前的是,下一步可能将无治疗方案可用。

对于一个肿瘤病人来说,如果没有治疗方案,就意味着将陷入真正的绝望。

兰斯医生不像我这样悲观。

"Naing 医生正在寻找新的临床试验。你有两个月的等待时间。在这段时间,我们可以做一个小剂量的姑息治疗的方案。这三种药物是米托坦、依托泊苷和卡铂。在维持性的治疗中的数据很不错。毒性副作用也很小。对部分肾上腺皮质癌患者有效,也希望能帮你延缓病情的进展。最主要的是,这三个药物的副作用,更容易控制。可以做三个化疗周期后再进行评估。"

姑息性化疗（Palliative chemotherapy）的目的不在治愈癌症，而是在减少肿瘤负荷以及延长预期寿命。这意味着这个化疗组合并不是为治愈而设计。这不是我想要的方案。"能否将我之前没有做完的四联化疗药物再做一次呢？我现在休息了一段时间，副作用明显减轻，耐受性比之前强多了。"我一直对之前曾给我带来 CR（完全缓解）的四联大剂量化疗药物耿耿于怀，充满遗憾。

兰斯医生说："我检查了你的 QT 延长的问题。由之前大剂量化疗带来的副作用的可能性很大。这些毒性是累积的。如果继续使用这个方案，同样会增加心脏毒性。我们需要考虑它的安全性。从现在开始，你每两周都需要进行一次心电图监测。"

妻子轻轻拍了我一下，说："就听兰斯医生的吧，我们先做这个治疗。至少咱们两个月后，还有一个可能参加临床试验的机会。"她总是在关键时刻，会表现出特别的冷静。这一段时间的治疗，她很信任兰斯医生。认为兰斯医生的经验与他的每次判断，都非常精准，也很果断。她与王老师一起讨论过，认为兰斯教授在关键治疗上的判断，给了我机会。

化疗在当晚就开始了。挂在输液架上药袋里的药物几乎只有之前剂量的三分之一。四个小时后，我们就回到了家里。

躺在床上，睡不着，脑子里反复上演今天发生的一切。又是惊心动魄的一天，各种信息量太大。半梦半醒中，被一句似乎无意中看到的话给翻来覆去地折磨。姑息治疗其实就是临终关怀？这几乎是所有肿瘤病人的最后一步。我被这句话惊醒，悄悄爬起来，在网上搜查相关信息。

所有我正在经历的难题，以及新的治疗问题，其实在网上都有真实的故事以及讨论的结果。姑息治疗与临终关怀在国内许多医生与病人眼里，其实是同一种。尤其是国内的各种科普文章，大体上把这两种混同一起。国内有医生甚至认为，临终关怀这个字眼太刺激，应当用姑息治疗替代。

有一个病人家属写了一个帖子，父亲用完了所有的标准治疗，没有药了，他的肿瘤将他的腹部撑满。浑身疼痛。医生提示家属，可以把病人带回家了，该吃吃，该喝喝。这往往是医生最后的让人绝望的话。家属说，我们想让父亲在最后这一段时间，不再疼痛，不再痛苦。让他舒服一些，最好能住在医院里离开这个世界。但找了十几家医院，最后才找到一个空床。可以打止疼针，也可以象征性地输液。虽然知道这些都没有什么用，但父亲临走前那段时间，很有尊严，没有因疼痛失去知觉。也没有进行创伤性的救治。她说，这成为我们全家最感到欣慰的一段时光。而这可能就是国人理解的临终关怀或者姑息治疗了。

姑息治疗是癌症治疗中近年来兴起的一个新学科。WHO 给出的定义是，当癌症晚期患者很难从抗癌治疗中获益时，则以姑息治疗为主，目的为缓解症状和减轻痛苦，以改善生活质量。临终关怀所提供的是从治疗疾病转向支持与缓解症状为主的照护，属于较特殊形式的姑息治疗。

读到一位纽约斯隆癌症中心的姑息治疗医师的文章。她认为姑息治疗不等于临终关怀。也不等于放弃治疗。这种治疗本身是要舒解晚期癌症患者身体上的疼痛、呕吐、腹泻、炎症、局部组织坏死等问题，尽可能减少肿瘤的负荷，帮助患者及家属了解治疗方案的利弊。这种治疗区别于根治性治疗的凶猛剂量，以及大面积药物的攻击。

事实上，美国的许多医院对于晚期重症癌症患者，原则上会有一个姑息治疗的步骤，但有时却被大家因为治疗上的紧急与恶性程度高，而使这两者的治疗方式，无缝衔接到了一起。使它们成为了同一种，这成为了许多癌症病人噩梦的开始。

我现在的情形介于这两者的中间。我还在进行治疗，但只是维持性的，或者舒解性的。事实上，我已开始进入肿瘤治疗中，最后的可怕的循环。

如果这个小剂量的三联药物无法减小我的肿瘤，如果 Naing 医生两个月后没有找到新的临床试验。我将再次面临无药可用或者无治疗方案可供选择的绝境。

天价医疗费

疼痛像一只小小的蚂蚁，它们缓慢地在我的口腔中行进，最后停留在了我右边的牙齿上。然后，它们开始快速地咬啮着牙上的神经。仿佛所有的疼痛，一般都出现在深夜，或者第二天早晨醒来。生命仿佛已发生改变。我被它叫醒了。这种疼痛无法形容，仿佛一台抽水机在牙上抖动，它是间隔性、跳跃的。我下意识地捂住右脸。

我之前也有过牙疼，但从未如此剧烈。这已是第二次化疗后的两周了。这次的化疗剂量明显减少，我几乎没有任何副作用。血象基本正常，甚至可以正常进行游泳、散步。但这种突如其来的剧疼，让我几乎不能呼吸。在疼痛面前，人连狗都不如。

我见过一个朋友疼地打滚、哭、叫，连一张纸也无法拿住，人只想着死。他事后描述那种疼连脚尖都在抽动，仿佛在锥心。

我现在就是这种疼痛。

妻子惊呼，你的脸怎么肿了。我想说话，嘴巴已无法张开。舌头僵直。我蜷曲在床上，使劲地抓住妻子的手。她的手腕被我抓出了勒痕。这种疼痛无法形容，我的全身抖动着，头痛欲裂，但浑身虚弱，冷汗沾湿了睡衣。

她显然被吓坏了，跑出去拿了一块湿毛巾，放在冰箱里冻了几分钟，让我冷敷。但这似乎并不管用。

她有点手足无措，在屋子里转了几圈，拿起电话，拨给了刘如。

刘如姐到来时，我已处于半昏迷状态。高烧接近 41 度。疼痛和疲劳让我像一条垂死的鱼，只有轻微的呼吸。

刘如说，可能是化疗引起的牙疼与发烧。这种情况必须马上送急诊。

村里一个病友的儿子，把我从二楼背到了车上。

MD 安德森的急诊中心在主楼的侧边。妻子找来一个轮椅，刘如与她推着我，快跑进了急诊室。

口腔疼痛与发烧显然并不是急诊需要优先处理的病例。在美国的急诊中心，除了有生命危险的病人，其他的急诊病人都得按你的生命危急与否的状况排队处理。我曾在陪一位村里发烧的病友来急诊中心时，愣是等了将近一个小时才排到。在我们身后是一位被车撞坏胳膊的年轻人，血都在淌，但护士连看也不看一眼。因为前面有一位头被击伤的患者正在急救。

等候了半小时，护士过来，给我量体温。从 1 到 10，问我疼痛等级是多少？

在美国的医院疼痛是分等级的：无痛0级；轻度疼痛。1—3级是指有疼痛但可忍受，生活正常，睡眠无干扰。4—6级是中度疼痛，一般此时疼痛明显，不能忍受，要求服用镇痛药物，睡眠受干扰；重度疼痛一般是7—10级，疼痛剧烈，不能忍受，需用镇痛药物，睡眠受严重干扰，可伴自主神经紊乱或被动体位。

我用手比了一个7的手势。

护士要给我量体重，我没有任何力气，只有微弱的意识支撑着我。有一刻，我觉得自己可以走到那个量体重的地秤上，当我向前迈动步子时，眼前一花，直接向地上倒去。

黑人护士眼急手快，一把抓住了我。

她找来一个手术床，将我放上去，推进了诊室。然后拿出一支吗啡，打了进去，我几乎瞬间昏睡过去了。

醒来时，已是下午了。刘如姐与妻子守在床前。

蔡说，你睡了差不多有三个小时。可把我们吓坏了。我想知道结果，试着张开嘴，只有嗯嗯啊啊的声音出来。刘如姐看懂了我的意思。她叫来了医生。这是一位姓高的中国医生，沟通似乎一下子变得简单，可靠起来。

他说："你这个是下颌感染引发的牙髓脓肿。牙脓肿的罕见并发症可能造成致命的心绞痛。我们给你静脉注射了头孢吡肟和万古霉素。你同时伴有中性粒细胞减少，伴低钠血症脱水，以及挺严重的贫血。但详细的结果有几项还没有出来。你现在的情况已经有所好转，高烧已经压下去。今天你会被收治住院，可能还需要进行几项新的治疗，如果明天的血液检测，仍然有问题，就要给你输血。你的牙科医生，会过来查看你的情况。"

这些症状显然超出了我的经验范围。但牙疼带来的麻烦，可能才刚刚开始。

所有的症状其实都有预兆。

我右边的牙齿是在我做完第一次大剂量化疗前一周出现断裂的。当时似乎是在咬一枚核桃，那颗牙直接裂开。化疗虽然可以杀死癌细胞，但是也会损害正常的机体细胞，其中就包括口腔细胞。化疗对牙齿直接的损伤，就是容易导致牙龈脆弱。这给我带来了一点小小的麻烦，但似乎没有疼痛。兰斯医生似乎很重视，他在例行检查时，从我的口腔中发现了它。然后把我转诊到了牙科肿瘤医生那里。

兰斯医生认为，化疗期间的牙齿问题，任何症状都需要引发关注。他曾在我参加化疗前，专门问过我的牙齿问题。说如果牙齿疼痛，必须拔掉，否则放化疗都会引发各种牙的副作用。但那会儿我并没有感觉有这个必要。

MD安德森的牙科医生很专业，他们专门处理口腔癌症以及与牙科相关的肿瘤问题。做了牙X光后，医生认为我右边倒数第二颗槽牙被蛀得快到神经根了，这也是为什么它会突然被咬裂断掉的原因。

这颗断牙需要进行牙髓治疗或者拔除，龋齿和牙结石问题，都必须要进行深度清洁。但考量我当时仍在化疗过程中，医生认为在化疗中不能拔牙。但他给我开了一堆药品，教了我好几条清洁牙齿的方法。并要求我在化疗结束后，迅速处理牙的问题。他警告我：这颗牙的牙神经还在，任何感染可能都会随时唤醒它，给你带来麻烦。

比感染更严重的是拔牙期间的风险。

放化疗后，口腔组织受到不同程度的破坏，拔牙会直接造成伤口感染，经典的说法是，口腔细菌多，拔牙后伤口不能愈合，导致长期出血。造成的并发症大约占三分之一。这是个挺吓人的数字。

读到一份指南，称个别患者规定在放疗结束五年之后才可拔牙。放疗区域接近口腔部位的在两年内也不能拔牙。网上有位牙医放出的一张图片，是放疗不到半年，一个病人拔牙后，造成严重转移，出血不止，形成新的肿瘤，脸几乎被切掉一半，半边脸几乎全部塌陷。非常惨烈。

拔牙的后果往往会使单独的伤口，导致另一个更严重的事件。最终可能会由于细菌感染而在口腔中形成牙齿脓肿或脓袋。脓肿通常会引起很多疼痛，肿胀，口臭和发烧。它还可能导致败血症。

还有一个铁条，就是凡使用双林酸盐药物治疗过因化疗而导致骨质疏松症的病人，绝对不能拔牙。直接的后果就是可能造成颚骨坏死并发症，发生率为12%。

当然，目前在放化疗前，医生们原则上都会要求病人进行牙齿清洁，或者拔牙。这几乎成为一个常识。

牙科肿瘤 Aponte-Wesson 医师带着助理过来检查我的牙。她很耐心，半跪在地上，拿一支小型手电照我的牙。我的口中有股难闻的恶臭。化疗以来，给我带来的一些奇怪的不舒服，使我有时候，会减少刷牙的次数，因为刷牙会使我有恶心感。我的口腔被她用一个特别的装置撑开。她分别敲打着牙床，然后看我的反应。牙齿的疼痛在注射了吗啡和抗生素后，虽然减轻，但仍然极不舒服。

她说："你的问题仍然是之前那颗断裂的 28 号牙齿骨折与 31 号牙的龋齿造成的。双侧颌下肿胀，声音改变。你的说话不清楚的问题，是肿胀带来的副作用。我不认为你目前的脓肿会带来其他深层感染。现在的抗生素治疗效果很好。我与兰斯医生沟通过了，第三次化疗结束后，我们会安排你去做根管治疗与牙齿修复。这样可能会减轻你的痛苦。"

我问她，化疗期间处理牙有无风险？

Wesson 医师说："我们不做拔牙处理，只是进行修复，应当没有什么大的问题。"

第二天早晨，高医生过来查房。他说，你的发热基本解决，虽有低烧，但不影响。目前麻烦的是你的血小板计数只有30，是明显的血小板减少症，同时你还有数值8的贫血。我们将为你输注 2 个单位的血小板。输完血后，你今天就可以出院回家休息了。当然，你需要继续服用抗生素以及其他药物。"

这是我第二次输血，看来这个化疗虽然比之前的四药联合大剂量化疗的副作用小，但对于骨髓的造血功能抑制却一点不比之前的化疗弱。

我仍然有点低烧，能够出院，显然是刘如姐与急诊的医生讲过我的经济情况，要求出院，转至门诊。MD 安德森的急诊一天需要九千至一万美元，像我这样输血、输注抗生素，紧急 CT 的病人，这一万块显然并不足够。去急诊对许多病人来说，都是一个噩梦。

村里有个病人叫"黄姐"，一次有点发烧，就打 911，叫了个救护车，结果呼啸而来一队两辆车。美国的急救一般都会是至少两辆车，一辆是消防，再就是救护车。上来两个高大的着全套救护服的男护士，把黄姐用担架放到了救护车上，送至急诊。

一个月后收到一个账单，救护车不到五英里，收费3千刀。住一晚，吃两粒泰诺，花费了九千刀，两个合并，1.2万美元。

黄姐几乎都快哭出来了。

自此后，如果不是事关生死过不去的坎，村里的病人有个头疼发烧什么的，都会死抗一晚，天亮后去给自己的医生打电话，预约门诊，或者电话听取处理意见。

在令人窒息的收费面前，大家的忍耐力，几乎都得到了大幅提升。

但有的急诊，却非去不可。

血输完，已是下午四点了。我们抓紧办理出院。再过一个小时，就会按住院两天计算。办理出院手续的护士还算通情达理，赶在五点前放我们出院了。急诊有个特别的规定，值得一提。病人不能自己走着离开，必需要专门的护士，把我推下楼，送到车上。

刘如姐解释，如果你一个人走出来，在医院里跌倒，或者受伤，他们要负责任。

第三次化疗结束，做完PET-CT，我即预约牙科医生处理我的牙齿。这颗牙显然带给我的教训太深刻了。住院一天，花费一万美元，还差点让我受到严重感染。出乎我意料的是，我的牙科医生只给我进行了一次深度清洁。然后推荐我到一家医院外的诊所去进行治疗。Aponte-Wesson医师说："你之前曾接受了双膦酸盐治疗，在处理你这颗断牙时的治疗选择有限。原则上这些补牙或者拔牙、包括一些基本的手术，我们都会推荐找皮特医生。他处理这些基本问题，非常擅长。MD安德森的牙科，原则上只做一些大的口腔癌手术等。你这个不算是口腔肿瘤。"

这位皮特牙科医生在网上似乎很有名气，排名很靠前。但在去拔牙前一天时，我却有点胆怯了。

我从小到大，一共经历过数次看牙的经历。我左边有个后倒牙，牙齿完全横着长，把我一口还算整齐的牙齿挤得东倒西歪，非常不堪。有年春天它突然"醒了"，疼得我全身发抖。吃了消炎药后，找到一个还算有名的三甲医院的牙医，我记得当时他让我躺下，给我打了一针所谓的"笑气"，然后来了两个实习生，与这位膀大腰圆的医生，一起在我的口腔里鼓捣了差不多30多分钟，最后我感觉是用某种钳子给拔了出来，满口是血，疼了好几天，拔牙给我留下了很深的阴影。从那以后，我几乎对牙医有种本能的抗拒。

我给刘如姐打电话，请她陪我去看牙。一是我们不熟悉这个诊所的情况，二是想让她给我做翻译，如遇有什么紧急情况，她也可以帮我们分担与处理。刘如姐很多时候，几乎已成为村里病友们的最后依靠。

皮特医生的操作很熟练，只有我比较敏感，时常泛上来的恶心，会打断他的操作。我对这位老美医生的胡子与他的技术很满意。但我对他的收费并不是很开心，修复这颗牙齿，他收了我两千八百美元。记得国内拔一颗牙，当时收费好像只有几百人民币。

但美国牙医修复的这颗牙，似乎把破损的好运气，给我一点点地补上了。在回家的路上，刘如姐接到了兰斯医生的电话，告诉了她一个坏消息，一个好消息。村里几乎所有的病人，都把刘如的电话交给医院做为第一紧急联系人。她熟悉我们每个人的病情，同时她也可以与医生进行熟练沟通。

坏消息是PET-CT的结果显示，肺

部三个可测量的肿块最大的已有将近一点八公分。这意味着这个小剂量的姑息治疗，并没有遏制住肿瘤进展。好消息是，Naing 医生帮我找到了一个新的二期临床试验。是一种叫做免疫+放疗的试验。我需要从现在开始，将米托坦停掉。这个临床试验同样需要将我血清中的米托坦降至 5 以下。

这个试验听上去高大上的样子。只是兰斯医生所说的药物与放疗的名字，太专业了，我们拼不出来。

一周后，也就是 2015 年 1 月 8 号，将安排我去见 Naing 医生。

2014 年过得真快。快得几乎来不及眨眼，甚至来不及呼吸。

肿瘤治疗的科幻场景

新的临床试验看起来类似一个科幻故事。

它的名称叫做免疫联合放疗——这是一种叫做 ipilimumab 的免疫药物与 SBRT 联合的治疗方案。ipilimumab 的中文名叫做易匹单抗，它在 2011 年 3 月已获得 FDA 批准，可用于治疗无法通过手术切除的转移性黑色素瘤。但这款早期的免疫药物单药治疗黑色素瘤患者的中位生存期为 10 个月。有效率实在不敢恭维，一直徘徊在 10% 上下。因此越来越多的研究人员开始为它寻找"最佳拍档"，以达到在安全的前提下，大幅提高其抗肿瘤活性的目的。

免疫治疗是个新技术，至少在 2015 年之前，这款药物曾带给癌症病人新希望。它打开了一种治疗癌症的新思路，即用药物激发病人体内自身的免疫力（肿瘤特异性免疫效应），来杀死肿瘤细胞。与免疫药物类似效应的，还有新的 SBRT 放疗技术

带来的一种"意外的远隔效应"。

这个"远隔效应"是放射治疗癌症中被多次证实的一个"意外"。放疗医生很早就发现，放疗肺部肿块时，不仅这个被照射的肿瘤会被杀死，没有被放疗过的其他远端的肿瘤，比如肝部，也会出现缓解。这有点类似于象棋中的"隔山打炮"。

研究发现，放疗可以导致癌细胞坏死，集中释放大量抗原，吸引免疫细胞聚集到肿瘤部位杀伤癌细胞。这也就是局部放疗可以产生全身免疫反应的原因。但放疗中的抗原并不一定会被激发，放疗产生的抗原大约在百分之十左右。也就是说，这个意外一般只在少数人身上发生。

MD 安德森这个临床试验，基本设定就是为易匹单抗找来一个帮手。这个试验是想利用放疗所带来的"远隔效应"，激发这种已在黑色素肿瘤中有效的药物，增强肿瘤特异性免疫的释放，提高"远隔效应"的发生率。

Naing 医生在黑板上画了几张图，详细介绍了这个联合治疗的科学原理，说实话，我并不是太明白这种所谓的免疫+放疗会给我带来什么？

Naing 医生强调，易匹单抗不是化疗药物。它的剂量测算、输液时间以及测评治疗有效与否，都将是全新的。

有了两个月前与 Naing 医生关于 ATR101 一期临床时的全套流程训练，使这次的交流变得简单快速。参加临床试验的好处是易匹单抗的药物免费，它的官方报价是三万多美元。但 SBRT 放疗、抽血化验与见医生等费用自理。医院的财务助理给了我一份预算：我需要预付 12 万美元用于 SBRT 的放疗费用。

这显然是一个大数目。我的头皮有点

发麻。但此时钱不在我的考量之内，这个临床试验可能是我目前唯一的选择。

我的担心源自于上次的教训：会不会再次被拒绝？

Naing医生笑着说，"我们修改了规则，放宽了入组条件。你符合其中的两条，比如实体肿瘤，有转移至肝部或者肺部的任一肿瘤，都可以入组。你现在是我们的候选人之一。你目前的身体情况，基本上都符合，我们将在两周后开始治疗。"当然，Naing医生最后仍然委婉征求我的意见：可否同步提供血液样品给他们这个免疫平台共享。我立即答应了。但我没有想到，每次治疗前，都会从我的身上抽取至少十管血。这个血液样品的量有点大，且还需要我自己支付这些费用。

我第一次见Naing医生笑。他的一口白牙齿显得非常温柔。

签完合同，Naing医生送我们出来，在走廊转弯处，遇到一个穿白大褂的医生。他戴着眼镜、一头卷发、胡须凌乱，走路似乎还喘着粗气，看上去睿智而随和。

Naing医生立即上前，与他握手示意。我听得出他们在谈论我的情况，我是他们这个试验平台新入组的目前唯一的肾上腺皮质癌病人。

他握住我的手，客气地询问了几句。然后离开了。看得出Naing很尊重他。他介绍说，这是艾利森博士，是他发明并创造了易匹单抗。

我遇到吉姆·艾利森（James "Jim" Allison）的时候，他正在接受他的第二种癌症治疗。今年早些时候，他的鼻子上有一个肿块。对于任何身上发生的恶性变化都十分敏感的医院的同事，认为这个黑色的肿块长得不太友好。皮肤科医生随即诊断出他是浸润性黑色素瘤。这个与艾利森合作数年的资深医生说："我们建议你先手术，争取不要用到你自己的这个药物。"

艾利森的鼻子做了一个手术，但他仍然选择用易匹单抗给自己进行了四个疗程的巩固治疗。他这一生最不愿意的事情就是，用自己发明的药物去治疗自己的癌症。但最后的结果就是他仍然使用了易匹单抗，进行了后续治疗。药物与手术显然都很成功，他至今一直没有复发。

癌症显然对艾利森来说，并不陌生。在他十一岁的时候，他的母亲就因淋巴瘤去世；但艾利森的母亲不是他的家族中唯一死于癌症的人。十五岁时，艾利森经历了一个叔叔死于黑色素瘤，另一个死于肺癌。他亲眼目睹家人为了对抗癌症，承受了难以想象的痛苦。

2005年，他的哥哥遭受前列腺癌折磨后去世。在他哥哥死后不到一周的时间里，艾利森进行了前列腺穿刺活检并亲自诊断出癌症。外科医生切除了他的前列腺，幸运的是，它没有复发。

艾利森家族普遍的癌症史，使他从小就开始活在这种被诅咒的阴影里。他与父亲均是医生，但却对家里人的病痛无能为力。直到这两种癌症分别找上他。他也成为家族癌症史的一员。这些癌症的阴影似乎是他成为一个肿瘤医生的动力。

2015年，对于艾利森来说，他不仅仅只有坏运气。他得到了第二种癌症，同时也得到了人生中的第18个大奖：拉斯克奖。颁奖词称这一发现"革命性地改变了癌症治疗，从根本上改变了我们对癌症治疗的看法"，艾利森从不同角度出发，提出了一种全新的方法——癌症免疫疗法，它不直接作用于癌细胞,而是作用于自身的免疫系统。

诺贝尔风向标以美国拉斯克基础医学奖（Albert Lasker Award for Basic Medical Research,简称拉斯克奖）和加拿大加德纳基金会国际奖（Gairdner Foundation International Award,简称加德纳奖）最为著名,现在他全部拿到了。

这显然是艾利森获得诺奖的前奏。2001年至今,诺贝尔生理学或医学奖已颁发19次。有十多位诺奖得主出自这两个大奖,他现在全都中了。

知道我入组做这个试验的时候,王老师说,艾利森是MD安德森的传奇人物。人们都认为他会是2016年的诺奖获得者。事实上,在2015年他就被推测是诺贝尔奖的热门人选,但显然并没有如愿。但在MD安德森,大家认为这个奖迟早都应当是他,只不过是在今年还是另外的一个时间,拿到它而已。

艾利森最重要的发现之一是找到了一个T细胞启动"杀伤"机制的"阀门"——CD28分子受体。当它被激活时,T细胞就能自动启动杀伤癌细胞。不过他又发现,这种T细胞攻击的时间不可持续。于是,他又做出了另一个重大发现,找到了一个在T细胞表面偶尔出现的受体——CTLA-4,事实证明,这个受体与其他蛋白结合时,T细胞不但没有被激活,反而失去了活性,也就是启动了"刹车"功能。CTLA-4受体也因此被称为"检查点"（checkpoint）疗法。艾利森显然不是那种传统意义上沉默寡言的典型科学家。事实上,他沙哑的嗓音中带着德克萨斯口音。这位七十一岁的科学家,并不喜欢每天呆在实验室里与他的老鼠们对话。

艾利森拥有一支自己的乐队,他随手取名为Checkpoints（免疫检查点）。成员都是一些著名的肿瘤学家与免疫学家,他在乐队中担任口琴演奏及和声。2014年6月,检查点乐队在芝加哥蓝调之屋举行的国际癌症免疫疗法学会筹款活动上演出,台下的这些人都是免疫疗法的信徒,其中也包括二十多年前曾因固执坚信"免疫治疗不会奏效"而拒绝他的一篇突破性论文的审稿人。

他至今仍喜欢在酒吧演奏,他认为这才是科学家应当有的样子。

但这款药物的诞生过程,显然并不是一个看上去必然要发生的奇迹。

1965年,艾利森成为得州大学奥斯汀分校生物化学博士,研究催化体内各种反应的酶。他研究的这种酶能够破坏并诱发小鼠白血病的一种化学物,从而使肿瘤组织坏死——他的研究目标就是搞清其中的生化机制。这个选择,促成了他未来在对抗癌症的战役中做出的革命性突破。

艾利森想知道的是,被治愈的患癌小鼠,是否也对癌症"免疫"？他抱着好玩的心态,给这些小鼠重又注射进了肿瘤细胞,并且决定不再用酶来治疗它们,看看会发生些什么？这次没有得到许可的试验游戏的结果是,这些小鼠没有重新患癌,他又给这些小鼠注射了10倍的量,反复数次,发现这些小鼠仍然没有得癌。

作为一次偶然事件,这个实验证明不了什么。但它已经成功让艾利森瞥见了免疫系统的奥秘和潜力,以及那时刚发现的新成员——T细胞。它们有些确实是杀手,但还有一些能帮助实现复杂的免疫应答,来启动人身上的免疫力。

因此他决定再次转换方向,去研究这个新课题。

事情的转机发生在他所在 MD 安德森癌症中心设在一个小镇附近的实验室期间。当时,免疫学的真正难题在识别 T 细胞抗原受体,他用了将近两年的时间,整合出一套比较 B 细胞和 T 细胞的方法。这就像在寻找一根草垛里的针,艾利森的想法就是烧光干草,筛去焦灰,找到铁针并擦去上面的铁锈。

1982 年,艾莉森在一本新出版的几乎没有什么影响力的《免疫学杂志》(Journal of Immunology) 上发表了一篇论文。这篇论文被《科学》与《自然》这样的顶级杂志断然拒绝。艾利森的论文报道了他的第一个突破性实验的结果:在 T 细胞表面发现了一种蛋白, T 细胞抗原受体。这篇论文短暂带给他一些成功的假象之后,却使他在后面的竞争中迅速面临了两个几乎摧毁他人生的重要的失败。

1986 年,一位名叫哈罗德·休伊特的英国科学家在研究小鼠中的肿瘤二十年后,发表了一个结论,只有直接注射癌细胞引起的肿瘤才具有免疫原性。自发性癌症对于免疫系统是不可见的。他的这篇论文的结论以及在当时出现的免疫疗法药物的反复失败之后,科学界普遍认为研究以癌症治疗为重点的免疫系统是一个愚蠢的事情。

艾利森似乎对此不屑一顾。他不认为自己的方向有问题。1988 年,已跳槽至伯克利大学的艾利森团队证明了 T 细胞的刹车系统是表面上一个叫做 CD28 的分子。这是一个重大发现。但很快艾利森和他的同事们就意识到事情远没有这么简单。施贵宝公司也在研究 CTLA-4,并制做了一种阻断 CTLA-4 的抗体,他们的课题组马上发表了论文,指出 CTLA-4 是第三个启动信号,活化 T 细胞产生免疫应答的另一个油门。

艾利森已是第二次被竞争对手击败了,这实在让人沮丧。

但艾利森很快就重新活过来了。他在三月前写好了实验计划,制作一些小鼠肿瘤模型,给 100 只中的一半注射 CTLA-4 抗体。另一半没有注射,看看会发生什么。

这个试验的执行者是有癌症研究经验的博士后达纳。结果显然超出大家的想象;三个月后,注射 CTLA-4 阻断抗体小鼠的肿瘤完全消失了,而没给药的小鼠肿瘤还在生长。这是个完美的实验,100% 的存活 VS 100% 的死亡。艾利森震惊了——通常情况下的实验数据不该这么完美。临床试验中很少发生 100% 的事情。

这个实验表明,CTLA-4 功能缺失的小鼠显然很快就死于自身免疫性疾病,艾利森博士从中看到了"松开刹车可能会强化免疫系统对抗癌症"的机会。艾利森决定重复一遍实验,这次是有对照组的双盲研究。实验显然让他对此更加确定,这种新的药物就像疫苗一样,免疫系统需要时间来做出反应。很快结果出来了——和之前的实验一样,又是 100% 死亡 VS 100% 无瘤存活,真是完美。

1996 年 3 月,艾利森团队在《科学》杂志发表了"通过 CTLA-4 封锁增强抗肿瘤免疫力"的论文。它只有三页长,但结果不言而喻:通过向小鼠注射 CTLA-4 抗体,艾莉森的研究小组已经使免疫系统抵抗了癌症。随后,人们就发现,艾利森博士把自己宝时捷车后面的车牌号码更换成了:CTLA-4。

当时,不少医药公司对这一惊人结果

表示怀疑。不过，有一家名为 Medarex 的公司却没有随波逐流，他们开发出了全人源化的 CTLA-4 抗体。后来，Medarex 被百时美施贵宝（BMS）收购，于是就有了第一个免疫治疗药物 Yervoy（也就是易匹单抗，或者 CTLA-4）。

2001 年 5 月，一个名叫沙龙的中年妇女被诊断出患有转移性黑色素瘤，她的病情已经非常严重。肝脏充满了转移瘤，肺部被肿瘤压迫。在这之前，只有两种药物曾获得 FDA 批准用于治疗她的 4 期疾病：一种从未显示出生存益处的化疗药物和一种称为白细胞介素 2 的增强免疫力的白细胞蛋白质。这时候她只剩下一个选择，就是参加艾利森团队设计的易匹单抗的一期临床试验。成为接受这种药物的首批病人。

沙龙不认为这个药物会产生奇迹。她只要求艾利森能够让她可以活着参加儿子高中毕业典礼，而典礼还有一个月的时间。但显然，她是一个真正的幸运儿。

十五年后，当我坐在 MD 安德森 11 层免疫中心治疗平台的诊室，观看签订这个药物试验前的电视教学时，我看到了她的照片，下面写着一行字："ipilimumab 史上最长的幸存者"。

2011 年，易匹单抗获批上市治疗恶性皮肤癌。这种变革性的免疫疗法药物被认为是化疗之后肿瘤治疗历史上的最重要突破。有研究证实，一款药物从假设、寻找机制，候选药物，三期临床，直到其最终被批准上市，至少需要二十年，甚至更长时间。

易匹单抗显然就是这样的药物。而我等到了它。尽管这个药物显然并不是针对我的罕见癌症，肾上腺皮质癌。

但让艾利森一直感觉困惑的则是，为什么没有更多的人对免疫疗法产生反应？易匹单抗在黑色素或者其他肿瘤的治疗中，并没有出现奇迹。虽然它治好了成千上万的黑色素肿瘤患者，但是仍然有很多患者却因未知的原因没有药物反应。据估计，大约只有 1/12 的患者可以从免疫治疗中受益。艾利森博士比任何人都更早地意识到这点。

在 ipilimumab 的第一个一期临床试验中的 17 人里，幸运儿沙龙是仅有的三位应答者之一。但她现在深陷这种药物带来的副作用中。而在一些二期临床中，还发生有几例患者死亡，不是因为转移性黑色素瘤，而是由于易匹单抗本身的副作用。

一些临床医生甚至发表论文称，易匹单抗是有史以来毒性较大的免疫药物。

艾利森认为，易匹单抗单药的治疗效果并不是最佳的，未来的方向一定是联合治疗。需要把不同的免疫"检查点抑制剂"放在一起，并且加入那些能够杀死 T 细胞的药物。MD 安德森的免疫疗法平台围绕着易匹单抗进行的六种不同药物间的联合试验，大都集中在这里进行。

我将是其中的一个新的"数据"。只不过这次易匹单抗联合的是 SBRT 放疗。并且他们把试验目标放到了六种罕见癌症上。

中美放疗差距

显然这可能是我自 2013 年至今，最愉快或最享受的一次治疗。

新的治疗地点更换到了主楼三楼。像以往一样，带着平板电脑，下载了想看的电影，以及一大杯茶。一切都是按之前每天八个小时左右的化疗时间的经验来配置的。蔡开玩笑说，这几乎是一个刚退休的老干部的全部装备。

护士挂了两小袋液体，差不多只有200毫升。这可能只是一个前奏。我深吸一口气，躺下来准备这漫长的静脉输注。

蔡下楼去 MD 安德森的财务室查账。安德森的账有点乱，最近缴钱有点频繁。中国病人差不多都可以从这些账单中找到多收或者一些莫名其妙的费用。这些多收的费用显然不是一百或者两百，而是上千美元，或者近万。村里的一些病人家属，几乎形成一个习惯，陪病人来化疗时，往往都会兵分两路，病人化疗，家属去楼下查账。奇怪的是，每次查账，几乎都可以找出几笔莫名其妙的收费。村里最厉害的查账者是上海的一位陪儿子来安德森治疗肺癌的教授，她几乎每个月都会查出几笔额外的费用，然后还可以让 MD 安德森的财务把账给弄平了，有几次还退了她一些钱。

这显然鼓舞了家属们查账的热情。

蔡的办法很简单，记看病日记，比如几号去见了医生，或者做了什么治疗，用了什么药，然后对着账单，看有无问题。当然，这些经验是村里的"查账大户们"总结的。

偶然让她查出了几笔，让她很有成就感。

几天来的奔走，终于可以做上治疗。心下放松，困意汹涌，恍惚间睡着了。护士进来拔针的声音惊醒了我。

治疗结束。我看了一下表，90 分钟。这么快，我心里隐约有点担心，之前每个周期四天八小时的剂量，都遏制不住这个肿瘤。这个药的剂量如此小，能杀掉它们吗？

因我是第一次做易匹单抗的治疗，护士要求我在诊室观察 30 分钟，如果没有什么严重的副作用，就可以回家了。

这个治疗速度也太快了吧？

我在网上查询到，易匹单抗的剂量是按每公斤 3mK 的剂量来计算的。我体重73公斤，剂量为219mK，这个药物剂量的确定与传统化疗药物的计算方式已显示出不同。

放疗医生叫做 Chang Joe Y MD。

字面上理解是一位姓陈的中国医生。但见了面，我才发现这个名字后面竟然隐藏着一个"冷知识"。放疗医生的中文名叫做张玉蛟。他是 MD 安德森放射外科中心主任，终身教授。

我有些好奇："你的英文名怎么会是 Chang。"

他哈哈大笑，"这个问题不是第一次有人问我，Chang 张的拼法是中国1958年汉语拼音出来之前的威氏拼法。威氏拼法由英国人威妥玛发明。我选择延用 Chang，是因为美国人发不出 Zhang 这个音，因为 Zhang 并没有遵循英语的发音习惯。"

仿佛某种缘分，我在半年前就认识了张教授。当时是在休斯敦中国教会组织的癌症病人的一次野外的聚餐活动，张教授被请来给大家讲述放疗在"肿瘤治疗中的作用"。这个中国教会里有众多在 MD 安德森以及医疗中心工作的医生与护士，他们时常会义务来帮大家进行各种科普。

放疗对于中国病人来说，显然是一直排在手术、化疗之后的最不得已的选择。它的各种被妖魔化的副作用都使癌症病人非常不安。看上去温和儒雅的张教授，说了一个几乎颠覆肺癌治疗方法的论点：早期肺癌放疗比手术效果更好。

与外科手术相比，放疗的优势在于毒副作用小，致死率极低。他的依据是，早期肺癌普遍认为应该是手术切除，但是手术切除有很多并发症。即使微创手术，与开胸手术相比，手术死亡率没有差异，只是并发症从45%降到41%。但经过临床对比，现在在使用SABR技术，能够精准地把剂量打到肿瘤上，严重副作用只有15%，大幅低于手术的41%。

2014年世界肺癌大会，张玉蛟教授在大会发言公布手术切除与SABR在早期肺癌随机研究的结果，随后在顶刊《柳叶刀》（Lancet Oncology）上发表了论文。从那时开始，关于早期肺癌"切除"还是"放疗"更有优势的争论，学术上持续了数年。

并且这个结论遭到了外科医生们的"强烈反击"。

他说感谢那个与他一起合作完成这个论文的外科医生。"病人对于放疗有偏见，是大家不了解这种技术，但医生们其实也不一定对放疗有足够的认知，甚至会因各种原因对这种技术产生排斥。这些偏见往往会使癌症病人在关键时候的治疗上，失去一个关键选择。"

这篇研究发表之前，早期肺癌领域一直是外科"独大"。而该研究的出炉促进了多学科的合作，使得外科、放疗、内科、放射等科室的医生能够坐在一起探讨早期肺癌的最佳治疗方案。从这一点而言，该研究具有一定的里程碑意义。

张教授把放疗比作是三军中的导弹部队，可以对癌症进行精准的打击。手术是最基本的治疗手段，但手术意味着一定要把人体打开，有创伤性，然后再靠医生的手和眼睛进行判断是否切除。放疗有着先进的科技支持，由于近年来计算机技术的发展，病人哪里有肿瘤，位置在哪里，边界是怎样的，在不开胸的前提下就已经一清二楚了。完全可以将很精确的剂量打到很精确的位置，达到非常好的治疗效果。

据统计，在美国所有的肿瘤治疗当中，大概有70%的病人需要做放射治疗，所有接受放射治疗的肿瘤患者中，有40%左右的患者得到了治愈。

在美国，肿瘤的总体治愈率大概在60%至70%，也就是说，超过一半肿瘤的治愈是依靠放射疗法，或者有放射疗法参与的。数据显示，在所有肿瘤治疗的开销当中，用于放射治疗的费用小于14%，即用小于14%的社会资源，参与治愈了40%的肿瘤病人，更不用提它在其他如姑息治疗方面的作用。可以说，在指征符合的情况下放射治疗是效价比最高的一种治疗方法。而对许多癌症病人而言，放射治疗甚至是唯一的选择。

张教授儒雅、客气、温和。他对国内来的病人们有求必应。甚至给了每个人一张名片。上面印着他的电话以及邮箱。这给我留下了深刻印象。像他这样级别的终身教授，在国内可能很少会在这样的场合，与病人们混在一起，还给了大家他的联系方式。

没想到半年后，我的放疗医生居然是张教授。

张教授说："我看过了你的病历，CT影像。这个试验部分我与Naing医生进行了全面沟通。一周后，将为你进行模拟定位，这次治疗将在第二期化疗结束后的第一周进行。"

他打开电脑，指着一个早就选定的右肺叶上的一颗0.9公分左右的病灶说，我们初步选定对它进行照射。

我的右肺部还有一颗 1.8 公分左右的病灶，这是目前我身体里一个较大的肿块。我委婉地建议能否把这个最大的放掉？我私下的想法是，如果易匹单抗不起效，起码先把这个较大的肿块处理掉，也会减轻肿瘤负荷，减缓它的增长速度。

"这颗 1.8 公分的肿块靠近气管，这次放疗的剂量大，如果照射这颗肿瘤，有可能发生一些无法预料的副作用。"张教授把电脑放大，指着那颗肿块的位置。"我们希望能够因为这个局部放疗，诱导产生免疫远隔效应。早期的一些试验表明，局部单颗肿瘤放疗配以免疫治疗，往往会使远端的肿瘤产生反应。"

也就是说，我放疗胸部的肿块，肝部的肿块可能会被攻击。

这听上去已有点科幻的味道。

"你之前对放疗的敏感性很强，效果也不错。这次希望也能有一个好的结果。肿瘤大小不重要，重要的是，这个肿块在放疗时，既可以根治，同时又不伤及其他部分，最大可能减少相关副作用。"张教授言简意赅。

"远隔效应"最早由放疗医生 R. H. Mole 于 1953 年提出，2012 年来自 Memorial Sloan Kettering（纪念斯隆-凯特琳癌症中心）的一个黑色素瘤病例报告，引起了对放疗与免疫检查点抑制剂结合，"诱导远隔效应"潜在临床的关注。这是一例患有晚期黑色素瘤的女性病人，在免疫治疗进展后接受胸部病灶放疗，而其他转移病灶也随之自然缩小。

我的这个治疗显然也是这种理念的一种延续。

张教授说，"我还需要一周时间设计治疗方案。"通俗地说，也就是在定位 CT 图像上分别把肿瘤和可能出现肿瘤的区域，以及肿瘤周围正常组织准确勾画出来。

这显然超出我对于放疗的理解。我有些好奇，制定治疗方案为什么会需要这么久？

"在 MD 安德森，放疗科对每一个病人都会制定非常精准的治疗方案。精确地定位病灶，并为病人量身订造模具，保证病人在接受治疗时保持固定，以便精准接受放射治疗。放射治疗计划的重要性就好比民众曾理解的一张处方。试想如果医生开的处方中，吃药的剂量不足或者服药的方式是错误的，又怎么可能治好病呢？

"制定放疗计划是由放疗医生和物理师团队互相配合、充分沟通来完成的。许多功夫都在患者看不见的地方。放疗计划直接关系到患者未来治疗的预估疗效和安全性，一个好的放疗计划需要既让肿瘤得到完整、高剂量的治疗，又要照顾到周边正常组织不被牵连照射以减少副反应的发生率。有时候理想的计划需要反复多次调试，相当耗时耗力。我前一阵子给一个肺癌病人做一个计划，计划做出后，发现还可以有更好的方式，又重改，时间虽然消耗了许多，但治疗效果非常好。患者至今未曾复发。慢工出细活，耐心等待总是值得的。"张教授相当耐心。

"我之前在国内做放疗，差不多当天模拟定位，第二天就开始做治疗了？"

"这个现象在国内可能挺普遍。我曾在国内医院工作数年，后来也回国讲过一些课，普遍感觉国内对放疗计划不够重视。放射治疗中，有许多病例，都是由于放射治疗计划设计的不合理，延误了病人的治疗。一些本有可能治愈的肿瘤病人，由于放射治疗计划设计的剂量不足，根本不能根治肿瘤，病人治了等于白治。还有一些病例是放射治疗计划设计的剂量分布不合理，导致肿瘤周围正常组织器官受损，增加了病人的痛苦。

"另一方面优秀的放射治疗计划的设计，通常需要 1 至 3 天，甚至一周时间，而国内病人量非常多，医生和物理师根本忙不过来，很难在质量和效率上取得两全的结果。因此，放射治疗计划应该是国内的医院，改进放疗水平乃至肿瘤治疗水平的一个最重要的环节。为减少人为原因造成的误差，将精度达到最高，原则上我们都已采用先进的放射治疗计划软件来设计放射治疗计划。再用人工去验证，以保证不会出差错。"

张教授显然对于国内的放疗情况非常了解。马上就点出了国内放疗与美国医院的不同。

"国内病人量太大，没法做得细。我们一部机器，一天就治疗 30 个病人，最多 40 个，再多就无法保证质量了，但就我所了解的国内医院，普遍一台机器每天要治疗 100 到 200 个病人。

"国内放疗科另外一个差距在于定位，由于定位不是那么精准，医生担心放射伤到正常细胞，会控制放射剂量，本来应该 100%的，常常只敢开到 80%的剂量，有时更低，尤其是基层医院。这样就可能只是姑息治疗，达不到根治效果。"张教授有些无奈地说，"可能是这些原因，最后造成了癌症病人对于放疗的误解吧。"

国内肿瘤放射治疗中的这些与美国医院的差距，都超出了我的理解力。对于病人来说，所有的治疗都是一个神秘的黑洞，你很难知道那个黑洞后的真相。张教授显然是愿意把黑洞打开的医生。他提供了一个病人最需要的东西，用专业来让你对自己所要面对的治疗，产生信任。

我认定这是一位可以把自己的治疗完全托付的医生。

美国看病究竟有多贵？

按惯例我需要在放疗前签订一份愿意接受放疗的合同以及知情书。财务部只有收到全部费用后，才会通知医生进行治疗。放疗部门的财务来与我商讨付款的事宜。在 MD 安德森，放疗科的财务部门是独立单位。也是 MD 安德森最赚钱的科室。当然，在 MD 安德森，医生与财务部门是分开的。医生没有权力干预治疗的费用，但财务部门却可以决定你的治疗的延后或者中止，如果你不付钱的话。

这次的 SBRT 立体放疗需要十万美元，我需要在治疗前预付这笔费用。

账单密密麻麻写着我要接受放疗的十多项治疗项目，每项都标注着我看不懂的价格与治疗项目。这是我在 MD 安德森看到的一张明确的账单。我已有过之前做 SBRT 放疗的经验，这个费用比一年前贵了一万多块。这个账单显然超出了我的意料之外。虽然这次的免疫联合放疗，易匹单抗的药物免费。百时美施贵宝公司（Bristol-Myers Squibb）将易匹单抗的定价定为每次注射三万美元。根据批准的每三周一次 3 毫克/公斤，四剂的给药方案，这意味着一个疗程四次的费用为一百二十万美元。幸运的是，我之前的那款米托坦的药物与易匹单抗均由施贵宝公司制造。米托坦我享受了半年的免费赠药，易匹单抗则在这次试验中全部免费。

但事实上，除了这个十万美元的放疗账单，我还需要在这次试验中，支付自己的CT检查、血检、诊室输注以及见医生的费用，两项相加，我需要支付共十八万美元的预估费用。这笔费用财务解释多退少补。但一定要先预付这笔钱才可以进行治疗。

这笔钱显然是个天价。我尽量让自己保持镇静，使劲盯着那张账单，其实我根本看不懂，别说我的英语不过关，就光是那些放疗专用术语，几乎已是天书。我努力想着合适的词语，来与财务交涉看能否给我一个好的折扣。

在MD安德森的中国病人们中间，流传着的几项与医院打交道的潜规则中，其中一项就是，尽量不要与你的医生或者医院去谈钱的问题，或者明确说就是，不要让你的医生或者财务部门，感觉你是一个无法支付账单的病人。

但这些潜规则当时我却忘记得一干二净。我对那个没有一丝笑容的严肃的财务部门的黑人大姐，挤出一丝艰难的微笑。"听说国际病人有一个百分之五的折扣？"

MD安德森较喜欢现金病人，尤其是国际病人，他们没有保险，所有的项目只能用现金支付。MD安德森拥有较大量的外国病人，在这里最多最受欢迎的显然是中东的一些国家的富豪。他们一般都乘专机而来，大多会包住豪华套房，他们只要结果，不在乎为治疗支付账单。医院显然对这些中东豪客给予了最好的服务。那些有幸得到治愈的病人，往往最后还会一掷万金，捐赠一大笔费用给医院。在MD安德森治疗癌症的阿拉伯联合酋长国的现任总统哈利法·扎耶德，就曾在2011年向MD安德森捐款1.5亿美元。

这几年中国的病人虽然越来越多，据称现在已超过中东的病人，成为医院排名第一的国际病人。但相比那些靠石油发财的中东病人来说，中国人的消费显然比较理性。中国病人们往往喜欢扎堆去财务查账，或者在座谈会上提各种关于财务的建议，也促使MD安德森出台了一些基本的优惠条件。比如治疗费用满五万美金后，MD安德森医院的财务部会自动打折，给一个5%左右的折扣。

但大家对于每次治疗前的预估费用过高这一点，显然很有意见。

病友们的经验是，可以和财务部提出复议，有时复议后的预估会相差很大。

那个黑人财务人员显然见多了我这种自费病人们的反复与纠结。她爽快地说，我会给你医院的折扣。她在计算器上打出一个数字：93000元。

但这笔钱我似乎无法马上支付。蔡说："给我们一些时间，我们会在治疗进行前，把这笔钱付清。"然后对我使个眼色，到一边说话。

黑人财务似乎挺同情我们。她抱抱蔡的肩。"你们可能还需要去另一个财务部门，那里还有一个账单需要支付。"

我其实极少对自己每次的账单发表意见，或者与医生讨论账目的问题。

这源于在8181茶馆得到的一个忠告。最早的教训来自一个患有白血病的孩子。她的母亲是湖南的一个大学老师，英语基本可以交流。她的孩子在来到休斯敦第三天的时候，突发感染发烧。半夜被送去急诊，查血白细胞只有0.2，血小板34，紧急输血小板。孩子反复抽血、抗生素，抽血、用万古。但就是不退烧。

人民教师有些焦虑，对我们感叹：赚钱犹如针挑土花钱犹如水推沙……这句曾国藩家乡的名言，用在此处再恰如其分不过了。她担心这还没有开始治疗，就要花这么多钱，后面怎么办？

"我想着外国人直接呗，我也直接。财务经理问我有什么困难，我说我希望治疗方案紧凑，必要的钱花不必要的不花，要把有限的钱用于孩子的治疗上。结果她打了一通电话后，通知我们第二天的 proton simulation（质子模拟）不让做了，要和财务谈了之后才做，我并没欠费凭什么终止我治疗？我跟医生急了，她们也很抱歉，不知谁告知了财务，说她明天过来见我，见完才能去。"

她说这件事的时候风淡云轻，但大致意思我们明白了，人民教师对来咨询有没有困难的财务经理，说了"知心话"。谁在MD 安德森治疗，每天看着白花花的银子像个淌水的水龙头，滴答滴答个没完不心痛？她说了自己的困难，以及筹钱的艰难。这直接给那个经理一个印象：她可能是一个没有办法支付账单的病人。

她的病历上显然被标注到了这一点。而她显然也遇到了并不是太友善的医生。虽然这很少见。至少在我的治疗中，我没有发现与遇到这样的医生，似乎感觉他们一直在为我着想。或者总是不断地为我想方设法省钱。

人民教师的故事是，第二天就感觉护士和医生来得少了。但接下来的经历更是让她差点崩溃。孩子需要从病房直接去质子中心。但医生告知她必须坐 emergence bus（急救车）。人民教师早就听到了美国人对于急救车的抗拒，大多因为网络上流传的各种关于急救车奇贵无比的账单以及8181 村里病人们的自身经历。但更重要的是，她认为医院距离质子中心只有五分钟的路程，他们自己可以走过去，完全没有必要支付这笔莫名其妙的费用。但医生说，住院病人要保证安全必须乘坐。人民教师其后要求出院，但医生认为孩子退烧两天后才可以出院。孩子的医生很生气，妥协的结果是：要出院也行，签字说医生建议坐急救车了，你们不听，自己要走，出任何问题与医院无关。

人民教师很庆幸自己没有乘坐救护车，那五分钟救护车收费是三千多美元，一万多人民币。当然，她遇到这个医生可能只是运气不好，她其后遇到的社工，则让她倍觉温暖。这姑娘说帮她们联系了 McDonald House。这个叫做麦当劳叔叔之家的慈善基金在全世界建立了超过 322 个"麦当劳叔叔"之家。休斯敦的这家几乎成本价提供给国外或者外地来安德森治疗的生病儿童与其家长，在就医期间暂时住宿。每晚 25 美元，还提供免费的食物，供自己烹煮。

这个意外之喜并没有消除她的难过。她沉痛的教训就是，千万不要与医院谈你自己无力支付账单，至少在治疗结束前，不能这样。但显然，还是有许多病人并没有听进这句"金玉良言"。

"8181 村"有一位来自上海的肠癌病人，前公务员。具体职务不详。他显然对安德森昂贵的治疗费用颇有微词。他做事非常有条理，注重数据，这可能与他之前工程师的思维有关。他做过一个详细的调查，发现这个医院的几乎所有的费用，均比周边医院要贵三倍以上。他列出的一个最简单的对比项目是 CT。比如另一家较平民的赫尔曼医院，据说刘翔、姚明就曾在这家医院治疗过自己的脚伤。他们的康复运动科很有名。但这家医院的CT要比MD安德森便宜将近两倍。他很快要求把自己所有的血液检查、CT甚至药物治疗，都转移到赫尔曼医院。只在MD安德森看专科医生，听取他的看诊意见以及使用他的治疗方案。

这可以为他节省至少一半的费用。之前也有一些病人，开始在医生的允许下，这样做了。每个月定期去安德森见医生，听取他的专业意见，但治疗在另一个医院，唯一的问题是，你需要与这家医院的医生沟通好，他们愿意使用MD安德森的治疗方案。

但显然这位前公务员并没有像其他病人一样幸运。他的医生是位谨慎的印裔。他对于这个提议，立即否决，并且给了他一个选项，或者去赫尔曼医院，或者留在他这儿治疗。他的理由是，他不敢保证自己的方案会得到百分之百的执行，以及万一出现问题，他不愿承担这些可能的风险。

这位老兄立即展开情感攻势。他诉说了自己的困难，看病是借钱来的，他家里还有老人等等。他的这番表述，给这个医生留下了深刻印象。他在给这位老兄的医嘱里，特别标注了：此病人经济压力严重，可能无法负担治疗费用。

他的医生后来为他找了许多省钱的办法，比如同意他在其他医院去做一些便宜的检查项目，包括化疗放疗。两年后，这位老兄的肠癌出现反复。医生告诉他，现在这里已经没有适合他的治疗方案了。不再见诊他。

这让他非常焦虑。后来他在美国读大学的孩子紧急跑到休斯敦。找医生反复沟通，发现标准治疗方案，确实已没有任何治疗效果。但有一个临床试验，因需要提前预付十万美元的各种检查费用，但考量到他的经济状况，医生就没有推荐。

他的孩子马上同意支付这笔费用。前公务员老兄的苦情戏码才终结掉。他至今仍然活着。他对新来的病友们的忠告，大致的经验就是如果遇到有财务助理来对你嘘寒问暖，问你有什么困难，原则上一定不能说自己很穷，但也不能说自己很有实力，需要把握一个尺度。否则，医院的财务会真的把你放到"穷人名单"上的。把你当成可能潜在的无法负担医药费用的病人。

据MD安德森对外发布的消息宣称，每年至少有近五千万美元的治疗费用无法收回。这中间就有大部分病人无法支付急诊、以及拖欠的治疗费用等。但显然，这家医院并没有说明的一点是，他们曾有数年有二至三亿以上的利润，以及每年数亿美元的捐赠。

MD安德森的财务部门在主楼的一层，国际部的左侧。

来这儿查询账单或者支付费用的病人非常多，需要排队。我们填写了要查账单的申请单。然后就是漫长的等待。

蔡说："咱们现在的现金，可能不够支付这笔费用了。现在最少还缺六十万人民币。"

自来到休斯敦后，我就把银行卡全部交给了蔡。8181小区里的病人家属们几乎都管理着每家的账户。她们认为我们需要专心养病，没有必要再操心这些生活琐事。这显然是一个好主意。我其实一直有种逃避的心态。我不知道这笔钱何时可以用尽，尽量让自己麻痹起来，不去想这个问题。

我们在安德森一直用国内的信用卡支付账单，简单方便，还省了携带美元的不便。我们在国内共筹了一百五十多万元人民币。这些是我与她之前的积蓄以及蔡从她的家人处借来的钱。现在竟然不够支付这个账单？

我有些发懵。这些钱在我的预案里，应当至少可以维持三至四年。但仅两年左右，再加上预付的这笔钱，加起来才3年，我就把这笔钱消耗干净了？！

我想知道自己这些钱花到了什么地方？

美国的医院原则上是账单制，就是病人先看病，不需要马上付钱，过几周后，再给你寄账单。

但我显然并没有享受过这样的待遇。

病友们中间有许多传说。老病友们的说法是，他们之前一直是账单制，直到2013年初，有位南京的身患肺癌的老板，据称有亿万身家。每次都乘坐公务机过来看病。他后来病情进展，在MD安德森住了一个月的院，还在重症治疗了两周。然后医生下达了病危通知。这位老兄最后决定一定要回到故乡。医院用国际医务专机将他送回了南京。

据说，他在MD安德森住院费用就是八十多万美元，加上国际医务专机费用，共一百三十多万美元。人死账灭。

至今，听医院的人说，他们仍在与他的家人沟通联系。但家里人显然认为治了这么久，花了这么多钱，还没有治好，这笔钱自然没有人主动归还。

另一个病人的天价账目，发生在我刚来休斯敦的时候。一位东北来的白血病人，在MD安德森治疗两年多，欠下六十多万美元。她的父母只是国内普通大学的教授，很难支付这笔钱。这个女孩子的病情，显然引发了休斯敦这边华人的关注，她有严重的肾脏感染，需要做透析，华人社团专门成立了协调小组，给她捐赠白细胞。同时捐赠钱物。MD安德森据说在华人社团的协调下，将一部分费用免掉了。

这些据称是MD安德森对中国病人实行预付费的一个肇因。另外一个原因是，还有一部分账单寄到国际病人们住的酒店时，发现病人早就回国了。而这自然就成了坏账。

但可能这些都不是MD安德森对中国病人实行预付费的原因，因为自2013年开始，MD安德森就已开始对所有的国际病人，实行预付费制。包括那些有钱的中东病人。

这种预付费的方法，显然在MD安德森有着铁面无情的执行力度。财务部并不会提前通知你去预付费用，而是每次在你去见医生或者做治疗前，将你的账户锁死。在安德森每个人都有一个病案号，这个病案号是医生看诊，以及给你做治疗前的所有依据。病案号打不开，医嘱无法下达，所有的治疗自然停止。病人也无法通过预约，见到医生或者去做治疗。

当然，病人大都会在见诊前乖乖付费。因为治疗与见医生都耽误不得。我已数次被欠费挡在诊室门口。并且已经习惯了这种方式。国内不也是这样提前支付费用么，所以并不觉得有什么不适或者被歧视的感觉。

接待我们的是一位面目和善的妇人。她客气地给我们打印了我来MD安德森后，所有的账单。

这个账单繁杂无比。共有六百多项，五十多页。

我在这两年半左右的时间里，做 PET-CT、增强 CT、核磁共振加起来至少有十三次。平均两个月一次，增加的均为急诊 CT 等额外的必要的检查。每次平均一万多美元，差不多十三万美元。最费钱的显然是放疗，这个是固定的数字，上次 SBRT 放疗是九万美元。急诊一天将近一万美元。住院费用一天也在一千美元。看一次医生诊费平均四百至六百多美元。输一次血六千多美金，我输了两次。长效升白针在 MD 安德森门诊一次两千多美元一支。我几乎打了差不多有八针。但最主要的是，短效的升白针如果在药店购买，也需要将近一千美元。而每次化疗，几乎就是八千至一万多美元。这种大剂量的化疗我共做了五次，再加小剂量的化疗三次，共八次，差不多十万美元。因为我做化疗，并不只是使用这些化疗药物，重点是那些看不懂的各种名目的辅助用药以及诊室的使用，加起来就超过了十万。当然，还有我的输液港门诊手术，账单也有将近两万美元。

庆幸的是第一年的化疗药物米托坦，因为哈勃医生与施贵宝公司的赠药，省了一大笔钱。否则我不知这个账单会是多长。

这些大致的数字我都能看懂，但治疗费用显然太贵了。

我用谷歌翻译器连蒙带猜，大致勾勒出了基本的治疗项目。

对比国内与 MD 安德森的各种费用，真心肉疼。在 MD 安德森的住院一天至少一万人民币，急诊一晚八千至一万多美元。而在协和医院时，我住的双人间才每天花费八十元，当然，我指的是床位费，不包括治疗费用。门诊见一次医生，折合人民币要三千多元，国内专家号也就三百多吧。输一次血在北京两千多元，在 MD 安德森可能需要四万多元人民币。"升白针"，北京最贵的可能也就三百多人民币一支，在 MD 安德森一次就是一万三千元人民币。至于那个马上需要支付的 SBRT 放疗的费用，国内更是破天荒的只要两万多人民币，据称有的医院为了吸引病人，还将 SBRT 降到了九千元人民币。相反的是，中国的定价 SBRT 比 IMRT 便宜。国内医院的理由是 IMRT 需要做十几次，而 SBRT 技术虽然先进，但只做四次，从人工角度讲，IMRT 更耗费人力物力。但美国则是 SBRT 贵，IMRT 便宜。全部反转过来了。这儿一个手术可能需要十万至二十多万美元，但我的那个花费四个多小时、动用了五六位医生的肾上腺肿瘤切除术，只花了三万多元人民币。国内的增强 CT 也就是一千多元人民币，MD 安德森显然是国内的五至十倍还多。

这些基础检查与治疗，我不太明白为什么会这么贵？显然，这个账单明确地告知我，MD 安德森的收费是美国国内医院的三至五倍，是中国最好医院收费的十倍还多。

我被 MD 安德森医院开出的账单震惊了。但我根本看不懂这个千头万绪的账单，不知道他们的依据也不知道他们对错与否。于是在网上求助了一位在医院工作的医生。她推荐了一位号称专业的"医药账单会计师"，这是在美国自称为新兴产业中的一员，他们的职责是帮助人们阅读和理解他们的账单，与医院谈判，并想方设法减少费用。

"许多医院都知道他们的账单大多并不是真实的最后价格，所以你要跟他们讨价还价，"这位华裔女士是中国教会的一位义务帮助中国病人的会计。她以前是一家医院收费部门的投诉协调员。

她显然知道如何去与这些医院的财务部门打交道,并告知你查账的具体方法。

我们约在一起见面。她已将我们传给她的账单用中文标注了出来。同时勾出了十多项重复的收费,以及她认为最容易出错的项目。然后一项项地与我们核对。我们并没有详细的去医院就诊的记录,许多账单很难确认它的对错。加之我们已经支付了这些费用。这位姓徐的女士说,这笔账现在估计很难再去与财务部门交涉了。因为一般我们会在你们支付治疗费用之前介入,但这笔钱已交付给了医院,现在可以与他们讨要回来的,也只有这十多项重复的收费项目,共有将近九千多美元。

我抱怨MD安德森收费为什么这么贵?徐女士说:"美国医院本来就是一个黑洞。别说你看不懂他们的收费,就是医院内部的员工也不一定懂他们的收费依据与标准。我推荐你看一篇美国《时代》周刊上刊发的专门批评MD安德森治疗费用高的文章。这个封面文章的标题是《苦涩的药丸》,里面罗列的费用之高,连美国人自己都叫苦连天。

"每个医院都有一套秘不示人的定价体系。他们有一套定价系统是面对保险公司的。保险公司较强势,有专门的谈判专家,他们会有一个符合双方利益的定价与理赔标准。再有一套就是面向自费病人的收费体系,这个收费标准大致比保险公司制定的定价都要高一倍左右。这也是最让人诟病,也最令病人头疼的部分。你在网上看到的那些各种收取天价账单的说法,可能大部分都是真实的。所以就需要我们这些专业人士去与他们交涉。美国的医院体系大致分为营利与非营利的医院,同时医院还分为诊所、普通医院以及教学医院几个部分,这其中教学医院的收费是最贵的。"

MD安德森是全美一百多家教学医院中排名较前的一家。教学医院是科研与教学相结合的产物。这家医院数万名医生中大部分都有教职,这也就是为什么他们的医生的称呼会是副教授、教授等。除了诊治病人外,MD安德森还发放博士、硕士的毕业证书。客观上,教学医院大多是专科医院,他们在某些方面的收费,明显要比普通的医院、诊所要贵。

《时代》周刊的这篇文章称,虽然MD安德森癌症中心只是得克萨斯州大学的一个非盈利部门,但医院收入远超其世界级服务水平,2010年的营业额达20.5亿美元,利润5.31亿美元,高达26%的利润率对于服务型企业来说已是天文数字。尽管媒体与病人们质疑他们与非营利的初衷相去甚远。但他们有堂而皇之的借口,比如需要养更多的研究人员,科研经费的投入需要大量的资金等,这些往往通过病人收费以及捐赠得来。

这位志愿者说,美国公立医院的医生的薪金都是公开的,你可以从网站上查出医生与管理人员的年薪,他们的一位高管据称年薪高达七百万美元。医生的工资,当然也很高。我曾经在网上查询过,我的主治医生哈勃的年薪在二十五万美元左右。兰斯医生则在四十万美元左右。我的临床试验医生Naing则在二十六万美元左右。这其中,放疗医生以及外科医生的年薪最高,有的外科医生最高可以达到九十多万美元。

在休斯敦,MD安德森显然是最赚钱的医院。

徐女士给医院财务部门发去关于我的账单问题的邮件。当天下午，安德森的财务部打电话通知我，同意将以前出现重复的账目的钱，发放到我的账户里，这意味着我将少交一万美元。但好消息还不止这些。我接到放疗财务部门的电话，这笔钱已降到了八万三千美元。财务部的那位女士说，这是按照以往报给保险公司的最低价格来给我的优惠。

这笔需要在治疗前预付的费用还差十五万美元。加上之前支付的三十多万美元，三年间，我的治疗费用达到了四十五万美元左右。花费最多的是在 2014 年，我来美国的第二年。这些钱还不包括我在休斯敦的租房生活等费用。

我给深圳的那个中介电话，把我那套房子马上放盘。

她说："哥，马上过年了，现在是淡季。"

"你告诉我一下你对这个房子的评估价以及周边价格。"

她报了一个数字。我回复："报价要比市场价便宜三十万人民币。外加一个条件，需先支付一百万现金。要快。"两天后，有一个客户报价。他同意了我的条件。不过他要我再压价二十万。几乎拦腰一刀。

我马上回信，成交。放疗模拟定位前一天，钱打到了 MD 安德森的账户上。

感恩国内的高房价，它给了我治疗下去的可能。

第三次急诊

凌晨两点，睡梦中的我似乎被一辆坦克从身上碾过。

全身突突地跳痛。腰似乎被压折，无法动弹。那种疼痛仿佛是一张缓慢拉开的大弓，我蜷缩成一团，双手紧紧抱着腹部，全身冰冷还一直冒汗。我几乎快被那种疼痛给挤压得窒息了。然后一阵恶心，吐出一团绿色的饭渣。即使疼痛让我失去理智，但我仍然可以嗅到它的恶臭。

蔡被我惊醒，似乎已对我的任何症状见惯不惊。她用手摸到我疼痛的地方，然后问我，疼痛指数是几？

我疼得已说不出话，她比了一个五，然后又比了一个六。我立即点头。兰斯医生曾说过，如果我的疼痛指数超过四，或者五，就应当立即送去急诊。

苦难总会使一个人快速成熟，经验与时间也是。她现在已不会再手足无措，而是立即打电话给老王太太宇姐。宇姐是东北人，蔡按东北规矩叫她作姐。半年前，休斯敦中国教会的一个志愿者，送了我们一辆旧的丰田面包车。这辆车有十年时间了。那位志愿者将车全部重新整修了一遍，换了四个新的轮胎，看上去几乎像一辆新车。

这辆车有三个司机，黄姐、宇姐、蔡。平时用于去中国城买菜使用。然后几家人去安德森化疗或者就医时，轮流接送。当然，这辆车产生的费用大家均摊。友谊并不需要均摊，大家患难与共，更像是一个家庭。

宇姐与蔡一起把我扶到了车上。我趴俯在车座上，腹部开始阵发性的疼痛。胆囊的疼痛是阵发性的，先让你疼一阵，然后让你稍微歇息一下，然后再来一阵，如此不断反复。这种痛，像用手使劲挤压肝脏的钝痛，闷鼓一样，一下下地发出沉闷的敲击声。

宇姐开车的间隙，蔡问她老王最近治疗情况怎么样？

她叹口气，说，"明天他会去见医生，有一个新的免疫药物 PD1，希望对他能有效吧。"老王的状态最近不是太好。咳喘一直不停。晚上几乎无法平躺着休息，他只能坐着睡觉。肿瘤已压迫到了他的神经。我们已有好久没有在泳池边的茶馆见到过彼此了。

最近 8181 小区里的好消息也似乎越来越少了。

凌晨两点半的急诊室，灯火通明。

我前面有一个病人正在急救。她浑身是血，地上鲜血淋漓。护士让我们接着等候。然后再没有人理睬我们。宇姐过去查看，说那个病人是自残，或者是自杀。我见惯了许多癌症末期病人因不堪各种癌疼，选择自杀，或者自残的情况。数月前，一位住在 8181 小区的病人，被癌疼折磨得生不如死，求死不成，他曾选择用刀自杀，结果邻居报警，然后被 911 送走，数天后再被送回，他没有死成，每天在疼痛中祈求让自己死去。有时会在晚上散步时，听到他的惨叫与干嚎。刺破寂静的夜晚，令人毛骨悚然。

我跪在地上，用椅角抵着腹部，试图让自己变得舒服一些。但似乎并没有用，冷汗雨一样淌下。这种疼痛并不是第一天浮泛而来。所有的疼痛都有它的源头。两周前，我去诊所见兰斯医生的时候，在外面喝了一杯冰水。医院里几乎无处不在的就是冰水了。然后腹部就开始抽疼起来。像有人用皮带在我的胃里来回抽打。我几乎疼晕过去。但神秘的是，这种疼痛只持续了数分钟，然后就消失了。像一只惊弓之鸟的我，担心是否肿瘤复发？兰斯医生用手按压了我的腹部，我告诉了它我刚才疼痛的位置，他打开电脑，找到我的增强 CT 的片子，仔细研究了一下，告诉我："这个不是肿瘤的问题。它是你的胆囊，这里面有一些结石。可能是刚才它们去了不应当去的地方。这些结石都不大，但它们会到处乱走。如果下次遇到疼痛的时候，你需要立即去急诊处理它。"

兰斯的经验显然征服了我们。至少，他用肉眼与经验帮我立即找到了原因。

胆结石的另一次疼痛，发生在一周前，它也是突然而至，但又倏忽消失，仿佛是一阵电波，偶然滴答一声，然后就消失在茫茫的宇宙。但胆结石的疼痛却让人记忆深刻。

胆结石确实能疼死人，但中文的水很深，"疼死人"的重点在"疼"，不是"死"。约十分钟左右，仍然没有护士或者医生理睬我。我明白美国急诊室的原则，除非你处于生死边缘，否则你只能排队等候，按这里的优先级别显然我的疼痛并没有引起他们的注意。尤其是在前面那位鲜血淋漓的女人面前。我并不具备竞争力。

我难过而又痛苦，瘫坐在地上，大口大口喘气。衣服已经全湿。我觉得自己似乎快要漂浮起来。蔡急了，跑过去找到一位护士，说病人疼得倒在了地上。

护士立即推了一辆医疗床过来，与蔡一起把我抬到床上。然后感觉她在按压我的腹部，当她松开手的时候，反而有种跳痛。我知道她在使用所谓的"Murphy 征手法"在确诊。我之前疼痛时，曾在网上查询过，如果有反跳痛，那么你很可能真的中招了，并且炎症已经波及腹膜。

我被那种"反跳痛"疼得呀了一声，几乎快晕过去。蔡下意识地用手按住我的腹部，仿佛这样可以让我减轻疼痛。

"我会给他一个大剂量的杜冷丁。他马

上就会不疼了。"那个护士话起针落，杜冷丁仿佛有着某种神奇的功效，似乎只有一瞬间，我就失去了知觉。

醒过来的时候，天色已亮。值班的急诊医生，过来看我："你的增强 CT 显示急性胆囊炎发作。已经为你注射了 Zosyn 与其他抗生素治疗。你可能需要办理入院。已通知外科手术医生来见你。我们会讨论你是否需要进行手术。"Zosyn 是一种青霉素抗生素，用于治疗由细菌引起的感染。

我仿佛是在一场梦中。那支杜冷丁最大的好处就是可以立即将你放置到全身失去知觉的状态，仿佛这个世界与你脱离，你虽然仍是主角，但却感受不到任何治疗时需要面对的困难以及心情变化。麻醉药物确实是人类最伟大的发明，它解决了疼痛以及痛苦。让手术以及疼痛，都变得非常轻易与可完成。

蔡握着我的手："你醒来了就好。刚才那个护士拿着一个大针筒，一针下去，你就倒下去了，不说话，好像也没有了呼吸。把我吓坏了，我让她快把你弄醒。那个护士竟然说没有关系。她只是让你舒服些。可把我吓坏了。"

我抓紧蔡的手，又是担惊受怕的一晚。她似乎更瘦了。

早晨八点，外科医生过来找我。

他拿着我的 CT 检查单，核对了我之前的症状以及病历，告诉我："你的胆囊里面有一颗比较大一些的钙化结石与泥沙式混合的结石。急诊医生已在给你输抗生素消炎。我们初步决定，等你的疼痛消失的时候，会对你进行胆囊造口手术。我明天还会过来看你。你今明两天不能吃东西，只能多喝水。"

胆囊造口术是通过一根小管插入腹壁引流胆囊。通过管子排出脓液和感染的物质，可减轻胆囊及其周围的炎症。这是一个存在重大风险和并发症可能的术式。有许多案例认为它最大的风险是做完引流后，会发展为胆总管结石症。通俗的说法就是，一颗或多颗结石卡在胆总管中。

这位叫做卡普兰的医生其实最擅长的是胆管癌切除。我小心地问他，这个胆囊是癌变吗？

他明确地说，至少在增强 CT 上，没有显示癌变。如果手术，还需要查看病理切片。

"我怎么会有结石？"

卡普兰说："结石大多源于各种不良的饮食，比如油腻、油炸食品，或者高胆固醇食物。但对于肿瘤病人来说，情况远远比这复杂得多，比如化疗的药品沉淀或者维生素的添加过量，以及缺少锻炼都可能造成结石的产生。"

当然，我最关心的则是，今天所做的这个紧急增强 CT 的结果，是否显示了我的肿瘤进展与否的关键信息。

"你只做了腹部与盆腔的增强 CT，这上面显示肝部似乎有些增大，也许有可能是炎症的作用。当然，这些不在我评判的范围以内。我看到医院系统里，你在两周后，有一个与 Naing 医生的预约门诊，他可能会给你一个详细的报告。"

在 MD 安德森，似乎只有我的主治医生才有权力来告知我每次增强 CT 的检查结果。护士或者其他的助理医生都不能越过他。每次我询问结果的时候，他们大多都会说，你的主治医生很快会与你谈论结果。他们没有权力来告知我。

作为一个外科手术医生，他关注的则

只是我的胆囊是否需要切除，或者用其他方法来改善。

我是在上周做完第四次易匹单抗的治疗。这意味着我的这个周期的临床试验已全部结束。

似乎自我万里回家为母亲送葬后，所有的一切都陷入了混乱。最大的问题就是将原来安排的"治疗顺序"打断了。在免疫放疗计划中，放疗与免疫药物的顺序十分重要。在这个试验中，有两个方案，一个是同步免疫放疗。即在第一剂易匹单抗服用后的第二天开始进行立体放疗。再就是间隔进行，即在第二剂易匹单抗做完后的第二天进行放疗。但显然，临时的回国奔丧将这一安排打断了，我在第二剂的第二周才开始放疗。我查过的一份文献认为，同步放化疗显然增效的可能是最大的。

我无法确定治疗顺序的变化是否重要，但事实上，这两种治疗方式的协同力似乎短暂发挥了作用。我的第一次增强CT检查，是在做完放疗后的一周进行的。肝部的肿瘤居然缩小到了2.7公分，而在之前它是3.3公分。双肺的结节大部分缩小了。当然，那颗被照射过的肿瘤似乎有炎症。还有一颗则顽固地增长了几毫米，它原来是0.7公分，现在则是1.2公分了。

Naing医生认为，所有的迹象似乎表明，这种治疗对我是有效的。但我把注意力集中在了那颗仍然顽固增大的右肺部的结节。Naing医生说："免疫治疗是一个整体的判断，你不能只以一颗肿块增大或者减小，就增添烦恼。你只进行了一部分的治疗，但肿瘤负荷已下降了20%左右，我很满意这个结果。我们可以继续关注下一步的治疗。"

这是我想要的结果。至少这些肿瘤不再增长。一次次的复发，肿瘤的增长，减小，再增大，已让我的期望值降到了最低，只要肿瘤不再增长，就是胜利。但肿瘤并不以我的想象力来缩小或者增大，在做完第三次易匹单抗的时候，迎来了较严重的副作用，偏头疼、瘙痒、持续的疲劳。

头疼几乎成为了我的一个心病。它从我做完第一次易匹单抗开始，就一直有嗡嗡的声音在脑袋里回响。每天早晨起床时，几乎都是被这种带着噪音的头疼给叫醒。头昏脑胀，有时候根本无法思考，一片混沌。但这种奇怪的头疼，一般只在早晨或者深夜时分出现。我对这个头疼的印象来源于我对脑转移的恐惧。哈勃医生说，这个转移的机会小于百分之一。肾上腺皮质癌喜欢转移的部位大部分集中在双肺以及肝部。虽然我的转移灶印证了这一结论。但这样的解释显然并不能解决我的恐惧。

恐惧显然会加强你对于疼痛的想象或者增进……它的疼痛力度。我明显感觉自己的头越来越疼，且疼痛的次数与时间也大为增加。一个奇怪的感觉仿佛是这样的，如果你一直想着某件事，那么，它似乎会一直在你的身边出现或者暗示你。尤其是当8181小区某位新来的病友，出现脑转移，需要全脑放疗，或者手术时，这种强迫症似乎就爆发得越快，它们的症状以及表现，我都会套用在自己的身上，这似乎让我更相信自己可能已发生了脑转，否则这个头疼为什么一直不消失呢？

每次见Naing医生，我几乎都会强调一遍自己的头疼问题。说到第三遍的时候，Naing医生认为这可能确实是一个问题，他立即帮我安排做了一次MRI。发现临床试验中易匹单抗药物新的副作用，显然也是临床试验存在的意义。我怀着忐忑的心情等待了两天，MRI 的结果出来了，Naing 医生打电话给我，说没有发现脑转移的问题。

似乎有种奇怪的魔力，随着那张 MRI 的诊断，我的头疼竟然消失了。Naing 医生说："肿瘤病人大多有一种能力，会把自己身上所有的疼痛、不舒服等，与肿瘤复发或者转移联系到一起。并且这种想象力非常强大与顽固。我们解决这个问题最简单的方法，就是把答案告诉病人。一般当结果出现的时候，这种症状会自动消失，医学上把这叫做肿瘤臆想症。"

我在网上查了许久，也没有查到这个名词，也许是 Naing 医生自己的学术研究吧。但奇怪的是，那种困扰了我将近三个多月的头疼，消失了。脑转移的问题刚解决，胆囊炎则开始斜刺里杀了过来。

臆想确实是一种可怕的病。至少对于困陷在疾病中的病人来说，是恐惧加深了它们的痛苦。我躺在病床上，开始推演胆结石的由来以及发炎的出处。我想起之前曾看到的一篇文章称，过量服用维生素有可能造成胆结石。我每天会服用维生素 D、钙等三粒，一年下来，至少上千粒。这显然确实符合卡普兰医生关于胆结石来源之一的说法。我马上决定停掉维生素。

虽然，这不一定是一个正确的决定。

胆囊的疼痛似乎与我之前的头痛一样，属于一遇到医生或者需要手术处理的时候，马上就忍了。这种奇怪的感觉我遇到过数次，比如我的牙疼发作，去到牙医那里时，它会马上停止疼痛。仿佛一切都没有发生一样。到了第二天，我几乎感觉不到任何的疼痛了。蔡告知我，据医生说，我在昨晚急诊疼痛发作时，疼痛指数曾经达到了 9。

卡普兰医生警告我不能吃饭，只能喝点果汁。经历昨晚折腾，我几乎没有一点食欲。蔡不断地让我喝水，还吊着盐水，几乎每隔一个小时，差不多就得去洗手间一次。下午卡普兰医生过来看我。他用手在我腹部轻按，然后再弹跳回去。腹部柔软，没有任何反应。卡普兰觉得奇怪，要求我去做一个新的肝超声。他说，如果胆囊不再疼痛，他想再观察一天。他提了一个新的要求，就是让我尽可能地下地活动，哪怕是短暂的步行。他说这样可增加胆囊内泥沙式沉积物的流出。我需要在一天内，至少喝水八大杯以上。

做完肝超声，我马上下地了。蔡找来一个助步器。我缓慢地在回形的住院部走廊里行走。感觉就像一只装满水的小气球里有一堆小沙子轻轻地抖动。但身上的力气，似乎并没有恢复，我几乎用了十多分钟，才走了几十步，身上全是虚汗。显然昨天的疼痛还是造成了体力下降。我瘫在床上喘着粗气，很快又昏睡过去了。

下午，一位胸前挂着财务经理胸牌的黑人女士走了进来。她是来与我们商量付款的问题。

我们的账户里现在已欠了一万多美元。

在 MD 安德森，急诊是这里唯一不需要预付钱的地方。在美国急诊不能拒绝救治病人，哪怕你身无分文。我已是第二次来看急诊，住院，也算急诊室常客了。之前病友们一起谋算的各种省钱大招，在这儿看来已不起作用，你甚至不知道他们今天给你端的一杯清水算不算治疗费用？

8181 小区新来的一个病人因发烧，在急诊住了一晚，吃了两粒泰诺。那二粒泰诺，在收费单上被列明三百美元。8181 小区的癌症病人们去急诊的理由，因发烧几乎占了三分之一以上。MD 安德森财务的解说是，这是一个有着医学意义的治疗，而不能单纯用在药店一板只有八美元这样的普通用药来计算。当然，最后协商的结果是，这个三百美元的收费，被降到了一百美元。但他还需要支付急诊一晚的各种收费，打折后支付七千多美元。

在 MD 安德森治疗的过程，更多的是像看一部悬疑片。对没有医保的人，前台会很小心地跟你先讲清楚每一样要多少钱，付得起就看，付不起直接拒绝。当然，这是一个很沉重的话题。

蔡说："做这个胆囊手术估计还得好几万。我们得多放一些钱在账户上，免得中断治疗。"

这些突如其来的治疗以及账单，是唯一不可控的因素与打击。

这次急诊，如果加上手术费用，可能不会少于五万美元。

这又是一个意外。

卡普兰医生看上去脸上没有一点表情。他至少有 1 米 9。瘦高，须仰视。他告诉了我一个好消息："你的肝超声似乎显示你的胆囊炎症在减轻。我想再观察一天，如果明天你的疼痛不会再犯，我会再做一次检查进行确认。如果胆囊炎症消退，我倾向于保守治疗。暂时不用手术了。"这对我是一个好消息。任何创伤性的手术可能都会带来新的未知的麻烦。这种胆囊切口术造成的所谓的肝管损伤据文献称，达到了 30%。

但我已饿了将近三天，浑身没有力气。卡普兰医生允许我喝一点果汁。他要求我坚持继续走动，这样可能有助于将那些细小的结石冲走。卡普兰医生至少给了一个希望。如果可以取消这个意外的手术，显然将会节省至少三万美元。这是一个巨大的动力。那天下午，我居然走了至少三千多步，在没有吃东西的情况下，自然越走越饿。

捱到第三天上午的时候，卡普兰告诉我，胆囊造口术暂时取消。如果下次再发作，可能必须要切除掉它。同时让我可以吃一些流食。医学上我至少要完成 7 天抗生素治疗。这意味着我需要再住院四天。

但显然我的饮食得到了监管。营养师拿来了一本专门的独立菜单给我，要求我避免食用富含高脂肪的食物。按那个特供菜单，基本上都是些素食为主的所谓健康食物。菜单居然有中文。但看到上面的标价，马上就没有胃口了。

蔡说，你快吃吧，都人命关天了，你还要计较钱？你不吃饭，怎么有精力与体力去做下一步治疗？

蔡叫了牛肉与意面，我只有一点粥。这显然不公平，我实在忍不住，吃了一点意面。吃完饭，蔡就把我赶了出去，让我去散步。

我开始在这个环形住院区缓慢地一圈一圈地行走着。沿途可以看到每个虚掩或者半开的房间里上演的所有戏剧，一个人在痛哭，另一个人看着爱人笑，还有一个人发呆。最让我印象深刻的是，拐角处的房间里坐满了一家六口人，他们围着坐在床上的老人，这是一个罕见的景象。他们的笑声一直漫溢在寂静的走廊里。这些笑声让我印象深刻，我每次路过这个房间时，总会放慢脚步，我想多听听这个人间最好的声音。

这个众生相给我印象深刻，住在这里的病人几乎都面临各种最坏的或者最后的选择，有的可能人生就此止步，还有的人或者再难站立与行走。

医生通知我出院。

我特意让护士把轮椅推到之前的那个房间门前经过。房间门关着，里面一片沉寂。

护士说，那个老人家今天早晨去世了。她走的时候，他们家里人都陪在身边。

我慢慢地被推出住院区。身后似乎仍然有那个老人一家的笑声，在走廊里慢慢地溢出来。

在肿瘤治疗中，好消息与坏消息似乎没有任何界限，或者难以定义，至少在我看来是如此。

Naing 医生带着他的团队来见我。诊室很小，但却塞进来五六个人，还有人在外面站立。Naing 医生的另一个身份是德州大学的副教授，带研究生。显然这次看诊已成为某次教学观摩。我拿出一张写满了问题的纸张。他则在我对面坐下，开始他永远的第一句问候：你最近还好吗？

"我现在感觉还好。我目前最大的焦虑是，这次增强 CT 的结果是什么？我已等待了三天这个结果。"我在出院两周后，做了这次新的增强 CT 检查。也是我最后一次易匹单抗的治疗后的 CT 检查，这个结果事关我这次临床试验的成功与否。当然我的担心还源自于，如果这个临床试验无效，我下一步的治疗方案是什么？如果没有新的方案，我会怎么办？

Naing 医生的心情似乎还好。"你在上周的增强 CT 的结果显然达到了我们的预期，双肺结节大小减少，与转移灶一致。肝脏右叶肿块的大小略有减少。你的肿瘤治疗总体上评价是 stable（稳定）。"稳定这个词在我后来的治疗中，不断出现，我当时并不是太理解这个词的重要性。对于我来说，肿瘤不消失、不缩小显然就是治疗效果不好，但不知道"稳定"其实是肿瘤治疗中一个重要的胜利。它代表着你的肿瘤虽然没有增长，但也没有缩小，它们停在了那里。就像一辆车被堵在了马路上，只要一直堵着，这个车就不会发动，它就不会有出事故的可能性。"你现在已做完了这个临床试验的四次易匹单抗联合 SBRT 的治疗。你的耐受力很好。祝贺你完成了这个试验。"

这显然是一个好消息。我有些激动地握住 Naing 医生的手。他很享受在学生们面前，病人对他的感激与赞美。但我心里悬着的最大不安是，肿瘤还在，虽然它停下来了，但谁知道它什么时候会醒来？肿瘤病人最大的麻烦其实就是，有没有候选药物或者下一个方案？如果没有治疗方案，这可能意味着你将无药可治。许多癌症病人往往死于无治疗方案，无药可用。这是许多肿瘤病人面对的一个悬崖。或者跌落，或者重回岸上。

我看了一眼那张写满了问题的纸。提问是我几乎见诊每个医生时一个最擅长的功课。我把自己的困惑告诉了他。

Naing 医生对周围的学生说："这是一个爱提问题的病人。好的问题可以得到好的答案，也可以激发医生对于治疗的激情。"我有些尴尬地听着，事实上，有的英文单词我是可以听懂的，大致意思连蒙带猜也可以知道个大概。"目前你的肿瘤负荷降低了 20%，基本上处于稳定状态。从现在起，你不再需要进行任何治疗，我们将会对你进行每两个月一次的随访。你好好享受这段时间。"

今天最大的好消息是我的肿瘤稳定，最大的意外则是，我将处于对肿瘤病人来说，治疗结束后的随访期。这是一个重要的时间，它意味着，如果我一直稳定，如果超过一年，我将会每三个月见医生一次，如果超过两年，我将会每半年见医生一次。然后一年一次复查。当然，幸运的话，我将会越过那个对于一个肿瘤病人来说，意味深长的五年存活期。但我显然是一个悲观的人。我仍然对于不再治疗，心存忐忑。"如果下次复查，出现增长或者其他变化，有没有新的方案或者药物？"

Naing医生拍拍我的肩膀。"我们还有好几个新的方案。但现在我无法告诉你，你适合哪一种。也许你的肿瘤下次复查，可能会什么也看不到呢？我们有时候，需要面对奇迹的出现，而不是幻想苦难的开始。"

Naing医生显然鼓舞了我。对于一个肿瘤病人来说，希望往往比现实更让人心怀向往。尤其是你的医生给你希望。

Aung Naing显然是一个不擅言辞的医生。至少在我接触到他的这一段时间里，他的冷面、拒绝我时的生硬，以及闪躲在他的镜片后的那双眼睛。但我直觉他是一个好人。

从名字的拼写可以看出，这是一个缅甸裔医生。他来自于一个望族，Aung在缅甸是一个大姓。这个家族里最有声望的显然是Aung San Suu Kyi（昂山素季）。他的英语里有着明显的口音。他的家族里大多从政或者从商，只有他一个人选择从医。最初我从网上查询到他的情况时，几乎有些绝望。又是一个小语种国家来的医生。似乎自我在MD安德森接受治疗后，与我

有关的医生，大多来自世界各地不同的国家。首诊医生哈勃来自叙利亚。兰斯医生是西班牙裔。给我做输液港的是越南裔医生。

下午去门诊随访张玉蛟教授。张教授认为之前局部放疗的效果很好。这是免疫增强与放疗的远隔效应正在产生作用。但张教授并不只是告知我好消息。他认为我仍然需要关注肝部的肿块，那里共有两个，一个正在缩小，而另一个靠近肾脏的肿块，则似乎有略微增大。不过他认为也许免疫放疗的作用会延迟。这可以在随访的时候，来观察它。如果肝部的肿瘤仍然增长。他说，还可以用SBRT把它烧掉。

张教授言简意赅。既告知了我风险，也讲明了处理的办法。他的沉稳与果断总是给病人以极大的依靠。他不但可以发现问题，而且是解决问题的医生。

在他这儿的每一次治疗，给予我的都是信心与希望，而不是绝望。

我内心早就把他当成了可以无话不谈的朋友与依靠。

谈话的间隙，我"抱怨"自己现在遇到的医生几乎都来自一些小语种国家。语气里流露出某种遗憾。张教授说："MD安德森作为一家世界级的教学医院，在这儿工作的医生大多经过千挑万选，历经各种考试与工作经验，在各自研究领域杰出的人，才会被招募进这里。这些医生来自世界各地，也会把世界各地的经验、思维的开放与不同，带进这里。他们来自哪里并不重要，重要的是，他们是杰出的医生。"

晚上，在张教授的微信上读到了一段文字，似乎回答了我关于这个问题的疑问。

"了解美国的政治和文化，先要了解人

种的分布。这样，您就会明白美国社会的复杂性，以及美国如何在宪法的基础上把这些人凝集在一个政体中。以 MD 安德森为例，两万多名雇员里 31% 白人，28% 亚洲人，24% 黑人，16% 西班牙人。据了解，华人医护人员有两千多人，在一千六百多名教授里，中国籍教授 277 名，美籍华人教授远超过这个数。而国际病人中，来自中国的患者已经在近年内超过中东，名列第一。从这个角度说，MD 安德森医院是美国的，也是世界的，也是……华人的。"

跨洋"陪疗"

照顾癌症病人，世间最难的情感剧。

住在"癌症村"的病友们的家属分为三种。

第一种大都是父母生病，女儿陪同治疗的较多，儿子较少。

癌症病人大多庆幸自己生了一个女儿。因为女儿基本上都会陪侍在侧。儿子似乎不如女儿孝顺的经典例子是，2013 年的时候，有一位河北的老太太，因在当地无有效治疗方案与药物，她的大儿子陪同她去 MD 安德森见完了医生，拿到了治疗方案以及报价二十万美元的治疗费用。这显然不是一个小数目，但对于他们这个家庭似乎也没有多大的负担。结果这个大儿子立即电召自己的两个弟弟，飞到休斯敦，经过一晚上的讨论、争吵，这笔二十万美元的费用，兄弟三个人达成了一致。把老太太再接回天津肿瘤医院，进行维持治疗。当然并不是所有来陪同父母治疗的儿子都会如此，但在这里，能放下家业，陪同父母治疗的儿子，则少之又少。

当然，也有一个令人叹息的故事。来自江西的一个包工头老米查出了肺癌。他有两儿一女，三人讨论，由会英文的女儿辞掉上海的工作来休斯敦陪同治疗。老米的女儿英文非常好，她认识了好几位中国来的医生，给她做顾问，并在关键的几次治疗中，给予了帮助。村里的人都说老米好福气，如果没有这个女儿来照顾他，估计活不了这么久。但老米自己作，治疗效果稍好一些，就要往家跑。这样反复几次，终不治。令村里病人们叹息的是，老米在自己的遗嘱里竟然没有留一分钱给自己的这个女儿。许多病人都为她抱不平。

第二种是孩子生病，父母几乎全部出动，甚至倾家荡产也在所不惜。

北京有一个六岁的女孩子患有淋巴癌，非常夸张的是，孩子的姥姥姥爷，爷爷奶奶全部来了，在村里租了两套房，才住下。孩子治了一年多，他们就陪了一年多。最后孩子不治，听说奶奶回到北京两个月后去世。这家人对于孩子的宠溺令人印象深刻。孩子可能是老人的念想吧，念想没了，命也就没有了。

第三种是先生生病，太太来陪同的多。太太生病，先生来陪同治疗的较少。

8181 小区里几个太太生病的，先生大多是隔几个月过来转一圈，像度假，蜻蜓点水式地陪太太去医院转一圈，即以工作忙为由，离去，留下自己的太太在这儿看病。当然，也有例外，则是相依为命的老头老太们较多。在这里有几对六七十岁的老头老太太，他们大多非常恩爱，一起牵手去医院治疗的背影，非常令人难忘。

当然，也有令人扼腕叹息的故事。上海的雨虹来陪自己的先生在 MD 安德森治疗肺癌，那是一段几乎每天都去医院的故事。她不太爱说话，每天开着车去医院送饭，脸上永远都有着一丝微笑。她的先生在坚持了一年后去世。雨虹冷静地把先生的后事处理完毕后，回到了国内。半年后，她在一次体检中发现自己患了乳腺癌。她几乎崩溃了。

自己一个人，带着一个老保姆又回到了MD安德森。

一年前，她陪着自己的先生来看病，一年后，只有她一个人回到了这里，去化疗。

蔡平时与病友们的家属是一个圈子。家属们不爱与我们这些病人一起行动，她们大多一起买菜，或者购物，这些是她们打发时间或者让自己放松的一个方式。先生的病情变化不定，家属们几乎每天都处于不安与惊恐之中。对于未来的不确定，才是让她们难过的理由。许多太太之前根本不管家事，在自己的世界里生活，但先生一病倒，家里几乎所有的重担立即全部压了上去。宇姐在老王生病后，办理了内退，她之前是单位的工程师，但现在则是在这儿陪伴的一个全职太太。显然这些落差让她们非常难以承受。家属们抑郁的时候居多。成都的一位太太陪飞行员先生来看病，病情起伏不定，她承受不了，失眠，发呆，不由自主地哭泣。先生的病没有治好，太太先病倒了。

这位前飞行员只好陪她回了成都。

蔡有一段时间，就陷入到了这种不良情绪中，她在路上，看到孩子，会不由自主流泪。有几次开车发呆，差点出了事故。但我那段时间，似乎一直生活在自己的世界里，并没有察觉到她的变化。

一个人生病的时候，可能往往是最自私的吧。来到休斯敦后，我几乎把所有的事情都交给了她。觉得我生病了，你来帮我去做这些事，是天经地义。但世上哪有天经地义，理所当然？治疗的起伏不定，使我的情绪很难自控，无缘无故地发火，或者某件事她没有及时去办，我也会无法自抑地爆发。

坏情绪几乎成了我的常态。

癌症病人的世界，外人往往非常难以理解。

"与恶龙缠斗过久，自身亦成为恶龙；凝视深渊过久，深渊将回以凝视。"

癌症病人似乎随时都要面对这个可怕的诅咒。要防止自己成为恶龙，又要躲避深渊的凝视。生病后的大多数时间处于孤独、疲惫和沮丧之中，这种严重的心理疾病很快影响到了自己的家人。那个最亲密的，愿意放弃一切，陪伴着你的人。但你伤害的，可能恰恰是那个为你付出最多的人。

癌症病人往往具有与这个可怕的疾病本身相同的气质，或者命运。似乎很轻易就会坠入癌症自身创建的一种可怕的建筑之中，最后自己也易患上所谓的"情绪上的癌症"。抑郁状，摆一张臭脸，制造可怕的即将离开这个世界的恐怖，比如以自己是一个病人去要挟家人，以此来放纵不好的情绪。给家里人带来巨大的阴影。甚至成为某个难以摆脱的可怕执念，觉得天下人均欠我，为什么上天对我如此不公，我为什么如此可怜……

没有人会在你的世界里生活良久而不受到伤害。

但最让她无法忍受的可能就是我的各种焦虑吧。我的敏感让自己有些失控，既使某一段时间身体一切正常，也要每天报告自己各种负面情况，不舒服了，睡不好了，有点累了，胃口不好了。这是最低段数的。中段数的是，如果四个医生看完报告，三个都说很好，我之前认识的一个中国医生，说有点可疑，那就惨了，天塌下来一半多，每天的焦虑不安烦躁发火，一股脑儿全上，不折腾1至2周，过不去。高段数呢，就是增强CT结果真的不好，那就是塌下了天，焦虑不安烦躁发火迅速升级，没完没了。

但这些都是蔡在默默忍受。她还要假装自己是在美国进修，过着所谓美好的生活。为了不让自己年迈的父母知道真相，蔡一直隐瞒着我生病这件事。

每每觉得自己都快承受不住了，她唯一的发泄管道，或者减压舱，只有两个人：刘如或者王老师。

刘如是一个最好的倾听者，她会静静地倾听蔡的哭泣，以及难过，或者对我的愤怒。但她从来不发表自己的意见，蔡哭完了，她会抱抱她，安慰她。感谢刘如的倾听，才使蔡的情绪没有崩塌。我有时候会佩服刘如，她每天与病人打交道，接触的几乎全是坏消息以及坏情绪，她身陷其中，送走许多她接来的病人，还要安慰那些留下来的家人的灵魂。

但她永远这样静静地倾听着，似乎从不畏惧。

她几乎是所有阴暗事件的保存者以及第一倾听者，或者坏情绪、坏故事的回收者。

她的难过呢？她的不愉快呢？

刘如姐有几次劝我多关心一下蔡，显然，我并没有意识到自己的"自私"会带给她这么多负担。

王老师早就察觉到了蔡的情绪，她会主动约太太去购物，或者一起出去喝杯咖啡。当然，她也会毫不客气地"责骂"我，要我对蔡好些。

照顾别人，是件非常耗竭身心的漫长劳役。

长时间得不到回报的压力巨大的照顾病人的生活，可能会让一个人从身体到情感都变得疲惫不堪，甚至崩溃。癌症患者家属某种程度上，比癌症患者本人承受了更多的压力与痛苦。有多少癌症患者，就有多少生活在不安、惶恐或悲伤中的妻子。

癌症病人家属一直以来就是一个很容易被忽略的群体，其实病人很难，病人家属更难，大部分的照顾者都过得人不像人，或多或少身体或者心理都已经处于亚健康甚至患病的状态。除去经济上的压力，更多的是心理上的折磨，每天都是在恐惧和压力中度过，有时候还要消化病人所有的负面情绪，但自己的情绪是没有宣泄的出口的。曾看到过一个癌症患者家属写的文章，她说在先生生命的后期，自己的心情"终日惶惶，不知所措"。

作为亲人，照顾患病的家人还可能会带来像是经济压力、家庭冲突、社交缺失等等的额外的压力。时间越长，照顾者的压力还可能会导致过劳（burnout），具体可能会表现为烦躁、疲劳、睡眠问题、体重增加、感到无助/绝望、社会孤立等。照顾者的过劳，是由于反复承受压力，给身心健康带来了危害。慢性应激会触发身体内应激激素的释放，因此可能造成疲惫、烦躁、免疫力下降、消化不良、头痛、其他疼痛和体重增加。

王老师转给我的一篇 HARVARD HEALTH BLOG 上关于病人照顾者如何自顾的文章，揭示了癌症病人家属的巨大的精神困扰与压力。这篇文章提示照顾者的精神疾病往往会带来更大的困扰，她们比要照顾的病人，要承担更多的责任与使命。当然，哈佛大学的这篇文章提示照顾者要自顾，它提出了几个很有效的建议：

好好照顾自己，"自我疼惜"（Self-compassion）。给自己多一点善意，是好好照顾自己的基础所在。"自我疼惜"意味着应该为艰难繁杂的护理工作得到自己的表扬，摆脱对自己的过分要求和苛刻的内心声音，给您自己时间来照顾自己，哪怕一天只有几分钟也好。

把"吃好、睡好"当作首要任务。在照顾别人的时候，许多癌症病人家属很容易忘记自己的饮食和需求。保持充足的睡眠和营养，是防止照顾者过劳的关键。每天做十分钟的像是呼吸练习、冥想、瑜伽姿势之类的夜间例行活动，能帮助达到更安宁的睡眠。

以及，保持社交。尽管在照顾病人的同时，很难保持与朋友和家人的常规社交活动，保持一定的社交，对于减少照顾者的孤独感、防止过劳，显得非常重要。

我很后悔现在才看到这篇文章，也很后悔在蔡要回北京之前，才体会到她的焦虑与压力。

我是一个病人，照顾我的人，往往可能也会变成一个病人。而对于癌症患者与家属，其实大家都要具有随遇而安的释怀能力。

蔡因陪我治病三年，学校要求不能再请假。我目前的治疗并不影响我的生活，我可以照顾自己。我们讨论后，决定她先回北京上班。在临走前，蔡给我安排了非常丰富的课程。她似乎找到了某种动力。给我制作了一个详细的培训计划，以及她回去后，我在这里的生活。

她教给我的第一项技能就是学会如何去见医生、如何在医院 check in（报到），去药房如何取药，如何看懂医院的标识，找到医生的诊室，以及学会如何用英文要中文翻译。

我对这个教学有些抵触，觉得不用这么麻烦，但她逼着我去。她说，你现在必须要依靠自己。你在这段时间里，必须学会这些基本的技能，否则我回去也不放心。

她往往先示范一遍，第二遍就由我自己去做，她只跟着我，不做一个提示。考量到以后确实不会有人再帮我去做这些事情，我只能认真记下每个步骤。人的潜力往往是在逼到绝境之处时，才会爆发。

医院去就诊的流程，我只跟着她去了两次，就全部熟悉了。

然后她给我在网上找了一个中国教练，要我学习在美国开车的交规，拿一个美国驾照。她认为我必须学会开车，在美国，没有汽车几乎寸步难行。我自生病后，从未碰过车，开起来晃晃悠悠，手确实有些生了，美国的驾照并不难考，问题是我得熟悉所有的那些考试时的英文以及规则。

宇姐说，你现在化疗，脑子会受损伤，就先不要考了，平时有什么事，我来送你。但蔡不同意，她认为我现在的治疗副作用不大，行动自如，正是学会在美国开车的好时机。

蔡老师的第三个培训项目是做饭。她把几道简易的家常菜，写在一张纸上，贴在厨房的门上，学会一道，就撕去一张。她回去前，我已学会了至少五六道家常菜。

当然，她也帮我面试了几个钟点工。我不喜欢家里有外人，再加上觉得这几道菜足以让我应付这些难题。蔡将我托付给了王老师与刘如姐。万一我有什么急事，我只需要拨通她们的电话即可。当然，8181小区里的家属们也答应蔡会随时照顾我。然后她买了五大箱水摞在房间一角，把肉菜等生活用品塞满了冰箱。

明天要回北京了，她一天都待在厨房，给我包了一百多个饺子，蒸了两大锅馒头，在冷冻室里塞满了速冻食品。晚上睡觉前，又把房间彻底清扫了一遍，帮我把所有的衣服都洗干净，叠好。

似乎一切都已安排好。

下午去机场前，她把一个写着去医院的各种注意事项的纸张交给我。上面是英汉对照的线路图，以及假如遇到问题时可以求助的电话。厨房的墙上，贴着十多个新的菜谱。

我想给她一个拥抱，想摸摸她的头。就像每一次安慰自己时，心中假想出的那个关爱自己的人一样。但我却可耻地没有拥抱她。我望着她走进机场的背影，远远地看不到一点踪影了，我的眼泪才刷地淌了下来。

像一个无助的孩子。

人可以有霉运，但不可有霉相

大约凌晨三点的时候，老王被送到急诊去了，他咳喘发作，几乎喘不过气来。天津的病人小刘，开车去送他们。回来告诉我，老王直接被收治住院了。他的状况可能不太好，在医院给输上氧了。

那天我坐在泳池边上的茶馆里，周围七八个病人，围坐在一起喝茶。老王一直是这个茶馆的核心人物。每天晨九时，他会把家里的几种茶都拿出来，放在一个托盘上，还有几个空杯子，供临时来的病友用。我离泳池近，会提一壶开水。然后坐在泳池边的那棵大橡树下。茶馆就开张了。三三两两的病人就会慢慢地从各家出来，坐在这儿，喝着茶，聊着天。

这可能是村里的病友们一天中最快乐的时光。

当然，这儿最多的是信息交流，也是每天各家治疗情况的"早报会平台"。每个人的治疗进展，出了什么问题，情况如何，大家都了然于胸。只有病人间才会有更多的共同话题。你总不能把你化疗中的痛苦以及经历手术中的千苦万难，以及口腔溃疡排便困难浑身发臭，去与"健康人"分享吧。他们一是不懂，二是可能会很排斥这种疾病的交流。既使亲人也不例外。没有人会在过多的苦难面前不扭过头去，甚至逃离。

但在这里，病友们都很放松，他们说的每个痛点，显然在这儿都可以找到共鸣，最重要的是，这儿也是一个解决问题的平台。血象低，吃什么，如何"升白"（白细胞低），哪儿药物便宜，有什么新药，几乎每个人都能从对方的治疗中找到有用的信息。

但今天的情况有点特殊。老王不在，茶桌上一片空白。大家似有些沉默。老王的症状在一个月前就开始出现了。当然，也许所有的症状似乎都是突然出现的，并且没有什么预兆。他突然开始咳起来，有血丝挂在他的嘴角。那些咳喘如同机枪的连续发射一样，几乎停不下来。好不容易止住了，脸已苍白如纸。

老王是肺癌，2010年12月的时候，他在单位组织的体检中，发现了右肺下的一团阴影。随即确诊为晚期。似乎8181小区里的大多数病人，都是在体检时发现肿瘤，而且一发现就是晚期。而这些病人大多每年都会进行体检。

但为什么体检发现不了癌症,为什么一发现就是晚期?

虽然网络上有许多专家对于这种为何体检发现不了晚期癌症问题有许多解答。但大家仍然认为,这是胡说八道。大家的共识是,体检并不一定可以发现癌症,但却可以发现晚期癌症。

老王很快在北京的肿瘤医院进行了手术与化疗。但两年后,却原位复发。国内已无方案,无药可用。他的侄子在休斯敦读书,将他们于 2012 年 11 月接到了 MD 安德森。

他是 8181 小区"中国癌症村"里的元老。

老王最初的治疗是放化疗结合。以放疗为主。

在 MD 安德森老王有个特别的名字:"Mr. WC"。这个名字在安德森肺癌医生护士中的知名度很高。当然所有的笑话或者误解都源于语言的误解。老王第一次去做放疗,前期准备需要很久,他躺好后,突然发现自己有"内急问题",就举手示意给护士小姐,大声说我要去 WC,护士一脸茫然,他又再说一遍,"我要去 WC",可她愣是没听懂。

老王讲这个段子的时候,有点气不过,"你是美国人吗?和我一样也是老外吧!我们在国内从小就听说国外的卫生间叫 WC,真正到了美国,怎么还听不懂这个单词?"老王急了,又不敢用肢体语言表达,怕人家告他性骚扰。看病不成反被关起来,就划不来了。他突然想起了卫生间的门上都会画一些小人来标示卫生间的性别。就画了个小人,她这回好像是看懂了,就领着老王走出了治疗室,来到他老婆面前!护士以为那小人画的是他老婆!一见到老婆,他赶紧说:"我要去卫生间!"老婆用笨拙的英语说"restroom",护士小姐恍然大悟,大笑不止。当他从卫生间出来时,那位护士小姐离很远就喊他:Mr. WC。

从此以后他又多了个英文名字。

我与刘如姐一起去看 Mr. WC。

老王靠在床上,睡衣的每颗扣子都被扣着直扣到脖颈处。头被剃得铮亮。他的脸上扣着氧气罩。双眼闪着光,盯着电视发呆。屏幕上一头老狮子孤独地走在非洲原野的残阳中。像极了此时的老王。老王似乎沉浸在自己的世界。他没有打招呼,只是用眼睛与我们说着话。

他的床头放着一本张伯苓的书。

老王与几乎他的许多东北老乡一样,很注意自己的仪表,他是我见到过的一个看上去干净舒服的病人。他每天都会刮脸,把因化疗而掉光头发的头皮剃得亮闪闪的,衣服尽可能的干净,鞋子会擦得一尘不染。老王每次去见医生,都会穿白衬衣,把鞋子擦干净。用漱口水把嘴中的异味取除掉。他认为去见医生,让自己装扮得洁净舒服,会增加医生对你基本的好感。甚至会在看病时,给予病人特别的关照。显然,他即使在住到医院,需要氧气帮助自己呼吸时,仍然起床把自己的头发剃光,把病号服穿得尽量整齐。

病友们身处各种治疗中,身上的化疗气味或者各种中餐的奇异风味,几乎会成为大家的标配。老王说服大家的方式,就是尽可能地把这种东西上升到一种医学治疗的高度上来。当然,事实表明,穿着体面确实会使病人在治疗时,得到医生护士更多的关照。

这项普林斯顿大学研究团队发表于

《自然·人类行为》的新研究指出：衣着会直接影响别人对你的能力的判断。尤其是当一个病人去做治疗时，医生护士会额外给予关照，或者同情。

当然，老王的依据更多是来自书本。老王喜欢看书。治疗期间一个最大的问题，就是漫长的时间与绝大多数的孤独。他与太太最大的乐趣就是去休斯敦图书馆借书。他这两年几乎借遍了那里收藏的大部分中文书籍。

他有一段时间很喜欢读张伯苓的书。张曾是南开大学的校长。他很喜欢张的一句话："人可以有霉运，但不可有霉相。越是倒霉，越要面净发理，衣整鞋洁，让人一看就有清新、明爽、舒服的感觉，霉运很快就可以好转。"

张还编了句顺口溜："勤梳头勤洗脸，就是倒霉也不显。"他为南开中学的题词为：面必净，发必理，衣必整，纽必洁；头容正，肩容平，胸容宽，背容直。

张伯苓的这段话，特别适合癌症病人。

我过年时回乡奔丧，回来后胆囊发炎急诊住院，治疗的反复，这些几乎都在无意间对我形成了打击。那段时间，我很丧，衣着不整，因化疗而没有掉光的头发，乱纷纷地挂在头皮上。指甲长得积满了黑污。坐在泳池边常发愣。脚上是一双拖鞋。远远地都可以闻到我身上无处不在的那股颓丧、难过、无奈、甚至痛苦。

这些东西肯定是有味道的，它们可能是一种酸腐的陈旧的气味。

有天泳池边上只有我们俩个。老王顺手发给了我这句张伯苓的话。我认真地看了一遍又一遍。

2015年，扑天盖地的霉运汹涌而来。它们淹没了我，我的脸上身上似乎写满了这种霉相。这种东西让我不舒服，可我却不自知。许多肿瘤病人生病后，遇到难以迈过之坎，常会沉没在这个自己营造的痛苦世界里。

我不是一个相信命运的人，但却常常在命运的弯曲中被折断。这句话显然是一根绳索。它似乎可以让我找到爬出这口深井的方法。

晚上，我泡了一个漫长的热水澡，我想让这些热水，将我身体里紧紧包裹我的负面情绪冲洗干净。我把头发重新剃得干干净净，不留一丝。净面，换上干净的衣服，刷牙，同时尽量让自己微笑。当然，去见医生时，我会洗澡、刷牙并把鞋子擦净，同时尽量让自己放松。会照镜子，对着空空的难以自知的命运，微笑，大笑，尽量让自己不像一个病人。

那些正常的健康人，也许永远不会明白，在有那么多命运完全无法控制的时候，美与体面是一个人仅能握住的尊严。这种感觉显然让我与医生都觉得舒服与自然。每个肿瘤病人都有自己"微弱的迷信"，以及幼稚的试图让自己的生活发生变化或者转运的方法。

毕竟看起来运气很好，也是一种实力。

有一段时间，我们的业余活动大多限于跟随家属们去超市买菜时的短暂乐趣。我与老王的大部分快乐，基于幻想。每次去超市时，我们都会拿两美元的零钱，买彩票。老王认为我们得癌症的概率，大部分都是十万分之一以上，我的大约是百万分之一的概率，这样的坏运气都可以被我们碰上，说不定会让手气变得更好些呢？

我们每周差不多都会买一张彩票，然后在第二周去超市的时候，再去兑换。这中间我们大约会幻想并讨论自己如果中了一百万美元，会做什么？老王的理想是建一个中国病人的接待中心，有茶馆KTV，房间舒服，一切按国内的来。我的理想则是这个接待中心里必需有一个超级食堂。里面有中国各地的美食。但"小运气"似乎也帮不了我们，在花了至少快30美元的时候，老王中了20块，我中了5块。

当然那个幻想中的接待中心与超级食堂，仍然是一个泡影。

这该死的坏运气。

Mr. WC的医生给老王找到了一种新药，英文名Opdivo，它有一个更为宽泛的名称PD1。这是一种在2015年被传得似乎"有特异功能的新型肿瘤免疫药物"。O药2014年底获得美国药品监督管理局批准。它之前在晚期肺癌和黑色素肿瘤上具有非凡的治疗效果。在美国每个疗程需要24000美元左右。

这可能是老王最后的治疗方案了。这个药两周一次，每次240毫克，只需要四十多分钟，即可输完。前两次输完，老王的咳喘有点减轻。他甚至已被接回了家，可以短暂地坐在泳池边的橡树下，听大家聊天了。有一度大家甚至认为，这可能是病情好转的表现。

他的妻子宇姐过生日。老王给她做了一碗手擀面。宇姐说，自结婚后，老王每年都要给她做碗长寿面。这碗面已做了二十年。今年的这碗面老王做得有些吃力，他的气跟不上，他就吸几口家里配备的制氧机。宇姐拦住他，让他休息。

他喘着粗气。"这碗面吃了二十年，不能在今天断了"，他把面擀好，切细，卧了鸡蛋，放了葱花、香油。

宇姐流着泪吃了那碗面。

一周后，老王半夜再次被咳喘憋醒，送进了急诊。CT检查，肿瘤爆发性进展。PD1的另一个副作用出现了，它可能造成肿瘤的超进展，或者假进展。

但目前来看，这种肿瘤的假进展，显然并不成立。

"神药PD1"对老王无效。

老王决定停止所有治疗。

他的脸憋得发青，咳喘已严重影响到了他的生活。那种深得几乎可以触及他的心脏的漫长的咳，让他非常痛苦，嗓子发疼，风箱似的气喘声，给他带来很大的麻烦。他需要半卧在床上，根本无法休息。

他对医生提了一个要求："我不想再做任何治疗了。我不怕死，我怕咳嗽。"他这句话费了好大劲才说出来。"我唯一的要求，就是能让我舒服一些，不要让我再咳了。"他的医生是个资深的教授，一直很关照老王。他说："现在还没有到最糟糕的时候，还有一种新的临床药物，也许会对你有效。"

老王摇摇头。"我不想治疗了。这些年给大家带来了太多的麻烦。"他的眼睛望向妻子。"现在到了离开的时候了，我想有尊严地走。不用插管，也不用抢救。"

宇姐眼泪横流。他们夫妻曾一起商量过如何面对这个问题。她虽不舍，却只有尊重。陪伴是一种尊重，放手也是一种。

医生显然对老王的选择很吃惊。他见多了各种晚期病人最后时刻的选择。以及他们面对死亡时的不同表情。但这个中国病人如此平静地选择离开，则出乎他的意料。医生有些动感情，眼睛湿了。他握着老王的手，说，"我会努力让咳嗽不再成为你的问题。"

老王被推进了安宁病房。

宇姐几乎一夜白头。

老王显然对于自己离开这个世界的每一步，都有自己的安排。

他告诉太太，决定捐出自己的眼角膜。

2010年第一次得知自己患癌后，他就在红十字会官网上做了捐献器官的登记。但到美国后，他才知道，癌症病人经过长期的治疗，各个器官都难以符合捐献标准，唯一能捐的只有眼角膜。

临去世前几天，光盐社的执行董事邓福真教授去看他。他的主治大夫也来和他做最后的告别。王请邓福真翻译说，他特别感谢这位主治大夫，两年多来尽心尽力地照顾他。

邓福真教授后来把这幕告别写成一篇文章。她当时想，他花这么多钱来美国治疗，病没治好，还能如此感恩。他还特别欢迎这位主治大夫带她的小孩到沈阳去玩，并交代太太要代替他好好地招待他们。

无论如何，Mr. WC 在 MD 安德森的告别，很快成为了一个传奇而令人感伤的故事。我特别理解他的选择，只有病人才知道面临绝望的深渊时那种难过与无奈。

死亡也许像是打麻药，悄然失去知觉，无梦无痕。困难的是活着，在无休止的疼痛中活着。

如何离去，其实是所有晚期肿瘤病人都要面临的一个终极问题。我没有想到，老王会选择这种方式。无论怎样生活，生活必定是痛苦的。还是那句话，崩而不溃的平衡感，就是优雅。现在优雅这个词似乎被用滥了，但终究，大多数人是活在崩而不溃的平衡感上的。

老王显然找到了自己的位置。

老王去世时，他的胡子刮得干净。双眼有神，仿佛不是去赴死，而是去赴一个遥远的约会。

他的主治医生参加了王的葬礼。据称这位医生后来很照顾中国病人，甚至主动为大家提供了各种方便。

我那天没有敢去送别老王。我怕自己控制不住情绪。坐在橡树下，老王的那张椅子空着。大家沉默不语。我不太习惯这种送别。我从来不敢去参加任何病友的葬礼。我怕这一幕。怕告别。怕难过，怕触景生情。

这一年，癌症村里走的人太多。有八个病友死亡在了医院里，九个病友被医生认为无法救治，紧急送回国内。

我知道离别对于病人来说，只是一个时间早晚的派对，派对结束了，大家可能就得离开了。

我把癌症村的微信群删掉。这里面有许多人已经永远看不到这个群里的欢乐、痛苦了。然后，我一个一个地删去死去的名字，像删掉一段段记忆。

后来，有好长时间，我不再敢去小泳池。甚至会绕开那里，我怕那些笑声会再次惊动我，我也怕再去打扰他们。

他们走了，局就散了。

"最终钟声"

不幸的是，我再次面临危机。

红灯其实早在2018年年初的时候就开始亮起。

1月19日，最新的CT报告显示：右肺新增两个结节，一个5毫米、一个6.4毫米。

我有点忧闷与震惊。其中那个6.4毫米的结节，此前为3.4毫米，它是从1.6

厘米降下来的，但现在它又复活了。

此时距我接受 K 药实验已接近一年半。每 21 天一次，已输注了将近 24 个周期。之前虽有一些小的问题，但对于这个副作用轻微到可以不值一提的药物来说，基本上有惊无险。之前的肺结节在悄悄地消失。并且看不到了它们。

其实我非常好奇肿瘤的出生、增长，以及它们在被药物打击时，一点点消退，变小，它们削弱下来的部分去了哪里？因为从治疗至今，至少有 50% 的肿瘤负荷在我的身上消失了。

它们是被代谢掉了吗？各种文献似乎并没有这个答案。

但对我来说，现在还不到揭开谜底的时候，那些曾经消失，或者伪装成某一种其他的细胞的肿块，又回来了。就像它们的消失一样神秘。

Naing 医生早就预料到了我的心理变化。他迟迟未来诊室见我，杰妮说他正在与肺科医生重新查看增强 CT 的影像。这更增加了我的压力。半个小时后，Naing 医生拿着一份新的报告进来。"Shi MS，其实我并不想让你看到这个报告。这是一个容易让你焦虑的结论。我专门请一位肺科专家一起审看你的片子，我们一致认为你现在仍然处于稳定状态。你的整体肿瘤负荷比两个月前，又缩小了百分之七。这显然仍然是一个混合性的变化。我们认为，免疫治疗中容易出现各种不同的可能，这个报告上显示的，并不是你最终的结果。也有可能是假性进展，我们希望密切观察它，希望它能在接下来的治疗中，继续缩小。"他拍了拍我的肩膀。"K 药对你目前非常有效。即使这是一个最坏的结果，我们还有一个新的方案。"

Naing 医生显然鼓舞了我。

我在接受 K 药治疗前，肺上最大的肿块差不多有 1.8 厘米。后来它缩小了，现在它又开始缓慢地往回增长，但也还在亚厘米阶段。我显然也不愿意相信，它们真的复发了。

当天，我做了第 25 次 K 药的治疗。

右肺上的结节似乎并不是昙花一现。它们在随后的 4 月、6 月的 CT 报告上，缓慢地增长着。最大的已有 1 公分。但我这次似乎并没有显得特别惊慌。内心早有腹案，如果增长至两公分，放疗或者消融之。

9 月 8 号，我做完了 K 药的第 35 个周期的治疗。这个实验设计为两年。然后我就进入到随访阶段。

11 月，治疗结束后的第一次增强 CT 报告显示，右肺这个结节由 9 毫米爆发性地增长至 1 点 7 公分。肺右叶的另一个结节，增大为 5 毫米。我治疗了两年，输注了 35 个周期的 K 药后，仍然复发。

Naing 医生的结论却仍然与我不同。他交给了我一个表格，最新的报告显示，比我入组时的肿瘤负荷仍然下降了 54%。

但让我难以接受的是哈勃医生与 Naing 医生的看法：我的肿瘤一直稳定，仅仅是十月与八月的 CT 报告相比较，确实它们看起来，只是增长了一小部分。但它们每两个月增长一次的总数，现在已然增长到了 1.7 公分。

再一次，我与自己的两个医生看法不一致。上一次，是在我两年前，接受易匹单抗联合 SBRT 治疗后的耐药复发。奇怪的是，我两次进行免疫治疗后，均在最后阶段，面临耐药复发与否的争论。

接下来的时间，就是常规的随访阶段。我不再接受治疗，只需要每两个月随访一次。这个随访显然对我是一个考验。继续这样"空转"下去，一切似乎回到了原点。

我担心这两个肺结节问题。如果再增大怎么办？

Naing 医生说，他们正在考虑为治疗两年后进展的患者，申请进行第二次的 K 药治疗试验。最新的数据表明，PD1 治疗进展后，继续使用相同的药物，仍然有效。

我之前试过两次的易匹单抗的"再挑战试验"。感觉效果有限。肺部的一再复发，它已成为我现在的最大难题。

我对于二次挑战治疗，充满悲观。

辗转反侧数天后，我决定给张玉蛟教授电话，把我的 CT 结果以及 Naing 医生的意见，择要向他报告，希望听取他的下一步治疗意见。

我想再看看有没有可能进行放疗或者消融的机会？张教授是我在每次治疗中的定海神针。每次到了治疗的瓶颈期，均是他一语定乾坤。

张教授认真查看了我的 CT 影像后，打电话给我："我反复对比了你这一年的 CT 影像，右肺上这个 1.7 公分的肿块，确实增大了。可以确定这不是假进展。那个 5 毫米的小结节，可以暂时不管它。对于这种明显的寡转移，放疗掉它即可。你现在刚做完 K 药的治疗，根据我目前所做的 I-SABR 试验，如果现在进行 SBRT 放疗，原则上可以互相作用，彻底根治掉这颗肺部的肿瘤。回顾你的所有治疗，你肺部的复发较高，单靠一种药物，进行全身治疗，对它可能不会太起作用。你可以与 Naing 医生商量一下，能否在试验中增加 SBRT 放疗，这样效果可能会更好。"

我现在还在 Naing 医生的试验组。如果我要进行 SBRT 治疗，仍然需要 Naing 医生批准。

张教授的 I-SABR 概念，在 2016 年提出，开创了免疫治疗和放射治疗结合的研究领域。这个研究文章发表在《Nature》上。这是当年肿瘤治疗较为轰动的一个全新的免疫治疗概念。

大神像深渊。他们在某一时间的某一句话，或者某个理念，往往会使你的癌症治疗，重现光明，重新找到新的路径。

张教授既然认为还可以放疗，显然我还有机会。

心存一种方案，内心底定。预约 Naing 医生的门诊。杰妮称 Naing 医生正在休假，他会在两个月后见我。我只好给他写信，讨论让我进行 SBRT 治疗的可能。

两周后，Naing 医生回复我，这个试验没有设计增加 SBRT。他认为我太焦虑，治疗是一个漫长的战争。他们已经在申请进展后的 K 药治疗。12 月的时候，他会与我讨论这个问题。

这显然是一个拒绝。

见到 Naing 医生的时候，已是 2019 年 1 月份。最新的 CT 结果显示，右肺结节已增至 1.7 公分。另一颗则似乎并没有增长，仍然是 5 毫米。

Naing 医生的意见似乎仍然是稳定。因为它只比 11 月的 CT 结果上的 1.5 厘米，增长了 2 毫米。我在来见他之前，已征求过张教授的意见。如果肿瘤继续增长，就出组进行 SBRT 试验。显然，这个增长让我更加焦虑了。

之前我曾查阅过相关资料，如果两公分的肿块进行放疗，起码需要 2.5 公分至 3 公分左右的放疗范围。显然这种增长虽然缓慢，但几乎无法控制。

我告诉 Naing 医生，我希望能够尽快治疗它。因为它已超过了我的心理承受能力。我说了自己这几个月的焦虑以及被这颗肿瘤影响的心情。告诉他，我想出组接受 SBRT 治疗。

Naing 医生显然对我出组已有所准备。他说，"我可能需要与哈勃医生还有张医生讨论一下。因为我们的试验设计并没有包括 SBRT 在内。如果你出组，可能会失去 K 药的进展后治疗。"

望着他走出诊室的背影，我可以感受到他的失望。

我在他的实验室里从 2015 年至 2019 年，已有四年。但每次出组的时候，似乎都以这种最后的增长而离开。

在他的实验组里，我延长了至少四年的生命。

事实上，关于我是否有必要进行 SBRT 治疗，张教授、Naing 医生与哈勃医生三人间发生了一次激烈的"争吵"。争吵的过程中，甚至将帮我审读增强 CT 报告的医生也牵扯了进来。

张教授的意见是，这个结节显然是复发耐药的直接表现。现在两年的试验也已完成，我还有 SBRT 治疗的机会，如果继续随访，显然病人会错过放疗的最佳时机。

那位读片的医生咬定 CT 报告上的肿块大小是技术差异。

我第二天去张教授的门诊，做放疗模拟的时候，这场争论仍在紧张进行中。说话间，张教授的手机短信的提示音响了起来。他看了一眼，笑着说："你的这两位医生从昨天开始，给我来了好几个邮件了。你现在在 MD 安德森的'名气'很大，大家现在讨论你的问题时，已不叫你的名字了，而是称呼你为焦虑先生。"

我有点紧张："是不是很麻烦？"

"我理解他们，你在实验组的这两年治疗，客观上达到了他们的设计要求，效果也不错。他们希望你继续呆在组里，是希望可以观察到更多的数据，包括下一步的进展后的 K 药实验。不愿意你出组，也是可以理解的。但这对你来说则可能失去最好的治疗机会。"张教授说："我相信他们都是好医生，最后肯定会同意这个方案。"

一位华人大牛医生，为了使病人得到最大化的治疗以及益处，不惜与其他两位医生展开"论战"，而他的目的，只是为了治疗病人。

我有点感动了。

张玉蛟教授说："你现在距离最后一次参加 K 药的试验，有四个多月时间。我尽量将你的 SBRT 治疗时间安排得靠前些，以便使它们能够尽可能产生放疗后的免疫反应。"

我其实早前研究过张教授在 MD 安德森的一个关于肺癌的 I-SABR 试验。它设计是在 O 药输注的第二针进行 SBRT 放疗。

"能否在 SBRT 放疗结束后，再做三次 PD1 的巩固治疗。我想听听您的意见，用 O 或 K 哪种 PD1 较好。"

"这两年的治疗表明，K 药其实对你的效果很不错，它帮你延长了两年的生命，目前来看，它还在发挥作用。我觉得你可以继续选择使用 K 药，一是 Naing 医生说你的肿块进展后，继续使用对于复发的肿瘤仍然有效。二是你现在选择的治疗方案并不太多。O 药做为备用方案较好。"

"能否用小剂量 100 毫克。它的标准剂量是 200 毫克，我之前已用过了将近两年

35次，剂量太大，会不会有副作用。"

张教授说："小剂量在 I－SABR 中没有进行过试验，我也没有看到过所谓的其他的实验数据。你如果决定使用 PD1 继续治疗，那就还是选择使用 200 毫克标准剂量吧。至于副作用，原则上这些都是可控的。"他一锤定音，我立即接受了这个方案。

张教授这次决定给我使用 IMRT 进行放疗。IMRT 与 SBRT 的原理大致相同，但却便宜接近三分之一。我需要做十次，70Gy。张教授说，"我加个班，让你在年三十前做上治疗。"

一年前的大年三十，也是放疗啊。我的眼里已是泪光闪闪。

安德森放疗中心有个传统，会让治疗结束的病人敲响那个称为"最终钟声"的铃铛。这个铃铛悬在门口。我刚来到放疗中心的时候，就看到了一个治疗结束的病人，敲响了钟声。大家鼓掌欢呼，他的家人为他拍照留念。

这是一个美好时刻的样子。

2014 年第一次做完放疗的时候，护士问我要不要敲钟。我问这象征着什么？护士说，这是为了纪念治疗结束的一个仪式。我犹豫了一下，自己还有漫长的化疗要做，漫长的治疗刚刚拉开序幕，现在还没有到总结的时候。就拒绝了。因为这只是一个开始，而不是结束。

2 月 4 号，2019 年大年三十晚上，我进行了第一次的 IMRT 的放疗。2 月 15 号，放疗结束的时候，我主动要求敲响那个代表癌症治疗结束的钟声。

我祈祷这次是真正的庆祝时间，而不是另一个治疗的开始。

……

备注：本文系节选自人民文学出版社即将出版之《无国界病人》一书，小标题为编者所加。

（本书在写作过程中，因保护隐私需要，对所涉及的部分病友的名字、所在地均进行了必要的处理。本书中未尽之处，希图读者指正后，再版时更正。）

[特约编辑：吴　越]

火车驶向落日

武桐

上　篇

1

说来巧合，或多或少有过感情的男人总在梦里向我售卖什么。尚且年少的梦里，有个男孩在售卖棉花糖，梦里的我买下了他所有的棉花糖；青年时的梦里，有个男人售卖玉石，精美玉石摆放在玻璃橱柜里，可按我的意思雕刻模样，那次我仅仅只是询问，没有购买。

这倒让我想起了八岁那年……她手指动了动——此时凌晨时分，正沉陷清醒梦境的我的身体躺在卧室床上，手指刚才动了动。身体还在沉睡，而我的目光在黑暗中某个隐秘的角落静静地注视着，等待她醒来。

八岁那年，父亲给了我一个选择：如果不去做修复兔唇的手术，那就别想跟他去某个达官显贵家里吃晚饭。我那可爱的兔唇，和父亲去参加某个重要的晚宴有什么关系？起初我搞不清楚，那时我仅得出一个结论：倘若我要得到什么，就要付出对等的代价。这个想法一直让幼时的我惴惴不安。

事实上，假使我的兔唇不能让我融入那家孩子的圈子，我的父亲便在那场晚宴中毫无尊严，从而无法得到后来能让我们一家生活安定下来的工作和金钱。

那段时间，手术刀会在脸上划过的梦魇令我惶惶不可终日，可我又不能一心只想让自己安宁，放弃一家人生活安定的机会，因而当父亲把所有利害关系抛在我这个八岁孩子面前的时候，我深陷矛盾。

母亲没有给我任何安慰，只是在梳妆镜前细致描摹妆容的间隙告诉我一个糟糕的建议，她说："大部分时候你只能选择一方，因为这不是最坏的情况，失去全部才是最可怕的。"

如今她口中最可怕的事情——在我身上应验，我仅仅拥有的这些——我唯一的女儿、唯一安定的婚姻、我唯一可以留下来的城市，又或当年我长久以来唯一可以依靠的朋友，在我稍作放松之时纷纷猝然离去，仿佛他们从来跟我没有关系似的。以至于后来当我得到某样东西的时候，我总是保持警惕和不安；有谁对我吝啬时，我反倒可以信任他。

她的眼珠开始在眼皮下转动，眉间的皱纹微蹙又舒展，大概是要醒了。这已经是她这个月数不清第几个清醒梦境了。

这些清醒梦境每每发生时，身体便不再被感知且无法动弹，待身体慢慢恢复知觉，梦境也悄然遁入暗夜。这种状况从半年前开始断续出现，而在一个月的失眠之后，逐渐频繁。

除了售卖物品的那些男人，近来的梦境大多有些怪异。梦里看不见他们，有的只露出一双手，把我身上的一切剥离，封住最后一丝光线，然后将我推入一个窄窄的铁皮箱子里；上一次他们将我缓缓从地面抬起，为我盖上了一层雪一样的白布；还有一次视野之内没有一个人，周身泥土，明月高悬，饿狼长嗥，四季从我身体上一遍遍踏过。

曲寒躺在卧室的床上活动了一下身体，

房间里那双隐秘的眼睛随之消失。她冷淡地扫视了一眼钟表，凌晨四点半，今天睡了不到两个小时。

比起失眠，她倒没有为清醒的梦境困扰，在一定程度上她认为清醒的梦境是自己的意识脱离身体后的想象，又或是意识在身体上的自我跌落，尤其在没有入睡的时间里。想象也许不能为身体造成负担，但持续的失眠却可以轻易造成损伤。

她想起，最初出现失眠症状的那天，她从急诊室出来，结束了连续两天的四场手术，双手在流水的冲洗下颤抖不停，她蹲在洗手池旁，心里涌上一股难以言喻的恶心。以她作为医生的常识，她提醒自己需要休息。她靠在墙边合眼了片刻，却在接下来的漫长时间中清晰地听到指针一秒一秒地滑走。

曲寒躺在卧室的床上，看向窗户左下角被砸破的一个洞口，秋风持续灌进，像是氧气瓶一样给散发着腐朽霉味的房间提供了救命的空气。洞口是被一颗浑圆的石头砸出来的，现在石头静静地躺在卧室地板的中央，周围闪耀着玻璃碎片。

在失眠的漫漫长夜中，曲寒时常会想，为什么会是一颗石头？

现在想起这个问题，不过是在打发无聊的失眠时间。玻璃被砸破的那天早晨，有人敲响家门，敲门声迟缓像人在吞吐，听起来不怎么着急。曲寒想着也没有快递，便装作无人在家没有应声，而后不久，玻璃霎时被砸破一个洞，石头和玻璃碎片散落，裂纹迅速蔓延。曲寒走到窗前却并没有看到扔石头的人。也许是孩子们故意恶作剧罢。

最近的日子已不像起初失眠时那样清晰。失眠让人丧失了时间概念，日出日落变得像废话一样没有用处却缺少不了。

小区旁边是一片未拆迁的平房，不知哪里人家饲养的近百只鸽子，常在平房屋顶咕咕聚会，有时又浑然一体地在那一片平房区上空飞起盘旋，飞累了仍是回到屋顶默契地站成一排，将老房子的屋顶满满占据。焦灼的白日里，曲寒日复一日地看向窗外这唯一生命活跃的迹象，而到了涨潮一般淹没城市的黑夜里，再没有什么可以引人注意的事情时，曲寒清醒却疲惫的碎片意识又开始像孤魂野鬼一样四处游荡，想必失眠就是魂哪鬼啊在兴风作浪。

想及此，曲寒便感到房间内骚动起来，令人烦躁。她躲进浴室往浴缸里放水，脱下睡衣后，注视着镜子中逐渐老去的身体：嘴唇上方浅淡细长的疤痕随着年龄的增长流露一丝淡漠的意味，瘦削的肩颈和下垂的胸部透露出某种含糊不清的萧条，加之深浅不一的皱纹、松弛的皮肤以及长久失眠导致的红肿双眼，时间的雕刻让此时的自己看起来更像是多年前的母亲。那时她还年轻，大概是十一二岁，母亲就是用这张类似的面孔对她无奈地叹息过，也用相似的手指指着曲寒说如果不是因为你，我将会如何如何，后来母亲也用她那同样黯淡的目光注视曲寒并流下悔恨的泪。

曲寒屏住呼吸，沉入浴缸满溢的水中，水流灌进双耳的瞬间，一声"曲寒！"从遥远的记忆和水面之上传来，曲寒立刻双手撑起钻出浴缸水面，紧接着生出了一种复杂的情绪。曲寒点起了烟，一口接一口地猛抽着，直至浴缸里的水变凉。

从浴室出来时发现天色已逐渐转为青白，肚子开始有了饥饿感，曲寒打开冰箱才想起从昨日起里面就已空空荡荡，而上次出门购置食材是在一周之前了。

那次从外面的超市回家路过篮球场，正是吃晚饭的时间，篮球场上只有一个男孩不停地投篮，曲寒认出那是女儿瑶瑶的同学林旭，两人从小在一个小区长大，应该说是最好的朋友。此前从作为英文老师的前夫郑献那里听闻，这孩子最近变得有些沉默……曲寒挪了挪脚步，还是朝着篮球场的方向走了过去。

冷白的一束灯光下，曲寒在一旁的长椅上落座，林旭看见她后怔在原地，抱着球有些不知所措。曲寒表示只是过来看看，这个男孩仍旧站在原地没有作出回应，他似乎在借着那束灯光辨认着曲寒的脸。曲寒被他看得有些莫名其妙，担心他没有认出自己，便先开口说："我是瑶瑶的妈妈。"男孩点点头："我知道。"

"瑶瑶爸说你最近在学校的成绩下滑，他很担心。如果你在学习上有什么困难，尽管向他询问。你是瑶瑶的好朋友，他会尽心帮你的。"

林旭听着微微低了低头。曲寒开始有些后悔过来，不知道是否是自己过多干涉了。

"最近我开始住校了，"林旭突然开始说道，"第一次和同学住在一起有些不习惯，和舍友之间有了点矛盾，心思大概也有点乱。"

"那为什么不回家来住呢？"

林旭恢复了沉默，曲寒似乎有所察觉，她劝慰说从前的他是个开朗的孩子，没有人不喜欢；她说他这个年纪难免会想得多，还是应该按时吃饭和睡觉；她说他还年轻，有些人注定只是曾经很重要，不要因为过去的事情被牵绊。她说着，林旭沉默着，她的目光不在林旭身上，也不在过路的车和行人身上，而是在穿越了林旭身体和篮球场铁丝围栏的黑暗中。

她丝毫没有停下说话的意思，她在说着有关林旭的问题却也不是单纯在说着他的问题，话题也从林旭身上转到了许多琐碎的事情上。她不像是在对他说话，更像是在对着一个比她年纪还大的人诉说。

那张在冷白灯光下的脸没有任何表情。最先看到的是她的双眼，薄薄的眼皮盖过瞳孔的三分之一，上下波动的幅度极其微小；眉间的两道细纹像久旱的裂谷一样，截断了原本的眼波流动；眼角向外生出的两道纹路，和法令纹一样和谐地延长；颧骨下的阴影形成的沟壑让她看起来既瘦削又浮肿；嘴唇则像覆盖了一层薄薄的粉末一样苍白而焦虑。这既不是一张有生命的脸也不是一张完全死去的脸，跟她不断说出来的话语也是背道而驰，总而言之，这是一张极其悲伤的脸。

"阿姨，"林旭打断了曲寒的话，"阿姨，您有好好吃饭吗？"

"看，我刚买了菜，一会儿就回家去做。"

"那您有去看医生吗？"林旭继续问道。

"阿姨就是医生……"

"可是医生也是会生病的。"

那是曲寒最近一次和人交流，谈话就这样突然终止了。

客厅里落地灯突然熄灭，曲寒才从那天的对话中回过神来，想起郑献之前就说过落地灯一直忘记去维修了。曲寒扫视了一眼屋内，发现不止是灯出现了"故障"，有线电视也早就欠费，打开后是一片花屏；WiFi总在同一时间信号变得很差；燃气灶中的一个无法打出火来，最后一个故障……曲寒走到那扇被砸破的窗户前，玻璃上映出自己浅浅的轮廓。

今年的深秋格外像寒冬，前几日大风来袭的时刻，外面树上的叶子被吹得遍地飘零，夜晚风从洞口呼啸进来的时候像是有人从遥远的地方呼唤自己。她长久地望着那个洞口，嘴唇微启似乎要说话，有那么一刻，她好像走近了洞口，将头搁在窗户上，嘴巴对着洞口说了什么，但她分明是站在原地一动未动，就说出了那句："去死吧。"

接下来，她的动作快速而冷静，像是在担心赶不上死亡大门关闭的时间。她收拾了房间，将垃圾清扫，将厨房擦拭，将浴室拖净，归整了衣柜里的衣服，并挑选了自己最喜欢的一套羊绒衫穿上，并在这间隙烧开了小半壶水，刚好一杯的量。她在每个房间走来走去，将所有物品归置到原本的位置，最后来到瑶瑶的房间。自从瑶瑶离开后，这个房间里的东西她很少动过：被子是那天早上匆匆忙忙叠好的，书桌上一张张草稿纸在电脑旁边凌乱地放着，电脑椅还是朝向门口方向，好像有人刚刚离开一般……郑献也进来过几次，但大概出于和自己一样的心理，并没有整理。

曲寒走到瑶瑶的书桌前整理，看到电脑主机的提示灯竟然还亮着，上面的书架上放的是小说、漫画和几本儿时看的童话书、世界各国的地理杂志，其中的外版童话书和地理杂志都是曲寒的老友刘阿年寄来的，瑶瑶年幼的时候郑献常常给她读书。

外面客厅的座机突然传来铃声，曲寒从瑶瑶房间里出来，座机电话转接到留言，起初是一片杂音，信号在空间里不稳定地扭曲着。座机还是母亲拿来的，这几年她总会拿点东西来，有时候只是为了专门送一个保温杯而谎称路过，仿佛担心几天不来，曲寒就不认她这个妈了。

经过短暂的杂音后，刘阿年的声音突兀地出现，一如他的风格。

"……了一串念珠，黄花梨的，咱院儿里以前不是有棵梨树吗？这两个可不是一个种类，这黄花梨是国家二级保护植物，是海南的朋友带来的……"

还是以前的刘阿年，总是喜欢给人普及知识，只不过相比少年时没了炫耀之气。若二十年间两人从未有过联系，曲寒无论如何也想不到这粗犷、啰嗦的男人会是当年一身艺术气息的刘阿年。也多亏了他，这电话还能多少有点用处，他不知从什么时候起就不再用手机，每次联系曲寒都是临时找个公共电话打过来，曲寒平时要想联系他自然是找不到的。

听着刘阿年讲着他在藏区雪山的琐碎见闻时，曲寒将那早就烧好的小半壶水倒进水杯，又从卧室床头柜上拿了三小瓶药，那是从医院精神科同事那里拿的药，一个月来攒够了药量。座机大概忘记设置限时，刘阿年还在啰嗦，讲着他去了什么寺庙，遇到了一个姑娘，那姑娘也有一串相同的念珠。说着说着似乎才意识到自己的话好像回到了原地打转，于是撇去了寺庙和姑娘，继续说那边有一座雪山叫白礼雪山，因为攀登难度太高被当地奉为圣山，好几拨登山队来了又走，不久他打算组织朋友一起去转山。"哦转山你还不知道是什么吧……"他又开始普及了，"转山是当地的一种宗教仪式，有人说转山一圈可以洗清罪孽，转十圈可以免下地狱，转百圈还能成佛……"

曲寒坐在沙发上听着刘阿年的啰嗦，依次将药全数倒在手心，其中一瓶不慎打翻，药片洒落一地，曲寒趴到地上一颗一颗地去捡，脸上冷静而专注，像是在做着细致的手术。

"OTC 甲类、tranquillizer……痉挛、抽搐……肠胃如岩浆浇注剧烈燃烧……呼吸困难、呕吐……如果在转山中死去也是种造化,反正……记忆衰退、脑损伤……开这个药还不能缓解就过来做个全面检查,别硬撑……血管爆裂,筋络突出,眼白充血,身体僵硬抽搐……"

一时间,大学课堂上教授针对精神类药物的板书和授课的声音、同学备考时的背书声、精神科同事的嘱咐和关心,夹杂着刘阿年的声音在房间中纷飞,还有一双绝望又混乱的眼睛从那名自杀未遂瘫痪在床的病人脸上望向主任医师曲寒,并穿越了拼命吃饭的癌症病人的病床和心脏监护仪跳跃的曲线以及呼啸而过的救护车鸣笛声,穿过破裂的窗玻璃投向跪在地上捡药的曲寒。

"曲寒!"

曲寒忽然浑身一震,那呼喊从各种纷杂的声音中穿越到耳畔,不是刘阿年的声音也非来自郑献,和在浴室听到的似乎很像。曲寒捧着药坐回到沙发上,待那些嘈杂渐渐消散,只有刘阿年的声音意犹未尽地继续着,他的声音不知从什么时候起充满了回忆,最后只听见他说:"过来看看吧,我们一起看看。"要看什么?刚才刘阿年还说了什么?分明有说到什么让曲寒心生动摇,但她仔细回忆,又似乎完全没听进去。而且她隐约察觉,他所说的我们,应该不止是刘阿年和自己。

留言结束后,房间内恢复寂静。不如等到那时再死去。曲寒将药装回瓶子中,而后同厚棉衣一起放进行李箱中。

休息日的地铁站人头攒动,曲寒拎着行李箱走到站台,站定后拨通了前夫郑献的电话,但拨通后对方很快挂断。曲寒犹豫后没再打去。郑献是个寡言温和的男人,和曲寒的急性子相反,做任何事都不急不躁,有时看着曲寒在生活琐碎中匆忙冒失的样子会温柔地笑笑,温柔后来成为了他的利刃,刺向他也刺向了曲寒。瑶瑶走后不久,他把自己变成了一个彻头彻尾的受害者,在瑶瑶的房间从清晨坐到傍晚,从日落坐到凌晨,胡楂儿和眼泪在疲惫的脸上胡乱生长。在险些毁掉生活和自己之前,他终于无法忍受,在一天凌晨时分,坐在床边流着泪向曲寒提出了离婚。和求婚时一样,当初花光了所有的钱给曲寒买了订婚戒指,离婚的那天清晨他只是带走了一个行李箱。

列车呼啸着穿风而来,站台上的人越来越多,车厢门打开后,由于换乘站客流量大,下来的乘客将曲寒的行李箱撞脱了手,行李箱在上下车人群中转圈滑动,曲寒回身去拉行李箱时,一双男人的手将行李箱推到了曲寒的手中。曲寒低头道谢,男人却没有停下脚步地赶着上了车,曲寒也在关门声中挤进车厢。

是冻伤,新结的痂,指节间有不太明显的茧子,但给人的感觉分明是年轻人稚嫩的手,且深秋的天气尚无法让人生出冻疮。

曲寒转头朝刚刚那个男人的方向看去,心里是淡淡一惊:那个男人背对着自己,肩膀上站着一只白色小猫!以前郑献和瑶瑶曾从外面捡过一只小猫回家养,曲寒总是工作太忙时间不够,自然也没有多余精力去理会,后来许久不见踪影,问了郑献才知道那只小猫得了猫瘟,没挺过去就静静地死掉了。曲寒看着男人肩膀上的那只小猫,大概也不过几个月大小,它丝毫不被拥挤的人群影响，过分乖巧稳当地蹲坐在男人肩膀上。令她奇怪的是，周围的人似乎都司空见惯一般没有投去好奇的目光。

曲寒内心忽然生出一种怪异的感觉，那个背影，似曾相识。曲寒不由自主地再次望去，那个人却消失了。到下一站，门口的几位乘客下车，曲寒往里挪了挪后才发现他和那只猫已经移动到了空间相对宽敞的位置，白猫挡着他的脸，仍是看不出什么。

如果不是播报火车站到了，曲寒也没想到她会盯着那个隐藏在交错人群中的身影那么长时间。

人群拥出站台时，曲寒的目光仍是紧紧抓着那个背影，脚步急切又冒失地穿行，意欲缩短两人之间的距离，但出了地铁后，在火车站更为广阔熙攘的进站广场上，她还是丢了那人的踪迹。她心里充满了焦灼和捉摸不定的情绪，却弄不清自己为什么会突然这样。

也许是休息不好精神出现了恍惚也说不定，曲寒看了眼时间，估计已经在检票了，便在原地顿了顿，打起精神后取票走向检票口。

这是一列通往内陆的绿皮火车，相对动车来说速度当然慢，但好在不是节假日，曲寒很快就抢到了一张坐票。走在曲寒前面的是一个抱着幼小孩子的母亲，肩上背着儿子的小书包，手里还拎着一个半人高的大行李箱，她用一口听不出地域的方言对儿子说："看，是火车呀！"那孩子也十分响应母亲，惊喜地拍起手来，喊出了两个字："呀，猫！"

曲寒顺着孩子小手舞动的方向看去，那只白色小猫，在人群的脚下漫无目的似地跑动，而后像受到指引一样蹿进一节车厢，曲寒拎着行李，脚步加快地跟上去，但她票上的车厢不在这一节，乘务员没说话，指了指前面的车厢示意继续往前走。

火车上已经上来不少人，都还未完全安置好，曲寒从正确的车厢口上了火车后，磕磕绊绊地往回走，寻找着那只小猫的踪影。

车厢中段通道堵塞，乘客寸步难移，进退两难时不免传来一片骚动催促，此时，一个轻快的声音响起："大姐别着急，我来帮您。"

他将那个有着半人高的大行李箱高高举起，塞进头顶的行李架上，乘客得以陆续通行寻找到自己的座位。那只白色小猫从椅背上跳下来，毫不怯生地走到曲寒脚边蹭起来。

"呦呦……"他叫着小猫的名字，抬眼望了过来。

她抬头望去。

从记事起院子里那棵就没活过的枯梨树在初春的一个下午发了一点新绿。西屋里有人在说话，那里不知什么时候住进了人，最近几天总是看到西屋的窗户亮起昏黄的灯光，却总不见有人从里面出来。有一天早上，她在自己的床上隐约听到开门关门声，她急忙爬起来朝外面望去，只看见一个男孩的背影朝门口走去。

她问外婆西屋住的是什么人，外婆手中忙着永远也忙不完的手工活计，连眼都没抬，快速而简短地回了一句："是个男人和他的儿子。"曲寒知道，外婆嘴里吐出的是"金子"，今天的"金子"已经花完，明天曲寒再领取新的份额。

在春天里，她常常做梦，梦里穿过一扇又一扇门，那西屋亮着灯的窗户就在门的后面，却总也走不到头。这样过了一个春天，她仍旧没有看到他，她知道每天清早他都会出院子去买菜，回来做饭，然后自己在房间里过上一天又一天，而她每天在他去买菜的时间才起床吃早饭，然后在他吃饭的时间去上学。于是，那一个夏天她也照样没有见到他。

初秋的梨树结了果，曲寒才知道原来外婆的"金子"可以如此慷慨。外婆站在自家屋前与西屋的男人吵起架来。西屋的男人瘦削颀长，一副厚重的眼镜架在鼻梁上，他咬字如同钝刀切菜用力又耗神："梨树是公共财产，果子应该分享，怎么成了偷呢？您一个老人家说话不怕折寿，我一个大男人有理也难对阵。我，懒得与你辩论！"外婆吵架则没有间歇，不等男人说完就咄咄逼人，她说："是个文化人就应该把床单当毛巾——大大方方，你偷摸着往兜里揣一个算什么！"男人不由自主地用手挡了挡鼓起的衣兜。曲寒嘻嘻笑起来，故意朝那男人做了个鬼脸。

他从西屋走出来时，穿过了梦里最后一扇门，无辜又羞怯地站在大人世界的门槛上，身形像他父亲一样瘦削却比他父亲显得端正。他手里拿了一颗鸡蛋放到了外婆摘梨的箩筐里，换回了他父亲口袋里的那颗梨子，又将他拉不下脸面来的父亲拽回西屋去了。

曲寒叫住他，模糊地瞥见他眉心间浅浅的一颗痣，她觉得那是和她的兔唇一样的标志。久而久之，惦念越深，她越觉得那颗眉心痣是她种下的。在此后的人生中，眉心痣的生命力会像枯梨树一样，发芽，生绿，也会在不知不觉中像她的兔唇一样消失，一次在他十三岁那年的某日清晨，一次在曲寒发出死亡诅咒时。

2

火车正在加速离开这座城市，车厢内的嘈杂逆着风向西驶去。

他走进车厢，在人群中很是显眼，色彩发旧，格格不入，看到曲寒时径直走来。

窗外闪过的是城市郊外拥挤逼仄的工厂，曲寒望向窗外，让她不得不困惑的是，上个世纪的建筑在几十年间即便经过多次修补，破损程度也显而易见，而人怎么可能保持没有变化？

他穿的衣服和二十年前离开时一模一样，那件深蓝色羽绒服款式老旧，袖口衣领都有轻度的磨损，却还算干净。那是在他十八岁时，曲寒在新城区的中心市场给他买的。当年新城区的中心市场刚刚兴起，摊铺相邻，家家门庭若市，曲寒从一件件名牌假货中间挑选出了、也许是出自南方某家小工厂的一件羽绒服，臃肿肥大但胜在暖和，毕竟他要去更冷的地方……与这件羽绒服搭配的是当年时兴的牛仔裤旅游鞋，均是老旧的款式。但这些都称不上让人困惑，比起没有变化，那张脸才是最可疑的。

瑶瑶小时候翻老相册看到曲寒的照片时，会说妈妈漂亮之类的话，那时对比十几年前的照片，曲寒还会产生容颜老去的感慨，但如果拿着过去的照片对比现在的许小满，只会是满心疑问，为什么他一点变化都没有？往常看到电视上有被调侃打了防腐剂的名人，但细细观察还是有所变化，最明显瞒不过岁月的是眼睛，皱纹总在眼睛周围顽固生长，而他不见一丝衰老的痕迹，似乎完全被岁月遗忘在了过去。

但很明显，遗忘他的不止是岁月，还

有曲寒自己。在看到他的那一瞬间，曲寒几乎是本能地作出逃避的反应，她不停地往回走，企图钻进人群不被发现，找到自己的座位便直接坐下，连行李箱都忘记放到行李架上，还是经列车员提醒后才放上去的。

年轻人外放短视频，孩子在通道乱跑，还有大爷和友人摆上花生对饮小酒。曲寒坐在靠窗的位置，身旁是个戴耳机看电子书学生模样的女孩，女学生正对面一个身着廉价西装像个忙于出差的创业老板，他身旁是一个五十岁左右戴眼镜看起来温和儒雅的男人。

她忘记自己为什么会不愿直面许小满，隐约记得是在多年前的某一时刻，她决绝地要忘记有关许小满的一切。在车厢的一片嘈杂中，曲寒能回忆起来的无法动摇的理由只有一个——他是个骗子。

对面戴眼镜的男人在许小满的感谢声中和他换了座位，许小满得以坐到曲寒对面。那只白色小猫静静地趴到他双腿上依偎着。

曲寒望向窗外，依旧避开交流，但仍感到他细细凝视过来的目光。似乎彼此都需要缓冲记忆，两人迟迟没有开口，遗忘的过去在不曾交汇的目光中，一点一滴地恢复，成为窗外掠过的模糊光景，曲寒渐渐想起四合院的春夏秋冬，永不结冰的长暮河，老城区的瓦片屋顶，紧接着有关对面这个人带来过的无数快乐与忧伤很快占据了脑海……

曲寒停止了回忆，冷淡地看向他，问道："怎么，我看起来很糟糕吗？"

他没有否认也没有肯定，只是专注地观察着曲寒说："看起来和以前确实不一样了，是个真真正正的大人了……"青涩的脸庞露出笑容，凑得更近些，他又说，"但整体来看，和以前的你也没太大变化，就连脾气也是。我知道你肯定还在生我的气，但我也知道你总会理我的。"

身旁的西装男人投来异样的目光，想必是误会了什么。对上曲寒的目光后，西装男尴尬地像女学生一样戴上了耳机。

"我们二十多年没见，没必要这么生硬地套近乎。突然坐上同一辆火车，怕不是巧合吧，也是刘阿年邀请的？"

"二十多年了吗？"他有些惊讶，以至于忽视了后面的问题。

"准确点，是二十二年。"

大概是恍悟分别的时间如此之久，他的目光又在曲寒脸上细细流连片刻。

"这身衣服是为了见我故意穿上的还是穷困潦倒没得换？"她问。

"这是我最好的一件衣服。你说过，要出门怎么着也要穿成这样才像话。"

他的嘴角始终保持笑意，并不僵硬，像是自然而然由内心而发。曲寒提醒自己，这种笑容和二十年前的笑容同样具有欺骗性。

"我不记得说过这话。"

"这么多年，你是怎么过来的？"许小满一副关切的样子让曲寒很不自在。

曲寒有些不耐烦地回道："这么多年没想了解过，现在也没必要假装客套，而且我现在跟你，不熟。"

她面前刀枪不入的壁垒让许小满有些无奈，但他还是厚着脸皮对她笑着说："那不如先说说我。"曲寒扭头看向窗外，并不关心。

"我倒是简单得很，自从那年我们分别后，我去了很多地方。一开始没有方向，随便买了一张火车票，到了站下车便开始寻找活计。先是在山路上扛包打工，又去了农场务农牧羊，也在旅游景点当过野生导游，总是一路奔波着生存。日子过得简单知足，也没有想过将来要怎么样。后来认识了一支了不起的登山队，我跟着他们爬过三次雪山，在此之前我受到队长的照顾参加了集训，进行了一定强度的体能训练，才不致拖了他们后腿。说实话，登山那段时间是我活得最满足的一段时光，我在登山队先后攀登了雀儿山、约卡峰，还有最后的白礼雪山，后来我就与他们散了……"

曲寒感觉到此时从一旁投来的目光，喝了酒的大爷和他的友人瞧了过来，许小满身旁的西装男流露讶异，明显也没有在听音乐。

"现在的年轻人吹牛不打草稿，比咱们当年都要狷狂。"喝酒的大爷笑着对友人说道，明摆着不信许小满的话。

对于许小满说的几座山，曲寒并不了解，唯一有印象的白礼雪山还是从刘阿年那里听说的。她所意外的不是许小满攀登了什么山，而是根本不相信许小满会做出任何高风险的事。不过看见许小满手部的冻伤，曲寒一时迟疑，再细看，发现他也不是完全没有变化，皮肤倒是比印象中的要黑了。

"大爷，您不信？"许小满问大爷。

大爷对面的友人是个大嗓门，他插话说："大罗，你老了。小伙子才是该说狷狂话的年纪。"

大罗大概指的就是喝酒的大爷，他灰发丛生，皮肤黝黑，脸上挂着经年累月的"高原红"，手里拿着一个深绿色的军用小酒壶，加之身体坐得挺直，可以推断曾经是个军人。此外，衣着不修边幅，敞开的大衣里面是厚实的棉袄，整体看去像是个地地道道的西北人，但一口流利的普通话又让人无从分辨他的家乡，说不定是戍守边疆的退役军人。

大嗓门的友人继续说："小伙子，你这样的小辈说话狂妄归狂妄，但在前辈面前你还是得虚心点儿。2003年第一支业余登山队攀登上了珠峰，我这个朋友就是其中的主力，后来还去登过马卡鲁峰，唯独白礼雪山登到五千米就没再上去，后来大罗你不也说大话一定会再登上去吗，结果呢？"

友人有意缓解许小满的尴尬，但许小满似乎并不领情。

"我知道您为什么说我狂妄，因为攀登白礼雪山的难度不在珠峰之下。它积雪深厚，地势陡峻，被两条大河夹在中间，雪崩随时发生，且窗口期短暂，时常还有气流波动，造成极大的攀登难度，在我们之前没有攀登成功的案例，也没有明确的攀登路线。攀登白礼几乎是不可能的事。"

大罗咽了口小酒说道："你看起来不过二十来岁，据我所知，目前白礼雪山只有一例攀登成功的记录，是在我们攀登珠峰成功的同一年，也就是2003年，一支民间资本资助的登山队完成的，似乎是叫胡狼登山队。"

"不，是胡马登山队。胡马依北风，越鸟巢南枝。胡马，也是我们队长的名字。"许小满声音平稳地纠正错误。大罗正眼打量起许小满来，眼睛里不再是不以为然。

2000年夏天，许小满在四川的景区为自己的导游工作勤恳地招揽游客，景区位于雪山雀儿山下，冰川融水穿过繁茂植被，葱绿中常能见到不同的野生动物，遥望山上厚重波动的云层中,雪峰以冰冷锐利的姿态屹立。许小满到那里两个月了,也没见有人来登山,山下除了走马观花的游客,平日里是凄冷萧条。

在许小满完成旺季的工作即将前往下一个旅游点时,胡马登山队赶到了雀儿山下。他们碰上许小满询问路线,许小满热情引路并主动为他们借了驮行李的马匹,他一路上问个不停,队长胡马是个外表粗犷身体健壮的男人,根本看不出来他其实是个经营着外贸公司的企业家。他冷面寡言,对许小满和其他队员的谈话均不予理会。当许小满送他们到达大本营后,胡马按照约定支付劳务费,但许小满却不想要钱,只有一个请求:希望能和他们一起登山。

胡马询问他是否有登山证,是否有过登山经验,平日是否锻炼身体,对登山知识又有多少了解?许小满没有吭声。他不再请求登山,而是跟着他们在大本营住下了。

比起胡马,剩下的六名队员是好相处的。蓄着络腮胡的老关告诉他,胡马的外公是西北汉子,也是个登山老将,胡马受到外公影响,年少起便喜欢上了登山,后来组建了登山队并进行每年一次的登山活动。随着登山经验的增加,登山队逐渐挑战一些难度比较高的雪山。

经过短暂了解后,许小满又迫不及待地找到胡马,询问是否满足了上面的几个条件,就能加入登山队。胡马沉默点头,但也没有给许小满过多希望,此后在驻扎营地的几天,胡马看到他总是站在角落里,一边有眼力儿地帮忙整理东西,一边听他们制定路线,看他们做气象预测,跟着他们一起做体能训练,一副安静又执着的模样。

在登山队得知了气象预测信息并确定了登山时间后,胡马带许小满来到山脚下,问:"你知道我拒绝你的理由是什么吗?"

许小满说:"因为你看我太年轻,没经验,怕拖累队伍。"

胡马说这只是其中一方面,而后转身看向正在整理行装的队员说:"登山老将老关热爱登山运动,纯粹是为了挑战;老方别看他文绉绉的,他其实是个地理爱好者,曾经亲手绘制的边境大河地形图被收入地理书,他登山就是为了了解中国地理;还有那个摄影师是为了留下有价值的影像资料。他们每个人都知道自己登山是为了什么,你呢,你想登山是为什么?"

在胡马看来,登山作为目的也好作为手段也罢,每个人都绝非一时兴起,因而就不会在登山中半途而废,造成损失。这是商人的逻辑,也是登山者的执着,看着面前这个刚刚认识了不过几天的男孩,他对他的过往一无所知,对他的想法也捉摸不透,尽管他总是保持学习的态度,但看起来只不过是个好奇懵懂的年轻人。以胡马看人的眼光,许小满的眉眼间积压着经年不化的雪,是危险的信号。

"你是怎么回他的?"大罗问。

许小满的食指在桌面上不易察觉地滑动,被曲寒看在眼里。许小满回道:"我说因为,山就在那里。"大罗笑了笑:"你这么回答肯定没让你进队吧。"旁人不解,坐在许小满身边的西装男解释说:"这句话是著名探险家乔治·马洛里的名言,他这么说可显得有些滑头。"

大罗的友人对西装男有些讶异,西装男不好意思地笑笑:"我也算是个登山爱好者，胡马的名声也有所耳闻，真没想到能见到他登山队的人。后来呢？你继续。"他对许小满说道。

许小满继续说："总之我后来还是加入了登山队，不过那是第二年的事情了。那次登山队中的一名队员滑坠受伤，为了送他就医而放弃了登山计划，于是打算第三年再来。胡马给了我机会和他们一起参加集训，经过一段时间的训练后，在第三年八月份，我加入了登山队的登山。"

2001年的8月，阳光尚暖，河水清洌，雀儿山下的野生丛林葱郁茂密，鸟鸣鹿走。

爬上雀儿山山顶他们用了四天时间，第一天从大本营到C1，几十米碎石坡和两段高台阶，尚且不难。第二天C1到C2的行进中需小心提防，明暗冰裂，沟壑冰河，不论坠入哪一种都会瞬间陷入极度危险：高空滑坠或快速失温。胡马回头望了眼排在队列里倒数第三的许小满，依旧没有说话，但许小满明白那眼神的含义。第三天冲顶，寒风加剧不能久留，积雪愈加深厚，每走一步都要陷入半条腿，氧气也越来越稀薄。许小满抬起头，耳朵里充斥着寒风和粗重的呼吸，茫茫雪海中，天地浑然一色，恍惚间他仿若跌入睡梦的空洞，所经历的一生失去了一切记忆和色彩，顿生无边彷徨，直到在遥望间看到远处裸露的黑色岩石迎风屹立，他才从恐慌中醒来，发觉面前遮天蔽日的是一面约莫五六十米的雪墙，它以约六十度的角度矗立，据说上次便是在此处因路绳陈旧断裂导致滑坠而失败。

胡马看起来并不紧张却依旧严肃，许小满从他身上总能感受到一种稳重踏实的情绪，胡马简短地提醒大家注意后便开始依靠路绳和上升器攀爬，一行八人动作稳健地一步步跨越了雪墙，许小满也不负期待地稳步攀升，没有再出意外。后来他们路过C3营地，爬过更为陡峭的横切岩壁，在接近体能极限的痛楚和接近雪山顶峰的喜悦中，攀升至接近云雾的高度。

许小满在登山过程中表现出的冷静稳健出乎胡马意料，也让他多少放下心来。

胡马问他第一次登上几千米的峰顶是什么感受时，队友们的喜悦仍在耳畔隔着风声萦绕。他望着被夕阳光辉浸染、浓稠得化不开的云雾，眼中再次浮现出胡马看不懂的郁郁寡欢。

"爬上雀儿山自然是个美妙的过程，但要说印象最深的还是白礼雪山。"许小满说道。

大罗此时对他及他攀登上白礼雪山的经历产生了浓烈的好奇，他和曲寒身边的女孩换了座位，身子倾向许小满，专注地希望他继续说下去。许小满看了眼曲寒，在她避开的目光中看出同样的好奇。

这是一段千米垭口，遍地碎石，吃力耗时，好在天气稳定，原本担心的风力也在预测之内。翻过这段垭口便直接越过了雪线，还要再历经一段冰壁才到达C1营地。

胡马带领登山队攀升在冰壁之上时，刚打进去的冰锥突然脱落，冰块连同岩壁碎片哗哗砸落，幸好后面的队员及时避开，才不致被砸伤。

"都没事儿吧？"胡马回头问道。

队员都回以无碍的应答，胡马看了眼仍在队列靠后位置上的许小满，许小满回以手势让胡马放心。胡马停在原地望了望两侧，身后的老方说："老胡，我看要不要换条路线？这片儿冰壁下可全是岩石，还都是风化过的石灰岩，太容易松动了。"

胡马又望了望两侧说："前两天的勘察你也看到了，白礼山上多是这种岩石，换路线就得承受地形的挑战，我再往右边移动试试看，你们小心跟过来。"

登山队来到白礼雪山脚下的第五天，他们几度上山下山摸索后，终于确定了攀登路线和时间。白礼雪山由多个山峰组成，最高的峰顶位于西北方向，而西北坡有一条上千米的淡蓝色冰川带，延伸至冰河谷地汇聚进大河，因而在春夏季节冰雪融化期，西北山脉易发雪崩。此外山体岩石风化严重，山崩的状况也时有发生。这也是之前多个登山队无功而返的两点原因。

老方始终认为，要登上白礼雪山，运气占很大的一部分因素。他起初不赞同攀登这座雪山，但也在胡马的妥协——也没有非要登顶的必要——下同意了，毕竟能让胡马作出妥协的时候不多，而且不得不承认白礼这种级别的雪山确实吸引他们。

抵达 C1 营地后，队员们开始驻扎休整，营地上依稀可以看到其他登山队驻扎过的痕迹，看来这条路线也曾有人尝试过。

到了晚上风力加剧，山脉上被风卷起的雪如同沼沼雾气蒸腾，偶尔传来几声雪豹的哀嚎，夹杂在怒吼的风声之中，听来竟是有些凄凉。只有隔着猎猎作响的帐篷和睡袋依旧砭人肌骨的寒气，才让人对自然的敬畏更加真切。

到了下半夜，风力逐渐减弱，在不安的睡眠中，许小满隐隐地从暗夜里捕捉到什么，呼吸一般的呼唤从耳畔穿过，当分辨出那声音似乎在喊自己的名字时，许小满彻底醒来，漆黑的帐篷里，身旁的队员们仍旧沉睡着。

静坐细听片刻，没有声音再次传来，许小满分不清刚刚的呼唤是幻觉还是梦境，总之那声音不应该出现在这里，也许是攀登白礼对他来说无形中形成了压力，才导致出现幻听。为了静心，他打开手电筒，拿出一个本子，那是他三年来有关登山的记录，他动作小心，不想打扰其他队员休息，开始在本子上写起来：

11月12日，我们终于登上了白礼雪山，一踏上山便知道我将要去向谁也找不到的地方。

之前落脚过的莘良镇的邮递员，托人到我工作的景区带话说有人来找我，我想肯定是她。邮递员给我带来了一封信，信的开篇便说这是她寄给我的最后一封信。她一定是失望到了极点，才会对我说那么重的话。

我提前来到白礼，在山脚下的村子里暂住，并等待着登山队的到来。

那段时间我每天坐在草甸之上看向白礼，看着日日盘旋的雪鹰无功而返，看着久不消散的云雾如何翻涌，看着夕阳从它身上坠落，看它孤独和凶猛。

我希望她也能看到，这样她就会理解我。就会理解，白礼山上经年不化的积雪，会在某一天无言地告别山体，沉默着落向冰河，而后进行漫长的旅途，最终归向芸芸众生的大海这一宿命，对我来说，是最后的选择。

天微微亮，队员们陆续醒来，再次整理出发。在攀向C2的过程中，许小满才切实地体会到，在山下观望的凶险变成脚下的实况时，比起生理挑战，每个人面临的更多是心理挑战。脚下是跨度不足一米的刀脊，一半是积雪一半是山石，稍一不慎便会掉下万丈悬崖，加之此段线路处在一个大风口上，他们不得不将注意力集中到踏在雪上或岩石上的每一步，尤其是领头带队的胡马，有时他也无法确定下一步就是稳固安全的，他又想起老方那句话：登上白礼雪山，运气占很大的一部分因素。

跨越了惊险的刀脊山峰和极易引发雪崩的上百米冰雪坡后他们终于抵达 C2。众人稍作休息后，在一处乱石平台上谨慎地搭建起营地，商议是否还要继续攀登，C2营地在海拔六千米以上，距离峰顶还有一千多米距离，有过最高的纪录是在距 C2 营地百米左右的雪坡，仔细留意的话兴许还能在附近找到该纪录创造者的遗体。

胡马和山下的气象预测员联络后确定目前气象会保持稳定状态，不会对攀登造成影响，如果能克服地形挑战，登顶的希望还是很大的。大家沉默着，渐渐地有人表态支持继续攀登，遇到这么好的气象不容易，放弃着实可惜。随后继续攀登的提议得到一致通过。

在 C2 狭窄的营地上度过不安的睡眠之后，众人整理行装朝着峰顶前行。风力加大，但在预测范围之内。在继续朝下一个适合停脚的地方行进过程中，走在后面的老关，看到前面许小满步伐逐渐缓慢，叫了两声没得到回应。大概是风声太大，他急走了两步拍了拍许小满的肩膀，他才回过头来。

老关问："炉头在你那儿吧？一会儿歇脚的时候烧点水。"

许小满回道："在这儿呢。"说着就伸手往背上的行囊里摸，忽然动作停下来，怔在原地，回望着远处 C2 营地。

"你不会给落在营地了吧？"老关问。

许小满仔细回忆着，在收拾工具时，自己的确想到收起炉头，但似乎转头就给忘了。

胡马回头看见二人顿在后面，问："怎么了？"

老关对众人说道："停下来歇会儿，有些累了。"

胡马不理解刚出发没多久为什么就要停下休息，但他还是听从了建议。离峰顶越近他心里越是急迫，哪怕是歇会儿脚，也要和队员商议接下来的路线状况。

老关让许小满戴上氧气罩，经验丰富的他察觉到了许小满不是随便忘了，而是缺氧导致的注意力无法集中，加上步伐逐渐减缓，也许身体上也出现些微变化，但似乎他自己还没有意识到。

许小满坐在石头上闭着双眼吸氧，刚刚浑身的疲累和头痛渐渐得以缓解，原本以为只是没睡好造成的，幸好被老关及时察觉。胡马也注意到了他的情况，没有多说一句话，拿了水来让许小满把药吃下去，他按摩他的头和手上的穴位以缓解头痛。从其他人的目光中，许小满猜想应该还没有人像他这样享受过胡马的按摩待遇。

他看着胡马，忽然想起童年的某个夜晚，也是如此昏昏沉沉的凌晨时分，窗外的梨花摇曳着春风吹进屋内，躺在床上的许小满身体却发烫得要灼烧起来，火烧到嗓子，只觉得分外口渴，虽然断断续续发出模糊不清的央求，却始终没能得到回应。此刻那干渴在高山干燥的强风中隐约涌上，但他不敢将水一饮而尽，除非今天能登顶并尽快下山找到炉头，否则全员都将面临没水喝的危险境地。

383

在身体逐渐恢复后，他们重新动身，凌晨时分他们行进了近千米，后半程几乎是每走二十步就歇一会儿，大家体力都已消耗大半，他们在一缓坡上搭建起两个帐篷暂作休息。此后，这个地点也被后来者当作C3营地。

休息了不过两个小时，胡马和老方观测当下的风力和天气都很难得，决定在日出前尽快冲顶，虽然距峰顶不过百米，可他们接下来要面对的却是最危险的地形——百米近乎垂直的山体。长矛一样直指天空的峰顶，耸立的高度和陡度令人生畏。

由于冰岩混合地段无法吃住冰锥，可依附的保护点又极少，更没有可缓冲的缓坡地带，一旦发生坠落几乎等同于坠崖，所以目前唯一的办法只能依靠机械塞替代冰锥提供保护点，并依靠冰爪和冰镐向上攀登。

在攀登之前，大家都把不必要的行李扔下以减轻重量，胡马仍旧冲在前面，为后面的队员开辟安全路线，攀登中他尽量不去分心，但还是察觉到了手心第一次冒汗了。

队员之间隔着一段距离，冰镐砸向冰壁，登山靴稳定攀升，整个身体依靠四肢但仍感到自己是悬在空中。在胡马安置机械塞的时候，突然一声不祥的冰面撕裂的声音传来，胡马立刻意识到是左手的冰镐剥离了冰面，冰爪也在重力之下脱离冰面，胡马整个身子伏在冰面之上，快速作出反应，将左手的冰镐持续不断地砸向冰壁，右手的冰镐在身体的重量压力下将冰壁撕开一条裂口，人悬在高空紧紧抓着冰镐以极快的速度往下坠落，身后的老方及时反应，抓紧结组绳固定机械塞，后面的队员也——照做同时避开胡马以免发生撞击。

胡马脚上的冰爪撞击并凿进冰面的瞬间，许小满伸手拽住了他的结组绳，结组绳霎时绷紧，胡马整个身子后仰在半空中，许小满以一臂之力拽着胡马想要让他贴回冰壁，但一人之力有限，手臂青筋暴起，颤抖不止。胡马不敢乱动，他担心一旦晃动，许小满也会被带下去。有一瞬间，胡马的手摸到了腰间的小刀，锋利程度足以划断结组绳……眼看撑不住的时候，后面的老关终于爬上来抓住了绳子，两人合力之下，胡马才得以贴上冰壁重新找到了着力点。

众人皆被这突发状况吓出了一身冷汗。胡马后面的老方稳定军心，询问胡马是否继续，胡马粗重的喘息被淹没在呼啸山风中，额头前冰凉的汗贴在皮肤上，他短暂地沉默了一下，而后继续向上。

太阳是突然出现的，从最高的峰顶冒出来。刚刚还身处地狱一般的暗夜，在望不到尽头的山体上艰难攀爬，金色光芒的突然出现首先宣告了心悸的终结，随后让白礼冷峻的面目变得更加清晰起来，即便是产生了放弃念头的人也在这时有了继续下去的动力。

但是，这光芒并未照进胡马的心里，第一个爬上峰顶的他也是第一个感受到了某种模糊的挫败感，从模糊到清晰的过程，只用了在峰顶停留的一刻钟时间。

哪里有什么征服，何谈什么挑战，都是人类的自大自满。惊险过后的胡马坐在峰顶这么想道。

作为第一支登上白礼雪山的登山队，在其他队员或多或少处在骄傲、兴奋的时刻，胡马无意再多停留。他告知队员做好下山准备，打算在天黑前赶回C1营地时，其他人都还眷恋着山顶风光，许小满率先作出回应，一如既往地会看人眼色。

下山途中依旧危险重重，路上仍要花费不少时间，返回到C2营地时，风力突然加大，吸没了阳光，只留有一块光斑贴在天上。

要加快速度了，胡马心想。

此时山下的气象预测员的通信呼叫响起来，吸引了所有人的注意，同一时刻，老方突然不安地朝四周望去。风力逐渐加强，胡马与气象预测员的通话都要靠大声喊才能互相听到。

"东南方向有积雨云形成，风力将会达到八级！所有队员必须马上下山！马上下山！"

预测员的声音只有胡马听得到，他在短暂快速地思索预测员的话后，毫不犹豫地回头示意队员加速撤离。然而比积雨云和狂风更可怕的情况正在发生。

老方率先听到了声音，随后去找丢掉的炉头的许小满也听到了那令人不安的声音，先是不太明显的破裂声而后是沉闷的摩擦声，随后脚下颤动形成更大声势之时，不等众人反应，老方便大喊道："是雪崩，快跑！"

一片震耳欲聋的声音从近山顶处，随着大片溶化的雪坡滚滚而来。胡马和老方紧急率众人往斜下方跑去。

雪崩速度极快，像放闸的运河水一样奔涌而来。

来不及了！胡马大声呼喊众人躲到岩石后面，长期的训练在此时得到充分发挥，众人动作迅疾，紧紧抓着岩石或用冰镐抓住冰面，刚深吸一口气，一阵磅礴的冲击气流便从头顶铺天盖地灌下来，老关感觉到腰间一股力量猝然消失，身体像卷入激流般不受控制地悬空动荡，只有失去知觉的双手，仍然借着全身的力气和混乱的意识，和岩石结为一体。

短短几秒钟，气流冲击后形成的是包裹全身的压力和窒息。积雪之下，风暴声消退，只有耳间充斥着嗡鸣。

3

"然后呢？"大罗问。

不知什么时候，许小满的身旁围了一圈人听他讲攀登白礼的经历，曲寒的目光也早已转移到许小满身上，她甚至在他讲述时，看到他头发上结了一层薄薄的冰晶，连眉毛睫毛上也落上了白霜。但除了她之外没有人发现，或者他们发现了但不足为奇，就像在地铁里看到小猫站在他肩膀上一样。

正当曲寒惊奇时，许小满回答说："后来大家都安然无恙，那场雪崩没有造成人员伤亡。经历雪崩后，为了避免积雨云的到来，大家匆忙下了山，在天黑前赶回了C1营地。"

大罗的友人发出感叹："真是幸运！"

从细致的讲述中，大罗和曲寒一样，都感觉这并非许小满胡编乱造，同时对他这张年轻的面容产生更深的疑问。

许小满转头看向曲寒问："还有什么想知道的吗？"

众人随着许小满的目光看向曲寒，似乎还没从刚刚的氛围中脱离，仍旧跟着许小满的回忆在行动。曲寒被众人的目光围在角落，立时局促。

"啤酒饮料矿泉水，花生瓜子八宝粥，哎，前面的让一下啊，让一让。"推车叫卖的列车员打破了僵硬的氛围，冲散了人群。

385

大罗率先回到自己位子上，友人也说："散了散了，让人家两人说话吧。"

曲寒有些尴尬，起身离开座位往车厢连接处走去，许小满在身后张望，等待片刻，不见人回来，也起身跟去。来到车厢连接处，一转身看见曲寒靠在门口的墙壁上正在接一通电话，手指间还夹着一支未点燃的香烟。

她瞥了一眼许小满后，背过身去接电话，但火车嗡嗡的噪音令她很难听清电话里的声音，她打开免提，一个男人努力大声说话的声音从手机里传来——

"我说，刚才我在上课，你有事吗？"

"我有件事问你，瑶瑶在高一那年是不是去参加了学校的公益志愿活动？"

对方顿了一下，听不清是在叹气还是沉默，他缓缓叫了一声曲寒的名字，继续说："你现在还关心这些事吗？你在哪儿，怎么那边那么大的噪音？你难道还没有去上班？知不知道你们院长都给我打电话了⋯⋯"

"嫌烦是吗？院长那边我会解释清楚，不想继续被烦的话，就快些回答我问题。"她的语速很快。

"我不是那个意思，为什么总是要曲解我？我只是担心你。"

曲寒冷淡的脸上现出一丝不快："你没必要每次都把这句话挂在嘴边，我听厌了。如果你觉得这些话能减轻你的负罪感，大可不必说给我听，因为我一句也听不进去。"对方沉默，曲寒继续刚才的问题，"瑶瑶去参加公益活动后，有没有跟你提过在那里认识了什么人？"

"高一那年？是有这回事，但我当时没跟着去，都是各班班主任负责联络这事儿的。我记得瑶瑶那次回来讲了讲在那边做的活动，倒没有提过什么人。"

"瑶瑶认识的人里面有没有叫致远的人？"

"致远？"男人顿了一下，回复说，"应该没有。"

"你仔细想想。"

"瑶瑶的朋友我都认识，我不像你⋯⋯"男人意识到自己说错了话，急忙纠正说，"不是，我是说，致远一听就是男孩子，瑶瑶身边的男孩除了林旭就没别人。你为什么突然问这个？"

"没什么，只是有些奇怪，还有，你把瑶瑶班主任的电话给我。"

"别怪我啰嗦，"男人的声音变得有些低沉，"你现在关心瑶瑶已经晚了。"

"我说把电话给我。"

男人沉默了两秒，说一会儿发短信给她。挂断了电话，她回头看见许小满还站在车厢连接处，没有理会，燃起了香烟。烟雾飘过她的侧脸徐徐上升，夹着烟的手势很是自然。

许小满也靠在墙上静静地看着她，窗外经过的地方降下深秋浓雾，不一会儿两侧风景便迷失在白雾之中，许小满眼中浮上惆怅。

"瑶瑶是你的女儿吗？"他问。

曲寒不想回答，这时收到短信，郑献将班主任的电话发来了，曲寒立刻又打起了电话。

"喂，赵老师吗？我是瑶瑶的妈妈，我有点事情想要问您。"

电话里的赵老师听见是"瑶瑶妈妈"，声音有些意外，说道："瑶瑶妈妈，您有什么事找我？"

"我想问问瑶瑶高一时参加的学校公益活动中，当时受资助人里面有没有叫什么致远的,姓我不太记得了。"

"致远?这我得查查当时的名单,过去一年多了,具体的我也记不清,是出了什么事吗?"

"嗯……没有,只是看瑶瑶之前还和他有联系,有点事情想要问问他。"

赵老师没再询问,答应查到后再打电话来。曲寒继续抽着烟,看了眼在张望窗外的许小满,开口道:"偷听电话也没你这么明显的。"

"忙完了?你找那个叫致远的做什么?"

"跟你无关。"曲寒突然凝眉看着他试探地问,"刘阿年让你来找我?他有跟你说过什么吗?"

"哪里是刘阿年让我来找你,分明是你让我回来的。"

"又在说谎了,我什么时候让你回来了?这样的话我从来没对你说过,连想也没想过。"

许小满无所谓地笑笑,转移了话题问:"你和刘阿年时常联系吗?"

"不常联系,有时两三年没有消息,有时又突然出现,说是路过要来看看我,但每次都是待很短的时间就要走,不知道在匆忙个什么。他前段时间电话倒是不少打来,搞得我像是有了外遇才离婚。"曲寒有些奇怪,她问,"这么多年,你和他也没联系吗?"

许小满摇摇头道:"他说了什么有关我的事情?"

"这倒没有,他在我面前一向不太提起你,我只是觉得你们没有理由不联系。"

"他现在在做什么?过得还好吗?"

"他大概还不错,现在是地理杂志的专职摄影师,小有名气,没事儿满世界到处跑。在国内也有长住的地方,似乎是在一个村子里,常看见他在微博上发些那里的照片,只是没问过为什么会选择在那儿。"

"那里是什么样子?"

曲寒没料到他会问如此细节的问题,但见他是在认真发问,便回忆起那些在刘阿年摄影图片中的景色,回道:"那片村庄,由大约几十栋白棕相间的房子相聚而成,背靠一座低矮的青山,前方地势开阔,高低起伏坡度缓和。村庄近处是一畦一畦的农田,农田附近的坡道上则散落着在夏天裹满紫色花朵的树木,远处是杉林和青松覆盖的山坡,常年青绿。上百条新旧不一的经幡悬挂在山坡、山谷和河流的两边,日日在风中飘舞。太阳透亮,不见尘埃,大约还有一些牛马,云雀,和山雾,还有一些……"

香烟烧透了的灰烬掉落,曲寒望着窗外的白雾出神,许小满帮她把烟头捻灭,扔进金属烟灰缸里。沉默中,火车滚滚的车轮声变得空荡而沉重,许小满的声音在摇晃的吱吱呀呀中来回碰撞。

"你在想临西吗?"

"是啊,临西也长年飘着雾。"

北方小城临西的老城区的冬天,长年飘着雾,一种是家家户户烟囱里的烟火雾气,一种便是长暮河水面上成片成片的水雾。

据说,长暮河是大河的分支,流经两大省份,穿过整个临西城的部分地热资源丰富,即便零下十几度的寒冬也从不结冰,水流淙淙,水草丰茂,像个修行者一样恪守着一成不变的规律。

长暮河的北面就是他们从小长到大的故乡临西城。关于临西的历史,曲寒听过不下十几遍,和临西被津津乐道的红色黄昏一样，长年在耳边厮磨，它的历史从临西人口口相传变成立在火车站纪念碑上的碑文，祈求在时间的屠杀中获得永生。

它原本是北方毫不起眼的一个村落，几百年前成为战争中的一道关隘，从而声名鹊起，像个被夸赞的孩子一样开始了积极的土木兴建，逐渐形成现在老城区的雏形，历史中也有二三文人从此地走出，为小城扬了名。后来在时间的沉淀中，有一天再次被人们提起，扑扑灰尘，想起他们曾给予它的荣誉和它的开发价值，于是工厂涌入，金钱流入，人满为患，茅草变成砖瓦，残垣变成铁壁，长暮河的水散发恶臭，红色黄昏染上黑烟，分不清是荣耀染上了污浊，还是污浊加持了荣耀。

后来，工厂逐渐没落，市场向南扩张，如今人们提起临西，往往想起的都是南开发区发达的交通线和兴盛的商业街，新世界的招牌挂在高楼之上，意图从时代中开发新的历史。

而老城区更像是一个独立的小城，以停滞的姿态坦然接受自己几乎看不到再次转折的命运，以悲观又老成的面目在红色黄昏中望着废弃的铁皮怪兽，回想着大张旗鼓的入侵者和那段喧嚣岁月，而它能做的只是一点一滴地恢复长暮河的清澈。

1990年的冬天，零下十几度的天气，把水管和大地冻裂了，连水缸里的水也结结实实地冻成了冰，砸不开化不开，家家户户缺了水，先是朝邻居借水，没得借了就去长暮河的上游灌水。虽说天气不会一直冷下去，但在缺水的几天，总有不少人会拎桶或拎壶向运水人买水，买的人多了，赚的钱也多少够得上一家人半个月左右的花销，于是每年冬天总会有人盯上这门营生。

寂静的冬天下午，挂在大门口的铃铛响起来，脚步声轻快且方向明确，曲寒知道是那位每隔一段时间就会来院子里的女人。她每次都是愁眉不展地来气冲冲地走，但下次又总会手里拎着大米蔬菜走进许家的房子，许小满叫她姑姑。

和许桂中一样，姑姑也是个瘦削高挑的人，她看起来勤快整洁，进了许家总是先收拾一阵儿，然后才和人说话。但她的嘴皮子似乎并不像手脚一般利落，碰上许桂中总是要苦口婆心地唠唠叨叨好大一会儿。

这天，她像往常一样收拾的时候，发现了许桂中随便扔掉的工作介绍信，她气红的脸和煤炉里烧红的炭一样，许桂中看了一眼便灼烫般地跳起来要往外走。她抓住许桂中指责起来，大概碍于许小满的面子，说的话听起来仍像是在劝说。许桂中不耐烦地说："稿费收入是不多，但尚能果腹，像你给介绍的国棉厂的工作我怎么做得来！"

姑姑说："你是身在福中不知福，我费了多少辛苦才找人给你开了介绍信。成天念叨你那点稿费，那点儿钱是能交房租了还是能给小满交学费了？要不是我一个月三趟地往你这跑，你连红薯都吃不起。"

"吃不起就不吃！"

"你不吃行，别饿着孩子，你看把小满饿成什么样了！"姑姑捏着许小满略微圆润的脸怒声道。她低头看了看许小满，疑问道："小满，你怎么比我上次来的时候还胖了？"

许小满朝窗外瞟了一眼，曲寒正趴在窗口笑，在被发现之前她蹲下去藏起来，怀里抱着的是曲寒父亲上次回家买的面包和煮熟的鸡蛋。

"青春期。"许小满回道。

姑姑若有所思地点了点头,接着又对许桂中说:"许桂中你听我一句劝……"

"说了叫我笔名,寒山,寒山!"

"行行行,许寒山!我知道你心气儿高不愿做辛苦工作,但你也为小满想想,咱就算不去做稳定工作,哪怕做个短工也行啊……"

姑姑和许桂中说话中间,许小满开门把曲寒赶回家去,她二话不说将手里的面包和鸡蛋塞到许小满怀里。看着曲寒跑回堂屋后,许小满趁着大人说话偷偷把鸡蛋放到锅里,许桂中从来不在意这些事,多了少了都不会发现,更不会过问。

起初,许小满对曲寒总送东西这事儿很不理解,也不想接受施舍,后来也禁不住她总送,因为心里这亏欠,许小满默默为曲家做了不少体力活,也默默承担了上下学路上为她拎书包的任务,在学校里不少学生背地里叫他曲寒的"小跟班",但他并不在乎这些闲言碎语。

那天曲寒从窗户后面看到姑姑这回是笑着回去的,后来知道是许桂中勉强答应负担起了从长暮河运水的营生。冬天干这活儿的日子并不多,但好歹也是一次妥协。

姑姑帮许桂中借了马车,许桂中把家里那口大水缸挪到马车上固定好,一大清早赶着马车朝着长暮河上游的方向出发,在清晨家家户户醒来要用水的时候,他也差不多赶回来了。许桂中体力不行,起初做这营生时,将马车赶到河边灌半缸水就已经累得气喘,姑姑有时怕他半途而废,但几次下来总算都咬咬牙独自挺过去了。每次回到家看到许小满准备好的早饭,他心里总有一种不能仔细琢磨的情绪,是他不愿接受、自认为平庸的情绪。

有一天,许桂中出门不久,大门口的铃铛就响了起来。刚起床的曲寒拎着水壶准备去买水,却看见许桂中一边走进来一边蹙眉念叨着奇了怪了。

曲寒跑到院外,看到马车拴在桩子上,车上面的水缸却是空的。许小满也跑出来看了眼,问许桂中:"爸,今天不运水了吗?"

许桂中摆摆手说:"运不了了。"

曲寒和许小满各自带着疑问扒拉完早饭后,一路小跑跑到长暮河,岸边已经站了不少人,住在河边的老人惊奇地瞪大双眼,对旁人说道,活了这么多年,第一次见不冻河结了冰。

长暮河此时不像往常一样水面浮着淡淡热气,水流也不再淙淙流动,而是变成了一整面平整光滑且结实的冰。而在横跨长暮河的桥上兀地出现了一辆载满行李和小家具的三轮车,三轮车由车夫骑着,旁边走着一对中年男女,一左一右分别扶着用绳子捆绑固定在车上的行李。

而此时,桥下的冰面之上,一个和曲寒年龄相近的男孩手里拎着一个小行李箱,肩上背着一个乐器盒子,从冰面上走来。他站在冰面上与岸边的乡邻对望时,临西人逐渐打消了对这片冰面的猜疑,人们自然而然地接受了不冻河也会结冰的事实,和一开始接受世上存在永不停息的河流一样。他们一个接一个地走上去,从小心翼翼地滑冰发展成了肆无忌惮地凿洞钓鱼。这其中不少人还是第一次见到如此宽阔厚实的冰面。

后来那一家三口住进了胡同,和曲寒家做起了邻居。听说那院子原本就是他们家老爷子的,老爷子去世后,一家人才得到了这份家产。

这家的夫妻似乎都在新城区做生意，每天早出晚归，往来于新老城区之间，忙得见不着面。那家儿子进了曲寒、许小满所在的学校，和刚来临西时的引人注目一样，在学校也成了口口相传的焦点，什么年级第一、比赛冠军，似乎对他来说都是信手拈来。

每天早晨，他都会骑一辆崭新的自行车，从曲寒和许小满身后摁着响脆的车铃风一样地穿过，然后在拐弯处留下车轮急速摩擦地面的痕迹，呼啸着穿过老城街道。还有他崭新的球鞋、书包和一头与他父亲相似的抹了油的头发，都让人在风里眯起眼睛。

有一段时间，刘阿年是他们了解世界的窗口。凡是新鲜玩意儿无一不是刘阿年带来的，像从来没见过的音乐磁带、游戏机、飞机模型。自然，他们的乐子他一样都瞧不上，譬如春天抓蛐蛐，秋晚扑蜻蜓，又譬如玩赛火车的扑克游戏、弹弹珠、跳房子等，他一概嗤之以鼻，"怎么会有人玩这么无聊的游戏。""你们太幼稚啦！""这算得了什么，你以为我会稀罕？"

他总是这样拒绝，因此曲寒和许小满也不再叫上他玩耍。有一回曲寒从父亲那里得到一辆旧自行车，她与许小满在胡同里练习骑自行车的时候，他们听到刘家院子里传来刘阿年拉小提琴的声音，小提琴声音从宛转悠扬，渐渐变得急促跳跃，后来像鬼骂街一样嘶哑。然后刘阿年就冲出院子来，冲着他们喊："你们小点声，打扰我练琴了！"

"对不起，我们换个地方。"许小满说。

"换个地方一样吵，一辆破自行车有什么好稀罕的，在这玩了一下午不嫌烦吗？"

"当然没你的好，你的东西最好，谁也比不上。"曲寒已经开始生气了。

"那当然，你这种横梁自行车早过时了，乡巴佬才骑。我的车牌子说出来你怕是听也没听过。"

"刘阿年，我们也不稀罕你的！我们玩我们的，关你什么事！"

刘阿年快速地涨红了脸，脸上稚嫩得尚不能好好管控的五官紧张地簇拥着，他很快就要吓退了曲寒，只要他再坚持坚持。但接着他"哇"的一声大哭起来，然后头也不回地跑回院子里。曲寒和许小满都愣住了，他们觉得刘阿年是个大人，怎么像个不会擦鼻涕的小孩子一样嚎啕大哭？

自那回大哭后，刘阿年和他们有段时间不说话，但曲寒仍感觉到他一个人在悄悄密谋什么。他看起来并不消极，反而在经过他们的时候刻意地加快脚步，在他并不感兴趣的老城街巷里走来走去，似乎谋划了什么能让她和许小满大开眼界的事情。

果然那一天来了。曲寒弄丢了很久的笔盒突然失而复得，是刘阿年送来的。她常常弄丢很多东西，这还是第一次找回来。她问："是从哪里找回来的？"

刘阿年卖起了关子，神神秘秘吊人胃口，不肯透露半句。后来刘阿年还送来其他东西，都是之前丢的，曲寒和许小满实在忍不住好奇，跑来找刘阿年，问他到底都是从哪儿找回来的。刘阿年备感苦恼地在曲寒和许小满面前踱步，良久，他才说："这是我的一个秘密，你们听了之后绝对不能告诉另外的人，否则就会引来不可预估的后果。"

曲寒和许小满郑重地点头答应，刘阿年慎重地开口说道："其实我有超能力，我可以与物体有所感应，不通过接触就能感受到它们，这种超能力，学名叫作心灵致动。"

"什么心灵吃咚？怎么吃？"曲寒问。

"是心灵致动，"刘阿年又咬字清晰地重复了一遍，他认为这些东西对他们来说很难理解，他详细解释说，"比如你丢的东西，我能通过意念去感知到它们，并不通过接触，就能找到它们在什么地方。"

许小满怀疑地不发一言，刘阿年进一步解释说："我知道你们很难相信，但是你们想想长暮河这么多年来不结冰，我一来就结了冰，如果不是我通过意念影响了河面，它怎么会结冰？"

"是你让长暮河结了冰！"曲寒惊讶道。

"那你还能让它再结一次冰吗？"许小满问。

"这种能力不能随便用，让你们见识一次也就算了，用多了我会长不高的，还有疑问吗？"

"有，你考试第一也是……"曲寒没问完，刘阿年便打断道："不不不，考第一是因为我聪明，下一个。"

"你和王婆什么关系？"曲寒追问。

"王婆是谁？"

"跳大神的。"

"胡说，没半点关系！"

"你能让河水结冰，让丢失的东西回来，难道它们都是活物，能听你的话？"许小满问道。

"这个我没办法跟你解释，我只是确信自己比寻常人更灵敏，感知力更强。与生俱来的本事，就像鸟儿天生会飞，蜘蛛天生会织网。"

许小满和曲寒听得迷糊，因为无法理解而不相信他的话，许小满提出："如果你能当场证明给我们看，我们就信。"

刘阿年不再踟蹰，犹豫片刻说道："跟我来，我要找个安静的地方。"

三人一路走出胡同和街道，走向了在红色黄昏下被遗弃的工厂群，斑斑锈迹的铁皮透露着末日残衰，微风中晃动的杂草从铁皮缝隙中野蛮生长，黑黢黢的门窗空洞茫然像怪物求救的眼睛，在他们走去的那天，那里的一切格外生动。

在工厂附近枯黄一片的杂草地上，刘阿年挖了一个小土坑，然后将一颗不知道什么时候攥在手里的种子放了进去。他说："我从来没尝试过这件事。"

"你要感知那颗种子吗？"许小满问。

"不是，我要感受这片土地，既然要试了，索性让你们开开眼界，我也要看看自己这能力到底能到什么地步。你们就没有过好奇吗，对我们头顶上的星星，脚下面的土地？"

"你为什么要埋颗种子？"曲寒问。

"因为我直觉感受到，土地总是沉默不语，所以我想应该要通过感受种子间接地感受到土地，也就是说……你们听不懂就算了，看着吧。"

许小满和曲寒凑近了，要看看刘阿年如何发挥他的超能力，更确切的想法其实是想要捕捉他的破绽。可这过程出乎意料地过于简单，刘阿年坐在地上埋好了种子，然后就只是静静地看着。

地底下那颗种子没有发芽，地面工厂里也无怪物扑来。在夕阳消逝的时间里，刘阿年挪挪屁股，站起来又坐下，托着下巴凝神盯着微微隆起的沙土，像盯着自己还没完成的作业一样愁眉不展。曲寒怀疑他是失败了，又或者从一开始他就是在撒谎。

"要给它浇水吗？"曲寒问。

"或许是颗坏种子。"许小满猜测。

"天要黑了，我们明天再来试试。"曲寒又道。

曲寒和许小满起身打算回家，回头催促刘阿年再不回去这里晚上就要闹鬼。刘阿年佝偻的身体微微动了动，像刚冒出的野草一样动了动，他年幼稚嫩的嗓音，在静得出奇的暗蓝夜色中，空洞洞地念念有词：

"种子长大，会结硕果，种子长大，也将飘零。丰收好年头，爱在死之后。河向东流，人向西不回头。生命起于被注视的那一刻，今后所有分别都是捉迷藏。孩子，和孩子们，留下还是离开，你我本就自由。"

刘阿年缓缓起身、回头，脸上是茫然的模样。曲寒躲在许小满的身后，露出一双眼睛胆怯地看着刘阿年，刘阿年开口问："你能明白吗？"

一辆火车从窗外蓦地快速穿过，像穿过了身体，瞬间抽空了心脏的供氧，让人心跳漏拍。靠在窗边的曲寒猛然醒来，呼吸急促，额头上覆着薄薄的一层汗水，此时许小满看不出情绪的目光从窗外回到曲寒身上。

"做噩梦了？"

曲寒望了望周围，缓了缓神，发现自己不知什么时候回到座位上，身边的女学生和对面的西装男人都不在了。许小满说她刚才不知为什么就突然要回到座位上来睡觉，他关心地询问是不是很久没睡过好觉了？曲寒仍未缓过神来，问他："睡了有多久？"然后又忙着看了眼手机，生怕错过赵老师的来电，好在还没有来电和消息。

许小满回复说："大概有二十分钟。"

曲寒打开面前的水喝下后，慢慢平复心绪。一个月以来，她只有在凌晨时才能睡上一会儿，而且大多时候会做些清醒的梦，从来没在大白天有过如此深沉的睡意。曲寒想起以前刘阿年的确曾以超能力为由与他们交朋友，但日子久了，刘阿年再没什么出人意料的行动，甚至有几次发挥所谓超能力但毫无作用之后，她和许小满便深以为他所有神叨叨的一切都是糊弄人的，也就渐渐淡忘此事。

突然间做了这个怪梦，曲寒心里只道是身体太过劳顿的原因。她看了看身边的空座位问："他们人呢？"

"刚刚到站，下车了。"

曲寒看到过道对面的大罗与友人似乎也睡了过去，她试图回忆起是如何回到座位上，又如何睡过去的，但这段过程似乎被掐断了，没有任何记忆，她问："刚刚我睡着之前，我们在聊什么？"

"我们聊起了刘阿年，还有他现在所居住的地方。你梦到他了？"

"你怎么知道？难道你也有什么超能力？"

"那倒没有，我可不会什么心灵致动。"

曲寒瞬间闪过一个疑问，对于自己刚才意指年幼时与刘阿年有关的超能力往事，许小满不假思索立刻作出回应，仿佛对过去了二十多年的小事无须回忆便能畅谈，这对任何一个正常人，哪怕是有亲身经历的曲寒来说，都不是容易的事，想想在过去认识的时间里，她也并未发现他在记忆方面有何突出。

"你不信？"许小满问道。

"说不好，你手上看不出多余动作，不像对他们撒谎时那样用手指划桌面。"曲寒示意大罗的方向。

"啊……被你看穿了，也就你能看穿我，刚才不得已对大爷他们撒谎，倒也不是因为什么不可说的秘密。登山的原因嘛，其实很简单，只因为当时我有强烈的渴望要去那山顶上看一看。"

"仅仅是这样，那位队长怎么会同意你加入登山队？"

"之所以借用马洛里的那句名言，不对你们说出真实目的，只是因为解释起来很麻烦，大家未必会感同身受。当时我告诉胡马，我说我想登山没有什么大抱负，也不想挑战什么，只是想感受一下。"

"感受什么？"

许小满顿了一顿，说道："以前读过一首叫《雪山》的诗，那首诗是这么说的：

因为打碎了一只水壶
她在一个夜晚掩面而泣
消失进黎明晨雾
雪没有尽头地落
淹灭了故乡和四面八通的路
再也不能生长出玫瑰
唤不回她 更换不来米
你以雪覆我面
叫我闭嘴 咽下苦水
你以风入我怀
叫我双手 攥不住笔
世俗先是爬上父母的肩头
如今又爬上了我的肩头
那里也曾是你坐的位置呀
你不知道 不要沮丧
初生的太阳也曾让那里
时间静止 暖春开遍

时间静止，暖春开遍。曲寒在心里默念着最后一句，她问道："所以因为对一首诗的触动，让你决定攀登雪山？"

"我想看看雪山是不是真的像诗里说的那样痛苦，太阳初升时是否会暖春开遍。我曾对此有很多困惑，也许只有那样，我才能真正理解诗人为什么会留下那样的诗。"

她隐隐觉得许小满有所隐瞒，但又无从开口。她问："那位队长就这么理解你了？"

"胡马这样严谨的人不会放过任何细节，也是经历一番质问和体能训练，才同意我加入登山队的。"

"这么难进的登山队，后来又为什么退出？"许小满笑了起来，曲寒又问，"笑什么？"

"我笑你终于不再对我不理不睬了。"

曲寒不做任何辩解，也看不出面色不悦。刚刚小憩时留下的碎片记忆中，有一刻的印象分外深刻，让曲寒无法忽视——在刘阿年咒语一般的念白中，她躲在许小满的身后。

许小满回答她说："其实离开登山队也没什么特别的理由，有相聚就必有别离，不过是时间早晚的事。"

"难道当初离开我们也是这个想法？"

许小满观察着她的表情，但明显依旧只是客观地询问，尚未夹带情绪，他回道："有人一起做喜欢的事当然好，但一个人才是常态。"

"既然是常态，又何必刻意离开？莫非你有什么特别的要求，要求不论精神还是身体都需要独处？又或者，你觉得你身边的人干预了你，影响了你，让你产生了不必要的负担？"

虽然从头到尾看不出生气的迹象，但许小满仍从她的话里察觉到了质问的语气。

"我们只是选择了不同的路。"许小满回道，又稍稍沉吟说，"不管是离开你们还是离开登山队，我们失去联系，说来都算不上什么大不了的事。让人难以接受的其实是切断了最后的精神联系，直白点，就是彼此相忘。所以啊，某种程度上来说，我的离开并非真正的离开，有人在牵绊着我，你、刘阿年还有登山队中的一些人。"

微微摇晃的车厢里，许小满的话听起来像是从遥远而不真实的地方传来。

"你的意思是，你从来没离开过我们？"

她心头涌上几分讥笑，随后那讥笑在许小满的靠近中骤然消失，他的目光移到曲寒抓着水瓶没有任何装饰的手指上，脸上是曲寒所怀疑的完美无缺的真挚，他说："不要害怕一个人。"

曲寒沉默着。

"哪怕把自己撞得头破血流，不也是在硬着头皮应对吗？何况，如今我和刘阿年依旧在你身边。"

关于回忆，尤其是幼时的回忆，曲寒一向认为具有一定程度的矫饰和欺骗性。就像刘阿年的出现与结了冰的长暮河始终在记忆中无法分割开来，不论是否起因于刘阿年的超能力，不冻河永远流动的权威都已经被打破。后来曲寒更愿意把他从冰面上走来的那件事看作是一场预示，预示刘阿年早晚有一天会将他身上深深植入的权威教育打破，预示她和许小满为各自摆脱困缚、避免某天来不及挽回的重蹈覆辙，被沉沦，或反抗。

仲夏时节，天亮得早，许小满被窗外的鸟叫声吵醒，他起床后去提水，路过院子时发现锁住的大门缝隙被撑大，一个身影似乎正倚靠着坐在门槛上。许小满去开门，却没料到靠门睡过去的是曲寒，她身子顺势往后仰去，许小满及时扶住，没让她摔倒。

后来，许小满是从着急确认曲寒安全的曲寒父母口中听说，那天夜里，曲寒不知为何半夜从新城区父母家里醒来，凌晨时分独自穿了衣服从家里出走，没有公交车没有过路行人，一个人从城区空荡荡的大街走过无人郊外，又顺着那条进城大路，一路驱赶着蚊虫一路走回了老城区的四合院。

许小满见她回来时穿着整齐，还不忘背着自己的书包，醒来时知道自己身在何处，看起来不像是梦游，但他也想不出，平日里胆小的她是怎么一个人穿过黑夜，经过一个多小时的跋涉回到家里来的。

他问她，她什么也不说。往常从新城区的家里回来，她一定是缠着他讲着说不完的见闻，可这回从她嘴里听不到一个字。她的目光不像从前跳跃着微光，却死水一般寂静，她很容易受到惊吓，常常被刘阿年胡闹的小动作吓到。她不愿见到她的父母，自己躲在房间锁上门不出声，见到母亲也不再冲过去躲进怀里，看见父亲也不愿多说一句话。窗外的鸟鸣和熟透的梨子不再吸引她，任凭刘阿年拿出各种新鲜小玩意儿，她也无动于衷。外婆说她一定是被路上的小鬼吓到了，于是带她去王婆那里叫叫魂，却听说她把王婆的米倒进了鸡料槽里回来。外婆跟在身后慌乱叫着她。

有一天在通往新城区的公交站前，许小满看见她独自背着书包上了公交车的身影，那包里沉甸甸的似乎坠着什么东西。许小满赶快拉着刘阿年也上了下一辆公交车，他们远远地跟在曲寒身后，到了一家位于市中心的咖啡馆。穿着时髦的年轻男女从里面进出，昏暗的灯光从小格子窗户中透出来，咖啡香气从开了又合的门里流出来，曲寒就坐在咖啡馆旁边的花坛边，许小满和刘阿年则在更远一些的地方关注着她。

大约一个小时后，门口走出来一个一袭红裙、脚踩高跟鞋的女人，她烫着当时流行的香港明星的波浪鬓发，耳朵上戴着鹌鹑蛋大小的珍珠耳钉，手里还拎着一个包装精美的似乎是装着首饰的盒子。许小满和刘阿年一时没有认出她是谁，看见曲寒躲起来后，才确信那是曲寒的母亲于惠珍。

那个每月例行公事一样地按日期回家的女人，每次回家都穿着看不出一丝褶皱的套装，颜色向来朴素，也说不上有什么款式，但仔细观察总能看出细节上的雕琢，有时是袖口上的打褶，有时是裙摆上的荷叶边，都像是自己动手添上去的。许小满曾想自己的母亲是否也是这样一个细致讲究的女人？但从父亲嘴里得到的却是"向来粗糙"的答案，许小满为此对父亲不满了一阵儿。

尽管平日里也可以看出是个善于打扮的女人，却不曾见她像今日这样明艳。

紧接着，从里面又走出来一个穿着一身灰色西装、腋下夹着皮包的男人，走路时右半边要比左半边倾斜的幅度大，但几乎不会有多少人注意到他这一点，往往先注意到的是他笑起来时的一口大白牙，让人想起那些嘴皮子滑溜的职业。他伸出手腕看了眼银光闪闪的手表，而后戴上一副墨镜，招了一辆红色出租车。将于惠珍送上车之前，男人轻轻握住她搭在车门上的手，接着要凑近朱唇，于惠珍碍于街上人多眼杂、扭头避开，那个男人不罢休还是在她脸颊上亲了一下。于惠珍动作快速地上了车，离去前仍不忘隔着车窗对男人做了个打电话的手势。

许小满和刘阿年看得双双呆住了，等缓过神来，才发现曲寒和那个皮包男人都已经消失不见，不知道去了哪里。他们漫无头绪地四处张望，跑进周围的街巷里去找。

"也许我们误会了，他万一是曲寒亲生爸爸呢？"刘阿年猜测。

"别胡说。"

刘阿年愣愣地边走边说："你看没看见他的手表，我在电影里见过一模一样的，可他居然是个跛子！"

"曲寒去哪儿了，她到底是来做什么的？"

"曲寒妈妈为什么要找个跛子？"

"你往那边看着点，说不定人就在那儿。"

"你说上次曲寒大半夜回家，是不是跟她妈妈这件事有关？"

许小满停下脚步："其实我觉得我们应该装作没看见，什么都不知道。"

刘阿年惭愧地点点头："你说的对，我会忘了这件事。"

两人继续往前走，突然在一个巷子口顿住脚步。巷子里面，站在皮包男人面前的曲寒双眼通红，头破血流，一块带血迹的烂铁块扔在她和那个男人的脚边。许小满率先冲过去，将男人扑倒，甩了一拳，紧接着刘阿年跳上去，骑在男人身上吱哇乱叫胡乱打起来。男人毕竟力气大，他挣脱开两人，又是叫嚣又是恐吓。

"你们是谁！为什么要打我！"他一张嘴，是一口浓重的南方口音。

"把舌头捋直了说话！"刘阿年扑上去又咬又抓。

曲寒朝巷子外呼救，很快就有人围上

来,大人们看到一个男人在跟两个男孩厮打,小女孩则流着血指责男人,再加上男人的外地口音,人们很快辨清站队,押住气急败坏嘶吼着的男人,吵嚷着要将他送往派出所,含糊不清的质问从皮包男人被打破的门牙缝里飞出来,却无人理会。

拥挤的人群中,曲寒拉起许小满和刘阿年的手慢慢后退,趁人不注意,她带着他们一路仓皇像是害怕被发现什么一样地逃跑,直到许小满挣脱。

"我带你去医院,然后我们再去派出所,你不要怕。"许小满说。

"不用了,"她笑着擦擦额头的血,"没什么事儿,我们快回去吧,再晚都要赶不上吃饭了。刘阿年,你擦擦鼻血,小心被你爸看见要训你。对了,以后你也是我的朋友了。"

她说得轻飘飘,仿佛这是一件无须在意的事,刘阿年看了眼许小满,眼神里突然多了份熟稔,似乎他们已经相识多年。他们在浓烈而壮阔的红色黄昏中朝老城区的方向走去,回头招手呼唤许小满。许小满看着她肩上敞开的书包出神,那里面装的沉甸甸的东西已经不见了。

4

十三岁那年夏天的记忆,野草一样从一遍遍烧灼后的黑色大地上再次冒出头来。许小满不知道为什么讲起了那件事,因而在他刚刚想要将她代入回忆的最初,她便打断了他,并且将那复苏的野草又一次拔出。

虽然当时因未考虑后果,仓促行动而余留的惶恐,如今早已烟消云散,可记忆一旦破土而出,又总会忍不住被牵引着一遍遍地琢磨细节。

琢磨徒步从父母家回到老城区时被身后的恐惧驱赶的夜晚。琢磨在那个夜晚之前,每一个因紧张关系而引发的敏感和争吵,小心翼翼和胆战心惊的时刻。琢磨那个皮包男人被拘留时的心情。琢磨第二天警察找上门来,许小满谎称亲眼看见自己被皮包男人砸破头时的心理……琢磨最多的还是母亲得知此事后面对曲寒的表情,她从未询问真相如何,只在深深的凝视之后,身上再也没有过咖啡香气。偶尔,或者经常,她会在她眼中看到日渐绝望的怨尤。

因此,有关那段时间里的前后因果,没人比自己更清楚,即便是当时和自己无话不说的许小满也不例外。倒是奇怪此时他为什么要有意提起这件事。

火车快要到站时,曲寒接到赵老师的来电,赵老师回复说:"那年的公益活动信息都有备案,但翻过后没找到被捐助人中有叫致远的人。"曲寒预想过这种情况,但即便不是被捐助人,也不排除是被捐助人家属的可能。曲寒要了当时志愿活动的具体地点,是湖南和江西交接处的一个小城市,叫盛节。

"盛节?"曲寒明显有些意外,而后又多问一句,"致远是否是哪个学生的名字?"

赵老师回答说,她带的班级里没有叫这个名字的人,如果有一定会记得,但也说不定是其他班级的学生,有机会会帮曲寒再问问。

道了谢后,曲寒挂断电话。此时火车到站,车厢中的几名乘客纷纷收拾行李走向车门,曲寒望向窗外,有些拿不定主意。

许小满将她的行李箱拿下来说:"错过了这站,可要五个小时后才能到下一站。

这站小，停留时间大概也就十分钟，还要犹豫吗？"说完，那只白色小猫不知从哪里又跑出来跳上了曲寒的行李箱，似乎是跟定了她。

"它倒是自来熟。"曲寒说，随后拉起行李箱走向门口。

大罗迷迷糊糊被吵醒，见他们要下车，向两人打了声招呼："要下车了？"两人回过头来点点头，大罗又说，"那一路顺风。"

曲寒礼貌性点头告别，许小满则爽朗地回复说："您也一路顺风。"说罢两人便下了车，没有时间再多说什么。

大罗靠在椅背上扭了扭脖子舒展身体，看着窗外许小满和曲寒在站台上渐行渐远，一丝难以捕捉的微妙感觉挤进快被关上的车门，像是来自久远记忆中的某一段碎片文字，断断续续，字不成句。

对面的友人也醒了过来，盯着他问："怎么了？"

大罗挥散了空气中那微妙的感觉，只说："没什么。"

根据赵老师提供的地址，他们买到了两张南去的火车坐票，时间是凌晨一点的。

两人从陌生城市的车站走出来，找到了离火车站不远的一家饭馆，饭馆外是北方常见的城市街道，一排银杏树落光了金黄叶子。饭馆里客人五六桌，已占据了店内大部分的空间，曲寒点了最显眼的招牌鳗鱼饭，许小满却犹豫着什么也没点。从刚才买票的时候曲寒就猜出来，他没有钱，连手机也没有。曲寒暂且按下疑问，替他点了一份蛋炒饭。

"你记得我爱吃蛋炒饭？"

"随便点的。"

"可我记得你不爱吃鱼。"他说。

"好像是有那么回事。"

落座之后，店员收拾走上一桌客人的剩余饭菜并擦净桌面，没再多加整理，曲寒注意到一滴难以发现的油渍没有擦净，便抽出纸巾细致地擦去，又将碗盘和佐料归置整齐，将没喝完的矿泉水瓶和火车票等扔进垃圾桶。没用完的纸巾整齐地叠好放在桌角。

许小满留意着她的每一个动作。

"我接下来会去盛节，你什么打算，就这么一直跟着我吗？"

"至少要陪你走完这一程。"

"我好像不太需要你吧？"

"这话不该问我。"

他似乎知道什么，但似乎又什么都不清楚，看来刘阿年并未将所有的事情告诉他，大概只是希望他能一起相聚，说不定能解开当初的心结，乃至让自己摆脱目前的状态。她心里想着，或许是刘阿年太过担心自己而病急乱投医，以致忽略了一个事实，她和他上次见面是在二十年前了。

"其实没必要因为我跑这么一趟，打乱自己的生活。"

"我……没什么生活。"

这话倒是出乎意料，她问："什么叫没什么生活？"

"不瞒你说，为你而走一趟，是我目前唯一有计划的事情。"

曲寒稍稍理解了一下，又问："你的工作、家庭呢？"

许小满摇了摇头说："没有家庭，工作就是之前一段时间在各个景点做做导游，偶尔想要安稳一段日子时，就会去个小酒馆打打工，现在……不得已中断了工作。"

"出了什么事？"

许小满笑而不语，曲寒担心伤了他的

自尊心便没有多问，猜测大概是工作发展不顺。

曲寒想起他出发地点和自己一样，便问："你平时在北京住吗？"许小满摇头否认，曲寒由此确信他的确是因为自己而来。大概觉得回答得不够有诚意，他又继续说："我的住所是根据工作变动而变动，没有固定下来过，但有喜欢并且想要住下来的地方，那是我还在登山队的时候，住过一阵的山下村庄，位于吉隆县。"

"怎么会想要过这种居无定所、独身漂泊的生活？从前好像也没听你说过有这样的志向。"

许小满从她认真的目光中确认了她并非挖苦，沉默在喧杂中无所遁形，他提起一件往事："你还记得以前我们在西屋，翻看过的地理杂志吗？其中一篇游记我当时读得入了迷，至今印象极深，但……这不是我要过这种生活的理由，或者说这只是一颗种子，给了我另外一种生活的想象以及一种不可多得的选择，"他扫了一眼店内相聚吃饭的客人，继续道，"像这样，和朋友家人一起相聚的日子，我也羡慕，可我不想再被捉弄，倒不如大胆些跟命运赌一把，说不定会有新的方向，新的勇气。"

"那你找到了吗？"

许小满苦笑了一下说："至少我努力了，也曾短暂地拥有过。"

曲寒从他的话里猜测他似乎经历了什么糟糕的事情，才被推至如此境地。那么，他所经历的那件事和当初离开自己，有什么关系吗？曲寒权衡着是否还要问出这样的问题时，鳗鱼饭和蛋炒饭端上桌来，两人动筷。

许小满将一勺辣椒油浇到蛋炒饭上，感叹着好久没闻到这种味道，说着吃得一副满足模样。

旁边一桌是两个穿着校服的学生，他们刚刚吃完饭，其中一个学生拿出药盒，对朋友说自己扁桃体发炎，从药店拿了点药，吃了这药过不了几天就会慢慢好起来。曲寒下意识地看去，似乎是在留意学生的药是否有问题，在确认药盒上的名字过后，才收回目光。

"你们医生都会有这种小习惯吗？"

"你怎么知道我是医生？"

"刚刚在火车上打电话，你们说起院长，然后刚刚你又注意了别人的药。"

许小满向来是个敏感的人，注意到这样的细节也是自然。曲寒拿张纸巾擦擦嘴，又倒了一杯柠檬水，她开口问："还有什么，你能从我身上看到的？"

"买票的时候有两个时间点可以选，一个是凌晨一点到凌晨五点的硬座，一个是十二点到凌晨六点的卧铺，你选择的是时间短并且到达时间早的一个，说明比起有个舒服的休息，你更着急想要找到那个叫致远的人。"

"显而易见，还有吗？"

"刚刚进门前，你一直看着外面的银杏落叶，短暂停留了一会儿，你也许喜欢秋天落叶的景色，但也可能是你想起了以前和什么人一起在这样的街道上走过。"

"嗯……还有吗？"

"进店之后，你第一件做的事是整理桌面，我想可能是你有了洁癖，但后来你又一样不落地扔掉水瓶、车票、纸巾，我猜如果不是因为需要添衣物，你的行李箱也会被扔掉。"

"这能说明什么，该扔的东西当然要扔掉。"

"我不太清楚，也许是我夸大了这个细

节，但有种直觉是你好像……很沉重。"他有意地停顿并措辞。曲寒喝了口柠檬水，味道过于寡淡了些，但余味却逐渐酸涩。

"把所有的东西都丢掉，心里会舒服些吗？"

"也许吧，以前的你确实了解我，但现在你也只能凭这些细节臆断满足自我想象。"

许小满皱起了眉头，说道："不是以前的我了解你，是我了解以前的你。我确实有足够的自信，不会记错以前的曲寒不喜欢吃鱼，最喜欢的是春天，喜欢熬夜讨厌睡觉，喜欢碳酸饮料讨厌白开水，喜欢热闹讨厌独自一人，喜欢红色黄昏胜过顶烈的太阳，喜欢房间凌乱，现在却连张纸巾都要叠得整整齐齐。

"现在坐在我面前的是连一个我所熟知的习惯都没留下的人，如今的你看起来沉稳克制，似乎什么事情都可以独当一面，奇怪的是我并不感到陌生，这种感觉从我见到你就有，就像是那个有些天真、偏执的曲寒正在醒过来。不过，现在我大概知道为什么会有这种感觉了，因为你在怀疑自己，你一直在问着自己那个问题，是从哪里开始出错了。"

曲寒听完没有反驳一句，许小满的目光渐渐低垂下去，她清楚那是他在自责。

夜色渐深，店里的客人走了又来，曲寒起身穿好大衣说："我出去抽根烟。"

曲寒出门，远远地看到几十米开外的店铺门口摆放着桌椅，她走过去才发现，那是一家门面狭小的烧烤店，门口的两套桌椅空无一人。曲寒落座后，店铺内的店员也没发现她，仍旧只顾着看手机。

她的目光落在飘了一地的银杏落叶上，香烟夹在食指和中指之间，并未点燃。

十七年前，只能说是那年的某一天，曲寒根本无法明确那是个什么日子，她只记得从那时开始，整日都关紧门窗拉上窗帘不让春日的阳光透进一丝一毫，宿舍里的同学厌烦了她对春天的敏感，大吵一架后，曲寒从学校宿舍里搬出来，住进了当时大学毕业生们暂且落脚的两层筒子楼里。筒子楼里的每个房间都只有三平米大小，没有窗户，隔音差，公共洗手间，租金三百。

由于筒子楼的走廊东头窗户被一棵高大的树遮挡，长年透不进光，因而住在那里的年轻人为筒子楼取了形象的别称叫作"井楼"。在井楼的大部分人住上两三个月，攒好租金，就会搬走，曲寒却在那里住了两年之久，直到工作被分配到外地。

井楼正对着一条热闹的小吃街，人烟旺盛，吵吵嚷嚷。经过这条巷子时，总会看见那家门外摆着一排鱼缸的烤鱼店，几乎一到傍晚就会客满。

鱼那种生物，没了水就活不了，又没有手脚，看起来连用双手去抗争用双脚去逃跑的资格都没有。生活在群居的鱼缸里，但根本是无法交流的样子，和那时与世隔绝的曲寒倒有几分相似。

大概在此之前的一天晚上，刚刚洗漱完的曲寒被房东阿姨叫到房间里，说是有人打电话来找。

曲寒在衣服上擦干湿润的手，顾虑着拿起话筒接听，缓缓地吐出一个"喂"，话筒里传来的却是刘阿年的声音，他说，是问了曲寒父亲才知道她搬出学校住了。他的声音听来有些疲惫，又说，他想了很久也没想明白，她为什么要对许小满说那样的话？

此时的刘阿年应该在上海上学，两人考上大学后就各奔南北时常联系，曲寒猜想应该是前段时间寄给许小满的最后一封信着实刺痛了他，因此刘阿年受许小满之托，来给他们调解来了。曲寒心生一种期待，嘴角泛起得逞的笑意。

"他跟你说了？那为什么不亲自来问我？"

"你不宁愿他死了吗？曲寒，你知道有些话是不能轻易说出口的。"

"这不关你的事。"

刘阿年发出轻蔑的笑："你总能轻易伤害别人，我是来告诉你，他不会回来了。"

曲寒仿佛没听懂这话是什么意思，她问："是他让你这么说的？那你跟他说，激将我是没用的，想让我再千里迢迢地去找他吗？这不可能……"

"曲寒，"刘阿年打断说，"他不会回来了。"

曲寒攥紧了话筒问："是他亲口说的吗？他真的要决心这么做？"

"你说出那句话的时候早应该做好这个准备。"

"他真的要决心这么做？"

"我们都长大了，我们都应该有自己的人生，他不可能永远为你活着。"

"他真的要决心这么做……"

刘阿年听到她忍住哭泣的声音，她悲伤的情绪顺着电话线裹缠到了刘阿年身上，他毫不留情地说："是，他真的要决心不再见你。这辈子，都不会再见你。"

她的呼吸有些颤抖，隔了许久，她冷淡的声音再次响起："可以，但他最好不要后悔。"

"你不明白吗，曲寒？他根本不欠我们任何人的，更算不上背叛，他只是做了他想做的事。"

"他想做的事就是远离我不是吗？我知道你想说什么，这些年来他对我比谁都好，没人能替代他，但是然后呢？然后把我丢得远远的。我是为了他才来到春阳，第一年我找不到他，他莫名其妙寄来一封信让我等他；我等了两年、三年，他只会用一封又一封信把我当傻子一样耍。你不是不知道这些事儿，怎么现在理解他了？那你也跟我说说，你是怎么理解他的……为什么不说话了？没有理由是吗？那我告诉你他是怎么想的，他太了解我，他知道我会缠他一辈子，在他眼里我就是个多余的包袱，让他感觉沉重、厌烦，但又没法跟我说，怕我会走极端报复他，他那么胆小的一个人怎么敢承担这么大的风险，既不想闹掰又不想做那个坏人，所以一步步骗我，让我主动离开。他像他爸，都一样怂包……"

"曲寒！"刘阿年怒声制止道，"你都不肯成全他的决定，你算什么朋友！"

"我和他之间从来都不只是朋友！"

电话里是一阵沉默，长久的沉默里，曲寒只听到他那边呼啸的风声。

她挂断电话，擦干眼泪，走出房东阿姨的房间，穿过昏暗的走廊回到自己的房间。她躺在那张单人床上，突然间，失去了对未来所有的想象。

对明天对下一秒，没有任何想法，不知道该去向哪里该做些什么，不知道该有怎样的期待，如果跳过这一切需要重建的未来，她能想到的只有死亡。紧接着是持续不断的焦虑和恐慌，她想紧紧抓住那正在快速流失的什么东西，可双手徒有百般无奈，不知所措地来回踱步，她真切地意识到，她失去了他。

此前她从未想象过失去一个许小满会

400

是人生的结束，这听来是多让人耻笑的想法，但这想法足足折磨了她一整个春天，将她困缚在密不透风的黑暗里，无从解脱。因此她曾经一度以为自己再也走不出这个房间，死在这个春天里了。

直到肚子发出第一声刺耳的鸣叫，唤醒了身体的饥饿和精神的困乏，她从房间里走出来，来到那家烤鱼店吃下了一整条烤鱼。

大概就是自那之后，曲寒的习惯总在不知不觉中被丢掉，甚至有时刻意与过往的习惯相反。那时她的身边没什么人，只有相识的几个同事，算不上了解她，自然也无法察觉那时的她正处在诸多矛盾之中。这个过程中，她克制自己的脾气，抹平尖锐的个性，适当地放弃表达，让自己尽可能地看起来善意、成熟和简单。

唯一能让她无暇顾及自我的事情就是投入工作，没日没夜的工作让她得到了分配到北京医院的机会，自那之后她在北京逐渐稳定下来。

几个月前，跌入更加黑暗深渊的曲寒，想起那段年轻时疯狂工作的时光，于是在瑶瑶走后不久，便又投入到了工作中去。然而过往的经验似乎失效，疯狂工作并没有让生活逐渐恢复秩序……郑献也是在那时决定离开的。

她和郑献两人第一次见面是在医院，作为医生和准备切除阑尾的病人相识。后来郑献提起初次见到曲寒时的印象是，似乎向来一帆风顺的样子。这话没有任何贬义，只是看到她自信利落地完成工作时的状态，而感到钦羡。也是在那时，曲寒突然发现，过去的那个孤僻天真、患得患失的曲寒似乎已经消失了。若从许小满的角度来看，或许过去的曲寒只是小心地躲藏起来了。

此时店员从柜台后伸懒腰时看见曲寒孤零零地坐着，便试着问道："请问，您要点什么吗？"

曲寒回过神来，因为白占着座位而感到不好意思，于是向店员要了一瓶可乐。

在往回走的路上，曲寒又接到了郑献的来电，犹豫了片刻后还是接通了电话。对方似乎正走在路上，传来不平稳的呼吸声，他问："你在哪儿？林旭那孩子今天着急慌忙地找我问，你是不是出了什么事。"

"我在外面，他怎么突然担心起我了？"

"他说什么家里的玻璃破了一星期了，学校放假回家看到还没补上，担心你是不是出了什么事。"

曲寒这才反应过来，原来当时敲门的人是这孩子，因为得不到自己的回应，出于担心砸了颗石子，发现还是没有回应，就拿了大一点的石头，没成想一下砸了个洞。放假回家后发现玻璃还没修补，便以为出了什么事。曲寒回复郑献，帮忙转告让他不用担心，又想起说不定林旭知道些有关致远的事情，就说："不用了，你把他电话给我，我自己跟他说。"

电话另一端的郑献顿了顿，问："你跟他说什么？"

"我想问他一些事。"

"是叫什么致远的事吧，今天赵老师也跟我提起来。我都说了，瑶瑶没有叫这个名字的朋友，你怎么还抓着不放呢？"

"所以我不想跟你说，我问的是赵老师和林旭，跟你没关系。"

"跟瑶瑶有关的就跟我有关。我没法理解你，瑶瑶刚走的时候你不跟没事儿人一样吗，还每天上班工作，到晚上才回家，有时候晚上值班一整天也不见人影；这都过去半年了，你是刚刚反应过来了是吗？"

曲寒感到可笑："郑献，你跟我生活了也有十几年了吧，可我怎么觉得你一点儿也不了解我呢。"

"了解？"他一声短叹问道，"你给过我机会了解吗？外人眼里咱俩老夫老妻，恩爱和谐，可你我都知道，我了解你的只是这些年来你生活中表现给我看的，我有多少次想了解你的过去都被你敷衍了事？你可能不记得，要不要我帮你数数。"

"我不想吵架，如果你想知道我为什么找那个人，我可以告诉你，因为我在瑶瑶房间里发现了她自从那次志愿活动之后，每隔几个月就会给一个叫致远的人汇款。你不觉得奇怪吗？每笔钱的数目不算大，五千左右，但对瑶瑶来说也不是小数，所以我想知道这到底是怎么回事。"

"也许是给别人的捐款。"

"这是好事，你和我也不是不开明的人，这种事她没必要瞒着我们。"

"你现在在外地吧，如果找到了，你想怎么样？"

"我没有发现其他蹊跷的地方，瑶瑶会这样每过段时间就给他打钱，至少是信任这个人。我想知道他是个什么样的人，跟瑶瑶是什么关系，我也想知道我的女儿有哪些我不知道的事情，有哪些我不清楚的秘密……"

曲寒想起，在瑶瑶的房间发现汇款账单之后，她先后查询了瑶瑶的通讯录和社交软件，没找到有叫致远的人，而后她又打开了瑶瑶私密的网络空间，先是看见第一次汇款日期之前参加志愿活动的照片，便猜测收款人和志愿活动有关。然而继续往下时，却看到那条仅个人可见的动态——我讨厌妈妈。

她坐在电脑面前，费了许久的时间去理解这短短五个字，不是不喜欢而是讨厌，没有解释，没有抱怨，似乎只是在发泄单纯的厌恶。看看日期，是多年前的6月13号，她怎么也想不起来那个时间段发生了什么，才会让女儿写下这句话。她开始断断续续地抽烟，原本再也激不起波澜的心开始在自我安慰和自我谴责中来回起伏，她无论如何也没想到，瑶瑶会说出当年自己对母亲说过的话。

有了瑶瑶之后，还记得自己曾下过决心，她过去的经历绝对不会让女儿再经历一遍，但她也知道有些时候，自己好像无论再怎么努力，就是无法做到一个母亲应该做到的那样，所以只能在生活或学习上尽可能给到她最好的。

曲寒不停地想着到底是从哪里开始出了问题，在刘阿年打过电话后，她知道必须要做些什么才能让自己冷静下来，她简单收拾了行李，决定踏上这段旅程。

电话那端的郑献对这件事没再表示异议，他说："我知道了，你不是刚刚反应过来，你是还没走出来。"他似乎已停下了脚步，他说，"我现在在咱们家楼下，你卧室窗户上确实有个洞，明天我叫人来换块玻璃。"

"钥匙我留了一把，放在门垫下面。"说话时，曲寒才发现许小满正站在不远处望过来，不知他听没听到什么。

"我知道……"郑献犹豫着开口又说，"我想问你一件事：我走那天，为什么不挽留我？"

她的目光短暂地动荡一下，语气却依旧平静："要离开我的人，我挽留也没用。"

郑献笑了："没用，我心里清楚。我可能还是有些不甘心，我就怕这么多年来你没对我真心过。一开始，你对你的过去缄口不言，我以为你可能经历了什么不好的事不想提，可后来过了那么多年，我试探了多少次，你依然敷衍了事。除此之外，你也不让我多问咱妈，就连你那个朋友刘阿年来，你也不肯让我跟他见上一面。我想不通，为什么你对你的丈夫无法敞开胸怀？"

"你今天怎么了，以前也不见有这么多话。"

"可能我有点，想家了。我现在就站在这儿望着咱们家……"曲寒抬眼望向漆黑一片空荡荡的夜空，它像誓要吞噬宇宙的黑洞一样凝望着自己。他说，"不管你承不承认，我所有疑问的答案只有一个，你好像没那么需要我。"

电话挂断的声音像一根无形的线，从曲寒紧紧抓着手机的手里流失，眼前被风卷走的银杏落叶，一时乱了阵脚。

许小满朝她走来："你还好吗？"

曲寒没有回答也没有直视他的目光，进了饭馆将行李箱拉出来，推门出来的时候，行李箱撞到了玻璃门上，引人侧目。她头也不回地往火车站方向走去，大概是走得太快，行李箱的轮子卡进了水沟盖板的格栅里。许小满紧步跟上来帮忙，曲寒却推开他："我请你不要总是一副别人少不了你的样子，你真觉得我还会像以前一样依赖你吗？我们都不是小孩，总用以前的那一套，太刻意。"

许小满反应了一会儿，才察觉她话里的意思，问道："你觉得我对你有其他目的？"

"你跟我和刘阿年已经二十年没见，他一联系，你就从外地跑来找我，还假装跟我偶遇。刘阿年信你，我可不信，毕竟我被你骗了也不是一次两次。"

"过去我是骗了你，但现在我不会再那么做。我所说的每一句话都是真的。你心情不好，大可以像以前一样朝我发泄……"

"别再自以为是地装了解我，你知道我这些年来经历了什么？你看得到我的变化但你真的知道我变成了什么样的人？以前再辛苦再难过的时候我都能挺过来，我甚至觉得没有哪些难过的坎儿比得上你当年……你以为我不想面对现实过正常人的生活吗？可是把我带进深渊的现实，我面对它就能解脱吗？"

曲寒踢了一脚轮轴，顺势将轮子拔出来。她深吸了一口气，将眼前的头发顺到脑后，脸上出现细微的变化，随着眉心的舒展目光也渐趋冰冷，她说："难道只有我在问自己从哪里开始出错了吗？如果你没有考虑过这个问题，又怎么会想要转换方向改变自己失败的人生？几十岁的人了，活成这副惨淡模样，还有心思来指摘别人，你人生的价值未免也太不值一提。"

她的背影穿过银杏林道往火车站方向而去，他愣在原地一会儿，随后脚步缓慢地远远跟在后面。直到进了火车站，她坐在长椅上闭上眼睛，不知是在平复心情还是休息，许小满则在不远处的座位上坐下来。火车站内灯光暗淡，在深夜里发出嘶嘶电流的声音，像是头脑中那不安跳跃的思绪。

院墙外的一排榆树上，知了不知疲倦地嘶鸣，逐渐驱散了许小满残留的睡意，他躺在凉席上，盖着一张又薄又旧的毯子。此时父亲穿好半袖衬衫，正打算出门，许小满从床上坐起来，叫了声爸。许桂中回头应了一声，多瞥了一眼许小满脸上抹了药膏的伤，嘱咐道："别乱跑出去打架，老实呆在家里做作业，我去趟报社就回来。"他卷起自己的稿子，走之前站在门口又说了句，"吃完饭，再抹一遍药膏。"

许小满枕边是一支消炎药膏，下床掀开锅盖，底下是一碗黄澄澄的鸡蛋羹。许小满笑了起来，笑起来时连着受伤的一半脸疼，他捂着半边被皮包男人打伤的脸，跑到院子门口，朝走向胡同口的父亲喊道："爸，今天拿了稿费买点菜，我做饭。"

许桂中回头答应道："嗯知道了。"他一边走一边想，家里只剩下一些大米，最后一颗鸡蛋给小满做了蛋羹，也要再买点鸡蛋；大姐这个月还没来一次，可能工作太忙，家里的饭菜都得自己张罗；小满个子又长高了一点儿，但比起其他男孩来，长得还是慢，看来要买点补营养的；这次稿子写了很久，上次高老师说要变一下风格，现在写的诗歌还是太小众，没人看，稿子质量过不关其实跟风格没关系，只要是好的诗歌，总会有读者欣赏，但还是折中了一部分，想必高老师没有理由不收。唉，要是撑到冬天就好了，长暮河的水总还是要有人运。

许桂中一路闲想着，走到了一家文艺报社门口，他径直来到编辑的办公室，将稿子递给了高老师。高老师是许桂中认识了很久的编辑，两人关系不错，一有稿子就先拿来给他看。高老师的回馈也大方，比其他人的稿酬总会高几块钱。但这回见许桂中来，高老师有些心事重重，他没有看稿子，而是请许桂中坐沙发上喝茶，边喝边说："我有件事还没来得及告诉你，报社决定将报纸改版，撤掉了你的诗歌专栏，换成了幽默故事。你送来的这首我们是用不上了，现在问题不复杂，只是对你有些不好意思。要不我帮你问问外地的报社，看他们是否需要诗歌。不过，还有一条路你可以试试，幽默故事你会写吗？"

许桂中从报社出来，手里握着那份谁都没看过的稿子。报社墙厚阴凉，许桂中从里面出来冻得直哆嗦。他在日头正盛的阳光底下往回走，阵阵热风卷起沙砾尘土。许桂中被热烈的太阳刺得眯缝起双眼，走得久了头脑有些发沉，衬衫被汗湿透了，贴在背脊上。走到通向老城区的路口，嘴巴也有些渴，他想着要不要去大姐家喝口水，但看了看手里的稿子便又放弃了。他顺着老城区的大路一直走，走到菜市场的时候才想起许小满早上在院门口叮嘱的话。

简单搭建起来的菜市场是个乘凉的好去处，他在一排排小摊前转来转去，茄子、西红柿、豆角、蒜薹……应季的蔬菜应有尽有，他做菜水平勉勉强强，但豆角凉面是许小满最喜欢吃的。盛夏的阳光穿透棚顶，许桂中站在一块光斑下，像待在蒸炉里一般闷热，空气紧密干燥，每一口呼吸都像在耗尽身体里的水分。许桂中摘下眼镜放在胸前的口袋里，舔了下嘴边又咸又苦的汗，走向那一撺青翠的豆角……

临近傍晚，从菜市场回家的居民四处传言，许小满听闻后一路跑进派出所。

许桂中垂着脑袋蹲在角落，手臂上是被抓花的伤痕，脚边是撕碎又叠起来的稿子，旁边是一位穿花汗衫的大妈，她头发凌乱言行夸张，正在向民警指责许桂中光天化日之下盗窃的罪行，时不时用食指戳一戳许桂中像气球一样的脑袋。

听见许小满的声音，许桂中的脑袋动了动，却依旧没能抬起来。

那天的事在民警的调解下得以解决。从派出所出来之后，许小满怀里抱着捡起来的稿纸远远地跟在许桂中的身后，看着他弯下去的背脊，他并不知道他在想些什么。之后的很多年里，他一直在后悔，这一天他是不是不应该到派出所来。

两天后的早晨，许小满醒来时已过响午，房间内寂静得如同多年来未曾有人踏足过。他看到桌上平铺着那首《雪山》的稿子，家里最后一点儿零钱放在饭桌上，除此以外，几乎看不出变动的痕迹。他像往常一样做了点饭填饱了肚子，然后趴在书桌上学习，到了傍晚又把上顿剩下的饭菜吃了。曲寒跑来找他的时候，许小满像往常一样出门玩乐。只不过，从那天开始，等待熔铸成了他身体的骨骼，并耗尽了他近乎一生的时间。

5

火车穿过迟迟不散的混沌雾气，呼啸着抵达青色潮湿的饶城。此前，曲寒听说过饶城，虽近年来仍被划为四线城市，但旅游业在国内已是相当成熟。这点从通向出站口的地下通道里，每隔五米一幅景点广告牌的设置上可见一斑。出站的人群中，许小满一手拖着行李箱，一手抱着那只白色小猫，目不暇接地看着广告牌上的宣传，似乎颇为惊讶。

真是和以前一样没出息没脾气，说再难听的话还是赶不走他。曲寒想罢，回头催促了他一声，现在离要转乘的火车车次，只剩半个时辰。然而曲寒走到车站入站口时，突然发现身后的许小满不见了。清晨的火车站人并不多，扫视了一眼，根本没见他的身影。

该不会是对我的话怀恨在心，拿着行李箱跑了？曲寒用目光搜寻着，约莫四五分钟，终于在出站方向的台阶下发现了正在修行李箱车轮的许小满。曲寒怨怪："你跑去那里干什么？"

许小满一脸抱歉地说："走错了路，又不小心没扶稳，把行李箱给摔了下来，轮子彻底搞坏了……"

时间已然十分紧张，许小满提着坏了一只轮子的箱子，一路快步和曲寒进站检票。眼看还有希望，却又在下楼梯的时候，再次搞错车次方向，导致两人飞奔到月台上时，只能眼睁睁地看着火车从眼前开走。

曲寒没好气地冷着一张脸返回车站售票窗口，询问是否还有下班列车的余票，售票员却回答："只有下午五点和晚上十点两个车次了。"

"唉，真是不凑巧。"许小满可惜地说道。曲寒不由得奇怪，好像这一出折腾是他的恶作剧。似乎注意到曲寒的怀疑，许小满又腆着笑脸说："要不先找个地方休息一下，一整夜没睡，现在肯定又困了吧？"

曲寒丝毫不予理会，而是打了出租来到汽车站，好在顺利坐上了大巴车。

窗外，雾气与火车一同悄然来到饶城，将那冷冷淡淡的日光稀释得看不清形状，许小满扭头看了眼身旁不知什么时候睡过去的曲寒，替她将头顶的暖风打开。此时，空无一物的玻璃窗上映着他的目光，像是在和谁对视。

秋风一扫，院子的落叶顷刻间卷到了台阶下，熟透的梨子砸到树下刘阿年的脑袋上，惊得刘阿年叫了一声"哎呀"，曲寒急忙捂住了他的嘴，生怕西屋的人发现两人在窥视他们。

这时，西屋的门开了，姑姑和许小满两人拔河一样扯一个行李包，姑姑往外拉，许小满往里拽。

"小满你听话，跟姑姑回家！"

"姑姑我不走，我要在这里等我爸回来！"

许小满十三岁的年纪，力气已经十分大，他抓住门框死不松手，"拔河比赛"对峙了不过几秒，姑姑就败下阵来。

"我跟你说，你爸丢下一通电话，告诉我让我照顾你，他说什么去找灵感之类的屁话你也信？我都不知道他跑去哪儿了，你又怎么知道他什么时候回来？你跟姑姑走，回家跟你弟弟妹妹一起上学一起吃饭，我也能放心。"

姑姑说着又要拉许小满往外走，许小满后退着进屋子。

"姑姑，我能照顾我自己。我会自己上学会自己做饭，你看今天的炉子是我自己生的火，被子是我自己叠的，衣服也是我洗的，破洞的地方是我自己缝补的。您不是担心我不会做饭吗？您看，这里有米。"

说着许小满从一挖就见底的米缸里挖出半碗米，倒上水，用小拇指往水里一戳。

"看，多少米放多少水，我都清楚！"

许小满在屋子里跑来跑去，找出各种能够独立生活的证据，门外的曲寒和刘阿年怔怔地望着。姑姑的眼睛有些发红，低声骂了一句："没良心的许桂中！"

"姑姑，您就让我留下来吧，万一我爸寄信回来，没人收；万一我爸回家来，没人做饭，他指不定又要离家出走。您就听我这一次。我有什么困难，一定不瞒着您。"

那天姑姑去集市上买了米和菜，又留下了零用钱。

姑姑还拎着一兜水果找到正在忙做鞋样子的外婆。如果不是手里在忙着活计，外婆恐怕会被认为是一尊雕像，而姑姑则像是来请愿的。姑姑请求外婆一旦发现许小满有发烧感冒的迹象，能打电话给她，然后姑姑拿出一沓钱要给西屋续租。外婆把针线筐子往前一推，像极了打麻将扔出去的一张牌，俨然和了的气势。姑姑把钱和写好电话号码的纸条放进了筐子，又好脸色地嘱托了几遍才走。

独占了一整个西屋的许小满，在刘阿年眼里成了了不起的人物，他总是羡慕地说："如果我也像你一样没人管，那该多好。"他问他，"晚上一个人睡觉关不关灯？关灯后怕不怕？可不可以在地上睡？吃完饭刷不刷碗？早晨赖床到几点？"

就像是开始了新生活一样，刘阿年对此种冒险有诸多好奇，常在父母睡着之后偷偷抱着枕头钻进许小满的西屋，往往同时碰上从堂屋蹑手蹑脚摸黑出来的曲寒。他们两人各自挤占了许小满的双人床，霸占专属领域。

自此以后，三人也多了许多夜谈时刻，讨论得面红耳赤、不眠不休的时候也常有，而讨论的主题往往是小卖部里哪种糖最好吃、学校里谁和谁谈恋爱了、一年级的学生是不是因为老爸是校长才得了奖、街上哪家牛肉面馆味道最正等等这类鸡毛蒜皮的小事。

刘阿年依旧会给他们带来很多新鲜东西：香港明星的CD、各类杂志、最新的武打电影光碟……因为害怕被刘爸爸发现，他几乎将所有偷偷买来的东西都藏进西屋，西屋也渐渐成了他们每周玩乐的根据地。

他们玩起了一个叫作交换人生的游戏。名字是刘阿年随口胡诌的，游戏的大概玩法就是三人互相交换身份去体验各自的生活。但具体是怎么产生了这个游戏？由谁来制定规则？他们已经在后来的交换之中产生了混淆；是成为某个人还是扮演某个人，连他们自己也说不准了。

于是，在此后断断续续、零零散散的一段时间里，曲寒成了刘阿年，许小满成了曲寒，刘阿年成了许小满。

大人们从来都没有发现过他们这个秘密游戏。当曲寒出现在刘家父母面前的时候，他们还当她是来等刘阿年回家做作业的，他们不将她放在眼里，该做什么该说什么都不避讳。曲寒照刘阿年的样子拉起小提琴来，她没学过，自然不会拉，刘妈妈走来问曲寒："小寒，你会拉小提琴？"曲寒回道："我不会，但是我想学学看。"刘妈妈听罢先是噗嗤一声，然后又放声笑起来："这可不是学织毛衣，这可是小提琴！"在她慷慨又无限的温柔里，曲寒第一次发现刘阿年身上"友善的轻蔑"的来源，区别只不过在于程度大小。

当许小满出现在曲寒外婆面前的时候，外婆也全然没有发现他们交换身份的秘密，或许她连跟前的人换了一个都不知道。许小满帮外婆缠毛线，认针眼，提水做完饭之后，便安静地坐在外婆的身旁，看着外婆手里的针线不停地上下翻动，小心地盯了许久。在外婆停下来的间歇里，他靠近了外婆，将头缓缓地放到她的腿上，闭上了眼睛。外婆的疑虑与错愕还未消散，已不由自主地将那皱皱巴巴的手轻轻落在了他的头上。

每当这个游戏开启之时，刘阿年总是那个最兴奋的，他期待在西屋里玩游戏机，听CD，看杂志，玩累了就睡一觉。不过也有不方便的时候，他总也学不会烧柴火，因此玩累了口渴了连口热水都喝不上，更别提吃饭了。听见街上有叫卖玉米的，他拿着钱准备去买，可想想又退回了西屋，他现在是许小满，许小满是不做这样的事的。因而他退回到了许小满的世界里，像许小满一样打扫家务（倒也没什么可打扫的，东西少得可怜）。他站在屋子的中央，饿意化作了一团团光斑，幽浮在昏暗的窗前，后来他才发现那是堂屋的灯光。他渐渐感到一种想让人一直睡下去的倦意，一种超然物外的虚空、记忆的呢喃以及所有可以称之为寂静的东西，刘阿年对自己的超能力深信不疑，他静下心来听那些只有他能听到的私语，想要辨别那些私语在诉说什么、来源于何处、又因何而生。他眼角湿润，逃离了那间房子，心中暗道，好险！

那里有超越他年龄和感知的东西，他借此大胆窥伺到未来的一片斑驳，并隐约推测，当对方的力量无比巨大，远远超越自身承受力的时候，自己也即将获得超越时间的力量，但令刘阿年费解的是，这样的道理为什么是因许小满而悟得？

他们约定，游戏一旦开始就要坚持到最后，谁先中止游戏，谁就要从长暮河流经的高地土坡上跳水。许小满最先露出了破绽，临近傍晚时被外婆赶回了家，后来的游戏里，刘阿年和曲寒也不时因被大人们叫回家而中断游戏。

于是三人来到长暮河那段离水面接近十米高度的坡地上。夏天偶尔有大胆、水性好的人才会从这上面跳水。三人朝水面张望许久，幽暗的河水望不见底，泛黄的野草随风不止，许小满有些发怵，在岸边徘徊许久。头顶的太阳从正上方掉到西半边，有那么几次，许小满的一只脚都悬空了，却还是退了回来。

"你们说，宇航员漂浮在太空中的感受

是不是像在水里游?"许小满问。

刘阿年思索道:"比起低处入水,从高处跳水是往上游的过程,确实更接近在太空漂浮的状态。决定好了吗?按游戏规则,你可是要第一个跳下去的。"

"现在的天气有些冷,不知道水里冷不冷。"

"长暮河可是不冻河。"曲寒说道。

"也许吧,太阳快落山了,不知道水下视线好不好。"

"用力往上游就是了,总会看见光的。"

"也是,人都在水里了,没有不游的道理。"

"那你还犹豫什么?"

"我在想,如果今天错过这种体验,只有死后到天上再去体验真正的太空漂浮了。"

"那到时候,可就没人分享你的感受了。"

"没关系,总有一天我也会动身,但不是现在。"

曲寒听得糊涂,还想说什么的时候遭到刘阿年的劝阻,他说不要勉强他。

那天曲寒和刘阿年两人站到岸边各自深吸一口气,捏住了鼻子,一头扎进水面,两人跃进水面的姿态像鱼归水一样自然漂亮。他们任由身体悬浮在水中,睁眼观望着水底的世界,曲寒隐约看到刘阿年脸上惊异又恐惧的神色,他在岸上的无畏沉着已然消失无踪。

水下浑浊一片,不远处似乎有一道模糊不清的黑影悬浮着,曲寒努力凝视辨别,却无论如何也看不清对面是个什么东西,似乎他们中间隔着的不是水而是其他透明的介质。曲寒留恋着周身世界任身体漂浮在水中的时候,刘阿年已经在往上游了。

只是水下的世界实在无聊得很,除了不远处游动的鱼的影子,再也没有其他好玩的,她想游去和鱼打声招呼,但稍微一动那鱼便跑得没了踪影。

再回头看刘阿年的时候,发现他已经游出了水面,曲寒有些败兴。然而此时,一股莫名力量从水下迫近,推着她往上游,低头看却只有黑糊糊的水底。曲寒顿时紧张起来,于是就这么不明不白地借着那股力量往上游去。

抬头见水面光亮处,许小满小小的身影寂静又落寞地望着,她的手伸向他,透明的指蹼从指间张开,隐约可见新生鲜嫩的毛细血管,坚硬的鳞片从手腕处生出,覆盖原本光滑的皮肤。曲寒惊愕地看着身体的变化,惊恐地吸入了一口水,与此同时,突如其来的窒息感将她死死裹住⋯⋯

客车驶出一条隧道,突然一阵急促的喘息声从车内传来,曲寒从透明指蹼的噩梦中惊醒。

一个面色苍白的中年男人从自己的座位上跌倒在地,并伴随着急促不断的气急喘息、呼吸困难。旁边的一个女人看起来像是他的妻子,一边担心地哭喊着男人的名字一边给男人解开领口。曲寒挤过围观人群,看见患者症状问:"急性哮喘?"

女人点头,曲寒扫了一眼人群,发现有人正在吸烟。曲寒上去从那人手中夺过烟头捻灭扔进垃圾桶。

"所有人都散开,打开窗户通风。"曲寒说罢,接过女人手中的气雾剂,按压并强迫患者吸入气雾,又在许小满和其他乘客的帮助下,将男人扶起来。"来,抱着腰往前倾,慢慢来,不要急。"患者依照曲寒的要求,抱着包跪坐到窗边,有节奏地吸着气雾剂。曲寒沉着地对女子说："让司机师傅到前面停车。"

高速公路出站口有一处急救中心，远远地看见门口停着一辆救护车。在女子和曲寒把男人扶下车的时候，许小满在身后拎上双方的行李箱，紧跟了上去。

急救中心并没有配备医护人员，但好在有氧气罐，救护车向最近的县城医院疾驰而去的路上，曲寒动手给患者吸氧，到医院的时候，患者的症状已有所缓解。女子匆匆道谢，便同丈夫一起进了急救室。

曲寒和许小满出了医院，才发现他们已被滞留在饶城边界某个县城的事实，正想着打车去客运站的时候，许小满似乎被医院外面广告栏上的一则海报吸引了，走近看时，曲寒发现是当地一个名叫寰原山的旅游胜地，细看，这处旅游地不止有登山景点，还被开发成了具有温泉、茶园、游乐场等全套设施的旅游景观。

"想不到这儿的旅游产业这么成熟。"曲寒说道。

许小满指着海报上寰原山的一处山头说："现在枫林正盛，我们去这里吧。"

曲寒刚要冷淡回复没有时间时，却发现他话里的另一层意思："你来过这？"

许小满出神地望着远方，顺着他的目光，曲寒看见了远处蒙蒙雾中有一个山头的影子，泛着云霞似的一片红，她想起许小满说过曾在景区招揽游客，便猜测也许他曾经在这里工作过。曲寒心一软，便拦了出租车。

此时寰原山上秋意正浓，一路上尽是红黄相间的枫叶，自幽深处传来的鸟鸣，连空气都变得澄澈清明起来，曲寒的心绪也渐渐平缓。反倒是在接近山脚的时候，一派嘈杂热闹，曲寒和许小满下了车看到，从山脚下的收费亭到蜿蜒的山路上，游客络绎不绝，导游拿着喇叭引导前往景点，人声喧嚷，格外吵闹。

许小满拎着行李箱来到收费亭，打听道："请问您认不认识一个叫大豪哥的导游？"

"大豪哥？"保安像看怪人一样看着他。

许小满意识到说错了名字，又纠正道："我糊涂了，以前他总让我叫他大豪哥，差点忘了他原名，对，他叫马豪。"保安刚想回话，收费亭里的阿姨开门出来，不可思议地打量着问道："你是许小满？"

说是阿姨，也只是相较于许小满年轻的面孔而言，实际上比起曲寒和许小满，阿姨不过大了七八岁，许小满叫一声"吕姐"时，保安再次凝神看了他一眼。

多年前，吕姐在寰原山景区下开了间小饭店，如今饭店交给大儿子经营，小儿子在马豪的公司上班，自己闲来无事就在景区做起了售票员。简单唠了两句之后，她兴奋地拍着许小满的手说："我去找马总，他见到你一定会很惊讶！"

在等马豪来的时候，曲寒和许小满走上山道，来到一处平台前休息，从这里望去，可以看到一片白灰相间的建筑坐落在远处河畔，像是一群鸽子停落，再往远处，是游乐园里的一座摩天轮，扁舟行驶在海上一般起伏在山间，突兀又任性，倒像是个执拗的孩子在自己的乐高世界里硬拼上去的。

时值正午，布谷鸟起落于浅溪之上，风声裹挟枫叶阵阵暗涌，杂草相互摩擦的窸窣声自远而近，曲寒耳后一阵瘙痒，忍不住抓挠。

"看，那边是百米瀑峡，那边是桃水潭，更高处的那棵百年枫树是每年中秋月圆时大家最喜欢的许愿景点。没想到这里竟然没什么变化，看来当地人都用心维护着。"许小满望着远处风光欢喜说道。

可在曲寒看来，眼前只是平常景色："在外那么多年，应该见过比这更美的地方吧，至于这么激动？"

"你不知道，无人之处的雪巅、荒漠自然极端壮美，可一回来，到底还是这太阳底下声声鼎沸来得舒服，有这一切，我就知道这个世界还没有走远。"

"嗯，倒是个死去的好地方。"听着许小满的描述，曲寒再次将目光投向寰原山上的风光，却半分感受都没有，只吐出了这一句话。许小满一时安静下来。

当年饶城政府打算开发当地的旅游文化，在政策推动下，寰原山逐渐在周边城市小有名声。这倒也不难理解，从文化上来说，它有民间庙宇，香火旺盛；从风景上来说，山水相连，枫林或瀑峡各有其美。

不止是许小满听闻名声而来此地寻一份工作，比许小满大不了几岁，长相却相当老成的马豪也凑巧来此工作，要说经验，实在没有，但他戴上一顶红色导游帽便游刃有余地干起导游的营生，耍起嘴皮子来像山上的布谷鸟一样好听。

当年的马豪白背心配卡其色短裤，脚上是一双不跟脚的皮鞋，有时为了看起来正经一些，会在外面套上一件肥大且旧得泛灰的黑色垫肩西服，这一身搭配起来，像极了在游乐门口发传单的小丑。

他并不在意别人的眼光，反而说越怪越有人看，越怪生意越好。这倒没错，每当他出现在山脚下和火车出站口揽客的时候，路人总会被他吸引，尤其在他喊出那句嘹亮的宣传口号——"饶城山水美，美在寰原山。山下不歇脚，山上不服老"。

那年春夏之交，许小满在马豪租住的农家院仓房里暂时落脚。凌晨四点左右，他便听闻院中动静，趴着窗户往外看，正见马豪穿着破洞大背心蹲在门口刷牙，大概因为干的是与人打交道的工作，马豪很注重牙齿的洁白，每次刷牙，哪怕是黄豆大小的牙膏也要刷上十几分钟，刷起牙来像是磨刀，牙刷飞了毛才想起来换，可谓物尽其用。洗漱完毕后，他便开始准备手写的宣传单，而后跑去大小车站饭馆张贴。

政府的大举开发和宣传，也让马豪的名声不胫而走，使他成了寰原山一带最靠谱的导游。循着名声找他的游客越来越多，马豪的生意逐渐忙碌起来，他也不放过任何一个客人，从早到晚来回爬山不下十余次，有时不仅是接待客人解说景点，还要给人背包、看孩子，甚至帮人捶腿。一面大肆忽悠着一面又带着几分真诚，有时狡猾得八面玲珑，有时又像山脚下那块碑石一样又硬又钝。

日子一长，他也难以兼顾，便招揽了山下那些干散活的导游小弟，逐渐发展成有人揽客有人导游的模式，按不同分工获利分成。

初次在山脚下见到许小满，马豪还不知道他就是住在仓房里的那个男孩，因为马豪总是起得早回得晚，两人还没有正式碰面的机会。那时的许小满灰蒙蒙的像是从烟灰里刚刚刨出来的，仿佛灵魂游离四方，身体是被谁推着走的，根本不是干导游的料。

某天马豪穿着拖鞋，蹲在吕姐的饭店门口吃面的时候，许小满一声不吭地站在了眼前，马豪夸张地挑着眉毛，一只眼睛吊起来，企图吓走这个小乞丐，他估计他是走投无路，打算投奔他来的。马豪站起来比许小满高出一头，气势汹汹道："看什么，又不是我抢走了你的游客。"许小满盯着他，没被吓住，而是指着在吕姐店里吃面的导游小弟说："你的人，他偷偷揽客，还强迫客人去买东西。"马豪一听，冲进店里逮住小弟，好一顿教训。

此后，马豪让许小满跟着他干活，让他叫他大豪哥，每天中午的面分他一半，牙膏分他一粒，给他看自己妻儿的照片，聊起儿子时脸上会出现一种孩子般的幸福天真。

后来山脚下出现了正规的旅行社，旅行社的导游们是两排整齐列队的年轻女孩，她们穿着统一的衣服，露出整齐的笑容，挥着手里鲜红的小旗，从山下的员工宿舍坐着大巴车前往车站接待客人。

马豪鼓励大家不要动摇，却防不住和旅行社出现争抢客人的事，他眼睁睁看着旅行社把自己的生意冲得稀里哗啦，却毫无办法，最后只剩下许小满不肯离去坚守阵地。那段时间，前期投入的钱捞不回本，新来的游客不信他，无论怎么卖力都已回天乏术。

可越是这样，他越反抗得起劲，想方设法折腾自己，常在毫无收获的一天结束之后拉着许小满爬上山顶，再喝上一阵小酒。等体内的血液从头到脚都暖和过来后，趁着心中热火难消，他一边喝酒一边拿出地图在上面圈圈点点，他身上似乎有股强劲的生命活力，使他从不停下来犹豫，许小满却想着自己关于家人、生存欲望、不甘卑微的理想。

"许小满，你有没有什么想去的地方？"马豪垂着脑袋专注在地图上，头也不抬地问他。许小满想了想，摇摇头。在此之前，他一直漫无目的地走着，就像他一路从东北到饶城，原本就是没有方向没有计划的一次行程，因为他实在不知道该往哪里去。他深切知道，除了依附于马豪这类目标明确的人，再没有什么人能让自己找到一个目标，绝不是说没有人值得，而是一种近乎绝望的不被允许。

许小满望向山林间，月辉皎皎，山林披银，他突然间想通了什么，脑中的一个想法渐渐清晰。

马豪没听到回应，抬起头又问一遍："我刚才问，你有想去的地方吗？"

林间的台阶下走上来一个男人，打断了许小满的回忆。上来的是刚才那名保安，他传话说："吕姐说马总不在办公室，她开车带你们去找马总。"他们穿过温泉酒店、新开辟的高尔夫球场，还有那片在山上看到的白灰建筑，吕姐说这是饶城最大的一片山景别墅群，不久车子停在一栋幽静的山林会所门口。

吕姐带他们进入会所时，正看见马豪送别贵客，一开始许小满没有认出来，那些西装革履的商人中间围着的他，穿着一身质感舒适，纹理细致，不消细细打量便知材质高级的大衣。

马豪看见了许小满，一时间双方怔怔望着，没有想象中热情的反应。许小满打破平静尝试要喊出大豪哥的时候，马豪不可置信地走来，从头到脚地打量许小满，话没说出口先拍了拍许小满的肩膀。

"真的是你，许小满，你怎么一点没变！"

"大豪哥，你倒是变化很大。"

马豪爽朗大笑起来，和曲寒打过招呼后，他不停地问许小满这么多年去了哪里，做了什么，看似寒暄的话语在他说来并无分毫居高临下，马豪吩咐秘书去安排餐厅，许小满却说："我想吕姐的手艺了。"

一行人来到"吕家小厨"，此时还不到吃饭的时间，店内只有三桌歇脚的游客。下午的阳光从贴着红色窗花的玻璃窗口投射到餐桌上，三人在角落的一张餐桌前落座，吕姐端上整整一桌菜，火腿炖甲鱼、黄山炖鸽、清蒸石鸡、腌鲜鳜鱼、虎皮毛豆腐……

"以前这里面吃得最多的就是虎皮毛豆腐，浇上酸辣卤汁，闭上眼睛权当吃肉。"许小满边回忆边往嘴里塞了一口毛豆腐，又说，"吕姐的饭店比起从前整洁宽敞很多呢。"

吕姐也坐下为众人斟满了酒说："我这小店要是没马总的扶持，早关门了。"许小满对马豪这一路白手起家的经历好奇起来，追问着是怎么做到的。

"这么多年，我一直不否认今天得来的这一切，很大一部分原因是运气好。当初还完家里的债，手里还有几千块钱，我跑到深圳把本钱赔了个精光，又跑到广州打工，在一个快倒闭的建筑开发公司工作。公司倒闭的时候老板跟员工一起开大会，问谁敢接这个烂摊子，没人说话，我举手了。就这么着，我背着一身债务东奔西跑，借贷投资，走投无路的时候赶上政府对旧城的改造，本来是不赚钱的项目，我硬着头皮接下来，但没想到公司就靠这个活过来了……"说起过去二十余年，马豪感慨，几经沉浮，睡过桥洞也手握过上亿合同，讲起自己被追债的人堵进垃圾场，靠着嘴皮子逃过一劫的事，吕姐和许小满都被逗笑。后来投资开发有失败有成功，渐渐地把房地产业务稳固下来。

他开始问起许小满的情况，许小满把同曲寒讲的又说了一遍，几句话概括了二十年，简单得让人没有真实感。吕姐的目光中流露对许小满的担忧，马豪问起以后的打算，许小满低着头手指摩挲着酒杯边缘，微微咬着嘴唇没有说话。马豪则当即表示："你回来跟着我，我保证你今后过上好日子。"许小满却摇头婉拒，他的目光始终微笑着，西垂的阳光打在他身上，莫名的遥远。

吕姐看着许小满，对马豪说："你看小满，比以前开朗很多。"

"还真是。"

"以前他是什么样的？"曲寒突然问道。

"我从来没见过像他那样的人，在他离开之后很多年间，认识了那么多人，从来没有像他那样，对什么都不在乎的。我敢说哪怕告诉他明天世界会灭亡，他也断然不会关心。那段日子里，他总是眉头紧蹙，一副丢了什么重要东西的样子，饭量很小，我一顿饭足够打发他两天。后来彼此熟悉一些，我从他零零散散的话里猜测，他大概是和家人有了矛盾才出走打工，因为这原因，我把他扭送到火车站赶他回家过一次。他先上了车，可火车要开走的那一刻，他又逃了出来。我看他那样子不晓得他是在惧怕什么，就再也没赶他走。在那之后，他跟在我身边，性情变化了一些，开始好好吃饭、打扫卫生，开始主动跟游客搭话，直到后来不用我在旁边盯着他也能顺当揽下客人了。"大概是过去那段经历印象深刻，马豪说出很多细节来，他好奇地问曲寒，许小满小时候是不是也这样。曲寒只是摇摇头，马豪也不在意，继续道，"但我知道他再怎么看上去让人捉摸不透，可那时到底还是个孩子。有天仓房漏雨，让他

412

跟我一块睡，晚上躺下，睡着睡着怎么哪儿还湿了，心想这小子该不会尿床吧？开灯一看，居然是他在哭，我赶紧把他叫醒，他说他做了噩梦，掉进一口井里怎么也爬不出来。神奇的是我叫醒他的时候，刚好一根绳子落下来救了他。我猜他撒谎，分明就是想家了才编了这个借口。"

窗外飞过几片枫叶，曲寒心里微微一颤。

临近傍晚，店内客人多了起来，前堂和后厨渐渐嘈杂，人气和热气也随之鼎沸，曲寒的手脚回暖了一些。此时马豪已是七分酒意，和许小满聊得正酣。

许小满说起今晚就要走，马豪突然把酒杯往桌上一摔，借着酒劲发起了脾气，他说："再多待上几天，我安排飞机直接送你们去和另一个朋友聚会。"

"这次回来本身就是计划之外，能见到你就已经很知足了。"

"小满你得给我个机会，我要好好弥补你。"

"马豪哥你醉了，无缘无故的为什么要弥补我？"

说是醉了，可马豪仍旧口齿清晰："我有件事一直瞒着你，说起来，比我在商场上耍过的手段，那算不上什么，可是想到对方是你，我就觉得我简直不是个人。你还记得我当时为了还债回了一趟家，那天回来的时候我告诉你，亲戚在南边帮我找了个工作，咱们寰原山导游队就散了吧。那件事你还记得吗？"

许小满点点头，他记得那晚是他们最后一次见面，此后两人分道扬镳，各奔前程。

那几年马豪家里因为父亲生意失败欠债十余万，债主天天逼上门催债，怀孕的老婆受了惊，险些流产。后来马豪通过父亲相识的老板朋友得知，有一对华裔老夫妇回国度假，想要在全国游玩一个多月，需要一个私人导游帮忙打理好一切行程，兼着运送行李、购置礼品等事务。

父亲的朋友觉得马豪合适，便从中介绍了此事，老夫妇很慷慨，给的价钱是他再干两年也赚不到的数字。马豪询问是否可以再带上一个帮手，老夫妇也没什么意见，只不过不会再给佣金，完成任务他们自己分成。

马豪兴冲冲地前往寰原山脚下打算告诉许小满，但走着走着，寰原山的山风吹冷了头脑，老夫妇关于佣金分成的话再次在耳边响起来。那晚马豪坐在吕姐的饭馆里等待许小满来的时候，不知不觉已经喝下了一瓶酒。窗外起风了，招牌灯箱被吹得来回摇晃，路人裹紧了外套缩着脖子渐渐走远。

冬天要来了。

许小满顶着风推开饭馆的门，在马豪面前坐下来。许小满先喝了口酒想要暖和下身子，他说："大豪哥你回来就好了，我还担心你在家那边出了什么事。家里现在怎么样了？"

"没事儿，你不用担心。"

"我这两天去城南打听了一下，那边有一家新开的火锅店正在招聘店员，还有一家电器厂子也在招人。"马豪喝着酒没回应，许小满看出他脸色不太好便说，"我只能找到这些了，我想咱们暂时做着这些零工，等来年旅游旺季我们再找合适的景区，免得再跟旅行社那帮人抢客人……"

"小满，我就不跟你一块了，我表舅跟我说他在广州那边需要我去帮把手，我可能过两天就走了。"

"你表舅他是做什么的，怎么没听你提过？"

"跟你刚才说的差不多，一个厂子，我跟他说我想再带一个人过去，但人家就只有一个名额，我也是没办法！"马豪边说边激动地拍了一下桌子，说完舔了舔嘴唇，好像不知道接下来该说什么。

许小满无言片刻，看了看桌上的菜，大概也明白是个什么意思，便笑说："既然这样，我也觉得在城南打工没什么意思，我想……想去西边看看。"

"西边？"

"对，青海、四川或者西藏，听说那边的景区风景很美，肯定会有游客。我先去探探情况，要是行，我再叫你过去。"

"你什么时候有这计划的？也没跟我说。"

"早就有了，我安分不下来，饶城也关不住我，就等你放我走呢。"

"那……你有自己的计划，还挺好的。可是，为什么要去那么远的地方？"

"我想去那边看看，去找一个地方。"

"什么地方？"

许小满沉吟道："一个说不定能解开我困惑的地方。"

"什么意思，什么解开困惑的地方？是什么样的困惑？有这样的地方吗？"

"不知道，我只是不久前突然意识到，我不能再为了任何人而存在，从那一刻起，我就想要找到这么一个地方。像大豪哥你，你有很多东西可以选择，有不同的方向和路线，不同的终点或阶段性目的，但是我从最一开始的出发点都没有，我走不下去。"

"我想走下去，我必须寻找一个意义，或者一个动机，理想、金钱甚至生存对我来说都没那么重要，以前认为重要的也对现在的我来说失去了意义，能支撑我的只有剩下的许多不甘和未解的困惑。也许，解开这些困惑，对我来说就是一个意义或动机，这对我来说至关重要，一方面这些困惑让我深陷泥潭无法自拔，另一方面可笑的是它们又成了支撑我活着的动力，在我身上的这种矛盾，是我唯一拥有的活力。所以我要找到那么一个地方，即便我此后被困在原地，与世隔绝，我总归是有了自己的存在意义，不会给任何人造成干扰。"

"我总是看不透你的想法，也许我对你了解得还是不够多。但是你一定要知道，你没有给我造成干扰，我从来没有那么想过。"马豪急忙解释道。

"之前这只是一个不确定能实施的想法，现在你有了不错的安排，我多少可以放心离开了。"

许小满从桌下掏出一把钱，五十块二十块还有几张毛票，一把塞给马豪，马豪抓住他的手立刻急了眼："你这是干什么？拿回去！"

"你听着大豪哥，你这辈子没出过饶城，你不知道路上有多少要用钱的地方，在我面前就不要装了。"

马豪愣住了，以为许小满发现了什么。

许小满又说："我知道你的钱都给家里还债了，身上没几个钱。你看你穿的，好歹买双像样的皮鞋，别让人看低了。"

许小满将钱塞到马豪的裤兜里，马豪当即来到柜台前跟吕姐要了笔和纸，写下歪歪扭扭的一行字，红着眼睛把欠条塞到许小满的手里说："这些钱不会白借，将来赚了钱，一定会十倍奉还！百倍奉还！希望你能找到那样的一个地方，安定了就给我寄信来，不要忘了，要经常回来看看。"

许小满没再推辞。第二天马豪趴在酒桌上醒来时，许小满已经离开，马豪在店外面的垃圾箱里看见了那张被撕碎的欠条。就这样，许小满像一阵烟一样消失，仿佛从未来过他的世界。

头顶的白炽灯突然亮起，把曲寒从马豪的记忆中拉回现实，店内吵吵嚷嚷，店外夜幕降临。

马豪讲完将头深深埋在许小满面前，许小满倒是颇为平静，他扶起马豪的肩膀问："就因为这事儿你这么多年一直觉得对不起我？"

"你回来就好，你回来了就好，你等我一会儿。"马豪说着打了个电话给律师，大概十多分钟，一名西装笔挺的律师就拿着一叠文件出现在门外，马豪说，"这儿太乱了，我们出去说。"

律师把手里的文件递给马豪，马豪一边翻看一边说："现在公司在寰原山一带开发的旅游产业几年前已经进入成熟期，不用怎么操心，每年收益已成固定模式。寰原山景区一年下来虽然赚不了多少钱，但它周围的茶园、游乐园、球场还有会所、温泉、房地产每年收益还是相当可观，这份是游乐园的资产证明，还有茶园的。"马豪说着把文件一一给许小满看，又说，"你要是想看看里面的情况，我们现在就过去……"

许小满打断问："你这是干什么？"

"这是我答应过你的，也是你当年把钱投在我身上应得的回报，如果担心管理麻烦，我可以帮你安排帮手。"

许小满却把所有文件塞回律师手里。马豪顿时急躁起来："你别以为我在跟你开玩笑，我是醉了没错，但这事儿我是早有准备，不然你问律师。"

许小满却拉着马豪："我没说你开玩笑，可我不觉得你对不起我，以后你也千万不要这么想。能看到你现在事业有成我特别高兴，苦日子过去了，大豪哥你就好好享受自己的人生吧，而我……"许小满说着摇摇头，马豪不太明白那摇头是什么意思。

"我还是要跟你说清楚，你没有对不起我，因为无论你当时做什么选择，那时候的我都已经不再对任何人抱有期待。"

"可是许小满，如果不是我违背承诺，你现在应该会活得更好。"

"没有谁一定要对谁负责，如果当初我也能想清楚这个道理，我猜应该活得轻松些。"

"我不明白。"

"大豪哥，你说以前的我总是冷着一张脸，可是你还记得我离开的时候是什么样子吗？"马豪被问愣了，许小满继续道，"仓房漏雨那晚我没说谎，那个时候的我像掉进了一口井里，是你把我从晦暗的地方拉了出来。你总念叨着我当初借给你的钱，可我觉得那是我应该给的，就当是你教会我生存技能的学费好了。"许小满又一次说，"所以你没有对不起我。"

饭馆门口的彩色灯光把两人打得忽明忽暗，曲寒抱起脚边的小白猫，一边细细抚摸一边不时看向窗外。

这晚告别，吕姐站在门口目送他们离开，眼里热乎乎的，又对回望的许小满和曲寒挥了挥手。马豪亲自开车送他们来到车站，进站之前，马豪问许小满："你什么时候再回来？或者给我留个地址，我去找你。"

哪怕是告别，他也恨不得大摆宴席，

郑重其事地说尽想说的话，而不是这样没有预兆的来和轻飘飘的去。他走过大半生，早已养成对谁都戒备的习惯，唯独许小满这再一次的离去，马豪突然心生毫无着落的郁闷。也许是因为许小满那年轻如昨的面貌，他看着他时，就好像看到了刚在寰原山落脚时的自己。

许小满似乎能看出马豪的想法，他说："大豪哥你比起从前来要强大得多，也比我想象中要生活得更好。寰原山上游客如织，热闹得很，你记得常去走走，想起我的时候就当做见我吧。"

"许小满，我还是不明白。留下来，你的人生就会改变，你难道真的不期待？"

许小满对他宽容地笑笑，也不再说什么。

两人相拥过后，许小满挥手远去，和曲寒进了火车站。深夜的车站外刮着寒风，马豪抬头看风吹跑了星星，头顶空荡荡的。

6

火车预计在早晨抵达盛节，车厢摇摇晃晃行驶缓慢，冷白灯光下乘客们昏昏欲睡，许小满却不减兴致，聊起三人上学时的趣事，什么刘阿年追求的女孩子啦，曲寒开始喜欢上的CD啦，还不停追问曲寒过去的事情，似乎是要从这些回忆里面挖掘出什么，又或是提醒自己什么，总问你记不记得，你好好想想确实有那样的事……

曲寒从不认为自己是个怀旧的人，这么多年来几乎是与过去割裂式地过活。在车厢摇晃的节奏中，曲寒的头靠在玻璃窗边一时昏昏沉沉，对于他的询问，总用不记得、没印象等等话语敷衍了事，她微微睁着有些倦怠的眼皮问："又不是活在过去的人，为什么要把那些事情记得那么清楚？"

对面的许小满安静下来，他注视她片刻，轻轻笑了起来，那笑容有些意味不明。此后便不再说话，那独属于许小满的郁郁寡欢的沉默时隔许久再次出现在他脸上。

曲寒沉了口气："不如说说你，也许我也能想起什么来。"

他缓缓说道："那次雪崩后，我掉进了一个狭长的冰裂缝里，全身都无法动弹，就像是结结实实地冻在了冰面上，我好像听见了队员们的声音，大声呼喊但没有人回应，很快那些若有若无的声音就消失了。到了晚上，不知道救援队什么时候来，身体也接近极限，你知道那时候我在想些什么？"

曲寒摇摇头。

"我在想长暮河、红色黄昏、火车、枯梨树、游戏机……你不知道我为什么想这些吗？你明明记得的，可是你说服了我却无法说服你自己。"

路灯坏掉了，胡同里漆黑一片，他不怕走夜路，哪怕蒙着眼睛也能凭着直觉找到家门口。以前他不知道西屋是不是他家，刚来的时候只是租住的地方，他不知道在这个地方会住多久。以前不是家，现在恐怕更称不上是家。许小满边走边胡乱想着，家应该是什么样子的？在来临西之前，他还在蹒跚学步的时候，记得曾在乡下有过一个家，那时候母亲还没走，如今他早已记不清她的样子，只在脑海里留下一片模糊的影子。母亲因为什么走，姑姑说因为父亲；那父亲因为什么走，姑姑不说话。

突然一声狗吠，许小满的心里颤了一

下，但脚步仍未停下。他想起父亲走后的一段时间里，自己每天照常生活，偶尔姑姑来看望，说父亲来过电话要许小满好好吃饭，好好睡觉。然而当许小满再问下去的时候，姑姑又避开了问题说些无关紧要的话。许小满就知道姑姑在说谎。

不久前的那段时间他常常躺在床上，看着太阳打在床单上薄薄的光从温暖变得冰凉。日子过得很慢，慢到可以看见桌椅的呼吸，它们像人一样，身体随着呼吸微微起伏又恢复平整，就好像屋子里还有其他生命一样。曲寒和刘阿年时常过来玩耍，将屋子变得热闹起来，而当他们一走，屋子里又只剩下无声呼吸的家具。

他慢慢地等，慢慢地望，坐在屋顶上看见老城西边临近天际的地方有火车驶过，轰隆隆的声音传到耳边时已经被风吹散，什么讯息也不肯给他似的。

直到有一天，他在胡同的墙根底下看见一只野狗，野狗阴冷地死死盯着他的眼神令他惊心，看到野狗放下警惕回到自己的土窝里睡觉，他在原地愣了许久。那天之后，他躺在床上总觉得哪里痛，又说不出来具体是哪个地方，有时候是后背，有时候是心口。他怀疑自己病了，吃了感冒药却不见好，不知道是什么病。曲寒和刘阿年也看不出他生了病，好像只有十三岁的自己知道，还有一个多月就要十四岁，也许到了十四岁这病就好起来。那就慢慢等吧。

不久后临近冬天的一个清晨，曲寒不知为何突然早早醒来，看向窗外还是一片寂静。前一天晚上气温骤降，外婆给她换了厚棉被。她偷偷将薄被给许小满送了去，但昨晚许小满像是有什么心事，他叫住自己好像有话要说。他看起来有些虚弱，嘴巴干涩得像是很久没有喝过水了，他问："今天晚上要不要和刘阿年一起来我这睡？"

曲寒摇摇头说："刘阿年考试考了个第三，正被他爸训着呢；晚上外婆让我帮她拆毛衣，你知道的，她总是拆了织，织了拆，要是我不帮她，明天一早的饭肯定又是剩菜。"许小满轻轻点头，还是像从前一样嘴角微微地笑，眼睛微微地弯着，他说："那好，明天见。"

曲寒无聊地趴在窗户边上打了个哈欠，不知道他昨晚睡得好不好。

霜打在梨树枝头，树枝在冷风中颤颤巍巍，西屋门前的晾衣绳上还挂着昨天晾晒的衣服。

糟了，衣服没干，许小满上学要没衣服穿了。

曲寒披上厚棉衣跑出门，收起了已经冻得硬邦邦的衣服，要推门进西屋时却发现里面上了闩，往常许小满可从来不闩门的。拍门得不到回应，曲寒跑到窗口往里面瞧去，透过雾蒙蒙的玻璃窗隐约可以看见煤炉上正烧着火，报纸堵死了漏风的窗户缝隙，许小满躺在床上仍在睡着。

曲寒着急地拍着窗户，大声叫着许小满的名字："许小满！许小满！许小满——"

许多年后，许小满在白礼雪山 C2 营地的帐篷里从噩梦中醒来时，耳畔传来的便是这声声呼喊。

外婆推开窗户，打断执着呼喊的曲寒："大早晨的吵什么呢！"

曲寒对着外婆大喊："许小满睡死过去了！"

"死什么死，再喊我就死给你看！"外婆砰地关上了窗户，起床气把玻璃震得咣当响。

曲寒完全凭着直觉认为许小满死了，

仿佛是亲口告诉她的,在夜里躁动易惊醒的梦里,也在长暮河高出十米的坡地上。在呼喊得不到回应,撞门也无济于事的时候,她抄起砖头砸破了窗户把里面的门闩打开,曲寒冲进屋子里晃动许小满,见许小满面色苍白,嘴唇发紫,来不及反应便抱起他往外拖去。拖到院子里的时候,许小满有了意识,趴在地上不停呕吐。

外婆再次推开窗户,刚想破口大骂,见到许小满,立刻起身到厨房冲了一杯浓茶端到许小满面前,动作粗暴地从他嘴里抠出呕吐物,将浓茶灌了进去,拍了拍许小满的脸,命令道:"别睡!"说罢,外婆快步走出院子去刘家喊人帮忙。

许小满躺在曲寒的怀里浑身发抖,曲寒把自己的衣服裹到他身上,不断喊着他的名字让他不要睡。

许小满裹了霜一样苍白的脸上落上曲寒的热泪,他却不知道她为什么哭,为什么像颗烂在树根下的梨子一样呜咽。他望着灰白的天空,有雪飘落。他笑了起来,因为看到雪在跳舞。

他闭上了眼睛,尽管没有睡去,也没有死去。他听到了一切声音,但他并不想理会。他想,就让我这么睡去好了,不要叫醒我,冬天的床上很暖,让人可以放松地胡乱思考,思考累了就继续睡,醒了再想,不是所有问题都有答案,想不通又有什么重要。谁也不会责怪自己,究竟为什么放弃了世界。

但那小女孩哭泣和呼唤的声音在耳边响个不停,他不忍心听她这样哭,便终止了冬眠计划早早地醒过来了。

出院后,刘阿年和曲寒张罗着帮许小满给煤炉安装烟筒。许小满讲起在中了煤气之后濒死时看到的景象。

"雪在跳舞哎,不是被风吹的,你们不信吗?"

刘阿年一副坚定模样:"信!当然信!我有心灵致动的超能力也是真的,你们不也是没信过?不过说来,最近总觉得超能力好像退步了不少。"

"那你说说,我看到的都是什么?"

"我还是觉得,咱们两个这不是一回事儿。"

"怎么不是一回事儿?"

"我是说你看到的雪在跳舞,大概率是被风吹的;另外一种可能就只是幻象。就像魔术,骗过了你的眼睛,而幻象骗过了你缺氧的大脑。"刘阿年回道。

"照你这么说的话,人在生死之间就会出现幻象。那么,那些喝醉了犯迷糊的也能看见幻象,难道说他也快死了?"

"这我就不知道了。虽然我有超能力,但我这是在科学界限之内的,我相信人死就是物理意义上的消亡,至于濒死之际看到的雪会不会跳舞,我们谁都不知道。将死未死时候能不能窥见另一个世界,除非真正体验,否则很难断定……"

刘阿年摇着脑袋背诗一样唠叨的时候,曲寒在一旁却罕见地不言语,她将玻璃碎片扫干净后,正静静地盯着破洞的玻璃窗户想着什么。许小满说:"一会儿拿报纸把洞补上就好。"曲寒没任何回应,扔下扫帚离开了西屋,没别的去处,就爬上了屋顶。随后许小满追了出去。

刘阿年跳下煤炉,突然安静下来,他透过破洞的玻璃看着许小满,烦躁地抓了抓自己的脑袋。

"你怎么了?是不是被吓着了?"许小满爬上屋顶,坐到曲寒身旁问。

曲寒没回话,心里一直想着该死的门

闩。再晚一点，医生说，就要留下后遗症。自从许桂中离开之后，她和刘阿年时不时就会去许小满屋里睡觉，因为这，许小满从来不闩门，偏偏那天门是打不开的。烧煤不封火，到了早晨早就熄灭才对，她看到的时候却还在旺盛烧着。还有外婆常年扔在墙角的旧报纸为什么塞在了西屋的门窗边缝上？他可从来不敢动外婆的东西，哪怕是没用的旧报纸或是一根柴火。

许小满看她一副气呼呼的模样，忍不住笑了起来，曲寒因此更加生气地瞪了他一眼，她想把疑问问个遍却始终问不出口。

"许小满，我救了你一命，你要怎么还？"

"可千万别告诉姑姑。"许小满答非所问。

"那你要怎么还？"

"你说怎么还？"许小满一脸笑意，不当回事儿似的。

"我会要你做很多事情：让你每天都出现在我面前，要你每天都和我说话，要你没有自己的时间不能做自己的事。"

"只要你需要，我一定会在你身边。"

"不够，这些都不够。我要你活着。"

许小满脸上的笑意像那天的夕阳沉落，余留空寂，他说："我怕等不到，还能有什么值得的呢？"

"有，肯定有！"曲寒从屋顶上站起来，眼睛急切地搜寻着说，"有很多，有长暮河、红色黄昏，有火车、游戏机、屋顶、枯梨树、鸽子、游泳、废弃工厂、游乐场、自行车、我、刘阿年、可乐、小提琴、春天、星星、梅子糖、野猫、桑葚、操场、公交车、日记本、钓鱼竿、雨靴……"

黑暗之中，他仍不停地往四合院的方向走去，脚步声在空荡荡的夜色里发出沙沙声响，许小满口中喃喃念着曲寒说不尽的事物，正如他躺在寒冷的冰裂缝中，无望地等待救援、看温柔的月光照耀冰层时那样喃喃念着："柳树条、画片、石桥、太阳、马齿苋、水蜡烛……"

临近门口，一束亮光出现在前方。刘阿年拿着手电筒朝他晃了晃，走了过来。夜色中看不清他的脸，听语气倒是分外认真，他说："我刚从你家出来，发现你不在。"

"怎么了，今晚要过来睡？"

"不是，我好像感觉到了什么。"他一副刻意的神秘腔调。

许小满不解，问他："什么感觉到什么？"

"还能是什么？我的超能力呀！我感知到了一些信息，我没有主动去找哦，是那个感觉自己找到的我。"

"你是说，在我家里感觉到什么？"

"可能是最近我在你家过夜，总盖你爸盖过的被子的原因，我感知到他在那个方向。"

许小满顺着他所指的方向疑问道："西北方向？"

"啊？不是，是那个，东南方向，反正就是那个方向。我感知到你爸他现在住在海边，那地方沿海靠山，风景很美，他经常穿着花衬衫经过海边的那条公路去上班。哦我还感知到他最近找了个好工作，赚钱多，就是太忙了，因为他要很忙碌地工作赚很多钱，给你将来上大学用，他不打算告诉你是想给你惊喜。哎呀总之忙得不行，早出晚归的，都没时间坐下来写东西。但你别担心，也没有忙到吃不上饭，睡眠啊吃饭啊都按时按点，身体挺好……"

许小满静静听着，他知道父亲不大可能会去赚很多钱，更不会穿花衬衫，但他没揭穿他，仍安静地继续听刘阿年的描述。结果刘阿年不停地说，越说越离谱，险些就要让他父亲像电影里演的那样，走上一条暴富发达、纸醉金迷的人生之路。许小满没憋住，一下子噗嗤笑了出来。

"你笑什么？"

"我、我高兴，知道他过得这么好，很高兴。"许小满躲过他的手电筒光，在黑暗中对着虚空一片的夜空笑了笑。

初升高暑假中的某一天，夏日阳光明晃晃地透过窗帘晒得许小满睡不着，他身上穿着父亲留下的一件长袖衬衫和及膝短裤（短短两年，许小满个子已经蹿高了十厘米，以前的衣服不经穿了，便从柜子里翻出来许桂中留下来的衣服），长袖衬衫卷到肘弯，穿在身上松松垮垮。他从床上坐起来的时候后背已经汗湿了一片。

许小满迷迷糊糊中察觉薄毯子下有动静，掀开看见曲寒穿着单薄的棉布短衫和短裤，额头碎发汗津津地贴在额角，正依偎在自己身旁熟睡着。许小满无奈地放下毯子给她盖好，轻手轻脚起床之时，门外刘阿年大嗓门响亮地喊起来："许小满！许小满……"

刘阿年手里挥舞着一个什么东西，一路喊着许小满的名字闯进院子跑到西屋，曲寒被吵醒了，睡眼蒙眬地从床上坐起来。刘阿年看见曲寒从许小满床上下来的时候，脸上的兴奋劲儿突然被打断了一样，忘了自己要说什么。

"怎么了？喊我什么事？"

刘阿年想起来，又惊喜地大喊："有你的信，肯定是你爸给你来信了！"

许小满急忙从刘阿年手里夺过信，信封上果然像是父亲的字：

小满，你最近生活还好吗？姑姑有在照顾你吧，我跟你姑姑通过电话，知道你在自己生活，这点我很是意外。你长大了，小满。写这封信是想告诉你，我现在在春阳市定了居，顺利成为了春阳杂志社的一名编辑，但我并未放弃创作。如今工作和住所都在这里安稳了，你放了假可以过来住。

随后许桂中附上一个具体地址，接下去又是一段介绍自己状况的话，看起来生活已经恢复状态，而且是从未有过的信心十足的状态。

"许小满，你要去东北找你爸了！"

三人欢欣鼓舞，商量着要一起去东北玩。许小满将信来回看了两三遍，心情久久不能平静，以至于忽略了信里并没有寄来车票钱。

从那年夏天开始，每年寒暑假许小满都去打工存钱，去超市搬货、从乡下运水果到城区卖，刘阿年还拖着他们去街头拉小提琴卖艺，最后又找到稍微稳定些的游泳馆救生员的暑假工，不算很辛苦还能游泳锻炼。白天曲寒会去帮忙，到了晚上三人再一起补作业。

他们日复一日，年年如此，青春流逝而毫无察觉，在捉摸不定、脆弱又无止境的未知中，前途渺渺，希望闪烁。

许小满看着窗外，仿佛亲眼看到了过去的他们；曲寒同样看向窗外，却什么也没看到，他叹道："可惜……"

高三那年冬天，许小满期末考试成绩出来后，已有十足把握可以考去春阳大学。车票钱也已经存够，还有不少余钱可以给自己买身冬天的衣服，给父亲买点临西特产，给姑姑买些好东西。

曲寒到刚刚兴盛起来的中心市场，从一间店铺逛到另一间，在人挤人的服装店里认认真真给他选了羽绒服、厚棉裤和一双时兴的旅游鞋。许小满想想这些年受曲寒和刘阿年照顾，却从来没能给过他们什么，因而在刘阿年生日这天，许小满带他们去拍照留念，三人还拍了一张合影。

"那张照片还有吗？"曲寒问。

许小满从身上翻出来递给曲寒，泛黄发旧的照片上三个人站在一张假背景布前，曲寒瞪着双眼不知道做什么表情，许小满神色有些紧张手还放在胸前整理衣服，刘阿年则在拍照的时候眨了眼睛，最后拍出来的三人没一个是正常的。摄影师不肯给他们重照，刘阿年气得和店家吵起来，也是从那时起，刘阿年赌气似的坚定了要成为一名摄影师的想法。曲寒仍记得他憋着一张大红脸气势汹汹地在门口跟老板对骂："等老子功成名就了一定回来砸了你家招牌！"

"可是，为什么照片这么冰？"

"我放在外面的口袋里了。"

曲寒抬眼看向许小满，不知道是不是灯光太亮还是太久没有休息，眼前的许小满似乎呈现出微微透明的感觉。

"照完照片的那天晚上，我们好像还去了刘阿年家里。"许小满打断她的凝视。

那天晚上，他们在刘阿年家吃生日蛋糕，刘阿年妈妈准备了一大桌菜。

"小满高考完就去春阳找你爸了吧？"

"是，想考春阳大学。"

"是个一本大学，挺好，小寒呢？"

"许小满去哪儿我去哪儿。"

他们不常见到刘家父母，许小满总盯着刘妈妈看，看她笑起来温温柔柔的眼睛，完全不像刘阿年抱怨的横眉冷对。刘妈妈说："我们阿年被保送了复旦，以后可能跟你们见面次数就少了。"刘阿年继续吃饭，对母亲的关照毫无反应，刘妈妈自己又加了一句，"以后没事了就多来家里玩。"

西屋里的炉火灭了，许小满被留下来跟刘阿年睡一晚，刘妈妈给许小满加了床被子、灌了暖水袋，还把许小满破了洞的毛衣拿去缝，在窗户边上听见她跟刘爸爸说："没爸妈管，这孩子就不知道怎么照顾自己，唉……"

许小满抱着暖水袋在黑暗里对刘阿年说："刘阿年，我嫉妒你，要是有下辈子，我想成为你。"

刘阿年扭过头来，问："你真的了解我是个什么样的人？"许小满笑了笑，刚要说句当然，可看见刘阿年少有的沉静的眼神又憋了回去。

过了很久都没有声音，许小满几乎要睡过去的时候，突然听见刘阿年的声音一点点响起，就好像听见他的思绪在一寸一寸地展开，许小满一时无法辨清自己是不是在做梦。

他说："你有没有见过那种隐秘的小径，草叶繁茂、虫鸣兽奔的小径？没有吗？但你一定走过那种路吧，漫长又枯燥，毫无记忆点，毫无趣味，一条长长的望得到尽头的路，就像我们操场上跑过的八百米，你要先给自己设定一个较小的目标，跑到目标点之后，然后继续下一个小目标，直到你坚持跑完全程。对，坚持，你必须要坚持、禁止思考，才能走完那条路，就是那样。

"我原本走的就是那样的路。可有一

天，我来到临西，我发现了一条从来没有见过的、隐秘且幽深的小径，我每天都抱着期待醒来，偷偷钻进去玩个痛快。

"但是时间一长，我渐渐发现，小径的入口是需要寻找的。时机恰当时，不怎么努力就能很容易进入；但时机不恰当，小径的外围就变成了铜墙铁壁。因此，我常常站在那里，一个人，像是隔了好远。

"我开始不满，你知道有时候人的坏毛病是被逼出来的：别人认为你是个好人时，给予你赞美，你就会越来越像个好人；但是有一天有人质问你，你怎么变成这样了？然后你就破罐子破摔了，坏毛病一个一个冒出来。我就是这样的，我看见了自己一身的坏毛病，有时候自己都不能理解自己。

"怎么会因为一片叶子单单没有落在我头顶而生气呢？又怎么会在买完可乐又中一瓶时，犹豫纠结？堂屋和西屋门扉先后吱呀的声音，就真的像虫子啃噬的声音那么难以忍受？连压低的笑声都会觉得刺耳。

"就因为这些种种，我每次都找不到通往小径的路；又因此种种，我身上那些不为人知的坏毛病在黑夜里不断滋生。这几年来，我一直想找到解决方法，首要的是要找到我身上卑劣、傲慢、敏感、脆弱的根源。

"我试着从我爸妈身上找原因，找一找卑劣的基因，到底能从谁身上看到影子？可是很明显，他们谁都不曾像我一样经历过无法进入小径的痛苦。

"我爸眼里只有工厂繁忙的事务，他在我无法忍受的路上走得相当顺畅，他可以不断地给自己设定目标然后去完成，没有什么人能够干扰他，更没有什么人能够让他受折磨。他偶尔回过头来看看我，确保我没有偏离方向，走在了他那条路上。

"我妈呢，似乎天生对疼痛极其敏感，我不经意的举动都能伤害到她，从这一点上来说，我曾一度以为自己找到了那些顽癣的根源。可我又很快确认，她同我爸一样，从来没有见过那条小径，自然她的顽癣和我的顽癣，也是完全不一样的。我目前人生中所有的目标点都是她亲手为我设置的，她用母性的柔弱绑住了我的手脚，让我拉小提琴，以此完成她未竟的梦想。她为了排除我在路上的干扰和诱惑，付出了超常的努力，比如检查我的日记，翻出我写的情书，跑到学校指责我暗恋的女孩和她在夜市摆摊卖小吃的妈妈，说人家教育不好孩子，让她跑到学校勾引别人……哦，这些你都听说了，我也不说了。说点你不知道的，比如，我的房间不能上锁，我的内衣不能自己洗，我上厕所要定闹钟……可笑吧？倘若有一天我挣脱开身上的枷锁，她一定会疯狂，为她营造了十几年的美梦破碎而疯狂。

"显然，我卑劣的顽癣至今没有找到可疑来源和解决方法，所以今年考完后，我会走得远远的。如果很长时间不打电话，别担心，那是因为我玩得太开心，已经忘了你们了。"

曲寒听完愣了许久，问道："这些话真的是他说的吗？"她渐渐想起年少时刘阿年的脸庞和许多次一闪而过的眼神。

"跟我们印象里的他不一样对不对？我们总认为没心没肺、粗心马虎才是他，可谁又能知道他是不是常常在掩藏着什么。"

"他现在还好吗？"

"你应该比我更清楚才对。"

曲寒"哦"了一声似乎刚刚反应过来，说道："不知道为什么，总觉得你们一直有联系，但又说不出来从哪里感受到的。"

"所以他现在还好吗？"

"他大概已经找到了那些顽瘴的解决方法，一年年地逍遥在外，活得很是潇洒。"曲寒回道，他们沉默了一两分钟，似乎任由思绪畅游在回忆中。

"最近我总是梦见我们以前的事，就连平时想不起来的也都在梦里想起来了。"

"我们今晚不睡了，好不好？"许小满说话时不知为何脸上带着哀求。

"我要死了是吗？"

"你想多了。"

"那你干吗一脸认真？"

许小满笑笑，提议说："坐得累不累，我们走走？"

"在火车上你还想往哪里走？"

"总有走的地方，就当在马路上散步。"

两人穿过车厢漫无目的地往前走去，乘客们或深或浅地都已陷入睡眠，曲寒心里产生了好玩的念头，像是这世上的人都被窗外暗藏的杀手迷晕，只有他们精神充沛且警惕。许小满似乎清楚曲寒在想什么，打起趣来："我们像是去阻止什么邪恶计划，拯救世界。"时隔许久，曲寒脸上终于有了笑意。

一路过道，免不了有乘客躺倒在座椅上，双腿直接横在过道里的；或者直接将行李箱竖在过道上，趴在上面打呼噜的；也有将行李横倒地面，好让双腿搭在上面舒服点的。

曲寒小心地穿过这些障碍，不希望吵醒任何人，她脸上谨慎的表情像在做一台棘手的手术。许小满低声笑起来，曲寒回头瞪他一眼，却不慎一脚踩在一个男人的脚背上，在大衣遮盖下的男人烦躁地嘟囔了一句，没再有动静。许小满不由分说将曲寒背起来，大跨着步子一一跨过障碍。

"你放我下来。"

"你怎么比以前还轻了？"许小满不松手，背着她一直穿行，然后他听到了伏在背上的她的一声叹气。

"你想起什么了？"

"我想起那些对于刘阿年来说，铜墙铁壁的瞬间，就像现在。"

"可这傻小子，他并不明白，我们任何一个人都缺少不了对方。"

曲寒不知道他这话是不是故意说给自己听，抛下年少时过分的执念和怨尤，时隔二十年再次见面时的怀疑和警惕，曲寒如今多少也能坦诚面对自己，因而对于这话，她并不否认。

"也许吧，后来只有我和他在一起时，即便我们丝毫不会提起你，可是待久了，有些话还是会像从地缝里钻出来一样不受控制，横亘在我们之间，谈论着你。所以我想，大概这就是后来他见我的时间总是很短的原因。"许小满将曲寒放下来，两人站在了车厢连接处，曲寒问，"你为什么不跟他联系？还在记恨当年那件事吗？"

"当然不是，我早已不在乎那件事。"许小满说着转身进了另一节车厢。

空荡荡的餐厅车厢里，两人在一张餐桌前落座，乘务员看见了他们似乎也懒得动了，虽然没点菜也默许他们在这里坐下。许小满没有说话，曲寒从这沉默里听出了什么。

"你不在乎那件事了，但你在意刘阿年当年冤枉你。"

"不，我只是有时候会想，如果当初那件事没有发生，我们三个现在会有什么不同。"

新城区开了一家网吧,正在招临时工,许小满趁着假期最后几天再去赚点钱。那天,刘阿年上完辅导课来给他送笔记,顺便去玩两把游戏,那年最流行的游戏是《星际争霸》,打眼一看,不大的网吧里几乎所有人都在玩这个游戏。

许小满正埋头在柜台后抄笔记,突然听见一阵骚动,抬头望去,发现刘阿年和几个穿初中生校服的男生推搡起来,原因似乎是初中生看不惯刘阿年打游戏时候的嚣张模样,打算教训教训他。刘阿年对着那个站在前面、剃着寸头看起来不好惹的高个子男生嗤笑:"你是看我在兴头上你看不惯吗?分明是我把把都赢,玩得比你好,让你在你小弟面前没脸了。"

总是会有这种因小事而起的矛盾,许小满劝刘阿年别冲动,提醒他该回去了。刘阿年也不想与低年级学生计较,跟许小满道了别后出门离去。原以为此事便算了结,许小满却见那五六个初中生紧随着刘阿年出了门去,许小满心里暗自一惊,急忙追出去。

许小满顺着刘阿年平时的回家路线去找,很快在离公交站不远的无人街角赶上他们,几名初中生将刘阿年围堵住动起手来,许小满大叫一声冲了过去,挡在刘阿年前面。

"刚在网吧没你的事,非得跑出来挨打!"寸头一声"打!"那几名初中生发起狠来,挥拳头的力气一点也不输成年人。许小满拽着刘阿年在一阵拳打脚踢中冲出去,两人刚跑出去没多久,一块砖头砸到许小满身上,许小满一个趔趄栽倒在地。

初中生们冲上来将两人团团围住,两人拼尽力气还手,却敌不住几个初中生疯狗一样的围攻。刘阿年破口大骂,想给自己壮气势,刚喊出一句"你妈的",一记重拳就砸在鼻子上,鼻血突突冒出来;许小满则稍一迟钝,脸上就又添一块青紫。强撑了几分钟,许小满已被打得有点分不清状况了,一阵眼晕,抱着头倒在地上。刘阿年挂着鼻血被打急了眼,看见那个寸头抡起一记重拳,眼看要落在许小满身上,刘阿年扑上去,随着一声闷响,所有人都停了手。寸头捂着后脑勺倒在许小满身旁,血顺着他的指缝往下淌,一阵痛苦哀嚎,似是牲畜被人抹了脖子。

一块沾了血的砖头掉在刘阿年和许小满身边,刘阿年的手还在打颤。趁其他人愣神的时候,刘阿年拽起许小满飞奔而去,身后的人大喊着"抓住他们"追上来。两人在一个路口分头跑,许小满听见刘阿年的声音:"跑,别停下!"

许小满知道刘阿年一定会跟他一样往老城区方向跑,他像一只受惊的羊,频频回头张望有没有人追上来,跑了很久,耳边似乎还能听见刘阿年那句——"跑,别停下!"他没有停下,即便身后看不到那些人了,脚下也不敢放松,这要让曲寒知道,一定又会笑话他胆小吧。

路上空空荡荡,两旁是不知什么年份栽下的白杨,他突然看见一棵树的模样,想起自己什么时候跑过这里。他停下脚步彷徨四顾,也许就在几分钟前,他跑过身边这棵白杨树,一棵树干上裂开眼睛树枝杂乱的白杨树。这条土路也曾在哪里见过,在邻乡,抑或是在记忆模糊的最早的故乡。倘若我不生存在这里,那这条道路于我有什么差别?

他站在那里想起的竟然是这么些毫无头绪的问题,唯一能引出此番思索的,似乎是在前无去路后无退路的此时,猛烈跳动却可怜弱小的心脏，同大口喘出的粗气一样，被吐出了身体之外，暴露在了冰冷的空气里。

突然什么东西朝他的肩膀猛地推了一把，许小满吓得一趔趄，回头看却什么人也没有。许小满朝路的一侧跑下去，逃离了那条路和那排阴森森的白杨树，他跑到了长暮河边上，远远地看见老城区成片的青色砖瓦房，于是朝那些砖瓦房跑去。此时正值隆冬傍晚，深青色天空中开始下雪，远方老城区家家户户亮起暖灯，许小满又一次停了下来，茫然地望着天空和暖灯，他走在河边张开双手，雪花纷纷落进双手化入血污里……

刘爸爸当着老师的面呼了刘阿年一巴掌，刘阿年抬眼直视着父亲，猜想其实他早想给自己一巴掌了，不为他犯过的错事和改不掉的毛病，就只是觉得作为父亲应该在他脸上呼一巴掌。

老师担心还会动手，便让刘阿年先回教室，刘爸爸在外面抽起闷烟来。

"张老师，阿年的保送名额不能重新审核，您一定要想想办法呀。"刘妈妈脸上的皱纹恰如其分地表达着急切和担忧。

老师将刘妈妈送的包在报纸里的礼品又推了回去，她说："那个初中生现在还在医院昏迷着，家长跑到学校来闹，我们也是没办法。"

"家长要多少赔偿我们都给。"

"他们家长说了，不光要赔偿，还要打架斗殴的学生受到处分。"

"阿年身上也有伤，他们也是参与了打架斗殴，怎么能只怪我们孩子呢！"

"这您别担心，初中那边也承诺了给他们处分。"

"那能一样吗？我们孩子是复旦的保送生，他们几个混混专科都考不上，能跟我们孩子比吗！"

"您别激动，学校珍惜人才，像刘阿年这样学习优秀的孩子，最后不会受到太重的处罚，顶多就是取消保送资格。依刘阿年的成绩，他高考也是有机会考上复旦的。"

"不行，那不一样。"

"这个恐怕不能由您做决定了，那边的家长一定要打人的学生受到处分。"

"要打人的学生受到处分，要打人的学生受处分……"她痛苦地念了两遍这句话，然后像是嚼不懂这话里的意思，又念了一遍，她凑近了跟老师说，"是啊张老师，我们也觉得打人的学生一定要受到处分，只是你们真的确定，打他们家孩子的就是我们阿年？"

当天傍晚，刘妈妈端着晚饭到西屋来，在饭桌上留下一叠钱，说："小满，你怎么能打架呢？还带着阿年一起？人家长都找到学校去了。"

"阿姨，不是我，那天是刘阿年……"

"可别人都说是你，在场的那几个孩子说砖头就在你手边上。"

许小满愣住："您为什么这么说？"

"小满，等你上了春阳大学，这些钱够你交学费的，阿姨还会帮你赔偿那个孩子的医药费。现在我听说那个初中的孩子已经醒过来了，学校不会罚你很重，但是阿年不一样。"

许小满没有再争辩，但在第二天学校会议室里，他才知道刘妈妈撒了谎，那个受伤的初中生仍旧躺在病床上，他狂怒的母亲当着调解纠纷的警察的面，哀嚎着撕打许小满，要他去坐牢。许小满一动不动地站在原地，任由那母亲拽着他的头发和衣领摇晃，再没说出一句话。

曲寒得知后跑去找刘阿年，让他当面作证，她却没有看到刘阿年手里那张保送生录取协议。

"再不去，许小满要被抓去坐牢了！"

刘阿年扔下书包跟曲寒往会议室跑，曲寒不解："许小满为什么不说话？明明不是他打的人，你是唯一能为他证明的人……刘阿年，许小满受到处分可该怎么办呀？"

刘阿年突然松开了她的手。

"你怎么了，刘阿年？快走啊。"

在学校那条幽暗深长的长廊里，阳光在尽头扑朔迷离，刘阿年的脸与周身的晦暗融为一体，让人看不出表情。刘阿年转身往回走，他说："保送录取协议今天就交上去，明天我就不来上课了。"

"你什么意思，不是你打的人吗？你难道为了保送不救许小满？"

"你要我怎么做？你怕许小满受处分，为什么不怕我受处分？我可以不要什么保送，但我就想问问你，你说我是你的朋友，可是为什么许小满不能受处分，我就可以！"刘阿年转身朝长廊尽头的光明走去，身后曲寒的声音像是被人捂住了嘴，闷声消失了。

三月初的阳光淡薄地被风一吹就没入云中，院中的枯梨树今年还未发出新绿，外婆坐在堂屋里停下手里的针线，忧心忡忡地看着枯梨树。

许小满买了一篮水果送到外婆屋里，外婆看着许小满，不懂他这是什么意思。他说："姑姑知道学校对我作出辍学处分时哭了一整天，她打了电话给我爸，我爸先让我在姑姑家里住着，然后会尽快解决转学的事情。这两天，姑姑家里的弟弟妹妹都感冒了，需要每天去医院输液，我不能再去给她添乱了。我有点后悔没要刘阿年家的钱，这样我就能给姑姑留点钱了。"许小满坐在外婆身边自顾自地说着，外婆静静地没有任何反应。

"我还没跟她告别，她那个脾气您知道，她要不想让我走，什么事都做得出来。今天她放假回家，明天我一早走，等我走了以后再告诉她吧。"

"去春阳？"

"是，到了那儿我会给她寄信来。她如果还想考春阳大学的话，我会在那里等她。"

"以后不行的话，可以再回来。"外婆说道，许小满并不太懂外婆的意思。

"屋里的水用完了吧，我去帮您提桶水来。"许小满说着拎桶去院子的压水井边打水，他突然说起，"从什么时候开始已经没人会从长暮河运水吃了。"外婆又恢复了沉默。

隔壁院子里传来拉小提琴的声音，近来为了参加一个小提琴大赛，他每天上午三个小时下午三个小时地集中训练。许小满爬到屋顶上朝刘家院子里砸石子儿，砸得盆罐叮当响，一不小心还砸碎了刘妈妈放在院子里清洗过的花瓶。

刘妈妈听见动静跑进院子里吵嚷："谁呀！"抬头看见许小满，立马熄了火气，刘阿年跟了出来。

"吵不吵，成天拉拉拉，没有拉琴的天赋干脆砸掉好啦。"许小满坐在瓦片屋顶上说。

刘阿年像是得到什么呼应一样，拿着小提琴就爬上了屋顶，刘妈妈在下面喊起来："阿年回来，别打架！"刘阿年不理睬，爬上屋顶顺着两家墙壁爬上了曲家的屋顶。

"你别跑！"刘阿年喊道。

许小满回头就朝刘家的房顶上跳过去，接着刘阿年一阵乱跑，瓦片纷纷掉落砸碎，刘妈妈又急又气。

"哎呀小心点，你们都给我下来！"

从新城区来的公交车停在老城区的一个路口，曲寒从车上下来，背着书包往家走，看见两人在屋顶上追逐，他们呼喊着她一起上来。曲寒爬上屋顶追着他们而去，三个孩子踩着屋顶瓦片和砖墙，踏过一户户人家，屋里走出凶恶的大人，他们做了个鬼脸。刘阿年扔掉琴弓，弹吉他一样弹起了小提琴，他们站在瓦片屋顶上，隔着树影望见西边临近天际的铁道线上，一辆朝北狂奔的火车驶进了深深的暮色之中。他们继续追逐，朝着永不结冰的长暮河跑去，向着不要坠落的夕阳跑去，也追赶着行驶的火车尾巴，永不停歇。

7

从拉萨转道日喀则火车站，大罗和友人租车从车站前往吉隆县，经 G318 国道，开车约莫八个小时才在夜间抵达吉隆，老战友达瓦在自己开的旅馆里早早为他们准备了一桌酒菜。

二十多年未见，此次以转山活动的名义他们这些老战友才得以相聚。酒过三巡，已是深夜，旅馆楼下的餐厅里依然谈兴未尽。

这时进来了一批登山队队员，领队的是个一头灰发眼神机警的男人，手臂上精劲的肌肉一看便知是个常年登山的老将。大罗猜测这人年龄跟他相近，差不多有五十多岁。后面是四个年轻队员，最后走进来的是一个稍年长的中年男人，这个人不修边幅，样貌粗糙，身上除了登山装备，还背着一个相机包。他吩咐年轻队员回房放下东西，下来吃饭。其中一个年轻队员被人扶着，一副臊眉耷眼的样子，身上一圈脏兮兮的雪泥，右脚不敢点地，应该是摔伤了。

这些人一进来，达瓦就起身欢迎并安排上菜。达瓦问："今天对山路的探测还算顺利？"

话还没说完，领队突然发出一声呵斥，指着受伤的年轻人叫他赶快滚蛋。受伤的年轻队员憋着眼泪哀求解释起来，一副令人动容的模样，任谁都不忍再训斥，可那领队反倒更加凶恶，禁止他再参加任何登山活动。大罗猜想这个领队必是在登山圈里有一定的知名度才敢说出这样的话，否则这话不能震慑任何人。如此严厉的模样倒让大罗想起刚入伍时极为严厉的教官，这些教官眼里容不得一丝错误，按他们的话来说则是，眼下容忍一次，无异于将他们推下火坑。而那个中年男人看似一副热络的模样，却也在领队训斥的时候不发一言，只在年轻队员气急败坏欲要拎包走人的时候将他拦下来。原以为他会从中调解，谁料他只是告诉那个队员今晚就在这歇下，明天一早会帮他叫车送他到车站去。想必那年轻人心里更是绝望，因此推开其他人一瘸一拐地上了楼去。剩下的人便在中年男人的招呼下坐下休息，等菜上桌。

中年男人跟达瓦讲了讲今天的一些行程，领队男人不声不响地喝起了水。说起年轻人犯的错，原来是擅自脱离队伍导致摔伤，领队为此大发脾气，达瓦像是明白了什么感慨一句："怪不得，这种错误可不能犯。"大罗却不甚认同，他也是登过山的人，在他看来，这点错误不至于如此不留情面。

达瓦向大罗等人介绍，登山队的人也是为了今年转山而来。两个桌上的人谈起今年要转的是白礼雪山时，气氛才放松下来。中年男人向老板要酒喝，露出手腕上一串黄花梨木的手串。达瓦喊店员："给胡马拉那桌送瓶酒，算我请。"

"胡马？你是胡马！"大罗腾地站了起来。

"你认识我？"胡马问。

"久仰大名，您带的队是国内唯一一个攀登过白礼雪山的队伍，而且这次来的路上也听你们的人说起你们当年那次攀登，可谓惊险至极。"

"我们的人，谁？"

"我不知道他叫什么，看起来还挺年轻。"

胡马一听，并无什么反应，达瓦却将大罗往回拉了拉说："胡马拉攀登过许多雪山，还有那次攀登卓奥友峰也很传奇。"

"还是白礼雪山最传奇，我这一路一直有件事很困惑，我想是不是我记错了，报纸上说你们当年攀登完白礼雪山后就突然解散了，那次遇上雪崩后你们是怎么救下受伤队员的？你们当中有没有……"大罗还没问完有关许小满在心里留下的疑问，达瓦一声刻意的咳嗽打断了他，将他摁回座位上喝酒。在达瓦的暗示下，他才注意到胡马难堪的神色。

吃完饭已是深夜，刘阿年出了旅馆朝南边的停车位走去，远处白礼雪山的山顶在月光下透出凌厉的白。刘阿年在暗中看见车旁有个人拿着手电不知在做什么，突然从车的另一边传来一声呵斥，拿手电的人影立刻闪出车影，关上车门一瘸一拐地折返旅馆，看见迎面走来的刘阿年也来不及说什么话，顾不上脚伤，飞也似的逃回旅馆。从车的另一边走出来的正是胡马。

"看你把小孩吓成什么样了。"刘阿年朝车里望了眼，原来是那名年轻队员在整理明天要用的装备，看来是想弥补过错，以此请求胡马原谅。

胡马将捡来的一团树枝扔在地上，拿出打火机点燃，大概是风有些大，火苗总也烧不起来。刘阿年接过他手里的打火机，拢起树枝从底部点起，火光渐渐蔓延开来。

"你倒是烧得一手好柴，小时候没少帮家里干活吧？"

刘阿年愣了一下，递给他一支烟，又借着烧起来的火给自己点了支烟。

胡马道："这次来纯粹是冲着转山活动，顺便爬个山，别跟我搞些拖油瓶。"

"好歹人也是训练过两三年的登山小将，不算拖油瓶。"

"麻烦！就不该接通你的电话。"

"这话说得多冷血，认识你这么多年，我这脸面是一分钱不值哟。要不是拿转山当借口，我还是请不动你这个大财主吧？"

"这地方忒冷。"胡马抽着烟瞟了眼白礼雪山，问道，"干吗住这儿？住多久了？"

"从咱俩第一次在这边见面后，我就准备落脚住下了，算算得有二十个年头了。倒也不是天天待着，一年出差几个月，爬山几个月，最后待的时间也都零零散散。唉，导致后来我邻居家那姑娘都结婚嫁人，我都没时间去跟她约个会。"

胡马冷哼一声，刘阿年凑上前笑道："你肯定在想，臭小子，我看你这辈子都只能打光棍！"

"你又知道？"

"当然，我可是有超能力，认真的。不信？"

"说来听听。"

"这倒是说来话长……我始终也没搞明白，也不能说清楚，我身上与生俱来的到底是个什么鬼玩意儿。一开始，我能听见很多声音，感受到种种情绪，尤其是对身边亲近的人，所以从小我就知道怎么讨大人喜欢，书上说有种能力叫作心灵致动，我傻乎乎地信了，后来越来越觉得那个概念与我并没什么相干。

"随着年龄增长，这种能力慢慢退化，声音渐渐微弱，情绪渐渐藏匿，我必须要集中全部精力才能感受到一个模糊的轮廓，甚至有段时间这种能力消失了，就像你在一条错误的道路上越走越远，本身的灵性就会被世俗淹没。他们觉得我是在骗人，否定了我此前所有的感知，后来我也释怀了，说不定这是件好事，从今以后我能像个正常人一样生活了。直到那次我来到白礼雪山下，送走了你们登山队后，我又独自在这待了一段时间，我感受到那种奇妙的能力又一点一滴地重新回到了我身上来，我一遍遍地尝试和这座雪山建立连接，但都失败了，它好像不会给你任何回应。

"在我决定离开白礼的前一天晚上，我受到一种强烈情绪的侵扰醒来，我顾不上穿衣服，顶着风雪跑到了院子里，不知道要做什么，也不感到害怕，因为那股情绪是我曾经熟悉并深深感知过的。我还记得那晚，头顶上星光漫天，美得不像这个世界，我在风雪地里不受自己控制地开始流泪。我的身体被那股情绪侵略，我听到他在对我窃窃私语，我试着跟他交流说话，但雪山呼啸，声音微弱，我和对方都像是隔着一层厚玻璃似的，最终由于我体内深处自我的保护本能，那股情绪被我赶走了。在那之后我多次尝试感知都失败了，我发现是因为我与对方的连接早早断裂，天生的灵性也早被我那庸庸碌碌的生活侵蚀殆尽，我已经无法自如地控制那股能力。

"于是我回到上海办理了退学手续，又回到了临西跟父母告别，带走一些童年时候的东西（我相信我所需要重建的情感会在那些东西上有所遗留）。我爸妈疯了一样指责我，挽留我，我扔了手机决定不再联系任何人。后来你知道，我去你那儿进行了一段时间的登山训练，然后又花光了最后一笔积蓄买了一台相机，去学了摄影技术。做完这些事情之后，就回到了白礼山下定居，直到现在。如今那股力量安然存蓄在我体内已经有好多年了。"

胡马静静地注视着他映照在火光之中的脸庞，想要抓住他一丝丝细微表情戳穿他的谎话，但始终看不出什么异常，胡马问道："然后呢，你感知到那个人了吗？"

刘阿年点点头，说道："这些年来，与他建立感知连接已经不再是什么难事……只有一次，是我不确定的，那次我是亲眼见到了他。"

在山下定居三年多后的一个晴朗下午，刘阿年照往常一样去酒馆喝点小酒。正在暖洋洋的天色里喝得昏昏沉沉的时候，他忽然而至，没有提前打声招呼，像常常能在路边碰到一样，毫无预兆。一抬头，他就在对面坐下了，笑嘻嘻的。

刘阿年盯着他看了许久，醉醺醺的脸上挂着红晕，眼里渐渐噙了泪水。还没开口说句话，刘阿年突然跑到了河边，刚要把头猛地扎进冰冷的水里，他却蓦地贴着水面停下了。是梦是醉，为什么要醒？于是他回头，他就还在。

他嘲笑他："水那么冷，你干什么要往里面扎，喝醉了吗？"

刘阿年大笑起来，他请他喝酒，请他到自己家里，请他看看自己喜欢的姑娘。那时，正是白礼山下风光最美的时候，湿润的风将山雾从山谷间缓缓吹来，大片的淡紫色花朵渲染着云霞，葱葱郁郁的水草摇晃着波光，一派醉人迷离的风光。

刘阿年和他站在一片草甸之上，说道："你来得正好，我有好多话想要对你说，想要问问你，因为从你离开的那时候起，我心里有无数的疑问，不能得到答案。"

"你慢慢说。"

"你走之后，我在想，是不是有这么一种可能，我们每个人的道路是早被暗中制定好了的，但我们仍旧被赋予了自由抉择参与制定的权利。那么，我们参与所做的一切努力，是否能超越原先的既定安排？另辟蹊径如你我这般，是否仍在那条被制定的界限之内？

"庞大的雪山之上那些死去的生命们，遭遇意外事故令人叹息的人们，为了某种理想而甘愿献身的人，甚至是临西老城或者掉下去的夕阳……他们在濒死之际，是自我选择了死亡的命运，还是被迫导向了死亡？如果能够预感到灾厄即将发生，我们谁能跳脱出那样的既定命运？要怎么逃脱，从何时开始逃脱？

"我爸妈他们至今仍不肯放下我，多次打听我在什么地方，想要来找我，他们头发白了，还生了一场不大不小的病，我告诉他们我回不去，也无需再来找我。我有了我这一生要做的事，我要过两种人生，我要过你的人生，同时过我自己的人生，就是想要看看，从每一种不同的选择上，最终导向结局的那一刻，究竟是我们所施加的人为导向所致，还是既定命运里的人生无常所致？

"还或者，是一种我无法理解的，两者兼有的模糊？曲寒她投入世俗的洪流之中，忙着将未来生活变得幸福，那很好。我没有问过她，这是她自己的选择，还是一步一步顺从命运的结果？这确实不太能说得清。如果是后者，那我们所顺从的命运，在我们柔弱且毫无抗争力量的童年时，待我们如此刻薄，又怎么会在我们成年之后，给我们这样安稳的、完全被自己掌控的生活？这不是很可疑的事情吗？我不知道她有没有意识到这一点，如果有所意识，却仍以自我意志的力量干扰着生活，企图维持着生活的稳定，生活越是稳定富足，拥有的越多，她难道就要时刻担心失去更多？"

刘阿年不断地发出疑问，絮絮叨叨，精神陷入无穷无尽旁若无人的思索。

"你先告诉我，为什么要陷入这种纠结和执念之中？"他问。

刘阿年望着他，不知道怎么回答，双手无力地甩了甩，说："我从前帮不到你们，自始至终也帮不到你们，唯有一点毫无疑问，我是个彻头彻尾的废物……"说完刘阿年躺到草地上，酣醉睡去，一直睡到深夜气温骤降，刘阿年听到他的声音在唤醒他，催促他回家，但在刘阿年睁眼醒来的时候，他已经消失不见。

夜色里的火光忘情跳跃着，胡马手指间夹着的香烟上断掉一截烟灰，一动不动，良久只道："你喝醉了。"

"我不清楚。"

"我说，你刚刚在达瓦的饭馆里喝醉了。"

刘阿年笑着摇摇头道："也许吧，你就当我喝醉了吧。"

胡马突然把烟头扔到地上，顿时恼火

起来，刘阿年平时最怕他露出这样的脸色，刚要作出点什么解释，胡马直接上手拧他耳朵，斥道："臭小子，敢在我面前胡说八道！皮猴德性！"

刘阿年急忙认错连连求饶，胡马才松了手。刘阿年揉着耳朵抱怨道："我胡说八道你不信不就成了，以前年纪小，训练的时候成天不是挨骂就是被打，现在还当我二十岁的小伙子呢，这要是让那群登山的小子看见了像什么样。要我说，就你这暴脾气，也不怪我那没用的许叔叔觉得你亏待了许小满，跟你争论了个三年五载。"

"他为了什么争论，自己知道。"火光摇晃中，胡马的眼前似乎浮现出了许桂中的模样，每每想起他，胡马心里总是一阵不爽快。可实际上，两人只见过两次面。一次是那年在白礼雪山下他抱着五岁儿子第一次见面；一次是在公司门口他堵住胡马，为诗集研讨会争取学术资助，却被胡马当场赶出去。这事儿被人谈论起来，总是会引发一阵唏嘘和嘲笑。刘阿年却笑不出来。

"好，不说他了。"刘阿年替那名受伤的年轻队员求情说，"再给人一次机会吧，至少不能让一个对登山充满热爱的年轻人从此就放弃登山。这对他打击太大了。"

"最好不要热爱登山，不要将它当作什么事业理想，登山本身就只是一个运动项目。"

"你从什么时候搞起理论了？我不懂，倘若失去热爱，只当它是一项运动，那和跑步打球有什么区别？有这种想法的人恐怕一开始就不会选择这种运动，更不要说千里迢迢冒着生命危险爬上去。"

胡马专心地让火烧旺一些，没空搭理刘阿年似的。

"哎，胡大爷你说说呗，你一直怎么想的？"

"简直聒噪！小心我撤了你登山队的投资。"

"那你说，钱都花了不少，还只当登山是一个普通的运动项目？这说不过去吧。"

火烧旺了些，胡马起身看向白礼雪山说："多少人说什么热爱登山热爱这个那个，可像雪山，它根本不会在乎你热不热爱，也根本不会在乎你觉得攀登它有什么意义，所有的意义都是人为赋予的，追问意义就像是在问自己，跟登山还是其他什么都没有关系。"

"那你这些年为什么还会坚持攀登？"

"为什么？可笑！你活着又是为什么？"

"我……"刘阿年一时语塞。

"登山本身只是一项运动，但是人却给它附加了无比重要的意义和理想价值，甚于自己的生命，但这并非是山强加给人的，而是人强加给山的。人生是同样的道理，你给你要走的人生之路赋予它本没有的意义，却使它高于你的生活，高于你的生命，这不是本末倒置吗？"胡马走向雪山方向，此时月亮落在了山头，他的声音低沉地伏在地面，他的背影融进山脚下黑暗无比的山林，有那么一刻，刘阿年觉得不是胡马在说话，而是雪山在给他回应，"那些凡是因恐于未知厄运而荒废年华丢弃爱人的，凡是因自作聪明居安思危而被关进理想牢笼的，凡是因过去牵绊时刻警惕而去强行制定命运的，都不足以言活着。"

进入后半夜的时候，只有餐厅的车厢亮着灯，想到各个车厢过道里的障碍，两人干脆留在餐车过夜。曲寒买了瓶啤酒，想着喝点酒说不定还能让自己睡上一会儿。

431

"去过盛节?"许小满问。

"去过。"曲寒喝了口酒便后悔了,这酒难喝的味道反倒让人提起了精神,她继续说,"盛节是我丈夫……前夫的家乡,是位于湖南和江西交界处的一个小城市。每年郑献回老家看望老人都会带回来一包包家乡特产,有核桃、酱板鸭、腊肉、牛肉等等,瑶瑶最喜欢火腿……"

曲寒也喜欢他一手地道的米粉。每当家里存货吃光了,瑶瑶都会念叨郑献什么时候再回盛节,或者自己跑去给爷爷奶奶打电话,一边问候老人家一边让他们催促郑献回家买特产,时而撒娇乖巧时而又有些任性,曲寒常说让她不要总向爷爷奶奶索要,这孩子却不听话,总说你不懂,他们喜欢我才这样。曲寒全当她年纪小不懂事,多教育了几嘴,瑶瑶就不耐烦了,但每次郑献出来做和事佬的时候,她又会乖乖听话。

"想必这孩子更喜欢爸爸,不,现在看来也许是只喜欢爸爸。"

曲寒说到这里的时候,又突然想起来,自己这么多年原来只去过盛节一次。她说,十五年前她和郑献结婚,按照传统,郑献在家乡摆宴席款待乡邻,作为新人必须要到场。曲寒坐在乡邻妇女中间,听她们说着自己听不懂的方言,偶尔目光交接之时又会瞬间移开,每个人脸上都是对新娘子的亲切和好奇。曲寒不知道自己应该做些什么,只是静静地坐在那儿,偶尔配合着笑上一笑。大部分时间注意力都在缠绕着门口柱子的葡萄藤上。那天天气很好,阳光照得葡萄叶发出透亮的绿光,像是葡萄叶本身自发的光芒那样好看。原来若想知道阳光的颜色,要问葡萄藤,就像你要看风,就要看树叶的动向。同理,我想知道他喜不喜欢我,我会看他的眼睛如何有光,他眼里的光如何波荡。

曲寒想起那天宴席上,郑献担心她应付不过来而时时瞥来的目光,接连又喝了两杯啤酒,苦涩的味道反而渐渐变淡。

"那之后再也没有回去过?"

曲寒摇头说:"每年春节都会将老人接到北京来过年,或者选个地方带双方父母一起外出游玩。他倒是问过几次要不要一起回盛节,可我总是时间不凑巧又或者干脆不愿折腾……一次也没有回去过,他当时并没说过有什么不妥。"

许小满没说话,微微皱着眉头。

"我知道你什么想法,哪怕是这样,也敢说对自己的丈夫是有感情的?一般都会这样想吧,不回去肯定有什么原因,嫌贫爱富或婆媳关系,又或者和丈夫感情不和,定是哪里出现问题才会这么做。可我自己想过,这些问题从来没有过,也不明白,回丈夫家和对他有无感情有什么关联?"

她以为郑献会理解她的想法,才一次也没有强迫过自己,更没有因此吵过架。可是后来离婚前爆发的一场争吵中,郑献在崩溃边缘将内心脆弱化成怒火,将此事提了出来,说她根本没爱过任何人,但凡是她不愿做不想做的事,都能冠以各种理由去逃避,无论谁也不能入得了她的眼,哪怕是看似最亲近的人……他还说,你活得太不真实了,觉得能骗过所有人,包括你自己……你努力地让所有人看见你爱我,我是你唯一可近的人,但那有多刻意你真当我是傻子看不出来?……你无法面对任何事,却总装做无坚不摧,你拉着我们一点点沉下去,深不见底……

他体内像是有个怪物要挣脱出来,起初是抽筋剥皮,骨肉毕露,然而十五年里暗中侵蚀，里面早化成了一摊浑浊的水，摇摇晃晃，不见光亮，撑着歇斯底里的他直至最后虚弱的一口气。

那天的指责便是这么以他精神和身体的渐渐虚弱结束，关于他发泄出来的所有指责，曲寒还能一一记起。在他离开后，自己也有过短暂的动摇，真的不爱他吗？从来没有过吗？这些念头也不时在混乱的失眠的脑海里冒出来。她想从生活中大大小小的事情里举例反驳，可是为他做顿饭、生病时照顾他、和他睡觉，这些就能证明自己爱着一个人？

也许是瑶瑶的离开麻痹了灵魂，她已经无法感知其他的感情，这些问题她甚至都不能通过感受自己身心变化去加以求证。只能任由他发怒，看他如何在深渊边缘挣扎求救。

"是不是觉得很不可理喻？"对于不回丈夫家一事，许小满还在持续地沉默，曲寒只问出这么一句话。

许小满耸耸肩膀说："怕不是摆席那天对环境心生抵触，想着干脆不去就能避免那些人情世故。"而后不由地感慨，"如果可以，真希望那天我能在现场，好歹身边有一个能说得上话的人。刘阿年当时没去？"

"他连我们在北京举办婚礼都没来，他说他人在西藏赶不回来，可我分明是提前一个月跟他说的呀。总之，是他不想来。"

"他或许是生气了，在你我身上感受到铜墙铁壁的瞬间，可能在那时还令他困扰。"

"但那次不一样，至少在那个时候，他所被排除在外的困扰并不存在。不过他同我不愿回盛节相似，我自然也没资格恼他。后来他回来找我，给我带了一幅龙凤刺绣，据说是青海那边送给结婚新人的贺礼。到现在那张刺绣还挂在我家客厅的墙上。"

"他送礼物总有一套道理，哪管你喜不喜欢。"许小满笑道。

他在大四那年与父母协商不成，彻底背离他爸妈对他未来十几年的"发展计划"，从而由着自己的性子，成为一名野外摄影师。曲寒猜测他那段时间生计颇成问题，便偶尔往他账户里打点钱，也不知道他用没用。后来他寄来一本杂志，曲寒在那份杂志里面找到了他的摄影作品。他和地理杂志签约合作后，每每有摄影作品登载，都会打来电话，毫不客气地叫曲寒去买杂志。那语气简直就是在说，能亲眼观摩我的作品，是你运气好！后来不经他提醒，曲寒购买地理杂志也成了习惯，并延续到瑶瑶。

多年来两人见面的频率并不固定，少则一年，多则三年。曲寒想起自己刚到北京安顿后不久，两人在一家摄影馆里偶遇。与曲寒不同的是，刘阿年脸上既无老友重逢的惊喜，也无对命运牵绊的感慨，而是一脸木然。曲寒当时一度怀疑是自己认错了人，问他为什么在这里，刘阿年沉默以对，将自己冲洗的一叠照片反扣过来，一股脑地将那些照片塞进包里，似乎担心被谁看到一样。

那天空气闷热潮湿，厚重云层压得很低，看起来快要下雨了。两人在摄影馆外的休闲长椅上相对而坐，刘阿年毫无感情波澜地解释说自己来跟着一位老师进修摄影的事。

曲寒注视着他，暗自数着两人没见面的时间，截至那时，大概是自相识以来分别最久的一次，也就是在井楼挂断电话后的两年时间里两人毫无交集。

那时的他不用手机，对新潮的事物没

什么兴趣，行色匆匆，旁人为忙碌俗事耽误年华，他则为了实施某个计划似的追逐着时间。不知道为什么，因许小满离开在自己身上产生的变化，在他身上似乎也能看出一二，两人像是不约而同患上了同一种病症。就连说话也无法像以前一样畅所欲言，屡屡突然中断，断了信号一般。

曲寒起初以为刘阿年当时正处于和父母斗争耗尽心神的时期，才让他这样心神不宁，但仔细观察，在他深深藏匿心事的眼神里分明还迸生着一股极度执着。后来曲寒发现他每次说到有关许小满的时候，就早早中断。两人全程没有提过一句许小满，却好像总也逃不出熟悉的三个人的磁场。

因此几番这样中断对话之后，曲寒问："我跟他早不联系了，你倒不用这么避讳，想说什么直说就好，他怎么样了？"

燕子飞快地掠过低空，穿过刘阿年冗长的沉默，然后曲线轻盈地滑向街角，这时刘阿年开口说起许小满最近的动向。许小满告诉他，他在青海那边一家酒馆打工攒钱，前段时间跟着一个登山队去登了玉珠峰，山不算难登，但他经验欠缺，每次都坚持不下来，所以他现在准备锻炼锻炼再去尝试一次。虽然和队员们认识不久，但都比较照顾他，队长是个冷面寡言的大胡子，听说他曾经有很多经验丰富的队友，但不知道为什么后来人都散尽了，只剩他自己还在坚持爬山。

那天以为天空厚重的云层后酝酿着一场暴雨，曲寒一直在等着，可是直到和刘阿年结束对话，也只是落了几滴雨，甚至都不曾察觉在下雨。

因为还要上课，刘阿年再次进了摄影馆。曲寒在外面坐了很久，觉得还有什么话没说，想了想才发现刘阿年离开时都没有说一句什么时候再见面，大概是着急给忘了。等到太阳落山，路灯亮起，外面下班的行人渐渐多了起来，曲寒还是没等到他出来，进了摄影馆前台询问，前台却告知："哦他呀，一个小时前就和摄影老师出去了，大概是侧门出去的，您没看见。"

"这样啊，谢谢。"

曲寒取走了自己的一寸照片。这天一早从春阳寄来的大小包裹都到了，她一个人从邮递站把东西一件件搬回出租屋，还没来得及好好收拾，想起来第二天还要给单位补交一寸照片，她才赶过来拍照。照片上的她扎着马尾，嘴角和眼尾毫无感情地和看照片的人互相审视。莫非刘阿年刚才看到的自己也是这般模样？

摄影馆外的街道上，天空阴沉的云层压着汽车尾灯的红光，下班的人从路边建筑中走出来，大家脚步匆匆各有归处，没一会儿就填满了道路，不给眼睛半分的空闲。

雨滴渐渐大了起来，行人来回交错的脚步纷纷加快，曲寒站在人群中抬头看见路边一家蛋糕店便走了进去。店里有提供堂食的餐桌，曲寒点了一个六寸大小的蛋糕，按往常饭量她定是吃不完，但那天除了她，心里似乎还有个更饥饿的怪物需要填满，如若不及时填满，恐怕连精神也要沦陷。短短十分钟，曲寒已经默默吃下大半块蛋糕。

雨还没停，她翻看起自己随身带的书——《在美国钓鳟鱼》，那原本是本十分有意思的书，但那天她怎么也看不进去。硬逼着自己看了十来页后倒是有了倦意，便趴在桌上小睡起来。然而小睡并没有解除疲乏，梦里各种纷乱的意象把神经搞得疲惫不堪。也许是那本书的缘故，她在梦里看见一条溯流而上却不慎跃到地面的鱼，那条鱼在梦里反反复复折腾自己的身体，最终还是睁着一双惊惧的眼睛渴死在岸边。醒来的时候，颈椎和手臂无一不酸痛麻木，那个怪物因此更加凶猛了，似乎在直直地往心脏上撞击。

窗外雨水仍未停歇，身后店员们在说话："天气预报说这雨要下个三天三夜，店里没客人，真是难熬。"蛋糕店里的音乐停了，店员也不再说话，只有窗外的风雨声。别安静下来，曲寒心里祈祷着。因那撞击还在持续，身体自觉地想要找到一个支点倚靠，因此不断地往后缩，缩回到座椅靠背上，以至于身体蜷到了一个看起来颇为怪异的程度，她一点也不在乎。不过她不停往后缩的状态引起了店员的注意。如果不是店员走来，她还想继续缩到身后那堵坚实的墙上。店员询问她是否身体不适，曲寒身体却违反大脑的指令，朝店员摇头说没事。

她将头放到桌面上，想到的是那个还没法落脚的出租屋，一室一厅，独立卫浴和厨房设备都还算齐全，比起井楼来要宽敞方便得多，但是不知道为什么，现在很想回到那个三平米的小屋。若是回到现在的出租屋里，曲寒不敢想象会发生什么可怕的事。或许，可以找个其他地方度过今晚，这个城市里还没有熟悉到称得上是朋友的人，只有那个叫郑献的男人，前段时间刚做完阑尾手术，又来过医院两次，自称为了感谢要请她吃饭，却被曲寒一口回绝。曲寒想起他给自己留了个手机号，便打过去。郑献接电话的时候声音很小，似乎在开会，挂断电话十多分钟后他匆匆赶了过来。

两人从蛋糕店出门一直走到郑献家楼下，其间他撑伞小心地不让她淋到雨，偶尔扯上几句闲话，曲寒都只是简短地回应。她从楼下店里买了两瓶酒，问他介不介意一起喝酒，郑献摇头，两人便默不作声地一同回了家。

起初他们在客厅里一边看着电影一边喝着酒，郑献很拘谨地坐在旁边，一瓶酒没喝完，是她先吻上去的。窗户没有关好，半夜起了风，带着雨水潮湿的气味扑进房间里来，她紧紧贴近他的身体，在他的皮肤上寻求温暖。他对她一无所知，对一切的发展丝毫没有预料，他进入她的身体时看到她眼里那一瞬间的痛苦，是远超出身体的痛苦，他被吓到了，僵持着好久没有进行下去，那痛苦仿佛也通过身体感染到了他，他开始亲吻她的身体，以驱散那无边寒夜。

本来只是要说起刘阿年的近况，曲寒不知道为什么又想到那天的事，但也仅仅是提及了和刘阿年相关的那个下午。

许小满想为刘阿年的态度做个解释，猜测说："大概只是很久没见，他不知道怎么面对你。"

"我没怪他的意思，而且后来几次见面，他的状态显然变化很多。"

结婚后的那次见面，曲寒突然发现短短几年时间，刘阿年不知什么时候变了模样，虽然说不上是老去，但他的确像是跳过了人生中的某一个过渡阶段，从一个稚气少年变成了一个老成男人。轮廓模糊、皮肤粗糙，眼睛明亮且坚定，诸多细节细细推测，都可以看作是他追求理想生活而带来的变化，偶然瞥见笑容里转瞬即逝的哀愁，却让曲寒有些捉摸不透。

两人坐在一家餐馆里边吃边聊，曲寒

手里是一幅品相还算精美的龙凤刺绣，但无论如何都像是从路边随手买来的。曲寒翻看了一下刺绣反面的标签，产地青海，问道："你不是去了西藏回不来吗，怎么又跑去青海给我带礼物？"刘阿年坐在对面扒了几口饭，嘴里含糊不清地说："我以前买的不行吗？"

"你是有多不愿意看到我结婚，送的东西就这么随意？"

"这话说得，你结不结婚跟我有什么关系，轮得着我愿意不愿意？"刘阿年要吵起来的一副架势，说完又点了份鲜肉包子，点了海鲜粥、煲仔饭、红烧带鱼，最后还说了句，"就当你给我补的一顿席。"

"从见面开始到现在，你的嘴就一直没停过，可谓是把说话和吃饭这两项功能发挥到了极致。"

"谢谢哈，不过说来，你怎么突然想起来要结婚了？"

这语气问得好像结婚有错似的，曲寒反问："为什么不结婚呢？"

"结婚又不是必须流程，不是人人都要经历的。你、怀孕了？"

"跟那没关系……"

"你果然还是怀孕了。"

"就算怀了也不是我结婚的理由，他踏实负责，身上有难得的品质，为什么不和他结婚呢？"

"你喜欢的是他踏实负责？"他有意质疑，曲寒略微有些不快。

"因为一个人的优良品质而选择与他结婚，我倒也不能说有问题，但总觉得哪里怪怪的。拥有相同优良品质的人，有很多，为什么偏偏是他？除了对方身上的品质和杂七杂八的条件，肯定有什么特别之处吸引了你，由此感情得以建立和积累，在此基础上，做出结婚的决定才算说得过去啊。"

"您经验丰富啊，难道在外面每次拈花惹草的时候其实想的都是要和对方结婚？"

"揶揄我没用，现在有重大问题的人是你。依我看，大多数离婚的人都是因为结婚的时候没把这些问题想明白。我可不是要让你离婚哦，这么大的罪名我担不起，只是想想如果换作以前，你一定不会以这样的理由作为结婚前提。"

"也许吧，我让你失望了。不瞒你，在和他交往期间，我认真地考虑过其他男人，他们确实有的条件优越魅力出众，有的身上具备极易让人心生好感的闪光点，可是他们唯一共同的问题是，大家都太在乎自己，过分地保护自己，交往中充满试探、衡量、猜度，又因怀疑、怯懦和高傲而早早地切断关系，遗憾的是，连我自己也是这样的人。在你看来，郑献的踏实负责是平庸无趣，可在我看来，他身上那种循规蹈矩，是万般平常且稳固可贵的。更重要的是，像郑献那样明明白白让我看见他全部的心的，我只见过他一个，至于这感情有多深，其实我并不是很在乎。"

对面的刘阿年少见地沉默了一会儿，只是擦擦嘴也不再对此有什么想法，脸上那似曾相识的哀愁再次浮现又消失。

"也许他在那时就意识到了问题，他怀疑，我这样的理由和郑献毫无保留的感情能让这段婚姻坚持多久？他起初总是提起以前的曲寒怎么样怎么样，我好多次想过，如果以前的我遇到相同的处境，未必会比当时的我做出更好的选择，因为究其根源，一切都是从很久之前开始的，从那最初被视而不见、忽略不计的某一瞬间开始的。"

车厢喇叭响起，盛节站即将到达。此

时窗外天光清冷，朝霞横铺在东方大地之上。曲寒头抵在窗边看着朝霞，手里攥着空酒杯，神色疲惫，用近乎听不到的声音说："还有时间睡一会儿吗？"说完便合上了双眼。

许小满注视着窗外霞光，仿佛没看到曲寒睡去一样，自语道："我也在寻找那一瞬间，以此救你的围困，但又希望不要急匆匆，还能陪我长久些。"

下　　篇

8

抵达盛节之后，赵老师打来电话告知，学生中确实有个叫路致远的，但这名学生是八班的学生，跟瑶瑶不在一个班，不知道是不是曲寒在找的那个。

"现在那名学生已经转学，听他班主任说应该是回老家上学了。"

"是盛节吗？"

"您怎么知道？"赵老师联想此前志愿活动的地点，猜测曲寒要找的应该就是这名学生了。但出于教师职责，没再多透露学生的信息，况且曲寒要找人的理由多少也有些牵强，这让她有些不放心曲寒到底要做什么。

挂断电话后，曲寒又打给林旭，询问是否认识路致远。林旭有些意外，告知只知道路致远的学校，其他信息并不了解，然后问曲寒为什么要找路致远。曲寒大概从他那谨慎的提问中察觉出什么，便直接问起路致远和瑶瑶的关系。

林旭突然变得有些支支吾吾："他们……我也不知道他们什么关系，我不知道瑶瑶为什么总给他打钱……我明明说过让她离他远点，他会害了她的，可是她不听。"此时电话里传来林旭妈妈催促上学的声音，林旭急匆匆挂断了电话。

他会害了她的。这是什么意思？曲寒拿着手机愣住，胡乱猜测着林旭话里隐藏的不为人知的秘密。

长时间没有休息充满红血丝的双眼里，突然迸发出了不知哪里来的力量，此前分明已是疲惫不堪，在摇晃的车厢里只睡了十分钟。那股力量支撑着曲寒在短短一个上午就找到了路致远的具体地址。他们通过找到路致远所在学校的老师了解到，路致远已经休学快一年了，现在不在学校里。

大概是看出曲寒的急迫，提供信息的老师有些不放心披露路致远的具体信息，却询问一句："他是不是欠你们钱？"曲寒对那个陌生男孩的怀疑越发深重，许小满谎称是路致远的亲戚后，老师才告知他们去一所小区里问问看。

上了出租车后，他们前往路致远所在的小区。曲寒脑中设想了几种有关瑶瑶和这个男孩之间复杂关系的情况，她已无心想其他的事，导致跟司机说错了地址，绕了不少远路。

许小满聊起有关这个城市的话题，她往窗外一瞥，忽而又陷入了思索，这个城市她是否真的来过？

出租车驶上一座高架桥，城市依山傍水的景致尽收眼底，从桥上驶出，进入城市主干道，曲寒才略有熟悉感。从这条大道出发一直驶向城外，走个约莫十多公里会看到一片油菜花地延绵至一青瓦粉墙的小镇，那就是郑献的家乡。

如今仍由这条大道穿过城市中心，餐饮、服装商铺毗邻，商业繁荣，街角却有自行车乱放，阻塞非机动车道，大厦和老楼交错分布，时不时从大厦看到老建筑，总会突然让视线落空下去。同十五年前相比，盛节的城市建设显而易见但不够成熟，又颇具恰到好处不致让人生厌的人情味。

"真是个奇妙的城市。"许小满嘀咕着。

离开主干道驶向老城区，很快就会发现自己好像进入了完全不同的世界。盛节老城最为让人印象深刻的是其错综复杂的街道，游客来到此地即便拿着地图，也需要好好在城内转上几遭才分得清方向。上世纪八十年代那些欣欣向荣的民居建筑，经过几轮刷新仍无法遮掩衰老，如同思想的固化难以更改。窗台挂着的衣服在风中飘荡，街道饭馆常年发散岁月的味道，巷口打牌的老人则一年年地持续着打发生命的游戏。

出租车在一处小区门前停下，曲寒和许小满打听后，将行李箱暂存物业处，便跟随物业人员走进一幢老房子。爬上六层楼的时候，两人多少有些气喘，那位物业人员却丝毫不显疲累，想必负责这一片老房区域早就习惯了爬上爬下。

六楼两户中的一户大门敞开，物业人员敲敲门后，喊了一句："致远，你有客人！"

"什么？"

"你有客人！"物业人员扯着嗓子又大喊一句。

里面传来一个男孩的大声回应："好！"随后并不见人出来，也没有任何动静。物业人员似乎不愿意踏进房间，仅往里瞅了一眼便回头对曲寒说："进去找他就行。"

说罢下了楼。

进了房间，是被挤占得满满当当的狭窄的客厅，除了简单的木质家具之外，还摆放着占据一面墙的鱼缸，两三个鸟笼并非挂在头顶而是摆在桌上，稍一走动就会碰到鸟或鱼的饲料。一张轮椅背对着曲寒和许小满，走近才发现椅子上坐着的是一个头发花白的偏瘫老人。老人的头微微偏着，嘴巴微张，双眼勉强睁开，有气无力地望着窗户方向，似乎根本没注意到有人走进来。

曲寒顺着老人的目光看向窗户，一个男孩大半个身子探在窗外，腰上绑着一根绳子，绳子另一端拴在厨房水龙头上作为安全措施。男孩模糊的身影在窗外修理空调，将空调修好后打算回房，脚下却一滑，半个身子往下坠落，绳子霎时紧绷，看起来不怎么结实的水龙头晃了晃，发出细微沉闷的摩擦声。

不等曲寒和许小满反应过来，男孩自己扒住了窗户稳住身体，喊了一句不知道什么意思的方言："绝杀！"

他跳下窗台，安全回到了房间，仿佛将刚才的惊险不当回事似的解开腰间的绳子，收拾修理工具。这时曲寒才看清他的模样，一身脏兮兮的工装，头发炸毛，像是被大风吹的又像是刚睡醒没梳头，跟他刚才修理空调的老练动作相比，脸显得过于稚嫩。年纪应该和瑶瑶差不太多。

"路致远？"曲寒问。

对方看了曲寒一眼回应一句："您稍等，我这边处理完了就带您去看房子。"

看来是把自己当成了客人，曲寒也不再说话，等他处理眼前的事。路致远拿遥控器打开空调，检测吹风没问题后，用难懂的方言对轮椅上的老人说话，怕老人没听清，又重复了两遍。曲寒从其中几个词里猜出大概意思，是嘱咐老人有什么问题让保姆打他电话。

从老房子出来走下楼梯，路致远脚步轻快，双脚每一次交错都不知觉地跳下三级台阶，曲寒要紧着脚步才能跟上。他一边快步走着一边和曲寒说话，似乎惯于把自己当成和对方一样的大人，没有什么多余的礼貌和客套，也没有年龄差距带来的生疏感。相反，每一句话都很直接。

"您是外地人吧？盛节人口音重，说不了那么标准的普通话。外地人到盛节来买房子很多为了养老，您看着也不像着急养老的人，不过自从疫情之后房价确实有所回落，倒是可以在这时候入手，但我更建议您去新城区那边买。老城区拆迁成本高阻力大，政府丝毫没有开发的动静，所以您想等拆迁实在风险大。别看盛节是个小城市，但只要新城区各楼盘开盘，房价也是说涨就涨，您现在有打算买的话，不要担心周边设施的问题，尽快下手房价至少能翻一倍……"

曲寒跟上脚步问："你到底是做什么的？"

"我什么都干，在物业当个临时工赚点外快，修理家电、打扫卫生之类；我也卖房子，但我不是中介公司的正式工作人员，这您应该看得出来。我帮一个做销售的亲戚卖房子，就是您联系的那位，今天他时间错不开，我帮他卖，也从中拿点分成。不过您放心，到时候您签约买房走的一定是正规手续。您可千万别往外说，要不然被发现了可是会被处罚的。"

他们走出楼房，阳光猛烈地泼下来，路致远抬头望向那些依山而建堵死天际的新城区楼房，突然发出疑问："您说，让人花大把的钱买来的一套一套房子，到底给了谁理想的生活？"

"什么？"

很明显，他并非真的是在向曲寒提问，似乎只是单纯的感叹。然后他继续带着曲寒往前走去，曲寒闻到他身上一股墨水味道，注意到他那双稚嫩的手即便洗过仍有黑色顽固的泥垢。他习惯性挽起袖子时，露出一道紫黑色的淤青。

"其实我原本可以做其他工作，但自从疫情之后，市场上这种兼职很难找到。我之前在开发区的科特机械厂工作，就是那个整个盛节唯一一个世界五百强的大厂，还以为找到多好的工作，进去了才知道那根本不是人待的地方，流水线二十四小时开工，工人两班倒，每天站立十一个小时，一天下来腿直打摆子，绝杀！我只在那坚持了三天，更何况还听说，上一批工人试用期到了不给转正，拿人当临时工，用最低的价钱买一次性劳动力，我想也不想就跑人。"

看到小区里电动车乱放在路边，路致远将乱放的电动车挪到监控区域下的车棚位置，嘴里念叨着："小区门口的监控坏掉了，因为这，丢了好几辆电动车找不到了。说了几遍，就是不愿多走两步放到车棚去。"

眼前这个有些话痨的男孩停止说话的间隙，曲寒疑问重重，他倒是说话直接敞亮，没什么城府和掩饰，在很短的时间里不断地透露自己的信息，完全让人放松了警惕……在见到他之前，曲寒可没料到会是这么一个人，想起林旭那些让人心惊胆战的话，曲寒决定还是谨慎。

广场那边孩子踢着的足球滚到了路致远脚边，他熟练用脚颠足球来回耍了两下花样，才把球踢回了广场。他对孩子们吹吹口哨抬抬下巴："绝杀吧？"这个方言单词仿佛是他的口头禅，曲寒大致可以猜出那是"厉害"的意思。

停好电动车后，他从车棚推出一辆款式比较老的摩托车，车上贴着动漫人物的贴画，他对着后视镜哈了一口气，用袖口擦干净，将一顶头盔递给曲寒说："上车吧。"

"去哪儿？"

"您要去的小区离了两条街呢。我还以为您今天会去那边汇合，哪知道您提早来这边找我了。"

曲寒回头找许小满，却忽地发现身后并无许小满踪影，他连同那只白色小猫一同不见了。从下楼到车棚这段时间，曲寒丝毫没有察觉他什么时候消失的，但在这一刻之前，曲寒一直感受得到许小满跟在身后，尽管他一句话也没说，或者说了，只是声音低到可以忽略的地步，以致被远处汽车鸣笛声掩盖。但曲寒确定，他一直跟在身后。

"跟着我一起的人呢？"经曲寒这么一问，路致远才一脸茫然地回头张望说："刚刚不还在呢……"看他那神情，似乎也是才想起还有这么一个人。曲寒心想或许跟在饶城火车站一样，他又一声不吭独自去做什么了。路致远看看自己的电子手表，提议看完房子再将她送回来找人。

路致远载着曲寒穿过老城区的街巷，街道上疏于打扫，车子驶过，卷起一阵落叶和尘土。路边一排小吃店已开始着手准备晚市所需食材，外卖骑手坐在各自的车子上等待，往前是一片被围起来的工地，里面的机器永不疲惫地嘶吼着。这里让曲寒想起了临西老城有着相似的命运，她预

感到了盛节老城区未来的发展，她忽地明白了自己为什么只来过这里一次。

摩托车发动机突突的声音呼啸过街头，路致远侧过头来大声问曲寒："您是做什么工作的？"

"我是医生，不过也很快不是了。"

"医生？医生多好，算是收入比较高的工作，买房对你们应该没什么压力吧？"

"也不是，看在哪些地方了。"

"我想过了，将来即便我考上一所不错的大学，干着一份不错的工作，也有可能被房贷压得喘不过气，像我爸一样。如果我这辈子只能拥有有限的财富，那我一定不会把他们都花在一套房子上。"

"你年纪轻轻，为什么连学也不上了，执着于赚钱？"

"我只是休学一年，赚够了钱还是会去上学。考了大学我想学天体物理专业，想研究点这生活里没有的东西，或者音乐也可以，学好乐器考音乐学院，努力到国家大剧院去演奏！"

轰隆隆的摩托车声和呼啸的风中，路致远用力大声地说着本不是什么宣言的话。

车子停在一个路口等绿灯，一个穿皮衣的男人骑着一辆电动车七扭八拐地从轿车之间穿梭而过，从那轻浮的行动路线和染了颜色的头发，可以判断是个年纪不大的男孩。他从路致远身旁呼啸而过闯红灯，路致远看到车后座上挂着的学生班级姓名名牌，认出是小区里一个女学生的电动车。他立即侧头问曲寒是否时间方便，他现在有个急事。

没等曲寒问清楚，他已经骑着车子去追那皮衣男。一路避开车辆速度加快，眼看要追上了，却见那皮衣男回头张望一眼也加快速度往旁边巷子里拐进去。路致远

跟上，疾驰在上坡下坡的巷子里，曲寒紧紧抓着他的衣服根本不知发生了什么。

皮衣男知道自己盗车败露，慌张逃窜，在巷子里横冲直撞险些撞到人，身后的路致远不减速紧紧咬住。皮衣男在错综复杂的街巷里故意绕圈子，却总被路致远的摩托断了去路。皮衣男自知逃脱不了，索性丢下车子逃走，谁知路致远仍不罢休，非将他扑在地上猛地抓住。

路致远将其翻过来，冲着他问："小区里的其他电动车是不是也是你小子偷的？"话刚问出口，双手便泄了劲。皮衣男摘下脸上断了一条腿的墨镜，一把将路致远推开，起身拍打干净身上的土，说："前两天你在东山路又挨揍了吧？我了解小赛哥那个人，你一天不还钱他就一天不让你安生。这车子要不要给你？去面前旧货市场能卖个两三百块钱……别这样，好歹你回来了我也能照应点儿，要不要我帮你说说情，别搞不好小赛哥下次直接去找爷爷奶奶了……"

曲寒站在摩托车边断断续续听见他们的对话，见他们动手推搡起来，心里猜测路致远准是欠了别人钱，因为赌博或玩游戏，因而为了弥补那巨大的空洞不断打工，甚至还威胁瑶瑶给他打钱，胡乱造作干净。他是一个极易获取别人信任的人，所做的一切背后都有目的，所有的言行举止都有设计，如果不是那偷车的男孩认识他，说不定他抓到小偷会跟小偷一起分成拿钱。曲寒一边想着一边挠痒，耳后和脖颈处像是被虫子叮咬一般苦痒。

皮衣男甩了路致远一拳后，撂下一句狠话，头也不回地推着赃车离开了。路致远回头撞上曲寒那带有敌意的目光，也不打算解释，只说继续送她去看房子。曲寒拒绝，语气坚决地说道："我有事要问你，换个地方。"

路致远带她离开街巷回到主干道上，此时正赶上下班时间，老城区交通开始堵塞，这情况一般到晚上七点多才会缓解。路致远经由巷子转回到了来时路上的那条小吃街，两人在一家米粉店前坐下，从这里朝新城区远远望去，磅礴的日落光辉从西山高楼的空隙倾泻到城市之上，新城区大厦林立熠熠生辉，而处于地势较低的山下老城区则大部分被高楼遮蔽，街道、房屋，甚至连行走的路人都一一失去光彩。

路致远一边给曲寒倒水一边道歉，对刚才发生的事只字不提，只说耽误了她的时间。"等会儿我还要去印刷厂上夜班，您的房子我给您安排明天再看行吗？我请您吃顿米粉，您多谅解……您看起来脸色不太好，是不是生病了？"

"你在北京上过学？"曲寒发问。

"您怎么知道？"他有些惊讶，曲寒没回答。他承认确实在北京上过两年初高中，不出意外，原本是打算在那边读完高三考大学。

"可我有我的打算，生活有时候就像，"他指指旁边关门的一家店，"就像你打算今晚吃三杯鸡，但是店关门了，就换米粉填饱肚子，顺其自然的事。"此时两碗米粉端上来，路致远兴致勃勃地搅拌好，刚要一口吃下去，看见曲寒一动不动，便将自己那碗给她，自己再拌一碗。

"你这么缺钱，北京的同学里有人借钱给你吗？"

正吃着米粉的路致远听见这话，摸不着头脑，一边嚼着米粉一边反应了一会儿说："您是想问我有了困难会不会求助朋友是吧？他们条件确实比我优越很多，但我和他们没什么联系，虽然不是在否定别人，但我在那里……就是没什么朋友。"他埋头吃饭有些吞吐，转而似乎又想到了什么好玩的事，咽下去一大口米粉后说："比起人来，我倒更喜欢那个环境，什么博物馆展览馆，还有画展话剧，有什么新鲜东西就可以随时去看。

"那两年我常去学校不远的一个排练室，那是一家给周边学校提供节目排练场地的排练室，后来经营不善关门闭店了一段时间，再开门时就改建成了供乐队练习的场地。

"场地门口很简陋，连个牌子也没有，从那里经过根本不知道那是个什么地方。很多人都会把乐队排练室当成偶尔的娱乐场所，但这个排练室因为定价低廉，也不提供什么餐饮服务，所以吸引来的都是需求简单只玩音乐的乐队。有大学生乐队，也有九十年代火起来又消失无踪的乐队。

"场地内有很多隔音小房间，每个乐队租一个房间，按小时收费。其中一两个房间隔音差价钱低总会被人抢先用，他们倒不会因为谁抢先了吵起来，但吵架的原因总是千奇百怪，有时候遭遇创作瓶颈心情烦躁的时候，就会以旁边房间隔音差为由去拍门大喊，你妈的，能不能小点声！隔壁的乐队莫名其妙，玩音乐怎么小点声？彼此不熟的，被拍门的乐队可能会用重金属音乐故意反击，相熟的如果正赶上彼此都很烦躁，打开门就直接对骂起来。我作为兼职员工，工作内容就包括处理这些矛盾，他们有时候是不同的乐队两三帮人一起吵，有时候是队内成员吵架，有时候还跟房东老板吵；他们脾气火爆，经常口吐脏话，但时常又像个小学生，发完脾气，为了点外卖凑单就又和好。"

说着话，路致远那碗米粉很快吃完，他抹抹嘴笑着说："我在北京最喜欢的地方就是那里，它打破了我对那个城市的印象，原来在这个沉闷无声大家埋头前进的城市里，居然还有这么一个地方躁动有趣。

"但是也有人不像我这样想，我的一个同学、我认识的为数不多的朋友之一，他说他们活得很糟糕，他们工作日是基金经理是房屋中介，只有周末才是自己。他们养家糊口精打细算或者人到中年仍独身一人，为房租、工资还有孩子的补习费发愁，然而这一切只是为了他们精神上的一点满足，在这个城市挣扎数十年，侥幸地维持着生活，经不起任何风吹雨打，没有任何抵抗风险的能力。你能想象变故来临时他们的样子吗？

"那个朋友成绩全年级第一，父母都是高级工程师，从各个方面都超出我一大截，我承认他的想法有时相当卓越，甚至可以预测几年过后，他会如何在社会上如鱼得水，爬到自己想要的位置。我甚至有些认同他的观点，他的那些话我到现在还记得很清楚，但进而我想到了我自己，还有我爸。从那以后，我就不再和那朋友来往。"

"那个朋友叫什么？"曲寒心里已经有答案，只是想从他口中得到确认。

"您怎么总问这种问题？"路致远停顿片刻，观察了一眼曲寒，但显然并没打算从她那张时刻质疑的面孔里得到回答。他说，"您认识吗？他……他叫林旭。"

街道上的车辆相互交错鸣笛驶过，夜市摊位上也渐渐有人上座，曲寒忽地发现身边的种种嘈杂，是在路致远说完后的一瞬间涌上来的。她起身时只说了一句："我会再来找你。"

曲寒在小区不远处的一家旅馆住下，

442

一进房间，先打开了窗户通风，然后打电话给林旭，无人接听后又打过去两次，才被林旭的妈妈接起来。林旭的妈妈听到是曲寒后，语气有些犹疑地询问发生了什么事，曲寒正不知怎么回答的时候，林旭的声音将林妈妈叫走，随后接起了电话："喂阿姨是我。"

曲寒坐在旅馆的床边问："林旭，你早上说的话是什么意思？你是不是在骗阿姨？我见到了那个路致远，但他怎么看也不是会勒索人钱财的人，你是不是……是不是因为和他关系不好，才说了那些话？"

电话里面响起一声关门声，大概是林旭进了自己卧室，林旭顿了片刻才回应："他、他跟您说什么了？"

"倒也没说什么，大都是关于自己的事。"

"哦……阿姨，我跟他关系确实不好，但是您知道吗？我也是因为瑶瑶才决定不跟他交朋友的。他总是带着瑶瑶去一些乱七八糟的地方，带瑶瑶见一些社会上的人，两人还逃过一次课。瑶瑶特别单纯，我总担心他会对她做不好的事。"

这话让曲寒心里一惊，不单单是他的猜测，还有他说出这番话本身也让曲寒有些意外。

"所以我才说了那些话，阿姨，我想问问您为什么去找他？"

"我只是回趟瑶瑶的奶奶家，顺便见一见这个孩子。瑶瑶之前跟我提过他。"曲寒撒了个谎。

"原来这样，您最好还是不要太相信他，他是个两面三刀的人，我跟他相处过一段时间，我清楚。而且我现在特别后悔，把瑶瑶带给他认识，如果不是他，也许瑶瑶那天下午根本不会去那个什么排练室，也不会坐上那趟公交车……"

"好了。"曲寒及时打断了林旭，也不知道自己说了什么，就挂了电话。她身子滑到地板上，疲惫地靠在床边，想起许小满仍不知踪影，拿手机准备打他电话时才想起他根本没有手机。

房间紧挨着街边，街市上的嘈杂声灌进房间来，突然窗外一声刺耳的急刹车声，将刚闭上眼打算歇息一会的曲寒惊醒，她连忙扑到窗前将窗户关上，看到楼下只是一辆驶过的汽车为了避让闯马路的行人而发出急刹车的声音，她快速的心跳才慢慢平缓下来。瑶瑶离开后，她无法再听到这种声音。

她走进洗手间，用冷水洗了一把脸，想起今天后颈处的苦痒，于是脱下衣服察看，却什么也没有看到，连抓挠的划痕都没有。她打开行李箱打算洗漱，药不见了。那三瓶从精神科同事那里要来的安眠药，在出发之前分明放进了行李箱里。曲寒回想弄丢的可能性不大，除她以外，只有许小满单独碰过箱子，那么一定是许小满偷偷藏起来或者扔掉了，也许就是在火车站外行李箱摔坏轮子的时候。

想到许小满还是有些不放心，为什么总是一声不吭地消失？那么大一个人总应该知道自己找个地方过夜吧，可他又没有钱，还能去哪儿……

她穿上衣服出了旅馆，来到那个老旧小区的附近边走边张望着。她突然意识到，尽管他们时隔多年还能相逢，可如果他又消失了，那她将没有丝毫的线索去找到他存在过的任何痕迹。

街道上渐渐安静下来，正是下班的人回家吃饭的时间，只有远处那条她刚才和路致远一起走过的小吃街上人声鼎沸。曲

443

寒打算找一找许小满，于是从街道走进小区，出了小区走向路灯黯淡的街巷。她走进路边一家小超市买烟，老板一家三口正围着一张小饭桌边看电视边吃饭，老板给曲寒拿了一盒烟后，曲寒问："你们在吃什么？"

老板回答说："我老婆炒的腊肉、板鸭还有毛豆，是不是很香？"

"还有吗？我想，能不能买一份？"

这家人齐齐愣住，看着曲寒也不像是开玩笑，妻子从小门进了超市后面，拿出来一个饭盒，她将饭盒里的腊肉倒进塑料袋里给曲寒，很是和善地说："就剩这些了，有些辣，你将就着吃吧，不用钱。"

他们的方言话说得不是很难懂，曲寒还是多付了一些钱，道了声谢谢后离开。

曲寒从超市出来后继续往前走，也不知走到了什么地方，路边正好有一家便利店，门前摆着几张空桌椅。曲寒从店里买了筷子和一罐啤酒，在外面一张桌前坐下开始吃那份腊肉，口味果然如同猜想的那样重辣。这味道有许久没吃过了，她忍不住连着往嘴里夹了好几口，隔了两秒，辣味瞬间蹿上喉咙，她开始猛地咳嗽起来，脸色通红，连眼里也憋出了泪。街边寥寥行人朝她这边看过来，曲寒没在意，继续埋头一口接一口地吃起来。

9

曲寒吃完早饭后就一直坐在窗边位置，等待着路致远从对面小区里走出来。她心里是怀疑林旭的，但也信不过路致远，比起后者，林旭那孩子毕竟也算是在眼皮子底下长大的，是瑶瑶从小到大的好朋友，因而即便那孩子说的话没那么让人信服，也还是多少会影响曲寒的想法。

要是直接去问路致远也好，但曲寒总也开不了那个口。她需要确认他至少是一个品行诚实的人，才能相信他对自己所说的话。因为她不仅仅只有关于每三个月五千块钱转账的问题，她不仅仅只是想问你跟瑶瑶什么关系？为什么她会一直打钱给你？她打给你的钱用来干什么了？为什么要接受一个女孩给你的钱？不仅仅是这些，还有一些话她想从别人的嘴里得到确认，那些像郑献、林旭这样相识很久的人无法轻易告诉她的话。

第一天，他结束小区的日常打扫工作，骑车来到附近一家小区带着客人去看房子，结束后又接了电话换回工装去修理小区住户家里的水管，到了晚上他在路边米粉店囫囵吞了两大口米粉后，赶往了城西的印刷厂。门口有保安站岗无法进入，曲寒打听到工人下夜班的时间是凌晨四点。

印刷厂建在城西一所中学附近，在门口就远远地闻到油墨的味道，从剥落的墙皮、红色油漆方格窗户以及建筑简洁的装饰雕刻，大概能判断其建于八十年代初。厂房里机器已更新大半，一部分使用了多年的旧机器被留下来。白炽灯下，众多机器发出巨大且持续的噪音，路致远头三个小时一直使用旧机器印刷附近中学的月考试卷，这种试卷对于纸质和油墨的要求不高，做起来不会比册子等印刷品麻烦，但也因此路致远手上总会沾染洗不净的油墨。这样头也不抬地工作，直到半夜十二点的时候，他和工人去食堂吃夜宵，一般这个时候他胃口很大。吃完饭继续工作，会印刷质量讲究操作复杂的册子或纸箱，这部分工作是他当学徒当了三个月后才被允许上手，如此一个晚上下来赚180元到250

元不等。

凌晨四点他跟随一批工人从印刷厂下工，冬天凌晨冷到骨子里的空气连让人张口说话都毫无欲望，大家互相递个眼神也就散去。若是春夏，四点正是空气最让人舒适的时间，有时候他会在公园长椅上逗留，周身尽是花木青草的清凉香气，一不小心就会睡过去，直到满树的鸟儿们叽叽喳喳开会的声音把他吵醒。它们常常聚在一棵树冠里，经历持续长达几十分钟的开会分配任务，或许还有早上问好或闲拉家常，而后陆陆续续各自朝不同的方向飞去，像他们这批刚刚结束工作的工人。每当因此被吵醒的时候，他抓抓乱糟糟的头发，睡眼蒙眬地望着天上匆匆飞走的数十只鸟儿，都会冒出一句："绝杀！"但像这样的冬天早晨，他就毫无兴致，早早回家钻进被窝睡个暖和觉。

连着三天，除了这般固定不变的工作内容之外，曲寒毫无所获。他那位高中老师说他休学有一年时间，因此她猜测他这一年来日日都如此地荒废学业拼命赚钱。她不知道接下来还能怎么做，只能继续等待下去，许小满直到那时也仍未出现。

第五天，她看见路致远突然从小区里飞奔出来，挂断手里的电话后骑上摩托往城西方向疾驰而去。正当中午，不是他去印刷厂打工的时间，曲寒察觉很可能发生了什么事，于是紧随其后赶到了印刷厂，刚在门口做好登记，从厂内突然有人跑出来叫保安，嘴里喊着："有人闹事！"

曲寒跟随保安进入厂内，在工人围观的主任办公室门外，看到路致远在办公室内翻箱倒柜，先是找出了烟和打火机，又砸开了上锁的书柜，翻找里面的文件。主任在门外火急火燎地拍门警告，要保安砸门破窗，把路致远抓去派出所。路致远一顿搜找后终于找到了一些文件，那是同打火机一样被工厂严令禁止、私下所周知的新闻——主任偷工减料换掉客户指定颜料的账务单据。路致远将这几样东西用手机拍下来。

曲寒从工人口中了解到事情原委，原来路致远赶来着急要回拖欠工资，主任却以各种理由加以克扣，整整一个月的工资最后算下来只剩几百块钱，情急之下，路致远冲动地闯入办公室内翻找主任违纪证据。

但路致远将这些翻找出来的证据摆到主任面前的时候，主任不仅没有惧怕，反倒威胁路致远事情即便暴露了也不过是被上级罚点工资，路致远则一分钱都别想拿到。

那孩子一下下地遭受身体上的推搡，被主任逼至角落，曲寒看了着实可怜，于是拿起桌上的打火机，在所有人还没反应过来的时候，她推开人群走到了即将交工的几千本画册边上，她看着众人，眼神里有着平静的绝望。

从印刷厂拿了钱出来后，路致远载着曲寒赶往新城区的医院。一开始两人沉默着穿梭于老城，行至一半，路致远突然大声说起话来："我爸为了我能在北京上学，花光了我爷爷的养老钱，卖了老家的房子，加上他十多年来攒的工资，终于凑够了钱在北京买房落户，我也跟着到北京上了两年学。我刚上高一不久，爷爷突然被查出了肺癌，您是医生，知道这病有多难治，手术、化疗、复发……我爸妈一边还房贷一边供我读书，打点人情办理住院，给爷爷买药和手术，只用了半个月，便花光了所有积蓄。

"我想让他卖掉房子，他不肯，说扛扛肯定能过去。我不相信我爸，而当时在我身上发生了一件事，让我决定离开北京回家来上学。后来爷爷病情复发，我爸打过来的钱越来越少，他从来不肯说自己遇到了什么难题，只是一遍遍地说过两天再过两天，我妈说他在公司的项目破产自身难保，所以我决定休学一年去赚钱。"

那位瘦骨嶙峋的老人深深陷进病床，几欲消失，路致远交完钱后在病房外等待里面化疗结束。他蹲在墙边，双眼死死盯住了那扇门，像只躲在角落正在等雨停的比格猎犬。曲寒从化疗前和医生的几句交流中，大致知道老人的病情已经希望渺茫，这孩子想必也清楚这情况。

"您在医院应该经常看到病人去世的场面吧？那他们走的时候痛不痛苦？"

"因为生病而离开的人大都走得不是那么平静。"

"那我现在让他一遍遍地化疗，是不是在延长他的痛苦？"

曲寒沉默。他又说："如果有一天我没有那个福气平静地在睡眠中死去，我希望会有一种快速的方式猝然离开，因为我怕疼。"他的手里似乎在摆弄什么小玩具，在手指翻转中闪露出金属光泽，"啪"的一声，玩具从他手中掉落，曲寒看清了那是两条套在金属圈上的银色金属片，戴在手指上将类似于羽毛或树叶的金属片在指尖旋转，实际上类似于一种指尖玩具。

血腥气突然弥漫开来，曲寒下意识地看向病房，不是那里面传来的，血腥气是从楼下的急救室爬上来的。

"您到底是谁？您不是来找我买房子的？为什么今天会出现在印刷厂？又为什么会帮我呢？"路致远问她。

"你没有闻到血腥味吗？"

"没有。"

"楼下是急救室吗？"

"不是，楼下只是普通病房。"

"我看到了。"

"看到什么？"

"手术室外面的家属等候区里有一台电视机，里面正在直播公交车的事故新闻。我让助手叫回正在休息和放假的医生，很快，那些事故中的伤者就会送到医院里来。但我当时要准备做一台手术，预估长达五个小时。在手术进行到还没一半的时候，外面突然有人出现在手术室的玻璃窗外，是在我手下实习的医生，助手出去跟她说了什么之后，问我能不能让出人手来，现在急救室已经陷入灾难，他们人手不够。我尽量让出了两名助手和一名护士。

"我抬头往外看，那个实习医生还没走，她看着我突然流了泪，然后转身走了。这不怪她，她知道那场手术只能让我做。我突然想起了什么，直播里公交车的线路，还有实习医生的眼泪。我有几分钟根本控制不住自己的手，它一直在颤抖，我的助手提醒我很多次，我才稳下来。

"手术室就在急救手术室的隔壁楼里，我能听到什么？我没有骗你，我的丈夫也不信我，我听到了她好像在跟我说话。但事实上，当时她正躺在病床上静静地望着白炽灯的灯光，鲜血浸透了身下的床单，周遭的哀嚎和忙乱的脚步紧密地撞击着，她的嘴巴微微张着却发不出任何声音。他们说原本有希望救回，但不知道为什么所有的生命体征数据会在同一时刻全部急速下降……她安静得仿佛月色下即将沉没的轮船，无声无息地沉入了黑暗……"

"您去哪儿？"路致远的声音响起。

"她在叫我过去呢，你没听到？"

"您不要乱走，现在我要去看看爷爷了，您不要自己乱走。"

"放心吧，我只是不能再在这里待着了。"

曲寒推门进入了楼梯间，她跌跌撞撞一圈圈地绕着走不到头的台阶，想要离开这幢住院楼，摆脱那股流散在空气里的血腥气。她想起，那天做完手术后她跑向急救中心的手术室，想要打消自己那些关于灾厄的想象和莫名其妙的预感，然而她在门口见到了郑献。郑献脸上凝滞的悲伤对她来说是确凿无疑的打击，她久久不能忘记那张面孔。

那次事件过后，医院对所有参与事故抢救的医护人员进行表彰，曲寒也得到了一张荣誉证书，颁发给她荣誉证书原本是院长对她的安慰和鼓励，然而那本证书抱在手里曲寒只觉得扎手，它无时无刻不在提醒她是个多失败的母亲。

住院部楼下的花园里有不少病人在护工的陪同下散步，她安静地坐在长椅上，似一棵枯树一般坐了许久。看着病人来来往往，或许是对医院里类似的景象司空见惯，她没有任何陌生感，甚至觉得自己已经融入了他们，成为他们中的一员。

约莫两个小时后，路致远照顾化疗完的爷爷睡下，从住院楼里跑出来找她。

"还以为您走了。您还好吗？"

"刚才吓到你了吧。"

"那倒没有，只是没听明白你说的，好像有什么重要的事发生了。"

"不用在意，只是想起一些不太好的往事，应该很多人都有过这种时候吧，突然间因为相似的环境触发了回忆。你手里那个小玩具是谁给你的？能不能讲讲？"

"这个呀，"路致远摆弄起手里的指尖玩具，脸上浮起笑意，"从哪里讲好呢。"

"从一开始吧，我还有时间。"

路致远坐在长椅上望着眼前的花圃，有那么一会儿没任何反应，曲寒以为他并不想回答，他却开了口："我上的那所高中教育资源和水平是市里最好的，每年有上千名尖子生奔着各自学校得到的三五个名额竞争，我被我爸提前安排进入一所初中学习，重新读了一年初三，就是为了在那一年成为其中的竞争者。那一年几乎是封闭式的学习，除学校和家，此外再没有去过别的地方，直到成绩名列前茅顺利考上那所高中，爸妈才对我稍微放松……"

中考后的那个暑假，他找到了那家没有招牌的乐队练习室兼职，每天负责收银、打扫卫生、询问客人是否还要续时长之类简单的活计。有几位常客几乎每天都来：说话夹杂着英文单词的留学生待业在家，总在没人的时候占据隔音好的房间；玩重金属的程序员有时会在下班后抱着他的电脑赶来；还有一个口吃的鼓手平时不大说话，打起鼓来可一点都不含糊；留寸头长得像蜜獾的键盘手面无表情没人敢招惹；还有个一年四季墨镜不摘的暴躁主唱，跟他一起来的还有脾气随和、爱画眼线染头发的女贝斯手。

墨镜主唱写一首歌卡了三天，第四天敲鼓手的门，问他：打了几年鼓？到底会不会打鼓？为什么总搞不合适的加花？音量那么大你当你自己上音乐节呢？玩什么不好玩电子？水平不够就玩点流行的！

口吃鼓手气得一个字一个字往外蹦，旁边房间的蜜獾键盘手出门对着墨镜主唱就是一脚，两人大吵起来，致远急忙跑去劝架，旁边排练室的人都出来看热闹。留学生嫌弃地嘟囔吵什么吵，程序员探出脑袋来不敢多说话，女贝斯手对着墨镜主唱翻了个白眼关上了门……混乱的走廊里，她抱着一把吉他站在门口吃吃笑了起来，两根小辫子翘在耳后，她对键盘手说："你说的那个唱歌跑调的就是他呀？"又插嘴，"他说你键盘老弹错，就像鸡啄米。""还有还有，他说你歌词写得烂俗，广场舞大妈听了都要回家刷剧。"

在她的一番推波助澜下，刚劝开的两人又激烈推搡起来，直到女贝斯手背着乐器摔门而出，墨镜主唱看见女贝斯手的脸色，也不知是火气冲顶热的还是气焰被水灭了，主唱头顶冒了一股白烟，弃了对骂，回屋拿了吉他去追女贝斯手。

她咂咂嘴巴，好没意思地回房练习吉他，她似乎在学一首法语歌，一句一句地唱还不太熟练。路致远偷偷地站在窗户边上看她，进她的排练室总有各种理由：桶装水送错了房间，要打扫卫生还要检修地板……有一天她伸手朝他要排练室的钥匙，他没听清，愣愣地握住了她的手。瑶瑶噗嗤笑了起来。

"我来练一首歌，等开了学做自我介绍用，你听过《Je ne sais pas choisir》吗？"

"Je…Je ne sais…"

"Je ne sais pas choisir，一首歌的名字叫《我无法选择》。我教你两句啊。"

她清唱了两句，路致远也笨拙地学了两句。回家查看了歌词，认定了这首歌和瑶瑶本人一样怪异。

开学认识林旭后，总见他和瑶瑶形影不离，自然一直将两人当成男女朋友。直到他被叫去参加一个不怎么熟悉的同学的生日聚会，才解开对这两人关系的误解。

在那次聚会里，他发现林旭等人似乎并不知道瑶瑶常去那个破败简陋的练习室玩。从那些孩子的讲话中，他大概也知道了她隐瞒的原因。国际部的那些孩子们围坐一起，畅谈国外的歌星、品牌、球赛以及文学艺术之类，路致远发现自己几乎都闻所未闻。从家里摆放的照片，可以想象他们从幼儿时便被送入双语幼儿园，参加名校夏令营，关注国际新闻和英文讲座，学习钢琴或油画，有兴趣的还自学了编程设计软件，衣着不追求奢侈但讲究品质，如今还学着各自父母舒适自然的坐姿和沟通手势，从不同领域出发表达各类见解，他们的野心毫不遮掩且引人注目，其理想无一不是离开国内，考进遥远且久负盛名的世界名校。

在路致远看来，瑶瑶分明也有类似的成长经历，她却从来很少参与进对话里面去。当他发觉瑶瑶与他们格格不入的时候，便与瑶瑶更亲近了一些，在他们谈起鲍勃·迪伦，纷纷介绍自己收藏的某张专辑或某本书的时候，他与瑶瑶已经在角落里不自觉地哼唱起了《像一块滚石》的同一段旋律。

每周六，她带他去各个馆逛，学生门票只要不超过五十元，他们都去过。她对于艺术品的讲解总是富有想象力。"看那幅赤裸的女人，她一定是画家的梦中情人，因为他将她的眼睛画得比身材还要美。"脸型奇长的泥塑传达的情绪难以捉摸，经她那么一模仿，别有意趣；又或，她说："看这幅山水画里，住在山上的人和住在山下的人是亦敌亦友的死对头，纠纠缠缠一辈子，到老了迈不开腿，他上不去他下不来，只能让路过的大雁捎话，捎话的内容不过也是，老不死的，吃了没？"

到了夜晚，他们回家赶上地铁高峰期

或偶然车厢空荡荡，无论哪种，瑶瑶都能让无聊的路程变得明亮有趣。他最怀念的是，两人拉着扶手随地铁刹车身体漂移，心照不宣地双双笑起来。有时候路致远回忆起来，她的笑容总是渐渐变得摇晃、模糊，像地铁窗外疾驰而过的光线，似乎在告诉他青春的风景已经远去了。

与林旭分道扬镳是早就能预见的事，只是路致远并不能像个成年人一样将关系处理得不着痕迹。林旭心思渐渐重了起来，他深知，瑶瑶走进那片森林，就不会再回头。

对他来说，比起苦口婆心地劝导瑶瑶，排挤路致远要简单得多。这个班的学生家庭背景都很相似，从小接受的教育也都相仿。只需在组织夏令营的时候催促他尽快交钱，在聚会时让他谈一谈大家所聊的话题，或让毫无经验的他加入一场重要的演讲比赛并在合适的时间点发出对他过往经验和努力的质疑……做点这样的小事，就足够让很多高傲、怕麻烦、气场不和的同学自动和他远离。只是让林旭不快的是，路致远似乎根本不觉得这些刺痛到他，他坦然接受所有有意无意的侮辱，永远一副笑脸蒙混过关，有时甚至故意让大家当个笑话。他似乎也从来不想和除了瑶瑶之外的人交朋友，每每想到这里，林旭都认为他在故意针对他。

终于有一天，在放学回家路上，瑶瑶质问他关于近来他的那些所作所为。她早看穿了他的心思。尽管经过他的一番辩解，瑶瑶总算表现出了理解和些许愧疚，并打算更正自己过于偏袒路致远的行为。但他看到，从那一天开始，她走远的脚步越来越快了。

事情也不是没有转机，他很庆幸自己参加了那次志愿活动。学校组织的志愿活动通常是在市区内博物馆、天文馆展开，或联系一些著名景点组织义卖活动，但此次受到社会上一位师兄资助，他们来到师兄的家乡盛节做环境保护、义卖捐款的活动，另一方面，还可以去参观师兄的企业和工厂。

自愿报名的学生有三十人，听说路致远起初不想参加这次活动，林旭不知道是否是自己对他的刺激起了作用，他近来几个月都忙于四处打工，频频请假或逃课，几乎将所有的自学时间都花在赚钱上，功课自然也是一降再降。后来又主动请求参加，听瑶瑶说他老家是盛节的，想借此机会回去探望爷爷。

他们一起到盛节的第一天，在师兄安排下进了新城区的一家星级宾馆住下。第二天到盛节周边城市的一些景点，去做环境保护的志愿服务，另一部分学生组织义卖活动。第三天参观工厂和企业，了解当地民企的现状和生产模式。当天下午，他们吃过午饭，看到西装革履的师兄在食堂外和一位穿黑夹克戴眼镜的男人交流，后来他们知道是当地扶贫基金会负责人，当时正在与师兄商量义卖所得分配的事。

回来之后，师兄提出，希望选几个学生代表到贫困、病患以及孤寡老人家中，将义卖所得资金交到他们手里作慰问，学生们也可以看到自己的努力给别人带来的帮助，这是非常有意义的一次行动。在师兄的鼓动下，带队老师也同意这个提议。

五个学生代表里面有瑶瑶、林旭，路致远也被选为学生代表，因为他是本地人，那位师兄只是单纯地想通过路致远，可以使得这些志愿者快速适应陌生环境，但实际上，处于中间角色的他，既无法向同龄人解释眼前复杂的状况，也无法代替他们让那些受资助的人消解警惕，更难以维护他自己的自尊心。因而在他们走进那些破败闭塞或散发着糟朽气味的房屋时，一切就有了端倪。

学生们跟着师兄、扶贫基金会负责人和老师进入一对老人的家里，将狭窄的十几平米的空间满满占据，驼背的老人茫然地站在屋里，用不太好使的耳朵认真听负责人的解释，他凑在老人耳边一遍又一遍地解释时，学生们四处打量房间内用了几十年的家具、头顶摇摇欲坠缓慢转动的吊扇，其中不知是谁捂住了鼻子，还有人小声地询问："这是什么味道？"老人也闻到了味道，转身去给身后瘫痪在床的七十岁老伴换尿片。女同学急忙离开了房间。

第二户人家，那位父亲一身油漆味急匆匆从外面回家，面色苍白头发稀疏的七岁女儿被命令进房间写作业，那攥着笔的手背上是输液针留下的一片肿胀青紫。她的父亲戴着口罩不停地咳嗽，并穿梭在杂乱的房间里走来走去找衣服，时不时就踩到脚下的婴儿玩具，话刚说了个大概，对方就说要换身衣服去老母亲那里接小儿子。

接下来在一间简陋的洗衣房门店里找到一对母女，那家洗衣店的业务主要针对旁边的小宾馆，店里只有两台洗衣机，地上篮筐里的床单被罩等却堆叠到了接近房顶的高度。母亲背着一个哇哇大哭的男孩，蹲在洗衣盆边双手用力搓着洗不干净的油污，年纪和他们一样大的女孩趴在一张小桌子上写作业。扶贫基金会负责人扯着嗓子的解释与孩子的哭闹声对抗，对话混乱不了了之，关于最后的结果，路致远已经不记得了，唯独印象深刻的是那个同龄女孩盯着他们这群人一动不动的目光。

他内心想要迫切逃离这些场合，希望赶快结束这场糟糕的临时起意的行动。那些同学越发地沉默，他们想必是累了，包括师兄和老师，他们也没有想到这样不重样的棘手情况竟然藏在他们要去的每一扇门后。

"由于没有事先通知，我爷爷和奶奶看到我的时候，甚至还以为我是带着同学回家来玩的。爷爷现在住的房子并非我从小到大熟悉的那间房子，当初拆迁后位于开发区的房子已经被我爸卖掉了。他又重新给爷爷奶奶在老城区买了一套生活还算便利的平房，那时我已经去北京上学，对于这种无关学习的事情我爸向来不会跟我说。因此当我跟我那些同学一同进了那间平房的时候，我的意外一点都不少于任何一个人。

"看到那样生活清贫节俭过度的老人，以及仿佛被城市建设远远抛在脑后的老房子，我在那些高高在上的同学面前自卑得抬不起头来，所以决定休学远离不属于我的城市和圈子。您一定是这么想的吧，林旭他也这样想，甚至郑瑶瑶也是这样想的。在我离开北京的时候，林旭语气平静又略带委婉地说了这些看似同情和理解的话。

"可是我并不是那样想的，也从来没有过因自卑产生的愤怒和耻辱。在我们走进油漆工父亲家里的时候，我的那些同学们，看见了他们搭在晾衣绳上的内衣上的破洞，在出了门后问了句，他们为什么要这么活着？我知道，他们没什么恶意，可是我睡不着，整夜地想着那句话。我只能承认，那些差距巨大的难以弥合的无法理解本身，不能不算是一种恶意。我想离开，因为我觉得所有的贫穷都不被看见，所有的落魄皆因懒惰愚笨的美丽世界，这并不是我所生活的真实世界，也不是我要去追求的世界。

"除此以外，因为我爷爷生病这件事，我终于明白了，我爸所为之努力的并非是我想要的，也不能成为我未来道路的模板，我也不想再从他划分成五六份用途的工资里拿钱，让他负担我高昂的学费和补习费，更何况，这边小赛哥那帮专门讨债的人还死死盯着我家。爷爷的病复发后，我就回了盛节。我爸每月按时打钱，偶尔有供不上的时候，就像这次我爷爷化疗……"他伸了个懒腰，没再继续说下去。

曲寒清楚把孩子送进那样的学校到底要费多少周折，瑶瑶当年也一样费尽了辛苦才勉强进了那所学校。这是多少家庭难以企及的事，却被路致远这样的孩子说放弃就放弃了，不过依曲寒如今的心境却明白了眼前这孩子的想法，甚至在他面前有些惭愧。

两人顺着公园小径散步，下午的气温过凉，散步的病人们又陆续回了住院楼。曲寒已经大概弄清楚了瑶瑶那些钱是怎么回事。当初一起做完志愿活动后，瑶瑶从生活费里节省下钱来给路致远打过去，想要给予资助，但她不知道那张卡早就在爷爷手里，而路致远则一直将那些钱当做父母打来的。既然不知，索性瞒下去好了。

路致远跳上花坛石，双臂展开保持着平衡走路，手指上甩着那个亮片玩具。瑶瑶小时候的手工作业就是与这一模一样的物件，她说灵感来源于打针怕疼时，护士姐姐为转移注意力给她玩的一个钥匙挂件。

"这个东西，是瑶瑶送给你的？"

"这是高一那年，她送给我的礼物，就在送完礼物的第二天，我就发现了她要自杀的秘密。"

"什么自杀？"曲寒不可置信地询问，脑海中记忆翻腾。

"和您想的郑瑶瑶根本不一样是吧，是啊，当我在排练室看到她拆开快递拿出一瓶药的时候，我根本都没往那方面想。后来打扫卫生的时候，看见盒子里的宣传单上，卖家的店名并不是什么正规药店的名字，就去搜了一下店铺……那天我足足跑了有三条街，幸好赶上晚高峰堵车，我才赶上去把她从公交车上拉下来，把满满一盒药片全倒进了下水道……"

"你在胡说什么？瑶瑶怎么会做这种事，她没有理由这么做！"

"您干吗这么激动？您不了解她。"

"她不会那么做，我知道她不会，她是一个喜欢运动，每天早上都会笑着说早上好，会每周买鲜花装饰客厅，因为自己动手染头发失败碎碎念一整天的人，这样的孩子她不可能有自杀的想法！"路致远惊异地看着曲寒，刚要问出那句您怎么知道这些的时候，曲寒又急着补充一句，"我是说、我是说，她一定是这么一个人。"

"您不认识她？"

"当然，我不认识。"

"您可以想象她是这么一个人，而且她本人也的确像是会做出那些事，可是我们有时候并不像你们大人想的那样，永远乐观，永远充满希望。她对这个世界有怀疑和动摇，我不认为是她的问题，她说过她有必须那么做的理由，就是因为她对她妈妈的失望积攒许久。所以说这种事大人们总归是有责任的，无论发生不发生，都不能全在她身上找答案。您说呢？"

路致远跳下花坛石，回头去看曲寒，那张几近病态苍白的脸上，正在释放一种如同灰尘一般抓也抓不住的信号，她像是工厂流水线上生产的外表完美无缺的残次品，有人把它买回家，她便只等待着一声孩童的啼哭将她击碎。

路致远小心翼翼地说："您真是我见过的最怪的大人，您别生气，我觉得您现在应该趁医生没下班去检查一下身体，或者去睡一觉。郑瑶瑶这事儿纯属我多嘴，是又让您想起什么不好的事情吗……"

她什么都没有听到，转身离开了，不知道要去的是什么地方，好像一切都无所谓似的，就这么转身走了。

她仿佛走在一片虚空里，没有道路、建筑、行人，连声音都顿然消失，能唯一感知到的是自己那颗悲哀欲泣、奄奄一息的心脏。与其说曲寒在行走，不如说是一颗将死的灵魂在行走。

眼前的道路如何铺展，方向如何变化，不是通过眼睛，而是通过头脑中那条紧绷的线传达给她。她渐渐远离盛节城区，穿过公路和民房，穿过泥土小径和荒草地。即将走到铁路上的时候，脚下不知被什么东西刺破了鞋底，痛感将她唤醒。脚底流了血，她感受到了，她一边痛着一边走着，丝毫没有停下的意思。铁路绵延的尽头，有个身影从沉沉暮色中走出，他朝她快步走来，带来了一阵火车鸣笛声。她晕了过去，意识消散前，跌进了许小满的怀里。

10

四合院堂屋的那扇红色木头门在数载岁月中已和土地融为一体，一年较之一年暗哑无光。个头还没窗台高的瑶瑶缓缓推开那扇门的时候，站在门口许久不敢迈步。屋子里沉积布料混合木头的鲜明气味、长寿的生命、无所事事的日光，以及太姥姥手里缓慢的针线活，一切安静得让她不敢再做出任何动作。

瑶瑶站在门口等太姥姥手里的活计停下，可她从门被打开后连头都没抬起来过。瑶瑶害怕太姥姥着了魔，灵魂被针线活勾进了毛衣里，她便试探地喊起来："太姥姥，我来了。"太姥姥没有回应，对了，瑶瑶想起妈妈跟她说过，太姥姥的耳朵早在好几年前就不灵光了，于是她大声又喊了一遍，"太姥姥！"

太姥姥手里的活计停下了，抬头看见瑶瑶，迟滞的目光里延展出柔和的光辉，像是门口的光映射的。

"是小寒吗？小寒来了？"

"太姥姥，我是瑶瑶。"

"瑶瑶？"太姥姥一愣，又说，"太姥姥已经老糊涂了，不知道小瑶瑶这个时候会来。"

"太姥姥，我专门回来看您的。您的线衣还没有织完吗？"

太姥姥看了看筐子里的毛线和手里织了大半截的毛衣，脸颊的皱纹微微荡漾，她说："差不多了，我还给小瑶瑶织了一顶帽子，让你姥姥带走了。你在家戴了吗？"

"我留着冬天戴，现在外面天气暖和起来了。"

"是吗？"太姥姥看着门外愣了愣神，"今天和昨天是一样的，和前天也没有区别。"她放下手里的筐子说，"我不织了，以后都不织了，我已经织够了。走，太姥姥陪你去看看外面的梨树。"

太姥姥佝偻着背牵着瑶瑶的手走出堂屋，祖孙俩静静地站在门廊下，看着院子里的风把满树的梨花吹落，一齐笑了起来，仿佛那花落在了脸上。

"你妈妈呢？"

"她在家里等我呢。太姥姥，妈妈说她很久没回临西了，但每次要回来的时候她总是很忙。我猜，她是不想回来。您会不会怪她？"

"她不是不想回来，而是回不来。等她到了我这个年纪，能放下很多事，或者不得不放下的时候，她就回来了。你妈妈最近活得很辛苦，她已经不像小时候那么勇敢了。"

瑶瑶点点头，看着眼前的梨花树，风吹落一朵，树上就又生出一朵，吹落一片，也会再生出一片，像是永恒的生命循环往复。瑶瑶说："我回去看看妈妈，太姥姥，我改天再来看望您。"说罢瑶瑶挥挥手，跑向了门口，消失在院子里。

房间里时钟的秒针嗒嗒地运转着，有人在床周围走动，他动作轻缓，拉开了里层的厚窗帘，然后经过角落里的五斗柜走到书架旁，先是拿起书架上的书翻了翻，转而又拿起了书旁边那张全家福照片看。窗外似是春天季风来袭，吹得小区里的槐树哗啦啦地响。朝南向的卧室窗户只拉着一层薄纱窗帘，阳光漫进窗来，照得曲寒身上暖融融的。

她翻了个身侧躺在床上，感觉到身体前所未有的轻松和踏实，像极了多年前在许小满房间里的某次午休。此时，房间里的那个人发觉曲寒的动静，先是停顿一下，然后将书和相框轻轻地放回原处，走到床边将被蹬掉的毯子给她盖好。

曲寒睡眼惺忪地看见眼前的人是许小满的时候，问他："这几天你去哪儿了？"

"你醒了。"许小满的声音是充满阳光的温和，听起来让人极容易再度陷入睡眠。

曲寒大概这么看了几秒钟，突然彻底醒了过来。房间里是常年摆设的那样，只有角落里一台电扇是很多年前用过的，她记得郑献修理不好给扔掉了。五斗柜上的花瓶分明很多年前就掉地上碎掉了，不知为何又出现在那里。窗户上那个被砸出的洞消失了，也许是那次郑献打电话之后，让人换了玻璃。

"我怎么回家了？你送我回来的？我睡了多久？现在是什么时候？"

这些问题断断续续，像她头脑中连不起来的那根线，总是思索一会儿再问下一个。她根本无法将眼下这场景与晕倒前的记忆联系起来。

许小满让她缓缓，她原以为他会解答自己的那些疑问，毕竟对于清醒的他来说这算不上什么为难的问题，可许小满一个问题也没有正面回答。他关切问道："身体感觉怎么样，有没有不舒服的地方？"

"完全没有。"

"那天晚上你发起了高烧，意识混乱，不停地说着梦话，我在你身边照顾了一晚上，醒来的时候，就和你来到了这里。"

曲寒没懂他在说什么，门外隐隐约约有什么动静，曲寒问："家里还有什么人？"许小满没做任何反应。

两人出了卧室来到客厅，房间内空无一人，然而家里的布置却处处让曲寒惊疑。很多年前用过后来丢掉的茶几、地毯如今正各司其职躺在各自的位置上，液晶大屏电视机恢复成厚重的银色老式电视机，冰箱也从双开门变成了单开老款，走到窗边，阳台的晾衣架上竟搭着一排婴儿的衣服。曲寒拿起桌上的一本医学杂志，那是多年前自己订阅的一套杂志，大约四五年前已经停刊，而这本封面上却是2006年5月期。

"这是怎么回事?"她问。许小满依旧沉默。

曲寒突然警惕起来,她隐隐约约又听到那个声音,类似于孩子的啼哭,声音渐渐放大,像是被谁旋大了音量。

"好像是那边的声音。"说着,许小满推开瑶瑶房间的门。

在崭新的装修成儿童房的卧室里,一名数月大的婴儿躺在婴儿床上大哭不止。曲寒不可置信地站在门口迟迟没有移动,她的手指起初不敢触碰婴儿的皮肤,鲜活的生命力令她有些颤抖,她抱起瑶瑶,时隔多年已经忘记怎么哄孩子,她只顾着亲吻和流泪。

她细细地将婴儿看来看去,确定了一遍又一遍这些不是自己的幻想。在这间房里的一切看上去未免过于真实,也过于荒诞。她抱着瑶瑶许久舍不得放下,看着怀里熟睡的孩子,曲寒开始思索在他们身上发生的一切。

窗外,那轮巨大的夕阳压倒性地占据三分之一的天际,将整座城市都融化进柔软且梦幻的金色光辉里。她一度认为自己沉溺梦境不愿醒来,但仍有一丝质疑带来希望,倘若是梦境,照以往,当她意识到自己处于梦中的时候也就是清醒梦境的开端,往往会清晰地感受真实世界并操控梦境世界。但这次,她似乎无力改变任何事情。时间忽快忽慢变化无常,怀中的孩子正在快速成长,房间里的东西时刻都在变动,手机无法连通外界,窗外的道路上也没有车辆经过,似乎这个世界里,至少在这个家里,只有他们三个人。

怀中的婴儿不知什么时候长大了,瑶瑶换上了国际双语幼儿园的校服从卧室里出来,嘴里念叨着饿了要吃饭。曲寒压住心里的惊讶,一时怀疑眼前的这孩子是不是自己的女儿,但那说话时总是微微翘起的尾音,不是瑶瑶还能是谁?

曲寒抱着瑶瑶不愿松手片刻,她关注起墙上的时钟来,有时候秒针一动不动,有时候趁自己不注意,以几倍于正常速度转上好几圈。她想,不管是穿越还是梦境,一定不是让她重新来过旧生活,工作、存钱、教育、保险等等,至少这个世界里诡异的时间速度不允许她做这些事。

在照顾瑶瑶吃完饭后,曲寒将瑶瑶托付给许小满照看,她觉得有必要出去看看到底什么情况,也许能碰见什么人问一问。离家前,她看了眼桌上的杂志,上面的封面日期告诉她,现在是 2011 年 8 月。

曲寒出了门先是敲敲邻居家的门,结果如她料想的那样,无人回应。出了小区她朝林旭家走去,走到半路才想起来,这个时候林旭一家还没有搬过来。曲寒又转回去径直朝小区外面走去,路上不见任何人迹。

她在路边车位上找到了自家那辆福特轿车,车上的挂件是他们一家三口两寸大小的合照,照片中瑶瑶搂着郑献的脖子,曲寒站在一旁,右手只是简单地搭在郑献手臂上。

"我妈妈从来没抱过我……"

曲寒开动车子,突然想起这句话。这是瑶瑶小时候有一天在卧室和同学打电话的时候说的,她十分惊奇同学会跟妈妈撒娇这件事,她说:"从我记事起,我妈从来没有抱过我……哎呀不是,她就是很、很独立……我也很独立呀,我就不喜欢蹭着别人。"那天当瑶瑶尝试着要靠近曲寒的时候,曲寒还是一声不吭地躲开了。

她在车子里呆坐了片刻,然后朝郑献

工作的学校驶去。

北京城的街道从未像现在这样空荡荡，整座城市不见人烟，如果不是知道现在所处的时间，她想自己大概会觉得来到了世界末日。路边店铺虽还是往日那样拥挤，但仔细一看却发现招牌大都是空白一片，像是无脸人，也像是加载不出页面的浏览器。

行至半途，原本熟悉的路线被一片老房子堵住了，曲寒想起来，这里以前确实是一片低矮的老房子，只不过后来被开发成了写字楼和公园。车上没有导航，很容易绕进复杂的街巷耗费时间，曲寒看了眼手机，一晃又是多年，于是立刻放弃了探索往回赶。

赶到家的时候，时间已经过去了五年。瑶瑶长高了不少，五官开始萌发出少女气息，她听见动静，回过头来看见曲寒的一刻，曲寒恍惚间生发出错觉，好像自己是刚下班回来，碰上女儿在家的时候。那错觉令她短暂沉迷。曲寒不由自主走向女儿，想要拥抱她，瑶瑶却一把将她推开，曲寒这才注意到瑶瑶正在收拾行李。

"瑶瑶，你要去哪儿？为什么收拾行李？"

瑶瑶不理会曲寒的询问，一声不吭地将自己的衣服装进行李箱。唯一一次离家出走，大约就是在她这个年纪，曲寒对这件事印象深刻，但在试图劝说并阻拦瑶瑶离开的时候，无论如何都记不起来瑶瑶离家出走的原因。

曲寒开始不停地道歉和挽留，尽管她并不能说清因为什么而道歉，确实有几件事曾引发她们之间的争吵，比如文艺表演中，因为曲寒的疏忽，导致瑶瑶穿着破洞的裙子上了台，又或者，到了瑶瑶上小学的时候才发现女儿左眼弱视的问题……曲寒重提这些事，但瑶瑶并未有任何反应，仍旧坚持收拾行李。

不对，舞蹈裙也好弱视也罢，这些都是无数争吵的导火索，瑶瑶的怨恨已经积攒了有一段时间了。

她记不清原因，只想起了在瑶瑶离家出走的那天，她并不像今天一样在场，她在医院接到郑献火急火燎的电话后，两人大晚上找遍了所有能找的地方，正要报警的时候，接到派出所让他们来领人的电话，原来瑶瑶打算住宾馆却没有身份证，宾馆前台看出端倪后打了报警电话。在将瑶瑶领回家的路上，郑献对着冻得瑟瑟发抖的瑶瑶嘘寒问暖，瑶瑶看见曲寒脚下的拖鞋，知道她急得还没来得及换鞋就从医院跑出来找她，她走到曲寒身旁还没说完一句道歉，就被曲寒打断："下次要离开，告诉我一声，我不会去找你。"

瑶瑶收拾好行李的时候，曲寒扯住瑶瑶的衣角，痛苦地蹲下去，她无力去阻止任何一个人离开她。

"妈妈，你想跟我说什么吗？不要总是和我讲道理，不要总是指责我的情绪。"

曲寒抬头望向瑶瑶，向自己的女儿伸出双手，但此刻她像不会说话的婴儿一样无法整理措辞，她只好抱住了瑶瑶，贴近女儿脖颈的皮肤，几乎是以一种惨淡可怜的声量，哽咽道："瑶瑶，妈妈害怕。"

瑶瑶似乎是听到了，她最终放下了行李，两人坐到沙发上互相偎着直至深夜。不知道是不是曲寒的错觉，她感觉时钟上的指针在这期间滑动得很慢。曲寒有大量时间去解释过去的种种矛盾，更确切地说，是解释矛盾发生后她一贯的极其理智和冷淡的态度，但大部分时候她对过去究竟为什么那样，说不出理由。

许小满坐在阳台的凳子上，正拿着酒瓶独自喝酒抬头望着星空，不时回过头来看看她们两个。曲寒从未在城市里看见过这样闪烁无比的星空，瑶瑶也一样，年幼的时候她曾一直以为星空是书本虚构的，不然为什么她在城市的夜晚从来没有见过。

瑶瑶看着窗边的许小满说："我见过那个叔叔。"

"在哪儿？"

"在临西，你的房间里有一张你们的照片，还有刘阿年叔叔。妈妈，你喜欢这个叔叔吗？"

"嗯，喜欢。"

"比起喜欢爸爸呢？"

"是不一样的喜欢。"

"怎么个不一样？"

"对他的态度，就像是对这个世界的态度。我喜欢他的时候，会喜欢这个世界，喜欢消失的时候，对这个世界的喜欢也会消失。"

窗外春夜宁静，瑶瑶渐渐熟睡过去。在他们这个世界里，就像坟墓立于金黄成熟待收割的六月麦田，死亡与生命并存，回忆与当下交织，一切不足为奇。许小满想要拥抱她，她不拒绝，许小满想要亲吻她，她也同样亲吻他。

"要知道，我爱你，像爱临西的红色黄昏。"

在房间待着的日子里，她一一预见过去的生活，并眼看着过去成为当下又转瞬沦为过去。不经许小满提醒的话，曲寒已经忘记了时间，他们在这个房间里又度过了五年。一天早晨醒来，家里的冰箱换成了双开门，几乎就是一回头的时间，就会发现手机变成了智能屏，书架上凭空多了几本书，书桌上多了一台全家都可以使用的联想笔记本，家里那辆福特车终于报废换了一台二手车……至于家里的整体装修并没有做太多改变，八十平的老房子从外部看已呈颓唐之势，当初他们卖掉了四环外的婚房并买下现在这个房子，为的是占个重点小学的学位。

从那时开始，她和郑献才感受到每月供房贷和车贷的吃力，为了瑶瑶上学方便，他们势必要再多坚持几年，等瑶瑶出国留学，两人计划就将房子卖掉，换个更好一点的房子。他们这个地段房价涨幅还是相当可观，很多家长从孩子没出生就开始盯着这个小区房子。

在瑶瑶上大学前的几年，一家人节衣缩食，控制预算，衣服只在快消品牌打折季购买，智能手机选国产品牌中性价比最高的，郑献放弃了去网球馆打网球的爱好，旅游计划也是一再搁置……倒不是说一定为了女儿的未来做出多大的牺牲，曲寒只是希望一切都能在控制范围内，好像如果没有充分可靠的保障，就连一阵风也能吹断她与周围世界十多年的维系纽带。

在瑶瑶学习这方面，曲寒一向很下功夫，从小学阶段对英语的培养就奔着四六级水平去努力，头三年学华数后三年学奥数，兴趣班也不落下，学了乐器和书法，这才突破重围考进了初中名校。升高中那一年，瑶瑶所在中学只得到了重点高中的三个名额，身边所有的同学似乎都到了冲刺期，如果不能考上那所全国闻名的重点高中，瑶瑶出国留学，一定会处于劣势。因而，曲寒通过郑献的关系，找到了北京最有名的冲刺补习班，花了她和郑献一年多的积蓄，才终于将瑶瑶送进了那个补习班。而瑶瑶也比以往更加努力，早上七点到学校，放学后到补习班上课，再回到家里来学，到凌晨一点才睡下。瑶瑶对她的各种安排没有发表任何意见，沉默着。

过去的计划一项项实现，对未来的设想全都在可控范围内，生活在眼前持续且坚定地行进，如今的曲寒却对此产生越来越深的质疑和不安，她试图改变过去所做的决定，但终究是白费力气，生活不为所动。

曲寒切了盘水果想等瑶瑶下了课回来吃，经过家里那套老式五斗柜前的时候，她停下脚步看着柜子上那张父亲的黑白照片出神。放学回家的瑶瑶进了家门，看见那张黑白照片，目光忿然地盯着曲寒，似乎在等待她做出解释。

曲寒看看手机上的日期，这天是父亲去世后的第五天。她记起，这次瑶瑶生气是因为姥爷的葬礼，曲寒没有告诉任何人。

那天她接了电话之后，又等最后两个病人问诊完毕才从医院出门，赶去父亲所在的老年公寓附近的医院。赶到那里时，母亲正在医院楼下的凳子上发呆，她是从打工的快餐店里赶过来的，身上还穿着绿色的围裙。

曲寒在停尸间见到了父亲，听说喉咙里的那颗硕大的苹果已经被取了出来，一同被扔进垃圾桶里的还有他从不被人注视的死去的尊严。父亲这一辈子都在和自己平淡的命运作斗争，但曲寒没想到与父亲较量最后一口气的竟会是一颗苹果。

望着从殡仪馆上空冒出来的黑烟，曲寒递了一根烟给母亲。

"你这个爸呀，"母亲一边抽着烟一边叹气，像是把活力和怨气一同卷着烟雾吐了出来，"你爸当年从中专毕业后，进了供销社抱上铁饭碗，那年你也出生了，在你百天的时候他说要让我们母女俩住上市中心的楼房。大概是……1984年的时候，那些早早辍学的老同学都去南方做生意赚钱了，他受了鼓动，放弃了铁饭碗，把你扔给姥姥照顾，带着我一起去了深圳。刚去那年，可真好呀，什么都好，虽然没钱，但处处都是希望，我还记得八卦岭傍晚的合唱歌声和篮球……"母亲望着远方的黑烟，眼里是不合时宜的向往。

"你爸也是成功过的，你不记得，赚钱那两年你喝光的奶粉罐在院子里堆了两大纸箱，周围邻居家的孩子没哪个能像你过得那样舒坦。不过后来他算是被人坑了，背了一屁股债，再然后就是回了临西……"接下来她的话断断续续，有的说了一半干脆直接跳过。曲寒静静听着没发出疑问。面对她的沉默，母亲为自己辩解说是记性不太好了，很多事都记不清了。

"没关系，那时候我记事儿了。"曲寒淡淡地说。

回了临西，他先是经人介绍去了新城区的一家机械厂工作，干了没两个月，因为老师傅训了他几句，一气之下辞了职。后来的几次工作，干的时间总是超不过三个月。他极力劝说老同学跟他一起倒卖电视机，那时候能买得起电视机的只有少数万元户，因而赚了一些钱后，这生意在当地就难以进展。接着，新城区的开发给他带来机会，他用倒卖电视机赚来的钱组织起了建筑施工队接工程。

为了拿到工程，他开始频繁联络当地的开发商和官员，那段时间他常带曲寒"见世面"，每次带她一起去别人家做客，事先总不下五六遍地警告多项规矩。若是曲寒表现得好，父母便会一番夸奖；若是哪点忘了表现得不好，回家路上便是一通冷眼和责备。

两年后的一天，一名工人被垮塌的楼板砸死在建筑工地上，父亲的生意也随之轰然倒塌，他把所有的家当赔个精光。新债旧债一起上门，他躲在家里被人从衣柜里拖了出来，母亲哀求嚎叫于事无补，债主们当着曲寒的面，狠狠朝他脸上呼了一巴掌。从那时候起，父亲碎落一地的尊严再也没拾起来过。

后来，有关母亲的流言蜚语，最终使他掉在地上的尊严在泥淖里来回挣扎了几遍，然后便死去一样毫无生气了。

曲寒高三那年，父母终于离了婚。她以为父亲会比此前更加消沉度日，但他蓬勃的野心和生命力又持续了十余年。曲寒上了大学就很少再与他联系，生活费学费她自己打工负担，勉强够，他似乎对女儿的疏远毫无察觉，还四处对外人炫耀曲寒有能耐懂事。

那些年他倒卖过服装、电器，开过店铺，承包过餐饮项目，他忙于一次次开始，很少思考失败的原因，甚至到最后根本不在乎结果是什么样了。自从曲寒在北京定居，他身上不安分的幻想和无法填满的不甘又开始躁动。他开始来北京找机会做生意，多年后再见到父亲，他的半袖衬衫被镀金的金属扣皮带扎进西装裤里，啤酒肚和他的欲望一样膨胀。因此毫无疑问，在他踏进家门后，借钱成了他们那几年唯一的话题。

他拍拍头发上的雨水，接过曲寒手里的一张卡，曲寒说："以后都会打到这张卡里，你不用每次都过来跑一趟了。"

"生意最近挺好的，我雇了几个人跑运输，我周转过来马上还你。"这话每次都说，曲寒自然不当真，也从没指望他还过。他递了两盒芭比娃娃，说是给瑶瑶买的，曲寒接过放到了一旁。

父亲知趣地笑笑说："那行，我还有个会，先走了。"

"爸，留下来吃饭吧，我都快做好了。"郑献急忙从厨房里跑出来挽留。父亲走后，郑献对曲寒说："爸是爱面子的，我去过他住的群租房，根本不像他说的那么好……"

不止郑献，曲寒也亲眼见过父亲在烈日之下被人使唤着工作的样子。但每每想到这里，曲寒却越发心硬起来，和郑献争辩："你以为他是为了谁？他这把年纪完全可以在临西找份工作，过得舒心自在，他非得跑到北京来折腾。你以为他是像他嘴里说的那样，为了我为了家为了瑶瑶吗！他只是为他自己！"争论过两三遍后，郑献也不再对她提起，但曲寒知道，在他和瑶瑶眼里，自己就是不近人情。

后来，他喝酒喝成了肝损伤，在医院治疗一段时间后，曲寒帮他在北京找了一家老年公寓调养。他在里面一点也不安分，他痛恨身体动不动就会疲惫，痛恨水肿让他双腿变形，有段时间腹痛也让他难以入眠。他强迫自己吃很多饭，每天早晚锻炼一个小时，想着一个月后要从这里搬出去，去看看退休的老哥们搞起的快递生意，护理他的护士笑他："您还以为自己三十来岁呢。"他乱发了一通脾气，因为他觉得护士的话里意有所指。

曲寒带瑶瑶去看望他的几回里，他的身体一次比一次差，他说他已经瘦回到了年轻时的体重。流失脂肪后的皮肤皱皱巴巴地拥蹙着他的乐观，随着每一次的嬉笑怒骂，变化多端的皱纹波动反倒让他增添了一种少见的真诚。吃完饭后他不像刚开始住进来那样嚷嚷着要出门,没一会儿就躺在床上打起盹来。瑶瑶在身旁玩着姥爷送给她的芭比娃娃,曲寒则坐在沙发上长久且安静地注视着他,仿佛在看一个从未认识过的人一般。午睡醒来后,他睁开眼睛,用看孩子一样慈爱的目光看过来,曲寒一愣,不知道他是在看瑶瑶还是在看自己,那一瞬间,她想说什么话却迟迟没说出口。直到她和母亲坐在殡仪馆外望着袅袅而上的黑烟之时,她才问:"还疼不疼?"

瑶瑶是在打电话到护理院询问寄过去的营养品有没有收到的时候,才知道姥爷去世的事情。瑶瑶不懂曲寒只在某些点上流露出来的淡薄感情、用所有理智去分析感情,在她看来,曲寒只是在笨拙并努力地学习和模仿,所谓的真情流露都并非发自内心。因而在曲寒解释说是因为中考在即不想让她为这些事分神才没有告诉她的时候,她冲着曲寒大喊:"你才不是,你对我们生活的安排总是冠以各种爱的名义,但你又总是拒绝与我们建立任何爱的关系,你到底在害怕什么!"

曲寒明白了,以前她被这句话打败过,因而刻意地忽视了它,假装问题不存在。再次听到这句话她才明白,瑶瑶后来所做的一切都有了依据。她故意切菜切到手指,故意摔伤膝盖,故意在生日那天悄无声息仿佛忘了日子,小白猫死去那晚后她消失了一整天,同样也是她网购了一瓶药藏在书包里等待被曲寒发现,然后观察曲寒的反应和行动,并从中付出谨慎的期待和重复的失落。在过去,曲寒大部分时候都注意到了她的变化,却不愿多去想想,她将这部分责任推给郑献,因为她实在不知道如何给瑶瑶一个让她满意的答案,她甚至觉得在自己身上,早已不存在那个答案。

瑶瑶摔门进了卧室后,曲寒放下果盘,看了眼手机上的日期,她最近把注意力都放在那个日子上,生怕什么时候那个时间点就倏忽而过,错过挽救,那这个世界对她而言也全然没有了意义。

那天很快就会到来,她必须要做点什么。她把这次行动视为最后的机会,她开始收拾行李,决定让瑶瑶放弃千辛万苦才考上的那所重点高中,并转入临西的高中。她为此找了个借口,希望瑶瑶同意这个决定。

"姥姥身体不好,妈妈想要将姥姥送回临西,在临西照顾她会方便些。这样就需要瑶瑶你也转学过去,你一个人在这里妈妈不放心。"

瑶瑶沉默着点点头,也开始了搬家。

"许小满,我们终于要回去了。"她身上重新焕发出活力,在收拾行李的时候已经开始期待回到临西的生活,"我们回去还住那个四合院,我可以在临西医院找工作,你呢,你想回去做什么?临西可没有能让你导游的景点,说不定,你要开始自己创业了。等我们安顿下来,再联系刘阿年,这次雪山是去不成了,问他还愿不愿意回临西,我估计他是不喜欢的,因为他回来就要承受他爸妈的压力。"

曲寒说话时,许小满站在窗前,忧心地看着窗外的漫天大雪。

"你不想回去吗?"

"当然不是,我做梦都想回去。可是外面的雪已经下了好多天,看这势头好像还没打算停下。你确定我们要在这时候回去吗?"

"再不回去,那一天就要到了。这里的时间一眨眼就是一年,我们不能再犹豫了。"

房间里堆满行李，曲寒穿上厚外套拿上车钥匙说："你不知道车在什么地方，还是我去，你留下和瑶瑶一起等我电话，车子发动好了就搬行李下来。瑶瑶呢？瑶瑶？"

瑶瑶正安静地坐在卧室床边，对曲寒的呼唤不予回应。曲寒走到她身边问："瑶瑶你怎么还待在这里？行李都收拾好了，妈妈下去开车，发动好了你就跟许小满叔叔一起下去。"

"妈妈，我不想离开了。"

"为什么？"

"临西是你的故乡，不是我的。"

"瑶瑶，哪怕我们不能长住临西，就在那里度过你的十六岁也好，你说行吗？"

瑶瑶不说话，似乎在努力克制着什么。

"你要是不想去，但你能保证从现在开始到你高二结束，一直待在家里吗？有些事你不知道，你必须听妈妈的。告诉我，你为什么在哭？"

"妈妈，你还不懂吗？城墙的崩塌，不是因为什么突如其来的事故，而是内心的溃烂。从一开始，从你决定不遗余力为自己打造城墙的那一刻开始，崩塌就已经开始了！"

曲寒看着瑶瑶的面孔许久，仿佛在怀疑她不是自己的女儿，问她："你知道会发生什么？"

"妈妈，不要害怕，我就在这里，你拥有的爱从来没有消失，我会陪着你直到最后。"

曲寒开始控制不住地颤抖，瑶瑶抱住了曲寒，她却挣脱开瑶瑶，以一种决然的态度面对瑶瑶，更像是面对一个不争的事实，以一种不可辩驳的语气说："不可能，他们都在筑造城墙，我不过是走了无数人走过的路，结果不应该是这样！一切都是因为那场事故，才让崩塌有机可乘。如今我们都知道会发生什么，那就没有理由不规避，我一定会带你安全离开这里，你相信妈妈。"

曲寒转身离开，将瑶瑶不住的呜咽抛在身后，头也不回地走到大雪纷飞的街道上，那持续不断的呜咽渐渐被寒风盖住。曲寒在路边被盖得严严实实的一辆辆车中寻找家里新买的二手车。她找了许久才找到那辆车，推开车窗和车门上厚实的雪，用钥匙顺着门缝划开冰，并捡起砖头砸门破冰，花费好大力气才将门拽开，然而上车后车子却迟迟发动不起来。

曲寒判断是电瓶没电了，正想着要不要坐火车回临西的时候，突然想起父亲离世后有一辆轿车存在母亲那里。母亲在瑶瑶上初一的时候，也就是外婆去世的那年来到了北京，曲寒帮她在五环外租了一套平房，并帮她找到一份快餐店打工的工作。她住的地方有一个铁皮棚子，常年放些杂物，曲寒就将车停在那里，以便她有需要的时候开。

她下了车，捂紧衣服打算走向地铁口，想着去母亲那里将那辆车开回来。算算时间，原本二十分钟左右就可以走到，却越走越荒凉。眼前的路以及建筑在她低头行走的时间里全部消隐于大雪之中，似乎再走远就不在某种类似于城市建设的游戏设计范围里了。果然如她猜想的那样，约莫五百米后，她发现雪色天色已融为一体，渐渐地什么也不剩，像是掉进了一个虚无的时空里。曲寒原路返回，尽管脚下并无路可言。

她被某种巨大的歇斯底里的情绪淹没，那情绪裹挟着这个时空，发出哀嚎化作狂风呼啸，于是她隐约猜到，时空之外的那个躯体在发出哀嚎的同时，连最后一片砖瓦也摔得粉碎。

她一直往回走，看不到尽头地往回走，不知过了多久她终于回到了苍茫雪地中，来时的脚印已被雪掩埋，风声渐渐消匿，道路也已消失，只有雪在无声地落下。

她在这座近乎隐形的城市里兜兜转转，忽然她停下脚步，怔怔地望着空茫一片的前方，先是睁大双眼转而又凝神细细端详，她的目光随着什么东西移动着，瞳孔里映照着的是一片雪花的模样，确切地说，是一片形状精美的六角形雪片在她眼前悬浮游动。此时风已停息，雪片并非是被风吹动才盘旋不止，曲寒渐渐在心里确信一个想法，它是在跳舞。

雪在跳舞，他当年没有看错。

那片脱离了群体独自起舞的雪片在空中游动不久后，像圆满完成一支舞蹈作品一样最终自然落地，细细看去，其他雪片也如此这般有了意识，或独自或成群地舞动。

曲寒突然心生悲哀，她加快了脚步往回赶，她急迫地想回去看看瑶瑶，也许此刻瑶瑶又长大了一些，她还想见到许小满，跟他说说跳舞的雪。

[特约编辑：谢　锦]

图书在版编目（CIP）数据

收获长篇小说.2022.夏卷 /《收获》文学杂志社编.
-- 上海：上海文艺出版社,2022（2024.3重印）
ISBN 978-7-5321-8349-4

Ⅰ.①收… Ⅱ.①收… Ⅲ.①长篇小说－小说集－中国－当代 Ⅳ.①I247.5

中国版本图书馆CIP数据核字(2022)第094079号

主　编：程永新
副主编：钟红明　谢　锦

发 行 人：毕　胜
责任编辑：李伟长　张诗扬　金　辰
封面设计：陈安栋
特约法律顾问：王　嵘　光　韬

书　　名：收获长篇小说.2022.夏卷
编　　者：《收获》文学杂志社
出　　版：上海世纪出版集团　上海文艺出版社
地　　址：上海市闵行区号景路159弄A座2楼 201101
发　　行：上海文艺出版社发行中心
　　　　　上海市闵行区号景路159弄A座2楼206室 201101 www.ewen.co
印　　刷：苏州市越洋印刷有限公司
开　　本：710×1000　1/16
印　　张：29
插　　页：2
字　　数：601,000
印　　次：2022年6月第1版　2024年3月第2次印刷
I S B N：978-7-5321-8349-4/I.6589
定　　价：55.00元

告　读　者：如发现本书有质量问题请与印刷厂质量科联系　T:0512-68180628